울프홀 2

세계문학전집
2 5 2

Hilary Mantel : Wolf Hall

울프 홀 2

힐러리 맨틀 장편소설

강아름 옮김

문학동네

일러두기

1. 번역 대본으로는 *Wolf Hall*(Hilary Mantel, 4th Estate, 2009)을 사용했다.
2. 주석은 모두 옮긴이주다.
3. 본문 중 고딕체는 원서에서 이탤릭체로 강조한 부분이다.

차례 ▌

4부

I
얼굴을 단속하라
1531년

고통 혹은 두려움 혹은 어떤 선천적 결함 탓일까. 아니면 여름의 더위 혹은 저멀리로 실려가는 사냥 나팔소리 혹은 휑한 방에서 소용돌이치며 반짝이는 먼지 때문일까. 아니면 서둘러 떠나야 하는 아버지의 수하들이 새벽부터 사방에서 짐을 싸는 통에 밤잠을 설쳐서일까. 이유야 어찌됐든 아이는 잔뜩 움츠러들었고, 눈동자는 구정물색을 띠었다. 일단 격식을 차려 라틴어로 인사하는 그의 눈에 어머니가 앉은 의자 등받이를 붙들고 선 아이가 손에 불끈 힘을 주는 게 보인다. "마담, 따님도 자리에 앉히시지요." 고된 승강이가 뒤따를 상황에 대비해 그는 스툴을 집어들어 캐서린 왕비의 치맛단 옆에 단호하게 쿵 내려놓는다.

왕비는 꽉 끼는 보디스 탓에 뻣뻣한 몸을 뒤로 젖히고 딸에게 속삭인다. 이탈리아 여인들은 외적으로 자유분방해 보이지만 실크 옷 아래엔 철로 된 구조물을 두르고 있었다. 협상에서뿐 아니라 옷을 벗기는 데도 무한대의 인내가 필요했다.

메리가 고개를 숙이고 역시 속삭임으로 답한다. 카스티야어로 귀띔하는데 지금 달거리를 하는 중이라는 듯하다. 두 쌍의 눈이 그를 올려다본다. 소녀의 시선에는 초점이 없다. 눈은 그를 향해 있지만, 비탄이 샘솟는 공간에 거대하게 자리한 그림자쯤으로만 보는 듯하다. 똑바로 서라, 캐서린이 중얼거린다. 잉글랜드 공주답게 굴어. 메리는 의자 등받이를 버팀대 삼아 서서 심호흡한다. 그를 보는 얼굴이 무표정하고도 초췌하다. 노픽의 엄지손톱처럼 굳어 있다.

이른 오후고 무척 덥다. 연보라색과 금색 사각형이 교차하는 벽면에 햇빛이 드리운다. 그들 아래로 윈저의 바짝 마른 들판이 펼쳐져 있다. 템스강은 강둑에서 한참 물러나 내려앉았다.

왕비가 잉글랜드어로 말한다. "이분이 누군지 아느냐? 마스터 크롬웰이다. 요즘 모든 법안이 이분의 손에서 탄생하지."

두 언어 사이에 어정쩡하게 끼인 그가 말한다. "마담, 대화는 잉글랜드어로 합니까, 라틴어로 합니까?"

"그대의 추기경도 똑같이 물었지. 내가 무슨 이방인이라도 되는 양. 추기경에게 했던 답을 그대에게도 하지요. 웨일스 공비에 처음 봉해졌을 때 나는 세 살이었어요. 아서 왕자와 결혼하러 잉글랜드로 온 건 열여섯 살 때고. 내가 아직 처녀였던 열일곱 살에 그분이 돌아가셨지요. 내 나이 스물넷에 잉글랜드 왕비가 되었고, 의심의 여지를 없애고자 말하자면 나는 지금 마흔여섯 살이고 여전히 왕비이며 이제는 잉글랜드 사람이 되었다고 믿습니다. 하지만 추기경에게 했던 모든 말을 그대에게 반복하진 않겠소. 그런 기록이야 추기경이 남겼을 테니."

그는 무릎을 굽혀 인사라도 해야 할 것 같은 기분이다. 왕비가 말한다. "올해 들어 의회에 이런저런 법안이 상정되고 있다는구나. 이때까지 마스터 크롬웰은 자기가 돈놀이에만 능하다고 생각했는데, 이제 입법에도 능하다는 걸 알게 되었지. 새로운 법을 원하거든 마스터 크롬웰에게 말만 하려무나. 듣기로는 그대가 밤에 법률 초안을 가지고 자택에 간다던데, 집이 어디인가요?" 꼭 '네 똥통'이 어디냐고 묻는 듯한 말투다.

메리가 말한다. "하나같이 교회에 불리한 법안이에요. 성직에 계신 우리 각하들이 용납하실지 모르겠군요."

"너도 알지," 왕비가 말한다. "잉글랜드의 통치자인 네 아버지의 사법권을 찬탈한 교황존신죄로 울지 추기경이 기소되었던 일 말이다. 이제 마스터 크롬웰과 동료들은 성직자 전체를 그 범죄의 공모자로 보고 10만 파운드가 넘는 벌금을 물리려 하고 있어."

"벌금이 아닙니다. 우린 그걸 덕세德稅라 부르지요."

"나는 그걸 갈취라 부르고요." 왕비는 딸에게로 고개를 돌린다. "왜 아무도 교회 편을 들지 않느냐고 네가 묻는다면 나는 이렇게밖에 대답할 수 없겠구나. 이 땅에는 그런 귀족들이 있어"—서펔과 노펔을 두고 하는 말이다—"자기들이 교회의 권세를 무너트릴 거라고, 다시는 그런 고통—정말 그리 말한단다, 고통이라고—을 겪을 일이 없게 하겠다고. 그러니까 우리 울지 추기경처럼 성직자 따위가 지나치게 세를 불리는 일은 없게 만들겠다고 공공연히 떠들고 다니는 자들. 우리에게 또다른 울지는 필요 없다, 나도 동의하는 바야. 하지만 그 수단으로 주교를 공격한다면 거기엔 동의할 수 없어. 울지 추기경이 내 적이었던 건 맞아. 그렇다고 우리 성모의 교회를 향한 내 마음이 변하진 않아."

그는 생각한다. 추기경 전하는 내게 아버지고 친구였다. 그렇다고 우리 성모의 교회를 향한 내 마음이 변하진 않는다.

"그대와 오들리 의장, 그대들은 밤새 촛불을 밝히고 머리를 맞대죠." 왕비는 의회 의장의 이름을 '네 부엌 심부름꾼' 부르듯 언급한다. "그리고 날이 밝으면 폐하를 부추겨 스스로를 잉글랜드 교회의 수장이라 칭하게 만들지."

"그렇지만," 메리가 말한다. "어디서든 교회의 수장은 교황이고, 모든 통치의 적법성은 성 베드로 성당의 교황좌에서 나오죠. 그 외의 다른 원천은 없어요."

"레이디 메리," 그가 말한다. "자리에 앉지 않으시겠습니까?" 그는 공주의 다리가 풀리는 순간을 정확히 포착해 스툴에 앉힌다. "날이 더워 그런 것뿐입니다." 메리가 무안하지 않게 덧붙인다. 그녀는 무감각한 잿빛 눈을 든다. 순수한 감사의 표정이다. 그리고 자리에 앉자마자 그 표정은 포위된 도시의 성벽 못지않게 딱딱히 굳는다.

"방금 '부추긴다'고 하셨지요." 그가 캐서린 왕비에게 말한다. "하지만 왕비마마, 누구보다도 잘 아시잖습니까. 폐하는 남의 말에 끌려다니시는 분이 아닙니다."

"하지만 꾐에 빠질 순 있지요." 왕비가 메리를 돌아본다. 공주는 팔로 복부를 슬쩍 감싸고 있다. "그러니까 국왕인 네 아버지가 교회의 수장으로 명명되고, 이 사태에 주교들이 느낄 양심의 가책을 덜어주려고 뻔한 문구를 집어넣는 지경이 된 거지. '그리스도의 율법이 허락하는 선에서.'"

"그게 무슨 의미가 있는데요?" 메리가 말한다. "껍데기뿐인 소리잖아요."

"공주마마, 그 껍데기에 모든 게 내포되어 있습니다."

"네. 아주 영리하게도요."

"간절히 청하오니," 그가 말한다. "이런 식으로 한번 생각해보십시오. 폐하는 선대부터 갖고 있었던 지위를 분명히 정의한 것뿐이라고. 유구한 전례를—"

"—그래 봐야 요 몇 달 사이 만들어낸 것이면서—"

"—폐하의 권리로 명시한 것뿐이라고 말입니다."

투박한 게이블후드 밑으로 보이는 메리의 이마가 땀으로 번들거린다. 그녀가 말한다. "한번 정의한 건 다시 정의할 수도 있는 거잖아요, 그렇죠?"

"물론이야." 그녀의 어머니가 말한다. "게다가 교회에 유리하게 재정의할 수도 있지. 내가 저들의 바람대로 무너져 왕비와 아내의 자리를 내놓기만 한다면."

공주의 말이 맞다, 그는 생각한다. 절충의 여지는 있다. "확정된 건 아무것도 없습니다."

"아니, 두고 보면 알겠죠. 내가 그대의 협상 테이블에 뭘 가져갈지." 캐서린이 두 손—조그맣고 뭉툭하고 통통하다—을 내미는데 아무것도 없는 빈손이다. "내 편은 피셔 주교뿐이에요. 변함없는 건 그자뿐이야. 오직 주교만이 진실을 말하죠. 평민원에 이단이 바글거린다고." 왕비는 한숨을 쉬고 두 손을 내린다. "그리고 도대체 어찌 구워삶았기에 내 남편이 인사도 없이 궁을 나간 거죠? 전에는 이런 적이 없었어요. 단 한 번도."

"며칠 동안 처트시 외곽에서 사냥을 하실 생각입니다."

"그 여자랑 같이요," 메리가 말한다. "그 인간 말종."

"그런 다음 길퍼드를 경유해 샌디스 경을 방문하실 겁니다—바인*에 근사하게 새로 지은 회랑을 보고 싶어하십니다." 그의 어조는 편안하고 달래는 듯하다. 울지 추기경이 그랬던 것처럼. 아니, 너무 과한가? "거기서 날씨와 사냥감 상황에 따라 베이싱의 윌리엄 폴렛에게 가시든지 할 겁니다."

"나도 따라가야지요, 언제쯤?"

"폐하께선 두 주 내로 돌아오실 예정입니다, 별일이 없는 한은요."

"두 주라." 메리가 말한다. "그 말종이랑 단둘이."

"그전에 왕비마마께서는 다른 궁으로 거처를 옮기셔야 합니다—폐하는 하트퍼드셔의 모어궁을 추천하셨습니다. 아시다시피 아주 안락한 곳이지요."

"울지 추기경이 살았던 곳이기도 하니," 메리가 말한다. "사치스럽긴 하겠군요."

내 딸들이라면 절대로 저리 말하지 않았을 텐데, 그는 생각한다. "공주님, 부디 너그러운 마음으로 공주님께 아무 해도 끼친 적 없는 이의 험담은 삼가해주시겠습니까?"

메리의 목덜미부터 이마 끝까지 붉게 물든다. "옹졸하게 굴려던 건

---

* 1500년부터 1510년에 걸쳐 햄프셔에 지어진 튜더풍 대저택.

아니었어요."

"돌아가신 추기경은 공주님의 대부이십니다. 공주님도 그분께 기도
정도는 빚지고 계시지요."

메리가 그를 향해 눈을 끔뻑인다. 겁먹은 듯하다. "그분이 연옥에 오
래 있지 않게 해달라고 기도드리기는 하는데······"

캐서린이 딸의 말을 끊는다. "하트퍼드셔로 짐을 보내세요. 살림도
보내고. 하지만 나를 보낼 생각은 말아요."

"모어궁 전체를 쓰시게 될 겁니다. 이백 명이 기거할 수 있게 준비되
어 있고요."

"내가 폐하께 서신을 쓰죠. 그대가 전해주면 되겠네요. 내가 있을 곳
은 폐하의 곁이에요."

"조언을 드리자면," 그가 말한다. "순순히 따르십시오. 그러지 않으
면 폐하께서······" 그는 공주를 가리킨다. 두 손을 붙였다가 떼어 보인
다. 둘을 갈라놓을 겁니다.

공주가 애써 괴로움을 억누른다. 그녀의 어머니는 애써 비탄과 분
노, 혐오와 공포를 억누른다. "이럴 줄 예상은 했으나," 캐서린이 말한
다. "그대 같은 자를 보내 말을 전할 줄은 몰랐소." 그가 눈살을 찌푸
린다. 그럼 노퍽에게 들었으면 더 나았으리라는 건가? "사람들 말이
그대는 대장장이 일을 했다던데, 사실인가?"

뒤이어 이렇게 묻겠지, 편자도 박고?

"아버지의 업이었습니다."

"이제야 그대가 이해되기 시작하는군요." 왕비가 고개를 끄덕인다.
"대장장이는 자기 도구를 직접 만들지."

1킬로미터는 족히 되는 석회벽이 눈부신 거울이 되어 그에게 백열을 반사한다. 출입구의 그늘에서 그레고리와 레이프가 밀치락달치락 실랑이하며 서로에게 부엌에서 쓰는 욕을 퍼붓는다. 그가 가르쳐준 욕이다. 이보쇼, 비만한 플랑드르 양반, 빵에 버터나 처바르시오. 이보쇼, 로마 거지 나리, 대대손손 달팽이나 처먹기를. 마스터 라이어슬리는 볕이 드는 곳에 기대서서 지켜보며 느긋이 웃는다. 머리 주변을 맴도는 나비들이 꼭 화관 같다.

　"오, 자네도 왔군." 그가 말한다. 라이어슬리는 흐뭇해 보인다. "초상화로 남겨야 할 법한 차림새군, 마스터 라이어슬리. 하늘색 더블릿에, 딱 들어맞게 한줄기 서광도 내리비추니."

　"마스터, 왕비는 뭐랍니까?"

　"우리가 모은 선례가 가짜라는군."

　레이프가 말한다. "그분은 선례 문제로 마스터와 크랜머 박사님이 밤을 꼴딱 새웠다는 걸 아시나요?"

　"아, 난세로다!" 그레고리가 말한다. "새벽을 맞이하다니, 크랜머 박사랑 둘이서!"

　그는 레이프의 앙상하고 조그만 어깨에 한 팔을 두르고 녀석을 꽉 조인다. 드디어 해방이다. 캐서린에게서, 얻어터진 암캐처럼 흠칫거리는 메리에게서. "한번은 말이다, 내가 조반니노 포르티나리랑 같이―그러니까 당시에 알고 지내던 녀석들과 함께―" 그는 말을 멈춘다. 뭐지, 이건? 나는 원래 내 이야기를 하지 않는데.

　"어서요……" 라이어슬리가 재촉한다.

"그게, 우린 조각상을 하나 주문했어. 히죽거리는 조그만 신상인데 날개도 달려 있었지. 그걸 망치랑 사슬로 두들겨서 골동품처럼 보이게 만든 다음 노새꾼을 고용해 로마로 가져가서는 어느 추기경에게 팔아 먹었지." 몹시도 무더운 날 그들은 안내를 받아 추기경 앞에 섰다. 날씨가 흐리고 멀리서 천둥소리가 들렸으며 건축 부지에서 날아온 하얀 먼지가 이리저리 떠다녔다. "추기경이 우리에게 값을 치르면서 눈물을 글썽이던 모습이 지금도 생생하단다. '이 매력적이고 조그만 발과 앙증맞은 날개에 아우구스투스황제의 눈길이 머물렀을지도 모른다고 생각하니 감동스럽군.' 피렌체로 돌아갈 때쯤 포르티나리 패거리는 쌈지 무게를 못 이겨 휘청거렸지."

"그럼 마스터는요?"

"내 몫을 챙기고 거기 남아 노새를 팔았어."

일행은 궁정 안뜰을 지나 비탈을 내려간다. 볕으로 나온 그는 눈 위에 손차양을 만든다. 저멀리까지 계속되는 우듬지 너머를 보려는 사람처럼. "왕비에게 말했다. 헨리왕을 고이 놓아주라고. 안 그랬다간 내륙 지방으로 떠나면서 공주는 못 데려갈지도 모른다고."

라이어슬리가 깜짝 놀라 말한다. "하지만 이미 결정된 거 아닙니까. 두 사람은 함께 가지 않는 걸로. 메리 공주는 리치먼드로 가잖아요."

그는 모르는 이야기다. 자신이 멈칫한 걸 눈치채지 않았기를 바란다. "물론이지. 하지만 그 소식을 왕비는 아직 듣지 못했으니 시도해볼 가치는 있었지, 그렇잖나?"

마스터 라이어슬리가 얼마나 유용한지 보라. 스티븐 가드너 내무장관의 기밀을 어찌 가져오는지 보라. 레이프가 말한다. "가혹하네요. 어린애를 이용해 어머니를 괴롭히다니."

"가혹이라, 그렇지…… 하지만 여기서 중요한 건 자신의 주군을 선택했느냐의 문제다. 그게 우리가 해야 할 일이지. 주군을 선택하고, 그가 어떤 사람인지 아는 것. 그리고 일단 선택했으면 주군에게 네, 라고 말하는 것—네, 가능합니다, 네, 손써보겠습니다. 헨리왕이 마음에 들지 않으면 국외로 가서 다른 군주를 찾으면 돼. 하지만 한 가지는 분명하다—여기가 이탈리아였으면 캐서린 왕비는 싸늘히 식어 무덤에 누워 있을 거야."

"하지만 진심이라고 하셨잖아요." 그레고리가 말한다. "아버지는 캐서린 왕비를 존경한다고."

"지금도 존경해. 그분의 시신도 존경할 거고."

"왕비를 죽일 생각은 아니시죠, 그렇죠?"

그는 걸음을 멈춘다. 아들의 팔을 붙들어 돌려세우고 얼굴을 마주본다. "방금 한 대화를 되짚어보거라." 그레고리가 몸을 뺀다. "아니, 잘 들어, 그레고리. 내가 말했듯, 국왕의 요구는 무조건 따라야 한다. 욕망을 실현할 길을 열어드려야 해. 그게 신하의 일이지. 자, 이것도 알아둬라. 헨리왕은 내게든 누구에게든 왕비를 해하라고 요구할 리 없다. 왕이 왜, 무슨 괴물이라도 되느냐? 일이 이리된 지금도 왕은 왕비를 아낀다. 어찌 안 그럴 수 있겠느냐? 왕에게도 영혼이 있고 구원을 향한 소망이 있다. 매일같이 사제들을 이 사람 저 사람 붙들고 고해를 해. 네 생각엔 카를황제, 혹은 프랑수아왕이 그만큼이나마 할 거 같으냐? 헨리왕의 마음은, 내 장담하는데, 온갖 감정으로 가득하다. 그리고 영혼은, 맹세컨대, 그리스도교 세계를 통틀어 가장 면밀한 자기검토를 거친다."

라이어슬리가 말한다. "마스터 크롬웰, 그애는 당신 아들입니다. 일국의 대사가 아니라고요."

그는 그레고리를 놓아준다. "배를 타볼까? 그 편이 더 빠를 듯한데."

윈저성의 로워워드 구역에서 사냥개 여섯 쌍이 들판을 가로지르게 해줄 수레 위 우리에 갇혀 난리를 피우며 컹컹 짖어댄다. 꼬리를 흔들며 서로의 등에 올라타고 귀를 씰룩이고 야금거리는데, 녀석들이 짖어대는 소리와 긴 울부짖음이 성내를 이미 장악한 공황에 가까운 분위기에 제대로 한몫한다. 여름 순행의 시작이라기보다 요새로부터의 철군에 더 가까워 보인다. 땀에 젖은 짐꾼들이 왕의 세간을 수레에 싣는다. 못 박힌 궤짝을 나르던 남자 둘이 문간에 끼어 오도 가도 못하고 있다. 그는 길 위에 있던 그 자신, 달구지를 얻어 타려고 짐 싣는 일을 돕던 멍투성이 아이를 떠올린다. 남자들에게 다가간다. "어쩌다 이 지경이 되었는가?"

그는 궤짝의 한쪽 귀퉁이를 단단히 잡고 남자들에게 그늘까지 뒷걸음하라고 한다. 손으로 한번 툭 쳐서 궤짝의 방향을 조정한다. 잠깐 머뭇거리고 비틀거리다 남자들이 쑥 하고 밝은 곳으로 빠져나가면서 "됐다, 됐어!" 하고 외친다. 이게 다 자기들이 생각해낸 것인 양. 다음번엔 왕비의 짐을 옮기게 될 걸세, 그가 말한다. 모어에 있는 울지 추기경의 궁으로 갈 거야. 남자들이 깜짝 놀란다. 설마요, 나리. 그런데 왕비가 가지 않으려 하면 어쩝니까? 그가 답한다. 그럼 카펫에 둘둘 말아 자네 수레에 실어야지. 그가 동전을 건넨다. 쉬엄쉬엄하게, 날이 너무 무더우니 무리하지 말고. 그는 느긋하게 아이들에게 돌아간다. 남자 하나가 마구를 채울 준비가 된 말들을 이끌고 사냥개 우리가 실린 수레로 간다. 말냄새를 맡자마자 사냥개들이 흥분해 짖어대기 시작하는데, 그와 일행이 배에 올라탄 뒤에도 여전히 그 소리가 들려온다.

갈색 강은 잔잔하다. 이튼 쪽 강둑에서 노곤한 백조떼가 물풀 사이를 미끄러지듯 오간다. 그들이 탄 배가 물결에 깐닥거린다. 그가 말한다. "혹 숀 매덕이 아닌가?"

"절대 얼굴을 까먹는 법이 없구먼, 어?"

"못생기면 그렇지."

"자네 면상은 보고 하는 말인가, 바크*?" 사공은 아까부터 사과를 먹고 있는데, 심지고 뭐고 가리지 않고 꼼꼼하게 발라먹은 뒤 씨만 옆으로 획 튕긴다.

"아버지는 어떠신가?"

"죽었지." 숀이 사과 꼭지를 떼 뱉는다. "여기 자네 아들도 있나?"

"저요." 그레고리가 말한다.

"내 아들은 저기." 숀이 맞은편 노를 향해 고갯짓한다. 웅크려 앉은 청년이 얼굴을 붉히며 시선을 돌린다. "이런 날씨면 자네 아버지는 점포 문을 닫곤 했는데. 불을 끄고 낚시를 하러 갔지."

"낚싯대로 수면을 후려쳐서 물고기를 기절시키는 거였어. 그런 다음엔 물에 들어가 저 아래 녹색 물속에서 헐떡이는 놈들을 끄집어내는 거야. 아가미에 손가락을 끼우고는 말하지. '뭘 보느냐, 이 비늘 달린 잡것아? 지금 나랑 해보자는 거냐?'"

---

* 친근한 대상을 부르는 웨일스식 호칭.

"가만히 앉아 햇빛을 즐길 위인은 아니었어." 매덕이 설명한다. "이런저런 얘기를 내가 좀 알지, 월터 크롬웰에 대해서라면."

마스터 라이어슬리의 얼굴은 완벽한 예다. 뱃사공에게서, 그들의 불경스럽고 빠르게 쏘아대는 은어에서 얼마나 많은 걸 배울 수 있는지 전혀 모르는. 그가 열두 살 때부터 유창하게 썼던 뱃사공의 은어는 그에게 모국어와도 같고, 지금 그의 입으로 다시 흘러들어온 그 말은 자연스러운 한편 추잡하다. 그는 토머스 크랜머나 콜미 리즐리와 그리스어로 나누는 모욕적 언사에 능하다. 이 시들 줄 모르는 초기 언어는 부드러운 과일 같다. 그러나 제아무리 그리스어 학자라도 지금 숀이 빌어먹을 불린가에 대한 퍼트니 사람들의 의견을 늘어놓는 것처럼 귀에 쏙쏙 박히게 말하진 못할 터다. 국왕은 그 집 어미랑 놀아난다지, 한번 잘해보라고 해. 그 여자 언니랑도 놀아난다던데, 왕이니 못할 게 뭐겠어? 하지만 그 짓에도 선은 있어야지. 우린 들판의 짐승이 아니잖나. 숀은 앤을 뱀장어라 부른다. 점액질을 뒤집어쓰고 미끈거리는 물까마귀라 부른다. 그는 울지 추기경이 그녀를 부르던 말이 문득 떠오른다. 뱀 같은 나의 적. 숀이 말한다. 그 여자는 자기 동생이랑도 놀아난다던걸. 그가 묻는다, 누구, 조지?

"오빠든 동생이든 싹 다. 그런 종자는 저들끼리 붙어먹거든. 프랑스 놈들의 추잡한 계략을 쓰는데, 뭐냐면—"

"목소리를 좀 낮추지 그러나?" 그는 첩자들이 조각배 근처를 헤엄치고 있을지도 모른다는 양 주변을 둘러본다.

"—왕한테 꿀리지 않는 배짱도 다 거기서 나오는 거야. 왕이 그 짓을 하게 됐다가 덜컥 아들이라도 생기면 이럴 거 아냐. 아주 고맙네,

자 이제 썩 꺼지게―그래서 그 여자는 이러는 거지. 오, 폐하, 저는 허락할 수 없어요―잘 알고 있거든, 어차피 그날 밤이면 동생 물건이 자기 뱃속까지 싹싹 핥아줄 걸. 동생이 말하지. 미안한데 누나, 이 대물은 어쩌지―그 여자가 말해. 오, 괜한 걱정을 하는구나, 내 잘난 동생아. 뒷문으로 쑤셔넣으렴, 거기선 곤란한 일이 생기지 않을 테니까."

고맙군, 그가 말한다. 그들이 뒤처리를 어찌하는지 전혀 몰랐거든.

아이들은 세 단어 중 한 단어 정도만 알아듣는다. 숀은 봉사료를 추가로 받는다. 무엇도 아깝지 않다, 퍼트니식 상상력과 재회할 수 있다면. 그는 싱글거리는 숀의 웃음을 소중히 간직할 것이다, 실제 앤과는 달라도 너무 다른 그 웃음을.

나중에 집에서 그레고리가 묻는다. "그리 말해도 되는 거예요? 그걸로 돈까지 벌고?"

"그자는 자기 생각을 말한 거야." 그가 어깨를 으쓱한다. "그러니까 사람들의 생각을 알고 싶거든……"

"콜미 리즐리는 아버지를 무서워해요. 첼시의 토머스 모어 집에서 내무장관이랑 함께 돌아오는 길에 아버지가 그자를 바지선에서 내던져 익사시키겠다고 협박했다던데요."

그가 기억하기로 둘의 대화가 딱히 그렇진 않았는데.

"콜미는 내가 정말 그리할 사람이라 생각하고?"

"네. 아버지가 뭐든 할 수 있는 사람이라 생각하죠."

새해를 맞이해 그는 앤에게 수정 손잡이가 달린 은제 포크세트를 선물한다. 그녀가 그걸 먹는 데만 사용하길, 사람한테 꽂아넣는 일은 없기를 바란다.

"베네치아산이네요!" 앤은 기뻐한다. 포크들을 치켜들어 손잡이가 빛을 붙들고 가르는 모습을 본다.

그는 다른 선물도 가져왔다. 전달을 부탁할 물건으로, 하늘색 실크에 싸여 있다. "늘 운다는 소녀에게 전해주십시오."

앤의 입이 살짝 벌어진다. "설마 모르는 거예요?" 그녀의 눈에 음흉한 쾌감이 가득 차오른다. "가까이로, 귓속말로 얘기할 수 있게요." 그녀의 뺨이 그의 뺨을 스친다. 피부에서 희미한 향취가 난다. 호박과 장미 향. "존 시모어 경이라니까요? 친애하는 존 경이요! 세간에서 연로한 존 경으로 불리는!" 존 경과 그의 나이 차가 아마 열두 살을 넘지는 않을 것이다. 하지만 인자한 성품 탓에 더 늙게 느껴지는 경우도 있는 법이니. 아들 에드워드와 톰이 궁에 출입하는 지금, 존 경은 확실히 은퇴자 같은 인상을 준다. "이제 이해가 되는 거죠. 그자가 왜 그리 모습을 드러내지 않는지." 앤이 중얼거린다. "이제 다들 알아버린 거예요. 저 시골에서 뭘 하고 있는지."

"사냥을 한다고 생각했는데요."

"네. 그리고 캐서린 필롤, 아들 에드워드의 아내를 낚았죠. 둘이 현장에서 붙들렸다는데, 거기가 어딘지는 못 알아냈어요. 그 여자 침대인지 그자의 침대인지, 아님 풀밭인지 여물간인지―네, 쌀쌀했겠죠, 당연히. 하지만 둘 사이는 뜨끈했으니까요. 그리고 이제 존 경이 아들 면전에 대고 남자 대 남자로 몽땅 털어놓은 거예요, 매주 그 여자를 취했다고. 결혼식을 올린 뒤로 계속 그랬다고 했으니까 이 년 하고도, 어디 보자, 육 개월요. 그러니까……"

"반올림해서 총 백이십 회입니다. 주요 축일에는 관계를 삼갔다고 가정하면……"

"간통하는 자들은 사순절이라고 쉬지 않아요."

"아, 그럴 거라 생각은 했습니다."

"그 여자한테는 아기가 둘 있으니, 해산 뒤에는 잠시 자제했다고 해두죠…… 둘 다 아들이에요, 아시다시피. 그래서 에드워드는……" 그는 에드워드의 생김새를 그려본다. 매와 똑같이 생긴 옆얼굴을. "에드워드는 아들들을 가문에서 쫓아낼 거예요. 아비 없는 자식이 되는 거죠. 그 여자, 캐서린 필롤은 수녀원에 보낼 건가봐요. 우리에 가둬야 마땅할 것 같은데! 에드워드는 혼인 무효를 요구하고 있어요. 친애하는 존 경으로 말하자면, 우리가 그자를 궁에서 볼 일은 당분간 없지 싶어요."

"그런데 우린 지금 왜 속삭이는 겁니까? 나만 몰랐지 온 런던 사람이 다 아는 얘기일 텐데."

"폐하가 아직 모르거든요. 그분이 얼마나 예의를 따지는지 알잖아요. 그러니 혹시 그 일을 두고 폐하께 우스갯소리를 하는 자가 나온다 해도 그게 나나 당신은 아니어야 해요."

"그럼 그 딸은요? 이름이 제인, 맞지요?"

앤이 키득거린다. "얼굴이 희멀건 애요? 월트셔에 내려갔어요. 자기 올케를 따라서 수녀원에 들어가는 게 그애한테는 최선일 거예요. 그애 동생 리지는 결혼을 잘했다지만, 얼굴이 희멀건 애처럼 물러터진 여자를 원할 가문은 없고 앞으로는 더 없겠죠." 그녀의 시선이 그의 선물에 가닿는다. 느닷없이 불안하고 샘이 나는 눈치다. "뭔데요?"

"별거 아닙니다. 자수도안집이에요."

"적어도 그애가 없는 머리를 쥐어짜야 할 그런 건 아니네요. 그런데 왜 당신이 그애한테 선물을 하죠?"

"딱하다는 생각이 들어서요." 이제는 더욱 그렇다, 당연히.

"오. 그애를 좋아하는 건 아니겠죠?" 여기서 나와야 올바른 대답은 아뇨, 레이디 앤, 내가 좋아하는 건 당신뿐입니다, 일 터다. "왜냐면, 당신이 그애한테 선물을 보내는 게 적절하겠어요?"

"보카치오의 소설에 나오는 그런 사연은 아닙니다."

그녀가 웃음을 터트린다. "그런 이야기라면 그 사람들이 보카치오보다 한 수 위죠. 울프홀의 그 죄인들 말예요."

2월이 끝나갈 무렵 사제 토머스 히턴이 화형당했다. 틴들이 번역한 성서를 밀반입했다는 죄목으로 로체스터 주교 존 피셔에게 붙잡힌 것이다. 형이 집행되고 얼마 지나지 않아 주교의 소박한 만찬 자리에서 일어나던 내빈 여남은 명이 고꾸라졌다. 속을 게위내고 고통으로 뻣뻣이 굳었다. 창백하고 맥박도 거의 없는 상태에서 침대로 옮겨져 의사의 치료를 받았다. 버츠 박사는 수프가 문제였다고 했다. 시중을 들었던 소년들의 증언에 따르면 참석자 모두가 공통으로 맛본 음식은 수프가 유일했다.

자연에는 저절로 생겨나는 독이 있기 마련이다. 그랬다면 주교의 요리사를 고문하기 전에 부엌으로 가서 육수 냄비를 한번 휘저어봤을 것이다. 그러나 범죄 행위가 있었다는 사실에 의문을 품는 자는 그 말고 아무도 없다.

요리사는 누군가에게 받은 흰색 가루를 수프에 넣었다는 것까지는 인정하고 있다. 그래서 그게 누구기에? 어떤 남자. 피셔와 손님들에게 설사약을 먹이면 꽤 재밌을 거라고 말했다는 낯선 자라고 한다.

국왕은 분노와 공포로 제정신이 아니다. 이게 다 이단자 때문이라 한다. 버츠 박사는 아랫입술을 삐죽 내밀고 고개를 절레절레 저으며 말한다. 헨리왕이 지옥보다도 무서워하는 게 바로 독이라고.

당신이라면 주교의 저녁식사에 독을 넣겠는가, 재밌을 거라는 낯선 자의 말만 듣고? 요리사는 더는 입을 열지 않을 터다. 아니, 어쩌면 입을 열 수 있는 단계는 이미 넘어섰을지도 모른다. 그렇다면 심문을 그르쳤단 얘긴데, 그는 버츠 박사에게 말한다. 그 이유가 궁금하군요. 복음을 사랑하는 버츠 박사가 시큰둥하게 웃으며 말한다. "그자의 입을 열고 싶었다면 토머스 모어를 불러야 했어요."

박사의 말인즉, 토머스 모어 대법관이 하느님의 종을 잡아늘이고 우그러트리는 두 가지 기술의 대가가 되었다는 뜻이다. 이단자가 붙잡히면 모어는 고문이 진행되는 동안 런던탑에서 대기한다. 첼시 자택의 문루에 용의자들을 처넣어 차꼬를 채운다는 보고가 올라오기도 한다. 그러고는 설교를 늘어놓으며 닦달한다는 것이다. 인쇄업자의 이름을 대라고, 이 책을 잉글랜드에 들여온 선박 주인의 이름을 대라고. 들리는 말로는 모어가 채찍과 수갑, 그리고 일명 '스케핑턴스 도터'라는 형틀을 사용한다고 한다. 이 이동식 고문기구에 사람을 끼워넣으면 무릎과 가슴이 맞닿게 몸이 접히고, 둥그런 무쇠 테가 등판을 가로지른다. 여기 달린 나사를 돌리면 둥근 테가 바짝 조여들며 끝내 갈비뼈를 부러트린다. 이때 절대로 숨통이 막히지 않도록 하는 기술이 필요하다.

질식사라도 했다가는 그자가 아는 모든 게 사라지고 마니까.

　그다음주로 넘어가면서 만찬 참석자 중 둘이 사망한다. 피셔 주교 자신은 회복한다. 가능한 일이다. 그는 생각한다. 주교의 요리사가 입을 열기는 했으나 그 내용이 일개 백성의 귀에 들어가기에는 적합하지 않았을 수 있다.

　그는 앤을 보러 간다. 장미꽃 사이의 가시처럼 그녀는 사촌 메리 셸턴과 남동생의 아내 제인, 즉 레이디 로치퍼드와 함께 앉아 있다. "레이디, 폐하가 피셔의 요리사를 죽일 새로운 방법을 고안했다는 소식을 들으셨습니까? 산 채로 끓여 죽일 거라는데요."

　메리 셸턴이 조그맣게 헉 소리를 낸다. 그러고는 웬 준수한 청년한테 꼬집히기라도 한 것처럼 얼굴을 붉힌다. 제인 로치퍼드가 느릿느릿 말한다. "베레 디그눔 에트 유스툼 에스트, 아이쿰 에트 살루타레." 그러고는 메리를 위해 말을 옮긴다. "합당해요."

　앤의 얼굴에는 표정이 전혀 없다. 그처럼 읽기에 능한 자조차 아무것도 읽어내지 못한다. "어떤 식으로요?"

　"방법에 대해선 묻지 않았습니다. 한번 알아봐드릴까요? 일단 쇠사슬에 매달아 당겨올리는 건 포함될 듯합니다. 군중이 그자의 살갗이 벗겨지는 장면을 보고 그자가 내지르는 비명을 들어야 하니까요."

　앤의 편을 좀 들자면, 당신이 그녀에게 다가가 당신을 끓는 물에 빠트릴 것이라 말한대도 그녀는 어깨를 으쓱하며 답할 터다. 세 라 비.*

－－－－－－－－－－

* c'est la vie. '인생이 다 그렇지'라는 뜻의 프랑스어.

피셔 주교는 한 달 동안 침대 신세를 진다. 자리를 털고 일어나서도 영락없이 걸어다니는 시체 꼴이다. 천사와 성자의 도고*도 주교의 상한 뱃속을 치유하고 뼈대에 다시 살을 붙이기엔 역부족이다.

틴들이 잔혹한 진리를 쏟아내는 나날이다. 성자는 그대의 친구가 아니며 그대를 지켜주지도 않는다. 그대의 구원을 도울 수도 없다. 일꾼을 고용해 추수를 시키듯 기도와 촛불로 성자를 유인해 그대의 일을 맡길 순 없다. 그리스도의 희생은 갈보리에서 행해졌다, 미사중에 행해질 리 없다. 사제는 그대가 천국에 가도록 도울 수 없다. 그대와 그대의 하느님 사이에 사제가 서 있을 필요는 없다. 그대의 공적으로 구원받을 수 없다. 살아 계신 그리스도의 공적만이 그대를 구원한다.

3월. 거물 잡화상이자 평민원 의원의 아내인 루시 페티트가 그를 만나러 오스틴프라이어스에 찾아온다. 그녀는 검은색 새끼 양 가죽—추측건대 수입품이다—으로 지은 옷 위에 수수한 잿빛 소모사 가운을 걸쳤다. 앨리스가 장갑을 받아들면서 손가락 하나를 슬쩍 넣어 실크 안감을 감정한다. 그는 책상에서 몸을 일으켜 루시의 두 손을 잡고 불가로 데려간 뒤 따듯이 데운 와인 한 잔을 쥐여준다. 벌벌 떨리는 손으로 잔을 감싸쥐며 그녀가 말한다. "존도 누렸으면 얼마나 좋을까요, 이 와인을요. 이 불길을요."

라이언스키가 급습당하던 날 새벽에는 눈이 왔지만, 이내 겨울해가 떠올라 창유리를 닦아내고 도시 가옥들의 벽널 두른 방마다 강렬한 안도감을, 굽이치는 그림자를, 차갑게 일렁이는 빛을 불어넣었다. "도저

---

* 다른 사람을 대신해 하느님에게 간구하는 기도.

히 잊을 수가 없어요." 루시가 말한다. "그 추위요." 모어가 모피에 얼굴을 파묻은 채 관리들을 대동하고 몸소 행차해 문 앞에 서 있었다. 당장이라도 창고와 방을 수색할 기세였다. "내가 먼저 나갔어요." 루시가 말한다. "인사치레로 이 말 저 말 하면서 시간을 벌었어요—위층에 대고 외쳤죠. 여보, 대법관님이 오셨어요. 평민원 일이라는데." 그녀의 얼굴에 와인 기운이 퍼지며 혀가 풀린다. "나는 계속 말했어요. 아침은 드셨는지요, 나리, 정말로 드신 거겠지요. 집안 하인들은 그자가 가는 곳마다 따라다니며 훼방을 놓았고"—그녀는 기침하듯 조그맣게 억지웃음을 지어 보인다—"그사이 남편은 벽널 뒤에다 책을 닥치는 대로 쑤셔넣었죠—"

"잘하셨습니다, 루시."

"저들이 위층으로 올라갔을 때 존은 대법관을 맞을 준비가 되어 있었어요—오, 대법관님, 이런 누추한 곳까지 와주시다니요—그런데 운도 지지리 없는 딱한 그이가 글쎄, 책상 밑에다 성서를 던져놓았더라고요. 내 눈이 곧장 거기 가 꽂혔는데, 저들은 못 잡아냈다니 이상하죠."

한 시간여를 수색했지만 아무것도 찾아내지 못했다. 대법관이 말했다. 그러니까 존, 새로 들어온 이 책들을 단 한 권도 가지고 있지 않은 게 확실하오? 나는 당신이 가지고 있다고 들었는데? (그 와중에도 틴들은 거기에, 타일을 물들인 독처럼 놓여 있었다.) 그런 말도 안 되는 소리를 누가 고했는지 모르겠습니다, 존 페티트가 말했다. 나는 남편이 자랑스러웠어요, 루시가 말하며 잔을 내밀어 와인을 더 청한다. 당당히 말하는 남편이 자랑스러웠어요. 대법관이 그러더군요. 오늘 아무것도 찾지 못한 건 사실이나 당신은 이자들과 함께 가줘야겠소. 치안

관장, 의원을 데려가겠나?

존 페티트는 젊은 나이가 아니다. 모어의 지시에 따라 돌바닥에 깔린 짚더미에 누워 잠든다. 면회를 허락한 건 오직 그의 상태가 얼마나 나쁜지 이웃에 소문을 퍼트리려는 의도에서다. "음식이랑 따뜻한 옷을 보냈는데," 루시가 말한다. "대법관의 명령으로 반입이 거부됐어요."

"뇌물에도 통용되는 금액이 있어요. 간수들을 매수하시죠. 현금이 필요하십니까?"

"필요하게 되면 찾아올게요." 루시는 그의 책상에 술잔을 내려놓는다. "대법관이 우리 전부를 잡아가둘 순 없어요."

"감옥소는 충분한데요."

"육신은 가둘 수 있겠죠, 네. 하지만 그깟 게 뭐라고요. 그자가 우리 재물을 빼앗아갈 순 있지만, 하느님이 우릴 번창하게 하실 거예요. 그 자가 책방을 폐쇄할 순 있지만, 그래도 책들은 살아남을 거예요. 저들에겐 늙은 육신과 창유리의 성자와 양초와 성지가 있지만, 하느님은 우리에게 인쇄기를 주셨죠." 루시의 뺨이 붉게 상기된다. 시선이 책상 위 도안에 내려앉는다. "이게 다 뭔가요, 마스터 크롬웰?"

"정원 설계도예요. 여기 뒤쪽 집들을 좀 사려고 하거든요. 땅이 필요해서요."

그녀가 미소를 짓는다. "정원이라…… 간만에 들어보는 기분좋은 말이네요."

"부인과 존이 와서 함께 즐기면 좋겠습니다."

"여기엔…… 테니스장을 만들 건가봐요?"

"그쪽 부지가 확보되면요. 그리고 여기, 보이시죠, 이쪽엔 과수원을 만들 생각입니다."

루시의 눈에 눈물이 차오른다. "폐하에게 말 좀 잘해주세요. 의지할 사람이 마스터밖에 없어요."

발소리가 들린다. 조핸이다. 루시가 손을 휙 올려 입을 가린다. "하느님 용서하소서…… 순간 당신 언니가 들어오나 했어요."

"착각할 수도 있죠." 조핸이 말한다. "줄기차게 그러는 사람도 있고. 페티트 부인, 남편이 런던탑에 있다니 정말 안타까워요. 하지만 그건 당신들이 자초한 일이에요. 돌아가신 추기경님을 앞장서서 비방한 게 당신 같은 사람들이니까. 하지만 이제는 추기경님이 다시 돌아왔으면 싶으시겠네요."

루시는 더 말하지 않고 자리를 뜬다. 다만 어깨 너머를 한번 오래 돌아볼 뿐이다. 밖에서 머시가 인사를 건네는 소리가 들린다. 저기서는 더 다정한 말을 들을 수 있을 터다. 조핸은 난롯가로 걸어가 손을 덥힌다. "저 여자는 당신이 뭘 해줄 수 있다고 저러나요?"

"국왕에게 가달라는 거죠. 아님 레이디 앤에게라도."

"그리할 건가요? 하지 마요." 조핸이 말한다. "절대로 그러지 마요." 그리고는 손마디로 눈물을 찍어낸다. 루시 일로 속이 상한 모양이다. "모어가 존을 고문하진 않겠죠. 말이 새나갈 거고, 그러면 런던 사람들이 가만있지 않을 테니까. 하지만 이러나저러나 죽은 목숨일지 몰라요." 조핸이 그를 올려다본다. "나이가 꽤 많네요, 그러니까 루시 페티트요. 잿빛 옷은 안 입는 게 낫겠는데. 두 뺨이 푹 꺼진 거 봤죠? 아이도 더는 낳지 못할 거예요."

"무슨 뜻인지 알겠어요." 그가 말한다.

조핸이 치맛자락을 움켜쥔다. "하지만 어떡하죠? 존을 고문하면요? 그자가 이름을 대기라도 하면?"

"그게 나랑 무슨 상관이기에?" 그는 몸을 돌린다. "내 이름이야 대법관이 이미 아는데."

그는 레이디 앤에게 사정을 설명한다. 내가 뭘 할 수 있는데요? 그녀가 묻고 그가 답한다. 레이디는 폐하를 기쁘게 하는 법을 알 것 같습니다만. 그녀가 웃음을 터트리며 말한다. 뭐예요, 한낱 잡화상을 위해 내 처녀성이라도 바치란 건가요?

그는 적당한 때를 봐서 국왕에게 사정을 설명한다. 그러나 왕은 건조한 눈으로 물끄러미 바라보며 대법관이 알아서 할 일이라고 말한다. 다시 앤이 말한다. 나도 시도는 해봤어요. 당신도 알다시피 나 또한 폐하의 손에, 그 장엄한 손에 틴들의 책을 쥐여준 적이 있으니까. 그런데 당신 생각엔 틴들이 이 땅을 다시 밟을 수 있을 것 같나요? 겨울에 협상이 있었고, 해협을 사이에 두고 서신이 오갔다. 이듬해 봄, 안트베르펜에 있는 그의 측근 스티븐 본이 만남을 주선했다. 저녁 어스름의 몸을 숨기기 좋은 시각, 도시 성벽 밖 들판에서였다. 크롬웰의 서신을 받아들고 틴들은 흐느꼈다. 고국으로 가고 싶소. 이제 지긋지긋하오. 도시에서 도시로, 집에서 집으로 쫓겨다니는 것도. 고국으로 가고 싶소. 왕이 허락한다고 한마디만 해주면, 우리 모국어로 된 성서를 허한다고만 해주면, 번역가는 마음대로 골라도 좋소. 나는 다시는 글을 쓰지 않겠소. 나한테는 무슨 짓이든 해도 좋소, 고문하든 죽이든 상관없어요. 잉글랜드 백성에게 복음을 전할 수만 있다면.

헨리는 안 된다고 말하지 않는다. 지금껏 안 된다는 말은 해본 적이 없다, 단 한 번도. 틴들이든 누구든 성서를 번역하는 행위는 금지되어 있지만 아마도, 언젠가는 왕이 승인한 학자의 번역을 허하는 날이 올지도 모른다. 그렇게라도 얘기해야 하지 않겠는가? 왕은 앤을 기쁘게 해주고 싶다.

그러나 여름이 오고 그, 크롬웰은 갈 데까지 가봤으니 이제 돌아가야 한다고 판단한다. 헨리는 너무 소심하고 틴들은 너무 고집스럽다. 그가 스티븐 본에게 보낸 서신에서 당혹감이 읽힌다. 배를 버리게나. 그는 틴들의 아집에 자기를 희생할 생각이 없다. 하느님 맙소사, 그는 말한다. 모어, 그리고 틴들, 저 둘은 천생연분이야. 사람의 탈만 썼지 하는 짓은 고집불통 노새랑 똑같은 자들이지. 틴들은 왕의 이혼을 나서서 지지하지 않을 거다. 그 문제에 관한 한은 수도사 루터도 뜻을 같이할 테고. 그들이 잉글랜드 왕과 친구가 되고자 원칙을 미약하게나마 꺾으리라 생각하겠지만, 그럴 리 없어.

그리고 헨리왕이 "틴들이 뭔데 나를 판단하는가?"라고 따지자 틴들은 냉큼 답신한다. 날래기가 날개라도 돋친 듯하다. "그리스도교도는 누구든 서로를 판단할 수 있습니다."

"고양이도 왕을 쳐다볼 순 있는 법이니까." 그가 말한다. 그는 지금 말린스파이크를 품에 안고, 자신이 일을 가르치는 토머스 에이버리와 이야기하고 있다. 에이버리는 그간 안트베르펜의 상인들 틈에서 실무를 배우러 스티븐 본에게 가 있었지만, 아무때고 조그만 가방에 모직 조끼 한 벌과 셔츠 몇 장 달랑 넣어서는 배를 잡아타고 오스틴프라이어스에 나타난다. 수선스레 집으로 들어서며 머시를, 조핸을, 여자애들을 외쳐 부르는데 거리의 행상에게서 산 사탕과 신기한 물건을 챙겨 온 터다. 리처드와 레이프, 그리고 마침 본가에 다니러 온 그레고리에 게는 내가 왔노라 말하는 대신 주먹으로 몇 대씩 갈긴다. 그러면서도 겨드랑이에 낀 가방은 절대로 내려놓지 않는다.

소년은 그를 따라 사무실로 간다. "외국에 계시던 시절에 향수를 느 낀 적은 없으셨나요, 마스터?"

그는 어깨를 으쓱한다. 내게 집이란 게 있었다면 느꼈겠지. 그러고 는 고양이를 내려놓고 에이버리의 가방을 연다. 손가락으로 묵주를 꺼 낸다. 남들 눈 때문에요. 에이버리가 말하자 그가 답한다. 기특하구나. 말린스파이크가 책상으로 뛰어오른다. 가방 안을 들여다보며 앞발로 툭툭 건드린다. "그 안엔 쥐는 사탕으로 만든 것밖에 없어." 에이버리 가 고양이의 귀를 잡아당기며 실랑이한다. "마스터 본의 집에는 애완 동물이 아예 없어요."

"그 친구, 스티븐의 머릿속엔 사업 생각밖에 없지. 게다가 무척 엄격 해졌어, 요즘 들어서는."

"맨날 이러죠. 토머스 에이버리, 간밤엔 몇시에 들어왔느냐? 너희 마스터에게 서신은 썼느냐? 미사에는 갔고? 언제부터 자기가 미사에 신경썼다고! 그건 그렇고, 건강은 어떠세요?"

"내년 봄엔 집으로 돌아와도 좋다."

이야기를 나누며 그는 조끼를 펼친다. 한차례 흔들어 안팎을 뒤집 고, 조그만 가위로 솔기를 뜯기 시작한다. "깔끔히 꿰맸구나…… 누구 솜씨냐?"

소년은 머뭇거린다. 얼굴을 붉힌다. "예네커요."

그는 안감에서 얇게 접힌 종이를 꺼내 펼친다. "밝은 눈을 가졌겠구나."

"맞아요."

"예쁜 눈이기도 하고?" 그가 시선을 들며 웃는다. 소년이 그의 얼굴을 쳐다본다. 잠시 놀란 듯하고 뭔가 말하려는 것처럼 보인다. 그러다 눈을 내리깔고 고개를 돌린다.

"그냥 놀려본 거야, 톰. 심각하게 생각할 것 없다." 그가 틴들의 서신을 읽으며 말한다. "괜찮은 아이인데다 스티븐 본의 식솔이라면 나쁠 게 뭐냐?"

"틴들은 뭐라고 합니까?"

"읽지도 않고 가져왔다는 거냐?"

"모르는 게 낫겠다 싶어서요, 만약을 대비해서."

토머스 모어의 손님이 될지도 모를 만약을 대비해서 말이지. 그는 왼손에 서신을 든 채 오른손을 헐겁게 말아쥔다. "그자가 내 사람들 근처에 얼씬이라도 했다간 봐라. 웨스트민스터의 법정에서 끌어내 자갈밭에다 머리통을 짓이겨줄 테다. 하느님의 사랑이 어떤지 그 진정한 의미는 뭔지 제대로 경험하게 해주겠어."

에이버리는 싱긋거리며 스툴에 털썩 앉는다. 그, 크롬웰은 다시 서신으로 시선을 돌린다. "틴들이 말하길, 자기는 영영 돌아오지 못할 것 같단다. 설령 레이디 앤이 왕비가 된다 해도…… 어차피 그 과정에서 틴들은 전혀 도움이 되지 못할 게 분명하니. 안전한 통행증 같은 건 믿지 않겠다고 하는구나. 제아무리 국왕이 직접 서명한 것이라도, 토머스 모어가 두 눈 뻔히 뜨고 나랏일을 하는 동안은 어림없다고. 이단자에게 한 약속은 굳이 지킬 필요가 없다고 떠드는 자니까. 여기, 너도 읽어보는 게 좋겠다. 어차피 우리 대법관 나리 앞에선 알아도 문제, 몰라도 문제일 테니."

소년은 움찔하지만 서신을 받아든다. 무슨 세상이 이런가, 약속도 지키지 않는 세상이라니. 그는 부드럽게 말한다. "예네커 얘기 좀 해보려무나. 내가 그애 아버지한테 서신을 보내볼까?"

"아뇨." 에이버리가 깜짝 놀라 시선을 든다. 얼굴을 찡그린다. "아뇨, 그애는 고아예요. 마스터 본이 거둬서 데리고 있는 거죠. 우리가 합심해서 잉글랜드 말을 가르치고 있고요."

"그럼 네게 가져올 돈이 없겠구나?"

소년은 당혹스러운 눈치다. "지참금이야 마스터 본이 챙겨주시겠죠."

난롯불을 피우기엔 날이 너무 포근하다. 촛불을 밝히기엔 시각이 너무 이르다. 그는 틴들의 전언을 소각하는 대신 갈가리 찢는다. 말린스파이크가 귀를 쫑긋 세우고 조각난 서신을 씹는다. "우리 고양이 형제님은," 그가 말한다. "성서라면 사족을 못 쓰지."

스크립투라 솔라. 오직 복음만이 그대를 이끌고 위로할 것이다. 깎아 만든 형상에 대고 기도하거나 그려놓은 얼굴 앞에 초를 밝혀봐야 아무 소용이 없다. 틴들은 '복음'이 복된 소식을 뜻한다고 말한다. 찬양의 노래를, 춤을 의미한다고 말한다. 물론 한도는 있지만. 토머스 에이버리가 묻는다. "내년 봄에는 정말 집으로 돌아와도 되나요?"

런던탑에 있는 존 페티트는 침대에서 잘 수 있게 된다. 그러나 라이언스키의 집으로 돌아갈 가망은 없다.

밤늦게까지 대화하던 어느 날 크랜머 박사가 말했다. 성 아우구스티누스가 말씀하셨지요. 우리는 우리의 집이 어디인지 물을 필요가 없다고. 결국엔 모두가 하느님이라는 집으로 돌아가게 될 테니까.

사순절은 정신을 무너트린다. 애초에 그럴 목적으로 존재하는 기간이기도 하고. 그는 앤을 만나러 들어가는 길에 예의 그 소년 마크를 발견한다. 마크는 류트 위로 몸을 기울이고 뭔가 애잔한 곡을 연주하고 있다. 그는 쾌활하게 지나치면서 마크의 머리를 손가락으로 톡 튕기고 말한다. "기운 좀 내지 그래?"

마크는 스툴에서 떨어질 뻔한다. 그가 보기엔 다들 정신을 놓은 것 같다, 이 사람들은. 걸핏하면 놀라고 매복 공격에 당하기 십상이다. 앤이 꿈에서 깨어난 듯 말한다. "방금 뭐한 거예요?"

"마크를 때려줬죠." 그가 재연해 보인다. "그냥 손가락 하나로."

앤이 말한다. "마크? 그게 누군데? 아. 저애 이름이 마크인가요?"

1531년 봄. 그는 부러 명랑하게 행동한다. 울지 추기경은 어마어마한 불평가였으나 그 불평에는 늘 어딘가 유쾌한 측면이 있었다. 추기경이 투덜댈수록 추기경의 사람 크롬웰은 더욱 명랑하게 굴었다. 그게 둘 사이의 합의였다.

국왕 또한 불평이 많은 사람이다. 두통이 있다고 투덜거린다. 서퍽 공작이 멍청하다고, 날씨가 때 이르게 너무 포근하다고, 나라에 망조가 들었다고 투덜거린다. 왕은 걱정도 많다. 저주를 걱정하고, 사람들이 구체적으로든 추상적으로든 자기를 안 좋게 생각할까 걱정한다. 왕의 걱정이 늘수록 왕의 새로운 종복은 더 침착하고, 더 희망적이고, 더 확고한 태도를 보인다. 그리고 왕이 더 심하게 말을 자르고 까탈을 부릴수록 왕에게 청원하려는 자들은 한결같이 상냥하고 공손한 크롬웰과 인연을 만들어보려 애쓴다.

오스틴프라이어스의 집, 작은 조가 당혹스러운 표정으로 그를 찾아온다. 이제 제법 숙녀 티가 나고, 찡그리는 표정도 퍽 여성스럽다. 이맛살에 부드럽게 주름이 하나 잡히는 게 제 어머니 조핸과 똑같다. "이모부, 부활절 달걀에 뭘 그릴까요?"

"작년엔 뭘 그렸지?"

"작년까진 매년 울지 추기경님의 것 같은 모자를 그렸죠." 조는 그의 얼굴을 살핀다. 자기가 한 말에 어떤 반응을 보이는지 가늠해보려는 것인데, 이는 정확히 그의 습관이기도 하다. 그는 생각한다. 배 앓아 낳은 자식만 진짜 자식은 아닌 법이다. "혹시 잘못했던 건가요?"

"전혀. 내가 알았더라면 좋았을 걸 그랬다. 전하께 하나 가져다드렸을 텐데. 마음에 들어하셨을 거야."

조가 보드랍고 조그만 손을 그의 손에 얹는다. 아직 애티를 벗지 못한 손이다. 손마디가 긁히고 손톱은 물어뜯겼다. "나는 지금 추밀원에 속해 있으니," 그가 말한다. "원한다면 왕관을 그려도 좋아."

이 아이의 어머니와 벌이는 어리석은 짓을, 현재진행형인 그 바보짓을 그만둬야 한다. 조핸도 익히 알고 있다. 전에 그녀는 이런저런 평계를 대며 그와 한집에 머물곤 했다. 그러나 이제는 그가 오스틴프라이어스에 있으면 스테프니의 집으로 간다.

"어머니가 아세요." 조핸이 지나치며 중얼거린다.

그토록 오랫동안 몰랐다는 게 오히려 놀랍지만, 어쨌든 여기서 배울 점은 이것이다. 누군가가 우리를 늘 지켜보고 있는 것 같은 그 기분이 바로 죄의식이며, 그래서 우리는 그림자에도 기겁하게 된다는 것. 하지만 마침내, 자기 머리에도 눈이 달리고 말할 입 또한 뚫려 있음을 깨달은 머시가 그와 단둘이 있을 기회를 잡는다. "사람들 말로는 왕이 다른 건 몰라도 그 걸림돌 하나는 피해갈 방법을 찾았다던데. 그러니까 왕이 그 언니 메리를 이미 침대에 들인 마당에 레이디 앤과 결혼하는 게 어렵지 않겠나 하는 문제 말일세."

"우리가 최고의 자문을 확보했죠." 그가 예사로이 말한다. "제 추천으로 크랜머 박사를 베네치아로 보냈거든요. 율법에 조예가 깊은 학자들을 만나 고대 문헌의 해석과 관련 견해를 구하도록 했습니다."

"그래서 근친상간이 아니다? 자매 중 한 명과 사실혼관계가 아닌 한은?"

"신학자들에 따르면 아닙니다."

"그 말을 얻어내려고 돈을 얼마나 들였나?"

"크랜머 박사는 모를 겁니다. 사제와 학자가 협상 테이블에 앉으면 보다 세속적인 부류가 돈자루를 들고 뒤를 따르지요. 드나드는 길에 서로 얼굴을 마주칠 필요도 없습니다."

"그렇다고 자네 상황이 크게 나아지지는 않아." 머시가 퉁명스레 말한다.

"제 상황은 나아지고 말고 할 게 없는데요."

"그애가 자네와 이야기하고 싶어하네. 조핸 말이야."

"할말이 뭐가 있겠습니까? 우리 모두가 아는데요—" 우리 모두가 안다, 갈 곳 없는 관계라는 걸. 조핸의 남편 존 윌리엄슨이 아직 기침을 떨치지 못했다 해도. 누군가는 늘 그 소리에 귀를 열어놓고 있다,

여기서든 스테프니에서든. 계단 혹은 옆방에서 무슨 신호처럼 들려오는 그 쌕쌕거림에. 그러니까 존 윌리엄슨이라는 자는 남을 불시에 덮치는 게 절대로 불가능한 사람인 것이다. 버츠 박사는 윌리엄슨에게 유독한 냄새와 연기를 멀리하고 시골 공기를 마시라고 권고했다. "마음이 약해진 순간 벌어진 일이었습니다." 그가 말한다. 그러고는…… 어쨌더라? 그 순간의 반복. "하느님은 모두 보고 계십니다. 그렇다고들 하지요."

"그애의 얘기를 들어줘야 하네." 돌아서는 머시의 얼굴이 맹렬히 불탄다. "그애한테 그 정도는 해줘야지."

"내겐 어떻게 보이느냐면요, 과거의 일부처럼 보여요." 조핸의 목소리가 떨린다. 그녀는 손가락을 가볍게 움직여 반달형 후드를 정리하고 구름처럼 부연 실크 베일을 한쪽 어깨 뒤로 넘긴다. "오랫동안 나는 리즈 언니가 정말 죽은 게 아니라고 생각했어요. 언젠가는 멀쩡히 걸어 들어오는 모습을 보게 되리라 믿었죠."

그는 그간 조핸을 아름답게 치장시키고 싶다는 유혹에 끝없이 시달렸다. 그리고 런던의 금세공인과 포목상에게 머시의 말마따나 돈을 퍼붓는 것으로 그 유혹을 해소했다. 그래서 오스틴프라이어스의 여자들은 런던의 아낙네들 사이에서 유명인사로 통하고, 그들은 손으로 입을 가리고 (하지만 무릎이라도 꿇을 기세로 숭배하듯 나지막한 소리로) 이렇게 말한다. 하느님 맙소사, 토머스 크롬웰, 하느님의 은총이 내리듯 돈벼락이 내리기라도 하는 건가요.

"그리고 지금은 이렇게 생각해요." 조핸이 말한다. "우리가 그런 건 언니가 죽어서라고. 그때 우린 충격을 받았고, 속상했고, 이제 그만해야 해요. 그러니까 지금도 속상하긴 하죠. 언제까지나 그럴 테고요."

그는 조앤의 말을 이해한다. 리즈는 세상이 지금 같지 않을 때 죽었다. 울지 추기경이 여전히 기세등등하고 그는 그런 추기경의 사람이었던 시절. "만약," 조앤이 말한다. "재혼을 하고 싶다면, 어머니한테 명단이 있어요. 하긴, 당신한텐 어쩌면 당신만의 명단이 있겠죠. 우리는 모르는 여자들로 채워진."

"그리고 만약에, 당연한 얘기지만," 그녀가 말한다. "존 윌리엄슨이 그리되기라도 하면—하느님 용서하소서, 하지만 해마다 겨울이면 이번이 이 사람의 마지막이려나 싶어요—당연히 나는 두말 않고, 그러니까 곧장, 토머스, 그 사람 관 위로 손을 잡진 않겠지만 아무튼 적당한 때가 되자마자…… 하지만 교회가 허락하지 않을 테죠. 법이 허락하지 않을 거예요."

"그야 모르는 일이죠." 그가 말한다.

조앤은 두 팔을 내들고 홍수처럼 말을 쏟아낸다. "사람들이 그러는데 당신의 저의는, 당신의 속셈은 주교들을 무너뜨려 국왕을 교회의 수장으로 만들고, 교황 성하에게 갈 세입금을 빼앗아 헨리왕에게 주면, 왕은 저 좋을 대로 만든 법을 공표해 제멋대로 아내를 밀어낸 다음 레이디 앤과 결혼하고, 무엇이 죄인지 아닌지, 누가 결혼해도 되는지 안 되는지 죄다 왕이 정하게 만드는 거라더군요. 그리고 메리 공주는, 하느님 보우하소서, 혼외자가 될 테고. 누구든 그 앤이라는 여자가 낳는 아이가 다음번 왕이 될 거라고."

"조앤…… 의회가 재소집되면 의원들 앞에서 방금 했던 말을 다시

해주겠어요? 시간을 꽤나 절약할 수 있을 듯한데."

"안 될 말이에요." 조앤은 기겁하며 말린다. "평민원은 당신 계획에 동의하지 않을 거예요. 귀족들도 마찬가지고. 피셔 주교가 가만있지 않을 거예요. 워럼 대주교도. 노퍽 공작도. 토머스 모어도."

"피셔는 몸이 성치 않아요. 워럼은 늙었고. 노퍽은 불과 며칠 전에 내게 그러더군요. '지긋지긋해'—이런 표현을 그대로 옮겨 미안하지만—'캐서린의 침대보에 묻은 핏자국이라는 깃발 아래 싸우는 것도 말이야. 아서 왕자가 그 여자랑 즐겼든 아니든 간에 이제 와서 누가 좆—신경이나 쓴다고?'" 그는 공작의 말을 황급히 바꾼다. 원래는 더없이 험한 말이었다. "'내 조카딸 앤을 들여보내시오.' 공작이 그러더군요. '와서 자기 바닥을 한번 보이라고 해.'"

"그 여자의 바닥이 어떻기에요?" 조앤은 입을 다물지 못한다. 이제 노퍽 공작의 말은 그레이스처치 스트리트를 굴러내려가 강에 닿고 다리를 건널 것이다. 서더크의 분칠한 부인네들에게까지 전해져 입에서 입으로 마치 궤양처럼 옮겨다니겠지. 그러나 하워드라는 사람이, 불린이라는 가문이 워낙 그렇다. 그가 말을 옮기든 옮기지 않든, 앤의 인성을 둘러싼 소문은 런던과 세계로 퍼져나갈 것이다.

"그 여자는 왕의 성질을 긁어요." 그가 말한다. "왕은 투덜대지. 캐서린한테 평생 들어본 적 없는 말을 앤에게서 듣는다고. 노퍽이 그러는데 앤은 개한테도 안 쓸 말을 왕한테 쓴다는군."

"맙소사! 그런데도 그 여자를 매질하지 않는다니."

"아마 그리하겠지, 일단 결혼하고 나면. 봐요, 캐서린이 로마에 낸 소송을 취하하거나, 잉글랜드에서 내리는 판결에 따르거나, 교황이 헨리왕의 염원을 받아들이면, 이 모두는—당신이 말한 모든 건 없는 일이 될 테고, 그건 그저—" 그가 손으로 부드럽게 양피지를 말아올리는 시늉을 하며 상황의 마무리를 암시한다. "클레멘스 교황이 어느 날 아침 책상으로 가서 아직 잠이 덜 깬 채로 읽지도 않은 문서에 왼손으로 서명을 한들, 글쎄, 누가 뭐라 하겠어요? 그리만 하면 나와는 안녕이에요. 우리와는 안녕이야. 더는 귀찮을 일 없이 자기 수입을 그대로, 자기 권위를 그대로 갖게 될 거요. 지금 헨리가 원하는 건 딱 하나고, 그건 바로 앤을 자기 침대에 들이는 것이거든. 하지만 이대로 시간이 가면 왕은 단언컨대 이렇게 생각하기 시작할 거예요. 다른 것들도 한번 원해보면 어떨까."

"네. 그 사람은 늘 그런 식이죠."

"한 나라의 왕이에요. 그러는 데 익숙하지."

"혹 교황이 계속 고집을 부린다면?"

"자기 세입을 놓고 구걸하게 되겠지."

"왕이 그리스도교도의 돈을 빼앗으려 들까요? 이미 부자인데."

"그건 당신이 틀렸어요. 폐하는 가난해."

"오. 왕도 그 사실을 알고요?"

"잘 모르겠네요, 자기 돈이 어디서 들어오고 어디로 나가는지 왕이 아는지는. 생전에 추기경 전하는 모자를 장식할 보석이니 말이니 멋진 집이니 하는 걸 탐한 적이 없었는데, 헨리 노리스는 내탕금이 따로 있는데도 국가 수입에 과하게 손대고 있어요, 내 기준으로는 그래요. 그자는," 조핸이 묻기도 전에 그가 덧붙인다. "내 일생일대의 골칫거리요." 그자는 늘, 그는 덧붙이지 않는다. 앤의 곁에 붙어 있거든, 내가 그녀와 단둘이 봐야 할 때마다.

"헨리가 가난한 형편에 끼니를 때울 곳이 필요하거든 여기로 오라고 해요. 헨리 노리스 말고. 내 말은, 우리의 거지왕 헨리요." 조핸이 자리에서 일어난다. 유리에 비친 자신을 본다. 반사된 그 모습이 부끄럽다는 양 몸을 수그리고 얼굴을 단속한다. 보다 가볍고, 묘하고, 무심하고, 덜 다사로워 보이게. 그러는 그녀를 그는 지켜본다. 눈썹을 아주 살짝 들고 입꼬리를 말아올리는 그녀를. 저 모습을 그려볼 수도 있을 텐데, 그는 생각한다. 내게 그런 재주가 있다면. 나는 조핸을 그토록 오래 들여다봤지만, 그렇게 보는 것으로는 망자를 불러올 수 없다. 뚫어져라 볼수록 그들은 더 빨리 더 멀리 가버린다. 리즈 와이키스가 남편과 여동생이 벌이는 짓을 천국에서 내려다보며 미소 지으리라곤 생각해본 적 없다. 아니, 오히려 내가 리즈를 어둠 속으로 밀어넣었다고 생각한다. 그리고 기억이 떠오른다. 언젠가 월터가 그랬다, 그의 어머니는 젊을 때 북부에서 내려오면서 보따리에 넣어온 조그만 성자 조각상에게 기도를 올리곤 했다고. 그리고 월터와 잠자리에 들기 전엔 늘 그걸 돌려세웠다고. 월터는 말했다. 젠장할, 토머스. 내 기억이 정확하다면 그건 빌어먹을 펠리치타 성녀였어. 내가 너를 만든 밤에도 그 여자 얼굴은 분명 벽을 향해 있었어.

조핸이 방을 서성인다. 커다란 방은 빛으로 가득하다. "이 모든 것," 그녀가 말한다. "지금 우리가 가진 것들이요. 시계. 스티븐 본이 플랑드르에서 보내온 새 궤짝, 새랑 꽃이 새겨진 것 말이에요. 당신이 토머스 에이버리에게 말하는 걸 내 귀로 똑똑히 들었어요. 아, 스티븐에게 내가 원한다고 전해라. 값이 얼마든 상관없다고. 우리랑 일면식도 없는 사람을 그린 그림들, 이 모든 것, 이게 다 뭔지 나는 알지도 못해요. 류트니 악보니 하는 것들. 우리가 언제 이런 걸 가지고 살아봤다고. 어렸을 때 나는 거울을 본 적이 없어요. 하지만 이제는 매일같이 내 모습을 비춰보죠. 그리고 그 빗, 당신한테 받은 상아빗이요. 살면서 내 빗을 가져본 적이 없었는데. 리즈 언니가 내 머리칼을 땋아 후드 밑으로 넣어주면 내가 언니 머리를 그리해줬고, 혹 우리 차림새가 바르지 않으면 누군가가 지적해주는 식이었죠."

우리는 왜 가혹했던 과거에 이처럼 얽매이는가? 우리 아버지와 우리 어머니를, 불기 없는 나날과 고기 없는 나날을, 모진 겨울과 매서운 혀를 견뎌낸 우리 자신이 왜 그토록 자랑스러운가? 달리 뭘 어찌해볼 수 있었던 것도 아닌데. 심지어 리즈도, 그들이 젊었던 시절 아침 일찍부터 불가에 서서 그레고리의 윗옷을 덥히고 있는 그를 볼 때면 리즈조차 날카롭게 말하곤 했다. 그러지 마. 매일 해주길 바라게 될 거야.

그가 말한다. "리즈―그러니까, 조핸……"

또 그러시네, 조핸의 얼굴이 말한다.

"당신에게 잘해주고 싶어. 내가 뭘 주면 좋을지 말해봐요."

그는 그녀가 소리치기를 기다린다. 여자들이 으레 그러듯, 당신은 나를 돈으로 살 수 있으리라 생각해요? 하고. 하지만 조핸은 말이 없다. 듣고만 있다. 넋을 잃은 듯 몰두한 표정으로 그와 눈을 맞춘 채 돈으로 살 수 있는 것에 대한 그의 이론에 귀를 기울인다. "피렌체에 한 남자가 있었어요. 프라 사보나롤라라는 수사였는데, 사람들을 꾀어 아름다움은 죄악이라고 믿게 만들었지. 몇몇은 그자가 마법사라고 생각하며 그자의 마력에 한동안 사로잡혔어요. 거리에 불을 피우고 자신이 아끼던 모든 걸 던져넣었지. 직접 만들거나 열심히 일해서 산 모든 것. 수 필에 달하는 실크, 결혼 첫날밤 침대를 장식하려 모친이 수놓은 리넨, 시인의 친필이 담긴 시집, 채권과 유언장, 소작장부, 부동산 권리 증서, 개와 고양이, 걸치고 있던 셔츠, 끼고 있던 반지, 여자들은 쓰고 있던 베일까지 모조리 내던졌어요. 그중에서도 최악은 말이에요, 조핸—거울을 던졌다는 거예요. 자기 얼굴도 더는 볼 수 없고, 들판의 짐승이나 길가 장작더미 위에서 비명을 지르는 피조물과 자신이 어찌 다른지도 알 수 없게 말이지. 거울을 모조리 녹인 그들은 텅 비어버린 집으로 돌아가 바닥에 누웠어요. 침대도 다 불살라버렸거든. 이튿날 일어나보니 딱딱한 맨바닥에서 잔 탓에 온몸이 욱신거렸고, 아침식사를 할 식탁조차 없었지. 전날 땔감으로 써버렸으니까. 죄다 쪼개서 장작으로 만든 탓에 걸터앉을 의자도 없고, 끼니를 때울 빵도 없었어요. 제 빵사가 반죽용 그릇과 이스트와 밀가루와 저울을 화염에 던져넣었거든. 그중에서도 최악은 뭔지 알아요? 그들이 맨정신이었단 거예요. 지난밤 와인이 든 부대를 가져다가……" 그는 팔을 휘둘러 불 속에 뭔가를 던지는 시늉을 한다. "그래서 맨정신에 머리도 맑았건만 주위를 둘러보니 먹을 것도 마실 것도 걸터앉을 것도 아무것도 없었던 거지."

"하지만 그게 최악이 아니었잖아요. 거울이 최악이었다면서요. 더는 자신을 볼 수 없게 된 게."

"그래요. 뭐, 내 생각은 그래. 나는 언제든 내 얼굴을 비춰볼 수 있으면 하거든. 그리고 당신도, 조핸, 당신을 비춰볼 좋은 거울을 늘 가지고 있어야 해요. 당신은 바라볼 가치가 충분한 여자니까."

소네트를 써볼 순 있을 것이다. 무려 토머스 와이엇이 그녀에게 바치는 소네트를 쓴들 이 정도의 효과는 내지 못할 것이다…… 조핸은 고개를 돌리지만, 얇은 막 같은 베일 너머로 그녀의 발개진 살갗이 보인다. 여자들은 늘 조르니까. 말해줘요, 뭐든 말 좀 해줘요, 당신 생각을 말해줘요, 하고. 그는 정확히 그걸 해줬다.

두 사람은 친구로 헤어진다. 옛정에 기댄 마지막 관계조차 없이 마무리한다. 사실 둘이 갈라선 건 아니다. 이제 다른 관계가 된 것뿐. 머시가 말한다. "토머스, 자네는 싸늘히 식어 돌 밑에 누웠다가도 말발로 무덤을 박차고 나올 사람이야."

집안은 조용하고 평온하다. 도시의 혼란은 정문을 뚫지 못한다. 그는 자물쇠를 바꾸고 쇠사슬을 보강한다. 조가 부활절 달걀을 가져온다. "이거요, 이모부 드리려고 챙겨놨어요." 점 하나 없는 새하얀 달걀이다. 사람의 이목구비는 그려져 있지 않지만, 기우뚱한 왕관 아래 양파 껍질 색깔의 곱슬머리 한 가닥이 돋아나 있다. 우리가 하는 일은 주군을 선택하고 그가 어떤 사람인지 아는 것이다. 그런데 정말 그런가?

조가 말한다. "어머니가 이러셨어요. 이모부에게 가서 전하렴. 선물로는 그리핀의 알 껍질로 만든 술잔이 좋겠다고. 그리핀은 사자의 몸에 새의 머리와 날개를 가진 짐승이란다. 이제는 멸종되어서 더는 찾아볼 수 없지."

그가 말한다. "어머니께 무슨 색이 좋겠냐고 여쭤봐라."

조는 그의 뺨에 입을 맞춘다.

그는 거울을 들여다보고, 환한 방 전체가 그에게 다시 반사되어 온다. 류트, 초상화, 실크 벽걸이. 로마에 아고스티노 치기라는 은행가가 있었다. 고향땅 시에나에서 세계 제일의 부자로 통하는 사람이었다. 아고스티노는 교황을 저녁식사에 초대해 금접시에 담은 음식을 대접했다. 이윽고 식사가 끝난 자리―포식한 뒤 편히 널브러져 앉은 추기경들, 그들이 만들어놓은 난장판, 반쯤 발라먹은 뼈와 생선 가시, 굴 껍데기와 오렌지 껍질―를 보며 말했다. 까짓것, 설거짓거리나 덜어줍시다.

내빈들이 열린 창밖으로 내던진 접시가 티베르강으로 곧장 날아갔다. 뒤이어 지저분한 식탁보가 날아가고, 하얀 냅킨이 음식 찌꺼기를 향해 탐욕스레 달려드는 갈매기처럼 펄럭였다. 로마인의 왁자지껄한 웃음소리가 로마의 밤으로 퍼져나갔다.

치기는 강둑에 미리 그물을 쳐둔 터였다. 아무것도 빠져나가지 못하게 잠수부도 세워두었다. 동틀녘에 눈이 예리하고 직급이 높은 하인이 강둑으로 가 강 깊은 곳에서 건져올린 물품을 수거하는 대로 일일이 목록과 대조해 바늘로 찔러 표시했다.

1531년. 여름에 혜성이 나타난다. 기나긴 황혼 속, 곡선을 그리며 떠오르는 달과 낯설고 새로운 별이 내뿜는 빛 아래서 검은 옷을 입은 젠틀맨들이 사이좋게 정원을 거닐며 구원을 이야기한다. 토머스 크랜머와 휴 래티머, 앤 일가의 사제와 사무원이 신학과 관련한 수다라는 순풍을 타고 무심결에 오스틴프라이어스까지 흘러왔다. 도대체 교회가 어디서부터 잘못되었는지, 다시 올바른 흐름을 타려면 어째야 할지 고민한다. 그가 창밖의 젠틀맨들을 내려다보며 말한다. "저중 누구 하나라도 성서를 해석하는 데 상대에게 조금이라도 동의하는 지점이 있으리라 생각한다면 실수일 거다. 단 한 철이라도 토머스 모어에게서 벗어날 시간을 줘보거라. 저들은 결국 서로를 박해하기 시작할 테니."

그레고리는 방석에 앉아 개와 놀고 있다. 깃털로 개의 코를 간질이고 녀석이 재채기를 하자 재밌어한다. "아버지," 그레고리가 말한다. "아버지의 개는 왜 다들 이름이 벨라고 다 쪼그매요?"

그 뒤의 오크나무 테이블에는 국왕의 천문관인 니콜라우스 크라처가 아스트롤라베*와 종이, 잉크를 앞에 놓고 앉아 있다. 이윽고 깃펜을 내려놓고 고개를 든다. "마스터 크롬웰." 가벼운 어투로 말한다. "내 계산이 틀렸거나, 이 우주가 우리 생각과 다르거나, 둘 중 하나인 모양입니다."

그가 묻는다. "혜성이 나쁜 징조인 이유가 뭐요? 왜 좋은 징조일 수 없지? 혜성이 국가의 몰락을 예고한다고 하는 이유는 뭐고? 왜 융성을 예고한다고 볼 수 없지?"

크라처는 뮌헨 출신으로 그와 비슷한 연배이며, 피부가 거무스름하고 길쭉한 입에는 익살기가 가득하다. 말동무를 찾아, 훌륭하고 교양 있는 대화를 더러는 자신의 모국어로 나누고 싶어 오스틴프라이어스에 온다. 울지 추기경에게 후원을 받았고, 보답으로 아름다운 황금 해시계를 만들어 선물하기도 했다. 그것을 본 위대한 인물은 기쁨으로 상기되었다. "시반면이 아홉 개로군, 니콜라우스! 노퍽 공작보다 일곱 개가 많아."

1456년에도 이런 혜성이 나타났다. 학자들은 혜성을 기록했고, 갈리스토 교황은 혜성을 파문했으며, 이를 목격한 노인 한둘은 아직 살

---

* 천문관측에 쓰이던 장치.

아 있을지도 모른다. 기록에 따르면 혜성의 꼬리는 날이 휜 칼 모양이었다는데, 바로 그해에 튀르크인이 베오그라드를 포위했다. 하늘이 내려주는 전조일지 모를 무엇이든 눈여겨보는 게 좋다. 국왕에게 절실한 최고의 자문일 수 있으니까. 1524년 가을 물고기자리의 행성들이 일직선으로 선 뒤 독일에서 큰 전쟁이 나고 루터파가 부상하고 평민들이 폭동을 일으키고 카를황제의 백성 십만 명이 죽었다. 그리고 삼 년 내내 비가 내렸다. 로마 약탈 또한 자그마치 십 년 전에 이미 예언된 바 있었다. 허공과 땅 밑에서 들려온 전투 소리로. 눈에 보이지 않는 군대가 충돌하고, 강철과 강철이 맞부딪치고, 죽어가는 병사의 망령 같은 울음소리가 진동했다. 그 자신은 당시 로마에 없어 직접 듣지 못했으나, 친구의 아는 사람이 그 소리를 들었다고 말하는 이를 여럿 만났다.

그가 말한다. "자, 당신이 각을 제대로 읽었다는 확신이 들면 내가 점검하도록 하지요."

그레고리가 말한다. "크라처 박사님, 혜성은 어디에 가 있는 거예요, 우리 눈에 보이지 않을 때는?"

해가 졌다. 새소리가 잦아든다. 열린 창문으로 약초 화단의 향이 흘러들어온다. 크라처는 꿈쩍도 하지 않는다. 기도 혹은 그레고리의 질문에 사로잡혀 기다랗고 마디가 툭툭 불거진 손가락을 깍지 낀 채 앞의 종이를 가만히 바라본다. 저 아래 정원에서 래티머 박사가 위를 올려다보며 손을 흔든다. "박사가 시장한 모양이구나. 그레고리, 손님들을 모시고 들어와라."

"일단 수치부터 얼른 훑어보겠습니다." 크라처가 고개를 젓는다. "루터는 하느님이 수학보다 위에 계신다고 하지요."

크라처를 위해 촛불을 들여온다. 어스름에 검게 보이는 목제 테이블에 불빛이 자리를 잡으며 둥근 모양으로 흔들린다. 학자의 입술이 저녁기도를 올리는 수도사의 입술처럼 움직인다. 학자의 깃펜에서 숫자가 액체처럼 쏟아져나온다. 그, 크롬웰이 문간에서 몸을 돌려 숫자를 본다. 숫자들은 테이블에서 날갯짓하더니 스치듯 날아 방 구석구석에 녹아든다.

서스턴이 부엌에서 쿵쿵거리며 올라온다. "사람들이 여길 뭘로 생각하는지 정말 알다가도 모르겠다니까요! 만찬을 좀 여십시오, 안 그랬다간 큰일나겠습니다요. 사냥을 다니는 젠틀맨들이 죄다, 게다가 부인들까지 우리한테 고기를 보내니 군대 하나를 먹이고도 남겠어요."

"이웃에게 보내게."

"서퍽도 하루가 멀다 하고 수사슴을 보내는뎁쇼."

"므슈 샤퓌가 근처에 살아. 그쪽엔 선물이 그리 많이 들어오지 않을 거야."

"그리고 노퍽은ㅡ"

"뒷문에서 사람들한테 나눠줘. 누가 배곯는지 교구에 물어보고."

"하지만 손질은 다 누가 하고요! 가죽을 벗기고 자르는 일은요!"

"내가 가서 좀 도와주면 어떤가?"

"무슨 말도 안 되는 말씀을!" 서스턴이 앞치마를 움켜잡는다.

"재미있을 거야." 그는 손가락에서 추기경의 반지를 뺀다.

"가만히 앉아 계세요! 가만히 앉아 젠틀맨답게 구세요, 나리. 뭐 기소할 일은 없으세요? 그럼 법을 만드세요! 나리, 이쪽 일을 안다는 사실 자체를 잊으셔야 한다니까요."

그는 다시 의자 등받이에 몸을 기대며 깊은 한숨을 내쉰다. "후원자들에게 감사 서신은 보내고 있나? 내가 직접 서명하는 게 좋겠어."

"감사하고 또 감사하는 중이지요." 서스턴이 말한다. "여남은 명은 되는 사무원이 끼적여대고 있습죠."

"자넨 부엌 보조를 더 구해야겠어."

"나리는 글쟁이를 더 구하시고요."

국왕이 찾으면 그는 런던을 떠나 왕이 있는 곳으로 간다. 8월에 그는 앤을 지켜보는 한 무리의 대신 사이에 끼어 있다. 그녀는 쨍쨍 내리쬐는 햇볕 아래 메이드 메리언*처럼 차려입고 과녁을 겨눈다. "윌리엄 브레러턴, 안녕하시오." 그가 말한다. "왜 체셔에 계시지 않고요?"

"네. 몸은 여기에 있지만 마음은 체셔에 있지요."

그럼 오지 말지 그랬나. "나는 당신이 영지에서 사냥하고 있으리라 생각했지 뭐요."

브레러턴이 인상을 쓴다. "내 일거수일투족을 당신에게 보고해야 합니까?"

푸르른 실크 옷을 차려입고 푸르른 공터에 선 앤은 초조하고 약이 바짝 올라 있다. 활이 마음에 들지 않는다. 그녀는 성질을 못 이겨 활을 풀밭에 내동댕이친다.

"저애는 어릴 때도 딱 저랬어요." 그가 고개를 돌리니 어느새 메리 불린이 곁에 와 있다. 지나치다 싶게 바짝 붙어 선다.

---

* 로빈 후드의 연인.

"로빈 후드는 어디 있답니까?" 그의 시선은 앤에게 가 있다. "긴급 공문이 있는데요."

"해가 지기 전까진 그걸 들여다보지 않을 거예요."

"그 이후에는 시간이 되고요?"

"저애가 눈곱만큼씩 자길 팔고 있거든요. 젠틀맨들이 다들 그러는데 당신이 자문해주고 있다면서요. 저애는 무릎 위로 조금씩 올라갈 때마다 선물로 현금을 달라고 해요."

"당신이랑은 다르군요, 메리. 한번 밀려날 때마다 아유 착해라, 여기 4펜스다."

"뭐. 아시잖아요. 그런데 왕들이 어디 그러나요." 그녀가 웃는다. "앤은 다리가 무척이나 길어요. 저애의 은밀한 부분에 닿을 때쯤이면 폐하는 파산하고 말 거예요. 프랑스랑 전쟁을 벌이는 편이 더 싸게 먹힐걸요, 굳이 비교를 하자면."

앤은 활을 바꿔보라는 메리 셸턴의 제안을 연거푸 뿌리친다. 성큼성큼 풀밭을 가로질러 그들을 향해 온다. 머리칼을 감싼 황금색 그물망의 다이아몬드 장식이 반짝반짝 빛난다. "뭐하는 거야, 언니? 마스터 크롬웰의 평판을 또 한번 망치려고?" 무리 사이에서 키득거리는 소리가 들린다. "내게 줄 좋은 소식이라도 있어요?" 앤이 그에게 묻는다. 목소리도 표정도 한결 부드러워진다. 그녀는 그의 팔에 한 손을 얹는다. 키득거림이 멈춘다.

뚫어져라 보는 눈이 없는 북향의 밀실에서 앤이 말한다. "나야말로 당신에게 줄 소식을 가져왔어요. 가드너가 윈체스터를 갖게 될 거예요."

윈체스터는 울지 추기경의 주교구 가운데 가장 부유한 곳이었다. 그의 머릿속에는 관련 수치가 빠짐없이 있다. "그런 특혜를 받으면 그자가 고분고분해질지도 모르지요."

앤이 미소를 짓는다. 입술을 비트는 데 더 가깝다. "내게는 아니죠. 그자는 캐서린을 제거하려 해왔지만 내가 그 여잘 대신하길 바라진 않아요. 폐하한테도 공공연히 말하곤 해요. 그자가 내무장관이 아니면 좋겠어요. 당신이—"

"너무 이릅니다."

앤이 고개를 끄덕인다. "네. 아마도. 리틀 빌니가 화형당한 건 알고 있나요? 우리가 숲에서 도적떼 놀이를 하는 동안에요."

빌니는 광야에서 설교하며 틴들의 복음이 적힌 종이를 나눠주다 붙들려 노리치 주교 앞으로 끌려갔다. 그자가 화형당하던 날에는 바람이 많이 불었고, 그 탓에 불길이 자꾸만 엉뚱한 곳으로 향해 숨이 끊어지기까지 시간이 오래 걸렸다. "토머스 모어는 그러더군요. 불 속에서 빌니가 믿음을 철회했다고."

"그 장면을 직접 본 사람들은 다르게 얘기하던데요."

"빌니는 어리석었어요." 앤이 말한다. 그녀의 얼굴이 깊은 분노로 붉게 달아오른다. "목숨을 부지해줄 말을 뭐든 해야죠. 더 나은 시절이 오길 기다리면서. 그건 죄가 아니에요. 당신이라면 안 그러겠어요?" 그가 머뭇거리는 건 흔치 않은 일이다. "아, 말해봐요. 생각해본 적 있잖아요."

"빌니는 불구덩이에 제 발로 걸어들어간 겁니다. 결국 그리될 거라고 내가 누누이 말했어요. 믿음을 철회하고 석방된 전력이 있으니 더 이상의 자비는 구하기 힘들었지요."

앤이 시선을 떨군다. "우린 얼마나 운좋은 사람들인가요, 하느님의 자비가 끝없이 계속되니." 그녀는 몸서리가 나는 듯하다. 두 팔을 쭉 뻗는다. 그녀에게서 푸르른 이파리와 라벤더 향기가 난다. 땅거미 속에서 그녀의 다이아몬드가 빗방울처럼 시원해 보인다. "도적떼의 왕이 귀가할 시간이네요. 가서 만나봐야죠." 그녀는 허리를 꼿꼿이 세운다.

가을걷이가 슬슬 시작되고 있다. 밤은 보랏빛이고, 수확을 끝낸 밭 위에서 혜성이 반짝인다. 사냥꾼이 개들을 불러들인다. 성십자가의 현양축일*이 지나면 사슴들은 안전해질 것이다. 그가 어릴 적 이맘때는 여름 내내 황야에서 제멋대로 살던 소년들이 집으로 돌아가 아버지와 화해하는 시기였다. 추수 기념 저녁식사를 마치고 교구 전체가 술에 취한 밤을 틈타 살그머니 집으로 들어갔다. 성령강림절 전부터 녀석들은 쓰레깃더미를 뒤지거나 거지 행세를 하며 살아온 터였다. 덫으로 잡은 새와 토끼를 솥단지에 익혀 먹고, 눈에 보이는 여자애마다 뒤를 쫓아 비명을 지르며 집으로 돌아가게 만들고, 축축하고 추운 밤이면 별채와 헛간으로 몰래 숨어들어 노래하고 수수께끼와 농담을 주고받으며 추위를 쫓았다. 그 철이 끝나면 이제 그가 솥단지를 팔아치울 시간이었다. 솥을 들고 집집마다 다니며 장점을 설명했다. "이 솥은 절대로 속이 비지 않아요." 그는 주장했다. "수중에 있는 게 생선 대가리 몇 개뿐이래도 여기다 던져두면 커다란 넙치가 돼서 올라온다니까요."

"구멍난 데는 없고?"

"아무 이상 없어요. 제 말을 못 믿겠으면, 부인, 여기다 소변을 보셔

---

* 9월 14일.

도 돼요. 자, 대가로 뭘 주실 건가요. 멀린 마법사가 소년이던 시절 이래로 이 녀석에 대적할 솥단지는 없었다니까요. 덫에 쥐가 걸리면 여기에 넣어요. 양념한 멧돼지 머리가 입에 사과를 물고 어서 먹어줍쇼 하고 있을 테니."

"몇 살이니?" 여자 하나가 그에게 묻는다.

"그건 말씀드릴 수 없는데요."

"내년에 다시 와라. 나랑 같이 깃털 이불을 덮게 해줄게."

그는 망설인다. "내년에는 멀리 떠날 거예요."

"순회공연이라도 다니게? 이 솥단지랑?"

"아뇨. 황야에서 강도가 되어볼까 했죠. 꾸준히 일하기엔 곰 관리인도 좋겠고요."

여자가 말한다. "잘해보려무나."

그날 밤, 목욕과 저녁식사를 하고 노래와 춤을 즐긴 뒤 국왕은 산책을 나가자고 한다. 왕은 시골스러운 취향을 가진 터라 헤지 와인*이라 불리는 그리 세지 않은 와인을 즐긴다. 그러나 요즘 들어서는 첫잔을 단숨에 비우고 더 대령하라는 의미로 고개를 끄덕인다. 그러다보니 테이블을 떠날 때는 프랜시스 웨스턴의 부축을 받아야 한다. 굵은 이슬이 내린 탓에 횃불을 든 시종들이 풀밭을 철벅철벅 걷는다. 왕은 축축한 공기를 몇 차례 들이마신다. "가드너는," 왕이 말한다. "그대와 사이가 안 좋지."

---

* 하층민이 마시는 싸구려 와인.

"저는 그자에게 아무 불만도 없습니다." 그가 담백하게 말한다.

"그럼 가드너가 그대에게 불만이 있는 거로군." 왕은 어둠 속으로 사라진다. 다음 순간 횃불의 불길 뒤에서 왕의 목소리가 들려온다. 불타는 가시덤불*에서 하느님의 말씀이 들리듯. "가드너는 내가 알아서 할 수 있네. 그자를 다루는 법을 알거든. 요즘 내겐 가드너처럼 강직한 부류의 신하가 필요해. 논란을 겁내는 사람은 원치 않아."

"안으로 드셔야 합니다, 폐하. 이처럼 습한 밤기운은 건강에 해롭습니다."

"꼭 울지 추기경처럼 말하는군." 왕이 웃는다.

그는 왕의 왼편으로 다가간다. 나이가 어리고 호리호리한 웨스턴의 무릎이 꺾이기 일보 직전이다. "제게 기대시지요, 폐하." 그가 제안한다. 왕은 마치 몸싸움 기술을 걸 듯 그의 목을 한 팔로 단단히 감는다. 꾸준히 일하기엔 곰 관리인도 좋다 했던가. 순간적으로 그는 왕이 울고 있다고 생각한다.

이듬해에 그는 떠나지 않았다. 곰 관리니 뭐니 하는 일도 없었다. 바로 그해에 콘월 사람들이 포효하며 몰려왔다. 반란군은 런던을 불태우고 잉글랜드 국왕을 끌고 가 콘월 사람들의 뜻에 굴복시킬 작정으로 덤벼들었다. 콘월의 군대보다 먼저 두려움이 찾아들었다. 그들은 짚가리를 불사르고 가축의 힘줄을 자르고 사람이 있는 가옥을 통째로 태우고 사제를 도륙하고 아기를 잡아먹고 성찬용 빵을 짓뭉개는 것으로 유명했기 때문이다.

---

* 출애굽기에 나오는, 불이 붙었으나 타지 않는 가시덤불을 뜻함.

국왕이 갑자기 팔을 풀고 그를 놓아준다. "우리의 썰렁한 침대로 가세. 아니, 내 침대만 그런 건가? 내일 같이 사냥을 나가세나. 갖고 있는 장비가 미흡하면 우리가 마련해주겠네. 내가 그대를 녹초로 만들 수 있는지 한번 봐야지. 울지는 불가능하다고 했거든. 그대와 가드너와 함께 일하는 법을 배워야 하네. 올겨울에 두 사람은 같은 멍에를 쓰고 쟁기질을 해야 할 처지니까."

왕이 원하는 건 쟁기를 끌 황소가 아니다. 왕의 총애를 놓고 벌이는 전쟁에서 정면으로 승부하고 부상당하고 불구가 되기를 자처하는 야생의 짐승이다. 그가 가드너와 잘 지낼 때보다 그러지 못할 때 국왕과의 관계에서 더 좋은 기회를 얻을 수 있음은 불 보듯 뻔하다. 분열시켜 지배하라. 하지만 그러나마나 왕은 이미 지배하고 있는 것을.

의회가 다시 소집되지는 않았으나 성 미카엘 축일 기간에 그는 유례없이 바쁘다. 국왕의 사업 관련 두꺼운 서류철이 거의 매시간 도착하고, 오스틴프라이어스는 도시의 상인, 이런저런 부류의 수도사와 사제, 그와 오 분이나마 면담하려는 청원인으로 북적댄다. 권력의 이동이나 곧 펼쳐질 멋진 볼거리 같은 걸 감지라도 한 듯 런던 사람들은 그의 집 밖에 옹기종기 모여서, 오가는 이들을 가리키며 어디 소속인지 떠들어댄다. 노퍽 공작의 수하라는 둥, 월트셔 백작의 하인이라는 둥. 그는 창가에서 그들을 내려다보며 어딘가 익숙한 얼굴들이라 느낀다. 가을이면 월터의 대장간 문 앞에 둘러서서 뜬소문을 이야기하며 몸을 덥히던 남자들의 아들들이다. 과거의 그를 닮은 소년들이다. 잠시도 가만있지 못하고 무슨 일이든 벌어지길 기다린다.

그는 그들을 내려다보며 얼굴을 단속한다. 에라스뮈스는 매일 아침 집을 나서기 전에 반드시 해야 할 일이 있다면서 이렇게 말한다. "이를테면, 가면을 써라." 그는 어느 곳에서든, 어느 성채 혹은 여관 혹은 귀족가의 자리에서든, 자신이 아침에 눈뜨게 되는 어디에서든 이 원칙을 고수한다. 에라스뮈스에게는 돈을 좀 보낸다. 생전에 울지 추기경이 그랬듯. "귀리죽이라도 좀 사먹게 말이야." 추기경은 말하곤 했다. "그 가여운 영혼한테 깃펜과 잉크는 계속 대줘야지." 에라스뮈스는 깜짝 놀란다. 토머스 크롬웰에 대해서는 안 좋은 이야기만 들었기 때문이다.

추밀원에서 선서한 날부터 그는 얼굴을 단속해왔다. 그해 초반 몇 개월은 다른 사람들의 얼굴을 지켜보며 보냈다. 그들이 의심하고 유보하고 반대할 때 어떤 표정인지 알기 위해서—그들이 온화한 대신, 조력자, 무조건적 동조자의 얼굴로 돌아가기 직전의 그 짧은 순간을 포착하기 위해서. 레이프는 말한다. 라이어슬리는 믿음이 안 가요. 그는 웃음을 터트린다. 콜미와 내 관계는 내가 안다. 그자는 궁정에 인맥이 많지만 울지 추기경 밑에서 일을 시작했지. 누군 아니었겠느냐만은. 하지만 트리니티홀에 다닐 때는 가드너 밑에 있었으니, 우리 둘이 출세하는 과정을 모두 지켜본 셈이지. 투견 두 마리가 몸집을 불리는 모습을 내내 지켜봤으니 어디에 돈을 걸어야 할지 마음을 못 정하는 거야. 그는 레이프에게 말한다. 내가 라이어슬리였어도 같은 심정이었을 거다. 내가 젊었을 때는 차라리 쉬웠다. 그저 울지 추기경한테 몽땅 걸면 됐으니까. 그는 라이어슬리가, 혹은 그자와 비슷한 부류가 두렵지 않다. 지조 없는 사람의 행동은 계산이 가능하다. 받아먹을 먹이가 있는 한 그들은 당신의 발뒤꿈치를 좇는다. 오히려 스티븐 본 같은 자가 계산이 더 힘들고 보다 위험하다. 당신에게 본처럼 적어 보내는 자가. 토머스 크롬웰, 나는 당신을 위해서라면 뭐든 할 겁니다. 당신을 이해한다고 말하는 자, 당신을 꼭 껴안고 떨어질 줄 모르는 자. 바로 그런 자들이 당신을 끝 모를 구렁텅이로 몰고 간다.

오스틴프라이어스의 출입문에 서 있는 자들에게 그는 맥주와 빵을 내보낸다. 아침 날씨가 점차 매서워지자 수프도 함께 대접한다. 서스턴이 말한다. 뭐, 온 동네를 다 먹여 살리실 작정이시라면야. 고작 지난달 일이네, 그가 말한다. 식품저장고가 넘치고 와인저장고가 다 찼다고 자네가 불평하던 게. 성 바오로는 말하지. 부족할 때도 풍족할 때도, 배부를 때도 배고플 때도 흥하는 법을 알아야 한다고. 그는 부엌으로 내려가 서스턴이 새로 구한 아이들과 이야기한다. 녀석들은 자기 이름과 할 수 있는 일을 큰 소리로 외치고, 그는 녀석들의 능력을 진지하게 기록한다. 사이먼, 샐러드를 만들고 북을 칠 수 있음. 매슈, 주기도문을 암송할 수 있음. 이 가르조니* 모두가 훈련이 가능할 터다. 그가 그랬듯 언젠가는 위층으로 올라가 회계실에 자리잡을 수 있게 될 테고. 이들 모두에게 따뜻하고 번듯한 옷을 지급하고, 팔아 치우지 말고 챙겨 입도록 권장해야 한다. 램버스궁 창고에서 극심한 추위에 떨며 보냈던 나날을 그는 아직도 기억하니까. 또한 울지 추기경이 지냈던 햄프턴코트궁의 부엌, 굴뚝으로 연기는 잘 나가고 열기는 새나가지 않았던 그곳도 기억하니까. 거기서 그는 길을 잃은 눈송이가 서까래에

---

* garzoni. '소년' '잔심부름꾼'이라는 뜻의 이탈리아어.

날아들고 창틀에 내려앉는 모습을 지켜보았다.

상쾌한 아침 그가 일찌감치 사무원 일행과 집을 나설 때면 런던 사람들이 벌써부터 모여들고 있다. 그들은 뒤로 물러서서 우호적이지도 적대적이지도 않게 그를 지켜본다. 그는 그들에게 아침인사를 건네며 하느님의 축복을 빌고, 무리 중 몇몇도 좋은 아침이라고 화답한다. 그들은 모자를 벗고, 그가 왕실의 자문관인 고로, 그의 모습이 완전히 보이지 않을 때까지 맨머리로 서 있는다.

10월. 카를황제의 대사인 므슈 샤퓌가 오스틴프라이어스를 방문해 저녁식사를 하는데, 메뉴는 스티븐 가드너다. "윈체스터 주교로 임명되자마자 국외로 파견되었지요." 샤퓌가 말한다. "어떻습니까, 프랑수아왕이 그자를 마음에 들어할 것 같습니까? 외교관으로서 그자가 뭘 할 수 있을까요, 토머스 불린 경도 못해낸 마당에? 물론 토머스 불린 경에겐 당파적인 경향이 있긴 하지요. 그 레이디의 부친이다보니. 가드너는 더…… 양가적이라고나 할까요? 사심이 적다, 이게 더 정확한 표현이겠군요. 프랑수아왕이 두 사람의 결혼을 지지해서 얻는 게 뭔지 나는 잘 모르겠습니다, 당신의 왕이 뭔가 내놓지 않는 한—뭐겠습니까? 현금? 군함? 칼레?"

그의 식솔들과 함께하는 식사 자리에서 므슈 샤퓌는 시와 초상화, 이탈리아 토리노에서 보낸 자신의 대학 시절 이야기를 유쾌하게 풀어놓는다. 프랑스어 실력이 출중한 레이프에게 몸을 돌려서는 청년들이 재미있어할 소재라며 매 사냥 이야기를 한다. "우리 마스터와 한번 나가셔야겠습니다." 레이프가 말한다. "요즘 그거 말고는 통 즐기지를 않으세요."

므슈 샤퓌는 밝고 조그만 눈을 그에게 돌린다. "그대의 마스터는 지금 왕들의 게임을 즐기고 있거든."

샤퓌는 자리에서 일어나며 음식과 음악과 가구를 칭찬한다. 샤퓌가 머리를 굴리는 게 훤히 보이고, 정교한 자물쇠의 잠금장치가 돌아가듯 조그맣게 딸깍거리는 소리가 들린다. 이자는 지금 자신의 주군인 카를 황제에게 보낼 공문에 적을 견해를 암호로 바꾸는 중이다.

얼마 뒤 그의 밀실에서 대사는 질문을 쏟아낸다. 대답 따위 기다리지 않고 계속 재잘거린다. "주교랍시고 스티븐 가드너를 프랑스에 보내버렸으니, 헨리왕은 내무장관도 없이 앞으로 어쩔 생각이랍니까? 마스터 스티븐의 대사 임기는 짧을 수가 없어요. 아무래도 이번이 당신이 슬슬 더 가까워져볼 기회인 듯한데, 어떻습니까? 말 좀 해봐요. 가드너가 헨리의 숨겨진 사촌이라는 게 사실입니까? 당신이 데리고 있는 리처드도 그렇고? 우리 황제 폐하는 그런 게 당혹스러운 겁니다. 왕족의 면모가 부족해도 너무 부족한 왕이라니. 그런 왕이 가난한 젠틀맨 가문의 여자와 결혼하려 안달하는 것도 딱히 놀라운 일은 아니지요."

"나라면 레이디 앤이 가난하다고 말하진 않겠습니다."

"그렇죠. 헨리왕이 그 여자 집안을 부자로 만들어줬으니." 샤퓌가 히죽거린다. "이 나라에선 흔한 일입니까, 여자가 시중을 들기도 전에 선불로 대가를 지급하는 게?"

"실은 그렇습니다—당신도 명심하세요—당신이 길거리에서 쫓기는 모습을 보면 내 상심이 몹시 클 듯하니."

"당신이 레이디 앤에게 자문을 해주고 있습니까?"

"회계 일만 좀 봐주는 겁니다. 그리 대단한 건 아니죠, 아끼는 친구를 위한 일인데."

샤퓌는 낄낄거리며 웃는다. "친구라뇨! 그 여자는 마녀예요, 아시잖습니까? 헨리한테 마법을 걸었다고요. 그래서 왕이 온갖 위험을 무릅쓰는 거지요―그리스도교 세계에서 내쳐지고 파멸할 위험까지. 내가 보기엔 왕도 그 사실을 어느 정도는 알고 있습니다. 레이디 앤의 시선을 의식하는 왕을 본 적이 있어요. 그분의 재치는 뿔뿔이 흩어져 달아나버리고, 영혼은 매의 눈에 포착된 토끼처럼 허둥지둥 갈팡질팡하더이다. 어쩌면 그 여자가 당신에게도 마법을 걸었을지 몰라요." 므슈 샤퓌는 몸을 앞으로 숙이고 한 손에, 그 조그만 원숭이 앞발 같은 손에 체중을 싣는다. "마법에서 깨어나세요, 몽 셰르 아미.* 후회하지 않을 겁니다. 내 주군은 더없이 관대한 분이랍니다."

11월. 헨리 와이엇 경이 오스틴프라이어스의 현관에 서 있다. 벽면의 휑하니 빈 공간을 들여다본다. 울지 추기경의 문장을 지운 자리다. "추기경이 떠난 지 이제 겨우 일 년이네, 토머스. 나는 그보다 더 된 듯한데. 다들 말하길 늙으면 올해나 내년이나 같다고 하지. 내 장담하는데, 그건 사실이 아니네."

오, 설마요, 경. 집안 여자애들이 외친다. 재미있는 이야기를 들려주지 못할 만큼 늙은 것도 아니시면서. 아이들은 헨리 경을 이끌어 새로 산 벨벳 안락의자에 앉힌다. 헨리 경은 모두가 아버지로 택할 법한 사

---

* mon cher ami. '친애하는 벗이여'라는 뜻의 프랑스어.

람이다. 그런 선택이 가능하다면. 모두가 할아버지로 택할 법한 사람이다. 경은 헨리왕의 궁정에서 재정 관련 일을 해왔다. 선왕 헨리의 궁정에서도. 그러니 지금의 튜더왕가가 가난하다고 한들 그게 경의 탓은 아니다.

앨리스와 조는 말린스파이크를 잡으러 내내 정원에 나가 있었다. 헨리 경은 고양이를 소중히 여기는 가족을 보면 마음이 흡족하다. 아이들이 이유를 물으면 설명해준다.

"옛날," 이야기가 시작된다. "이곳 잉글랜드 땅에 잔혹한 폭군이 등장했으니 그 이름은 바로 리처드 플랜태저넷—"

"어, 그 이름을 가진 사람들은 나빴잖아요." 앨리스가 버럭 소리친다. "그리고 그거 아세요, 그 사람들이 아직 남아 있는 거?"

주위에서 웃음이 터진다. "왜요, 진짜란 말예요." 그렇게 소리치는 앨리스의 뺨이 불탄다.

"—그리고 이몸, 여러분에게 이 이야기를 들려주는 여러분의 종 와이엇은 폭군 리처드의 명령으로 지하감옥에 던져져 짚더미 위에서 잠들어야 했는데, 감옥에 딱 하나 있는 조그만 창문은 그나마도 판자로 막혀 있었던 터라……"

겨울이 왔는데, 헨리 경이 말한다. 불을 피울 길이 없었어. 음식도 물도 없었지. 내가 거기 있단 걸 간수들이 잊어버렸거든. 리처드 크롬웰은 턱을 괴고 앉아 이야기를 듣는다. 레이프와 시선을 교환한다. 둘이 동시에 헨리 경을 슬쩍 보니 경은 작게 몸짓해가며 과거의 공포를 누른다. 그들은 알고 있다. 헨리 경은 런던탑에서 잊혔던 게 아니다. 간수들은 하얗게 달군 칼로 경의 살갗을 인두질했다. 이를 뽑았다.

"그래서 내가 어떻게 했을까?" 헨리 경이 말한다. "다행히도 내가 있던 감옥이 습했거든. 벽을 타고 흘러내리는 물을 마셨지."

"그럼 음식은요?" 조가 나지막하고 떨리는 목소리로 묻는다.

"아, 지금부터가 이 얘기에서 가장 재밌는 부분이지." 하루는, 헨리 경이 말한다. 뭐든 먹지 않으면 죽을 거란 생각이 확 들더구나. 그때 조그만 창문으로 들어오던 빛을 뭔가가 가리고 있다는 걸 깨달았지. 가만히 눈을 들었을 때 뭐가 보이는가 하니, 고양이더라 이 말씀이야. 검은색과 흰색이 섞인 런던 고양이. "자, 퍼스킨스." 그리 불렀더니 녀석이 야옹거리더라고. 그러다 입에 물고 있던 걸 뚝 떨어트렸지 뭐야. 녀석이 갖고 온 게 뭐였을까?

"비둘기요!" 조가 외친다.

"이 아가씨는 감옥에 가봤거나 이 얘기를 들은 적이 있거나 둘 중 하나겠네그려."

여자아이들은 당시 헨리 경에게 요리사도, 고기 꼬챙이도, 불도 없었다는 걸 생각 못하고 있다. 청년들은 시선을 떨군다. 이가 버글거리는 깃털 덩어리를 결박된 손으로 찢어발기는 죄수의 모습을 머릿속으로 그리며 움찔한다.

"자, 그다음으로 내가 들은 게 뭐였게. 짚더미에 누워 있는데 거리에서 종이 마구 울리면서 사람들이 소리를 지르는 거야. 튜더! 튜더! 고양이의 선물이 아니었다면 나는 살아서 그 소리를 듣지 못했겠지. 자물쇠에 꽂힌 열쇠가 돌아가고, 선왕 폐하가 몸소 외치셨네. 와이엇, 거기 있나? 어서 나와 보상을 받게!"

여기에는 그런대로 참아줄 만한 과장이 좀 섞여 있다. 감옥에 선왕이 직접 행차하지는 않았다. 리처드왕은 들른 적이 있었지만. 칼을 제대로 달구는지 감독한 사람도, 고개를 살짝 기울인 채 헨리 와이엇의 비명을 들은 사람도 리처드왕이었으니까. 살이 타는 냄새를 맡고는 깔끔을 떨며 옆걸음으로 비켜서고, 칼을 다시 달궈서 지지라고 명령한 사람도 리처드왕이었다.

들리는 말에 따르면 리틀 빌니는 화형당하기 전날 밤 촛불에 손가락을 대고 예수를 부르며 이 고통을 견딜 방법을 가르쳐달라고 기도했다. 현명하지 못한 짓이었다, 현실로 닥치기 전에 스스로 불구가 되다니. 하긴 현명했든 말든, 그는 생각한다. "자, 헨리 경." 머시가 말한다. "그 사자 얘기도 해주셔야죠. 그걸 못 들으면 잠이 안 올 거예요."

"글쎄요, 사실 그건 내 아들놈 사연이라. 녀석이 여기 있어야 했는데."

"아드님이 여기 있었다면," 리처드가 말한다. "이 숙녀분들 모두가 눈을 휘둥그레 뜨고 숨을 몰아쉬느라—맞아 넌 그럴 거야, 앨리스— 사자 이야기고 뭐고 안중에도 없을걸요."

옥고를 치르고 회복한 헨리 경은 궁정의 권력자가 되었고, 어느 추종자에게 새끼 사자를 선물로 받았다. 앨링턴성에서 나는 녀석을 친자식처럼 길렀지, 경이 말한다. 여느 여자애처럼 녀석이 마음이란 걸 갖게 되기 전까지는. 어느 부주의했던 날에, 결국 다 내 잘못이지만, 녀석이 우리 밖으로 나오고 말았어. 레온티나, 나는 녀석의 이름을 불렀어. 그대로 있거라, 내가 집에 다시 넣어줄 테니. 녀석은 웅크린 채 상당히 조용히 있었어. 나를 빤히 쳐다보는데 눈이 활활 타오르더라고. 그 순간 나는 깨달았지. 그간 그토록 소중히 대했음에도 나는 녀석의 아비가 아니었던 거야. 녀석의 요깃거리일 뿐이었지.

앨리스가 손으로 입을 가린 채 말한다. "헨리 경, 인생의 마지막 순간이 왔다고 생각하셨겠어요."

"솔직히 그랬지. 그리고 그리됐을 거야, 내 아들 토머스가 우연히 안뜰로 나오지 않았더라면. 그애는 즉시 내가 곤경에 처했음을 눈치채고 사자에게 큰 소리로 말했어. 레온티나, 나한테 와. 사자가 고개를 돌렸지. 녀석이 한눈을 파는 그 순간을 틈타 나는 한 걸음 뒤로 물러났어. 그다음에 또 한 걸음. 나를 봐, 톰이 소리쳤어. 그날 하필 아들놈은 아주 밝은색 옷을 입었지. 기다랗고 나풀나풀한 소매에, 헐렁한 겉옷은 바람에 잔뜩 부풀어 있었어. 게다가 톰은 머리칼이 샛노랗지 않나. 더군다나 그때는 장발이던 시절이니 무슨 불꽃처럼 보였을 거야. 태양 아래 우뚝 솟아 명멸하는 불꽃 말이야. 사자는 어리둥절해서는 잠시 서 있었지. 나는 뒷걸음쳤어, 뒤로 또 뒤로⋯⋯"

레온티나가 몸을 돌린다. 웅크린다. 아버지는 내버려두고 아들을 집요하게 살피기 시작한다. 녀석의 발이 소리 없이 움직이고 숨결에서 피비린내가 난다. (그사이 그, 헨리 와이엇은 공포로 식은땀을 흘리며 뒤로 물러나 뒷걸음쳐 도움을 구하러 간다.) 부드럽게 매혹하는 목소리로, 애정이 듬뿍 담긴 소곤거림으로, 기도하는 듯한 어투로 톰 와이엇이 사자에게 말을 건다. 성 프란체스코에게 이 야수의 마음에 은혜를 내려달라고 청한다. 레온티나는 가만히 지켜본다. 귀를 쫑긋 세운다. 입을 연다. 포효한다. "녀석이 뭐라 말했게?"

"피, 파이, 포, 펌,* 잉글랜드놈의 피 냄새가 난다."

---

* 고전동화 『잭과 콩나무』에서 거인이 읊는 소리.

톰 와이엇은 조각상처럼 가만히 서 있다. 그물을 든 하인들이 마당을 슬금슬금 가로지른다. 레온티나는 톰과 고작 몇 발짝 떨어져 있으나 귀를 쫑긋 세우고서 한번 더 확인한다. 몸을 일으키지만 별 확신은 없이 귀를 실룩거린다. 톰 와이엇은 녀석의 턱에서 뚝뚝 떨어지는 분홍빛 침을, 털에서 나는 퀴퀴한 냄새를 고스란히 보고 또 맡는다. 레온티나가 궁둥이를 낮추며 몸을 웅크린다. 사자의 숨결이 느껴진다. 이제 녀석은 뛰어오를 준비가 되었다. 근육이 경련하고, 턱이 쩌억 벌어진다. 녀석이 도약한다―그러나 허공에서 빙글 돈다, 화살 하나가 녀석의 갈비뼈 사이에 꽂혔다. 녀석은 한자리를 맴돌고, 화살촉을 쿵쿵 쳐대고, 울부짖고, 신음한다. 두번째 화살이 픽 하고 탄탄한 옆구리에 꽂힌다. 녀석이 다시 맴돌며 끙끙거리는 사이 위에서 그물이 덮친다. 헨리 경은 녀석에게 차분히 다가가며 목구멍에 세번째 화살을 꽂아넣는다.

녀석은 죽어가면서도 포효한다. 피를 토하면서도 발을 휘두른다. 하인 한 명은 지금까지도 지워지지 않는 발톱 자국이 남았다. 앨링턴성에 가면 벽에 걸린 녀석의 생가죽을 볼 수 있다. "언제 한번 들러주시게나, 숙녀 여러분." 헨리 경이 말한다. "녀석이 얼마나 어마어마했는지 볼 수 있을 거야."

"톰의 기도는 응답받지 못했네요." 리처드가 미소 지으며 말한다. "성 프란체스코가 손놓고 구경만 한 것 같아서요."

"헨리 경." 조가 헨리 경의 소매를 잡아끈다. "가장 재밌는 부분을 아직 말씀하지 않으셨어요."

"그렇지. 깜빡했구나. 그러고 나서 내 아들놈 톰은 다시 걸음을 재촉

했지. 이날 최고의 영웅은 덤불에 대고 토했단다."

아이들이 참았던 숨을 내쉰다. 다 함께 박수를 보낸다. 이 이야기는 당시 궁정에까지 전해졌고, 국왕—그때는 더 어렸고 성질도 순했다— 은 약간이나마 경외심을 느꼈다. 아직까지도 톰을 보면 왕은 고개를 끄덕이며 홀로 중얼거린다. "톰 와이엇. 사자를 다스리는 위인이지."

씨 없는 부드러운 과일을 좋아하는 헨리 경이 노란 크림을 곁들인 토실한 검은딸기를 몇 개 맛보다 말한다. "자네와 단둘이 할 얘기가 있네." 두 사람은 자리를 옮긴다. 내가 자네라면, 헨리 경이 말한다. 주얼 하우스* 관리장을 시켜달라고 청하겠네. "내가 해보니 거기야말로 재정 수입을 한눈에 볼 수 있는 자리더군."

"폐하께 어떻게 청할까요?"

"레이디 앤에게 청해달라고 하면 되지."

"레이디 앤에게 청을 넣는 건 아드님이 도와줄 수도 있겠네요."

헨리 경이 웃는다. 아니, 웃는다기보다는 방금 그 말이 농담임을 안다는 표시로 조그맣게 에헴 소리를 내는 데 가깝다. 켄트 주점의 술꾼도, 궁정 뒷계단에 모인 하인(대표적으로 음악가 마크)도 같은 말을 한다. 앤은 톰 와이엇에게 남자라면 요구할 법한 모든 걸, 매음굴에서나 할 만한 짓조차 모두 해줬다고.

"나는 올해 궁정 업무에서 은퇴할 생각이라네." 헨리 경이 말한다. "유언장에 명시해둔 그때가 되었어. 유언집행인으로 자네를 지목해도

---

* 1303년 이래 잉글랜드 왕가의 진귀한 보석을 보관하던 곳.

되겠나?"

"저야 영광이지요."

"내 일을 믿고 맡길 사람이 도통 없구먼. 자네는 내가 아는 사람 중에 가장 한결같아."

그는 미소를 짓지만 당혹스럽다. 그가 보기에 자신의 세계에서 한결같은 건 아무것도 없는데.

"나는 자넬 이해하네." 헨리 경이 말한다. "진홍색 예복을 입던 우리 옛친구 때문에 자네가 거의 파멸할 뻔했다는 걸 알아. 하지만 지금 자넬 보게. 온전하게 붙어 있는 치아로 아몬드를 먹고, 일가 사람들에게 둘러싸여 있고, 사업은 번창하고, 노퍽 같은 자도 자네에게만은 정중히 말하지." 물론, 헨리 경은 군이 덧붙이지 않는다. 일 년 전만 해도 그자들은 자네를 대놓고 천것 취급했지만. 헨리 경은 손가락으로 시나몬 웨이퍼를 부러뜨려 혀에 올린다. 조심스럽고 세속적인 성찬식이라 할 만하다. 런던탑에서 옥고를 치른 후 사십 년이 넘는 세월이 흘렀지만 그때 박살난 턱은 여전히 뻣뻣하고 통증이 심하다. "토머스, 부탁하고 싶은 게 있는데…… 내 아들을 좀 살펴봐주겠나? 아버지 같은 존재가 되어주겠어?"

"톰은 나이가, 어디 보자, 스물여덟 아닙니까? 아버지가 하나 더 생기는 걸 좋아하지 않을지도 모르겠는데요."

"자네라면 나보다 형편없는 아비가 되지는 않겠지. 후회가 너무도 많아. 특히 그애의 결혼은…… 그때 녀석은 열일곱 살이었고, 결혼을 원치 않았네. 그 결혼을 원했던 건 나였지. 장인이 될 사람이 코범 남작이었거든. 나는 켄트에서 내 이웃들보다 높은 지위를 갖고 싶었네.

톰은 언제나 보기에 흐뭇한 아이였지. 친절한데다 공손하기까지 했어. 자네는 녀석이 그 여자애를 망쳤으리라 생각했겠지만, 잘 모르겠네, 여자 쪽이 단 한 달이라도 톰에게 신의를 지켰는지. 그러니까 당연히 녀석은 받은 대로 돌려주었지…… 집에 애인이 바글바글하고, 앨링턴 궁의 벽장을 열면 웬 계집이 튀어나왔어. 그러다 나라 밖으로 떠돌았는데, 결과가 어찌되었나? 이탈리아 감옥에 갇히는 신세가 되었잖나. 어쩌다 그리된 건지 나는 죽었다 깨어나도 이해를 못하겠어. 이탈리아에서 돌아온 뒤로 녀석은 앞뒤 분간을 더 못하게 되었네. 자네한테 테르차 리마*로 된 시 한 수쯤은 써줄 수 있겠지, 물론. 하지만 자리에 앉아서 자기 돈의 행방을 따져보는 일은……" 헨리 경이 턱을 문지른다. "아무튼 지금까지의 상황은 그렇다네. 내가 말은 이리해도 내 아들보다 용감한 사람은 세상에 없어."

"이제 다시 가서 함께 어울리시지요? 경이 방문하는 날이 우리 식솔들에겐 명절이나 다름없다는 거 아시잖아요."

헨리 경이 끙끙거리며 허리를 편다. 수프와 으깬 음식으로 연명하는데도 살집이 있는 편이다. "토머스, 내가 어쩌다 이리 늙어버렸을꼬?"

식솔들이 있는 방으로 돌아가보니 연극이 한창이다. 레이프가 레온티나를 연기하고, 식구들이 녀석에게 고함을 친다. 집안 남자애들이 헨리 경의 사자 이야기를 못 믿는 게 아니다. 그저 자기들의 언어로 풀어보고 싶은 것뿐이다. 그는 그만 됐다는 뜻으로 리처드에게 손을 들어 보인다. 녀석은 조립식 의자에 올라서서 꺅꺅거리고 있던 터였다.

---

* terza rima. 이탈리아 시의 삼운구법.

"너는 톰 와이엇을 질투하는 거로구나." 그가 말한다.

"아, 화내지 마세요, 마스터." 레이프가 인간의 모습으로 돌아와 기다란 의자에 몸을 던진다. "피렌체 얘기 좀 해주세요. 마스터랑 조반니노가 또 무슨 일을 했는지 말씀해주세요."

"그래도 될지 모르겠구나. 너희가 그걸로 또 연극을 할 텐데."

아, 해주세요, 아이들이 조른다. 그는 주변을 둘러본다. 레이프가 사자처럼 가르랑거리며 재촉한다. "콜미 리즐리가 여기 없는 게 확실하지? 음…… 우린 쉬는 날이면 건물을 해체하곤 했어."

"해체해?" 헨리 와이엇이 묻는다. "그게 정말인가?"

"제 말은, 폭파했다는 거죠. 하지만 주인장의 허락 없이는 절대로 하지 않았습니다. 이미 무너지고 있거나 행인에게 위험하다고 생각되는 경우에만 했어요. 주인장한테는 폭발물에 드는 비용만 청구했습니다. 기술 비용은 받지 않았지요."

"꽤 수고로운 일이었을 텐데?"

"고작 몇 초의 재미를 위한 것치고는 어마어마한 연구가 필요하죠. 하지만 제가 아는 녀석들 중엔 그걸 업으로 삼은 자도 있습니다." 그가 말한다. "피렌체에서 그 정도는 그저 재미삼아 할 수도 있는 일이었어요. 낚시처럼. 그 덕분에 우린 다른 말썽 없이 지낼 수 있었죠." 그가 주저한다. "음, 아뇨, 아닙니다. 완전히 그랬다곤 못하겠군요."

리처드가 말한다. "콜미가 가드너한테 이른 거예요? 외숙부님의 그 큐피드 조각상에 대해?"

"어쨌을 것 같으냐?"

국왕이 그에게 말했다. 그대가 조각상을 골동품으로 속였다는 얘기를 들었네. 왕은 웃었지만, 따로 기억해두었을 것이다. 왕이 웃었던 건 그게 성직자를, 추기경을 놀려먹은 얘기였기 때문이고, 그런 농담을 받아줄 만한 기분이었기 때문이다.

내무장관 가드너가 말한다. "조각상statue, 법령statute, 크게 다르지 않네요."

"글자 하나가 모든 걸 좌우하죠, 법령을 만드는 과정에서는. 하지만 제가 말씀드린 전례에 위조는 없습니다."

"위조가 아니면 왜곡인가?" 가드너가 말한다.

"폐하, 콘스탄츠공의회는 폐하의 선조이신 헨리 5세에게 잉글랜드 교회의 지배권을 부여한 바 있습니다. 그리스도교 세계의 그 어떤 왕 도 가져보지 못한 힘이었지요."

"그 권리가 적용되지는 않았지. 일관되게 적용된 적이 없어. 그건 왜 겠나?"

"글쎄요. 무능함 때문일까요?"

"하지만 지금 우리에겐 더 유능한 자문관이 있다?"

"더 유능한 왕이 있는 것이겠지요, 폐하."

헨리의 등뒤에서 가드너가 가고일* 같은 표정을 짓는다. 그는 웃음 이 터질 뻔한다.

미카엘마스 개정기가 끝난다. 앤이 말한다. 오세요, 차린 건 없지만 강림절 저녁식사를 함께해요. 전에 선물한 포크를 써보죠.

---

* 건축물의 지붕 등에 있는 괴물 석상.

그는 초대에 응하지만 함께 자리한 이들이 못마땅하다. 앤은 왕의 친구들, 국왕 사실의 시종들을 길들여왔다. 해리 노리스, 윌리엄 브레 러턴 같은 자들, 그리고 물론 남동생인 로치퍼드 자작도. 그들과 어울 릴 때 앤은 까칠하게 굴고, 그들의 찬사에도 무자비하게 반응한다. 잡 아먹을 생각으로 종달새의 목을 부러트리는 아낙네처럼. 그녀의 깐깐 한 미소가 잠시나마 사라지기라도 하면 남자들은 일제히 몸을 숙이고 그녀를 기쁘게 할 방법을 찾느라 안달한다. 근방에서는 도통 적수를 찾을 수 없을 얼간이 무리다.

그 자신으로 말할 것 같으면, 그는 가지 못할 곳이 없고 가지 않은 곳이 없다. 프레스코발디 가문과 포르티나리 가문의 식사 자리에서 오 가는 대화를 들으며 성장했고, 나중에는 울지 추기경의 식탁에서 석학 과 현자 틈에 끼어 지냈으니 앤이 주변에 모아놓은 이 곱상한 사람들 사이에서 그가 어쩔 줄 몰라할 일은 없다. 하느님만은 아시겠지만 이 들은, 이 젠틀맨들은 최선을 다해 그를 불편하게 한다. 그는 나름의 요 령을, 평정심을, 특유의 정확하고 날카로운 대화를 동원한다. 노리스 는 기지가 있고 어리지도 않은데 저들과 한패로 엮여 망신을 자처한 다. 도대체 왜? 앤과 가까이 있으면 전율을 느끼니까. 거의 농담에 가 까운 이야기지만, 아무도 하지 않는 농담이다.

적당한 기회가 생기자마자 밖으로 나온 그를 노리스가 뒤따르더니 소매를 잡아 멈춰 세운다. 그와 얼굴을 마주보고 선다. "당신 눈엔 안 보입니까, 앤이? 그래요?"

그가 고개를 가로젓는다.

"그럼 도대체 누가 당신 취향인데요? 예전 방랑길에 만난 웬 비만한 여인네?"

"내가 사랑할 수 있는 여자는, 폐하가 전혀 관심을 보이지 않는 여자일 겁니다."

"지금 그걸 조언이랍시고 하는 거면 당신의 친구 헨리 와이엇의 아들한테나 하시죠."

"아, 아들 와이엇은 벌써 깨우친 것 같던데요. 그자는 이제 기혼입니다. 상실을 시구로 승화시키자고 홀로 되뇌지요. 우린 다들 날로 현명해지지 않습니까, 사소한 상처에 휘둘리다 결국 자존심을 챙기는 것으로?"

"지금의 나를 보고도," 노리스가 말한다. "날로 현명해진다는 생각이 듭니까?"

그는 노리스에게 손수건을 건넨다. 노리스는 그걸로 얼굴을 훔치고 되돌려준다. 그는 성 베로니카를 떠올린다. 고통받는 그리스도의 얼굴을 자기 베일로 닦아준 여자. 그는 궁금하다. 집에 도착하면 그의 손수건에도 해리 노리스의 젠틀맨다운 이목구비가 찍혀 있으려나. 만일 그렇다면 자신은 그걸 벽에다 걸어둘까? 노리스가 살짝 웃으며 돌아선다. "웨스턴은—그러니까 아들 웨스턴이요—그자는 밤에 앤이 가끔 노래하라고 불러들이는 소년까지 질투해요. 난롯불을 손보러 들어오는 자든, 앤의 스타킹을 벗기는 시녀든 죄다 질투하죠. 앤이 당신을 바라볼 때마다 횟수를 세면서 이렇게 말해요. 저기, 저기, 보이죠. 앤이 저 비만한 푸주한을 바라봐요. 두 시간 사이 벌써 열다섯 번이라고요."

"비만한 푸주한은 울지 추기경이었는데요."

"프랜시스에게 장사치들이야 다 거기서 거기로 보이니까요."

"잘 알겠습니다. 그럼 좋은 밤 되시길."

안녕히, 톰. 노리스가 말하며 그의 어깨를 토닥인다. 다른 데 정신이 팔려서 건성으로, 그들이 동배인 양, 친구인 양. 노리스의 눈은 이미 앤을 보고 있고, 발걸음은 자신의 경쟁자들을 향한다.

장사치들이 다 거기서 거기라고? 실상은 그렇지 않다. 흔들림 없는 손과 고기 써는 칼을 가진 누구나 푸주한을 자처할 수는 있다. 그러나 대장장이가 없다면 그 칼은 어디서 구하는가? 쇠붙이를 취급하는 자가 없다면 망치와 길고 짧은 낫과 가위와 대패는 어디서 생기는가? 무기와 갑옷, 화살촉과 창과 대포는? 바다의 선박과 닻은? 쇠갈고리와 못과 걸쇠와 경첩과 부지깽이와 부젓가락은? 쇠꼬챙이와 주전자와 삼발이와 마구의 고리와 죔쇠와 재갈은? 단검은?

그는 콘월 군대가 쳐들어온다는 소식을 들었던 날을 기억한다. 그때 그는—글쎄—열두 살쯤이었을까? 대장간에서 대형 풀무를 청소하고 가죽에 기름을 바르는 중이었다. 월터가 나타나 살폈다. "땜질해야겠군."

"네." 그가 말했다. (그와 월터의 대화는 늘 이런 식이었다.)

"땜질이 저절로 되진 않아."

"말씀드렸잖아요, 네, 네, 제가 한다고요!"

그는 고개를 들었다. 이웃에 사는 오언 매덕이 문가에 서 있었다. "진군하고 있대. 강 아래까지 소문이 쫙 퍼졌어. 헨리 튜더가 싸울 준비를 마쳤다는데, 왕비랑 어린 것들은 런던탑에 있고."

월터가 입을 닦는다. "얼마나 남았대?"

매덕이 말한다. "누군들 알겠나. 저 망할 것들은 날아다닌다니까."

그는 자세를 바로 한다. 어느새 손에는 물푸레나무 자루가 달린 2킬로그램짜리 망치가 들려 있다.

그뒤 며칠 동안 그들은 쓰러지기 직전까지 일했다. 월터는 친구들의 갑옷을 맡았고, 그는 반란군의 살을 베고 뚫고 찢을 수 있는 것이라면 뭐든 갈아 날을 세웠다. 퍼트니 남자들은 이 이교도들에게 일말의 동정심도 없다. 세금은 그들도 다 낸다. 콘월놈들이라고 예외일 게 있나? 여자들은 콘월 남자에게 치욕을 당할까 두려워한다. "우리 신부님이 그러는데 놈들은 자기 누이랑만 그 짓을 한대." 그가 말한다. "그러니까 별일 없을 거야, 벳. 그런데 또 신부님 말씀이 놈들은 거기가 차갑고 악마처럼 비늘로 덮여 있다고 하니, 혹시 누나도 색다른 경험을 해보고 싶어질지 모르지."

벳이 그에게 뭔가를 내던진다. 그는 피한다. 이 집에서 뭐가 망가지면 변명은 하나다. 내가 토머스한테 던졌거든. "뭐, 누나가 뭘 좋아하는지 나는 모르니까." 그가 말한다.

그 주 내내 소문이 무성하다. 콘월놈들은 땅 밑에서 일하기 때문에 얼굴이 검지. 눈이 잘 안 보여서 그물로도 잡을 수 있다던데. 한 놈씩 잡아 바칠 때마다 왕이 1실링을 준다는군, 덩치 큰 놈은 2실링이고. 도대체 몸집이 얼마나 큰 거야? 1미터는 족히 되는 화살을 쏜다면서.

이제 집안의 모든 살림살이가 새롭게 보인다. 구이용 쇠꼬챙이, 긴 고기 꼬치, 라딩 니들*. 전부 근접전에서 방어 무기가 될 수 있다. 이웃

---

* 고기에 인위적으로 지방을 넣을 때 사용하는 바늘 모양 도구.

사람들은 월터의 다른 사업, 즉 양조장에도 돈을 퍼주고 있다. 콘월 사람들이 잉글랜드의 술을 몽땅 마셔 없애리라 생각하는 양. 오언 매덕이 와서 사냥용 칼을 주문한다―30센티미터 길이 칼날에 피가 빠지게 홈을 파고 손잡이 보호대를 달아달라고 한다. "30센티미터요?" 그가 말한다. "이리저리 휘두르다 아저씨 귀를 자를 수도 있어요."

"콘월놈들한테 잡혀서도 그리 건방지게 구는지 보자. 너 같은 애들은 꼬챙이에 끼워서 모닥불에 굽는다더라."

"그냥 나룻배에 달린 노나 뽑아다 갈기시면 안 돼요?"

"네놈 턱주가리나 갈길까보다." 오언 매덕이 고함친다. "이 어린놈의 새끼, 네놈은 태어나기도 전부터 평판이 나빴지."

그는 직접 만들어 셔츠 밑에 끈으로 달고 다니는 칼을 오언 매덕에게 보여준다. 짜리몽땅한 날이 꼭 악마의 이빨 같다. "어때요?"

"맙소사," 매덕이 말한다. "상대를 잘 봐가며 쑤시도록 해라."

그는 누나 캣에게―페가수스 저택의 창턱에 2킬로그램짜리 망치를 탁 내려놓으며―묻는다. 왜 나는 태어나기도 전부터 평판이 나빴어?

모건 윌리엄스에게 물어보렴, 캣이 말한다. 그 사람이 얘기해줄 거야. 오, 톰, 톰. 캣은 그의 머리를 움켜잡고 입을 맞춘다. 나가서 싸울 생각 따윈 하지 마. 싸움은 그 인간한테 맡겨.

캣은 콘월 사람들이 월터를 죽여줬으면 한다. 굳이 말로 하진 않지만, 그는 안다.

내가 우리 가족의 가장이 되면, 그가 말한다. 많은 게 달라질 거야, 장담할게.

모건이 그에게 얘기해준다—몹시 점잖은 사람인지라 얼굴을 붉히면서—동네 남자애들이 거리에서 그의 어머니를 따라다니며 외치곤 했다고. "늙은 암말이 새끼를 밴 것 좀 보래요!"

작은누나 벳이 말한다. "저 콘월 사람들한테 또 뭐가 있는가 하면, 볼스터라는 거인이야. 그자는 성 아그네스를 사랑해서 졸졸 따라다니거든. 그래서 콘월 사람들 깃발엔 그 여자가 그려져 있지. 볼스터가 런던까지 따라오게 만들려고."

"볼스터?" 그는 코웃음을 친다. "딱 그만한* 놈이겠네."

"아, 두고 보렴." 벳이 말한다. "그때는 지금처럼 꼬박꼬박 말대답도 못할걸."

동네 여자들은, 모건이 말한다. 네 어머니를 둘러싸고 걱정을 가장 해 혀를 끌끌거렸지. 뭐가 태어나려나, 몸이 집채만하네!

검고 축축한 곱슬머리의 그가 주먹을 꼭 쥐고 시끄럽게 울어대며 세상에 나왔을 때, 월터와 친구들은 퍼트니를 휘청휘청 들쑤시고 다니며 노래를 불렀다. 이렇게 꽥꽥거렸다. "냉큼 나와서 씹어라, 계집들아!" "오늘의 메뉴는 애도 못 낳는 여편네다!"

그날이 며칠인지 확인한 이는 아무도 없었다. 그는 모건에게 말했다. 상관없어요. 나는 탄생 별자리가 없는 거잖아요. 그러니 정해진 운명도 없죠.

정해진 운명으로 말할 것 같으면 퍼트니에서는 전투가 벌어지지 않았다. 선발대와 탈영병에 대비해 여자들은 빵칼과 면도칼을 들고 대

---

* '볼스터(bolster)'에는 기다란 베개나 쿠션이라는 뜻이 있다.

기했다. 남자들은 콘월놈들을 삽과 곡괭이로 때려죽이고, 자귀로 속을 파내고, 푸줏간용 칼로 뚫어버릴 준비가 되어 있었다. 대규모 격전이 벌어진 곳은 퍼트니가 아니라 블랙히스였다. 고기분쇄기 빰치는 튜더 왕가의 군대가 콘월 사람들을 조각조각 자르고 갈아버렸다. 퍼트니의 모두가 안전해졌다. 월터라는 위험은 건재했지만.

작은누나 벳이 말한다. "그 거인 있잖아, 볼스터. 성 아그네스가 죽었다는 소식을 들었대. 그래서 자기 팔을 잘라버렸고, 슬픔에 잠긴 피가 바다로 흘러갔다는 거야. 그 피는 절대로 채워질 수 없는 동굴을 가득 채우고 어느 구멍으로 들어갔는데, 그 구멍이 저 아래 해저로, 지구의 중심으로, 지옥으로 이어진 거지. 그렇게 볼스터는 죽었어."

"오, 잘됐네. 볼스터가 진심으로 걱정되던 참이었는데."

"죽어 있겠지. 다음번 부활 때까지는." 벳이 말한다.

그렇게, 그는 며칠인지도 모르는 날 태어났다. 세 살에 대장간에서 쓸 불쏘시개를 모으고 다녔다. "내 아들놈 좀 보라니까?" 월터는 그의 머리를 다정스레 툭툭 치며 말했다. 월터의 손가락에서는 탄내가 났고 손바닥은 단단하고 검었다.

요 몇 년 사이 학자들은 아니나다를까 그에게 운명을 부여하려 애썼다. 하늘을 읽을 줄 아는 자들은 그라는 사람 자체와 그의 됨됨이를 바탕으로 거슬러올라가 그가 태어난 날짜를 알아내려 했다. 목성은 긍정적으로 발현되었다, 그 뜻은 번영이다. 상승 행성은 수성, 이는 기민하고 설득력 있는 말솜씨를 뜻한다. 크라처는 말한다. 당신의 전갈궁에 화성이 들어가 있는 게 아니면 나도 이 짓 그만해야지요. 그의 어머니는 쉰두 살이었고, 사람들은 그녀가 임신도 출산도 못하리라 생각했다. 그녀는 자신의 능력을 감추고 그를 겹겹의 포목 아래 숨겼다. 자기 안 깊숙한 곳에, 할 수 있는 한 오래 품었다. 그가 태어나자 사람들은 말했다. 뭐가 나왔어?

12월 중순, 미들 템플 법학원의 법정변호사인 제임스 베이넘이 런던 주교 앞에서 이단적 사상의 포기를 선언한다. 베이넘은 그간 고문을 당했는데, 런던에 떠도는 소문에 따르면 고문 형틀의 손잡이가 돌아가는 동안 토머스 모어가 직접 취조하며 이단에 물든 법학원 동기들의 이름을 대라고 닦달했다. 며칠 뒤 전직 수도사와 가죽 상인이 함께 화형당한다. 수도사는 노펵의 항구를 통해 서적을 들여오는 일에 관여했는데, 어리석게도 세인트 캐서린 부두로 반입을 시도하다 미리 대기하고 있던 토머스 모어 대법관에게 검거되었다. 가죽 상인은 마르틴 루터의 『그리스도교도의 자유』를 소지하고 있었다. 자기 손으로 직접 베껴 쓴 책이었다. 모두 그가 아는 자들이다. 자격을 박탈당하고 망가진 베이넘, 베이필드 수도사, 존 투크스베리. 특히나 투크스베리는 하느님도 아시다시피 신학에 조예가 깊은 자도 아니었는데. 그렇게 한 해가 저물어간다. 한줄기 연기 속에서, 인간의 재가 스미스필드*에 자욱이 낀 채.

새해 첫날, 그는 동이 트기도 전에 잠에서 깬다. 발치에 그레고리가 서 있다. "가보시는 게 좋겠어요. 톰 와이엇이 잡혀갔대요."

---

* 이단자의 공개 처형 장소.

그는 후다닥 침대를 빠져나온다. 토머스 모어가 앤의 측근까지 쳤구나 하는 생각이 가장 먼저 든다. "지금 어디에 있지? 첼시로 데려가진 않았다던?"

그레고리는 어리둥절한 모양이다. "와이엇을 뭐하러 첼시로 데려가요?"

"왕이 허락할 리 없어—본인조차 위험해지거든—앤이 책을 가지고 있고 왕에게도 보여줬어—왕 자신도 틴들을 읽었다는 얘기지—그럼 다음은? 모어는 왕을 체포라도 할 작정인가?" 그는 윗옷으로 손을 뻗는다.

"모어랑은 아무 상관 없어요. 웨스트민스터에서 멍청이 몇이 난동을 피우다 잡혔어요. 거리에 피워둔 모닥불을 펄쩍펄쩍 넘어다니고 유리창을 박살냈대요. 안 봐도 뻔하잖아요, 어땠을지……" 그레고리가 지긋지긋하다는 투로 말한다. "그러다가 불침번을 서던 파수꾼들이랑 시비가 붙어서 구금됐대요. 마스터 크롬웰이 직접 오셔서 간수들한테 새해 선물 좀 쥐여줄 수 없겠느냐는 전갈이 왔어요."

"맙소사," 그가 말한다. 침대에 걸터앉는데, 문득 자신이 알몸임을 자각한다. 발, 정강이, 허벅지, 성기, 살을 뒤덮은 체모, 까끌까끌한 턱. 그리고 양어깨를 가로질러 터져나온 땀까지. 그가 윗옷을 입는다. "나한테 이래라저래라 할 생각은 하지 말라고 해." 그가 말한다. "그리고 나는 아침부터 먹어야겠다."

그레고리의 목소리에 가벼운 악의가 깃든다. "톰 와이엇의 아버지가 되어주기로 하셨잖아요. 아버지가 된다는 게 고작 이런 거군요."

그가 자리에서 일어난다. "리처드를 데려와라."

"제가 따라갈게요."

"꼭 그래야겠다면 따라오너라. 하지만 문제가 생길 수도 있으니 리처드가 있어야 한다."

문제는 없고, 약간의 흥정만 있을 뿐이다. 동이 트는 가운데 젊은 젠틀맨들이 비틀거리며 나와 바깥바람을 쐰다. 초췌하고 흠씬 얻어터진 몰골에 옷은 찢기고 더럽다. "프랜시스 웨스턴," 그가 말한다. "좋은 아침입니다." 그는 생각한다. 네놈이 있는 걸 미리 알았더라면 빼놓고 왔을 텐데. "왜 궁정에 있지 않으시고?"

"궁정에 있는 거 맞아요." 웨스턴이 시큼한 구취를 뿜으며 말한다. "나는 지금 그리니치에 있어요. 여기 있는 게 아니라고요. 무슨 말인지 알아요?"

"동시에 두 장소에 있다라." 그가 말한다. "알겠소."

"오, 예수여. 오, 구세주 예수여." 눈_雪에 반사된 밝은 빛 속에 서서 토머스 와이엇이 머리를 긁적인다. "다신 안 그러겠습니다."

"올해 안에는요." 리처드가 덧붙인다.

그는 고개를 돌린다. 어기적거리며 거리로 나오는 마지막 형상이 보인다. "프랜시스 브라이언." 그가 말한다. "이처럼 진취적인 일에 당신이 빠질 리 없다는 걸 알았어야 했는데요. 경."

새해의 첫 추위를 맛본 레이디 앤의 사촌은 물에 젖은 개처럼 몸을 턴다. "거룩한 아그네스의 젖꼭지를 걸고 말하건대, 무진장 춥구먼." 브라이언의 더블릿은 찢겼고 셔츠 깃은 떨어져나갔고 신발은 한 짝뿐이다. 그 와중에 흘러내리는 바지춤을 꼭 붙들고 있다. 브라이언은 오년 전 출전한 마상 시합에서 한쪽 눈을 잃었다. 지금은 안대를 잃어버린 터라 검푸른 눈구멍이 고스란히 보인다. 하나밖에 안 남은 시각 장비로 주변을 둘러본다. "크롬웰? 지난밤 당신이랑 함께했던 기억은 없는데."

"나야 내 침대에 있었지요. 지금도 그랬으면 좋았겠고."

"다시 가면 되잖소?" 바지가 내려갈 위험을 무릅쓰고 브라이언이 손을 내젓는다. "런던 아낙네 중에 몇번째가 당신을 기다리고 있나? 크리스마스 기간 열이틀 동안 매일 한 명씩 갈아치우려나?" 그는 웃을 뻔한다. 브라이언이 이렇게 덧붙이기 전까지는. "당신네 분파에선 여자도 공유하지 않던가?"

"와이엇," 그가 몸을 돌린다. "경에게 옷 좀 제대로 입혀주게. 안 그랬다간 그 부위가 동상에 걸릴 거야. 한쪽 눈이 없는 것만으로도 충분히 나쁘지 않나."

"감사하다고 말씀드립시다." 톰 와이엇이 우렁차게 외치며 친구들을 쿵쿵 때린다. "마스터 크롬웰에게 감사하다고 말씀드리고 이번 일로 신세진 금액은 꼭 갚자고요. 명절날 이처럼 일찍 일어나 쌈지를 열어줄 사람이 또 누가 있겠습니까? 우린 내일까지 꼼짝없이 잡혀 있었을 거라고요."

단돈 1실링이라도 걷어 내놓을 수 있을 법한 몰골들이 아니다. "됐네." 그가 말한다. "외상으로 달아놓지."

II

"아아, 사랑을 위해 나는 어째야 하나?"
1532년 봄

이제 세계를 결속하는 합의를 고민할 때다. 지배자와 피지배자, 남
편과 아내 사이의 합의를 고민할 때다. 이 두 합의는 모두 상호 이해관
계에서 비롯되는 근면한 헌신에 기초한다. 주군과 남편은 보호하고 부
양한다. 아내와 하인은 복종한다. 주군의 위에서, 남편의 위에서 하느
님이 모두를 다스린다. 우리의 사소한 반항과 인간다운 어리석음을 혜
아린다. 주먹을 불끈 쥐고 기다란 팔을 멀리까지 내뻗는다.

이 문제를 로치퍼드 자작 조지와 논한다고 상상해보라. 로치퍼드 경
은 잉글랜드의 여느 젊은이 못지않게 재치 있고 세련되고 박식하다.
그러나 오늘은 벨벳 소매덮개의 길게 트인 부분으로 삐져나온 시뻘건
새틴에 정신이 완전히 팔려 있다. 약간 불룩하게 튀어나온 천을 손가
락으로 달래듯 계속 만지작거리고, 주름을 잡고, 살살 밀어올려 더 불

룩하게 만든다. 그 모습이 꼭 자기 팔에 공을 놓고 굴리는 곡예사 같다.

이제 잉글랜드가 어떤 나라인지, 그 영역과 경계가 어디인지 말할 때다. 항구 방비책과 국경의 장벽을 헤아리고 측량하자는 게 아니다. 잉글랜드의 자치 능력을 추산해보자는 것이다. 이제 왕이 어떤 존재인지, 왕이 백성에게 빚지고 있는 신뢰와 보호가 무엇인지 말할 때다. 외세의 도덕적인 혹은 물리적인 침략으로부터 백성을 어찌 지켜낼지, 잉글랜드인이 자신의 신에게 호소하는 방식을 두고 떠들기 좋아하는 자들의 가식으로부터 어찌 자유로워질지 말할 때다.

1월 중순 의회가 소집된다. 이 이른봄의 과제는 헨리왕의 새로운 질서에 대한 주교들의 저항을 돌파하고, 로마에 보내는 세입금을 삭감하는 법안—당장은 보류된 상태이나—을 확정해 교회 내에서 국왕의 우위를 현실화하는 것이다. 평민원은 교회 법정에 반대하는 청원서의 초안을 작성한다. 교회 법정은 너무 독단적이고 도가 지나치게 사법권을 주장한다는 내용으로, 그 사법권에, 그들의 존재 자체에 의문을 제기한다. 청원서는 여러 손을 거치지만, 마지막에는 그가 레이프와 콜미 리즐리를 데리고 밤을 새우면서 행간을 일일이 손본다. 이로써 반대파가 색출된다. 다시 말해 스티븐 가드너는 내무장관이라는 위치에도 불구하고 동료 성직자를 이끌어 소송에 나서야 할 의무를 느낀다.

국왕이 마스터 스티븐을 불러들인다. 왕을 알현하러 들어가는 가드너의 목덜미에 소름이 돋고, 곰 앞으로 끌려가는 마스티프처럼 잔뜩 주눅이 든다. 왕은 건장한 남자치고 목소리 톤이 높고 열받으면 더욱 소리를 높여 귀청이 찢어지도록 빽빽거린다. 이 성직자들은 왕의 백성인가, 아니면 반쪽짜리 백성일 뿐인가? 어쩌면 백성이 아예 아닐 수도 있겠군. 교황에게 복종과 지지를 선서하는 그들이 어찌 왕의 백성일 수 있겠는가? 그래서, 왕이 고함친다. 내게는 맹세하지 않는 것인가?

밖으로 나온 가드너는 그림이 있는 벽널에 몸을 기댄다. 등뒤에 그려진 숲속 빈터에서 님프 한 무리가 뛰어논다. 가드너는 손수건을 꺼내지만 그 이유를 잊어버린 듯하다. 커다란 손으로 쥐고 비틀고 손마디에 붕대처럼 둘둘 감는다. 얼굴에서 땀이 줄줄 흐른다.

그, 크롬웰이 도움을 명한다. "주교가 편찮으시다." 의자를 대령한다. 가드너는 의자를 노려보고 그를 노려보더니 의자의 이음매를 신뢰하지 못하겠다는 양 조심스레 앉는다. "폐하가 하는 말을 다 들은 모양이지요?"

한 자도 빠짐없이. "폐하가 당신을 정말로 투옥하면 소소한 편의는 봐드리도록 조치하지요."

가드너가 말한다. "이런 빌어먹을, 크롬웰. 당신이 뭔데? 무슨 직책을 맡고 있는데? 아무것도 아닌 주제에. 아무것도."

적을 쓰러트리는 게 다가 아니라 논쟁에서 이겨야 한다. 그는 크리스토퍼 세인트 저먼을 만나고 왔다. 연로한 법학자로, 유럽 전역에서 존경받는 인물이다. 노인은 집으로 찾아온 그를 정중히 대접한다. 잉글랜드의 모두가 그리 믿습니다, 저먼이 말한다. 해가 거듭될수록 교회 개혁의 필요성이 절실해진다고요. 교회가 그럴 능력이 없다면 국왕과 의회가 해야 하며 또 할 수 있습니다. 이 주제를 수십 년 동안 연구한 끝에 도달한 결론입니다.

물론, 노인이 말한다. 토머스 모어는 나와 생각이 다르겠지요. 그자의 시대가 끝나가는 것인지도 모르겠습니다. 유토피아는 결국 사람이 살 수 있는 곳이 아니니까요.

그와 만난 자리에서 헨리왕은 가드너를 두고 분통을 터트린다. 불충이야, 고래고래 소리를 지른다, 배은망덕이라고. 그자가 내무장관 노릇을 계속할 수 있겠나, 내게 정면으로 반대하는 쪽에 몸담은 마당에? (지금 이야기하는 이자는 한때 헨리가 본인 입으로 강건한 논쟁가라 칭찬했던 사람이다.) 그는 조용히 앉아 왕을 지켜보며 침묵하는 것으로 이 상황을 진정시키려 해본다. 짙게 드리우는 고요로 왕을 감싸 그, 헨리가 스스로에게 귀를 기울이게 하려는 것이다. 분노에 휩싸인 잉글랜드의 사자를 누그러트릴 수 있다는 건 참으로 대단한 일이다. "제 생각엔……" 그가 부드럽게 말한다. "제 생각을 말씀드려도 괜찮으시겠다면…… 우리가 다들 알다시피 윈체스터 주교는 논쟁을 즐깁니다. 하지만 자신의 왕과는 아닙니다. 그런 일을 감히 재미삼아 하지는 않을 것입니다." 그는 잠시 뜸을 들인다. "그러니 그의 견해는, 그릇된 바가 있기는 하나, 자신의 솔직한 생각이긴 할 겁니다."

"물론이네, 하지만—" 왕이 말을 멈춘다. 자기 목소리를 들은 것이다. 울지 추기경을 몰락시키던 당시의 그 목소리. 가드너는 울지가 아니다—가드너가 희생된다 한들 섭섭히 여기고 기억할 자는 몇 안 된다는 점에서만. 그리고 당장은 저 으르렁거리는 주교를 그 자리에 그대로 두는 게 왕에게도 유리하다. 가드너는 유럽 내 헨리왕의 평판에 신경쓰는 자니까. 그가 말한다. "폐하, 가드너는 자신의 모든 힘을 동원해 대사로서 폐하를 보필했습니다. 폐하의 불쾌감에 억눌려 억지로 따르게 하기보다 진정성 있는 설득으로 마음을 돌리는 게 좋을 것입니다. 그편이 더 유쾌하고 더 명예롭습니다."

그는 헨리의 얼굴을 살핀다. 왕은 명예와 관련한 모든 것에 민감하게 군다.

"그대는 항상 이런 식으로 자문할 건가?"

그가 미소를 짓는다. "아닙니다."

"내가 무조건 그리스도교의 온화함으로 통치해야 한다고 결정한 건 아니고?"

"아닙니다."

"그대는 가드너를 좋아하지 않는 걸로 아는데."

"그렇기에 제 조언을 숙고하실 필요가 있는 것이지요."

그는 생각한다. 당신은 내게 빚을 졌어, 가드너. 머지않아 청구서가 도착할 거요.

오스틴프라이어스의 자택에서 그는 의회 의원들, 법학원과 런던 동업조합의 젠틀맨들을 만난다. 토머스 오들리 의장과 리처드 리시도 동석한다. 오들리의 후원을 받는 리시는 금발의 젊은이로 그림 속 천사처럼 곱상하면서도 적극적이고 기민하고 세속적인 인물이다. 롤런드 리도 함께한다. 이 팔팔하고 거침없는 성직자는 사제답지 않기로는 웬만한 근방에서 따라올 자가 없다. 요 몇 개월 사이 그는 런던의 지인 여럿을 질병과 변사로 잃었다. 그가 수년간 알고 지낸 토머스 소머는 잉글랜드어로 된 복음을 퍼트렸다는 이유로 런던탑에 갇혔다가 석방된 직후 죽었다. 고급 의복과 날랜 말을 좋아하던 소머는 꺾이지 않는 정신력의 소유자였다, 마침내 대법관 토머스 모어와 심판의 시간을 갖기 전까지는. 존 페티트 또한 석방되었으나 몸이 몹시도 상한 나머지 더는 평민원에 함께할 수 없게 되었다. 그는 바깥출입을 전혀 못하는 존

을 찾아간다. 존이 숨을 헐떡이는 소리를 듣기가 고통스럽다. 1532년
봄, 그해 처음으로 찾아온 따스한 날씨도 존의 병세를 덜어주지 못한
다. 가슴 쪽에, 존이 말한다. 무쇠 고리가 끼워져 있는 것만 같아. 그게
점점 조여드는 거지. 그리고 덧붙인다. 토머스, 내가 죽으면 아내를 좀
돌봐주겠나?

이따금 평민원 의원들이나 앤의 사제들과 정원을 산책할 때면 그는
자신의 오른쪽에서 크랜머 박사의 부재를 실감한다. 박사는 1월에 국
왕의 대사 자격으로 카를황제에게 파견되었다. 그 여정 중간에 독일의
학자들을 방문해 왕의 이혼에 대한 지지를 구할 것이다. 그는 박사에
게 말했다. "자네가 자리를 비운 동안 폐하가 또 꿈을 꾸면 어쩌나?"

크랜머는 미소를 지었다. "지난번에도 자네가 홀로 해결했는데 뭘.
나는 그냥 고개나 끄덕였을 뿐."

말린스파이크가 보인다. 검은색 가지에 몸을 걸치고 발을 대롱거리
고 있다. 그가 녀석을 가리킨다. "여러분, 저 녀석이 울지 추기경의 그
고양이랍니다." 방문객들의 모습에 말린스파이크는 벽을 따라 질주하
더니 꼬리를 휘두르며 벽 너머 미지의 영역으로 사라진다.

오스틴프라이어스의 부엌에서는 가르조니들이 조미한 웨이퍼 만드
는 법을 배우고 있다. 남다른 눈썰미와 정확한 시간 계산과 안정감 있
는 손놀림이 필요한 일이다. 자칫 실수할 수 있는 지점이 몹시도 많다.
반죽은 정확하고 일정하게 부어야 하며, 기다란 손잡이가 달린 무쇠
틀의 두 면은 기름을 충분히 칠해 뜨겁게 달궈둬야 한다. 두 면을 한데
대고 꾹 누르면 서로 맞닿는 순간 짐승의 비명이 들리고, 쉭쉭거리며
김이 뿜어져나온다. 이때 당황해 압력을 느슨히 했다가는 틀에 찐득하

게 들러붙은 반죽을 일일이 긁어내야 한다. 반드시 김이 모두 사그라질 때까지 기다려야 하며, 그다음부터 숫자를 세기 시작한다. 한 박자라도 놓치면 탄내가 퍼지기 시작할 터다. 단 일 초가 성공과 실패를 가른다.

성직자가 초년 수입금을 로마로 보내던 관행을 중단하는 법안을 평민원에 제출하면서, 그는 의견에 따라 의원들을 둘로 나누자고 제안한다. 좀처럼 흔치 않은 일인 탓에 놀라고 투덜거리면서도 의원들은 순순히 따른다. 법안에 찬성하는 자는 이쪽, 반대하는 자는 저쪽에 자리한다. 국왕도 참석해 지켜본다. 자신의 동조자와 반대자를 확인하고, 파악이 끝나자 그에게 승인의 뜻으로 엄숙히 고개를 끄덕인다. 귀족원에서는 이 전술이 통하지 않을 터다. 왕은 세 차례 직접 행차해 자기주장을 펼쳐야 한다. 유서 깊은 귀족 가문―엑서터 가문처럼 자부심이 강하고 왕위계승권을 가졌다고 주장하는 집안―은 교황과 캐서린 왕비를 지지하며, 그렇게 말하기를 두려워하지도 않는다. 아직까지는 그렇다. 하지만 그는 자신의 적을 식별하고, 이간질이 가능한 지점을 찾아내 분열시킨다.

부엌 보조들이 인정받을 만한 웨이퍼를 하나라도 완성하면 서스턴은 백 개를 더 만들도록 지시한다. 이제 아이들은 습관처럼 해낸다. 웨이퍼가 어느 정도 굳었다 싶으면 팔목을 잽싸게 움직여가며 나무숟가락 손잡이에 굴리듯 엎은 다음 건조용 걸이에 널어 바삭하게 말린다. 성공한 웨이퍼―시간이 흐르면서 만드는 족족 성공하게 된다―는 튜더왕가의 표식을 찍은 뒤 어여쁘게 상감 세공을 한 상자에 열두 장씩 놓아 식탁에 올리는데, 당장이라도 부서질 듯한 이 황금빛 원반 각각엔 장미수로 향을 입힌다. 그는 한 판 구워낸 분량을 토머스 불린에게 보낸다.

장차 왕비가 될 여자의 아버지로서 윌트셔 백작은 자신에게 특별한 존칭 정도는 마땅히 주어져야 한다고 생각하고, 혹 자기가 몽세뇌르*로 불린다 한들 그게 그리 유쾌하지 못할 일까지는 아니라는 사실이 알려지도록 손쓰고 있다. 그는 윌트셔 백작과 그 아들, 친구들과 상의한 다음 앤을 만나기 위해 화이트홀의 방들을 통과한다. 달이 갈수록 앤의 위세가 대단해진다지만, 그녀의 사람들은 지나가는 그를 향해 고개를 숙인다. 궁정과 웨스트민스터의 사무실에서 그는 젠틀맨 신분을 넘어서는 복장은 절대로 하지 않는다. 그가 입는 헐렁한 렘스터 양모 재킷은 결이 아주 고와 물처럼 출렁이고, 검은색에 몹시도 가까운 자줏빛과 쪽빛이라 밤이 스미기라도 한 것 같다. 검은색 머리칼에 검은색 벨벳 모자를 쓰고 있어 밝게 보이는 부분이라곤 기민한 눈과 이리저리 손짓하는 단단하고 흐벅진 손뿐이다. 그와 더불어 불타듯 반짝이는 울지 추기경의 터키석 반지도.

화이트홀—예전의 요크궁—에는 건축업자들이 아직 머물고 있다. 크리스마스를 맞이해 국왕은 앤에게 침실을 선물했다. 은실과 금실로 짠 벽걸이, 진홍색 새틴에 꽃송이와 어린아이를 수놓은 커튼, 조각으로 장식한 침대를 보고 그녀가 헉하며 감동하는 모습을 보려고 몸소 이끌고 갔다. 해리 노리스가 그에게 보고한 바에 따르면 앤은 헉하며 감동하지 않았다. 침실을 천천히 둘러보고, 미소를 짓고, 눈을 깜빡

---

* 고관대작에게 붙이는 호칭.

일 뿐이었다. 다음 순간, 자신이 어째야 하는지 기억해냈다. 그녀는 영광스러움을 못 이겨 어지러운 척했고, 휘청하는 그녀를 왕이 부둥켜안자 그제야 겨우 헉 소리가 나왔다. 난 정말 간절히 소망합니다, 노리스는 말했다. 우리 일생을 통틀어 단 한 번이라도 여자가 그런 소리를 내게 만들 수 있기를요.

앤이 무릎을 굽히고 감사를 표했으니 헨리왕은 당연히 방에서 나와야 했다. 빛이 일렁이는 침실을 나와 그녀의 손을 잡아끌고 느릿느릿 새해 만찬장으로, 자신의 표정을 꼼꼼히 살피는 군중에게로 돌아갔다. 그 표정에 관한 소식이 육로와 바닷길을 통해 암호화와 해독을 거듭하며 온 유럽으로 전달되리라 확신하면서.

울지 추기경의 옛 방들을 통과한 끝에 그는 시녀들과 함께 앉아 있는 앤을 발견한다. 그녀는 아버지와 남동생이 뭐라 했는지 이미 아는 혹은 짐작하는 눈치다. 불린가 남자들은 자기가 전략을 낸다고 생각하지만 앤의 최고 전략가는 앤 자신이며, 그녀는 어디서 무엇이 잘못됐는지 돌아보고 판단할 줄 안다. 그리고 그는 실수로부터 배울 줄 아는 누구든 높이 산다. 둥지를 짓는 새의 날갯짓에 창문을 여는 날이 오는 법이죠, 그녀가 말한다. "언젠가 당신이 그랬죠. 울지 추기경만이 폐하에게 자유를 줄 수 있다고. 지금 내가 무슨 생각을 하는지 아세요? 울지는 그걸 해낼 수 있는 사람이 절대로 아니었어요. 자부심이 지나치게 강한데다 교황이 되고 싶어했으니까. 그자가 좀더 겸손히 굴었다면 클레멘스 교황도 은혜를 베풀었을 거예요."

"중히 고려할 만한 생각이군요."

"우리도 교훈으로 삼아야겠습니다." 노리스가 말한다.

두 사람이 동시에 고개를 돌린다. 앤이 말한다. "정말, 우리가 그래야 할까요?" 그가 묻는다. "그 교훈이란 게 뭘까요?"

노리스는 어쩔 줄 몰라한다.

"우리 중 누구도 추기경이 될 일은 없잖아요." 앤이 말한다. "웬만한 건 다 갈망하는 크롬웰조차 그 자릴 탐하진 않을걸요."

"네? 나라면 그리 장담하진 않겠습니다만." 노리스는 알랑거리며 시중 노릇을 하는 젠틀맨이기에 가능한 구부정한 자세로 그를 여자들과 남겨두고 자리를 뜬다.

"그래서, 레이디 앤," 그가 말한다. "돌아가신 추기경이 떠오를 때면 시간을 들여 그분의 영혼을 위해 기도합니까?"

"나는 하느님이 울지를 심판하셨다고 생각해요. 그러니 내가 기도를 하든 말든 아무 효과도 없을 거예요."

메리 불린이 조심스레 말한다. "마스터는 지금 널 놀리는 거야, 앤."

"추기경 전하가 아니었다면 레이디는 해리 퍼시와 결혼했을 텐데요."

"그랬으면 적어도," 앤이 쏘아붙인다. "아내라는 지위는 가질 수 있었겠죠, 아내라는 고결한 지위요. 하지만 지금은—"

"오, 그렇지만 언니." 앤의 사촌 메리 셸턴이 말한다. "해리 퍼시는 미쳐버렸는걸. 다들 아는 얘기잖아. 수중의 돈을 닥치는 대로 쓴대."

메리 불린이 웃음을 터트린다. "그렇다고 하더라. 그리고 내 동생은 퍼시가 자기를 얻지 못해 상심해서 그런다고 생각해."

"레이디," 그가 앤에게 고개를 돌린다. "해리 퍼시 영지에서의 생활이 레이디도 즐겁진 않았을 겁니다. 그자도 저 북부의 귀족들과 다를 바 없이 행동하지 않았겠습니까. 나선계단 꼭대기의 춥디추운 방에 레이디를 가둬놓고 저녁식사 때만 내려오게 했겠지요. 레이디가 자리에 앉자마자 적지에서 포획한 소의 피에 귀리가루를 섞은 푸딩이 나오고, 그때 해리 경이 자루를 휘휘 돌리면서 쿵쿵거리며 들어서는 겁니다— 오, 여보, 레이디가 말합니다. 그건 내 선물인가요? 그럼 경이 답하겠지요, 그럼요, 부인. 마음에 들진 모르겠소만. 그러고는 자루를 열면 레이디의 무릎에 스코틀랜드인의 잘린 머리가 굴러떨어지는 겁니다."

"어머나, 끔찍해라." 메리 셸턴이 속삭인다. "그쪽 사람들은 그래요?" 앤이 손으로 입을 가리고 웃는다.

"그리고 아시다시피," 그가 말한다. "레이디는 저녁식사로 살짝 데쳐 얇게 저민 닭가슴살과 사철쑥을 가미한 크림소스를 더 선호하겠죠. 에스파냐 대사가 들여온 고급 숙성 치즈와 함께요. 두말할 것도 없이 왕비를 위해 챙겨온 물건일 텐데, 어째선지 그게 제 집으로 왔더군요."

"내가 어디 가서 이 같은 호사를 누리겠어요?" 앤이 말한다. "길목을 지키다 캐서린의 치즈를 가로채 내게 바치는 남자들이라니."

"그럼, 그 같은 모반을 기획한 당사자는 이만 가봐야겠습니다……" 그는 구석에 있는 류트 연주자를 향해 몸짓한다. "저기서 눈을 부라리는 애인과 둘이 있게 해드리죠."

앤이 소년 마크를 획 쳐다본다. "눈을 부라리고 있긴 하네요. 정말."

"쫓아버릴까요? 어차피 널린 게 음악가인데."

"그냥 두세요." 메리가 말한다. "귀엽단 말예요."

메리 불린이 자리에서 일어난다. "나는 잠시……"

"드디어 레이디 케리와 마스터 크롬웰의 회담 시간이 돌아왔네요."

메리 셸턴이 말한다. 무슨 반가운 정보라도 주는 듯한 말투다.

제인 로치퍼드가 말한다. "마스터 크롬웰한테 순결을 가져가라고 한번 더 권해볼 작정인가보죠."

"레이디 케리, 우리 앞에서 못할 말이 뭐예요?" 그러면서도 앤은 고개를 끄덕인다. 이제 물러가도 좋아요. 언니도 물러가고. 짐작건대 메리는 그녀, 앤이 직접 전달하기엔 너무 민감한 이야기를 전하기로 되어 있을 터다.

밖이다. "가끔 정말 숨이 막힌다니까요." 그는 기다린다. "올케 제인이랑 남동생 조지 말예요. 둘이 서로 미워하는 거 아시죠? 조지는 제인과 동침하지 않아요. 다른 여자랑 있든가, 아니면 밤새도록 앤의 방에 있어요. 카드놀이를 하죠. 동이 틀 때까지 교황 율리우스*를 해요. 폐하가 앤의 도박 빚을 갚아주는 거 아니셨어요? 앤은 수입이 더 있어야겠대요. 자기 소유의 집도. 조용히 지낼 곳으로, 런던에서 그리 멀지 않고 강가에 있는 어딘가에……"

"누구 소유의 집을 염두에 두고 있답니까?"

"누굴 쫓아낼 작정은 아닌 것 같은데요."

"집은 대개가 누군가의 소유이기 마련이죠." 그 순간 불쑥 떠오르는 생각이 있다. 그는 미소를 짓는다.

메리가 말한다. "내가 전에 그랬죠, 앤을 가까이하지 말라고. 하지만 이제 당신은 우리에게 없어선 안 될 사람이에요. 아버지와 외숙부조차 그렇게 말한다니까요. 아무것도 못한다, 아무것도, 폐하의 총애를 받

---

* 16세기에 유행한 도박으로 헨리 8세와 앤 불린이 즐긴 게임으로 알려져 있다.

는 그자 없이는, 폐하의 견실한 벗 없이는. 그리고 요즘은 당신이 곁을 비우면 폐하 또한 당신 행방을 묻죠." 메리는 뒤로 물러나 그를 마치 낯선 사람처럼 잠시 뜯어본다. "앤도 마찬가지고요."

"나는 직책이 필요합니다, 레이디 케리. 자문관만으로는 부족해요. 궁내에서 공식적인 직책이 필요합니다."

"앤한테 전할게요."

"주얼하우스의 자리면 좋겠습니다. 재무 쪽도 좋고요."

메리가 고개를 끄덕인다. "앤은 톰 와이엇을 시인으로 만들었어요. 해리 퍼시는 광인으로 만들었고요. 당신을 뭘로 만들지도 분명 생각하고 있을 거예요."

의회 소집 며칠 전, 톰 와이엇이 찾아왔다. 새해 첫날이 밝기도 전에 그를 침대 밖으로 끌어낸 일을 사과하러 들렀다. "제게 화를 내시는 게 당연하지만 그러지 마시라고 청하러 왔습니다. 새해에 다들 어떤지 아시잖습니까. 취중 건배사에 맞춰 사발이 돌고, 거기 든 걸 단번에 비워야 하죠."

그는 방안을 서성이는 와이엇을 지켜본다. 자리에 앉아 얼굴을 마주하고 사죄하기에는 지나치게 호기심이 일고 초조하고 약간 겸연쩍기도 한 모양이다. 지구본을 돌려 집게손가락으로 잉글랜드를 짚는다. 멈춰 서서 그림들을 살피다가 조그만 제단화를 보고는 질문하듯 고개를 돌린다. 아내의 것일세, 그가 말한다. 아내를 위해 간직하고 있지. 마스터 와이엇은 끝단에 흑담비털을 댄 뻣뻣한 크림색 양단 재킷을 입었는데, 자기 형편으로는 감당 못 할 물건일 터다. 그 위에는 황갈색 실크 더블릿을 걸쳤다. 푸른 눈은 부드럽고, 갈기털 같은 금발은 이제 숱이 줄고 있다. 와이엇은 새해의 숙취에 아직도 시달리는 듯, 이따금 손끝을 머리에 대고 머뭇거린다. 실제로는 이마 선을 거듭 확인하며 지난 오 분 사이 더 넓어지기라도 했나 보는 것이다. 그 와중에 자꾸 멈춰 서서 거울을 들여다본다. 아주 빈번하게. 오, 주여. 와이엇이 말한다. 그 패거리랑 거리를 뒹굴다니. 그리고 다니기에 저는 이제 나이가 너무 많아요. 그렇다고 머리가 벗어지기엔 너무 젊죠. 여자들이 여기에 신경쓸까요? 많이? 어떻게 생각하세요, 수염을 기르면 머리 쪽에 시선이 덜…… 아니, 아니겠지요. 그래도 어쨌든 길러보긴 하렵니다. 국왕의 수염이 근사해 보여서요, 안 그렇습니까?

그가 묻는다. "아버지께선 아무 조언도 안 해주시던가?"

"아, 하시죠. 나가기 전에 우유를 한 사발 마셔라. 꿀에 절인 모과를 먹어라—그런 게 효과가 있을까요?"

그는 애써 웃음을 참는다. 와이엇의 아버지라는 이 새로운 직책을 진지하게 받아들이고 싶다. 그가 말한다. "내 말은, 왕이 관심을 두는 여자와는 거리를 두라고 조언하지 않으시던가?"

"그래서 거리를 뒀는데요. 제가 이탈리아에 갔던 거 기억하시지요? 그뒤에는 일 년 동안 칼레에 있었고요. 그보다 얼마나 더 거리를 둘 수 있겠습니까?"

그 역시 살면서 가져본 적 있는 의문, 그는 그걸 알아본다. 와이엇은 조그만 스툴에 앉는다. 팔꿈치를 무릎에 괸다. 손바닥에 머리를 이고 관자놀이에 손끝을 댄다. 자기 심장박동에 귀기울인다. 곰곰이 생각한다. 시라도 짓는 건가? 그러다 고개를 든다. "아버지가 그러세요. 울지 추기경이 세상을 떠난 지금, 마스터가 잉글랜드에서 가장 영리한 사람이라고. 그럼 이것도 이해하실 수 있겠죠, 제가 딱 한 번만 말해도? 앤이 처녀가 아니라면, 그건 제 소행이 아닙니다."

그는 와이엇에게 와인을 한 잔 따라준다. "독하군요." 와이엇이 단숨에 비우고 말한다. 와인잔의 저 밑바닥을, 잔을 쥔 자기 손가락을 들여다본다. "속사정을 더 털어놔야 할까봅니다, 아무래도."

"꼭 그래야겠다면 여기서 하게. 딱 한 번만."

"벽걸이 뒤에 누굴 숨겨두신 건 아니지요? 들리는 말로는 첼시의 토머스 모어 하인 가운데 사람을 심어뒀다던데요. 그 누구의 하인도 안전하지 않습니다, 요즘 같은 때는. 사방이 첩자들이죠."

"첩자가 없던 시절이 있긴 했나." 그가 말한다. "모어의 집에 아이가 하나 있었네. 딕 퍼서라고, 고아가 된 녀석을 모어가 죄책감에 거두었지—그 아비를 모어가 직접 죽였다고는 할 수 없어. 그러나 형틀에 묶어 런던탑에 가두라고 했고, 그 일로 몸이 망가졌지. 딕은 성찬식에서 주는 성체에 하느님이 있다고는 믿지 않는다고 다른 아이들에게 말했고, 모어는 식솔들이 다 보는 앞에서 녀석을 채찍질했어. 그래서 그 아이를 내 집으로 데려왔네. 달리 뭘 할 수 있었겠나? 나는 모어가 학대하는 누구든 거둘 생각이네."

와이엇은 미소를 지으며 시바의 여왕을 쓰다듬는다. 그러니까 안셀마를. 국왕은 그에게 울지의 고급 태피스트리를 하사했다. 그해 초, 그리니치로 알현을 간 그가 시선을 들어 태피스트리의 여인에게 인사하는 모습을 왕이 보고는 삐딱하게 웃으며 물었다. 아는 여자인가? 전에 알고 지냈습니다, 그가 말했다. 해명과 변명이 섞인 대답이었다. 왕이 말했다. 상관없네, 젊은 시절 바보짓이야 다들 하는 거고 모두와 결혼할 수도 없는 노릇이니…… 왕은 낮은 목소리로 말했다. 이 물건이 울지 추기경 소유였다는 걸 기억하네. 그러고는 한결 힘차게 덧붙였다. 집에 가서 저 여인을 위한 공간을 만들어두시게. 아무래도 저 여인은 그대와 함께 살아져 싶어.

그는 자기 몫의 와인을 따르고 와이엇에게도 한 잔 더 따라준다. 그러면서 말한다. "가드너는 저 문밖에 사람을 세워놓고 드나드는 자들을 감시하게 해. 여긴 도시의 저택이지 요새가 아닌데 말일세. 하지만 내 식솔들은 여기에 있어선 안 될 자라면 누구든 쫓아내길 즐긴다네. 우린 싸움을 꽤나 좋아하거든. 내 과거를 아무리 잊고 싶어도 그럴 수가 없지. 내가 한낱 병졸 출신이란 걸, 게다가 자기 군 소속도 아니었다는 걸 노픽 외숙부가 자꾸만 되새겨줘서 말야."

"그자를 그리 부르십니까?" 와이엇이 웃음을 터트린다. "노픽 외숙부요?"

"우리끼리는. 굳이 되새길 필요도 없겠으나 그들이 하워드 집안 전체의 생각을 움직여. 그리고 자네는 토머스 불린의 이웃에서 자랐으니 그자를 거슬러선 안 된다는 걸 알 테지, 그 집 딸에 대한 감정이 어떻든 간에. 나는 자네가 아무 감정도 없길 바라는데—그런가?"

"장장 두 해입니다." 와이엇이 말한다. "다른 남자의 손길이 앤의 몸에 닿는다고 생각하면 영혼까지 아팠어요. 하지만 제가 뭘 해줄 수 있었겠습니까? 저는 결혼한 몸이고, 그녀가 노리던 공작도 귀족도 아닌데. 앤은 저를 좋아했습니다, 그랬던 것 같아요. 아니면 제가 자기한테 사로잡혀 있는 게 좋았을지도요. 그걸 재미있어했거든요. 단둘이 있을 때면 그녀는 내가 입을 맞추게 됐어요. 그럼 제 생각은 늘…… 하지만 그게 앤의 전술이죠, 맞아요. 그녀는 돼요, 돼요, 돼요 하다가 끝에 가서 안 돼요, 하죠."

"그리고 물론 자네는 둘도 없는 신사고 말이지."

"그럼 겁탈이라도 했어야 할까요? 앤이 그만하라고 하면 진심으로 그만하라는 뜻이에요―그건 헨리왕도 잘 알고요. 그러다가 또다른 날이 오고, 그녀는 다시 입맞춤을 허락하죠. 돼요, 돼요, 돼요, 안 돼요. 그중에서도 최악은 그녀가 으스대다시피 하면서 나만 안 될 뿐 다른 이는 된다는 듯한 암시를 주는―"

"다른 이 누구?"

"아, 이름이요. 이름이 나오면 재미가 없어지죠. 아주 철저히 조치해뒀을 게 틀림없으니 궁정에서나 저 아래 켄트에서나 어떤 남자든 볼 때마다 이렇게 생각하게 되는 겁니다. 저자가 그자인가? 저자인가, 아님 저자? 그리고 스스로에게 끝도 없이 되묻죠. 너는 왜 이리도 부족한가, 왜 그녀를 단 한 번도 기쁘게 하지 못할까, 왜 단 한 번의 기회도 얻지 못할까."

"자넨 최고의 시를 쓰게 될 거야. 거기서 위안을 찾게. 폐하의 시는 좀 단조로운 면이 있지, 자기중심적이라고까지는 못하겠지만."

"왕의 그 노래 말입니다, 〈좋은 벗들과 즐거운 시간〉. 그걸 들으면 속에서 뭔가가 느껴져요, 조그만 개처럼 울부짖고 싶어하는 뭔가가."

"그렇지, 폐하는 마흔이 넘었어. 젊고 어리석었던 시절을 노래하는 소리를 듣고 있으면 울적해지지." 그는 와이엇을 살핀다. 청년은 몽롱해 보인다, 두 눈 사이의 통증이 집요하게 계속되는 것처럼. 앤에게 더는 고문당하지 않는다고 주장하지만, 그렇게 보이지 않는다. 그가 푸주한처럼 잔인하게 말한다. "그래서 자넨 앤이 지금껏 얼마나 많은 연인을 둔 것 같은가?"

와이엇은 자기 발을 내려다본다. 천장을 올려다본다. "열둘? 혹은 없다? 아님 백 명쯤? 브랜던은 헨리에게 앤이 하자 있는 여자라고 말하려 했죠. 하지만 궁에서 쫓겨나고 말았어요. 내가 그랬다고 상상해보세요. 그 방을 살아서 나올 수나 있었을지 의문이에요. 브랜던도 어쩔 수 없이 꺼낸 얘기였습니다. 본인이 생각하기에도 앤이 왕에게 자신을 허락하는 날이 언젠간 올 텐데, 그럼 어찌되겠습니까? 그때도 왕이 모를까요?"

"앤을 믿어보게. 그 문제도 벌써 생각해뒀을 거야. 게다가 왕은 여자의 처녀성을 감별할 줄 몰라. 그건 스스로도 인정하는 바고. 캐서린 왕비만 하더라도 자기 앞에 형님이 있었다는 사실을 깨닫기까지 이십 년이 걸렸거든."

와이엇이 웃는다. "그날이든 그 밤이든 아무튼 왔을 때 앤이 그리 말할 순 없는 노릇 아닙니까."

"들어보게. 나는 이 문제를 이렇게 본다네. 앤은 결혼 첫날밤을 걱정하지 않아. 그럴 이유가 없기 때문이지." 그는 이렇게 말하고 싶다. 왜냐하면 앤은 육욕을 밝히는 존재가 아니니까. 계산적인 존재니까. 그 굶주린 검은 눈 뒤에서 냉정하고 능란하게 뇌가 돌아가는 사람이니까. "잉글랜드의 왕에게 안 된다는 말을 하고 또 할 수 있는 여자라면 다른 어떤 남자에게도 안 된다고 말할 분별력이 있겠지. 자네든, 해리 퍼시든, 그녀가 자기에게 걸맞은 앞날을 만들어가는 동안 재미삼아 고문하기로 선택한 다른 누구든 예외는 아냐. 그러니 내 생각엔, 맞아, 자네가 웃음거리가 된 건 사실이나 스스로 생각했던 그런 식으로는 아닐세."

"지금 위로라고 하는 말씀입니까?"

"당연히 위로지. 자네가 정말로 앤의 연인이었다면 나는 오히려 더 걱정이었을 걸세. 헨리는 앤이 순결하다고 믿네. 달리 뭐라 믿을 수 있겠나? 하지만 질투심을 드러내겠지, 일단 결혼하고 나면."

"정말 그리될까요? 결혼이 가능할까요?"

"지금 의회 쪽과 함께 열심히 일하고 있네, 믿어도 좋아. 주교들도 꺾을 수 있을 듯하고. 그런 다음엔, 누가 알겠나…… 토머스 모어는 교황이 잉글랜드에 성무금지령을 내렸던 존왕 통치 시대에 소가 새끼를 치지 못하고, 옥수수가 여물지 않고, 초목이 자라다 말고, 날짐승이 날지 못했다고 말하지. 하지만 혹시라도 그런 일이 정말로 벌어지기 시작하면," 그는 미소를 짓는다. "그땐 우리 정책을 그냥 뒤집으면 된다네."

"앤이 제게 이렇게 물은 적이 있어요. 크롬웰, 그자가 정말로 믿는 게 뭐예요?"

"그러니까 두 사람이 대화를 하기는 한단 거군? 그것도 나에 대해서? 돼요, 돼요, 돼요, 안 돼요 말고도? 이거 우쭐해지는데."

와이엇은 심란해 보인다. "마스터의 판단이 틀렸을 리는 없나요? 앤에 대해서?"

"그럴 수도 있지. 당분간 나는 앤이 스스로에 대해 말하는 그대로 받아들일 생각이네. 그러는 편이 좋아. 우리 둘 모두에게 좋지."

방을 나서려는 와이엇에게 그가 말한다. "조만간 다시 들르게. 자네가 얼마나 준수한지 우리집 여자애들이 들은 모양이야. 모자는 계속 쓰고 있어도 좋네, 애들이 실망할까 걱정스럽다면."

와이엇은 국왕과 정기적으로 테니스를 친다. 그래서 자존심이 뭉개지는 느낌을 잘 안다. 얼굴에 애써 미소를 불러온다.

"자네 아버지가 우리 모두에게 사자 얘기를 해주셨네. 집안 남자애들이 그걸로 연극을 만들었고. 언제 한번 와서 자네 역할을 직접 연기해보면 어떻겠나?"

"아, 그 사자요. 요즘 들어 그때 생각을 다시 해보는데요, 그건 제가 할 법한 일이 절대로 아니었습니다. 무방비 상태로 서서 사자를 유인하다니." 와이엇이 잠시 멈춘다. "그건 오히려 당신이 할 법한 일 같은데요, 마스터 크롬웰."

토머스 모어가 오스틴프라이어스에 찾아온다. 식사도 거절하고 음료도 거절한다. 둘 다 필요한 사람처럼 보이지만.

울지 추기경이었다면 거절을 받아들이지 않았을 터다. 자리에 앉히고 와인 크림*을 먹게 했을 터다. 딸기가 제철이라면 큼지막한 접시에 담아 아주 조그만 숟가락과 함께 내놨을 테고.

모어가 말한다. "튀르크가 베오그라드를 함락한 게 벌써 십 년 전이오. 그런 뒤엔 부다**의 대형 도서관에 불을 질렀고. 빈의 코앞까지 들이닥친 게 고작 이 년 전 일인데. 어째서 당신은 그리스도교 세계의 장벽에 또다른 균열을 내려는 거요?"

---

* 크림에 와인, 설탕, 과일주스 등을 넣어 휘저어 먹는 디저트.
** 헝가리의 수도.

"잉글랜드 국왕을 불신자 취급하지 마시지오. 나도 그렇고요."

"아닙니까? 당신이 기도를 올리는 대상이 마르틴 루터와 독일인의 신인지, 떠돌이 시절 만난 이교도의 신인지, 직접 만들어낸 잉글랜드의 무슨 신인지 나는 잘 모르겠는데. 아마도 당신의 믿음은 사고팔 수 있는 것이겠지. 당신은 가격만 맞으면 술탄도 섬길 사람이오."

에라스뮈스는 말한다. 자연이 토머스 모어라는 위인보다 더 친절하거나 상냥하거나 조화로운 존재를 창조한 적이 있던가?

그는 말이 없다. 자기 책상에 앉아—모어는 그가 한창 업무를 보는 와중에 들이닥쳤다—두 주먹으로 턱을 괴고 있다. 이는 아마도 그가 이 전투에서 우위를 차지하고 있음을 보여주는 자세일 터다.

대법관은 옷이라도 찢어발길 태세다. 그러는 편이 차라리 나을 법한 몰골이지만. 누군가는 동정할 수도 있겠으나, 그는 그러지 않기로 마음먹는다. "마스터 크롬웰, 당신은 자문관 자격으로 이단자와 협상할 수 있다고 생각하지. 국왕의 등뒤에서 말이야. 잘못 짚으셨소이다. 나는 당신과 스티븐 본 사이에 서신이 오간다는 걸 알고 있소. 본이 틴들과 만났다는 것도."

"지금 나를 협박하는 겁니까? 슬슬 재미있어지는군요."

"맞소." 모어가 애석하다는 듯 말한다. "맞소. 내가 하고 있는 게 딱 그거요."

그는 두 사람 사이에서 힘의 균형이 달라졌음을 알아챈다. 한 나라의 공직자가 아니라 남자 대 남자로서.

모어가 떠나자 리처드가 말한다. "저러면 안 되죠. 그러니까 외숙부님을 위협하는 거요. 오늘이야 직책을 등에 업고 멀쩡히 걸어나갔다지만, 내일은 어찌될지 누가 알겠어요?"

그는 생각한다. 그때 나는 어린애였다. 아홉 살쯤 되었을까. 런던으로 도망쳤다가 믿음 때문에 고통받는 노파를 보았다. 그 기억이 온몸에 홍수처럼 들이치고, 그는 그 조류를 타고 항해하듯 걸음을 옮기며 어깨 너머로 말한다. "리처드, 대법관을 제대로 모시는 자가 있는지 가서 확인해라. 없거든 네가 모시고 가서 첼시로 돌아가는 배에 태워드리도록 해. 런던을 헤집고 다니며 발길이 닿는 집에 들어가 아무나 붙잡고 열변을 토하게 둘 순 없으니."

그의 마지막 말은 프랑스어로 튀어나오는데, 왜 그런지 도통 영문을 모르겠다. 앤이 떠오른다. 그녀가 한 손을 뻗어 그를 자기 쪽으로 이끈다. 메트르 크레뮈엘, 아 무아*.

정확한 해는 기억나지 않지만, 연한색 어린잎이 굵은 빗방울에 얼룩지던 4월 말의 날씨는 기억난다. 그날 월터가 왜 그리 화를 냈는지는 기억나지 않지만 자신의 존재 깊숙한 곳에서 느껴지던 공포, 흉곽을 때리던 심장박동은 기억난다. 그즈음 그는 램버스궁의 존 숙부 곁에 숨는 것조차 여의치 않을 때면 런던으로 가서 비벼볼 사람을 찾았다—부둣가를 오르내리며 잔심부름을 하거나, 바구니를 나르거나, 수레에 짐을 실어주고 1페니쯤 벌어볼 수 있을지 보았다. 휘파람소리 한 번이면 그가 달려왔다. 운이 좋았다, 지금의 그는 안다. 밑바닥 인생들과 엮여 낙인이 찍히거나 매질을 당하지도, 템스강에서 끌려나오는 저 조그만 시신 중 하나가 되지도 않았으니. 그 나이에는 판단력이 없다.

---

* à moi. '이쪽으로'라는 뜻의 프랑스어.

누군가가 저기에 재미난 일이 있다고 하면 그자의 손가락 끝을 따라갔다. 그 노파에게 무슨 악감정이 있어서가 아니었다. 그때껏 화형 장면을 구경한 적이 없어서였다.

무슨 죄를 지었는데요? 그가 묻자 사람들은 말했다. 저 여잔 롤러*란다. 제단의 하느님이 빵조각에 불과하다고 말하는 족속이지. 무슨 빵이요, 그가 물었다. 제빵사가 굽는 빵이요? 이 아일 앞줄로 보내세, 사람들이 말했다. 녀석한테 한 수 가르쳐줘. 가까이서 보면 정신이 번쩍 들거야. 오늘 이후론 미사도 안 빼먹고 신부님 말씀도 잘 듣겠지. 사람들이 그를 앞쪽으로 밀어보냈다. 이리 오렴, 얘야, 나랑 서 있자, 여자 하나가 말했다. 활짝 웃는 그녀는 깨끗하고 하얀 두건을 쓰고 있었다. 저걸 보는 것만으로 너는 죄 사함을 받는 거야, 그녀가 말했다. 누구든 화형장에 장작을 챙겨오면 연옥에서 사십 일을 감면받을 수 있단다.

롤러가 관리들의 부축을 받아 끌려나오자 군중이 야유하며 소리를 질렀다. 롤러는 노파였는데, 그렇게 늙은 사람을 그는 난생처음 보았다. 관리들은 노파를 거의 들어서 옮기다시피 했다. 노파는 두건도 베일도 쓰지 않았다. 머리칼은 뭉텅뭉텅 뜯겨나간 듯했다. 뒤쪽에서 사람들이 말했다. 분명 제 손으로 저랬을 거야, 자기 죄에 절망해서. 롤러의 뒤에서 수도사 둘이 나타났다. 분홍색 손에 십자가를 들고 뚱뚱한 잿빛 쥐처럼 행진했다. 깨끗한 두건을 쓴 여자가 그의 어깨를 꼭 쥐었다. 어머니가 하는 것처럼, 물론 어머니가 있다면 말이지만. 저 여자를 봐. 여든 살이나 먹어서 사악한 것에 빠졌지. 어느 남자가 말했다.

---

* 14세기 종교개혁가 존 위클리프를 추종하는 롤러드파를 부르던 호칭.

뼈에 붙은 살이 별로 없어. 바람이 바뀌지 않는 한 그리 오래 걸리진 않겠군.

하지만 뭘 잘못한 건데요? 그가 물었다.

아까 말했잖니. 저 여자는 성자가 한낱 나무기둥에 불과하다고 말했단다.

여자를 묶으려는 저런 기둥이요?

그렇지, 딱 저런 거.

저 기둥도 불타겠네요.

다음번엔 다른 기둥을 구하면 돼, 여자가 말하며 그의 어깨에서 손을 뗐다. 두 손을 불끈 쥐고 허공에 주먹질하며 뱃속 깊숙이에서 끌어올린 괴성을, 고함을 내뱉었다. 새된 목소리가 꼭 악마 같았다. 그 외침을 이어받아 군중이 떼거지로 악을 썼다. 목을 빼며 구경하고, 더 잘 보려고 떠밀고, 야유하고 휘파람을 불고 발을 굴렀다. 앞으로 보게 될 그 끔찍한 장면을 생각하니 그는 열이 오르는 동시에 오싹했다. 고개를 외로 꼬아 이 군중 속에서 자신의 어머니인 여자의 얼굴을 올려다보았다. 잘 봐둬, 그녀가 말했다. 더없이 다정한 손길로 그의 얼굴을 돌려 앞을 보게 했다. 이제부터 집중하렴. 관리들이 쇠사슬을 가져와 노파를 기둥에 묶었다.

기둥은 돌더미 위에 세워져 있었고, 사제인지 주교인지 그로서는 모를 사람들과 함께 젠틀맨 몇이 나타났다. 그들은 롤러에게 이단을 부정하라고 외쳤다. 그는 노파의 입술이 달싹이는 게 보일 정도로 가까이에 있었으나, 무슨 말을 하는지는 분간할 수 없었다. 지금 마음을 바꾸면 어찌되나요, 그냥 풀어주나요? 아니, 절대. 여자는 키득거렸다.

저기 봐, 롤러가 사탄한테 도움을 청하고 있어. 젠틀맨들이 물러났다. 관리들이 롤러 주변에 장작과 짚단을 쌓았다. 여자가 그의 어깨를 톡톡 두드렸다. 저 불쏘시개들이 축축하면 좋겠다. 그치? 오늘은 자리가 좋아. 지난번엔 뒤에서 봤거든. 비는 이미 그치고 해가 나오고 있었다. 집행인이 들고 오는 횃불이 햇빛을 받아 파리해 보였다. 마치 자루 속 뱀장어가 흐느적거리는 것처럼 보일 따름이었다. 수도사들은 성가를 부르며 롤러를 향해 십자가를 쳐들었다. 그들이 훌쩍 뛰어 뒤로 물러나고 첫 연기가 피어오르자 군중은 불이 붙었음을 알았다.

사람들이 아우성치며 앞으로 밀려들었다. 관리들은 장대로 가로막으며 굵은 목소리로 크게 외쳤다. 뒤로, 뒤로, 뒤로. 군중은 비명을 지르며 물러났다가 다시 몰려들며 고함치고 연호했다. 마치 무슨 경기라도 구경하는 것처럼. 소용돌이치며 시야를 가리는 연기에 손을 내저으며 콜록거렸다. 냄새를 맡아봐! 사람들이 외쳤다. 늙은 암퇘지 냄새야! 그는 롤러의 냄새를 들이마시지 않으려고 아까부터 숨을 참고 있었다. 연기 속에서 롤러가 비명을 질렀다. 이제야 성자를 부르네! 군중이 소리쳤다. 여자가 몸을 숙여 그의 귀에 대고 말했다. 저들이 불속에서 피를 흘린다는 거 알고 있니? 그저 몸이 움츠러질 뿐이라고 생각하는 사람도 있지. 하지만 나는 전에 봐서 확실히 알아.

연기가 걷히고 앞이 다시 보일 때쯤 노파는 활활 타오르고 있었다. 사람들이 환호하기 시작했다. 그리 오래 걸리지 않으리라고들 했지만 비명이 멎기까진 오랜 시간이 걸렸다. 아니, 그가 느끼기엔 그랬다. 아무도 저 사람을 위해 기도하지 않나요? 그가 묻자 여자가 말했다. 기도해서 뭐하게? 지를 비명이 더는 남지 않은 뒤에도 불길은 계속 타올랐다. 관리들이 가장자리를 돌며 바람에 날아간 지푸라기를 밟아 불을 끄고, 그보다 큰 건 화염 속에 도로 차넣었다.

사람들이 흩어져 재잘대며 집으로 돌아가는데, 화형대 부근에 잘못 자리잡은 이들은 확연히 티가 났다. 얼굴이 나뭇재로 잿빛이었으니까. 그도 집에 가고 싶었지만 다시 월터가 떠올랐다. 그날 아침에 월터는 말했다. 네놈을 조목조목 죽여주겠다고. 그는 관리들이 남은 유해를 쇠막대로 치는 모습을 지켜보았다. 노파를 묶었던 쇠사슬에 찌꺼기 같은 살점이 고스란히 남아 불쾌하게 덜렁거렸다. 그는 관리들에게 다가가 물었다. 뼈를 태우려면 불이 얼마나 뜨거워야 해요? 이 문제에 대해 관리들이 아는 바가 있으리라 기대했다. 그러나 그들은 질문 자체를 이해하지 못했다. 대장장이가 아닌 사람들은 불이 다 똑같다고 생각한다. 월터는 그에게 빨강의 다채로운 색조를 가르쳐주었다. 일몰의 빨강, 체리의 빨강, 정해진 이름 없이 진홍으로 뭉뚱그려지는 연노란 빛의 빨강 같은 것들을.

롤러의 두개골이 바닥에 나뒹굴었다. 기다란 팔다리뼈도 마찬가지였다. 부서진 늑골은 개의 그것보다 그리 크지도 않았다. 남자 하나가 쇠막대를 들더니 노파의 텅 빈 왼쪽 눈구멍을 쑤셨다. 그렇게 두개골을 들어올려 돌더미에 얹으니 뻥 뚫린 두 눈이 남자를 보았다. 남자는 쇠막대를 쳐들어 정수리를 내리쳤다. 막대가 닿기도 전에 그는 글러먹었음을, 잘못 겨냥했음을 알았다. 박살난 뼈가 별처럼 날아 먼지 속으로 자취를 감췄지만, 두개골은 대체로 멀쩡했다. 이런, 남자가 말했다. 자, 꼬마야, 네가 한번 해볼래? 한 방만 제대로 맞히면 박살날 거야.

그는 어떤 권유든 웬만해선 가리지 않고 응하는 사람이었다. 그러나

110

이번에는 두 손을 등뒤에 붙이고 물러섰다. 빌어먹을, 남자가 말했다. 나도 이것저것 가릴 형편이면 얼마나 좋겠냐. 이윽고 비가 내리기 시작했다. 남자들은 손을 닦고, 코를 풀고, 일을 중단했다. 롤러의 유해에다 쇠막대를 내던졌다. 이제 남은 건 뼛조각, 그리고 질퍽한 진창 같은 재가 전부였다. 그는 쇠막대를 집어들었다, 무기가 필요할 경우에 대비해서. 끝으로 갈수록 가늘어지는 막대기의 끄트머리를 만져보니 끌처럼 깎여 있었다. 그는 집에서 얼마나 멀리 왔는지, 월터가 자길 잡으러 올지 어쩔지 알 수 없었다. 사람을 조목조목 죽이는 게 뭔지 궁금했다. 태운다는 건지 토막낸다는 건지. 아까 관리들이 떠나기 전에 물어봤어야 했다. 런던의 공무를 보는 자들이니 알았을 터다.

공기 중엔 노파의 악취가 여전했다. 그는 노파가 이미 지옥에 갔는지, 아님 아직 거리를 떠도는지 궁금했으나 유령이 무섭지는 않았다. 젠틀맨을 위해 세운 관람석은 차양이 이미 철거되었지만, 땅에서 제법 높이 지은 터라 그 아래 웅크리고 들어가 쉴 수 있었다. 그는 노파를 위해 기도하면서, 이런들 해될 건 없다고 생각했다. 입술을 달싹이며 기도했다. 그의 머리 위로 고인 빗물이 널빤지 틈으로 뚝뚝 떨어졌다. 그는 방울이 떨어지는 간격을 세며 두 손을 컵처럼 모아 빗물을 받았다. 그냥 시간이나 죽이려는 것이었다. 땅거미가 내렸다. 여느 때와 다름없는 하루였더라면 지금쯤 출출해졌을 테고, 이미 먹을 걸 찾아 나섰을 것이다.

황혼녘에 남자들이 나타났다. 무리에 여자들도 끼어 있었는데, 그 덕분에 알 수 있었다. 관리도, 그를 해할 자들도 아니라는 걸. 그들이 돌더미에 꽂힌 기둥을 중심으로 느슨한 원을 그리듯 모여들었다. 그는 관람석 아래에서 기어나와 그들에게 다가갔다. 여기서 무슨 일이 있었는지 궁금하실 테죠, 그가 말했다. 하지만 사람들은 눈길을 들지도, 그에게 말을 하지도 않았다. 그러다 무릎을 꿇었고, 그는 그들이 기도하는 거라 생각했다. 나도 그녀를 위해 기도했어요, 그가 말했다.

그랬니? 착하구나, 남자 하나가 여전히 고개를 숙인 채 말했다. 저 사람이 나를 보면, 그는 생각했다. 내가 착하지 않다는 걸 알 텐데. 개를 데리고 놀러다니느라 대장간에서 쓸 염욕로* 준비를 깜빡해 월터에게 이 망할 놈의 염수통은 어디 가고 없느냐고 호통을 듣는 쓸모없는 녀석이라는 걸. 갑자기 위경련이 오고 메스꺼워지면서 그는 기억해냈다. 자신이 까먹어버린 일이 뭐고, 왜 월터가 죽이겠다고 했던 건지. 비명이 터져나올 뻔했다. 통증이라도 느끼는 사람처럼.

자세히 보니 남자들과 여자들은 기도하는 게 아니었다. 손과 무릎을 바닥에 대고 엎드려 있었다. 이들은 롤러의 친구들이었고, 노파의 유해를 긁어모으는 중이었다. 한 여자가 치마를 넓게 펼치고 꿇어앉더니 옹기를 내밀었다. 그의 눈은 어둠 속에서도 예리했고, 진창과 먼지 가운데서 뼛조각 하나를 골라냈다. 여기 있어요, 그가 말했다. 여자가 옹기를 내밀었다. 여기도요.

남자 한 명은 좀 멀찍이 떨어진 곳에 서 있었다. 저 사람은 왜 같이 찾지 않아요? 그가 물었다.

망을 보고 있거든. 관리들이 나타나면 휘파람을 불 거야.

그럼 우린 잡혀가나요?

---

* 소금 등의 염 성분에 금속 재료를 담가 가열하는 설비.

어서, 서둘러, 다른 남자가 말했다.

옹기 하나가 다 찼을 때 그걸 들고 있던 여자가 말했다. "손 좀 줘봐."

그는 여자를 믿고 손을 내밀었다. 그녀는 옹기에 자기 손가락을 넣었다. 진흙과 모래, 기름과 재의 범벅을 그의 손등에 묻혔다. "이름은 조앤 보턴이야." 그녀가 말했다.

이제 와 이 이야기를 떠올릴 때면 그는 자신의 불완전한 기억에 놀란다. 그의 살갗에 최후의 잔재를 기름얼룩처럼 남긴 그 여자는 단 한 번도 잊은 적이 없는데, 왜 그 자신의 유년 시절은 좀처럼 앞뒤가 맞지 않을까? 그는 그때 어떻게 집으로 돌아갔는지, 월터가 그를 조목조목 죽이는 대신 무슨 짓을 했는지, 애초에 염수를 만들지 않고 도망간 이유가 뭔지 기억나지 않는다. 어쩌면, 그는 생각한다. 소금을 쏟아버리고 너무 겁이 나 월터에게 말하지 못한 것일 수도. 그럴 공산이 크다. 두려움이 태만을 낳고, 그 같은 위반이 더 큰 두려움을 불러오며, 그 두려움이 너무도 어마어마해지는 시점이 오면 인간의 정신은 자포자기하고, 넋이 나간 아이는 목적도 없이 어슬렁거리다 군중을 따라가 살해 현장을 목격하게 되는 것이다.

그는 이 얘기를 누구에게도 한 적이 없다. 리처드에게, 레이프에게 자기 과거를—온당한 범위 내에서—말하는 건 개의치 않으나, 그렇다고 자신의 모든 면면을 내보일 생각은 없다. 샤퀴 대사는 무척이나 빈번히 함께 식사를 하며 그에게 딱 붙어앉아 자기 접시 위 뼈에 붙은 말랑한 살점을 집적이면서 그의 인생사도 캐내려 집적댄다.

누가 그러는데 당신 부친이 아일랜드 사람이라면서요, 외스타슈가 말한다. 그러고는 태평히 기다린다.

나는 처음 듣는 얘기입니다, 그가 말한다. 하지만 한 가지 확실한 건, 그 사람은 자기 자신한테조차 불가사의였어요. 샤퓌가 콧방귀를 낀다. 아일랜드 사람은 몹시 폭력적인 족속이니까요. 그리고 묻는다. "얘기 좀 해봐요. 당신이 열다섯 살에 잉글랜드에서 도망친 게 사실입니까? 감옥소를 탈출해서?"

"물론입니다." 그가 말한다. "천사가 족쇄를 끊어줬거든요."

이로써 샤퓌에겐 고국에 써서 보낼 거리가 생겼다. "크레뮈엘에게 그 주장을 제기해보았으나 그자는 황제 폐하의 장엄한 귀에 부적합한 신성모독적 대답을 했습니다." 샤퓌는 공문에 적어 보낼 얘기가 부족해 곤란을 겪는 적이 없다. 이렇다 할 소식이 없으면 소문을 적어 보낸다. 샤퓌 본인이 웬 미심쩍은 정보원에게서 직접 듣는 소문도 있고, 그가 샤퓌에게 의도적으로 흘리는 소문도 있다. 잉글랜드어를 모르는 샤퓌는 토머스 모어에게서 프랑스어로, 상인 안토니오 본비시에게서 이탈리아어로, 그리고 역시 몸소 행차해 식사자리를 빛내주곤 하는 스토크슬리 런던 주교에게서는 하느님만이 아실 언어로—라틴어일까?—소식을 얻어낸다. 그러면서 주군인 카를황제에게 잉글랜드 백성은 자기네 왕에게 불만이 하도 많아 에스파냐 병력을 아주 조금만 지원해줘도 봉기하리란 생각을 주입한다. 당연한 얘기지만 샤퓌는 한참 잘못 짚었다. 잉글랜드 사람들이 캐서린 왕비를 아낄 순 있다—대체로 그래 보인다. 의회의 최근 조치를 못마땅해하거나 이해하지 못할 수도 있다. 그러나 그는 직관적으로 안다. 잉글랜드 백성도 외세의 간섭 앞에서는 한데 뭉칠 것이다. 그들이 캐서린 왕비를 아끼는 건 그녀가 에스파냐 사람임을 잊어서다. 그녀가 이미 오랜 세월을 잉글랜드 사람으로 살아서다. 그들은 이블 메이 데이에 외국인을 공격하며 폭동을 일으킨 바로 그자들이다. 편협하고, 고집스럽고, 자기 땅덩이에 집착하는 그자들이다. 아주 압도적인 힘—말하자면 프랑수아왕과 카를황제의 연합—이 아니고야 그들을 조금도 흔들어놓지 못할 것이다. 물론 그 같은 연합의 가능성을 완전히 배제할 순 없다.

식사가 끝나면 그는 샤퀴를 그쪽 사람들에게, 덩치 크고 건장한 수행원에게 다시 데려다주는데, 그들이 빈둥거리며 플라망어로 나누는 대화의 주인공이 그인 경우가 많다. 샤퀴는 그가 저지대에 산 적이 있다는 걸 안다. 그런 그가 플라망어를 못 알아듣는다고 생각하는 건가? 아님 이 또한 이중으로 정교하게 계산된 속임수인가.

그런 날들이 있었다. 그리 먼 옛날도 아니다. 리즈가 죽은 후로 아침에 눈을 떠선 자기가 누구인지, 왜 그런 사람인지부터 정해야만 누구와든 말을 섞을 수 있던 날들이 있었다. 망자가 나오는, 그들을 찾아다니는 꿈에서 깨어나던 날들이 있었다. 서서히 깨어나는 자아가 꿈 밖으로 나오는 문턱에서 파르르 떨던 날들이 있었다.

하지만 이제 더는 그런 날들이 아니다.

이따금 샤퀴가 땅에 묻힌 지 오래인 월터를 다시 파내고 그의 인생을 그 자신에게조차 생소한 것으로 만들 때면 그는 아버지를, 유년 시절을 변호해야 할 것만 같은 기분이 든다. 그러나 자기정당화는 아무 짝에도 쓸모가 없다. 구구절절 설명해서 좋을 것도 없다. 옛이야기를 늘어놓는 건 나약한 짓이다. 과거는 감추는 것이 현명하다, 설령 감출 게 전혀 없더라도. 사람의 힘은 어스름 속에서, 보일락 말락 하는 손의 움직임에서, 의미를 짐작할 수 없는 표정에서 나온다. 엄연히 있어야 할 사실이 빠져 있을 때 사람들은 겁을 먹는다. 당신이 벌려둔 간극에 자신의 공포와 망상과 욕망을 쏟아붓는다.

1532년 4월 14일. 국왕은 그를 주얼하우스 관리장으로 임명한다. 그 자리에선, 헨리 와이엇은 말했다. 폐하의 수입과 지출을 전반적으로 훑을 수 있을 걸세.

지나가는 신하 누구든 들으라는 듯 왕이 외친다. "왜 안 되는가. 정직한 대장장이의 아들을 공직에 앉히면 안 되는 이유가 뭔지 말해보라."

그는 미소를 감춘다. 월터를 그리 묘사하다니. 에스파냐 대사가 입에 올린 그 어떤 말보다도 사람을 우쭐하게 만든다. 왕이 말한다. "그대가 어떤 존재인지는 내가 정한다. 오직 내가. 그대라는 사람도 그대가 가진 모든 것도 결국 내게서 나오는 것이야."

그렇게 생각하며 즐거워하는 왕을 못마땅해하기는 좀처럼 힘들다. 헨리는 요즘 어찌나 호의적이고 관대하고 흔쾌한지 이따금 자기 자리를 두고 하는 저런 말쯤은 쓸데가 있든 없든 눈감아줄 수밖에 없는 것이다. 울지 추기경은 말하곤 했다. 잉글랜드 백성은 자기한테 세금을 물리지 않는 한 왕이 무슨 짓을 하든 용서할 거라고. 추기경은 또한 말하곤 했다. 직함이 뭔지는 사실 문제가 안 돼. 추밀원의 누구든 등을 돌려보라고 해. 다시 등을 돌리는 날엔 내가 그자의 몫까지 하고 있는 모습을 보게 될 테니.

4월의 어느 날, 그가 웨스트민스터의 사무실에 있는데 휴 래티머가 들어온다. 램버스궁에 구금되었다가 이제 막 석방된 것이다. "잘 지냈나!" 휴가 말한다. "그만 끄적거리고 손 좀 줘보게."

그는 책상에서 일어나 휴 래티머를, 먼지투성이인 검은 외투 속 힘줄과 뼈가 느껴질 만큼 꼭 껴안는다. "그래서 워럼한테 듣기 좋은 소리 좀 해줬나?"

"되는대로 했지, 내 식대로. 갓난애 입에서나 나올 법한 신선한 얘기가 술술 나오더라고. 어쩌면 그 영감도 화형에 대한 욕구를 잃어가는지도 모르지, 자기도 죽을 때가 다 된 마당이니. 뙤약볕 아래 콩꼬투리처럼 쪼글쪼글해서는 움직일 때마다 뼈가 달그락거리는 소리가 내 귀에도 들리더라고. 아무튼 무슨 영문인진 모르겠네만, 이렇게 내가 왔다네."

"거기서 어찌 지냈던가?"

"맨 벽을 도서관 삼아 지냈지. 다행히도 책 내용은 머릿속에 다 있거든. 워럼은 나를 내보내며 경고했네. 타는 냄새를 안 풍기면 튀겨지는 냄새를 풍기게 될 거라고. 전에도 그런 소릴 들은 적이 있어. 십 년 전이군, 내가 이단 혐의로 '진홍색 야수'* 앞에 끌려갔던 게." 래티머는 웃음을 터트린다. "하지만 울지 추기경이 설교허가증을 돌려줬지. 평화의 입맞춤도. 한끼 식사도. 그래서? 복음을 사랑하는 왕비가 탄생할 날이 좀 가까워졌나?"

그가 어깨를 으쓱한다. "우린—왕실은—프랑스와 얘기하는 중이네. 조약이 맺어질 분위기야. 프랑수아의 시끌벅적한 추기경들이 로마에서 우리 대신 목소리를 내줄지도 모르겠어."

래티머가 코웃음을 친다. "아직도 로마를 기다리고 있다니."

---

* 요한계시록 17장에 묘사된 짐승으로 통치 세력이나 종교 단체를 뜻한다.

"정해진 절차가 그러니까."

"우리가 헨리를 돌려놓을 걸세. 복음의 길로 돌려놓을 거야."

"아마도. 급하게는 안 되고. 조금씩 조금씩."

"나는 스토크슬리 주교에게 우리 베이넘 형제를 만나게 해달라고 청할 생각이네. 같이 가겠나?"

베이넘은 작년에 토머스 모어에게 붙잡혀 고문당한 법정변호사다. 크리스마스 직전 런던 주교 앞에 섰다. 믿음을 철회하고 2월에 풀려났다. 베이넘은 평범한 인간이었고 살기를 원했다, 왜 아니겠는가? 그러나 일단 석방되자 양심의 가책으로 잠을 이루지 못했다. 어느 일요일, 베이넘은 붐비는 교회에 들어가 그 많은 사람 앞에 섰다. 틴들의 성서를 손에 들고 신앙을 고백했다. 지금은 런던탑에서 처형 날짜가 정해지기를 기다리고 있다.

"어때?" 래티머가 말한다. "같이 갈 텐가, 말 텐가?"

"나는 모어에게 빌미를 줘선 안 돼."

어쩌면 베이넘의 결심을 무너트릴 수 있을지도 모른다, 그는 생각한다. 가서 말하는 것이다. 뭐든 믿는다고 하게, 형제. 그냥 맹세하고 등 뒤에서 손가락을 꼬면 되지 않나.* 하지만 이제 와서 베이넘이 무슨 말을 하든 상관없다. 자비는 베풀어지지 않을 테고, 베이넘은 화형당할 것이다.

휴 래티머는 성큼성큼 빠져나왔다. 하느님의 자비가 래티머에겐 베풀어진다. 주님이 래티머와 함께 걷고 함께 나룻배에 오르고 런던탑

---

* 거짓말을 하면서 하느님의 용서를 구한다는 의미.

의 그늘 아래서 함께 내린다. 그렇기에 거기 토머스 크롬웰은 필요치 않다.

토머스 모어는 이단자들에게 거짓말을 하든 그들을 속여서 자백을 받아내든 아무런 문제가 되지 않는다고 말한다. 이단자들에겐 침묵할 권리가 없다, 입을 여는 순간 죄를 뒤집어쓰리라는 사실을 알지라도. 그들이 말하지 않거든 손가락을 부러트리고 인두로 지지고 손목을 묶어 매달라. 이는 정당한 일이고, 모어는 한발 더 나아가 말한다. 복된 일이다.

평민원 의원 중에 퀸스 헤드 주점에서 사제들과 같이 식사를 하는 무리가 있다. 거기서 나온 말이 런던 사람들 사이에 퍼져나간다. 국왕의 이혼을 지지하는 자는 누구든 지옥에 떨어지리라고. 이 젠틀맨들의 소송에 하느님이 몹시도 관심을 쏟고 있다고 그들은 말한다. 그래서 의회 의석에 천사가 두루마리를 들고 앉아 누가 어디에 투표하는지 기록하고, 전능하신 주보다 헨리왕을 더 겁내는 자의 이름에 검댕을 묻혀 표시한다고.

그리니치에서 프란체스코회 잉글랜드 지부장인 윌리엄 페토 수사가 왕 앞에서 설교하며 이스라엘의 일곱번째 왕으로 상아궁에 살았던 비운의 아합을 예로 든다. 아합왕은 사악한 이세벨에게 휘둘려 이교도의 신전을 짓고 바알*의 사제들을 수행원으로 거느렸다. 선지자 엘리야는 아합왕에게 개가 그의 피를 핥으리라 했고, 당신의 짐작대로 예언은 실현되었다. 오직 성공한 예언만이 기억되는 법이니까. 사마리아의 개

---

* 고대의 신으로 우상을 뜻한다.

들이 아합왕의 피를 핥았다. 왕위를 이을 남자들은 몰살당했다. 묻히지도 못한 채 길바닥을 나뒹굴었다. 이세벨은 궁에서 창밖으로 내던져졌다. 들개가 그녀의 몸을 갈기갈기 찢었다.

앤이 말한다. "내가 이세벨이군요. 당신, 토머스 크롬웰은 바알의 사제고요." 그녀의 눈이 이글거린다. "나는 여자니까, 죄악이 이 세계로 들어오는 수단이죠. 악마의 문, 저주받은 입구예요. 나는 사탄이 그 남자를 공격하는 방편이에요. 나를 통하지 않고는 공격할 엄두도 못 내는 남자를요. 자, 이게 지금 상황을 보는 저들의 관점이에요. 배움이 부족하고 할일은 더 없는 사제가 너무 많다는 게 내 관점이고요. 교황과 카를황제와 에스파냐 것들이 몽땅 바다에 빠져죽으면 속이 시원하겠어요. 그리고 왕궁 창밖으로 누굴 내던지라고 하면…… 알로르, 토머스, 내가 던지고 싶은 사람은 뻔해요. 다만 꼬마 메리는 들개가 뜯으려야 뜯을 살점이 없고, 캐서린은, 그 여자는, 너무 뚱뚱해서 땅에서 다시 튀어오를 테죠."

집에 도착한 토머스 에이버리는 소지품이 전부 담긴 여행용 궤짝을 내려놓고 어린아이처럼 두 팔을 활짝 벌려 자기 마스터를 끌어안는다. 그가 더 높은 자리에 올랐다는 소식이 안트베르펜에도 전해졌다. 스티븐 본은 너무 기뻐서 붉은 벽돌색이 된 얼굴로 와인 한 잔을 단번에, 중간에 물도 마시지 않고 해치운 모양이다.

들어오거라, 그는 말한다. 나를 보겠다고 온 사람이 쉰 명은 되지만 기다리라고 하지 뭐. 와서 바다 건너에서는 다들 어찌 지내는지 얘기해다오. 토머스 에이버리는 줄줄 읊기 시작한다. 그러나 문턱을 넘어서더니 말을 멈춘다. 녀석은 국왕이 하사한 태피스트리를 보고 있다. 두 눈이 가만히 살피다가 자기 마스터의 얼굴을 향했다가 다시 태피스트리로 돌아간다. "저 여자는 누구예요?"

"보고도 몰라?" 그가 웃는다. "솔로몬을 방문하는 시바의 여왕이잖아. 헨리왕에게 받았다. 원래 울지 추기경 전하의 소유였어. 내가 아끼는 물건인 걸 폐하가 알았지. 베풀기를 좋아하는 사람이기도 하고."

"값어치가 제법 나가겠는데요." 에이버리가 태피스트리를 경탄의 눈으로 바라본다. 그 모습이 명민한 청년 회계사 그 자체다.

"자," 그가 말한다. "나도 네게 줄 게 있다. 이거 어떠냐? 수도원이 내놓는 것 중에 유일하게 좋은 것일 거야. 루카 파촐리 수도사. 이걸 쓰는 데 장장 삼십 년이 걸렸단다."

진녹색 표지 가장자리에 금색으로 무늬를 찍은 책이다. 책장마다 금박으로 테두리를 둘러 빛을 받으면 눈부시게 반짝인다. 잠금쇠에는 거무스름하고 매끈하고 반투명한 석류석이 박혀 있다. "열어볼 엄두가 안 나는데요." 에이버리가 말한다.

"어서. 마음에 들 거야."

『산술집성』이다. 잠금쇠를 풀고 책을 펼치자 저자의 목판화가 나온다. 책을 앞에 놓고 컴퍼스를 든 모습이다. "새 판본인가요?"

"그렇진 않아. 하지만 베네치아의 친구들이 이제야 내 생각이 났다는구나. 루카가 이 책을 썼을 때 물론 나는 어린애였고 너는 존재하지도 않았지만." 그는 몹시 조심스레 책장을 만진다. "보렴, 기하학을 설명하는 부분이야. 도형들이 보이지? 여기서 그 유명한 말이 나온단다. 대차대조가 끝나기 전엔 잠자리에 들지 마라."

"마스터 본도 늘 그 말씀이에요. 그래서 제가 새벽까지 잠을 못 잔다니까요."

"나도 그랬다." 여러 도시에서 여러 밤을. "너도 알다시피 루카는 가난했어. 산세폴크로 출신이었지. 예술가 친구들을 두었고, 우르비노 최고의 수학자가 되었어. 우르비노는 산중에 있는 조그만 마을인데, 위대한 용병대장으로 불리던 페데리고 백작이 천 권이 넘는 책을 모아 놓은 곳이었지. 루카는 처음에는 페루자, 나중에는 밀라노의 대학에서 학장을 지냈어. 그런 사람이 왜 수도사로 남았는지 모를 일이지만, 대수학과 기하학을 연구하는 사람들이 주술사로 몰려 지하감옥에 갇히던 시절이었으니 아마도 루카는 교회가 자신을 보호해주리라 생각했을 거야…… 베네치아에서 루카의 강의를 들은 적이 있는데, 벌써 이십 년도 더 된 일이니 아마 네 나이쯤이었겠다. 루카는 비례에 대해 말했어. 건축과 음악과 회화와 정의와 공공복리와 국가에서의 비례 말이다. 권리의 균형, 군주와 백성 사이 힘의 균형, 부유한 시민이 회계장부를 정직하게 작성하고 기도하고 빈자를 섬기는 일에 대해 얘기했다. 책장을 어찌 인쇄해야 하는지. 법을 어찌 읽어야 하는지. 그리고 얼굴, 무엇이 얼굴을 아름답게 만드는지에 대해서도."

"이 책도 그런 걸 가르쳐줄까요?" 토머스 에이버리는 다시 한번 시바의 여왕을 올려다본다. "저 사람들도 그걸 알았던 거 같아요. 태피스트리를 만든 사람들요."

"예네커는 어찌 지내니?"

에이버리는 경건한 손길로 책장을 넘긴다. "아름다운 책이에요. 베네치아의 친구분들은 마스터를 무척이나 아끼나봐요."

그러니까 예네커와는 끝났군, 그는 생각한다. 죽었거나 다른 누군가를 사랑하고 있을 거다. "가끔 이탈리아 친구들이 새로 나온 시를 보내주는데, 나는 세상의 모든 시가 여기 담겨 있다고 생각한다…… 책장을 채운 도형이 시구여서가 아니라, 정밀한 모든 게 아름답다는 점에서. 각 부분이 균형을 이루는 모든 게, 비례가 정확한 모든 게…… 네 생각은 어떠냐?"

그는 에이버리의 눈길을 붙드는 시바 여왕의 힘이 의아하다. 녀석이 안셀마를 봤거나, 실제로 만났거나, 얘기를 들었을 리 없다. 그러고 보니 헨리에게는 안셀마 얘길 했군, 그는 생각한다. 나는 말을 아끼고 왕은 많은 걸 털어놓았던 어느 오후였다. 왕은 말했다. 앤만 떠올리면 욕망으로 온몸이 떨린다고. 다른 여자들도 시도해봤다고, 그런 편법으로라도 욕정을 누그러뜨려 이성을 가진 사람처럼 생각하고 말하고 행동하려 했다고. 하지만 그 여자들로는 되지 않았다고…… 별난 자백이지만 왕은 그것으로 자신이 정당화된다고 생각한다. 이 갈망의 타당성을 입증해준다고 생각한다. 나는 그 암사슴 한 마리만 좇는 것이거든, 왕은 말한다. 이상하고 겁 많은 야생의 암사슴 한 마리만. 그리고 그 사슴은 다른 남자들이 걸음한 적 없는 길로 나를 이끌어 혼자서 저 깊은 숲으로 들어가게 하지.

"자," 그가 말한다. "이 책은 네 책상에 두자. 모든 게 뒤죽박죽인 것 같을 때 위안을 얻을 수 있을 거다."

그는 토머스 에이버리에게 큰 기대를 품고 있다. 수치를 합산해서 당신의 코밑에 들이밀 아이, 거기에 머리글자를 붙여 정리하고 궤짝에 넣어 잠글 아이는 구하기 쉽다. 하지만 그게 다 무슨 소용인가? 회계장부의 책장은 마치 사랑의 시처럼 써먹으라고 있는 것이다. 고개 한 번 끄덕이고 치워버리라고 있는 게 아니다. 가능성에 마음을 열기 위해 있는 것이다. 성서와 비슷하다. 즉, 생각해보고 행동을 시작하라고 있는 것이다. 네 이웃을 사랑하라. 시장을 연구하라. 박애 정신을 널리 퍼트려라. 내년에는 더 나은 수치를 들고 오라.

제임스 베이넘의 처형일이 4월 30일로 정해진다. 그는 차마 왕을 찾아가지 못하고, 사면받을 희망도 전혀 없다. 오래전 헨리왕은 '신앙의 옹호자'라는 호칭을 얻었다. 그리 불릴 자격이 여전히 충분함을 보이려고 기를 쓴다.

스미스필드의 화형장에 고위 인사를 위해 설치한 관람석에서 그는 베네치아 대사 카를로 카펠로와 마주친다. 둘은 인사를 나눈다. "무슨 자격으로 여기 있는 겁니까, 크롬웰? 이 이단자의 친구 자격입니까, 아님 당신 직위 때문입니까? 사실 당신은 직위가 뭔가요? 오직 악마만이 알겠지요."

"대사님과의 다음번 밀담에서 악마가 직접 말씀드릴 겁니다."

화염에 휩싸여 죽어가는 남자가 외친다. "주여, 토머스 모어 경을 용서하소서."

5월 15일. 주교들이 왕에게 복종을 맹세하는 문서에 서명한다. 그들은 왕의 허가 없이는 교회법을 더는 만들지 않을 것이며, 현존하는 모든 법도 평신도─의회 의원과 왕이 임명한─가 포함된 위원회의 검토를 거칠 것이다. 왕의 허가를 받지 않은 성직자회의 또한 금지된다.

다음날 그는 화이트홀의 회랑에 서 있다. 거기서 내려다보이는 안뜰에서 국왕이 기다리고, 노퍽 공작은 정신없이 왔다갔다한다. 앤은 그와 함께 회랑에 있다. 검붉은 다마스크천에 무늬를 화려하게 넣은 가운을 걸쳤는데, 그 무게 탓에 그녀의 조그맣고 하얀 어깨가 축 처진 듯 보인다. 이따금 그는—상상력과 가까이 지내는 차원에서—그녀의 어깨에 손을 얹고 쇄골과 목 사이의 움푹한 부분을 엄지로 따라가는 상상을 한다. 보디스 위로 부푼 가슴의 선을 따라, 아이가 손가락으로 책의 행을 따라가듯 집게손가락을 움직이는 상상을 한다.

그녀가 고개를 돌리더니 한쪽 입꼬리로만 웃는다. "저기 오네요. 대법관의 목걸이를 안 했어요. 그걸 어찌해버린 걸까요?"

토머스 모어는 구부정하고 풀이 죽은 듯 보인다. 노퍽은 긴장한 것 같다. "외숙부는 수개월째 이 문제를 정리하려고 애썼어요." 앤이 말한다. "하지만 폐하는 움직일 생각이 없죠. 모어를 잃고 싶지 않으니까. 모두를 만족시키고 싶으니까. 당신도 알잖아요, 폐하가 어떤지."

"폐하는 어릴 적부터 토머스 모어와 알고 지냈으니까요."

"나는 어릴 적부터 죄를 알았고요."

둘은 고개를 돌리고 서로에게 미소 짓는다. "저기 봐요." 앤이 말한다. "저게 잉글랜드 국새일까요, 가죽가방에 담아온 게?"

울지 추기경은 국새를 내주면서 이틀이나 시간을 끌었다. 하지만 지금은 왕이 저 아래 전용 낙원에서 손을 벌린 채 기다리고 있다.

"그럼 이제 누가 맡을까요?" 앤이 말한다. "어젯밤 폐하가 그러더군요. 대법관들은 고통만 안겨줄 뿐이라고. 아무래도 대법관 없이 해나가야겠다고."

"법률가들이 좋아하지 않을 겁니다. 누군가는 법정을 관할해야죠."

"그럼 누가 좋겠어요?"

"의회 의장을 임명하는 방안을 고려하게 해보십시오. 오들리는 정직하게 수행할 겁니다. 만약 국왕이 그럴 생각이 있다면 일단 임시로 임명해 일을 시켜보고, 마음에 들지 않거든 최종 승인을 거부하면 됩니다. 하지만 폐하도 흡족해할 겁니다. 오들리는 훌륭한 법률가에 주관이 뚜렷한 사람이지만, 쓸모 있게 구는 방법도 꿰고 있지요. 나란 사람에 대해서도 꿰고 있고요, 내 생각엔."

"어디 그런 사람이 있으려고요! 이만 내려갈까요?"

"도저히 못 참겠습니까?"

"그건 당신도 마찬가지잖아요."

둘은 내부 계단으로 내려간다. 앤은 그의 팔에 손끝을 살짝 얹고 있다. 아래 정원에 밤꾀꼬리가 든 새장들이 걸려 있다. 녀석들은 깜짝 놀라 노래를 멈추고 햇빛을 등진 채 옹송그리고 모인다. 분수의 수반에 물이 후드득 떨어진다. 약초 화단에서 백리향 내음이 피어오른다. 궁정 안 어딘가에서 보이지 않는 누군가가 웃는다. 그러다 문이 닫힌 듯 소리가 뚝 끊긴다. 그는 허리를 굽혀 백리향 줄기 하나를 꺾어 들고 손바닥에 짓이겨 향을 낸다. 그 향이 그를 다른 곳으로, 여기서 먼 어딘가로 데려간다. 모어가 앤에게 고개 숙여 인사한다. 그녀는 고개를 끄덕이는 둥 마는 둥 한다. 그러고는 무릎을 깊이 굽혀 왕에게 인사한 뒤 곁에 자리를 잡고 시선을 바닥에 고정한다. 왕이 그녀의 손목을 잡는다. 그녀에게 할말이 있는 눈치다, 아니면 그저 단둘이 있고 싶거나.

"토머스 경?" 그가 손을 내민다. 모어는 외면한다. 그러다 생각을 바꿔 다시 고개를 돌리고 악수한다. 손끝이 창백하고도 차다.

"이제 어쩌실 겁니까?"

"글을 써야죠. 기도도 하고."

"저는 적게 쓰고 많이 기도하시라 권하고 싶습니다."

"이런, 지금 그거 협박이오?" 모어가 미소를 짓는다.

"어쩌면요. 이제 내 차례니까요, 안 그렇습니까?"

아까 왕은 앤을 보는 순간 얼굴이 환히 빛났다. 왕의 사랑은 절절하다. 자문관의 손에 남은 그 사랑이 훨훨 타오르고 있다.

그는 웨스트민스터에서 때마침 가드너를 마주친다. 연기가 자욱하고 해가 드는 일이라고는 결코 없는 뒷마당에서다. "주교님?"

가드너가 크고 무성한 눈썹을 찡그린다.

"레이디 앤이 별장을 알아봐달라고 청하더군요."

"그게 나랑 무슨 상관입니까?"

"가만히 한번 들어보시죠," 그가 말한다. "내 생각이 어떤 식으로 뻗어나가는지. 별장은 강 근처에 있어야 하고, 햄프턴코트궁으로 가기에도 편리해야 하며, 바지선으로 화이트홀과 그리니치를 왕래하기에도 좋아야 합니다. 관리가 잘되어 있어야 해요, 앤은 참을성이 없어 수리를 마칠 때까지 기다리지 못할 테니. 아름다운 정원이 딸려 있고, 건축 상태도 훌륭한 곳이어야 하는데…… 그러다 이런 생각이 드는 겁니다. 핸워스에 있는 가드너의 저택이면 어떨까, 내무장관으로 발탁될 때 폐하가 임대해준?"

어슴푸레한 빛 속에서도 가드너의 머릿속에서 꼬리에 꼬리를 무는 생각들이 훤히 보인다. 오, 거기 있는 내 해자와 조그만 다리, 내 장미 정원과 딸기 텃밭, 내 약초 화단, 내 양봉장, 내 연못과 과수원, 오, 내 이탈리아식 테라코타 원형 벽걸이, 내 인타르시아* 세공, 내 도금 장식, 내 회랑, 내 조개껍데기 분수, 내 사슴 사냥터.

"왕명으로 내려오기 전에 먼저 나서서 임대를 제안하면 품위를 지키게 될 겁니다. 주교들의 아집과 대조되는 선행이라고나 할까요? 오, 왜 이러십니까, 스티븐. 수중에 저택이 그것만 있는 것도 아니잖습니까. 건촛더미를 덮고 잠을 청하는 신세가 되는 것도 아닌데."

"혹시라도 그리되면," 가드너가 말한다. "개를 끌고 쥐나 잡으러 다니는 당신네 애들 손에 꿈을 깨겠거니 해야지요."

가드너의 맥이 쥐처럼 폴짝거린다. 축축한 검은 눈이 번득인다. 속으로 울분과 억눌린 분노의 비명을 꽥꽥거린다. 그러나 가만히 생각해보니 한편으론 안도감이 들기도 한다. 청구서가 몹시 이르게 날아왔고, 자신이 맞춰줄 수 있는 조건이니 말이다.

가드너가 내무장관 자리를 차지하고는 있지만 이제 국왕과 거의 매일같이 만나는 건 그, 크롬웰이다. 헨리왕이 조언을 원하면 해주고, 자기 소관 밖의 일이면 대신 봐줄 사람을 찾아온다. 왕이 불평하면 제게 맡겨두시라 말할 것이다. 폐하의 은총으로 제가 한번 살펴봐도 되겠습니까? 하고 물을 것이다. 왕의 기분이 좋으면 그는 웃을 준비가 되어 있고, 왕이 우울해하면 다정하고 조심스레 접근한다. 국왕은 그와 만날 때 사람들의 눈을 피한다는 방침을 세웠는데, 변함없이 눈치 빠른

---

* 여러 가지 색의 목편을 맞춰 벽이나 문짝, 가구를 장식하는 기법.

에스파냐 대사가 못 알아챌 리 없다. "헨리왕은 당신과 알현실 밖에서 따로 만나고 있지요." 대사가 말한다. "당신과 얼마나 자주 상의하는지 귀족들은 모르는 편이 왕의 입장에선 더 좋은 거지요. 당신이 덩치만 좀 작았어도 세탁물 바구니에 숨어 드나들었을 텐데요. 지금 상황에선 국왕 사실 소속 시종들이 앙심을 품고 자기 친구들한테 떠들어대지 않을 리 없어요. 그 친구란 자들은 당신의 성공에 투덜거리고, 비방하는 말을 퍼트리고, 당신을 무너트릴 음모를 꾸미겠지요." 대사는 미소를 지으며 말한다. "실례가 안 되는 선에서 당신 마음이나 얻으려 그림 한번 그려본 건데―내가 너무 정곡을 찔렀나요?"

샤퓌 대사가 카를황제에게 보내는 서신이 공교롭게도 미스터 라이어슬리의 손을 거치게 되는 바람에 그는 자신이 어떤 사람인지 알게 된다. 콜미가 그에게 읽어준다. "대사가 말하길 마스터는 과거가 불분명하고 유년 시절엔 무모하고 거칠었대요. 오래전부터 이단자로 추밀원의 명예를 손상시킨답니다. 하지만 개인적으로는 정력적이고 자유분방하며 관대하고 자비로운 사람이라고……"

"대사가 날 좋아할 줄 알았다니까. 언제 일자리나 부탁해봐야겠군."

"대사가 그러는데 폐하의 마음을 얻기 위한 방편으로 그분을 잉글랜드 역사상 가장 부유한 왕으로 만들어주겠노라 약속하셨다면서요."

그는 빙긋이 웃는다.

5월 말. 템스강에서 어마어마한 크기의 물고기 두 마리가 포획된다. 아니, 포획이라기보다는 죽어가는 채로 진흙투성이 강변에 떠밀려온다. "이 일에 대해서도 내가 뭔가를 해야 하나?" 조핸이 소식을 전하자 그가 말한다.

"아뇨," 조핸이 답한다. "적어도 나는 그리 생각 안 해요. 이건 전조예요, 그렇죠? 일종의 징조, 그뿐이에요."

7월 말. 뉘른베르크에 가 있는 크랜머 박사에게서 서신이 도착한다. 그전에 박사는 저지대에서 서신을 보내 카를황제와의 통상 교섭에 대한 조언을 구했다. 자기 능력 밖의 일이라고 느껴서였다. 라인강 유역의 도시를 다니면서는 카를황제가 국경 지대의 튀르크 방어에 도움이 필요한 상황이니 루터파 군주들과 합의할 수밖에 없으리라고 희망 섞인 서신을 띄웠다. 잉글랜드의 통상적인 외교전에 익숙해지려고 얼마나 고군분투하는지도 전한다. 잉글랜드 국왕의 우정을 제안하고, 잉글랜드 금화를 달랑달랑 흔들며 약속하고, 실제로는 아무것도 내놓지 않는다.

하지만 이번 서신은 다르다. 사무원이 대필한 것이다. 마음속 성령의 작용에 대한 내용이다. 레이프가 편지를 읽어주면서 손으로 가리킨다. 서신 아래에서 왼쪽 여백으로 이어지며 단어 몇 개가 크랜머의 자필로 적혀 있다. "일이 생겼네. 서신에 옮길 내용은 아니고. 좀 시끄러워질지도 모르겠군. 혹자는 내가 경솔했다 할 거야. 자네의 조언이 필요하네. 이 얘기는 비밀로 하지."

"음," 레이프가 말한다. "치프사이드 시장통을 달리며 외쳐볼까요. '토머스 크랜머에게 비밀이 있다, 우린 그게 뭔지 모른다!'"

일주일 뒤 오스틴프라이어스에 한스 홀바인이 나타난다. 메이든 레인에 집을 빌렸고 수리를 마칠 때까지 스틸야드에 머물고 있다. "새 그림 좀 보여주시죠, 토머스." 이렇게 말하며 걸어들어와 그 앞에 선다. 팔짱을 낀다. 한 걸음 물러선다. "이 사람들을 아세요? 실물과 닮았습니까?"

한패거리인 이탈리아 은행가 둘이 감상자를 보고는 있지만 서로 시선을 교환하고 싶어 안달인 표정이다. 한 명은 실크, 다른 한 명은 모피 옷을 입었다. 카네이션이 꽂힌 꽃병, 아스트롤라베, 황금방울새, 모래가 반쯤 떨어진 모래시계가 보인다. 아치형 창문 너머로 실크 돛을 단 배가 지나가는데, 반투명한 돛에 의지해 거울 같은 바다를 부유한다. 고개를 돌리는 한스는 신이 났다. "눈을 어쩌면 저렇게 표현할 수 있을까요, 저토록 냉정하면서도 교활하게?"

"엘스베스는 어찌 지내고?"

"살이 쪘죠. 우울하고."

"뻔한 얘기 아닌가? 집에 가서 아기나 하나 만들어주고 다시 와."

"좋은 남편이 될 생각은 없어요. 집에 돈이나 보내고 마는 거죠."

"이번엔 얼마나 있으려고?"

한스는 끙 소리와 함께 와인잔을 내려놓고 이제 막 떠나온 곳을 얘기한다. 바젤을 얘기하고, 스위스의 주와 도시를 얘기한다. 폭동과 격전을 얘기한다. 그림이다, 그림이 아니다. 조각상이다, 조각상이 아니다. 하느님의 몸이다, 하느님의 몸이 아니다, 일종의 하느님의 몸이다. 하느님의 피다, 하느님의 피가 아니다. 사제는 결혼해도 된다, 결혼해선 안 된다. 성사는 총 일곱 개다, 성사는 세 개다. 우리는 십자가에 무릎을 꿇고 기어가 입맞춰 경배해야 한다, 아니 십자가는 광장에서 토막내고 불태워야 한다. "내가 교황을 딱히 사랑하는 건 아니지만 이런 일들이 질리긴 해요. 에라스뮈스는 프라이부르크의 교황파에게로 도망갔고, 나는 마스터와 융커 하인리히*에게로 도망왔지요. 마르틴 루터가 마스터의 왕을 그렇게 부르잖아요. '잉글랜드 국왕 폐하는 잉글랜드의 폐단'이라고요." 한스가 입을 닦는다. "나는 그저 일 좀 잘할 수 있게, 그리고 그에 대한 대가를 받을 수 있게 해달라는 것뿐이에요. 무슨 분파니 하는 자들이 흰 도료를 들고 와 내 노력의 결실을 지워버리는 일은 없으면 더 좋겠고요."

"평화와 여유를 찾아 여기로 왔다는 건가?" 그는 고개를 가로젓는다. "너무 늦었어."

"아까 런던교를 지나다 보니 누가 성모상을 때려부쉈더라고요. 아기의 머리를 날려버렸던데."

"그런 지 꽤 됐네. 악마 크랜머의 소행일 거야. 그자가 술만 마시면 어찌되는지 자네도 알잖나."

한스가 활짝 웃는다. "크랜머 박사가 그리우시군요. 두 분이 친구가 되리라고 누가 생각이나 했겠습니까?"

"늙은 워럼의 건강이 좋지 않아. 그자가 올여름에 죽는다면 레이디 앤은 캔터베리 대주교에 크랜머를 앉혀달라고 청할 생각이네."

한스가 깜짝 놀란다. "가드너가 아니고요?"

"그자는 왕이 준 기회를 날려먹었어."

"가드너에게 최악의 적은 가드너 자신이죠."

"그 말엔 동의하지 않겠네."

---

* 헨리 8세를 별 볼 일 없는 귀족에 빗댄 독일식 표현.

한스가 웃음을 터트린다. "크랜머 박사로서는 엄청난 승진이겠네요. 원하진 않을 거예요. 박사랑 안 맞아요. 너무 거창하잖아요. 박사는 책을 좋아하는 사람인데."

"받아들일 걸세. 자기 책무라고 생각할 거야. 우린 누구나 기질에 반하는 일을 억지로 하게 되지."

"누가요, 마스터가요?"

"자네의 오랜 후원자가 내 집에 다짜고짜 찾아와 나를 위협하는데도 묵묵히 받아주는 건 기질에 반하는 일이지. 그래도 그리했어. 첼시에는 가봤나?"

"그럼요. 딱한 가족이에요."

"토머스 모어는 건강 악화로 사임했다고 발표했네. 어느 쪽도 민망할 일이 없게."

"본인 말로는 여기에 통증을 느낀대요." 한스가 자기 가슴을 문지른다. "글을 쓰려고 하면 여지없이 아프대요. 하지만 다른 이들은 괜찮아 보였어요. 그림 속 가족들 말예요."

"이제 첼시 쪽 의뢰는 받지 않아도 되네. 폐하가 내게 런던탑 일을 맡겼어. 방어시설을 복구하는 중이지. 폐하의 명을 받은 건축가와 화가와 도금공이 들어와 있고, 낡은 왕실 처소를 없애고 뭔가 더 괜찮은 걸 만들 거야. 왕비의 처소도 새로 지을 생각이네. 잉글랜드에서는 자네도 알다시피 왕과 왕비가 대관식 전날 밤을 런던탑에서 보내잖나. 레이디 앤의 시대가 오면 자네 일이 많아질 거야. 야외극 설계며 만찬이며, 런던시는 왕에게 바칠 금은 접시도 주문할 테고 말이지. 한자동맹 상인들과 얘기해보게. 일을 해보고 싶어할 거야. 그들에게 계획을 맡기게. 유럽의 장인 절반이 몰려오기 전에 일을 확보하고."

"앤한테 보석도 새로 해주나요?"

"캐서린 걸 줄 거야. 헨리가 그 정도로 사리분별이 안 되진 않아."

"그녀를 그려보고 싶어요. 안나 볼레나* 말예요."

"모르겠군. 누가 자길 자세히 뜯어보는 걸 싫어할 수도 있어."

"아름답지 않다고들 하던데."

"맞아, 그리 볼 수도 있어. 자네가 〈봄〉** 같은 작품을 그리면서 그녀를 모델로 쓰진 않을 거야. 성모상도 그렇고. 평화의 형상도 그렇고."

"그럼 뭐에 어울리는데요, 이브? 메두사?" 한스가 소리 내어 웃는다. "대답하지 마세요."

"그녀는 존재감이 대단해, 활력이랄까…… 그걸 그림에 담진 못할 거야."

"그러니까 내가 능력이 안 된다고 생각하시는군요."

"자네와 안 맞는 소재가 있는 거지. 나는 그리 믿네."

리처드가 들어온다. "프랜시스 브라이언이 와 있습니다."

"레이디 앤의 사촌일세." 그가 자리에서 일어난다.

"화이트홀에 가보셔야 할 것 같아요. 레이디 앤이 가구를 부수고 거울을 박살내고 있대요."

그는 소리 죽여 욕을 뱉는다. "마스터 홀바인을 식사 자리로 모셔."

프랜시스 브라이언이 어찌나 요란스레 웃어대는지 그자를 태운 말

---

* 앤 불린의 이탈리아식 이름.
** 보티첼리의 명화.

이 얼이 빠져 목을 홱홱 꺾으며 옆으로 내달리는 통에 행인들이 봉변을 당할 뻔한다. 화이트홀에 도착할 때쯤 그는 상황을 완전히 파악한다. 앤은 해리 퍼시의 아내 메리 탤벗이 의회에 이혼을 청원하려 준비 중이라는 소식을 이제 막 전해들었다. 메리 탤벗은 남편이 두 해 동안 자신과 잠자리를 함께하지 않았으며, 참다못해 이유를 물었을 때 이런 가식적인 관계를 지속할 수 없다는 답을 들었다고 한다. 해리 퍼시는 그들이 진짜 부부도 아니고, 그랬던 적도 없다고 했다. 자신은 이미 앤 불린과 결혼한 몸이므로.

"우리 레이디가 난리가 났지." 브라이언이 말한다. 보석 박힌 안대를 움찔거리며 킬킬댄다. "해리 퍼시가 모든 걸 망칠 거라는군. 그자를 단칼에 죽여버릴지, 아님 이탈리아에서 하듯이 사십 일 동안 공개적으로 고문하면서 갈가리 찢어놓을지 결정을 못하겠대."

"그 이탈리아 고문 얘긴 지나치게 과장된 겁니다."

그는 레이디 앤이 성질을 못 이기고 폭발한 모습을 본 적이 없다. 아니, 그럴 리도 없다고 생각한다. 방으로 안내받아 들어가니 그녀가 두 손을 모으고 서성이고 있다. 왜소하고 긴장되어 보인다. 누군가가 그녀를 뜨개질해 만들면서 너무 빡빡하게 떠놓은 것처럼. 세 여자―제인 로치퍼드, 메리 셸턴, 메리 불린―가 눈으로 앤을 좇는다. 벽에 걸려 있어야 할 듯한 조그만 카펫이 바닥에 구겨져 있다. 제인 로치퍼드가 말한다. "그걸로 깨진 유리를 훔쳤거든요." 토머스 불린 경, 그러니까 몽세뇌르가 테이블에 서류를 쌓아놓고 앉아 있다. 그 옆 스툴에 조지가 앉아 두 손으로 머리를 감싸고 있다. 웬일로 소매가 덜 불룩하다. 노퍽 공작은 불씨가 있지만 아직 불이 붙진 않은 벽난로를 빤히 보고 있다.

자기 시선의 위력으로 불쏘시개에 불꽃이 튀게 해보려는 모양이다.

"문 닫아, 프랜시스." 조지가 말한다. "아무도 들여보내지 말고."

이 방에서 하워드 집안사람이 아닌 자는 그뿐이다.

"짐을 싸서 앤을 켄트로 내려보내면 어떨까 해요." 제인 로치퍼드가 말한다. "폐하는 일단 화가 났다 하면—"

조지가 말한다. "입다물어요. 두들겨맞는 수가 있어."

"내 솔직한 충고예요." 제인 로치퍼드는, 하느님 보우하소서, 입을 닫아야 할 때를 도무지 모르는 여자다. "마스터 크롬웰, 폐하가 조사 의지를 내비쳤어요. 이 문제를 추밀원에 회부할 거라고. 이번엔 얼렁 뚱땅 못 넘어가요. 해리 퍼시는 거침없이 증언할 겁니다. 폐하도 지금 껏 했던 모든 걸, 앞으로 하려던 모든 걸 더는 할 수 없겠죠. 몰래 결혼 한 사실을 숨긴 여자를 위해서."

"이혼은 내가 하고 싶군." 조지가 말한다. "당신이 나랑 결혼하기 전에 딴 남자랑 약혼이라도 했으면 얼마나 좋아. 하지만 예수여, 그럴 일은 없었겠지. 당신을 피해 도망가는 남자들로 들판이 시커멨을 테니까."

몽세뇌르가 한 손을 든다. "그만."

메리 불린이 말한다. "무슨 일이 있었는지 얘기하지 않을 거면 마스터 크롬웰은 뭐하러 불러들인 거예요? 폐하는 친애하는 내 동생과 벌써 면담했는데."

"모두 사실이 아니에요." 앤이 말한다. 앞에 헨리가 서 있기라도 한 것처럼.

"좋아요." 그가 말한다. "좋습니다."

"백작이 내게 사랑을 말했던 것, 인정해요. 내게 시를 써줬고, 나는 그때 어린 소녀였으니 그게 별로 해될 것 없다고 생각—"

그는 웃음이 터질 뻔한다. "시를 써줬다고요? 해리 퍼시가? 아직도 갖고 있습니까?"

"아뇨. 당연히 아니죠. 기록으로 남은 건 없어요."

"그럼 일이 좀 쉬워지겠군요." 그가 나긋하게 말한다. "그리고 당연히 어떤 약속이나 약혼, 혹은 그에 대한 대화조차 없었고요."

"그리고," 메리가 말한다. "첫날밤 같은 것도 아예 없었죠. 어떻게 있을 수가 있겠어요. 내 동생은 처녀로 악명을 떨치고 있는데."

"폐하는 어떠셨습니까, 혹시—"

"방을 나가버렸어요." 메리가 말한다. "동생을 그냥 세워둔 채로."

몽세뇌르가 고개를 든다. 목을 가다듬는다. "이처럼 긴급한 상황에는 다양하고도 수많은 접근법이 있기 마련이지. 내가 보기엔 그중 하나가—"

노퍽이 폭발한다. 바닥을 쿵쿵 구르는 모습이 꼭 성체축일 연극에 나오는 사탄 같다. "오, 나사로의 수의에 삼중으로 똥 묻히는 소리하고는! 당신이 접근법을 고르는 동안, 토머스 불린 경, 상황을 조망하는 동안 말이에요, 당신의 고귀하신 따님은 전국적으로 비방을 당하고, 왕의 마음엔 슬슬 악감정이 쌓이고 있소. 이 가문의 운이 당신 눈앞에서 박살나고 있단 말이오."

"해리 퍼시는," 조지가 입을 연다. 두 손을 든다. "잠깐, 제 말 좀 들어주시겠어요? 제가 알기로 해리 퍼시는 설득을 당해 자기주장을 접은 적이 있는데, 한 번 그랬던 사람이라면—"

"맞아," 앤이 말한다. "그때 그 사람을 바로잡은 건 울지 추기경이었고, 더없이 불행하게도 지금은 죽고 없지."

침묵이 이어진다. 음악처럼 달콤한 침묵이다. 그는 미소를 지으며 바라본다. 앤을, 몽세뇌르를, 노퍽을. 삶이 금으로 만든 줄이라면, 이따금 하느님은 거기에 장식물 하나쯤 달아놓기도 한다. 그는 이 순간을 길게 끌어보려고 방을 가로질러가 바닥에 떨어진 벽걸이를 집어든다. 좁은 폭. 쪽빛 바탕. 비대칭 매듭. 이스파한* 물건인가? 조그만 동물들이 천을 가로질러 뻣뻣하게 행진하면서 꽃 모양 매듭 사이를 누빈다. "여기," 그가 말한다. "이것들이 뭔지 압니까? 공작이에요."

메리 셸턴이 다가와 그의 어깨 너머로 들여다본다. "다리 달린 뱀처럼 생긴 저건 뭐예요?"

"전갈입니다."

"성모마리아시여, 물지 않나요?"

"찌르지요." 그가 말한다. "레이디 앤, 당신이 왕비가 되는 걸 교황이 막지 못한다면, 분명 그럴 것 같은데, 아무튼 그렇다면 해리 퍼시도 당신의 앞길을 막지 못합니다."

"그러니까 앞길에서 치워버리시게." 노퍽이 말한다.

"제가 보기엔 여러분께 좋을 바 없는 생각인데요, 가문 대 가문―"

"치워버리게." 노퍽이 말한다. "머리통을 깨버리라고."

"비유적인 표현이겠죠." 그가 말한다. "공작 저하."

앤이 자리에 앉는다. 다른 여자들 쪽은 보지도 않는다. 조그만 두 손을 꼭 말아쥐고 있다. 몽세뇌르는 서류를 뒤적인다. 생각에 잠긴 조지

―――――――――
* 페르시아의 옛 수도.

는 모자를 벗어 거기 달린 보석 핀을 만지작거리고, 그 뾰족한 끝으로 집게손가락을 시험하듯 찔러본다.

그는 벽걸이를 둘둘 말아 메리 셸턴에게 다정히 건넨다. "고마워요." 그가 뭘가 내밀한 것이라도 내민 양 그녀가 얼굴을 붉히며 속삭인다. 조지가 악 소리를 지른다. 끝내 제 손가락을 쑤시고 만 모양이다. 노픽 외숙부가 모질게 말한다. "머저리 같은 놈."

프랜시스 브라이언이 그를 뒤따라 나온다.

"부탁이니 이제 그만 따라오시지요, 프랜시스 경."

"당신하고 같이 갈까 했는데. 뭘 어쩌는지 보고 싶어서."

그는 불현듯 걸음을 멈추고, 손바닥으로 브라이언의 가슴팍을 탁 치며 옆으로 돌려세운다. 브라이언이 벽에 머리를 쿵 하고 부딪는다. "어서 가시오." 그가 말한다.

누군가가 그의 이름을 부른다. 마스터 라이어슬리가 모퉁이를 돌아온다. "'마가와 사자'예요. 걸어서 오 분 거리에."

콜미는 런던으로 돌아온 해리 퍼시에게 사람을 붙여두었다. 그는 앤이 잘못되기를 바라는 궁정 내 세력—서펵 공작과 그 아내, 캐서린이 세를 회복하리라 믿는 몽상가들—이 백작과 지속적으로 만나며 자기들 입장에서 유리한 방향으로 과거사를 끌고 가도록 부추길까봐 걱정하고 있다. 그러나 일단 그런 만남은 없는 것으로 보인다. 그들이 서리 제방의 공중목욕탕에서 만나는 게 아닌 한은.

콜미가 뒷골목에서 급히 방향을 꺾어 들어가자 지저분한 여관 마당이 나온다. 그는 주위를 둘러본다. 빗자루 하나와 하고자 하는 의지만 있으면 두 시간 내로 꽤 괜찮게 만들 수 있을 공간이다. 마스터 라이어슬리의 준수한 적금색 머리칼이 봉홧불처럼 반짝인다. 머리 위에서 삐걱거리는 성 마가는 수도사처럼 머리를 깎았다. 사자는 조그맣고 파랗고 웃는 얼굴이다. 콜미가 그의 팔을 건드린다. "저 안이에요." 두 사람이 옆문으로 막 들어가려는데, 위에서 날카로운 휘파람소리가 들린다. 여자 둘이 창밖으로 몸을 내밀고는 떠들썩하니 킬킬거리며 옷을 홀러덩 벗어부치고 맨 젖가슴을 내보인다. "맙소사," 그가 말한다. "하워드 집안 여자들이 여기도 있군."

마가와 사자 안으로 들어가니 퍼시가의 수행원 여럿이 테이블에 엎어지거나 그 아래 누워 있다. 노섬벌랜드 백작 해리 퍼시는 사실에서 술을 마시는 중이다. 비밀이 보장되는 공간이라기엔 음식이 들어오는 창구 너머에서 음흉한 눈들이 나타났다 사라지기를 반복하지만. 백작이 그를 본다. "오. 당신이 올 수도 있겠다고 생각은 했소." 백작은 바짝 긴장하며 두 손으로 머리칼을 쓸어올린다. 짧게 깎은 머리칼이 삐죽삐죽 죄다 일어선다.

그, 크롬웰은 창구로 가서 구경꾼들에게 한 손가락을 들어 보인 뒤 그들의 면전에 대고 덮개를 쾅 닫는다. 그러나 젊은 백작과 마주앉은 그의 목소리는 여느 때처럼 부드럽다. "자, 백작 저하, 여기 왜 이러고 계십니까. 제가 어찌 도우면 되겠습니까? 아내분과 함께 살 수 없다고 말씀하신다지요. 하지만 백작부인은 이 왕국에서 사랑스럽기로는 제일가는 여인입니다. 그분께 흠이 있다는 얘기를 저는 들어본 적이 없는데, 어찌 받아들이지 못하십니까?"

그러나 해리 퍼시는 겁 많은 매 취급이나 당하려고 여기 있는 게 아니다. 소리치고 울부짖으려고 있는 것이다. "결혼식날에도 못 받아들인 여자를 지금이라고 어찌 받아들이겠소? 그 여자가 나를 미워하는 건 우리가 적법한 부부가 아니란 걸 알아서요. 왜 국왕만 그 문제에서 양심을 찾을 수 있다는 거요, 나는 안 되고. 왕이 결혼에 의심을 품으면 그리스도교 세계 전체에 떠들어댈 수 있는데, 내가 내 결혼에 의문을 품을 땐 왕이라는 자가 수하 중에서도 가장 천것을 보내 나를 듣기 좋은 말로 꾀고 집으로 돌아가 최선이나 다하라고 말하지. 메리 탤벗은 내가 앤과 혼인서약을 했다는 걸 알고, 내 마음이 어디에 있고 평생 어디에 있을지도 알고 있소. 나는 전에 진실을 말했어. 증인들 앞에서 서약을 했고, 그러니 우리 둘 다 자유의 몸이 아니라고. 틀림없는 사실이라고 맹세까지 했건만 울지 추기경이 윽박질러 저버리게 했소. 아버지도 나를 가문에서 내치겠다고 말했지만 이제 그분은 죽었고 나는 진실을 말하는 게 더는 겁나지 않소. 헨리가 아무리 왕이라 해도 그는 지금 남의 아내를 빼앗으려는 거요. 앤 불린은 합법적으로 내 아내니까. 도대체 왕은 심판의 날에, 뒤를 봐줄 자도 없이 하느님 앞에 맨몸으로 섰을 때 어쩌려고 이러는 거요?"

그는 백작의 말을 끝까지 듣는다. 옆길로 새고 오락가락하다가 잘 알아듣지도 못할 말이 되어간다…… 진정한 사랑…… 서약…… 자기 몸을 내게 주겠다 맹세했고, 약혼녀가 아니고야 허락할 수 없는 것을 마음껏 하라고 허락했거늘……

"저하," 그가 말한다. "하실 말씀은 다 하셨습니다. 이제 제 말을 들어보시죠. 저하는 수중의 돈을 다 써버렸습니다. 저는 저하가 그 돈을 어찌 썼는지 다 알고요. 저하는 온 유럽에서 돈을 빌렸습니다. 저는 저하의 채권자가 누군지 다 알고요. 제 말 한마디면 부채 회수가 시작될 겁니다."

"오, 그런들 그자들이 뭘 할 수 있소?" 퍼시가 말한다. "은행가한테 군대가 있는 것도 아니고."

"군대가 없기는 저하도 마찬가지겠지요, 돈궤가 텅텅 빈 상황에서는. 저를 보십시오. 생각을 해보세요. 백작 작위는 왕이 내려준 겁니다. 저하의 과업은 북부 방비예요. 퍼시가와 하워드가가 합심해 스코틀랜드를 막는 겁니다. 이제 퍼시 가문이 그 일을 해내지 못한다고 생각해보세요. 저하의 사람들이 다정한 말 한마디를 대가로 싸움에 나서진 않을―"

"그들은 내 땅을 소작하는 자요, 전장에 나서는 건 그들의 의무야."

"하지만 저하, 싸우려면 물자가 필요합니다. 식량이 필요합니다. 무기가 필요하고, 제대로 보수한 성벽과 요새가 필요합니다. 이런 것을 보장할 수 없다면 저하라는 존재는 없느니만 못합니다. 그럼 폐하는 저하의 작위, 영지, 성채를 회수해 저하는 해낼 수 없는 그 일을 해낼 누군가에게 넘기겠지요."

"그럴 일은 없을 거요. 왕은 유서 깊은 작위를 존중하지. 유서 깊은 모든 권리를 존중한다고."

"그럼 제가 나서서 하는 걸로 해두지요." 내가 나서서 당신의 삶을 끝장내는 걸로 해두지. 나와 내 은행가 친구들이.

백작에게 어찌 설명할 수 있을까? 세상을 움직이는 건 당신이 생각하는 그런 곳들이 아니라고. 당신의 국경 요새도, 심지어는 화이트홀도 아니라고. 세상을 움직이는 건 안트베르펜과 피렌체, 당신은 상상조차 못해본 그런 곳들이라고. 리스본 같은, 실크 돛을 단 배들이 서쪽으로 출발해 떠가며 뙤약볕에 타오르는 그런 곳이라고. 세상을 움직이는 건 성벽 안이 아니라 회계실이고, 나팔소리가 아니라 주판알이 딸깍거리는 소리고, 총포 장치가 긁히고 딱딱거리는 소리가 아니라 그 총포와 제작업자와 화약과 탄환의 값을 치를 약속어음에 깃펜으로 서명하는 소리라고.

"돈과 작위가 없는 저하의 모습이 그려집니다." 그가 말한다. "다 무너져가는 집에서 험한 무명옷을 입고 끼니를 때운답시고 토끼를 들고 오는 저하의 모습이 그려져요. 저하의 적법한 아내 앤 불린이 토끼 가죽을 벗기고 토막내는 장면도요. 저하의 무한한 행복을 기원합니다."

해리 퍼시는 테이블로 엎어진다. 분노의 눈물을 쏟는다.

"저하는 약혼한 적이 없습니다." 그가 말한다. "저하가 했던 어리석은 서약이 무엇이든 법적으로 아무 효력이 없습니다. 어떤 합의를 했다고 생각하든 저하는 그런 합의를 한 적이 없습니다. 그리고 한 가지가 더 있습니다, 저하. 레이디 앤을 마음껏"―그는 갖은 혐오를 그 단어 하나에 압축한다―"어찌했다는 그 말을 다시 한번 입에 올렸다가는 저와 하워드가와 불린가 앞에서 해명해야 할 겁니다. 조지 로치퍼드 자작은 저하를 인격적으로 대우하지 않을 것이고, 윌트셔 백작은 저하의 자존심을 짓밟을 것이며, 노퍽 공작으로 말할 것 같으면, 조카딸의 명예를 조금이라도 실추시키는 소리가 들리는 날에는 저하가 겁을 집어먹고 어느 구멍으로 숨어들든 *끄*집어내 불알을 물어뜯을 겁니다. 자," 그는 아까의 상냥함을 되살린다. "알아들으셨습니까, 저하?" 그는 방을 가로질러 창구 덮개를 연다. "이제 다시 들여다보거나." 얼굴들이 나타난다. 아니, 더 정확히는 까닥거리는 이마와 눈뿐이다. 그는 문가에 멈춰 서서 백작을 돌아본다. "의심의 여지를 없애는 차원에서 말씀드립니다. 레이디 앤이 저하를 사랑한다고 생각한다면 그보다 중한 착각도 없을 겁니다. 앤은 저하를 증오합니다. 저하가 그분을 위해 해줄 수 있는 유일한 일은, 죽어주는 걸 빼면, 저하의 딱한 아내에게 했던 말을 철회하고 저하가 해야 하는 어떤 맹세든 해서 그분이 잉글랜드의 왕비가 될 수 있게 길을 내주는 겁니다."

나가는 길에 그는 라이어슬리에게 말한다. "나는 백작이 안쓰럽네, 정말이야." 콜미는 벽에 몸을 기대야 할 만큼 격하게 웃음을 터트린다.

이튿날 그는 추밀원 회의에 일찌감치 도착한다. 노퍽 공작은 상석에 앉았다가 국왕이 직접 회의를 주재한다는 말이 나오자 자리를 옮긴다. "워럼 대주교께서 오셨습니다." 누군가 말한다. 문이 열리고도 잠잠하다가 천천히, 아주 천천히 몹시도 연로한 이 고위 성직자가 발을 끌며 들어선다. 자리에 앉는다. 테이블보에 내려놓는 손이 덜덜 떨린다. 목위에서는 머리가 떨린다. 피부는 양피지색이다, 한스가 그린 초상화에서처럼. 테이블을 둘러보며 천천히 얇은 막 같은 눈꺼풀을 껌벅이는 게 꼭 도마뱀 같다.

그는 회의실을 가로질러가 워럼의 맞은편에 서서 예의상 건강이 어떤지 묻는다. 누가 봐도 워럼은 죽어가고 있으니. 그가 말한다. "대주교님의 교구에 숨겨주신 예언가 말입니다, 엘리자베스 바턴이요. 요즘 어찌 지내고 있습니까?"

워럼은 간신히 고개를 든다. "원하는 게 뭔가, 크롬웰? 우리 위원회는 그녀에게서 어떤 혐의점도 발견 못했네. 자네도 알 텐데."

"그 여자가 자기 추종자들에게 이리 말한다는 얘기가 들립니다. 폐하가 레이디 앤과 결혼하면 왕좌를 일 년밖에 지키지 못할 거라고."

"그건 내가 뭐라 못하네. 내 귀로 직접 들은 적이 없으니."

"피셔 주교가 그 여자를 만나러 간 걸로 아는데요."

"글쎄…… 아님 그녀가 피셔 주교를 만나러 왔거나. 둘 중 하나겠지. 주교가 그녈 못 만날 건 또 뭔가? 그녀는 축복받은 사람이야."

"그 여잘 조종하는 게 누굽니까?"

워럼의 흔들거리는 고개가 어깨에서 당장이라도 굴러떨어질 듯하다. "그녀가 지혜롭지 못할 순 있어. 현혹될 수도 있겠지. 이러나저러나 일개 시골 여자일 뿐이니. 하지만 그녀는 천부적인 힘을 가졌네, 그건 분명해. 사람들이 찾아오면 지금 무엇이 그들을 괴롭히는지 단번에 맞힌다네. 무슨 죄가 그들의 양심을 짓누르는지도."

"그렇습니까? 그럼 저도 가서 만나봐야겠군요. 나를 괴롭히는 게 뭔지도 알지 궁금한데요?"

"조용." 토머스 불린이 말한다. "해리 퍼시가 왔소."

백작이 수행원 둘 사이에 끼어 들어온다. 두 눈은 붉고, 퀴퀴한 토사물냄새로 미루어 몸을 씻기려는 수하들을 내친 모양이다. 국왕이 입장한다. 따뜻한 날이고, 왕은 옅은 색 실크 옷을 걸쳤다. 손마디마다 끼고 있는 루비 반지의 알이 꼭 핏방울 같다. 왕이 자리에 앉는다. 무감한 푸른 눈을 해리 퍼시에게 고정한다.

토머스 오들리가 대법관 대리 자격으로 절차를 진행하며 백작의 부인을 이끌어낸다. 약혼은? 없었습니다. 모종의 서약은? 육체적―이런 말을 입에 담아 몹시 유감이지만―관계는 없었는지? 제 명예를 걸고 없었습니다. 없었습니다, 없었어요.

"애석하게도 우리에겐 그대가 명예를 걸고 하는 말 이상의 것이 필요하네." 왕이 말한다. "일이 너무 커졌어, 노섬벌랜드 백작."

해리 퍼시는 겁에 질려 어찌할 바를 모른다. "그럼 제가 뭘 더 하면 되겠습니까?"

그는 부드럽게 말한다. "캔터베리 대주교께 가십시오, 백작 저하. 대주교께서 성경을 들고 계십니다."

그러니까 결국 이게 오늘 늙은 워럼의 임무인 것이다. 몽세뇌르가 도우려 하지만 워럼은 손을 뿌리친다. 테이블을 움켜잡느라 테이블보를 미끄러트리며 힘겹게 몸을 일으킨다. "해리 퍼시, 당신은 그간 이 문제에 대한 진술을 자꾸만 바꿔왔소. 주장했다가 부인하고, 또 주장했다가 오늘 이 자리에 나와 다시 부인했지요. 하나 이번에는 증인이 다만 사람만은 아닐 것이오. 자…… 여기 이 성서에 손을 얹고 내 앞에서, 폐하와 추밀원 앞에서 당신은 레이디 앤과 불법적으로 관계한 적이 없고, 그 어떤 혼인서약도 한 적이 없다고 맹세합니까?"

해리 퍼시가 눈을 비빈다. 손을 뻗는다. 목소리가 떨린다. "맹세합니다."

"다 됐군." 노퍽 공작이 말한다. "어쩌다 일이 이 지경이 됐나 싶을 거야, 안 그런가?" 공작은 해리 퍼시에게 다가가 팔꿈치를 붙든다. "이 얘기가 우리 귀에 다시 들리는 일은 없겠지?"

국왕이 말한다. "하워드, 백작의 맹세를 그대도 들었으니 이제 그만 괴롭히게. 누가 대주교 좀 도와주시오, 몸이 좋지 않아 보이니." 왕은 기분이 누그러졌는지 자문관들을 둘러보며 미소를 짓는다. "여러분,

내 개인 예배당으로 가서 성찬식으로 해리 퍼시의 맹세를 확정합시다. 그런 뒤에 레이디 앤과 나는 반성과 기도로 오후 시간을 보낼 생각입니다. 그 시간을 방해받는 일은 없으면 하오."

워럼이 발을 질질 끌며 왕에게 다가간다. "윈체스터 주교가 폐하의 미사를 집전하고자 준비하고 있습니다. 저는 제 교구로 돌아가보겠습니다." 왕은 뭐라 중얼거리며 몸을 숙여 대주교의 반지에 입을 맞춘다. "헨리," 워럼이 말한다. "나는 폐하가 궁정과 추밀원에 요직에 원칙과 도덕성이 완전히 검증되지 않은 자들을 앉히는 걸 봐왔어요. 폐하 자신의 뜻과 욕구만을 신성시해 그리스도교도에게 슬픔과 추문을 안기는 걸 봤지요. 나는 폐하에게 충성을 다했습니다, 내 양심을 거스르면서까지. 폐하를 위해 그간 많은 일을 했으나 오늘 이게 마지막이 될 겁니다."

오스틴프라이어스에서 레이프가 그를 기다리고 있다. "됐어요?"

"됐다."

"그럼 이제 어쩝니까?"

"이제 해리 퍼시는 더 많은 돈을 빌릴 수 있게 됐으니 슬금슬금 자멸을 향해 가겠지. 내가 기꺼이 그 길을 닦아줄 테고." 그는 자리에 앉는다. "아무래도 내가 백작의 작위를 박탈할 날이 올 듯하구나."

"어떻게 하시려고요?" 그는 어깨를 으쓱한다. 모르겠다. "가뜩이나 센 하워드 가문이 국경에서 세력을 더 키우는 건 마스터도 원치 않으시잖아요."

"아니. 아니, 그리되진 않을 거다." 그는 곰곰이 생각한다. "워럼이 데리고 있는 예언가에 대한 보고서 좀 찾아주겠느냐?"

기다리는 동안 그는 창문을 열고 정원을 내려다본다. 넝쿨로 장식한 정자에 핀 분홍 장미가 햇빛에 색이 바랬다. 메리 탤벗에게 미안하군, 그는 생각한다. 앞으로 그녀의 삶은 더욱 쉽지 않을 것이다. 며칠, 고작 며칠 동안 그녀는 앤을 대신해 궁정의 화젯거리가 되었다. 그는 열쇠를 손에 들고 울지 추기경을 체포하러 들어서던 해리 퍼시를 그려본다. 죽어가는 사람의 침상에 그자가 붙여뒀던 보초를 떠올린다.

그는 창밖으로 몸을 내민다. 여기에 복숭아나무를 심어도 되려나? 레이프가 서류 뭉치를 들고 들어온다.

그는 끈을 자르고 서신과 보고서를 펼친다. 이 불미스러운 일은 육 년 전, 켄트주 습지 주변의 무너진 예배당에서 시작되었다. 이곳의 성모상을 보러 순례자들이 몰려들자 엘리자베스 바턴이라는 이름의 젊은 여자가 이들에게 또다른 볼거리를 제공하기 시작했다. 애초에 그 성모상은 무슨 조화를 부려 사람들의 주의를 끌었을까? 아마도 움직였을 것이다. 아님 피눈물을 흘렸거나. 엘리자베스 바턴은 고아로, 워럼 대주교의 토지 관리인 집에서 자랐다. 자매가 하나 있고 다른 가족은 없다. 그는 레이프에게 말한다. "스무 살쯤까지 관심 밖에서 조용히 살았는데 무슨 병을 앓고 나은 뒤부터 환영을 보고 외계의 목소리로 말하기 시작했다는구나. 성 베드로가 천국의 문 앞에 열쇠를 들고 서 있는 모습을 봤대. 영혼의 무게를 저울질하는 성 미카엘도 봤고. 죽은 친지가 어디에 있는지 물으면 알려준다는군. 거기가 천국이면 높은 목소리로, 지옥이면 낮은 목소리로."

"좀 웃기게 들릴 것 같은데요." 레이프가 말한다.

"그리 생각하느냐? 내가 아이들을 참 불경하게 키웠구나." 그는 내용을 읽고 고개를 든다. "이따금 아흐레씩이나 음식을 먹지 않는다는구나. 가끔은 까닭 없이 쓰러지고. 뻔한 얘기야, 그렇지? 발작하고 몸을 비틀면서 무아지경에 빠진다는데. 더없이 불쾌하게 들리는군. 울지 추기경 전하와도 면담한 적이 있는데……" 그의 손이 서류를 뒤적인다. "여기엔 없구나. 만남에 대한 기록 자체가 없어. 무슨 일이 있었는지 궁금하군. 전하는 어떻게든 식사를 대접하려 했을 거고, 그녀는 내켜하지 않았을 거야. 현재는……" 그가 읽는다. "……캔터베리의 수녀원에 있습니다. 습지대의 무너진 예배당에는 새 지붕이 생겼고, 지역의 성직자들에게 돈이 굴러들어오고 있습니다. 치유가 행해집니다. 절름발이가 걷고 장님이 앞을 봅니다. 촛불이 저절로 붙습니다. 길바닥이 순례자로 넘쳐납니다. 왜 나는 죄다 들어본 얘기 같지? 그 여자에게 붙은 수도사와 사제가 사람들의 눈을 천국으로 돌려놓고 주머니를 터는 거야. 폐하의 결혼 문제에 강경한 의견을 내도록 지시한 것도 이 수도사와 사제라고 추정할 수 있겠어."

"토머스 모어도 그 여잘 만난 적이 있어요. 피셔 주교도 그렇고."

"그래, 기억해두마. 오, 그리고…… 여기 좀 봐라…… 막달라마리아가 그녀에게 서신을 보냈다는구나, 금색으로 빛나는."

"그걸 읽을 수 있대요?"

"응, 그런 모양이다." 그가 눈길을 든다. "어찌 생각하느냐? 폐하는 욕을 먹어도 참을 거야, 그게 성처녀의 입에서 나오는 소리라면. 하긴 그런 데 익숙하실 것도 같다만. 앤이 몹시도 자주 비난을 퍼붓거든."

"폐하가 무서워하실 수도 있을 것 같아요."

레이프는 그와 함께 궁정을 드나들었다. 아니나다를까, 헨리왕과 일평생 알고 지낸 일부 측근보다 왕을 훨씬 잘 이해하고 있다. "사실상 그래. 폐하는 성자와 대화할 수 있다는 처녀들의 존재를 믿지. 예언을 잘 믿는 편이야. 반면에 나는…… 당분간 이 문제는 그냥 두는 게 좋겠다. 누가 그 여잘 찾아가는지 좀 보자. 누가 공물을 갖다 바치는지도. 귀부인 몇이 그녀와 접촉한 적이 있어. 자기 운명을 듣고, 어머니를 연옥에서 빼내달라는 기도를 올리고 싶은 마음에."

"레이디 엑서터도 그중 하나죠." 레이프가 말한다.

엑서터 후작 헨리 코트니는 국왕과 가장 가까운 남자 친척으로 에드워드왕의 손자다. 따라서 카를황제에게 유용한 인물이다, 황제가 군대를 끌고 와 헨리왕을 내쫓고 왕좌에 새로운 사람을 앉힐 생각이라면. "내가 엑서터 후작이라면 아내가 언젠가 왕비가 되리라는 망상을 부추기는 웬 아둔한 여자를 따라다니며 비위를 맞추게 두진 않을 텐데." 그는 서류를 다시 접기 시작한다. "이 여자는 말이다, 죽은 자를 다시 일으킬 수 있다고 주장한다는구나."

존 페티트의 장례식. 여자들이 미망인 루시와 함께 라이언스키 자택의 위층에 앉아 있는 동안 그는 아래층에서 계획에 없던 회의를 소집하고 동료 상인들과 런던의 혼란한 상황에 대해 이야기한다. 모어의 친구인 안토니오 본비시는 양해를 구하며 집에 가보겠다고 한다. "성부와 성자와 성령의 이름으로 축복과 번영을 기원하네." 이 예상 밖의 방문 내내 자기를 따라다니며 섬처럼 고립시키던 냉랭한 시선을 회수해 챙겨가며 본비시가 말한다. "저기 말일세," 문가에서 돌아선다. "폐티트 부인을 도울 일이 있다면 나도 기꺼이—"

"그럴 필요 없네. 유산이 많아."

"하지만 부인이 사업을 계속하게 시에서 가만둘까?"

그가 말을 끊는다. "내가 알아서 하겠네."

본비시는 고개를 끄덕이고 나간다. "저자가 여기에 얼굴을 내밀 생각을 하다니 놀랍군요." 드레이퍼스 컴퍼니*의 존 파넬은 모어와 충돌한 전력이 있다. "마스터 크롬웰, 당신이 이렇게 나선다는 건, 그러니까—루시와 그 얘길 해볼 생각인 겁니까?"

"내가요? 아닙니다."

험프리 몬머스가 말한다. "중매는 나중에 서고 회의부터 하면 안 될까요? 우린 걱정스럽습니다, 마스터 크롬웰, 당신도 그렇고 국왕도 그렇겠지만…… 우리 모두가 말입니다." 몬머스는 사람들을 둘러본다. "이제 본비시가 갔으니 여기 있는 우리 모두가 고인이 된 형제, 사실상 순교자나 다름없는 페티트의 대의에 우호적입니다. 하지만 평화를 지키고 곳곳에서 벌어지는 신성모독을 멀리하는 것 또한 우리의 사명이지요……"

지난 일요일 런던의 한 교구에서 성체를 받드는 신성한 순간 사제가 "호크 에스트 에님 코르푸스 메움"**이라 발음하는데 이런 구호가 터져나왔다. "호크 에스트 코르푸스, 호커스 포커스***." 그리고 인접한 교구에서 열린 성자 기념식에서 사제가 성스러운 순교자와 우리의 우

---

* 포목 상인들의 동업조합.
** '이것은 곧 나의 몸이니'라는 뜻.
*** '마법의 주문'이나 '속임수'를 뜻하는 말.

의를 기억하라고 촉구하며 "쿰 조안, 스테파노, 마티아, 바르나바, 이그나티오, 알렉산드로, 마르첼리노, 페트로……" 하고 성자의 이름을 읊는데 누군가가 소리쳤다. "그리고 나랑 내 사촌 케이트도 잊지 마쇼! 레든홀*에서 새조개를 파는 딕이랑 그자의 누이 수전이랑 그 여자의 조그만 개 포싯도 있수다."

그는 손으로 입을 가린다. "포싯한테 법률가가 필요하거든 나를 불러주시오."

"마스터 크롬웰," 스키너스 컴퍼니**의 괴팍한 원로가 말한다. "당신이 소집한 모임이오. 진중한 자세로 모범을 보이시오."

"노래도 만들어졌어요." 몬머스가 말한다. "레이디 앤을 소재로 말이지요—이런 자리에서 입에 담을 만한 가사는 아니고요. 토머스 불린의 하인들이 길거리에서 욕을 먹는다고 불평한답니다. 그 집 일꾼들의 제복에 사람들이 똥을 던진다고도 하고. 다들 도제 관리에 힘써야겠습니다. 불충한 말은 보고되어야 하고요."

"누구한테요?"

그가 말한다. "내게 하시죠."

그는 오스틴프라이어스에서 조핸과 마주친다. 그녀는 이런저런 구실로 집에 머물고, 이번 핑계는 여름 감기다. "내가 무슨 비밀을 알고 있는지 한번 물어봐줘요." 그가 말한다.

장단을 맞춰주려는 듯 그녀가 코끝을 문지른다. "어디 보자. 왕이 금고에 뭘 가지고 있는지 1실링 단위까지 꿰고 있다는 얘긴가요?"

---

* 주로 새와 짐승의 고기를 팔던 시장.
** 모피 상인들의 동업조합.

"그건 1파딩* 단위까지 알아요. 그러니 틀렸어요. 얼른 물어봐요, 우리 처제."

그녀가 이것저것 짐작을 늘어놓은 뒤 그가 말한다. "존 파넬이 루시와 결혼할 거요."

"네? 존 페티트의 시신이 아직 식지도 않았는데?" 그녀는 지금 느끼는 감정이 뭐든 진정시키려 고개를 돌린다. "당신네 사람들은 손발이 척척 맞는군요. 파넬 일가는 분파 문제가 깔끔하지 못해요. 그 집 하인 하나가 스토크슬리 주교의 감옥에 있다고 들었어요."

리처드 크롬웰이 문 뒤에서 고개를 빠끔히 내민다. "숙부님. 런던탑이요. 벽돌 말인데요. 천 개에 5실링이래요."

"그럴 리 없다."

"그렇대요."

"루시가 더 안전한 부류의 남자랑 결혼하리라 생각했나보군."

그는 문으로 간다. "리처드, 이리 와라." 조핸에게 고개를 돌린다. "루시가 아는 사람 중에 그런 사람은 없을 듯한데."

"숙부님?"

"6펜스씩 깎아. 가마별로 일일이 확인하고. 물건이 들어올 때마다 몇 개만 골라 꼼꼼히 살피면 된다."

그의 등뒤에서 조핸이 말한다. "아무튼 당신이 나서지 않은 건 현명하게 잘 처신한 거예요."

"이를테면 무게를 재는 것도…… 조핸, 당신은 내가 아무렇게나 딜

---

* 1파딩은 48분의 1실링이다.

컥 결혼하리라 생각한 거요? 그냥 되는대로?"

"뭐라고요?" 리처드가 말한다.

"네가 계속 무게를 재면 벽돌공이 당황할 테고, 그 얼굴을 보면 무슨 수작을 부렸는지 아닌지 알 수 있을 거다."

"마음에 둔 여인이 있으려니 했죠. 궁정에. 왕이 새 관직을 내리기도 했고―"

"공문서보관소 서기관. 맞소. 대법관청 재정을 담당하는 직…… 연애로 가는 꽃길을 보증하는 자리는 확실히 아니지." 이미 자리를 뜬 리처드가 아래층으로 내려가는 소리가 들린다. "내가 지금 무슨 생각을 할 것 같아요?"

"기다려야겠다고 생각하겠죠. 그녀, 그 여자가 왕비가 될 때까지."

"비용이 자꾸만 느는 게 운송비 때문이란 생각을 하고 있어요. 바지선을 이용해도 마찬가지고. 땅을 좀 마련해서 아예 가마를 지어버릴 걸 그랬어."

9월 1일 일요일, 윈저궁. 앤은 국왕 앞에 무릎을 꿇고 펨브로크 후작 칭호를 받는다. 가터 기사단*이 앞줄에 앉아 지켜본다. 앤의 양옆에 잉글랜드의 귀부인들이 늘어서 있고, (노퍽 공작부인이 제안을 단칼에 거절하며 욕설을 내뱉은 탓에) 노퍽의 딸 메리가 조그만 관이 놓인 쿠션을 들고 있다. 하워드가와 불린가는 한껏 차려입었다. 몽세뇌르는 수염을 쓰다듬는다. 프랑스 대사가 웅얼웅얼 건네는 축하인사에 고개

---

* 국왕을 단장으로 하는 궁정 기사단.

를 끄덕이며 미소를 짓는다. 가드너 주교가 펨브로크 후작으로서 앤의
권리를 낭독한다. 붉은 벨벳과 흰담비털 옷을 걸친 앤은 생기가 넘치
고, 처녀 같은 분위기를 물씬 풍기게 가닥가닥 뱀처럼 꼬아 늘어트린
검은 머리칼이 허리께에서 치렁거린다. 후작의 품위를 금전적으로 뒷
받침할 영지 열다섯 곳은 그, 크롬웰이 직접 선정했다.

〈테데움〉*이 울려퍼진다. 설교가 이어진다. 예식이 끝나고 여자들이
앤의 기다란 옷자락을 들어올리려 몸을 숙일 때 그는 언뜻 스치는, 물
총새 같은 푸른색을 본다. 시선을 들어 살피니 하워드 집안 여자들 사
이에 있는 존 시모어의 작은딸이 보인다. 나팔소리에 군마가 고개를
들고, 지체 높은 시녀들이 눈을 들고 미소를 짓는다. 그러나 화려한 관
악곡이 연주되고 행렬이 성 조지 예배당을 떠나도록 시모어가의 딸은
파리한 얼굴을 푹 숙인 채 발을 헛디딜까 걱정하는 사람처럼 발끝만
내려다보고 있다.

연회장에서 앤은 단상에 마련된 헨리의 옆자리에 앉는다. 왕에게 말
하려 고개를 돌릴 때면 검은 머리채가 찰랑이며 뺨을 스친다. 이제 거
의 다 왔다. 거의 다. 그녀의 몸은 활시위처럼 팽팽하고, 금가루를 뿌
린 살갗에는 살구색과 벌꿀색이 은은히 감돈다. 오늘따라 유독 방긋방
긋 웃느라 내보이는 조그만 치아가 희고 날카롭다. 그녀는 캐서린의
왕실 바지선을 징발할 생각이라고 왕에게 말한다. 그리고 헨리와 캐서
린의 상징인 'H&K' 문장을 불로 지져 지울 거라고, 캐서린의 휘장은
죄다 없앨 거라고. 왕은 사람을 보내 캐서린의 보석을 챙겨오도록 했

---

* 오래된 라틴어 찬송가로, 찬미의 노래.

다. 프랑스로 떠나는 여정에서 앤이 착용하게 하려는 것이다. 그는 화창한 9월의 오후를 앤과 함께했다. 이틀을 넘겨 사흘째 계속된 그 시간 내내 왕의 금세공인이 앤의 곁에서 도안을 그리고, 그는 왕가의 보석을 관장하는 자로서 이런저런 제안을 보탰다. 앤은 보석을 완전히 새롭게 꾸미고 싶어한다. 처음에 캐서린은 보석을 넘겨주길 거부했다. 잉글랜드 왕비의 재산을 그리스도교 세계의 수치인 자의 손에 넘겨줄 수 없다고 했다. 결국 왕명으로 귀중품을 회수할 수밖에 없었다.

앤은 모든 걸 그에게 맡긴다. 소리 내어 웃으며 말한다. "크롬웰, 당신은 내 사람이에요." 순풍이 불고 조류마저 그의 편이다. 발밑으로 조수의 장력이 느껴진다. 그의 벗 오들리는 대법관 지명이 확실시된다. 국왕이 오들리에게 익숙해지고 있으니까. 나이든 대신들은 앤을 섬기느니 사직을 택한다. 새 왕실 감사관으로 임명된 윌리엄 폴렛 경은 울지 추기경 시절부터 그의 친구다. 새로 임명된 대신의 대다수가 울지 추기경 시절부터 그의 친구다. 그리고 추기경은 바보들은 수하로 두지 않았다.

미사와 앤의 서임식이 끝난 뒤 그는 윈체스터 주교가 교회법이 정한 제의를 벗고 세속의 축하연에 보다 적합한 의복으로 갈아입는 동안 함께 있는다. "춤추실 겁니까?" 그가 주교에게 묻는다. 그는 석제 창턱에 앉아 저 아래 궁에서 진행되는 일에도 반쯤 신경쓰고 있다. 음악가들이 백파이프와 류트, 하프와 레벡, 오보에와 비올과 북을 들여온다. "사람들의 시선을 한몸에 받을 수 있을 텐데요. 아니, 이제 주교가 되었으니 춤은 안 추는 건가?"

스티븐은 스티븐대로 다른 얘길 한다. "어떤 여자든 이 정도면 충분할 것 같지 않습니까, 안 그래요? 자기 힘으로 후작 자리까지 올랐으니? 앤도 이제 자기를 허락할 겁니다. 뱃속에 후계자를 주소서, 하느님 제발, 크리스마스 전에."

"오, 레이디 앤이 성공하길 바라는 겁니까?"

"폐하의 울화가 가라앉길 바라는 겁니다. 일이 잘되길 바라기도 하고. 이 모든 게 허사로 돌아가면 안 되니까."

"샤퓌 대사가 당신에 대해 뭐라는지 아십니까? 자택에 여자 둘을 데리고 있다는군요, 남장을 시켜서."

"내가요?" 스티븐이 인상을 쓴다. "그나마 낫군요. 그러니까, 남자 둘을 여장시켜 거느린단 말보단. 그건 참으로 모욕적일 테니." 스티븐이 허, 하고 웃는다. 둘은 연회장으로 함께 걸어간다. 트롤리롤리, 음악가들이 노래한다. "좋은 벗들과 즐거운 시간, 지금도 사랑하고 죽을 때까지 사랑하리라." 영혼은 본바탕이 음악적이라고, 철학자들은 말한다. 왕은 토머스 와이엇을 불러 올려 함께 노래하자 청하고, 음악가 마크에게도 청한다. "아아, 사랑을 위해 나는 어째야 하나? 사랑을 위해, 아아, 나는 어째야 하나?"

"닥치는 대로 다 하겠지." 스티븐이 말한다. "한계도 없이, 그건 알겠어."

그가 말한다. "폐하는 자기를 좋게 생각하는 이에겐 좋은 사람입니다." 그는 음악소리 아래로 주교에게 말을 띄워보낸다.

"뭐," 가드너가 말한다. "융통성이 한없어야 가능한 얘기지요. 그래, 당신만큼은 되어야 할 거야."

그는 미스트리스 시모어와 대화를 나눈다. "이거 보세요." 그녀가 소매를 들어 보인다. 소맷동에 댄, 스치듯 보았던 물총새 같은 밝은 푸른색 천은 그가 전에 자수도안집을 선물하면서 포장재로 썼던 실크를 잘라낸 것이다. 지금 울프홀의 상황은 어떻습니까, 그가 최대한 돌려서 묻는다. 근친상간 문제가 터진 가족의 근황을 어찌 물어야 하겠는가? 소녀는 분명하고 조그만 목소리로 말한다. "존 경은 아주 평안하세요. 하기야 늘 평안한 사람이지만."

"나머지 가족은요?"

"에드워드는 화가 나 있고, 톰은 안절부절못하죠. 어머니는 이를 득득 갈면서 문을 쾅쾅 닫고요. 수확물이 들어오고, 나무엔 사과가 열리고, 하녀들은 가축의 젖을 짜고, 우리 사제는 기도하고, 암탉은 알을 낳고, 류트는 노래하고, 그리고 존 경은…… 존 경은 언제나처럼 아주 평안해요. 윌트셔에 볼일을 만들어서 직접 들러 우릴 살펴보시면 어때요? 아, 그리고 폐하가 새 아내를 얻으면 그분을 보필할 부인들이 필요할 테니, 리지가 궁으로 들어올 거예요. 그애는 저지 총독이랑 결혼했거든요, 당신도 아시지요, 앤서니 오트레드를? 저라면 캐서린 왕비를 따라 내지로 가겠어요, 저는 그렇다고요. 하지만 사람들 말이 왕비는 거처를 또 옮긴대요. 식솔도 줄일 예정이고."

"내가 당신 아버지라면…… 아니……" 그는 바꿔 말한다. "내가 당신에게 조언을 하자면, 레이디 앤을 섬기는 쪽이 낫습니다."

"후작 말이지요." 그녀가 말한다. "물론, 겸손은 좋은 거예요. 앤은 우리가 겸손하지 않곤 못 배기게 만들죠."

"그저 지금 상황이 힘들어서 그러는 겁니다. 앞으론 부드러워질 거예요. 진정으로 바라는 바를 이루면." 그 말을 하는 순간에도 그는 자신의 말이 사실이 아님을 안다.

제인 시모어가 고개를 숙이더니 눈만 위로 떠서 그를 본다. "이게 제 겸손한 표정이에요. 이 정도면 통과할까요?"

그가 웃음을 터트린다. "어디서든 통과하겠는데요."

춤을 추던 이들이 가야르드와 파반, 알라망드*에서 물러나 부채질을 하며 쉬는 동안 그와 와이엇이 어린 병사의 노래를 부른다. 둥근 방패와 창을 들고 전쟁에 나간 스카라멜라 얘기다. 곡조가 구슬프다. 가사야 어떻든, 해가 뉘엿뉘엿 지고 반주도 없이 울려퍼지는 인간의 목소리가 그림자 속으로 사라질 때면 어느 노래나 그렇듯이. 서퍽 공작이 그에게 묻는다. "무엇에 대한 얘긴가, 그 노래는. 여인에 얽힌 사연인가?"

"아뇨. 전쟁에 나가는 소년의 얘깁니다."

"녀석은 어찌되는데?"

스카라멜라가 축제를 한다. "녀석한테는 그 모든 게 축제나 다름없지요."

"그때가 좋았어." 공작이 말한다. "군인으로 살 때가."

국왕이 류트에 맞춰 노래한다. '그 험한 숲을 걸으며'** 하고 노래하는 목소리가 힘있고 진실하고 애달프다. 몇몇 여자는 흐느낀다. 독한 이탈리아산 와인에 취한 탓이다.

캔터베리에서는 워럼 대주교가 싸늘히 식은 채 석판에 누워 있다. 감긴 눈에는 왕국의 동전이 놓였다. 대주교의 머릿속에 국왕의 형상을

* 모두 중세 유럽에서 유행한 춤곡이다.
** 헨리 8세의 애창곡으로 알려져 있다.

영원히 봉인해놓으려는 듯. 워럼 대주교는 성당 보도 밑의 축축한 납골당으로 내려가기를 기다리는 중이다. 그곳에서 베켓의 유골 옆에 안치될 것이다. 앤은 조각상처럼 가만히 앉아 자신의 연인에게 시선을 고정하고 있다. 도무지 가만있지 못하는 그녀의 손가락만이 움직인다. 자신의 조그만 개를 무릎에 붙들어놓고 거듭해서 털을 쓰다듬고 배배 꼰다. 노래의 마지막 음이 사라지자 촛불이 들어온다.

10월. 칼레로 출발한다—이천 명으로 구성된 기나긴 행렬이 윈저에서 그리니치까지, 그리니치에서 켄트의 푸른 들판을 가로질러 캔터베리까지 이어진다. 수행원은 공작이 마흔 명, 후작이 서른다섯 명, 백작이 스물네 명을 거느릴 수 있는 반면에 자작은 고작해야 스무 명으로 버텨야 하고, 그와 레이프는 배의 쥐구멍에라도 넣어간다는 심정으로 사무원들을 데리고 나선다. 국왕은 프랑스의 국왕을 만날 예정으로, 프랑스 왕은 교황에게 헨리의 혼인 문제와 관련해 긍정적인 의견을 낼 용의가 있다. 프랑수아왕은 자신의 세 아들—아들이 셋이라니, 이 얼마나 지극한 하느님의 사랑인가—중 하나를 클레멘스 교황의 조카딸 캐서린 드 메디치와 혼인시키자고 제안한 터다. 그 결혼의 전제 조건으로 로마에서 캐서린 왕비의 항소를 받아들이지 말 것과, 잉글랜드가 국왕의 결혼 문제를 자국의 사법권 내에서 자국의 주교들을 통해 정리하도록 허락할 것을 요구할 작정이라 한다.

이 두 강국의 군주는 일명 '황금천 들판의 회담' 이후 처음 얼굴을 마주하는 것으로, 당시의 만남은 울지 추기경이 준비를 도맡았다. 국왕은 그때보다 비용을 줄이라고 말하지만, 막상 구체적인 사항으로 들어가자 더 많이, 그것도 쌍으로 원한다―모든 게 더 크고 더 호화롭고 더 넉넉하기를, 금박도 더 많이 입히길 바란다. 전속 요리사와 전용 침대, 성직자와 음악가, 말과 개와 매를 동반하고 새 후작, 온 유럽이 첩이라 부르는 여자를 데려간다. 요크가의 몬터규 경과 랭커스터가의 네빌 집안 등 왕위계승권을 요구할 자격이 있는 이들도 데려간다. 그들이 얼마나 고분고분한지, 튜더왕가가 얼마나 건재한지 과시하려는 것이다. 자신의 금접시와 리넨 냅킨과 페이스트리 요리사와 가금류 잡는 사람과 독을 감별할 시식시종을 동반하고, 자기 와인까지 챙겨간다. 당신이 보기엔 과하다 싶을지도 모르지만, 그 무슨 주제넘은 생각인가?

레이프는 그를 도와 문서를 챙긴다. "프랑수아왕이 헨리왕 문제로 로마와 얘기한다는 것까진 이해가 돼요. 그런데 이번 조약에서 뭘 얻겠다는 건지는 모르겠어요."

"울지 추기경 전하는 늘 말씀하셨다. 조약을 맺는 것 자체가 조약이라고. 세부 조항이 무엇인지는 상관없어, 그저 조항이 존재하기만 하면 되는 거지. 중요한 건 친선이란다. 그게 깨지면 조약도 깨지는 거야, 세부 조항이 어떻든 간에."

중요한 건 동원되는 행렬이다. 선물 교환과 왕끼리 하는 잔디 볼링 경기와 마상 시합과 가면극이다. 이것은 모두 조약을 위한 예비 단계가 아니라 조약 그 자체다. 프랑스 궁정과 예법에 익숙한 앤이 앞에 놓인 난관을 깔끔히 정리한다. "교황이 방문하는 경우라면 프랑스 왕은 먼저 나가 맞이해도 되지요. 안뜰에서 만남을 가져도 상관없고요. 하지만 군주 둘이 만나는 상황에선 일단 상대가 시야에 들어오면 그때부턴 걸음 수를 똑같이 맞춰 서로에게 다가가야 해요. 생각보다 쉽지 않죠. 한쪽에서 — 엘라스!*— 보폭을 아주 작게 줄여버리면 다른 쪽은 더 많이 움직이는 수밖에 없거든요."

"맙소사," 찰스 브랜던이 버럭 외친다. "파렴치한이나 하는 짓을. 프랑수아왕이 그리하겠소?"

앤이 눈을 반쯤 내리깔고 공작을 본다. "서퍽 공작 저하, 공작부인은 여행 준비가 되셨나요?"

서퍽의 얼굴이 벌게진다. "내 아내는 전에 프랑스 왕비였소."

"알아요. 프랑수아왕도 부인을 다시 보면 기뻐할 텐데요. 부인이 무척 아름답다고 생각했거든요. 물론 그땐 아직 젊을 때였지만."

"내 동생은 지금도 아름다워." 헨리왕이 중재하듯 말한다. 그러나 찰스 브랜던의 안에서 들끓어오른 폭풍이 천둥 같은 외침과 함께 터져나온다. "내 아내가 당신 시중을 들기라도 바라는 거요? 불린 딸의 시중을? 장갑이나 건네고, 마담 마담 해가면서 정찬의 주빈으로 모시라는 거야? 마음 단단히 먹으시오 — 그런 날은 절대 오지 않을 테니."

앤이 왕에게 몸을 돌려 팔을 꼭 붙든다. "폐하의 면전에서 공작이 나를 모욕하는군요."

"찰스," 왕이 말한다. "일단 물러갔다가 자중할 수 있을 때 다시 오게. 그전엔 얼씬도 하지 말고." 왕이 한숨을 쉬며 신호를 보낸다. 크롬웰, 공작을 따라가게.

서퍽 공작은 화가 끓어올라 식식거린다. "신선한 공기 좀 쐬시죠, 공작 저하." 그가 제안한다.

---

* hélas. 탄식을 표하는 프랑스어 감탄사.

어느새 가을이다. 강에서 찬바람이 불어온다. 축축한 이파리들이 휙 날리고, 축소해 만든 군대의 깃발처럼 그들이 걷는 길에서 펄럭인다. "저는 윈저가 늘 쌀쌀하게 느껴집니다. 그렇지 않습니까, 저하? 성이 추운 것도 있지만 부지 자체가 워낙 그래요." 흐르듯 이어지는 그의 낮은 목소리가 마음을 달랜다. "제가 왕이라면 워킹에 있는 궁에서 보내는 시간을 늘릴 겁니다. 거기엔 눈이 오지 않는다는 거 알고 계시지요? 적어도 이십 년은 눈이 내리지 않았습니다."

"제가 왕이라면?" 브랜던이 쿵쿵거리며 내리막을 걷는다. "하긴 앤 불린이 왕비가 되는 세상인데, 안 될 것도 없지."

"그 말은 도로 거두지요. 좀 더 겸손한 표현을 썼어야 했습니다."

브랜던이 끙 소리를 낸다. "절대 안 나타날 거야, 내 아내는. 저 매춘부의 행렬에 결코 동참하지 않을 거라고."

"저하, 레이디 앤은 순결하다고 생각하셔야 합니다, 우리 모두가요."

"한 수 가르쳐주자면, 저 여자를 훈련시킨 고상한 어머니 또한 굉장한 창녀였거든. 리즈 불린, 그전 이름은 리즈 하워드―그녀는 헨리왕을 침대로 데려간 첫 여자였어. 나는 다 알아. 왕의 가장 오랜 친구니까. 당시 열일곱 살이던 왕은 물건을 어디다 넣을지조차 몰랐네. 선왕이 마치 수녀처럼 단속한 통에."

"하지만 이제 우리 누구도 그 이야기를 믿지 않습니다. 몽세뇌르의 부인에 대해서는요."

"몽세뇌르! 하늘에 계신 주여."

"그리 불리고 싶답니다. 해될 것 없지요."

"저 여자는 제 언니 메리한테도 훈련을 받았는데, 메리는 메리대로 매음굴에서 훈련을 했지. 프랑스에서는 무슨 짓을 하는지 아나? 내 아내가 설명해줬거든. 음, 말로 한 건 아니고 써서 보여줬지, 라틴어로. 남자의 물건이 서면 여자가 그걸 입에 문다는 거야! 그게 상상이라도 할 수 있는 일인가? 그처럼 추잡한 행위를 할 줄 아는 여자를 당신은 처녀라 부를 수 있나?"

"저하…… 부인께서 프랑스에 안 가실 작정이라면, 저하께서 설득하지 못하실 거라면…… 편찮으시다고 하면 어떨까요? 폐하를 위해 그 정도는 할 수 있으시겠지요, 저하께서 친구로 여기시는 그분을 위해서요. 그럼 폐하도 모면할 수 있을 겁니다―" 레이디 앤의 독설을, 그는 이렇게 뱉을 뻔한다. 그 문장을 얼른 삼키고 말을 바꾼다. "서로 체면치레는 할 수 있겠지요."

브랜던이 고개를 끄덕인다. 두 사람은 계속해서 강을 향해 가는 중이고, 그는 보폭을 조절하려 한다. 앤은 그가 빨리 사과의 소식을 가지고 돌아오길 기대할 테니까. 그를 바라보는 공작의 표정이 괴롭기 그지없다. "맞는 얘기야, 어쨌거나. 아내는 건강이 좋지 않네. 그 아름답고 조그만"―공작이 두 손을 동그랗게 모아 허공을 감싸쥐는 동작을 해 보인다―"다 사라져버렸지. 그래도 나는 아내를 사랑한다네. 그녀는 웨이퍼처럼 비쩍 말라버렸어. 내가 그러지. 여보, 이러다간 아침에 눈을 떠 당신을 못 찾는 날이 오겠소. 침대보에 붙은 실오라기랑 헷갈리고 말겠어."

"상심이 정말 크시겠습니다." 그가 말한다.

공작이 얼굴을 문지른다. "아, 이런. 왕에게 돌아갈 거지, 아닌가? 가서 우린 못 간다고 전하게."

"공작 저하는 칼레에 동행하리라 생각하실 텐데요. 부인께선 못 가시더라도."

"나는 아내를 두고 갈 마음이 없어, 보고도 모르나?"

"앤은 용서를 모릅니다." 그가 말한다. "비위를 맞추기는 어렵고 신경을 거스르긴 쉽죠. 저하, 제 말을 들으십시오."

공작이 끙 소리를 낸다. "우리 모두가 들어야지. 들을 수밖에 없고. 모든 게 자네 손바닥 안이잖나, 크롬웰. 이제 자네가 전부야. 우리끼리 그런다네, 일이 어쩌다 이리되었지? 우리 스스로에게 묻곤 해." 공작이 코를 훌쩍인다. "우리 스스로에게 묻지만, 김이 모락모락 나는 그리스도의 피에 대고 말하건대, 빌어먹을 답이 없어."

김이 모락모락 나는 그리스도의 피. 손위 공작인 토머스 하워드나 할 법한 속된 말이군. 도대체 언제부터 그가 공작들의 통역관이자 해설자가 되었을까? 그는 스스로에게 묻지만 빌어먹을 답이 없다. 그가 국왕과 미래의 왕비가 있는 곳으로 돌아오니 두 사람은 애정이 듬뿍 담긴 눈으로 서로의 얼굴을 바라보고 있다. "서픽 공작이 용서를 구합니다." 그가 말한다. 그래, 알겠네, 왕이 답한다. 내일 보세, 너무 일찍은 말고. 당신은 생각할 것이다. 이 둘은 이미 남편과 아내고, 이들 앞에는 부부 사이의 기쁨으로 충만한 나른한 밤이 펼쳐져 있으리라고. 그리 생각할 것이다. 그가 메리 불린에게 전해들은 말이 아니었다면. 앤에게 후작 작위를 내리고 헨리왕이 얻은 권리란 게 고작 그녀의 허벅지 안쪽을 애무하는 것이라는 얘기. 메리는 라틴어로 돌려 말할 생각조차 하지 않는다. 앤은 왕과 단둘이 시간을 보내고 나면 언제나 자기 친척들에게 세세한 내용까지 죄다 보고한다. 그런 그녀에게 탄복할 수밖에 없다. 신중히 계산된 꼼꼼함에, 그 자제력에. 그녀는 자기 몸을 군인처럼 사용하고, 거기 담긴 자원을 아껴 쓰는 법을 안다. 파도바대학의 해부학 교수라도 되는 양 자기 몸을 나누고 부위별로 이름을 붙인다. 이건 내 허벅지, 이건 내 가슴, 이건 내 혀, 하는 식으로.

"아마도 칼레가 되겠군요." 그가 말한다. "거기쯤 가면 폐하도 원하는 걸 손에 넣겠어요."

"동생도 딴소리는 못하겠죠." 메리가 멀어진다. 걸음을 멈추고 돌아본다. 불편한 표정이다. "앤이 그러더군요. 크롬웰은 내 사람이라고. 나는 그애가 그리 말하는 게 싫어요."

뒤이은 며칠 동안 잉글랜드측을 애먹이는 다른 문제들이 불거진다. 프랑스 왕과 만나는 자리에서 왕가의 여인 중 누가 앤을 영접할 것인가? 엘레오노르 왕비는 아닐 것이다—기대하기 힘든 일이다. 카를황제의 누나인 그녀는 '잉글랜드의 폐단'이 캐서린을 버리는 문제 때문에 가족으로서 감정이 좋지 않으니까. 프랑수아왕의 누나인 나바라왕국 왕비는 잉글랜드 국왕의 정부를 모시느니 몸이 아픈 편을 택한다. "딱한 서픽 공작부인과 같은 병이라던가요?" 앤이 묻는다. 프랑수아왕은 차라리 방돔 공작부인이 잉글랜드의 새 후작을 접대하는 게 적절하지 않겠냐고 제안한다. 방돔 부인은 프랑수아왕의 메트레상티트르*다.

헨리왕은 지나치게 격분한 나머지 치통에 시달린다. 버츠 박사가 특효약 상자를 들고 온다. 수면제가 잘 듣는 듯하지만, 잠에서 깨어난 왕이 여전히 분한 마음을 가라앉히지 못하니 행차를 몇 시간 중단하는

---

* maîtresse en titre. 왕의 공식 정부.

것 말고는 다른 방도가 없어 보인다. 저들은 왜 이해하지 못하는가, 왜 알지 못하는가, 앤이 누군가의 정부가 아니라 국왕의 아내가 될 사람이라는 걸? 그러나 프랑수아에게 이해란 태생적으로 불가능한 일이지. 자기가 원하는 여자를 일주일 이상 기다리지 않을 자야. 기사도의 귀감? 그 인간이? 가장 그리스도교다운 왕? 그 인간이 할 줄 아는 거라곤, 헨리왕은 고래고래 고함을 지른다. 수사슴처럼 발정하는 것뿐이야. 하지만 내 장담하지. 발정이 끝나면 다른 수사슴들이 그자를 처단해버리고 말걸. 아무 사냥꾼한테나 물어보라고!

마지막으로 미래의 왕비를 칼레에, 그녀가 수모를 겪지 않아도 되는 잉글랜드 땅에 남겨두고 국왕만 불로뉴로 가서 프랑수아왕과 만나는 해법이 제시된다. 칼레는 소도시이니 설령 사람들이 항구 근처에 늘어서서 "퓌탱!"*이니 "잉글랜드의 위대한 창녀"니 외쳐도 런던에 비해 진압이 쉬울 터다. 혹 그들이 음란한 노래를 부른대도 그 내용을 굳이 해석하려 들지 않으면 그만이다.

왕실 행렬에 더해 각국에서 순례자까지 모여드는 바람에 캔터베리는 집집마다 지하 저장고부터 처마 밑까지 사람으로 그득그득하다. 그와 레이프는 국왕 근처의 나름 안락한 곳에서 묵지만, 벼룩이 들끓는 여관에 묵는 귀족이나 매음굴 뒷방에 여장을 푸는 기사도 있다. 순례자들은 하는 수 없이 마구간과 별채로 물러나거나 별 아래서 노숙을 하기도 한다. 다행히 10월치고는 날씨가 온화하다. 작년까지만 해도 왕은 매해 베켓 성지에 방문해 기도를 올리고 값비싼 공물을 바쳤다.

---

* putain. '창녀'라는 뜻의 프랑스어.

그러나 베켓은 왕권에 맞선 반역자였으니 지금과 같은 시점에 떠받들 만한 대주교는 아니다. 캔터베리대성당은 워럼 대주교를 안치하면서 태운 향냄새가 채 가시지 않았고, 대주교의 영혼을 위한 기도 소리가 천 개는 되는 벌통에서 벌들이 윙윙거리듯 끝도 없이 웅웅거린다. 크랜머 박사에게 띄운 서신은 카를황제의 움직이는 궁이 머무는 독일 어딘가에 놓여 있을 터다. 앤은 크랜머를 대주교 임명자라고 부르기 시작했다. 박사가 잉글랜드로 돌아오기까지 얼마나 오래 걸릴지는 아무도 모른다. 그 비밀을 가지고요, 레이프가 말한다.

그렇지, 그가 말한다. 크랜머의 비밀, 서신의 한쪽 구석에 적혀 있던 그것.

레이프는 베켓 성지에 다녀온다. 이번이 첫 방문이다. 눈이 휘둥그레져 돌아와서는 베켓의 유해가 든 관이 거위알만한 보석들로 뒤덮여 있다고 말한다.

"알고 있다. 거기 있는 게 진짜일 것 같으냐?"

"두개골이 전시되어 있는데요, 베켓의 것이라고는 해요. 기사들이 박살낸 걸 은판으로 붙여뒀어요. 현금을 내면 입을 맞출 수 있고요. 쟁반에 손가락뼈도 올려뒀어요. 베켓의 콧물이 잔뜩 묻은 손수건도 있고. 장화 한 짝도요. 그리고 유리병을 흔들어 보이면서 거기 든 게 베켓의 피라고 하던데요."

"월싱엄엔 성모의 젖이 담긴 유리병도 있단다."

"맙소사, 그것의 정체는 또 무엇일까요?" 레이프는 속이 메슥거리는 듯하다. "여기서 피라고 우기는 건 딱 봐도 물에다 붉은 흙을 섞은 거예요. 흙이 덩어리째 떠다닌다니까요."

"자, 거기 있는 거위 깃펜을 들거라. 그 거위 깃털도 실은 대천사 가브리엘의 날개에서 뽑은 것이니. 어쨌든 그걸로 스티븐 본에게 서신을 쓰도록 하자. 그 친구가 직접 나서서 크랜머 박사를 고국으로 돌려보내야 할 것 같다."

"진짜 하루빨리 돌아오셔야 할 텐데요." 레이프가 말한다. "잠깐만요, 마스터. 손에 묻은 베켓 좀 씻고 올게요."

베켓 성지에는 가지 않더라도 국왕은 자신을, 자기 옆의 앤을 백성에게 보이고 싶어한다. 미사를 마친 뒤, 모든 조언을 무시하고 군중 사이로 걸어나간다. 호위병들이 뒤를 막고 자문관들이 왕을 둘러싼다. 앤의 머리가 가녀리고 기다란 목 위에서 획획 움직인다. 자신에게 날아오는 말들을 낚아채려는 듯 이리저리 방향을 튼다. 사람들이 손을 내뻗어 왕을 만진다.

그의 곁에 선 노퍽은 불안함에 잔뜩 굳어서는 사방을 두리번댄다. "나는 이딴 게 딱 질색이네, 마스터 크롬웰." 공작 자신도 한때 칼솜씨가 제법 날랬던 터라 눈길 닿지 않는 곳에서 무슨 움직임이라도 있을까 경계한다. 그러나 무기에 가까운 것이라고 해봐야 프란체스코회 수도사 무리가 잡고 흔드는 대형 십자가가 전부다. 군중이 그들에게 길을 터주고, 뒤이어 제의를 차려입은 평사제들이 지나간다. 이들은 수도원에서 파견한 베네딕트회 수도사로, 그들 사이에 베네딕트회 수녀복을 입은 젊은 여인이 끼어 있다.

"폐하?"

헨리왕이 고개를 돌린다. "아, 이런. 그 성처녀로군." 호위병들이 다가서는데 왕이 한 손을 든다. "그냥 두게." 성처녀는 덩치가 크고 그리 어리지 않다. 스물여덟 살쯤 되어 보인다. 평범한 얼굴은 거무스름하고, 들떠서인지 순간적으로 홍조를 띠었다. 그녀가 사람들을 헤치고 다가오자 일순간 왕은 그녀의 눈에 비친 자신을 본다. 적금색 머리칼과 상기된 피부, 언제라도 응할 준비가 된 호색한의 몸, 그리고 수녀복을 걸친 그녀의 팔꿈치를 잡는 고깃덩이 같은 손까지 눈동자에 어른거린다. "마담, 내게 해줄 말이 있나?"

그녀가 무릎을 굽혀 예를 표하려 하지만 왕은 잡은 손을 놓지 않는다. "저는 하늘의 충고를 듣습니다." 그녀가 말한다. "저와 대화하는 성자들이 말하기를 폐하 곁의 이단자들을 대대적으로 불태워야 한답니다. 폐하가 그 불을 붙이지 않으면 폐하 자신이 불탈 거라 합니다."

"어떤 이단자? 그들이 어디 있는데? 나는 이단자를 곁에 두지 않아."

"여기 있습니다."

앤은 움츠러들며 왕에게 바짝 붙는다. 왕이 걸친 진홍색과 금색 재킷에 밀랍처럼 녹아든다.

"폐하가 이 부덕한 여자와 어떤 형태로든 혼인한다면 폐하의 통치는 일곱 달을 넘기지 못할 것입니다."

"잠깐, 마담, 일곱 달이라 했나? 그보다는 좀 에둘러 말해야지, 그렇잖나? 세상에 어떤 예언자가 딱 집어 '일곱 달'이라고 말하겠나?"

"저는 하늘로부터 그리 들었습니다."

"게다가 일곱 달이 지나고 나면 누가 나를 대신하는데? 고해보게, 나 대신 왕이 되었으면 하는 자를 말해봐."

수도사와 사제가 성처녀를 빼내려 한다. 이건 그들의 계획에 없던 일이다. "몬터규 경, 그분은 적통이지요. 엑서터 후작, 그분은 왕족이고요." 그녀도 왕의 손아귀에서 벗어나려 애쓴다. "폐하의 어머님이 보여요. 창백한 불꽃에 둘러싸여 있어요."

헨리왕은 그녀의 살갗에 데기라도 한 듯 팔을 놓는다. "내 어머님을? 어디 계신데?"

"저는 울지 추기경을 찾고 있었지요. 천국과 지옥, 연옥을 다 살피고 다녔지만 추기경은 없었어요."

"딱 봐도 미쳤잖아요?" 앤이 말한다. "이 여잔 미쳤고 채찍질을 당해도 싸요. 미친 게 아니라면 교수형감이고."

한 사제가 말한다. "마담, 이분은 아주 거룩한 분이십니다. 계시를 받아 말씀하시는 거예요."

"내 앞에서 당장 치워요." 앤이 말한다.

"벼락을 맞을 겁니다." 성처녀가 헨리왕에게 말한다. 왕은 자신 없이 웃는다.

노퍽이 폭발해 이를 악물고 주먹을 쳐든 채 무리를 뚫고 들어온다. "여자를 제 매음굴로 도로 끌고 가라, 이 주먹맛을 보기 전에, 당장!" 난장판 속에서 수도사들이 십자가로 서로를 치며 우왕좌왕한다. 성처녀는 끌려나가면서도 예언을 계속한다. 군중이 덩달아 소란해지고, 헨리는 앤의 팔을 붙들어 아까 왔던 길로 다시 잡아끈다. 그, 크롬웰은 성처녀를 따라간다. 무리의 뒤에 딱 붙어 걷다가 어느 정도 한산한 곳에 이르자 수도사 한 명의 팔을 톡톡 두드려 그녀와 대화하기를 청한다. "나는 울지 추기경의 밑에 있었던 사람이오. 저분의 얘기를 듣고 싶습니다."

약간의 의논이 이어지고, 그들이 길을 터준다. "네?" 성처녀가 묻는다.

"추기경님을 한번 더 찾아봐줄 수 있습니까? 내가 공물을 바치면?"

그녀는 어깨를 으쓱한다. 프란체스코회 수도사가 말한다. "보통 공물로는 되지 않을 텐데요."

"성함이?"

"리스비 수도원장이오."

"여러분의 기대에 부응하리라 자신합니다. 나는 돈이 많아요."

"당신의 기도에 도움이 되게 영혼의 위치만 알면 됩니까, 아님 사후 기도를 위한 예배당이나 기부 같은 것까지 생각하는 겁니까?"

"무엇이든 추천하는 대로 하겠습니다. 당연한 얘기지만 그분이 지옥에 있지 않다는 것부터 확인해야겠지요. 가망 없는 일에 정성껏 미사를 드려봐야 다 헛일일 테니."

"보킹 수도원장과 얘기해봐야 해요." 성처녀가 말한다.

"보킹 수도원장은 이 여인의 영적 지도자십니다."

그는 고개를 살짝 숙인다. "나중에 다시 와서 물어보세요." 성처녀는 그리 말하고 몸을 돌려 군중 틈으로 사라진다. 그는 그 자리에서 수행단에게 얼마간의 돈을 건넨다. 보킹 수도원장에게 보내는 것이다, 누구인지는 모르겠지만. 지금까지 상황으로 봐서는 보킹 수도원장이 가격을 매기고 장부를 관리하는 자인 듯하다.

국왕은 성처녀 때문에 우울감에 빠졌다. 벼락을 맞으리란 소리를 들었는데 기분이 어떻겠는가? 저녁이 되자 왕은 두통을, 얼굴과 턱의 통증을 호소한다. "물러가게." 왕은 의사들에게 말한다. "해도해도 못 고치는 걸 지금이라고 고치겠나?" 그리고 당신, 마담," 왕이 앤에게 말한다. "시녀들에게 잠자리로 모시라고 하시오. 수다를 듣고 싶지 않소. 째지는 목소리들을 견딜 수 없어."

노픽은 숨을 죽이고 투덜거린다. 튜더놈, 도대체가 바람 잘 날이 없지.

오스틴프라이어스에서는 누가 코를 훌쩍이거나 어디든 접질리기라도 하면 남자애들이 '노픽이 버츠 박사라면'이라는 제목의 막간극을 공연한다. 이가 아파? 뽑아버려! 손가락이 끼었어? 손을 잘라! 머리가 지끈거려? 베어내, 하나 더 있잖아.

자리를 비키려 뒷걸음질하던 노픽이 멈춰 선다. "폐하, 폐하가 벼락을 맞아 죽으리라 그 여자가 말한 건 아니잖습니까."

"거기까진 말하지 않았지요." 서픽이 경쾌하게 말한다.

"죽진 않으나 폐위된다, 죽진 않으나 벼락을 맞아 불탄다, 참으로 기다려지는 일이군, 아닌가?" 자기 처지를 가련히도 표현한 왕은 하인에게 장작을, 시동에겐 따뜻한 와인을 들여오라고 소리를 빽 지른다. "내가 여기 이러고 있어야겠느냐, 잉글랜드 국왕이, 형편없는 난롯불 앞에서 마실 것 하나 없이?" 왕이 추워 보이기는 한다. "그 여자가 내 어머니를 봤다지 않나."

"폐하," 그가 조심스레 말한다. "아까 미사를 드린 성당의 창유리에 폐하의 어머님 모습이 담겨 있는 걸 아십니까? 거기로 햇빛이 들면 어머님께서 찬란한 빛 속에 있는 것처럼 보이지 않을까요? 그 여자가 그걸 본 게 아닐까 싶습니다."

"그대는 환영을 믿지 않는가?"

"그 여자가 바깥 세계에서 보는 것과 자기 머릿속에 있는 것을 구분 못하는 게 아닐까 합니다. 그런 자들이 실제로 있지요. 오히려 가엾게 여겨야 할 여인인 듯합니다. 너무 과해도 안 되겠습니다만."

왕이 인상을 쓴다. "하지만 나는 어머니를 사랑했네." 그리고 덧붙인다. "버킹엄 공작은 환영을 매우 중시했지. 예언을 해주는 수사가 한 명 있었어. 그자가 공작에게 왕이 될 몸이라 했는데." 그는 굳이 말을 보태지 않는다, 버킹엄은 반역자로 몰렸고 십 년도 더 전에 죽었다고.

왕실이 프랑스로 항해를 시작하면서 그는 헨리왕의 일행으로 스왈로호에 승선한다. 갑판에 서서 차츰 멀어지는 잉글랜드를 바라본다. 옆에선 리치먼드 공작, 그러니까 헨리왕의 서자가 잔뜩 신이 나 있다. 인생 첫 항해인데다 아버지의 일행이 되어서다. 헨리 피츠로이는 열세 살의 준수한 소년으로 금발에다 또래에 비해 키가 크고 호리호리하다. 왕자 시절의 헨리가 꼭 이런 모습이었겠다 싶은 외모에 적절한 자아의식과 존엄한 면모를 타고났다. "마스터 크롬웰," 피츠로이가 말한다. "울지 추기경이 물러나고 처음 보는군요." 순간 어색한 분위기가 감돈다. "당신이 잘되어서 기뻐요. 『궁정론』이란 책에 신분이 낮은 사람들이 종종 뛰어난 재능을 타고나는 경우를 볼 수 있다고 나오거든요."

"이탈리아어를 읽을 줄 아십니까, 저하?"

"아뇨, 하지만 나를 위해 책의 일부를 잉글랜드어로 옮겨놓았어요. 내가 읽기에 정말 좋은 책이죠." 뒤이은 정적. "나는 말이죠"—피츠로이가 고개를 돌리고 목소리를 낮춘다—"울지 추기경이 안 죽었으면 얼마나 좋을까 싶어요. 이젠 노퍽 공작이 내 후견인이거든요."

"저하께서 노퍽 공작의 딸 메리와 결혼하신다고 들었습니다."

"네. 나는 싫지만요."

"왜 싫으십니까?"

"메리를 본 적이 있거든요. 가슴이 아예 없더라고요."

"하지만 지혜로운 분입니다, 저하. 그리고 말씀하신 그 문제는 시간이 해결해줄 수도 있지요. 두 분이 같이 살게 되기 전에 말입니다. 저하의 사람들에게 카스틸리오네의 그 책에서 귀부인과 그 자질에 대한 부분을 읊기라고 하신다면, 분명히 말씀드리건대 메리 하워드가 그 모두를 갖추고 있음을 알게 되실 겁니다."

희망을 가져보자, 그는 생각한다. 해리 퍼시나 조지 불린의 결혼과 같은 사달이 나지 않기를. 메리 하워드를 위해서라도. 카스틸리오네는 남자가 이해할 수 있는 모든 건 여자도 이해할 수 있다고 말한다. 남자와 여자는 걱정하는 바도, 능력도, 당연한 얘기지만 사랑도 증오도 똑같다고 말한다. 카스틸리오네는 아내 이폴리타를 사랑했지만 함께한 지 겨우 사 년 만에 사별하고 말았다. 그녀를 애도하는 시를 지으면서 화자가 이폴리타인 것처럼 썼다. 그러니까 죽은 여자가 그에게 이야기하는 식으로.

배를 뒤쫓는 갈매기들이 길 잃은 영혼처럼 운다. 국왕이 갑판으로 나와 두통이 깨끗이 사라졌다고 말한다. 그가 고한다. "폐하, 카스틸리오네의 책 얘기를 하던 중이었습니다. 이미 읽어보셨겠지요?"

"그랬지. 그자는 스프레차투라를 극찬하잖나. 모든 걸 우아하게, 제대로 해내면서도 노력을 내색하지 않는 기술. 군주가 반드시 함양해야 할 자질이기도 하지." 왕은 다소 미심쩍은 듯 덧붙인다. "프랑수아도 가진 자질이고."

"네. 하지만 스프레차투라 외에도 타인 앞에서 한결같은 위엄과 자제력을 보여야 한다고 말하지요. 저는 이 책의 번역을 맡겨 노퍽 공작 저하에게 선물로 올릴까 생각하던 차였습니다."

국왕이 잊었을 리 없다. 캔터베리에서 성처녀에게 주먹질을 하겠다고 위협하던 노퍽 공작의 모습을. 왕이 히죽 웃는다. "꼭 그리하시게나."

"글쎄요, 공작이 그걸 비난으로 받아들이지나 않을지 모르겠습니다. 카스틸리오네는 남자들에게 머리칼을 꼬거나 눈썹을 뽑지 말라고 권하지요. 그런데 아시다시피 공작 저하는 둘 다 하니까요."

어린 공작이 그를 보며 얼굴을 찌푸린다. "노퍽 공작이요?" 헨리가 군주답지 않은 폭소를 터트린다. 위엄도 자제력도 없는 웃음이다. 그는 그 웃음이 반갑다. 배의 목재가 삐걱거린다. 왕은 그의 어깨에 한 손을 얹고 몸을 가눈다. 바람에 돛이 팽팽해진다. 수면에서 해가 춤춘다. "앞으로 한 시간이면 항구에 닿을 겁니다."

칼레. 잉글랜드의 전초기지이자 프랑스에 마지막으로 남은 잉글랜드 영토인 이 도시에 그는 많은 친구와 고객과 의뢰인을 두고 있다. 그는 칼레를 속속들이 안다. 워터게이트와 랜턴게이트, 성 니콜라스 교회와 성모마리아성당을 안다. 그곳의 탑과 방벽을, 시장을, 골목과 선창을, 총독이 머무르는 스테이플 인을, 웨틸과 윙필드 가문의 저택을, 그리고 잉글랜드를 더는 모르겠다고 주장하며 떠나와 즐겁게 사는 젠틀맨들의 집과 거기 딸린 그늘진 정원을 안다. 요새―무너져가는―를, 도시 성벽 너머 페일*의 땅을, 그곳의 숲과 마을과 습지와 수문과 제방과 운하를 안다. 불로뉴로 가는 길과 카를황제의 영토인 그라블린으로 가는 길을 안다. 프랑수아왕이든 카를황제든 제대로 마음먹고 밀어붙이면 단번에 이곳을 차지할 수 있다는 것도 안다. 잉글랜드는 이 땅에 이백 년째 들어와 있지만, 이제 거리에서는 프랑스어와 플라망어가 더 빈번히 들린다.

칼레 총독이 국왕 폐하에게 인사를 올린다. 연로한 군인이자 학자인 버너스 경은 구식 미덕의 표본과도 같은 사람이다. 절뚝거리는 걸음새만 아니라면, 그리고 이제 곧 지출하게 될 어마어마한 비용에 안절부절못하는 기색만 아니라면 『궁정론』에서 곧장 튀어나온 인물이라 할 법하다. 총독은 국왕과 후작이 내문이 있는 방에 묵도록 조치해두기까지 했다. "아주 적합하리라 생각합니다, 폐하." 그는 말한다. "문 양쪽에 견고한 빗장이 달려 있는 한은요."

출항 전 메리에게 들어 알기 때문이다. "지금까지는 앤이 안 하려 들었죠. 하지만 이제 앤이 하려고 해도 폐하가 응하지 않을 거예요. 폐하는 앤이 기왕에 아기를 가질 거라면 법적 부부가 된 후여야 한다고 말하거든요."

두 군주는 불로뉴에서 닷새, 칼레에서 닷새 동안 만날 예정이다. 앤은 홀로 남겨진다는 생각에 감정이 상한다. 초조해하는 그녀의 모습이 이곳은 분쟁 지역이라 무슨 일이 벌어질지 아무도 장담하지 못한다는 사실을 그녀 또한 알고 있음을 말해준다. 그사이 그는 개인적인 일을 처리한다. 레이프조차 남겨두고 빠져나와 커크웰 스트리트의 뒷골목

---

* 잉글랜드령 칼레를 부르던 다른 이름.

에 있는 여관으로 슬며시 들어간다.

저급한 곳이다. 장작 연기 냄새와 생선 비린내, 곰팡내가 진동한다. 한쪽 벽면에 걸린 습기 찬 거울에 그 자신의 얼굴이 힐끗 보인다. 파리한 얼굴에 눈만 생기가 돈다. 일순간 그는 깜짝 놀란다. 이처럼 형편없는 곳에서 자기 모습을 보게 되리라는 생각은 대개 하지 않으니까.

그는 테이블을 잡고 앉아 기다린다. 오 분쯤 지나자 방 뒤쪽이 소란스러워진다. 하지만 아무 일도 일어나지 않는다. 그들이 기다리게 할 줄은 이미 예상했다. 시간을 죽이려 그는 콘월 공국에서 왕실에 올린 작년 영수증의 수치를 머릿속으로 훑는다. 체스터의 시종장이 제출한 수치로 넘어가려는 찰나, 어둑한 형상이 나타나더니 긴 가운을 걸친 노인의 모습으로 바뀐다. 노인이 앞으로 휘청함과 동시에 다른 두 사람이 나타난다. 서로를 감쪽같이 대신할 수 있을 정도로 비슷하게 생겼다. 허허로운 기침소리, 기다란 수염. 그렁거리며 우선순위를 따지더니 그에 따라 반대편에 놓인 긴 의자에 줄줄이 자리를 잡는다. 그는 연금술사라면 질색인데, 그런 그에게 이들은 연금술사처럼 보인다. 의복에 뭔지 모를 얼룩이 묻어 있고, 눈에는 누액이 잔뜩 끼고, 증기 탓인지 코를 쿵쿵거린다. 그는 프랑스어로 인사한다. 노인들이 몸을 부르르 떨고, 그중 하나가 마실 것을 주문하지 않겠느냐며 라틴어로 묻는다. 그는 일하는 소년을 불러 별 기대는 없이 추천을 해달라고 한다. "다른 데 가서 마시는 게 어때요?" 아이가 제안한다.

시큼한 냄새가 나는 뭔가가 들어온다. 그는 노인들이 거하게 마실 때까지 가만있다가 묻는다. "어느 분이 메트르 카밀로입니까?"

노인들이 눈길을 교환한다. 그라이아이*가 함께 쓰는 외눈을 주고받는 시간쯤 걸린다.

"메트르 카밀로는 베네치아로 떠났소."

"왜요?"

잠시간의 콜록거림. "협의하러."

"프랑스로 돌아올 생각이긴 한가요?"

"그럴 공산이 크지."

"여러분이 가진 그것 말입니다. 내 주군께 드리고 싶습니다."

정적. 이러면 어떨까, 그는 생각한다. 뭔가 쓸모 있는 얘길 털어놓을 때까지 와인을 치워버리면? 하지만 한 노인이 선수를 쳐 술병을 낚아챈다. 손이 떨려 와인을 테이블에 쏟는다. 나머지 둘이 짜증스레 푸념한다.

"도안을 가져올지도 모르겠다고 생각했는데요." 그가 말한다.

그들이 서로를 바라본다. "오, 아니오."

"도안이 있긴 하고요?"

"꼭 그런 것도 아니오."

테이블에 쏟은 와인이 갈라진 나무에 스미기 시작한다. 그들은 뚱하게 침묵하며 앉아 지켜본다. 그들 중 하나가 좀이 슨 소매에 난 구멍에 손가락을 넣었다 빼는 데 정신을 판다.

그는 일하는 소년을 불러 와인을 더 주문한다. "당신의 기분을 상하게 하고 싶진 않소." 그들의 대표가 말한다. "메트르 카밀로가 지금으

---

* 하나의 눈과 하나의 치아를 함께 사용하는 신화 속 세 자매.

로선 프랑수아왕의 보호 아래 있다는 걸 이해해주시오."

"프랑수아왕에게 모형을 만들어줄 생각이랍니까?"

"그럴 수도 있겠지."

"실물 모형을요?"

"어떤 모형이든 본질적으로는 실물 모형이지."

"고용 조건에 조금이라도 불만이 있으면 내 주군 헨리가 기꺼이 잉글랜드로 모실 겁니다."

술병이 들어오고 소년이 자리를 뜨기까지 한번 더 정적이 이어진다. 이번에는 그도 잔을 채운다. 노인들이 다시 눈길을 주고받더니 그중 하나가 말한다. "마기스테르*는 잉글랜드 기후가 본인에게 맞지 않으리라 생각해요. 안개 말이오. 또 그 섬나라 전체에 마녀가 득실거린다고 믿고."

이 만남은 만족스럽지 못했다. 하지만 어디서든 시작은 해야 하니까. 그는 그곳을 나서며 소년에게 말한다. "가서 테이블을 닦아야겠다."

"저들이 두번째 병을 엎을 때까지 아예 기다렸다 닦는 게 나을 듯해서요, 므슈."

"그렇겠군. 음식을 좀 갖다줘라. 뭐가 있지?"

"수프요. 딱히 추천은 안 하고 싶지만. 매춘부가 슈미즈를 빨고 남은 것처럼 보이거든요."

"칼레 여자들이 빨래도 하는 줄은 몰랐구나. 글은 읽을 줄 아느냐?"

"조금요."

---

* '선생' '스승'이라는 뜻의 라틴어.

"쏠 줄은?"

"모릅니다, 므슈."

"배워야지. 그때까진 눈을 활용해라. 나 말고 다른 사람이 저들과 얘기 하면, 그림이든 양피지든 두루마리든 그런 유의 어떤 것이든 가져오면 내게 알리렴."

소년이 묻는다. "뭔데요, 므슈? 저들이 뭘 파는데요?"

그는 아이에게 말할 뻔한다. 그런들 문제될 게 뭐 있겠는가? 그렇긴 하나 끝내 적당한 말을 떠올리지 못한다.

불로뉴에서 회담을 갖던 중 그는 프랑수아왕이 만남을 원한다는 전갈을 받는다. 헨리왕은 고심 끝에 허락한다. 군주는 같은 군주나 귀족, 고위 성직자와만 얼굴을 마주하고 상대하는 법이니까. 선상에서 나름 친근히 굴던 두 공작 서픽과 노픽은 배에서 내리고부터 그와 거리를 둔다. 그에게 어떠한 지위도 부여하지 않았음을 프랑스측에 분명히 하려는 양. 그가 헨리왕의 변덕으로 자문관이 되었을 뿐 어느 자작 혹은 남작 혹은 주교에게 밀려 조만간 사라지고 말 존재라는 양.

프랑스의 전령이 그에게 말한다. "이건 알현이 아닙니다."

"네." 그가 말한다. "알고 있습니다. 그런 게 전혀 아니지요."

프랑수아왕은 알현이 아닌 자리에 소수의 신하만 거느린 채 앉아 기다리고 있다. 키가 껑충한 남자로 팔꿈치와 무릎이 툭 불거졌고, 큼직하고 앙상한 발은 두툼하게 안감을 댄 슬리퍼 안에서 불안하게 꼼지락거린다. "크레뮈엘," 왕이 말한다. "자, 그대를 좀 알게 해주게. 그대는 웨일스 사람이라지."

"아닙니다, 폐하."

슬픈 개의 눈이다. 그 눈이 그를 훑고 다시 훑는다. "웨일스 사람이 아니라고."

프랑스 왕이 난감해하는 게 눈에 보인다. 그럼 이자는 어떻게 궁으로 들어가는 통행증을 얻었을까, 비천한 튜더가의 충복 노릇을 하는 집안 출신이 아니라면? "제가 국왕 폐하의 일을 돌보도록 이끌어준 사람은 고인이 된 울지 추기경입니다."

"그래, 알고 있네." 프랑수아 왕이 말한다. "하지만 왠지 그게 다가 아니라는 생각이 드는 것이지."

"모를 일이지요, 폐하." 그는 딱딱하게 말한다. "그러나 저는 분명 웨일스 사람이 아닙니다."

프랑수아는 축 늘어진 코끝을 만지작거리며 턱 쪽으로 누른다. 주군을 선택하라. 그러라고 하면 이쪽은 매일 보고 싶은 주군은 아니다. 여기다 대면 헨리는 신체적으로 매우 건강하고, 말끔히 닦은 듯 흰색과 분홍색으로 광이 난다. 프랑수아왕이 눈길을 돌리며 말한다. "듣기로는 그대가 프랑스의 영광을 위해 싸웠다던데."

가릴리아노 전투. 잠시 그가 시선을 떨군다. 거리에서 있었던 아주 끔찍한 사고를 떠올리는 양. 사지가 짓이겨져 회생 불가능하게 훼손된 현장을 떠올리는 양. "더없이 불운한 날이었습니다."

"그래도…… 그런 일이야 지나가기 마련이지. 이제 누가 아쟁쿠르 전투를 기억이나 하나?"

그는 웃을 뻔한다. "그렇지요. 한두 세대, 혹은 세 세대…… 네 세대 쯤 지나면…… 그런 일이야 아무것도 아니지요."

프랑수아왕이 말한다. "사람들 말로는 그대가 그 여인과 사이가 아주 좋다던데." 왕이 입술을 슬 빤다. "말해보게, 궁금하군. 잉글랜드 왕은 도대체 무슨 생각인 건가? 그녀가 처녀라고 생각하나? 나로 말하자면, 나는 그녀와 뭘 해볼 생각은 전혀 안 했네. 우리 궁정에 있었을 때 그녀는 어렸고, 널빤지같이 납작했지. 하지만 그 여자의 언니는—"

그는 저지하고 싶지만 아무도 왕을 저지할 수는 없다. 왕의 목소리가 나체의 메리를 턱부터 발가락까지 훑고 핫케이크처럼 뒤집어 목덜미부터 뒤꿈치까지 훑는다. 수행원이 네모나게 접은 고급 리넨을 건네자 말을 마친 왕이 그걸로 입가를 닦는다. 그리고 손수건을 도로 건넨다.

"그럼, 됐네." 프랑수아왕이 말한다. "웨일스 사람인 걸 인정하지 않을 모양이니 내 이론은 이걸로 끝이군." 왕의 입꼬리가 올라간다. 팔꿈치가 살짝 움직인다. 무릎이 씰룩거린다. '알현이 아닌 자리'는 끝났다. "므슈 크레뮈엘," 왕이 말한다. "우리가 다시 볼 일은 없을지도 모르겠군. 그대의 돌연한 운이 계속되지 않을 수도 있고. 그러니, 이리와 손을 내밀게. 프랑스의 병사답게. 나를 위해서도 기도를 올려주고."

그가 고개를 숙인다. "충심으로 기도하겠습니다, 폐하."

그가 떠나는데 신하 하나가 앞으로 나와 중얼거린다. "폐하께서 내리시는 선물입니다." 그러면서 그에게 수를 놓은 장갑을 건넨다.

다른 사람 같으면 기뻐하며 곧장 끼어봤으리라. 하지만 그는 장갑의 손가락 부분을 꼬집어보고, 자신이 찾던 걸 발견한다. 부드럽게 장갑을 흔들며 그 아래에 둥글게 오므린 손을 갖다댄다.

그는 곧장 헨리에게 간다. 왕은 햇빛 아래서 프랑스 귀족 몇과 잔디 볼링을 하고 있다. 한낱 공굴리기 게임도 마상 시합 못지않게 시끌벅적하게 만들 수 있는 게 헨리다. 함성을 지르고 툴툴대고, 승산을 따지다 한탄하고 욕을 내뱉는다. 왕이 고개를 들어 그를 본다. 눈으로 말한다. "어땠나?" 그의 눈이 말한다. "둘만." 왕의 눈이 말한다. "나중에." 둘 사이에는 한마디도 오가지 않는다. 왕은 쉬지 않고 농담과 과도한 칭찬을 계속하고, 몸을 곧게 세운 채 나무공이 잘 깎아놓은 풀밭을 굴러가는 모습을 지켜보다 그가 있는 방향을 가리킨다. "여기 내 자문관 보이시오? 경고하는데, 이자와는 어떤 게임도 하지 마시오. 혈통 따위를 감안해서 봐줄 사람이 아니거든. 가문의 문장도 이름도 없으나 자신이 늘 이기도록 길러졌다고 믿는다지."

프랑스 귀족이 말한다. "품위 있게 지는 것 또한 모든 젠틀맨이 함양하는 기술이지요."

"저도 그 기술을 함양해보고 싶군요." 그가 말한다. "모범을 보이시면 제가 따를 수도 있지요. 한 수 가르쳐주십시오."

그는 눈치채고 있기 때문이다. 다들 이 경기에서 이겨 잉글랜드 국왕에게 금화 한 닢이라도 얻어내려 혈안이 되어 있다. 도박은 악덕이 아니다, 감당할 능력만 된다면. 왕에게 도박용 화폐를 만들어줄 수도 있겠군, 그는 생각한다. 혹시 따더라도 웨스트민스터의 무슨 사무소에 직접 가져가야 교환이 가능한 걸로. 길고 복잡한 서류 작업을 하고, 사무원에게 수수료를 내고, 특별 인장도 찍어야 하는 걸로. 그럼 우리 쪽 돈이 꽤나 절약될 텐데.

그러나 왕의 나무공은 표적을 향해 매끄럽게 굴러간다. 어쨌든 왕이 이기고 있다. 프랑스 귀족 사이에서 정중한 박수가 쏟아진다.

왕과 단둘이 있게 되자 그가 말한다. "폐하께서 마음에 들어하실 물건이 있습니다."

헨리왕은 깜짝 선물을 좋아한다. 분홍빛 손톱이 잉글랜드인답게 깔끔히 정리된 두꺼운 집게손가락으로 손등에 놓인 루비를 이리저리 굴려본다. "괜찮은 보석이군." 왕이 말한다. "이런 건 내가 좀 볼 줄 알거든." 정적이 흐른다. "여기서 가장 솜씨 좋은 금세공인이 누군가? 나한테 들라고 좀 청하게. 보석 색이 짙어. 프랑수아도 이 물건을 다시 보게 될 거야. 이번 회담이 끝나기 전에 끼고 나가야지. 내가 얼마나 떠받들어지는지 프랑스 전체가 봐야 하니까." 왕은 기분이 몹시 좋다. "하지만 이 보석의 감정은 그대에게 맡기지." 왕이 물러가라는 뜻으로 고개를 끄덕인다. "물론 그대는 세공인과 타협해 감정가를 더 높이고, 그 이윤을 서로 나누겠지만…… 나는 그런 문제에 쩨쩨하게 굴지 않을 생각이네."

얼굴을 단속하라.

왕이 웃는다. "자기 앞가림도 못하는 사람을 내가 어찌 믿고 일을 맡기겠나? 프랑수아가 그대에게 수당을 제안하는 날이 올 거야. 그땐 그냥 받게. 그런데 그자가 뭘 묻던가?"

"제가 웨일스 사람인지 물었습니다. 그분에겐 그게 중요한 문제인 것 같더군요. 그처럼 실망을 안기다니 송구했습니다."

"오, 그대는 실망을 안기는 사람이 아니지." 헨리왕이 말한다. "하지만 그런 순간이 오면 내가 말해주겠네."

두 시간. 두 국왕. 어때요, 월터? 그는 짭짤한 공기 속에 서서 죽은 아버지에게 말한다.

프랑수아왕이 잉글랜드 왕과 칼레로 돌아오고, 그날 저녁 만찬 뒤에 프랑수아를 이끌어 함께 춤추는 사람은 앤이다. 그녀의 두 뺨은 발그레하고, 금박을 입힌 가면 너머에서 두 눈이 반짝인다. 가면을 내리고 프랑스 왕을 바라보며 이상야릇하고 희미한 미소를 짓는데, 마치 가면 뒤에 또다른 가면을 쓴 것처럼 인간의 웃음 같지가 않다. 프랑수아의 입이 떡 벌어지는 게 보인다. 침 흘리기 시작하는 게 보인다. 그녀는 왕의 손가락에 자기 손가락을 걸고 창가 자리로 이끈다. 둘은 한 시간 동안 프랑스어로 대화한다. 서로 속삭이며 검은 머리칼이 번지르르한 왕의 머리가 그녀에게 기운다. 이따금 그들은 함께 웃고 서로의 눈을 들여다본다. 지금 둘은 누가 봐도 새로운 동맹을 꾀하고 있다. 프랑수아는 앤의 보디스 밑에 또다른 조약이 꽂혀 있다고 생각하는 모양이다. 한번은 그녀의 손을 잡아든다. 그녀는 저항을 하는 듯 마는 듯 손을 뺀다. 일순간 왕이 그녀의 조그만 손가락을 입에 올리기도 민망한 자기 샅주머니*에 갖다대려는 듯 보인다. 프랑스 왕이 최근 수은 치료를 받았다는 것은 모두가 안다. 하지만 그게 효과가 있었는지는 아무도 모른다.

헨리왕은 칼레에서 저명한 인사들의 아내와 어울려 지그와 살타렐로**를 춘다. 서픽은 아픈 아내는 까맣게 잊고 상대를 치마가 들춰질 정도로 드높게 들어올려 꺅꺅거리게 만든다. 그러나 헨리의 시선은 자

---

* 바지 앞 샅 부분에 차는 장식용 천.
** 둘 다 빠른 스텝의 춤곡 혹은 춤.

구만 앤에게로, 프랑수아에게로 향한다. 은밀한 공포로 허리가 뻣뻣하다. 미소 띤 표정에 극도의 괴로움이 깃들어 있다.

결국, 그는 생각한다. 내가 끝을 내야겠군. 그러니까 내가 신하된 자의 도리로 내 왕을 진정으로 사랑한다는 게 사실일 수 있을까, 그는 궁금하다.

그는 총독부인과 춤추라는 명을 받을까 두려워 컴컴한 구석에 숨은 노퍽을 찾아낸다. "저하, 조카따님을 데려가십시오. 그분의 외교는 이걸로 충분합니다. 폐하가 질투하고 있어요."

"뭐? 이번엔 또 빌어먹을 뭐가 불만이라던가?" 그러면서도 노퍽은 상황을 간파한다. 욕설을 뱉고 연회장을 가로지른다. 춤추는 이들을 피해 돌아가지 않고 마구잡이로 뚫고 지나간다. 앤의 손목을 잡아 부러뜨리기라도 하려는 듯 꺾는다. "실례합니다, 폐하. 레이디, 저와 한 곡 추시지요." 공작은 그녀를 억지로 일으켜세운다. 둘은 춤을 추지만 어디서도 본 적 없는 정체불명의 춤이다. 공작의 입장에선 악마의 발굽으로 쿵쿵거리는 것이고, 앤의 입장에선 끓는 물에라도 들어간 양 깡총거리는 것이다. 공작에게 붙들린 한 팔이 꼭 부러진 날개 같다.

그는 헨리를 건너다본다. 왕의 얼굴은 냉철하고, 제대로 된 일처리에 만족한 표정이다. 앤은 벌을 받아야 마땅한데, 벌을 줄 수 있는 자가 친족밖에 더 있겠는가? 프랑스 귀족들이 옹기종기 모여들어 히죽거린다. 프랑수아는 눈을 가늘게 뜨고 지켜본다.

그날 밤 왕은 일찍 자리를 뜨더니 사실에선 시종들까지 내보낸다. 해리 노리스만 와인과 과일, 커다란 누비이불을 든 하인을 달고 들락날락한다. 이어 석탄을 채운 솥이 들어간다. 날이 쌀쌀해진 터다. 이제 자기 차례가 된 시녀들이 퉁명스러운 얼굴로 분주하게 움직인다. 앤의 높아진 목소리가 들린다. 문이 쾅 닫힌다. 그가 토머스 와이엇과 대화하는데 미스트리스 셸턴이 종종걸음으로 다가온다. "레이디가 성서를 찾아요!"

"마스터 크롬웰은 신약성서를 통째로 암송할 수 있어요." 와이엇이 도우려는 듯 말한다.

셸턴은 괴로워 보인다. "성서에 대고 맹세를 하려는 듯해요."

"그런 거라면 나는 쓸모가 없겠는데요."

와이엇이 그녀의 두 손을 쥔다. "오늘밤은 누가 당신의 침대를 덥혀주나요, 미스트리스 셸턴?" 그녀는 손을 빼고 성서를 찾아 황급히 자리를 뜬다. "누군지 말해주죠. 해리 노리스예요."

그는 셸턴을 눈으로 좇는다. "저 여자는 제비를 뽑는다면서?"

"나도 당첨된 적이 있지요."

"왕은?"

"아마도."

"최근에도?"

"그랬다간 앤이 둘의 심장을 끄집어내서 구워버릴걸요."

그는 헨리왕이 찾을지도 모르니 멀리 가선 안 되겠다고 생각한다. 한쪽 구석에 자리를 잡고 에드워드 시모어와 체스를 둔다. 말을 옮기면서 그가 말한다. "여동생 제인 말입니다……"

"별나고 조그만 아이죠, 그렇지 않나요?"

"몇 살이나 되었습니까?"

"글쎄요········· 스무 살쯤? 울프홀을 돌아다니면서 이러더라고요. '이건 토머스 크롬웰의 소매야.' 무슨 소릴 하는 건지 아무도 몰랐죠." 에드워드가 웃는다. "혼자 좋아서 난리더라고요."

"부친께서 정해둔 짝이 있습니까?"

"얘기가 좀 있기는 했—" 그러다 눈길을 든다. "그건 왜 물으십니까?"

"집중력을 흩트리려고요."

톰 시모어가 문을 박차고 들어온다. "안녕하쇼, 영감쟁이." 자기 형한테 외친다. 형의 모자를 쳐서 벗기고 머리칼을 헝클인다. "여자들이 기다린다고."

"여기 계신 내 친구분이 하지 말라신다." 에드워드가 모자의 먼지를 떤다. "여기 여자도 잉글랜드 여자랑 똑같은데 더 더럽다고."

"경험에서 나온 소리?" 톰이 말한다.

에드워드는 모자를 단정히 다시 쓴다. "우리 동생 제인이 몇 살이지?"

"스물하나, 스물둘. 왜?"

에드워드가 체스판을 내려다보며 퀸으로 손을 뻗는다. 어느새 갇혀버린 형국이다. 에드워드는 감탄하며 눈을 든다. "어떻게 한 겁니까?"

얼마 후 그는 빈 종이 한 장을 앞에 놓고 앉아 있다. 크랜머에게 보내는 서신을 써서 그것이 방방곡곡을 다니게, 온 유럽을 뒤져 박사를 찾아내게 할 작정이다. 그는 펜을 들지만 쓰지 않는다. 헨리와 루비에 대해 나눴던 대화를 되새긴다. 그의 왕은 그가 부정한 속임수에 가담하리라 상상한다. 큐피드상을 골동품으로 속여 추기경들에게 팔아먹던 시절 즐겨 했을 법한 짓을 하리라 상상한다. 하지만 그 같은 혐의에 항변해봐야 오히려 더 죄가 있는 듯 보일 뿐이다. 왕이 그를 완벽히 신뢰하지 않는다 한들, 그게 놀라운 일인가? 어차피 군주는 혼자다. 추밀원 회의실에서도, 침실에서도, 그리고 마침내 지옥의 대기실에서 맨몸으로—해리 퍼시의 말에 따르면—심판을 기다릴 때도.

이번 방문은 궁정의 다툼과 음모를 응축해 도시 성벽 안의 조그만 공간에 가뒀다. 여정을 함께한 자들은 한 상자에 든 트럼프카드처럼 서로 친밀해졌다. 가까이 붙어 있지만 그들의 종이 눈은 앞을 보지 못한다. 그는 톰 와이엇이 어디에 있는지, 무슨 사고를 치고 있는지 궁금하다. 잠이 올 것 같지가 않다. 와이엇을 걱정하느라 그런 건 아니지만. 그는 창가로 간다. 달이 실각이라도 한 듯, 남루한 검은 구름을 따라간다.

정원에는 벽에 걸린 횃불이 타오르고 있으나 그는 빛을 피해 걷는다. 멀리서 바다가 밀려왔다 밀려나가는 소리가 그 자신의 심장박동처럼 꾸준하고 집요하게 들려온다. 그가 이 어둠을 누군가와 공유하고 있음을 눈치채자마자 발소리와 치맛자락이 바스락거리는 소리, 희미하게 숨을 삼키는 소리가 들리더니 손 하나가 그의 팔을 쓸어내린다. "당신이군요." 메리가 말한다.

"접니다."

"두 사람이 내문 빗장을 풀었다는 거 아세요?" 그녀가 무정하게 키득거린다. "지금 폐하의 품에 안겨 있어요, 세상에 나올 때처럼 발가벗고. 이제 와 변덕을 부릴 수도 없는 노릇이죠."

"오늘밤에 둘이 다툴 줄 알았는데요."

"다투기야 했죠. 둘은 다툼을 즐기거든요. 그앤 노픽이 자기 팔을 부러트렸다고 우겨요. 폐하는 앤더러 막달라니 뭐니 했는데 다른 이름은 기억 안 나요. 로마 여자들이었던 것 같은데. 루크리스*는 아니고."

"아니겠죠. 적어도 루크리스는 아니길 바랍니다. 성서는 왜 찾았답니까?"

"폐하한테 맹세하려고요. 증인들 앞에서. 나랑 노리스요. 폐하는 엄중히 약속했어요. 둘은 하느님이 보시는 앞에서 결혼했죠. 폐하는 앤이랑 잉글랜드에서 다시 결혼하고 봄이 오면 왕비의 관을 씌워주겠다고 맹세했어요."

그는 캔터베리에서 만난 수녀를 떠올린다. 폐하가 이 부덕한 여자와 어떤 형태로든 혼인한다면 폐하의 통치는 일곱 달을 넘기지 못할 것입니다.

"그래서 이제," 메리가 말한다. "폐하가 그 행위를 제대로 해낼 수 있느냐의 문제만 남았어요."

"메리." 그가 그녀의 손을 잡는다. "섬뜩한 소리 하지 마세요."

"헨리왕은 소심해요. 왕에 걸맞은 솜씨를 발휘해 기대에 부응해야 한다고 생각하죠. 하지만 폐하가 수줍어하면 앤이 알아서 잘 도울 거예요." 그녀가 조심스레 덧붙인다. "그러니까 내 말은, 내가 앤한테 이것저것 알려줬거든요." 그녀는 그의 어깨를 부드럽게 쓸어내린다. "그럼 이제, 우린 어떡할까요? 저 둘을 여기까지 끌고 오느라 고생했잖아

---

* 정절로 유명했으나 그 명성 탓에 겁탈당한 뒤 자결한 로마의 여인.

요. 우리도 즐길 자격이 충분한 듯한데."

그는 답하지 않는다. "우리 노픽 외숙부가 아직도 무서운 건 아니죠?"

"메리, 나는 당신의 노픽 외숙부가 공포스러워요."

그렇대도 그게 이유는 아니다, 그가 머뭇거리는 이유는 아니다. 그렇다고 딱히 몸을 빼는 것도 아니지만. 메리의 입술이 그의 입술을 스친다. 그녀가 묻는다. "무슨 생각 해요?"

"내가 폐하의 가장 충직한 종만 아니었어도 다음번 배를 타고 나갈 텐데 하고 생각했어요."

"우리가 어디로 가는데요?"

친구를 초대한 기억은 없는데. "동쪽. 그러기에 여기가 좋은 출발점은 아니겠지만요." 불린가의 동쪽, 그는 생각한다. 모두의 동쪽. 그는 지중해를 생각하고 있다, 여기 이 북쪽의 바다 말고. 특히 그 밤, 라르나카에 있는 집에서 보낸 따뜻한 한밤중을 생각한다. 위험천만한 물가에 쏟아지던 베네치아의 불빛, 타일 바닥을 철썩철썩 때리던 노예의 맨발, 향과 고수의 냄새. 그가 메리에게 한 팔을 두르자 뭔가 보드랍고 전혀 뜻밖의 것이 손에 닿는다. 여우털이다. "생각을 잘했군요." 그가 말한다.

"아, 우린 죄다 챙겨왔어요. 가진 옷 전부를요. 여기에 겨울까지 있게 될 수도 있으니까."

살갗에서 빛이 반짝인다. 그녀의 목은 무척이나 하얗고 무척이나 보드랍다. 모든 게 가능해 보인다, 노픽이 밖에 나오지만 않는다면. 여우털을 만지작거리던 그의 손끝이 살갗을 건드린다. 그녀의 어깨는 따뜻하다. 향기가 나고 약간 축축하다. 그녀의 두근거리는 맥박이 느껴진다.

그의 뒤에서 소리가 난다. 그는 단검을 빼들고 돌아선다. 메리가 비명을 지르며 그의 팔을 잡아당긴다. 칼끝이 한 남자의 더블릿에, 가슴뼈 밑에 닿는다. "알았어요, 알았어." 냉철하고 짜증스러운 잉글랜드인의 목소리다. "그것 좀 치워요."

"맙소사," 메리가 말한다. "윌리엄 스태퍼드를 죽일 뻔했잖아요."

그는 낯선 자를 빛 쪽으로 밀어 세운다. 얼굴을 확인하고, 그제야 칼을 치운다. 그는 스태퍼드가 누군지 모른다. 누군가의 말구종쯤 되려나? "윌리엄, 안 오는 줄 알았어요." 메리가 말한다.

"내가 안 왔어도 대신해줄 사람이 있는 듯한데요."

"여자의 삶이 어떤지 당신은 몰라요! 남자랑 뭔가를 정해놨다고 생각하지만 사실은 아니죠. 남자는 만나러 오겠다고 말하곤 나타나지 않아요."

이건 마음에서 우러나오는 외침이다. "좋은 밤 되시오." 그가 말한다. 메리는 이렇게 말하려는 듯 몸을 돌린다. 아, 가지 말아요. "기도할 시간이오."

해협에서 불어온 바람에 항구의 삭구가 덜거덕거리고 내륙의 창문이 덜컹거린다. 내일은 비가 올지도 모르겠군, 그는 생각한다. 촛불을 밝히고 서신으로 돌아간다. 그러나 서신에 도통 집중하지 못한다. 정원에서, 과수원에서 이파리들이 흩날린다. 창유리 너머 허공에서 형상들이 어른거리고 갈매기들이 유령처럼 날아다닌다. 그의 아내 엘리자베스의 하얀 두건이 스친다, 그녀가 마지막 아침 현관문까지 그를 따라왔던 때처럼. 실제로 그랬던 건 아니지만. 그녀는 튀르크산 노란색 새틴 이불 아래, 축축한 리넨 시트에 싸여 잠들어 있었다. 그를 여기에 데려온 행운은 그를 오 년 전 그날 아침으로 데려간 행운과 다르지 않다. 아내가 있는 남자로 울지 추기경의 업무 서류를 옆구리에 끼고 오스틴프라이어스를 나서던 아침. 그때 그는 행복했던가? 모를 일이다.

지금으로부터 오래전 키프로스에서의 그날 밤, 그는 은행에 사직서를 내기 직전이었다. 아니, 적어도 동쪽으로 갈 수 있게 소개장을 부탁할 생각이었다. 그는 성지와 그곳의 초목과 사람들이 궁금했다. 예수의 제자들이 걸었던 돌바닥에 입맞춤을 하고, 낯선 도시의 숨겨진 구역과 베일을 쓴 여인들이 바퀴벌레처럼 종종걸음치며 구석으로 숨어드는 검은 텐트에서 흥정을 벌여보고 싶었다. 그날 밤 그의 운은 어디에도 치우치지 않은 완벽한 균형 상태였다. 그가 항구의 불빛을 내다보는데 뒤에서 여자의 걸걸한 웃음소리가, 상아 주사위를 손에 들고 흔들며 "알함두 릴라흐"*라고 부드럽게 말하는 소리가 들렸다. 그녀가 주사위를 던지고, 주사위가 달각거리다 멈추는 소리가 들렸다. "몇이 나왔는데?"

높은 숫자는 동쪽이다. 낮은 숫자는 서쪽이고. 도박은 악덕이 아니다, 감당할 능력만 된다면.

"3이랑 3."

그럼 낮은 건가? 그렇다고 해야겠지. 운명은 그를 힘껏 떠밀지 않았다. 그보다는 부드럽게 툭 건드리는 데 가까웠다. "집으로 가야겠군."

"하지만 오늘밤은 안 돼요. 물때가 지났어."

---

* alhamdu lillah. 신의 은총을 비는 아랍어.

이튿날 그는 등뒤에서 신들을 느꼈다, 산들바람 같았다. 그는 몸을 돌려 유럽으로 향했다. 당시 살던 비좁고 덧문 달린 집은 조용한 운하에 있었다. 거기서 안셀마는 크림색 맨몸에 녹색 다마스크천으로 만든 치렁치렁한 잠옷가운을 걸친 채 무릎을 꿇고 있었다. 다마스크천 광택이 촛불에 거뭇하게 빛났다. 그녀는 방에 모셔둔 조그만 은색 제단화 앞에 무릎을 꿇고 있었다. 내겐 소중한 물건이라고, 그녀는 말했다. 내가 가진 것 중에 가장 소중한 물건이라고. 잠깐만 실례할게, 그녀가 그에게 말했다. 자기 나라 말로 올리던 기도는 이제 회유를 넘어 협박이 되어 있었다. 그렇게 자신의 은빛 성자들을 조르다 얼핏 무슨 은총을 봤거나, 그들의 꺾일 것 같지 않은 빛 속에서 어떤 굴절을 인지했음이 틀림없다. 곧장 자리에서 일어나 그를 돌아보며 말했기 때문이다. "준비됐어." 그리고 가운의 실크끈을 당겨 풀어 그의 손에 가슴을 맡겼다.

III
이른 미사
1532년 11월

레이프가 그를 굽어보고 있다. 벌써 일곱시라고 말한다. 국왕은 미
사에 갔다.

그는 밤새 유령이 득시글거리는 침대에서 잤다. "깨우고 싶지 않았
어요. 늦잠을 주무시는 일이 없잖아요."

굴뚝에서 부는 바람이 꼭 소리 죽인 한숨 같다. 한줌의 비가 자갈처
럼 창문을 때리고, 소용돌이치고, 다시 튕겨나간다. "칼레에 당분간 머
물게 될지도 모르겠구나." 그가 말한다.

오 년 전 울지 추기경은 프랑스에 가면서 그에게 부탁했다. 궁정의
상황을 주시하다가 국왕이 앤과 잠자리를 하면 보고하라고. 그는 물었
다. 그 일이 벌어졌다는 걸 제가 어떻게 알겠습니까? 추기경은 말했다.
"자네라면 폐하의 얼굴만 봐도 알 거야."

그가 교회에 도착할 때쯤엔 바람이 잦아들고 비도 그쳤으나 거리는 이미 진흙탕이고, 예배당 밖으로 나오는 두 군주를 보려고 기다리는 이들은 여전히 외투를 머리끝까지 당겨 쓰고 있다, 목 없이 걸어다니는 새로운 종족처럼. 그는 군중을 뚫고 들어간 뒤 젠틀맨 사이를 이리저리 비집고 나아가며 양해의 말을 속삭인다. 실 부 플레, 세튀르장,* 이 중죄인에게 길을 좀 내주시지요. 젠틀맨들이 웃음을 터트리며 비켜선다.

　앤은 버너스 총독의 팔을 잡고 등장한다. 총독은 뻣뻣이 굳은 듯—지병인 통풍에 시달리는 것 같다—보이지만 앤을 세심히 살피며 대답 없는 인사말을 홀로 중얼거린다. 앤은 아무 표정도 드러나지 않도록 신중히 얼굴을 관리한다. 헨리왕은 팔에 윙필드 부인의 손을 얹고 나오면서 고개를 쳐들고 재잘거린다. 옆에 선 부인에겐 전혀 관심이 없다. 건장하고 가슴이 떡 벌어진 왕은 온화해 보인다. 왕의 위풍당당한 눈길이 군중을 훑는다. 그를 발견한다. 왕이 미소를 짓는다.

　교회를 떠나며 헨리왕은 모자를 쓴다. 큼지막한 새 모자다. 그리고 거기엔 깃털이 하나 달려 있다.

---

* s'il vous plaît, c'est urgent. '죄송합니다만, 긴급합니다'라는 뜻의 프랑스어.

5부

I
아나 레기나[*]
1533년

오스틴프라이어스 현관홀의 긴 의자에 꼬마 둘이 앉아 있다. 다리를 아래로 내릴 수 없어 쭉 뻗고 앉아야 할 정도로 조그맣고, 아직 스목[**]을 걸친 터라 성별도 알 수 없다. 모자 밑에서 보조개 핀 얼굴이 환히 빛난다. 녀석들이 그처럼 통통하고 충만해 보인다는 건 젊은 여인 헬렌 바르의 자랑거리로, 그녀는 지금 한창 자기 이야기보따리를 풀어놓는 중이다. 자신은 에식스 출신으로 조그맣게 장사를 하다 파산한 집안의 딸이자 매슈 바르의 아내인데, 남편이 자길 구타하고 집을 나갔다는 얘기다. "떠나버렸어요." 그녀가 말하며 손가락으로 가리킨다. "뱃속에 저애가 있었는데."

---

[*] Anna Regina. '앤 왕비'라는 뜻의 라틴어.
[**] 길고 품이 넉넉한 셔츠.

이웃들은 교구의 온갖 문제를 들고 그를 찾아온다. 저장고 문이 부실하다는 둥. 거위 축사가 역겨워 못 봐주겠다는 둥. 어느 부부가 밤새 소리를 지르고 냄비를 두들겨 옆집 사람들이 잠을 못 잔다는 둥. 이런 일들이 시간을 잡아먹어도 그는 짜증내지 않으려 애쓰고, 헬렌보다는 거위 축사에 더 신경이 쓰인다. 꼴사납게 쪼그라든 싸구려 양모 옷에서 그녀를 끄집어내 어제 봤던, 미터당 6실링인 무늬가 있는 벨벳 옷에 집어넣는 상상을 한다. 그녀의 손은, 가만히 보니 험한 노동으로 살갗이 벗겨지고 퉁퉁 부었다. 거기다가는 새끼 염소 가죽으로 만든 장갑을 끼운다.

"남편이 집을 나갔다고 말하긴 했지만 어쩌면 죽었을지도 몰라요. 엄청난 술꾼에다 싸움꾼이었거든요. 남편을 아는 남자가 그러더라고요. 그 사람이 싸움에서 크게 졌으니 강바닥을 뒤져봐야 할 거라고. 그런데 틸버리 부둣가에서 여행가방을 들고 있는 남편을 봤다는 사람도 있거든요. 그럼 나는 도대체 뭘까요―아내일까요, 과부일까요?"

"내가 한번 알아보겠소. 하지만 그자를 찾지 않는 편이 당신에겐 더 나을 듯한데. 그간 생계는 어찌 유지했소?"

"남편이 집을 막 나가고는 돛을 만드는 직공 밑에서 바느질을 했어요. 남편을 찾아 런던에 오고부터는 날삯을 받고 일했고요. 성 바오로 성당 근처의 수녀원에서 빨래를 했어요. 일 년에 한 번 침대보를 세탁하는데 그 일을 도왔죠. 그쪽에서 내가 일을 잘하는 걸 알고 다락방에 짚자리를 깔고 지내게 해주겠대요. 근데 아이들은 받아줄 수가 없다는 거예요."

교회가 베푸는 자선의 또다른 예다. 이런 얘기를 들은 게 한두 번이 아니다. "그런 위선적인 여자들의 노예가 되게 둘 순 없지. 이 집으로 들어오시오. 할 수 있는 일이 있을 거요. 여긴 매일같이 객식구가 늘어서 집을 증축하는 중이오, 보다시피." 틀림없이 좋은 여자다, 그는 생각한다. 뻔한 방식으로 먹고살기를 거부하다니. 길거리만 걸어도 적지 않은 제안이 쏟아질 텐데. "글을 배우고 싶어한다고 들었소, 복음을 읽고 싶어서."

"전에 만난 여자들이 야학이라는 델 데려갔어요. 브로드게이트에 있는 지하 저장고였죠. 그전까지 노아와 동방박사, 아버지 아브라함은 알았지만 성 바오로는 들어본 적이 없었어요. 고향의 우리 농장에 우유를 상하게 하고 천둥번개를 일으키는 요정들이 있었는데, 그네들은 그리스도교도가 아니라네요. 이렇든 저렇든 우리집이 농사나 계속 지었으면 얼마나 좋았을까요. 아버지는 도시생활에 적응 못했거든요." 그녀의 눈이 걱정스레 아이들을 좇는다. 녀석들은 의자에서 내려와 돌바닥을 아장아장 걸어서 벽에 조금씩 완성되어가는 그림을 보러 간다. 아이들이 한 걸음 내디딜 때마다 헬렌이 숨을 죽인다. 벽에서 일하는 중인 독일 출신 청년은 한스의 추천을 받아 간단한 작업을 하러 왔다. 청년은 몸을 돌려—잉글랜드어를 할 줄 모른다—아이들에게 자신이 그리는 걸 설명한다. 장미 한 송이. 사자 세 마리, 사자가 뛰는 걸 보렴. 그리고 검은 새 두 마리.

"빨강." 큰애가 외친다.

"우리 딸은 색깔을 안답니다." 헬렌의 얼굴이 자부심으로 발그레해진다. "하나, 둘, 셋도 세기 시작했지요."

울지 추기경의 문장이 있던 자리에 그가 새로 하사받은 문장을 그리고 있다. 하늘색 바탕, 굵은 가로선을 사이에 두고 뒷발로 선 황금색 사자 세 마리, 붉은색에 녹색 가시가 돋은 장미 한 송이, 그 양옆에 자연색 콘월 까마귀 두 마리. "보이시오, 헬렌." 그가 말한다. "저 검은 새는 울지 추기경의 상징이었소." 그가 웃는다. "저 새들을 다시 볼 일이 없길 바랐던 사람들이 있지."

"우리 같은 또다른 사람들도 있죠. 저 상징을 다시 쓰는 걸 이해하지 못하는."

"같이 야학을 하는 사람들 말이오?"

"그 사람들 말이, 복음을 사랑하는 사람이 어찌 울지 같은 사람을 사랑했을 수 있겠느냐고 하던데요?"

"그분의 거만함은 나도 마음에 들지 않았소, 그랬어요. 매일같이 하던 예배 행진도 그렇고 거드름도 그랬지. 그럼에도 잉글랜드가 성립된 이래로 이 나라를 그처럼 적극적으로 섬긴 이는 없었소. 그리고 또한," 그는 슬프게 말한다. "신뢰하는 자에게는 몹시도 인자하고 허물없는 분이셨소…… 헬렌, 오늘 여기로 들어올 수 있겠소?" 그는 그 수녀들과, 일 년에 한 번 한다는 침대보 세탁을 생각한다. 추기경의 질겁한 얼굴이 그려진다. 추기경의 행렬에는 세탁부들이 마치 군대를 따라다니는 매춘부처럼 늘 붙어다녔다. 매시간 계속되는 고된 노동에 후끈해진 몸으로. 요크궁에 성인 남자가 들어가서 설 수 있는 깊이의 욕조를 만들고, 저지대에서나 볼 법한 난로로 실내를 덥혔다. 그리고 아주 여러 번 그는 물위에서 깐닥거리는 고개가 꼭 데쳐지는 것처럼 보이던 추기경과 사업을 의논했다. 이제는 헨리왕이 욕조를 차지하고 아끼는 젠틀맨들과 함께 들어가 첨벙거린다. 이들은 주군이 물속에 고개를 처박으면 처박는 대로 몸을 맡겼다가 숨이 넘어갈 뻔해도 그러려니 한다, 그날 주군의 마음이 그런 쪽으로 동한다면.

화가가 큰애에게 붓을 건넨다. 헬렌의 얼굴이 상기된다. "조심하렴, 얘야." 그녀가 말한다. 파란색 한 방울이 더해진다. 솜씨가 좋구나, 화가가 말한다. "게펠트 에스 이넨, 헤어 크롬웰, 진트 지 슈톨츠 다라우프?"

그는 헬렌에게 말한다. 남자가 내게 묻는군요, 마음에 들고 자랑스럽냐고. 헬렌이 말한다. 마스터가 자랑스럽지 않대도 친구들이 대신 자랑스러워할 거예요.

나는 늘 통역을 하는군, 그는 생각한다. 언어와 언어 사이를 오가든가, 그러지 않으면 사람과 사람 사이를 오가든가. 앤에게서 헨리로. 헨리에게서 앤으로. 왕은 자기 마음을 달래주길 원하고, 앤은 호랑가시나무 덤불 못지않게 가시가 돋친 나날에. 왕의 시선이 다른 여자를 좇아 옆으로 새고—이런 일이야 있기 마련이니까—그런 왕의 시선을 앤이 좇다 쿵쿵거리며 자기 처소로 가버리는 순간에. 그럴 때면 그, 크롬웰은 무슨 공무 전담 시인이라도 되는 양 바삐 두 사람 사이를 오가며 상대의 염원에 대한 언질을 준다.

아직 세시도 채 되지 않았는데 방안은 벌써 어슴푸레하다. 그가 헬렌의 작은애를 안아들자 그의 어깨에 털썩 고개를 얹은 아이는 담장에서 떠밀려 떨어지는 속도로 잠에 빠진다. "헬렌," 그가 말한다. "이 집엔 당돌한 젊은이가 한가득이오. 녀석들이 앞다퉈 나서서 당신에게 읽는 법을 가르치고, 선물을 주고, 기분좋은 날들을 만들어주려 애쓸 거요. 배우고, 선물을 받고, 우리와 함께 행복하게 지내면 되오. 다만 누군가가 선을 넘으면 내게 말해야 하오. 아님 레이프 새들러에게 말해요. 붉은 수염이 듬성듬성 난 남자애요. 이젠 남자애라고 하면 안 되지만." 이제 곧 이십 년이 된다, 레이프를 그 아비의 집에서 데려온 지도. 오늘처럼 날씨가 험악하고 하늘에서 비가 퍼붓듯 쏟아지던 어둑한 날, 그는 축 늘어지다시피 어깨에 기댄 아이를 안고 펜처치 스트리트의 현관홀에 들어섰다.

폭풍우 때문에 열흘째 칼레에 묶여 있다. 불로뉴에서 출항한 배들이 난파하고, 안트베르펜에 물난리가 나고, 여러 시골 지역이 물에 잠겼다. 그는 친구들에게 전갈을 보내 생명과 재산이 무사한지 묻고 싶지만 육로가 폐쇄되었고, 칼레 자체는 물에 둥둥 뜬 섬이 되었으며, 그곳을 통치하는 군주는 행복하다. 그는 국왕의 처소로 가 알현을 청한다. 악천후에도 업무는 계속 봐야 하니까. 그러나 이런 대답이 돌아온다. "오늘 아침에는 폐하를 만나실 수 없습니다. 레이디 앤과 함께 하프 연주곡을 만들고 계시거든요."

레이프가 그와 시선을 마주쳐오고, 둘은 자리를 뜬다. "조만간 들려줄 곡이 뭐든 정말로 있기를 바라보자."

토머스 와이엇과 헨리 노리스가 저급한 주점에서 함께 술을 마시고 거하게 취한다. 두 사람은 영원한 우정을 맹세한다. 그러나 둘의 졸개들은 여관 안뜰에서 주먹다짐을 하며 진흙탕에서 뒹군다.

그는 메리 불린과 한 번도 마주치지 않는다. 추측건대 그녀와 윌리엄 스태퍼드도 어딘가에 들어앉아 함께 곡을 만드는 모양이다.

정오에 버너스 경이 촛불을 밝히고 그에게 자기 서재를 보여준다.

절뚝거리면서도 활발하게 이 책상에서 저 책상으로 다니며 자신이 학술 목적으로 번역한 2절판 고서들을 조심조심 다룬다. 여기 아서왕의 모험담이 있다. "이걸 읽기 시작하고 나는 계획했던 작업을 몽땅 포기할 뻔했습니다. 내 눈엔 너무 허황되어 사실일 리 없어 보였거든요. 하지만 계속 읽다보니 이 얘기에 어떤 교훈이 있다는 생각이 서서히 들기 시작하더이다." 총독은 그 교훈이 뭔지는 밝히지 않는다. "그리고 여기, 프루아사르*의 잉글랜드어 완역본이 있습니다. 폐하가 내게 직접 맡기신 일이지요. 별다른 수가 없었습니다. 폐하에게 500파운드를 빌린 직후였거든요. 이탈리아 책의 번역본들도 보시겠소? 세상에 아직 공개되지 않은 것들이오. 인쇄업자에게 보내지 않았거든."

그는 원고들을 보며 오후를 보내고, 두 사람은 저녁을 들며 토론한다. 버너스 경은 헨리왕이 종신직으로 내려준 재무장관 직함을 가지고 있지만 런던에 머물며 관련 업무를 보는 게 아니기에 그로부터 그리 많은 돈도, 마땅히 뒤따를 영향력도 취하지 못한다. "당신이 사업에 능하다는 걸 알고 있소. 비밀리에 내 장부를 좀 봐주시겠소? 당신이 보기에 제대로 정리된 상태는 아니겠지만."

버너스 경은 본인 스스로는 원장이라 부르는 엉망진창인 장부를 그에게 안기고 나간다. 한 시간이 지난다. 바람이 지붕을 가로지르며 휘파람소리를 내고, 촛불이 흔들리고, 우박이 창유리를 두드린다. 주인장의 불편한 발이 바닥에 끌리는 소리가 들린다. 문 뒤에서 불안한 얼굴이 슬며시 나타난다. "어떻게 돼갑니까?"

---

* 14세기 최고 문학작품으로 손꼽히는 『연대기』를 쓴 시인이자 연대기 작가.

눈에 보이는 건 온통 빚뿐이다. 학문에 전념하며 바다 건너 왕을 섬긴 대가는 늘 이렇다. 궁정에서 날카로운 이와 눈과 팔꿈치로 자기 이익을 도모할 수 있으나 하지 않은 대가는. "저를 더 일찍 불렀으면 좋았을 텐데요. 손쓸 방도는 늘 있기 마련이니까."

"아, 하지만 당신을 어찌 알았겠습니까, 마스터 크롬웰?" 연로한 총독이 말한다. "서신은 주고받았지요, 맞아요. 울지의 일로, 폐하의 일로. 하지만 나는 당신을 몰랐습니다. 당신을 알아야 할 이유도 전혀 없어 보였고요. 이젠 아니지만."

드디어 칼레를 떠나는 배에 승선하게 된 날, 연금술사의 여관에 있던 소년이 나타난다.

"드디어 왔구나! 뭘 가져왔느냐?"

소년은 빈손을 내보이며 잉글랜드어 비슷한 말을 시작한다. "옹디,* 그 마법사들이 파리로 돌아갔대요."

"그렇다니 실망이군."

"나리는 찾기 힘들어요, 므슈. 르 루아 앙리와 그랑 퓌탱**이 묵는 곳에 가서 '즈 셰르셰 밀로르 크레뮈엘'***이라니까 거기 있는 사람들이 비웃으며 때렸어요."

"그야 나는 '경'이 아니니까."

"그렇대도 내가 나리네 나라의 경이 어찌 생겼는지 알 리 없잖아요." 그는 수고의 대가로 동전 하나, 구타의 대가로 하나를 더 건네지

---

* on dit. '소문'이라는 뜻의 프랑스어.
** le roi Henri, Grande Putain. 각각 '헨리왕'과 '위대한 매춘부'라는 뜻.
*** je cherche milord Cremuel. '크롬웰 경을 찾고 있다'는 뜻.

만 소년은 고개를 가로젓는다. "나리를 섬기기로 마음먹었어요, 므슈. 여길 떠나기로 결심했습니다."

"이름이?"

"크리스토프."

"성씨는 없고?"

"사 느 페 리앵."

"부모님은?"

한차례 으쓱거림.

"몇 살이냐?"

"몇 살 같은데요?"

"글을 읽을 줄 안다고 했지. 싸움은?"

"셰 부*엔 싸움이 많은가보죠?"

크리스토프는 체구가 땅딸막하다. 신경써서 먹여야겠으나 한두 해 지나면 쓰러트리기 힘든 상대가 될 것이다. 그는 녀석을 열다섯 살쯤으로 본다. 그 이상은 아니다. "법적인 문제를 일으킨 적 있느냐?"

"프랑스에선." 대수롭지 않다는 듯 말한다. 지금 있는 곳이 저멀리 중국이라도 된다는 투다.

"도둑질?"

소년은 보이지 않는 칼을 쥐고 찌르는 동작을 해 보인다.

"누군가를 죽게 했나?"

"어차피 첨부터 멀쩡해 보이지 않았어요."

---

* chez vous. '당신의 집' 또는 '당신의 나라'라는 뜻.

그는 웃는다. "이름을 크리스토프로 하고 싶은 거 확실해? 바꾸려면 지금 바꿔라, 나중엔 안 돼."

"나를 이해하시는군요, 므슈."

맙소사, 당연히 이해하지. 네가 내 아들인가 싶을 정도다. 다음 순간 그는 크리스토프를 찬찬히 살피며 확인한다. 울지 추기경이 말했던 싸움꾼 아이들, 그가 템스강 강둑에 남겨둔 아들 가운데 하나는 아닌지. 혹은 다른 강가, 다른 땅덩이에 아예 없다고는 장담 못할 애는 아닌지. 그러나 크리스토프의 눈은 동그랗고, 순전한 푸른색이다. "항해가 두렵진 않고?" 그가 묻는다. "런던의 내 집엔 프랑스 말을 쓰는 사람이 여럿 있다. 너도 곧 그들의 일원이 될 거다."

이제 오스틴프라이어스에서 크리스토프는 그의 뒤를 졸졸 따라다니며 질문을 퍼붓는다. 그 마법사들이요, 그 사람들이 가진 게 뭔데요? 땅에 묻힌 보물의 지도? 혹은—녀석이 팔을 퍼덕인다—비행기계 설명서? 엄청난 폭발을 일으키는 기계, 아님 불을 뿜는 전투용 용?

그가 말한다. "키케로라고 들어봤느냐?"

"아뇨. 하지만 들을 준비가 되어 있어요. 가드뉴어 주교도 오늘 처음 들어봤거든요. 옹디, 나리가 그 사람의 딸기 텃밭을 빼앗아 왕의 정부에게 줬다던데요. 그리고 이제 주교는……" 크리스토프는 말을 멈추고 다시 전투용 용을 흉내낸다. "나리를 완전히 파멸시키고 죽을 때까지 쫓아다닐 작정이래요."

"죽은 뒤에도 쫓아다닐 거다, 내가 그자를 좀 알거든."

그의 상황을 둘러싸고 더 나쁜 얘기들도 돌았다. 그는 말하고 싶다. 그녀는 정부가 아니라고, 더는 아니라고. 그러나 그 비밀—조만간 공공연한 비밀이 되겠지만—을 말하는 건 그의 몫이 아니다.

1533년 1월 25일 새벽. 화이트홀의 예배당에서 그의 친구 롤런드 리가 사제로 자리한 가운데 앤과 헨리가 결혼서약을 하고, 칼레에서 했던 약혼을 확정한다. 거의 비밀리에, 축하 의식도 따로 없이, 몇몇 증인만 불러놓고 결혼하는 부부는 둘 다 의식에 수반되는 의사 확인 질문에 짧게 대답하는 걸 제외하면 말이 없다. 헨리 노리스는 파리하 고 차분하다. 앤이 다른 남자와 연을 맺는 자리에서 두 번씩이나 증인 을 서게 한 것이 과연 친절한 처사였을까?

윌리엄 브레러턴도 국왕 사실 소속 수행원으로 증인의 자리에 선다. "정말 여기 있는 게 맞소?" 그가 브레러턴에게 묻는다. "아님 동시에 다른 곳에도 가 있는 겁니까? 그쪽 같은 젠틀맨들은 동시에 두 장소에 있을 수 있다던데요, 위대한 성자들처럼."

브레러턴이 눈을 부라린다. "그간 체스터로 서신을 보내고 있었더 군요."

"왕실 업무로요. 안 될 거 있습니까?"

둘은 웅얼웅얼 대화해야 한다. 롤런드가 신부와 신랑에게 두 손을 맞잡으라고 명하는 중이기 때문이다. "딱 한 번만 말하겠소. 내 가족 일에 신경 끄시오. 안 그랬다간 크게 당할 겁니다, 마스터 크롬웰, 당 신이 상상도 못할 만큼 크게."

앤을 수행하는 사람은 딱 한 명, 그녀의 언니뿐이다. 자리를 뜨면 서—왕은 아내의 위팔에 손을 얹고 그녀를 이끌어 하프 연주곡을 만 들러 간다—메리가 고개를 돌리고 그에게 찬란하게 웃어 보인다. 손을 들더니 엄지와 검지를 손가락 한 마디만큼 벌린다.

그녀는 늘 말했다. 그리되면 내가 가장 먼저 알 거예요. 내가 그애의 보디스를 늘려야 할 테니까.

그는 윌리엄 브레러턴을 정중히 다시 부른다. 그리고 말한다. 나를 협박하다니, 실수한 거요.

그는 웨스트민스터의 사무실로 돌아간다. 궁금하다. 왕도 알고 있을까? 아마 아닐 것이다.

자리에 앉아 법안의 초안을 작성한다. 양초를 들여온다. 그는 종이를 가로질러 움직이는 자기 손의 그림자를 본다. 벨벳 장갑을 끼지 않아 숨길 수도 없는 주먹을 본다. 자기 자신과 결이 또렷한 종이 사이에, 검게 줄줄이 이어지는 잉크 사이에 아무것도 없었으면 해서 손가락의 반지들을 뺀다. 울지의 터키석과 프랑수아의 루비—새해에 국왕은 손가락에서 반지를 빼 그에게 다시 건넸다. 칼레의 금세공인이 세공한 그대로였고, 왕은 통치자들이 그렇듯 또 신뢰감이 갑작스레 휘몰아쳤는지 이렇게 말했다. 이제 그게 우리 사이의 신호가 될 것이네, 크롬웰. 그 반지와 함께 문서를 보내면 인장이 누락되었다 해도 그대가 직접 전한 것으로 생각하겠네.

왕이 신뢰하는 친구 니컬러스 커루가 옆에 서 있다 말했다. 폐하의 반지가 꼭 맞는군, 따로 손보지 않아도. 그가 말했다. 그러네요.

그가 머뭇거린다. 깃펜이 서성인다. 그는 이렇게 쓴다. "잉글랜드 왕국은 제국이다." 잉글랜드 왕국은 제국이다. 이는 세계에서 인정해온 바이며, 유일하고 우월한 수장이자 왕이 통치한다……

열한시. 날이 밝을 만큼 밝자 그는 캐넌 로에 있는 크랜머의 숙소에서 함께 식사한다. 크랜머는 새로운 직위를 받고 램버스궁으로 들어가기 전까지 여기서 지낸다. 새 서명인 '캔터베리 대주교 임명자 토머스'도 연습하는 중이다. 곧 정식으로 만찬을 열겠지만 오늘은 남루한 학자처럼 문서를 옆으로 밀어낸 자리에 식탁보를 깔고, 소금에 절인 생선이 들어오자 그 위에 대고 성호를 긋는다.

"그런다고 맛이 나아지진 않을 걸세." 그가 말한다. "요리는 누가 하는 건가? 내가 사람을 좀 보내주지."

"그래서, 결혼은 성사되었나?" 참으로 크랜머답다. 내내 기다렸다가, 여섯 시간을 말없이 인내하며 책에 고개를 파묻고 있다가 물어보는 것이.

"됐지. 롤런드는 임무를 충실히 해냈어. 앤을 노리스와 결혼시키지도, 왕을 메리와 결혼시키지도 않았거든." 그는 냅킨을 흔든다. "내가 아는 게 좀 있는데. 하지만 나를 잘 구슬려야 들을 수 있을 걸세."

그는 크랜머가 자신을 구슬리기 위해 전에 서신에서 약속한 비밀, 종이 한구석에 쓰여 있던 비밀을 알려줬으면 한다. 하지만 그건 그저 사소한 실책이었을 뿐, 지금은 잊힌 게 틀림없다. 게다가 캔터베리 임명자가 비늘과 껍질을 공연스레 뒤적이는 데만 정신이 팔려 있기에 그는 털어놓는다. "그녀, 앤 말일세, 벌써 아기를 가졌어."

크랜머가 눈길을 든다. "그 얘길 그런 투로 하다니, 누가 보면 자네 작품인 줄 알겠어."

"자넨 놀랍지 않나? 기쁘지 않아?"

"이 생선을 뭐라 부르는지 도통 모르겠네만?" 크랜머가 가벼운 호기심을 담아 말한다. "당연히 기쁘지. 하지만 나는 알고 있었네, 그렇잖나. 이 결혼은 정당하니―하느님이 후손을 내려 축복하지 않을 이유가 뭔가? 그것도 대를 이을 후계자를?"

"물론이지, 대를 이을 후계자. 보게." 그는 작업중이던 문서를 꺼낸다. 크랜머는 생선 비린내가 나는 손을 닦고 촛불 쪽으로 몸을 숙인다. "따라서 부활절 이후로는," 크랜머가 내용을 읽으며 말한다. "어떤 문제든 교황에게 항소하는 건 국법과 왕권을 거스르는 일이 되겠군. 이것으로 캐서린의 항소 또한 완전히 끝나 묻히겠고. 그리고 나, 캔터베리 대주교가 우리 잉글랜드의 법정에서 왕의 소송을 판결하면 되는 거야. 참으로 먼길을 왔군그래."

그가 웃는다. "먼길을 온 건 자네지." 왕이 캔터베리 대주교로 자신을 지명했다는 소식을 듣던 당시 크랜머는 만토바에 있었다. 귀국 여정을 시작했지만 부러 먼길을 돌고 돌았다. 스티븐 본이 리옹에서 박사를 만나 재촉하며 겨울길을 달려 피카르디의 눈보라를 뚫고 배에 태웠다. "왜 그리 시간을 끌었나? 대주교가 되는 건 모든 남자애의 꿈이 아니던가? 나는 아니었지만, 되돌아보면. 내 꿈은 곰을 갖는 거였어."

크랜머가 그를 본다. 뭔가를 숙고하는 듯한 표정이다. "그건 신경써서 준비하겠네."

그레고리가 물은 적이 있었다, 크랜머 박사가 농담을 하는 건지 어떻게 알 수 있느냐고. 그는 말했다. 모를 거다, 1월에 피는 사과꽃만큼이나 드문 일이거든. 그리고 이제, 앞으로 몇 주 동안 그는 자기 집 문앞에 정말로 곰이 나타나는 건 아닌지 은근히 두려워할 것이다. 그날 헤어지면서 크랜머가 테이블에서 시선을 들고 말한다. "당연한 얘기지만, 공식적으로 나는 모르는 일일세."

"아이에 대해서?"

"결혼에 대해서. 왕의 이전 결혼 문제를 판결하는 입장에서 새 결혼이 이미 성사되었음을 아는 건 적절치 못한 일이야."

"그렇지." 그가 말한다. "롤런드가 무슨 일로 아침 일찍 일어나든 그건 개인 사정이니까." 자리를 뜨며 보니 크랜머가 생선을 다시 짜맞추는 방법을 궁리라도 하는 양 남은 음식 위로 고개를 숙이고 있다.

바티칸과 아직 완전히 단절한 게 아니기 때문에 교황의 임명 없이는 새로운 주교를 세울 수 없습니다. 로마에 파견된 잉글랜드 대표단에 권한을 부여해 클레멘스 교황의 동의를 이끌어낼 무슨 말이든, 어떤 약속이든 일단 하고 봐야 합니다. 왕은 경악한다. "캔터베리 대주교를 임명하는 교황 칙서를 얻는 데 돈이 얼마나 드는지 아나? 게다가 그걸 내가 내야 한다는 것도? 캔터베리가 취임하는 데는 또 돈이 얼마나 드는지 알고?" 그리고 덧붙인다. "하려면 제대로 해야겠지, 물론이야. 하나라도 생략되거나 조금이라도 부족하지 않게."

"폐하께서 로마에 보내는 마지막 돈이 될 겁니다, 제게 맡겨주신다면."

"이것도 아나?" 왕이 뭔가 못 믿을 사실을 이제 막 발견한 사람처럼 말한다. "크랜머가 가진 게 한푼도 없다는 거? 보탤 수 있는 게 아무것도 없다더군."

그는 왕실을 대신해 돈을 빌린다. 상대는 살바고라는 이름을 가졌다는 부유한 제노바 사람이다. 그자를 설득해 대출을 받고자 서배스천이 탐낸다는 판화를 자택으로 보낸다. 어느 청년이 정원에 서서 고개를 들고 저 위의 텅 빈 창문을 보고 있는 모습을 새긴 판화다. 창문에서 어서 빨리 여인이 나타나길 바라며. 공기 중엔 이미 그녀의 향기가 감돌고, 나뭇가지에 앉은 새들은 호기심어린 눈으로 빈 공간을 들여다 보며 노래를 준비한다. 청년은 두 손에 책을 한 권 들고 있다. 심장 모 양의 책이다.

크랜머는 웨스트민스터의 밀실에서 열리는 위원회에 매일같이 자리 한다. 국왕의 입장을 옹호하는 글을 쓰고, 왕의 형과 캐서린이 초야를 치르지 않았다 한들 그것이 혼인 무효 소송에 아무 영향도 미치지 않 음을 증명하고자 한다. 두 사람은 명백히 혼인할 의사가 있었고, 그 의 사가 애정을 낳았기 때문이다. 또한 둘이 함께한 밤마다 아이를 잉태 할 의사가 있었음도 분명하다, 비록 그 의사를 곧장 실행에 옮기진 않 았더라도. 헨리도 캐서린도, 어느 한쪽도 거짓말쟁이로 만들지 않고자 위원회는 부부가 초야를 부분적으로 치렀거나, 치르다 말았을 법한 모 든 상황을 생각해내는데, 그러자면 어두운 방안에서 남녀 사이에 일어 날 수 있는 온갖 재앙과 망신살을 상상해야 한다. 일은 할 만합니까? 그가 묻는다. 그들의 구부정하고 꾀죄죄한 모습을 보니 저 상상에 필 요한 경험을 나름 해봤겠다 싶다. 크랜머는 글에서 왕비를 "더없이 평 온한 캐서린"이라 거듭 칭한다. 리넨 베개에 감싸인 그녀의 흐트러짐 없는 얼굴을, 하체에 가해지는 수모로부터, 허벅지를 더듬고 헤집고 서툴게 만지작대는 청년의 손길로부터 떨어뜨려놓으려는 듯.

한편 앤, 잉글랜드의 숨겨진 왕비는 함께 걷던 젠틀맨 무리에서 떨 어져나와 화이트홀의 회랑을 거닌다. 팔짝팔짝 뛰다시피 종종걸음으 로 앞서나가며 웃음을 터트리고, 젠틀맨들은 그녀가 위험 인자라도 되 는 양 잡으려 손을 뻗지만 그녀는 뿌리치며 웃는다. "그거 알아요? 요즘 나는 사과가 너무너무 먹고 싶어요. 폐하는 아기를 가져서 그런 거라는데, 나는 말하죠. 아뇨, 아뇨, 그럴 리 없어요······" 그녀가 빙그르 돌더니 다시 빙그르 돈다. 얼굴이 붉어지고, 눈에서 터져나온 눈물이 제어 안 되는 분수대의 물방울처럼 튀어 날아가는 것 같다.

무리를 뚫고 토머스 와이엇이 나선다. "앤······" 그녀의 손을 와락 붙잡아 자기 쪽으로 당긴다. "앤, 쉿, 우리 자기····· 쉬잇······" 그녀는 딸꾹질을 하며 흐느끼고 와이엇의 어깨에 무너지듯 기댄다. 와이엇이 그녀를 꼭 붙든다. 그러면서 주위를 둘러본다. 어느 순간 길바닥에 알몸으로 서 있는 자신을 깨닫고 어느 행인이든 가릴 것을 들고 다가와 자신의 수치를 덮어주길 바라는 사람처럼. 구경꾼 무리에 샤퓌가 끼어 있다. 결의에 차서 잽싸게 자리를 뜨는 대사의 짧은 다리가 바삐 움직이고, 얼굴에는 비웃음이 선명하다.

그렇게 이 소식이 곧장 카를황제의 귀에 들어간 것이다. 이전 결혼이 마무리되고 새로운 결혼이 성립되었으면, 이 사실이 유럽에 공식화된 뒤 앤의 행복한 상황이 알려졌으면 좋았을 터다. 하기야 군주의 종에게 인생은 결코 녹록지 않다. 토머스 모어가 말하곤 했던 대로, 깃털 침대에 편히 누워 천국에 가길 바라선 안 될 일이다.

이틀 뒤 그는 앤과 단둘이 있다. 그녀는 움푹진 총안에 들어가 눈을 감고 희박한 겨울 햇살에 고양이처럼 몸을 녹인다. 그에게 손을 내민다, 그가 누구인지도 잘 모르는 채로. 어떤 남자든 상관없는 건가? 그는 앤의 손끝을 잡는다. 그녀의 검은 눈이 번쩍 뜨인다, 점포의 덧문이 확 열리고 이렇게 말하는 것처럼. 좋은 아침이에요, 마스터 크롬웰. 오늘은 서로에게 뭘 팔아볼까요?

"나는 메리가 지긋지긋해요." 그녀가 말한다. "정리하면 좋겠어요."

메리라니 캐서린의 딸을 말하는 건가, 메리 공주? "결혼을 시켜야겠어요." 앤이 말한다. "내 앞에서 치워버리게. 다시 볼 일이 없었으면해요. 괜히 신경쓰이는 것도 싫어요. 오래전부터 상상했거든요, 메리가 별 볼 일 없는 사람이랑 결혼하는 걸."

그는 잠자코 있다. 아직 갈피를 잡지 못한다.

"그리 나쁜 아내감은 아닐 거예요, 쇠사슬을 채워 벽에 묶어둘 각오가 된 사람에겐."

"아. 레이디의 언니 메리 말씀이군요."

"그럼 누굴 생각했는데요? 아." 앤이 웃는다. "폐하의 혼외자 메리인 줄 알았군요. 뭐, 이젠 그 생각도 안 할 수 없게 됐네요. 그애도 결혼을 하긴 해야죠. 몇 살이더라?"

"올해 열일곱 살입니다."

"난쟁이인 건 여전하고요?" 앤은 답을 기다리지 않는다. "그애한테는 늙은 젠틀맨이나 하나 찾아줘야겠어요. 아주 고결하고 쇠약한 늙은이로. 임신시킬 일도 없고, 돈만 챙겨주면 궁정에 접근하지 않을 사람으로. 하지만 레이디 메리 케리는 어째야 하죠? 당신하고는 결혼 못해요. 언니가 당신을 골랐다고 두고두고 놀리는 중이거든요. 평민 출신한테 은근히 끌리는 귀부인들이 있어요. 우린 언니한테 이러죠. 메리, 오, 어떻게 대장장이의 품에서 잠들고 싶을 수가 있지…… 생각만으로도 몸이 달아오르나봐."

"행복하십니까?" 그가 묻는다.

"네." 그녀는 시선을 떨구고 조그만 손을 흉곽에 갖다댄다. "네, 이

것 덕분에. 있잖아요." 그녀가 천천히 말한다. "나는 늘 욕망의 대상이었어요. 하지만 이젠 소중한 사람이죠. 그 둘은 다르더라고요, 그걸 알게 됐죠."

그는 앤이 나름의 생각을 떠올리도록 잠시 가만있는다. 그녀에게는 중요한 일이라는 게 눈에 보인다. "음," 그녀가 말한다. "당신에게 리처드라는 조카가 있다면서요, 튜더의 일족쯤 된다던데. 그게 어찌 가능한지는 아무리 생각해도 모르겠지만."

"가계도를 그려드릴 수 있습니다."

앤은 고개를 가로저으며 미소를 짓는다. "그리 귀찮은 일을 뭐하러요. 이게 생긴 뒤로," 그녀의 손이 아래로 미끄러진다. "아침에 일어나면 내 이름도 잘 기억이 안 나요. 늘 궁금했거든요. 여자들은 왜 그리 멍청한지. 근데 이젠 알겠어요."

"제 조카 얘기를 하셨습니다만."

"그가 당신과 있는 걸 봤어요. 건실한 청년 같던데요. 언니한텐 그 정도면 괜찮을 것 같아요. 언니가 원하는 건 모피랑 보석인데, 그런 거야 당신이 줄 수 있잖아요. 그죠? 한 해 걸러 요람을 채울 아기도. 누굴 그애의 아비로 삼을지는 당신 집안에서 정하면 되겠고요."

"저는 레이디의 언니에게," 그가 말한다. "정인이 있는 줄 알았는데요?"

설욕하려는 게 아니다. 분명히 해두려는 것뿐.

"그래요? 오, 뭐. 언니의 정인은…… 대개 스쳐가는 사람들이고 이따금 무척 이상하죠—당신도 알잖아요, 아닌가요." 딱히 질문은 아니다. "궁으로 데려오세요, 당신의 아이들이요. 한번 만나봅시다."

그가 자리를 뜨고, 그녀는 다시 눈을 감는다. 그리고 변변찮은 온기 속으로, 2월이 줄 수 있는 전부인 하찮은 햇살 속으로 비집고 들어간다.

헨리왕은 웨스트민스터의 옛 궁에 그의 거처를 마련해주었다. 늦게까지 일하느라 집에 못 가는 날을 위해서다. 그런 밤이면 그는 머릿속으로 오스틴프라이어스의 방을 돌아다니며 창턱 위와 스툴 밑, 태피스트리 속 안셀마의 발치에 흩뿌려진 모직 꽃잎에 심어둔 기억의 이미지를 집어내야 한다. 긴 하루의 끝에 그는 크랜머와 저녁을 든다. 여러 실무위원회 사이를 쿵쿵거리고 다니며 협조를 촉구하는 롤런드 리도 함께한다. 이따금 오들리 대법관도 합류하는데, 이들은 격의 없이 어울리며 여기저기 잉크를 묻힌 학생들처럼 앉아 크랜머가 자러 갈 시간까지 떠든다. 그는 이들을 파악하고 싶다. 이 사람들에게 어느 정도까지 의지할 수 있는지 시험해보고, 이들의 약점도 알아내고 싶다. 오들리는 신중한 법률가이며, 체를 쳐 쌀에서 모래를 골라내는 요리사처럼 문장을 고를 줄 안다. 말솜씨가 좋고 여간해서는 주장을 굽히지 않으며 헌신적으로 일한다. 대법관이 되고부터는 직위에 걸맞은 수입을 내는 걸 목표로 하고 있다. 오들리에게 믿음은 협상하기 나름인 문제다. 오들리는 의회와, 의회에서 행사되는 왕의 권력을 믿는다. 그리고 신앙에 관한 한은…… 신념에 융통성이 있다는 정도로만 해두자. 롤런드 리의 경우 자기가 애초에 하느님을 믿는지조차 잘 모른다―그렇다고 주교가 될 마음을 품지 않는 건 아니지만. 그가 말한다. "롤런드, 그레고리를 자네 집에 받아주겠나? 케임브리지는 녀석에게 해줄 수 있는 건 다 해준 것 같거든. 그리고 솔직히 그레고리는 케임브리지에 아무것도 해준 게 없고."

"북부에 갈 때 데려가겠네." 롤런드가 말한다. "북부 주교들과 담판을 지으러 갈 때 말일세. 착한 녀석이야, 그레고리는. 더없이 진취적이라곤 못해도, 그쯤은 이해할 수 있네. 앞으로 녀석을 유용히 써보도록 하지."

"교회에 남게 할 생각은 아니겠지?" 크랜머가 묻는다.

"말했잖나." 롤런드가 으르렁거린다. "녀석을 유용히 써보겠다고."

웨스트민스터에서는 그의 사무원들이 소식과 소문과 서류를 들고 들락날락하고, 그는 늘 크리스토프를 데리고 다닌다. 녀석은 그의 옷가지를 건사하는 임무를 맡았지만 실은 그를 웃기는 게 일이다. 그는 오스틴프라이어스에서 밤마다 즐기는 음악과 다른 방에서 들려오는 여자들의 목소리가 그립다.

그는 한 주의 대부분을 런던탑에 머물며 서리와 비가 내리더라도 일꾼들에게 작업을 계속 시키라고 십장들을 설득한다. 급여 담당자의 회계장부를 확인하고, 왕의 보석과 도금 제품의 재고를 새로 정리한다. 조폐국 관리장을 찾아가 국왕 주화의 무게를 불시에 점검하라고 제안한다. "내가 하려는 건 말입니다." 그가 말한다. "우리 잉글랜드의 동전에 한 치의 오차도 없어서 바다 건너 상인들이 따로 무게를 달아볼 생각조차 하지 않게 만드는 겁니다."

"당신에게 이럴 권한이 있소?"

"왜요, 뭐 숨기는 거라도 있습니까?"

그는 그간 왕에게 올릴 보고서를 작성해왔다. 왕의 연간 수입원을 정리하고, 그 돈이 어느 관청을 거치는지 자세히 썼다. 내용은 놀랍도록 간결하다. 왕은 읽고 다시 읽는다. 뭔가 난해하고 불가해한 내용이

뒷면에 적혀 있지는 않은지 종이를 뒤집어본다. 하지만 눈앞에 보이는 게 전부다.

"새로울 건 없습니다." 그가 약간 해명하듯 말한다. "작고한 추기경도 그리 정리해 머릿속에 담고 다녔습니다. 조폐국에는 제가 지속적으로 들르겠습니다. 폐하께서 흡족히 여기신다면."

런던탑에서 그는 죄수 존 프리스를 보러 간다. 그의 요청이 아주 부질없지는 않았는지, 프리스는 지상의 청결한 환경에서 지내고 있다. 따뜻한 침구와 충분한 음식이 제공되고 와인과 종이, 잉크가 지급된다. 물론 열쇳구멍에 열쇠가 꽂히는 소리가 들리거든 원고부터 치우라고 조언해두긴 했지만. 그는 간수가 감방 문을 여는 동안 옆에 서서 바닥을 내려다본다. 이제 곧 보게 될 장면이 달갑지 않다. 그러나 존 프리스가 테이블에서 일어나는 모습이 보인다. 그리스어 학자인 이 점잖고 호리호리한 청년이 말한다. 마스터 크롬웰, 오실 줄 알았어요.

프리스의 손을 잡으니 뼈만 앙상한데다 차갑고 퍼석하며, 도저히 숨길 수 없는 잉크의 흔적이 느껴진다. 그는 생각한다. 그리 유약한 사람일 리 없다. 그처럼 오래 살아남았다면. 프리스는 울지의 대학 저장고에 갇혔던 학자 중 하나였다. 금서를 소유한 죄로 거기 갇힌 건 달리 가둘 공간이 없어서였다. 여름 역병이 지하를 덮쳤을 때, 프리스는 어둠 속에서 시신들과 누워 있었다. 누군가가 기억하고 꺼내줄 때까지.

"마스터 프리스," 그가 말한다. "당신이 체포되던 당시 내가 런던에 있었다면―"

"마스터가 칼레에 계신 동안에도 토머스 모어는 자기 일을 했으니까요."

"잉글랜드엔 무슨 일로 돌아왔습니까? 아니, 말하지 마시오. 틴들의 일 때문이라면 내가 모르는 게 낫습니다. 듣기로는 아내를 얻었다던데, 사실입니까? 안트베르펜에서? 그것만은 폐하가 봐주지 않을 겁니다―아니, 참으로 여러 가지를 봐주지 않으시지만―폐하는 특히 결혼한 사제를 싫어해요. 마르틴 루터도 싫어하는데, 당신은 루터의 글을 잉글랜드어로 옮겼지요."

"사건을 기가 막히게 정리하시네요, 기소하기에 딱 좋게."

"내가 당신을 도울 수 있게 협조해야 합니다. 왕을 알현할 기회를 만들면…… 그땐 당신도 준비가 되어 있어야 합니다. 폐하는 더없이 기민한 신학자예요…… 당신의 답변을 좀 순화해볼 수 있겠습니까, 왕이 수용할 수 있게?"

불을 피웠지만 방은 여전히 춥다. 템스강의 안개와 습기에서 벗어날 방도는 없다. 프리스는 들릴락 말락 한 목소리로 말한다. "토머스 모어가 왕의 신임을 완전히 잃은 건 아니에요. 왕에게 이런 서신을 쓰기도 했죠." 프리스가 가까스로 웃어 보인다. "내가 위클리프와 루터, 츠빙글리*를 한데 말아 끈으로 묶어놓은 사람이라고요―한 개혁가 속에 다른 개혁가가 들어 있다는 거예요. 꿩고기를 닭고기로 말고, 그걸 다시 거위고기로 말아서 만든 연회 음식처럼. 모어는 나를 잡아먹을 작정입니다. 그러니 왕에게 괜한 자비를 구하다 당신까지 신임을 잃지는 말기 바랍니다. 내 대답을 순화하는 문제는…… 나는 믿음이 있습니다. 그리고 어떤 심판의 자리에서든 말할―"

---

* 스위스의 종교개혁가.

"하지 마시오, 존."

"나는 어떤 심판의 자리에서든 말할 겁니다. 내 마지막 심판관 앞에서 할 말 그대로를요—성체는 한낱 빵일 뿐이고, 보속*은 불필요하며, 연옥은 성서에 없는 발명품—"

"누가 찾아와서 우리와 갑시다, 프리스, 라고 하거든 따라가시오. 내가 보낸 자들일 테니."

"나를 이 탑에서 빼낼 수 있다고 생각하는 겁니까?"

틴들의 성서는 말한다. 대저 하느님의 모든 말씀은 능하지 못하심이 없다고.** "탑을 못 빠져나가면 심문을 받으러 불려갈 때, 그때가 기회일 겁니다. 그 기회를 잡도록 준비하시오."

"하지만 뭘 위해서요?" 프리스가 어린 제자에게 말하듯 상냥히 말한다. "나를 당신 집에 데려다놓고 왕의 마음이 바뀌기를 기다릴 생각입니까? 나는 그곳을 박차고 나가 성 바오로 성당의 십자가로 갈 겁니다. 런던 사람들 앞에 서서 아까 내가 했던 말을 할 거예요."

"당신의 간증은 좀 기다렸다 하면 안 되겠습니까?"

"헨리를 위해선 어림없어요. 기다리다 늙을 테니."

"저들이 당신을 불태울 겁니다."

"내가 고통을 견디지 못하리라 생각하는군요. 맞습니다, 못 견뎌요. 하지만 저들이 내게 다른 선택지를 주진 않을 테지요. 모어의 말대로, 서서 불타는 데 동의한다고 무슨 영웅이 되겠습니까. 그래 봐야 기둥에 묶인 신세인데. 나는 책들을 썼고, 이미 쓴 걸 안 썼다고 할 수 없을

---

* 고해신부가 속죄를 위해 정해주는 봉사나 헌금 등의 행위.
** 누가복음 1장 37절.

뿐입니다. 내가 믿는 걸 안 믿을 순 없어요. 내가 살아온 삶을 안 살 순 없습니다."

그는 프리스의 감방을 나온다. 네시. 강을 오가는 배는 거의 없고, 옅은 수증기가 대기와 수면 사이를 슬금슬금 파고든다.

이튿날. 쨍하니 푸르고 추운 날 국왕이 왕실 바지선을 타고 일의 진척 상황을 보러 내려온다. 새로 부임한 프랑스 대사와 함께다. 두 사람은 허물없는 사이로, 왕은 드 댕트빌의 어깨에 손을 얹고 걷는다. 아니, 어깨가 아니라 푹신한 내복들이라고 해야 할까. 이 프랑스 남자는 옷을 하도 겹겹이 껴입어 문도 통과하지 못할 만큼 덩치가 커 보이는데도 여전히 부들부들 떤다. "여기 우리 친구는 피를 덥힐 운동을 좀 해야겠어." 왕이 말한다. "게다가 활솜씨는 또 왜 그리 엉망인지—전에 같이 활터에 갔을 때는 너무 심하게 떨어서 자기 발을 쏘지나 않을까 싶었네. 그래놓고는 우리가 매 사냥에 진심이 아니라며 불평하기에 내가 그랬지. 그대와 한번 나가보라고, 크롬웰."

이건 휴가를 주겠다는 약속인가? 국왕은 그들을 남겨두고 한가로이 걸어간다. "이렇게 추워선 못 나갑니다." 대사가 말한다. "바람이 쌩쌩 부는 들판에 서 있을 생각은 없어요. 그러다간 죽고 말 거야. 도대체 언제쯤 태양을 다시 볼 수 있는 겁니까?"

"오, 6월은 돼야지요. 하지만 그때쯤엔 매가 털갈이를 할 거예요. 그래서 내 매들은 8월에 다시 날릴 생각입니다. 그렇다고 실망할 필요는 없습니다, 므슈. 운동할 거리야 또 있을 테니까요."

"대관식을 미룰 생각이 없는 거지요, 맞습니까?" 늘 이런 식이다. 짧은 농담과 수다가 끝나면 드 댕트빌의 입에선 대사로서 목적하는 바가 불쑥 튀어나온다. "우리 주군은 전에 조약을 맺을 때 헨리왕이 이른 바 아내라는 여자와 그녀의 불룩한 배를 대놓고 과시할 줄은 몰랐거든요. 헨리왕이 그 여자를 조용히 데리고 있겠다면, 그건 다른 문제가 되겠지만."

그는 고개를 젓는다. 연기는 없을 것이다. 헨리는 자신이 주교와 귀족과 법관과 의회와 백성의 지지를 받고 있다고 주장한다. 앤의 대관식은 그 주장을 입증할 기회다. "신경쓰지 마십시오." 그가 말한다. "내일 로마 교황의 사절을 영접합니다. 우리 주군이 그자를 어찌 다루는지 보면 아실 겁니다."

왕이 성벽에서 내려다보며 부른다. "이리 올라오시오, 대사. 와서 내 강의 전망을 좀 보시오."

"이래도 내가 부들거리는 게 이상하오?" 드 댕트빌이 흥분해 말한다. "이래도 내가 헨리왕 앞에서 떠는 게 이상해요? 내 강. 내 도시. 오직 나만을 위해 마름질하고 수놓은 내 구원, 나 개인에게 맞춤한 잉글랜드 신이라니." 대사는 숨죽여 욕을 뱉으며 걸음을 옮긴다.

교황 사절이 그리니치에 도착하자 헨리왕은 그자의 손을 붙들고 솔직히 털어놓는다. 하느님을 섬길 줄 모르는 자문관들에게 얼마나 괴롭힘을 당하는지, 클레멘스 교황과의 완벽했던 우정을 얼마나 간절히 되찾고 싶은지.

헨리는 십 년을 매일같이 지켜본대도 매번 다른 모습을 보여줄 것이다. 주군을 선택하라. 그래서 선택한 주군 헨리에게 그는 나날이 탄복한다. 이따금 왕은 불행하고, 이따금 무기력하고, 이따금 아이 같고, 이따금 자기 분야의 장인 같다. 본인의 작품을 눈으로 훑을 때면 예술가 같다. 손이 움직일 때도 있는데, 그렇게 움직이는 걸 못 보는 듯도 하다. 좀더 낮은 신분으로 삶의 부름을 받았다면 유랑극단의 배우가, 그 극단의 우두머리가 되었으리라.

앤의 명령에 따라 그는 조카를 궁으로 데려간다. 그레고리도 동행한다. 레이프는 왕도 이미 알고 있다, 그가 늘 옆에 끼고 다니니까. 왕은 자리에 서서 리처드를 한참 바라본다. "보이는군. 정말 보여."

리처드의 얼굴에는, 그가 보는 한 튜더가의 혈통임을 보여주는 어떤 것도 없다. 그러나 왕은 혈육을 원하는 남자의 눈으로 리처드를 본다. "자네의 조부인 에번의 아들 궁수 윌리엄은 내 부친이신 선왕의 훌륭한 신하였네. 체격이 좋군. 창술 시합장에 서 있는 자네를 보면 좋겠어. 마상 시합에서 진면목을 발휘하는 모습을 봐도 좋겠고."

리처드가 고개를 숙인다. 그러자 왕이 이번에는 그레고리를 보며 말한다. 예의범절의 정수와도 같은 사람이니까. "그리고 자네도, 마스터 그레고리. 자네 역시 아주 멋진 젊은이야."

왕이 자리를 뜨자 그레고리의 얼굴은 순전한 기쁨을 감추지 못한다. 왕의 은총을 자기 손끝으로 옮기기라도 하듯 왕의 손이 닿았던 팔에 손을 올린다. "폐하는 정말 멋져요. 진짜 멋져요. 생각했던 것 이상이에요. 게다가 내게 말도 걸었어요!" 그레고리가 자기 아버지를 본다. "아버지는 어떻게 매일같이 폐하와 얘기할 수 있는 거예요?"

리처드가 그레고리를 곁눈질한다. 그레고리는 리처드의 팔을 툭 친다. "형의 궁수 할아버지는 잊어버려. 형네 아버지가 겨우 요만한 사람이었다는 걸 폐하가 알면 뭐라고 하겠어?" 그레고리는 엄지와 검지로 모건 윌리엄스의 키를 표시해 보인다. "나는 벌써 수년 동안 고리 찌르기를 연습했거든. 사라센[*] 사람의 형상을 걸어놓고 말을 달리면서 창으로 정확히 쿵, 그 시커먼 사라센 심장을 곧장 쑤신다고."

"그래." 리처드가 꾹 참으며 말한다. "하지만 이 하룻강아지야, 나무로 만든 이교도보다 살아 있는 기사가 더 성가신 법이거든. 너는 비용 생각은 절대 안 하지―봐줄 만한 품질의 갑옷이며 마구간 하나는 채울 정도의 숙련된 말들이며―"

"그걸 감당할 정도의 형편은 된다." 그가 말한다. "보병으로서 우리의 시대는 끝난 듯하구나."

그날 밤 오스틴프라이어스에서 저녁식사를 마치고 그는 리처드만 따로 불러 얘기한다. 아마 잘못하는 것일 터다, 이 문제를 사업상 제의처럼 다루는 건. 이 결혼을 놓고 앤이 했던 제안을 녀석에게 일일이 설명하는 건. "그 이상은 생각하지 마라. 아직 왕의 승인이 떨어지지 않았으니."

리처드가 말한다. "하지만 앤은 저를 모르잖아요."

그는 기다린다, 반론이 나오겠지. 가만, 누군가를 모른다는 것, 그게 반론인가? "강요하진 않을 생각이다."

리처드가 눈길을 든다. "정말이세요?"

내가 언제, 내가 언제 누군가에게 뭐든 강요한 적이 있느냐, 그는 말하기 시작한다. 그러나 리처드가 말을 자른다. "아뇨, 그러신 적 없어요, 맞아요. 근데 그건 외숙부님이 설득에 능해서죠. 때때로 상당히 어려워요, 외숙부님. 숙부님에게 설득당하는 것과 길바닥에 패대기쳐져

---

[*] 이슬람교도를 뜻함.

228

짓밟히는 걸 구분하기가."

"레이디 케리가 너보다 나이가 많은 건 안다. 하지만 아주 아름답지. 궁에서 가장 아름다운 여자일 거다. 사람들의 생각과 달리 그리 분별 없지 않고, 자기 여동생처럼 독한 구석은 전혀 없어." 이상한 방식이긴 했지만, 그는 생각한다. 그녀는 내게 좋은 친구였다. "게다가 폐하의 알려지지 않은 사촌으로 남는 대신 동서가 될 수 있어. 우리 모두에게 이익일 거다."

"아마도 작위를 얻겠죠. 저도, 숙부님도. 앨리스와 조도 훌륭한 짝과 맺어질 테고. 그레고리는 또 어떻고요? 못해도 여자 백작 정도와는 결혼하겠죠." 리처드의 목소리는 담담하다. 스스로를 설득하는 중인가? 모를 일이다. 많은 사람, 어쩌면 거의 모든 사람의 마음을 그는 활짝 펼쳐진 책처럼 술술 읽지만, 때로는 가족보다 남의 마음을 읽는 게 차라리 더 쉽다. "토머스 불린이 제 장인이 되겠네요. 노퍽 외숙부는 진짜 우리 외숙부가 되겠고요."

"노퍽의 얼굴을 상상해봐."

"오, 노퍽의 얼굴이요. 네, 그 사람 표정이 어떨지 보겠다고 뜨거운 석탄 위를 맨발로 걸을 법도 하죠."

"생각해보거라. 아무에게도 말하지 말고."

리처드는 고개만 까딱이고 별다른 말 없이 방을 나간다. 녀석은 "아무에게도 말하지 말고"를 "레이프를 뺀 아무에게도 말하지 말고"로 해석한 모양이다. 십 분 뒤, 레이프가 들어와 그를 쳐다보고 서서는 눈썹을 한껏 치켜올리고 있는 걸로 봐선. 머리칼이 붉은 사람이 진짜 있지도 않은 눈썹을 쳐들면 꽤 신경질적으로 보인다. 그가 말한다. "메리 불린이 내게 청혼한 적 있다는 얘기는 리처드한테 할 필요 없다. 우리 사이엔 아무 일도 없었어. 울프홀처럼 될 일은 없을 거야, 그게 네가 생각하고 있는 거라면."

"신부는 생각이 다르면요? 그 여자를 왜 그레고리와 결혼시키지 않는지 궁금하네요."

"그레고리는 너무 어려. 리처드는 스물세 살이다. 형편만 된다면 결혼하기에 좋은 나이야. 그리고 너는 스물셋이 벌써 넘었고—너 또한 결혼할 나이다."

"할 거예요, 마스터가 또다른 불린을 찾아오기 전에." 레이프는 돌아서서 나직하게 말한다. "다만요, 마스터, 리처드가 주저하는 건……우리의 목숨과 운명이 이제 그 레이디한테 달렸는데, 그 여잔 변덕스러운데다 영원할 리도 없기 때문인 것 같아요. 국왕의 결혼 이력을 보면 뱃속 아기가 나온다고 무작정 후계자가 되는 건 아니니까요."

3월. 칼레에서 버너스 경이 사망했다는 소식이 전해진다. 오후에 자기 서재에서, 밖에는 폭풍우가 몰아치고 있었다. 경이 자신의 평화로운 안식처를 둘러보던 때가 홀로 맞이하는 생의 마지막 순간이 된 듯하다. 그는 경의 책을 매입하겠다고—레이디 버너스를 돕는 차원에서 후하게—제안하고 싶으나 고서들이 책상에서 제 발로 뛰어내려 걸어간 모양이다. 일부는 버너스 경의 조카 프랜시스 브라이언에게, 일부는 달리 연줄이 있는 니컬러스 커루에게. "경의 빚을 탕감해주시겠습니까?" 그는 헨리왕에게 묻는다. "버너스 부인이 살아 있는 동안만이라도요. 아시다시피 경은 대를 이을—"

"아들이 없지." 헨리왕의 생각이 앞서나간다. 한때는 나도 그처럼 불행한 신세였지, 아들이 없는. 그러나 내겐 곧 후계자가 생긴다.

그는 앤에게 마졸리카* 그릇을 가져다준다. 바깥 면에 마스키오**라 적혀 있고, 안쪽에는 금발의 통통한 아기들이 그려져 있다. 각각에 앙증맞게 조그만 남근이 달렸다. 앤은 웃음을 터트린다. 이탈리아에선 아들을 낳으려면 몸을 따뜻이 해야 한다고들 믿습니다. 그가 말한다. 따뜻한 와인으로 피를 덥히십시오. 찬 과일도, 생선도 안 됩니다.

제인 시모어가 말한다. "성별이 뭔지 벌써 정해졌다고 생각하세요? 아님 하느님이 나중에 결정하시나요? 아기 자신은 알까요, 자기가 뭔지? 레이디의 몸속을 들여다볼 수 있다면 뭔지 알 수 있으려나요?"

"제인, 그냥 월트셔에 계속 처박혀 있지 그랬니." 메리 셸턴이 말한다.

앤이 말한다. "나를 군이 잘라볼 필요는 없어, 미스트리스 시모어. 남자애야. 누구든 달리 말할 수도, 생각할 수도 없어." 그녀가 얼굴을 찡그린다. 엄청난 의지력을 발휘하고 한곳에 집중하는 게 눈에 보인다.

"나도 아기를 갖고 싶어요." 제인이 말한다.

"입조심해." 레이디 로치퍼드가 말한다. "네 배가 불러오기라도 하면, 미스트리스, 널 산 채로 묻고 벽돌로 막아버릴 거야."

"쟤네 집안에서는," 앤이 말한다. "꽃다발을 안겨줄걸. 도대체가 금욕이란 걸 모르거든, 저 아래 울프홀 사람들은."

제인은 얼굴을 붉히며 몸을 떤다. "별 뜻 없이 한 말이에요."

"됐어." 앤이 말한다. "무슨 들쥐를 골려먹는 것도 아니고." 그러고

* 이탈리아에서 만든 화려한 장식용 도자기.
** maschio. '남자'라는 뜻의 이탈리아어.

선 그를 돌아본다. "당신의 법안이 아직도 통과되지 못했다죠. 지연되는 이유가 뭔지 말해봐요."

그 법안, 그러니까 로마에 항소하는 걸 금지하는 법안 얘기다. 그가 반대파의 거센 저항을 설명하기 시작하는데 그녀가 눈썹을 치켜올리고 말한다. "내 아버지가 귀족원에서 당신을 대변하고 있어요, 노퍽 외숙부도요. 그런데 감히 누가 우리한테 반대한다는 거죠?"

"부활절까지는 마무리하겠습니다. 염려 마시죠."

"캔터베리에서 봤던 그 여자 말예요, 듣기로는 그 여자의 측근들이 예언을 책으로 찍어내고 있다더군요."

"그럴 수야 있겠지만, 아무도 읽지 못하게 처리하겠습니다."

"소문으론 지난 성 카테리나 축일에, 그러니까 우리가 칼레에 있을 때 그 여자가 소위 메리 공주가 여왕의 관을 쓰는 환영을 봤어요." 앤의 목소리가 거침없고 빠르게 줄줄 이어진다. 이들은 내 적이다. 이 예언자와 그 측근들, 카를황제와 음모를 꾸미는 캐서린, 이른바 후계자라는 딸 메리, 그애의 오랜 선생 마거릿 폴 솔즈베리 백작부인, 그 여자와 그 집안 전부가 내 적이다. 그녀의 아들 몬터규 경, 지금은 나라 밖에 있는 또다른 아들 레지널드 폴, 사람들은 그자가 왕위계승권을 가졌다고 떠드는데 왜 국내로 불러들여 충성심을 시험하지 않나? 엑서터 후작 헨리 코트니, 그자도 왕위계승권이 있다고 믿는 모양인데, 내 아들이 태어나면 그 교만함도 사라질 것이다. 엑서터 후작부인 거트루드, 그 여자는 귀족이 천것한테 자리를 뺏긴다고 끝도 없이 불평하는데, 그 여자가 말하는 천것이 누구인지는 당신도 알 것이다.

레이디, 그녀의 언니가 부드럽게 말한다. 괜한 고민 하지 마.

괜한 고민이 아냐, 앤이 말한다. 커가는 아기를 손으로 쓰다듬으며 차분히 말한다. "그 사람들은 내가 죽길 원해."

낮은 여전히 짧고, 국왕의 인내심은 그보다 더 짧다. 왕 앞에 선 샤퓌는 고개를 숙이고 굽실거린다. 몸을 비비꼬며 얼굴을 찡그린다, 헨리왕에게 춤이라도 청할 생각이었던 것처럼. "일부 특정 결론은 읽으면서 다소 당혹스러웠습니다. 크랜머 박사가 내놓은—"

"이제 내 대주교요." 왕이 싸늘히 말한다. 막대한 비용을 들여 도유*를 행한 터다.

"—캐서린 왕비와 관련해 내린 결론은—"

"누구? 돌아가신 형님의 아내인 웨일스 공비 말이오?"

"—폐하께서도 아시다시피 폐하의 혼인을 허락한 관면은 그전 혼인관계에서 초야를 치렀는지 여부와 무관하게 유효하도록 내려졌습니다."

"관면이란 말은 듣고 싶지 않소." 헨리왕이 말한다. "그대가 내 혼인이라 칭하는 그것에 대한 얘기도 더는 듣고 싶지 않고. 교황이라고 근친상간을 정당화할 권한은 없소. 나는 캐서린의 남편이 아니오, 그대가 캐서린의 남편이 아니듯."

샤퓌가 고개를 숙인다.

"그 혼인이 무효가 아니었다면," 헨리왕이 마지막으로 참을성을 발휘하며 말한다. "하느님이 내게 자식을 잃는 벌을 내렸을 리 없소."

"복된 캐서린이 아이를 더는 잉태할 수 없을지 어떨지는 모르는 일

---

* '기름 부음 의식'으로 즉위식을 뜻한다.

이지요." 샤퓌가 교활하고 교묘한 눈빛으로 올려다본다.

"말해보시오. 그대 생각엔 내가 왜 이러는 것 같소?" 호기심이 동한 목소리다. "욕망 때문에? 그게 그대가 생각하는 거요?"

추기경이나 하나 죽이려고? 당신의 나라를 분열시키려고? 교회를 쪼개려고? "그 말씀은 과한 듯합니다." 샤퓌가 중얼거린다.

"그러나 그대는 그리 생각하잖소. 카를황제에게도 그리 말하고. 그대가 틀렸소. 나는 내 나라의 책임자요, 대사. 그리고 이제 내가 하느님이 축복하는 결혼을 통해 아내를 맞이하고자 하는 건 그녀에게서 아들을 얻기 위해서요."

"하지만 폐하께 아들이 생기리란 보장은 없습니다. 아들은 고사하고 생존하는 자녀가 있으리란 보장도요."

"안 될 건 또 뭐요?" 왕은 얼굴이 벌게진다. 벌떡 일어나서 호통을 치는데 성난 눈물이 줄줄 흐른다. "내가 다른 남자들 같지 않단 말인가? 내가? 내가?"

테리어 같은 투지를 가진 자다. 카를황제의 대사는. 그러나 그런 샤퓌조차 알고 있다. 왕이 눈물을 쏟게 했으면 물러나야 할 때라는 걸. 나가는 길에 대사가—늘 하는 대로 퍼덕퍼덕 옷의 먼지를 떨어 품위를 깎아먹으며—말한다. "나라의 안녕과 튜더 혈통의 안녕을 구분해야 하는 법인데. 혹 그리 생각하지 않는 겁니까?"

"그래서 당신이 왕좌에 앉히고 싶은 사람은 누굽니까? 코트니를 선호합니까, 아님 폴?"

"왕가의 피가 흐르는 이들을 두고 비아냥거려선 안 되는 거요." 샤퓌가 소매를 턴다. "지금은 그 레이디의 상태를 공식적으로 듣고 있기

234

라도 하지, 전에는 직접 목격한 몇몇 얼토당토않은 광경으로 추론하는 수밖에 없었으니…… 그거 아십니까, 크레뮈엘? 당신이 한 여자의 몸에 얼마나 많은 걸 걸고 있는지? 그녀 곁에 악이 접근하지 못하게 빌어봅시다, 어?"

그는 대사의 팔을 붙잡고 빙그르 돌려세운다. "무슨 악이요? 똑바로 말하시오."

"일단 내 재킷부터 놔주시지요. 고맙소. 참으로 득달같이 험한 방법에 기대는군요. 사람들이 말하는 당신의 출신이 여기서 드러나네요." 말에는 허세가 가득하지만 대사는 떨고 있다. "주위를 둘러봐요. 그 여자가 교만하고 건방지게 다른 귀족들의 신경을 얼마나 거스르는지 보일 거요. 외숙부라는 사람조차 그 교묘함을 당해내지 못해요. 국왕의 오랜 친구들은 이런저런 평계를 대며 궁을 멀리하고 있소."

"앤이 왕비의 관을 쓸 때까지 기다려보시죠." 그가 말한다. "그자들이 허겁지겁 달려오는 꼴을 보게 될 테니."

4월 12일 부활절 일요일에 앤은 왕과 함께 대례미사에 참석하고, 모두가 잉글랜드의 왕비 앤을 위해 기도를 올린다. 바로 어제 그의 법안이 의회를 통과했다. 그는 적당한 보상이 있으리라 예상하는데, 왕실 일행이 금식을 마치고 식사를 하러 가기 전에 왕이 손짓으로 그를 부르더니 버너스 경의 옛 직책인 재무장관직을 하사한다. "버너스 경이 그대를 추천했거든." 헨리가 미소를 짓는다. 왕은 베풀기를 좋아한다. 아이처럼, 상대가 얼마나 기뻐할지 그려보기를 즐긴다.

미사가 진행되는 동안 그의 마음은 런던을 떠돌았다. 집에선 또 어떤 역겨운 거위 축사들이 기다리고 있을까? 거리에선 어떤 소동이 벌어지고, 교회 계단엔 어떤 아기가 버려지며, 그는 또 어떤 말썽꾸러기 도제와 즐거운 대화를 하게 될까? 앨리스와 조는 부활절 달걀에 그림을 그렸을까? 그러기엔 이제 너무 자랐지만, 다음 세대가 뒤를 잇기 전까지는 기꺼이 집안의 아이들 노릇을 도맡을 터다. 이제 그애들의 남편감을 생각할 때다. 앤은, 살아 있다면 지금쯤 결혼했겠지, 레이프와. 녀석은 아직 임자 없는 몸이니까. 그는 헬렌 바르를 떠올린다. 그녀가 얼마나 빨리 읽는 법을 배우는지, 오스틴프라이어스에서 얼마나 없어선 안 될 사람이 되었는지. 그는 이제 헬렌의 남편이 죽었다고 믿으며, 이렇게 생각한다. 그녀에게 말해야 한다. 이제 자유라고 말해줘야 해. 너무도 예의바른 그녀는 기쁜 내색은 조금도 내비치지 않겠지만, 그 같은 남자에게 종속된 존재가 더는 아니라는 사실을 누군들 알고 싶지 않겠는가?

미사 내내 헨리왕은 끝도 없이 조곤조곤 이야기한다. 서류를 구분해 이쪽저쪽의 자문관들에게 건넨다. 오직 축성 때만 열렬하고도 경건하게 무릎을 꿇는다. 제병이 하느님으로 변하는 기적이 일어나는 순간이므로. 사제가 "이타, 미사 에스트"*라고 말하자마자 왕이 속삭인다. 밀실로 오게, 혼자.

예배당에 모인 대신들은 일단 앤에게 고개 숙여 예를 표해야 한다. 앤의 시녀들이 뒤로 물러나고, 조그맣게 햇빛이 드는 공간에 앤이 홀로 서 있다. 그는 대신들을 지켜본다. 젠틀맨과 자문관을 본다. 그중 여럿은 축일을 맞아 궁을 찾은 왕의 어릴 적 친구들이다. 그는 니컬러

---

* 가톨릭에서 미사를 끝내며 쓰는 표현.

스 커루 경을 특히 눈여겨본다. 새 왕비를 대하는 그자의 공손함에는 부족함이 없으나, 자꾸만 아래로 처지는 입꼬리는 어쩌지 못한다. 얼굴을 단속하시오, 니컬러스 커루, 오랜 세월 대물림된 그 얼굴을. 앤이 말하는 소리가 귓가에 들린다, 이들은 내 적이다. 그는 커루의 이름을 명부에 올린다.

국무실 뒤편이 국왕의 사실이고, 왕의 측근만 드나들 수 있다. 왕실 시종들이 시중을 담당하는 사실에서 왕은 비로소 대사와 첩자로부터 자유로워진다. 여기는 헨리 노리스의 영역이고, 노리스는 그의 새 관직을 점잖게 축하한 뒤 조용히 걸어나간다.

"알다시피 크랜머가 법정을 열어 공식적으로 끝낼 거네, 그……" 헨리왕은 자기 결혼에 대해 더는 듣고 싶지 않다고 했고, 그래서 그 단어조차 입에 올리지 않을 작정이다. "던스터블의 소수도원에 법정을 열라고 크랜머에게 당부했네. 왜냐면 거기서, 음, 15킬로미터 내지 20킬로미터만 더 가면 앰틸이고, 거기에 그 사람이 있으니―그럼 자기 법률가들을 보낼 수도 있겠지, 마음이 내킨다면. 아님 법정에 직접 나올 수도 있고. 그대가 가서 그 사람을 만나줬으면 하네. 은밀히 가서 그저 얘기나 좀―"

불쑥 튀어나와 뜻밖의 일을 벌이지 않게 단속하라.

"가 있는 동안 레이프를 내 곁에 두겠네." 그가 곧장 말뜻을 이해하자 왕은 긴장이 풀려 기분이 좋아진다. "녀석의 말이 곧 크롬웰의 말이려니 하고 의지할 수 있겠지. 그대 옆에 괜찮은 아이가 하나 더 있더군. 그대보다 웃음을 더 잘 참던데. 나는 종종 보거든, 추밀원 회의실에 있을 때 그대가 손으로 입을 가리고 있는 모습을. 이따금 말이야,

나도 그리 웃고 싶다네." 왕은 의자에 털썩 주저앉아 눈을 감추려는 듯 얼굴을 가린다. 그는 목격한다, 또다시, 울음이 터지기 직전의 왕을. "브랜던 말로는 내 여동생이 죽어간다는군. 의사들도 해줄 수 있는 게 더는 없다고. 그대도 알지, 내 동생이 한때 금발이었던 거, 은빛이 도는 금발이었는데—내 딸이 꼭 그랬거든. 그애가 일곱 살 땐 영락없이 내 동생이었어. 벽에 그려진 성자 같았지. 말해보게, 내 딸을 어찌해야 하겠나?"

그는 기다린다, 진짜 질문인지 파악될 때까지. "아껴주십시오, 폐하. 잘 달래주세요. 따님이 고통받아선 안 됩니다."

"하지만 나는 그애를 혼외자로 만들어야 하는데. 잉글랜드는 적법하게 태어난 아이에게 물려줘야 해."

"그 문제는 의회가 처리할 겁니다."

"그렇지." 왕이 훌쩍인다. 눈물을 닦는다. "앤의 대관식을 끝낸 뒤에. 크롬웰, 하나만 더 얘기하고 아침을 들러 가세. 지금 정말 몹시 시장하거든. 내 사촌 리처드의 혼사 계획 말인데……"

그는 그 나름대로 생각한다. 재빨리 잉글랜드의 귀족을 훑는다. 하지만 없다, 그의 리처드, 리처드 크롬웰뿐이다. "레이디 케리는……" 왕의 목소리가 나긋해진다. "글쎄, 계속 생각해봤는데, 아닌 것 같아. 아니, 적어도 지금은 아니야."

그가 고개를 끄덕인다. 왕의 이유를 이해한다. 앤이 그걸 이해하는 날엔 분통을 터트릴 테고.

"이따금 위안이 된다네." 헨리왕이 말한다. "이 말 저 말 보탤 필요 없다는 게. 그대는 나를 이해하도록 태어난 모양이야, 아무래도."

그들의 상황을 이렇게도 볼 수 있는 것이다. 그는 헨리보다 여섯 해 정도 일찍 세상에 나왔고, 그 기간을 허투루 보내지 않았다고. 왕은 자수로 장식한 모자를 벗어 바닥에 던지고, 두 손으로 머리칼을 쓸어넘긴다. 톰 와이엇의 금발처럼 왕의 머리칼도 숱이 적어지는 중이라 그 우람한 두개골의 모양이 고스란히 드러난다. 일순간 왕이 조각상처럼 느껴진다. 왕 자신을 보다 단순한 형태로 깎아놓은 것도 같고, 자기 조상 중 한 명을 조각해놓은 것도 같다. 브리튼섬을 떠돌다 흔적도 없이 사라져 그 옹졸한 후손의 꿈속이 아니면 더는 찾을 수 없는 거인 종족 말이다.

그는 몸을 뺄 수 있게 되자마자 오스틴프라이어스로 돌아간다. 하루쯤은 쉬어도 되지 않겠나? 정문 밖 인파는 벌써 흩어졌다. 서스턴이 부활절 음식을 나눠준 터다. 그는 먼저 부엌으로 가서 요리사의 머리를 툭 치고 금화를 내민다. "입이 백 개는 되었다니까요, 맹세컨대." 서스턴이 말한다. "그리고 저녁때가 되면 다시 돌아올 겁니다요."

"안타까운 일이지, 거지들이 있다는 게."

"거지는 무슨. 우리 부엌에서 내주는 게 어찌나 좋은지 참사위원 나리들까지 밖에 와 있다고요, 우리가 못 알아보게 두건을 덮어쓰고는. 집안에도 바글바글합니다요. 나리가 계시든 안 계시든—프랑스 사람에 독일 사람에 피렌체 사람까지 있는데, 죄다 하나같이 나리를 안다고 우기고, 하나같이 제 입맛에 맞는 음식을 원해요. 자기 하인을 여기로 내려보내서 이걸 한 자밤 넣으라는 둥, 저걸 소량 넣으라는 둥. 입을 줄이든 부엌을 더 짓든 해야 합니다요."

"조치하겠네."

"마스터 레이프가 그러는데 런던탑에 쓰려고 노르망디의 채석장을 통째로 사들이셨다면서요. 땅속을 무진장 헤집는 바람에 구멍이 생겨 프랑스 사람들이 빠질 지경이라던데."

그 아름다운 돌들은 빛깔이 꼭 버터 같다. 고용된 사람만 사백 명, 그리고 하는 일 없이 멍하니 서 있는 누구든 즉시 오스틴프라이어스의 건축 현장에 재배치된다. "서스턴, 자밤이든 소량이든 우리 음식엔 무엇도 못 넣게 하게." 그는 생각한다. 피셔 주교도 그런 경로로 죽을 뻔했지. 그땐 냄비 속 내용물을 펄펄 끓이지 않았다는 점이 다르지만. 서스턴의 육수 냄비에는 절대로 허튼수작을 부릴 수 없다. 그는 가서 냄비를 확인한다. 보글보글 끓고 있다. "리처드가 어디 있는지 혹시 아나?"

"뒷계단에서 양파를 썰고 있습죠. 아, 마스터 리처드 말씀이신가요? 위층에요. 식사중이세요. 아무도 없던가요?"

그는 위층으로 올라간다. 부활절 달걀이 눈에 들어오는데, 누가 봐도 그의 것인 이목구비가 그려져 있다. 하나에는 조가 모자와 머리칼도 그려넣어서 귀덮개가 달린 모자를 쓰고 있는 듯 보인다. 게다가 아무리 좋게 봐줘도 이중턱이다. "그게요, 아버지," 그레고리가 말한다. "살이 붙고 있는 건 사실이에요. 스티븐 본이 왔을 때 아버지를 보고도 못 믿었잖아요."

"우리 추기경 전하도 달이 차듯 몸이 불었지." 그가 말한다. "참으로 모를 일이야. 어쩌다 식사를 하러 앉았다가도 긴급한 볼일로 자리를 박차고 나가기 일쑤고, 식탁에서도 말을 하느라 좀처럼 드시질 않으셨거든. 이제 나도 불쌍하게 됐구나. 어젯밤 이후로 빵 한 쪽도 제대로 못 먹었는데." 그가 빵을 입에 넣으며 말한다. "한스가 나를 그리고 싶어해."

"외숙부님을 따라다니며 그리려면 달리기가 빨라야겠네요." 리처드가 말한다.

"리처드—"

"점심부터 드세요."

"아침인데. 아니, 신경쓰지 마라. 이리 오렴."

"행복한 신랑이래요." 그레고리가 놀린다.

"넌," 그는 아들에게 으름장을 놓는다. "롤런드 리와 북부로 갈 거다. 내가 가혹한 사람이라 생각한다면, 롤런드를 한번 겪어보고 얘기해."

사무실로 자리를 옮겨 그가 말한다. "시합장에서 연습은 잘하고 있느냐?"

"잘하고 있어요. 크롬웰 가문이 죄다 짓밟아줄 거예요."

그는 아들이 걱정이다. 말에서 떨어질까, 불구가 될까, 죽임을 당할까 걱정된다. 걱정되기는 리처드도 마찬가지다. 이 아이들은 집안의 희망이다. 리처드가 말한다. "그래서 저는요? 행복한 신랑이 되는 건가요?"

"폐하가 반대하셨다. 내 가족 때문은 아니고, 네 가족—폐하가 너를 사촌이라 부르더구나—때문도 아니야. 폐하는, 지금 당장은, 우릴 아끼는 마음이 말하자면 아주 커. 하지만 폐하 본인이 메리가 필요한 상황이야. 아기는 늦여름에 태어날 예정이고, 폐하는 걱정돼서 앤한테는 손도 못 대. 그렇다고 또다시 금욕생활을 하고 싶지도 않은 거지."

리처드가 시선을 든다. "이런 얘길 직접 했다고요?"

"이해는 내 몫으로 남겼지. 나는 이해했고, 그대로 네게 전달하는 거다. 우리 둘 다에게 놀라운 일이지만, 극복해야지."

"자매가 서로 닮기라도 했으면 그러려니 할 수도 있을 텐데요."

"그랬으면," 그가 말한다. "그러려니 할 수도."

"게다가 그런 위인이 우리 교회의 수장이라니. 다른 나라 사람들이 비웃는 것도 당연해요."

"폐하가 사생활에서 모범적으로 행동한다면 오히려 그게 더…… 놀랍겠지…… 하지만 내 경우엔 말이다. 폐하의 왕업에만 관여할 수 있어. 폐하가 억압적인지, 의회를 무시하는지, 평민원을 도외시하고 자기만을 위해 통치하는지…… 하지만 폐하는 그러지 않아…… 그러니 나는 그분이 자기 여자와 뭘 하든 관여할 수 없다."

"하지만 왕의 신분이 아니었다면……"

"아, 나도 그리 생각한다. 벌써 어디다 가뒀겠지. 하지만 애야, 메리 문제를 제외하면 폐하는 훌륭히 처신해왔다. 왕궁 육아실을 자기 서자로 가득 채우지도 않았지, 스코틀랜드 왕들처럼. 여자야 있었지만, 이름을 댈 만한 사람이 누가 있느냐? 리치먼드 공작의 어미와 불린가 여자들이 전부야. 폐하는 신중을 기했어."

"캐서린이라면 댈 만한 이름이 있을걸요."

"폐하가 앞으로는 충실한 남편이 될지 어쩔지 누가 알겠느냐? 너는 그런 남편일까?"

"남편이 될 기회조차 없을지 모르죠."

"그 반대야. 네 아냇감을 봐뒀다. 토머스 머핀의 딸은 어떠냐? 런던 시장의 딸이면 그리 나쁜 혼처는 아니지. 네 재산도 그애와 엇비슷한 것 이상일 거야, 그건 내가 확실히 신경쓰겠다. 그리고 프랜시스도 네가 마음에 든다는구나. 그애한테 내가 직접 물어봤지."

"내 아내가 될 사람에게 나와 결혼할 건지 직접 물어봤다고요?"

"어제 그 집에서 식사를 했거든―굳이 지체할 이유가 없잖아, 안 그러냐?"

"그렇긴 하죠." 리처드가 웃는다. 의자 등받이에 기대고 몸을 길게 늘인다. 그 몸―왕에게 몹시도 깊은 인상을 남긴 유능하고도 감탄스러운―을 안도감이 씻어내린다. "프랜시스라. 좋아요. 저도 프랜시스가 마음에 들어요."

머시가 허락한다. 레이디 케리였으면 그녀가 어찌 받아들였을지 상상조차 할 수 없다. 그는 집안 여자들에게 그 얘기 자체를 꺼내지 않은 터다. 머시가 말한다. "그레고리의 짝을 찾는 일도 너무 미루지 말게. 아이가 아직 어리긴 해, 나도 알아. 하지만 자기 아들을 보기 전엔 절대 철들지 않는 남자도 있는 법이거든."

그로선 그런 생각을 해본 적이 없지만 사실일지도 모른다. 그렇다면 잉글랜드 왕국에도 아직 희망이 있는 셈이다.

이틀 뒤 그는 런던탑으로 복귀한다. 부활절부터 앤의 대관식이 거행될 성령강림절까지 시간은 빨리도 흐른다. 그는 앤의 새 처소를 살펴보고, 회반죽이 빨리 마르도록 화로를 들이라고 명한다. 프레스코화 작업도 계속 진행했으면 싶다―한스가 내려오면 좋겠으나 그자는 지금 드 댕트빌의 초상화를 그리는 중이다. 게다가 대사가 출항하는 배편마다 징징거리는 서신을 실어 보내 프랑수아왕에게 복귀 명령을 내려달라고 청원하는 터라 작업을 서둘러야 한단다. 새 왕비를 위해서는 도처에 널린 사냥 장면 혹은 자기를 고문한 도구를 든 음울한 성녀 대신 여신과 비둘기, 하얀 매, 차양처럼 드리운 녹색 이파리들을 그릴 생각이다. 저멀리 언덕에는 도시들이 자리한다. 전경의 신전과 숲, 쓰러진 기둥과 열기 가득한 푸른 하늘은 비트루비우스가 합성법을 설명한 색채들, 그러니까 수은과 진사*의 붉은색, 열처리한 황토색, 공작석의 녹색, 쪽빛, 자주색으로 가장자리를 둘러 액자 안에 들어 있는 분위기를 낸다. 그는 장인들이 그려온 밑그림을 펼친다. 미네르바의 부엉이가 한쪽 구획에서 날개를 활짝 펴고 있다. 맨발의 디아나가 활에 화살을 건다. 하얀 암사슴 한 마리가 나무 사이에서 그녀를 지켜본다. 그는 감독관 앞으로 지시사항을 남긴다. 화살은 눈에 잘 띄게 금색으로 처리할 것. 모든 여신의 눈동자는 검은색으로 칠할 것. 순간 어둠 속에서 튀어나온 날개 끝 같은 공포가 그를 스친다. 만약 앤이 죽기라도 하면? 헨리왕은 다른 여자를 원할 것이다. 그 여자를 이 방으로 데려올 테고. 그녀의 눈동자는 푸른색일지도 모른다. 그럼 저 얼굴들을 지우고 다시 그려야 하리라. 배경의 도시와 제비꽃 언덕은 그대로 두고.

밖으로 나온 그는 걸음을 멈추고 싸움을 구경한다. 석공 하나와 벽돌공 십장이 서로에게 널빤지를 휘두르고 있다. 그는 격전의 현장에 미장이들과 함께 서 있다. "싸우는 이유가 뭔가?"

"없습니다. 석공과 벽돌공은 싸울 수밖에 없지요."

"랭커스터와 요크처럼?"

"그렇죠."

---

* 천연 수은 황화물로 수은을 정제하는 원료 광석.

"타우턴 들판이라고 들어본 적 있나? 폐하에게 들으니 거기서 잉글 랜드 사람이 이만 명 넘게 죽었다더군."

남자의 입이 떡 벌어진다. "누구랑 싸웠는데요?"

"서로."

1461년 종려주일이었다. 눈보라 속에서 두 왕의 군대가 맞붙었다. 헨리왕의 조부인 에드워드왕이 승자였다. 애당초 승자라는 게 있을 수 있다면. 시체들이 다리처럼 강을 메운 채 간닥거렸다. 셀 수 없이 많은 이가 자기 피 속에서 기고 구르고 넘어졌다. 누군가는 눈이 멀고, 누군 가는 신체가 훼손되고, 누군가는 평생 불구가 되었다.

앤의 뱃속에 있는 아기는 그런 내전이 더는 없으리란 보장이다. 이 사내 아기가 시작이다. 새로운 출발이자 이전과 다른 나라가 열리리란 약속이다.

그는 싸움에 끼어든다. 멈추라고 호통을 친다. 두 사람을 한꺼번에 밀자 뒤로 나가떨어진다. 쉽게도 허물어지는 두 잉글랜드인, 두둑거리 는 뼈, 백악질의 치아. 아쟁쿠르의 승리자. 이 꼴을 샤퓌가 보지 않아 다행이다 싶다.

나뭇잎이 무성한 때 그는 비공식적 업무를 위해 단출한 행렬을 이끌 고 말을 달려 베드퍼드셔에 들어선다. 크리스토프가 그의 곁에 붙어서 졸라댄다. 키케로가 누군지 말해준다고 하셨잖아요, 레지널드 폴이 누 군지도.

"키케로는 로마 사람이었어."

"장군요?"

"아니, 그 일은 다른 이들에게 맡겼지. 나라면 노퍽 같은 자에게 맡겼을 테고."

"오, 노퍼르크." 공작도 크리스토프의 기이한 발음을 피해가지 못한다. "나리의 그림자에다 오줌을 갈기는 사람 말이죠."

"맙소사, 크리스토프! 그림자에다 침을 뱉는단 소리는 들어봤다만."

"네, 하지만 지금 우리가 얘기하는 건 노퍼르크니까요. 그래서 키케로는요?"

"우리 법률가들은 키케로의 모든 연설을 암기하려고 애쓰지. 오늘날 키케로의 지혜를 빠짐없이 머릿속에 넣어 다니는 사람이 있다면 그자는 장차……" 그자는 장차 뭐? "키케로는 우리 왕의 편에 섰을 사람이야." 그가 말한다.

크리스토프는 별 감흥이 없다. "레지널드 폴은요, 그 사람은 장군이고요?"

"사제야. 근데 딱히 그렇다고도 할 수 없는 게…… 교회에서 직책을 맡긴 했지만 사제 서품은 받지 않았어."

"왜요?"

"두말할 것도 없이 결혼하기 위해서지. 레지널드를 위험에 빠트리는 건 바로 그 혈통이야. 플랜태저넷이거든. 그자의 형제들은 잉글랜드에 있어, 우리의 감시를 받으면서. 그러나 레지널드는 나라 밖에 있고, 우린 그자가 카를황제와 음모를 꾸미는 중일까봐 걱정인 거지."

"사람을 보내 죽이세요. 제가 갈게요."

"아니, 크리스토프. 그러느니 내 모자를 망치는 저 비나 멈춰주런."

"정 그러시다면." 크리스토프는 어깨를 으쓱한다. "하지만 나리한테 필요하면 언제든 폴 성씨 가진 사람을 죽여드릴게요. 그럼 저도 기쁠 거예요."

한때 요새지였던 앰틸 영지의 저택은 드높이 솟은 탑과 인상적인 문루를 갖췄다. 숲이 우거진 시골 풍경을 굽어보는 언덕에 자리한 쾌적한 저택으로, 병을 앓은 뒤 기력을 회복하기 위해 방문하기 좋은 곳이다. 잉글랜드가 프랑스를 곧잘 이기던 시절 대프랑스 전쟁에서 확보한 돈으로 건축했다.

미망인 웨일스 공비라는 새 지위에 맞춰 헨리왕은 캐서린의 식솔을 줄였지만 그녀는 여전히 사제와 고해신부, 각자의 일꾼들을 거느린 가사담당관, 집사와 목공사, 의사, 요리사, 설거지꾼, 맥아 제조인, 하프 연주자, 류트 연주자, 가금류 사육자, 정원사, 세탁부, 약제사, 의복 시중을 드는 시녀와 침상 담당 시녀, 그리고 그들의 하녀들에게 둘러싸여 있다. 그러나 그가 안내를 받아 들어가자 캐서린은 수행원들에게 물러가라는 뜻으로 고개를 끄덕인다. 그가 방문하리라 전한 이는 아무도 없었지만, 길에 첩자를 심어둔 게 분명하다. 태연해 보이려 소일거리를 늘어놓은 것도 그래서다. 무릎에 기도서와 바느질거리가 놓여 있다. 그는 무릎을 꿇고, 이 거추장스러운 소품들을 턱으로 가리킨다. "설마요, 마담, 이겁니까, 아님 저겁니까?"

"그래, 오늘은 잉글랜드 말인가요? 일어나요, 크롬웰. 지난 만남처럼 어느 나라 말을 쓸까 고르다가 시간을 낭비하진 않겠네요. 요즘 무척이나 바쁘신 몸이니까."

의례적인 건 이쯤 하고, 캐서린이 말한다. "일단. 던스터블의 법정에는 출두하지 않을 거요. 이걸 확인하러 여기까지 온 거지요, 아닌가요?

나는 이 법정을 인정하지 않습니다. 내 소송은 로마에서 다루고 있고 교황 성하의 검토를 기다리는 중이에요."

"교황이 늦장을 부리네요, 안 그렇습니까?" 그는 곤혹스러운 미소를 지어 보인다.

"기다리면 돼요."

"하지만 폐하는 문제를 마무리하길 원하십니다."

"그리해줄 사람이 있잖소. 나는 그자를 대주교라 부르지 않지만."

"클레멘스 교황이 칙서를 내려 임명했는데요."

"클레멘스 교황이 현혹된 거지. 크랜머 박사는 이단자예요."

"그럼 혹시 폐하도 이단자라고 생각하십니까?"

"아니. 왕은 한낱 분리론자일 뿐이지."

"교회가 공의회를 소집하면 폐하는 그 판단에 승복할 겁니다."

"그땐 너무 늦을 텐데, 파문당하고 교회에서 내쫓긴 뒤라면."

"우리 모두가 바랍니다―물론 마담도 바라실 테고요―그런 날은 오지 않기를요."

"눌라 살루스 엑스트라 에클레시암. 교회 밖에는 구원이 없다. 제아무리 왕이라도 심판은 받죠. 헨리도 알아요, 그래서 겁나는 거고."

"마담, 폐하에게 양보하십시오. 일단은요. 내일은 어찌될지 또 누가 알겠습니까? 화해의 가능성을 모조리 잘라버리진 마십시오."

"토머스 불린의 딸이 아기를 가졌다던데."

"그렇습니다, 하지만……"

그게 아무것도 보장하지 않는다는 걸 다른 사람은 몰라도 캐서린 당신은 알아야지. 그녀는 그의 뜻을 취하고, 생각해보고, 고개를 끄덕인다. "상황에 따라 왕이 내게 돌아올 수도 있다는 건 알고 있소. 나는 그 레이디의 품성을 따져볼 기회가 꽤 많았어요. 그녀는 참을 줄도 모르고 다정하지도 않더군요."

그런 건 상관없다. 앤은 그냥 운만 좋으면 된다. "두 사람 사이에 자녀가 없는 상황이 벌어지면 마담께선 따님인 레이디 메리도 생각하셔야 합니다. 폐하를 구슬리세요, 마담. 메리를 후계자로 삼을지도 모릅니다. 또한 마담이 양보하신다면 가능한 모든 명예와 엄청난 재산을 내려주실 겁니다."

"엄청난 재산!" 캐서린이 벌떡 일어선다. 바느질거리가 치마에서 미끄러지고 기도서는 가죽의 둔탁한 충돌음과 함께 바닥을 때린다. 은제 골무가 마룻널을 스치듯이 가로질러 저쪽 구석으로 데굴데굴 굴러간다. "내게 그런 말도 안 되는 얘길 더 늘어놓기 전에, 마스터 크롬웰, 내 인생사의 어느 시절 얘기부터 들어보시오. 아서 왕자가 죽은 뒤 나는 가난 속에서 오 년을 살았소. 하인에게 품삯을 줄 형편조차 못 됐지. 구할 수 있는 가장 값싼 음식을 샀소, 형편없는 음식, 오래된 음식, 전날 잡은 생선 따위를─에스파냐 공주의 식탁이 일개 소상인의 식탁만도 못했어. 선왕 헨리는 나를 아버지에게 돌려보낼 마음이 없었소. 자기가 받을 빚이 있다고 했거든─나를 두고 흥정을 벌였지, 우리 문 앞에 나타나 썩은 달걀을 팔던 여자처럼. 나는 하느님을 믿고 절망하지 않으나 극심한 굴욕을 맛보았지."

"그런데 왜 다시 그것을 맛보려 하십니까?"

얼굴을 마주하고 둘은 서로를 노려본다. "추정컨대," 그가 말한다. "그 굴욕이 지금 폐하가 의도하는 전부입니다."

"단도직입적으로 말하시오."

"반역에 가담한 것으로 드러나면 마담에게도 동일한 법절차가 적용될 겁니다. 일반 백성과 달리 대우하지 않을 거란 얘깁니다. 마담의 조카가 마담의 이름으로 우릴 침략하겠노라 위협하고 있어요."

"그럴 일 없소, 내 이름으론."

"제 말이 그 말입니다, 마담." 그는 말투를 누그러트린다. "저는 말합니다, 카를황제는 튀르크 문제로 정신없고, 군대를 다시 일으킬 정도로—이런 말씀 송구합니다만—자기 이모를 좋아하지도 않는다고요. 하지만 다른 이들이 그럽니다. 오, 가만히 계시오, 크롬웰, 당신이 뭘 안다고? 그들은 우리가 항구를 방비하고, 병사를 모으고, 국가 차원의 경계 태세에 돌입해야 한다고 말합니다. 샤퓌는, 마담도 아시다시피, 카를황제를 지속적으로 흔들어 우리 항구를 봉쇄하고, 나라 밖에 있는 잉글랜드의 상품과 상선을 몰수하라고 부추깁니다. 황제에게 보내는 모든 공문에서 전쟁을 촉구하고 있어요."

"샤퓌가 공문에 뭐라고 쓰는지 나는 전혀 모릅니다."

어찌나 어처구니없는 거짓말인지 경이롭기까지 하다. 그 거짓말을 던지고 캐서린은 진이 빠진 모양이다. 다시 의자에 털썩 앉고, 그가 대신 해주기도 전에 힘들게 몸을 숙여 바느질거리를 집어든다. 손가락은 통통하고, 몸을 굽히느라 숨이 가쁜 듯하다. 잠시 가만히 앉아 마음을 가라앉히고, 다시 입을 열 때는 차분하고 신중하다. "마스터 크롬웰, 내가 당신을 저버렸다는 거 알아요. 그건 곧 당신의 나라를 저버렸다는 얘기고, 그 나라는 이제 내 나라기도 하지요. 왕은 내게 좋은 남편이었지만, 나는 아내로서 해야 할 가장 기본적인 일을 하지 못했어요.

그럼에도, 나는 아내였고, 아내예요―봐요, 그렇지 않나요. 장장 스무 해를 매춘부로 살아왔단 얘길 나로서는 믿을 수 없지 않겠어요? 지금 내 진심은 그렇습니다. 그간 내가 잉글랜드에 별 도움이 못 되었을지 언정 해를 끼치는 일은 조금도 하고 싶지 않소."

"하지만 그러고 계십니다, 마담. 의도는 그렇지 않을지라도 해를 끼치고 있습니다."

"거짓은 잉글랜드에 보탬이 되지 않지."

"크랜머 박사의 생각도 같습니다. 그렇기에 두 분의 결혼을 무효화할 겁니다, 마담이 법정에 나오든 나오지 않든."

"크랜머 박사도 파문될 거예요. 그런데도 박사는 아무렇지 않소? 그 정도로 천지분간을 못하나?"

"크랜머는 교회의 더할 나위 없는 수호자입니다, 마담. 이런 대주교를 우린 수 세기 동안 보지 못했어요." 그는 베이넘이 화형당하기 전에 했던 말을 떠올린다. 잉글랜드는 팔백 년 동안 미혹의 세월을 겪었고, 진리와 빛의 시절은 고작 육 년이라 했다. 육 년, 잉글랜드어로 된 복음이 이 땅에 들어오기 시작한 지가 육 년이다. "크랜머는 이단자가 아닙니다. 폐하가 믿는 것과 같은 것을 믿습니다. 박사는 개혁이 필요한 것을 개혁할 겁니다. 그뿐이에요."

"나는 이 얘기의 끝을 알지. 당신은 교회의 땅을 빼앗아 왕에게 줄 테지요." 캐서린이 웃는다. "오, 말이 없네요? 당신은 그리할 테니까. 그럴 작정이니까." 캐서린은 마음이 가볍기까지 한 눈치다, 죽어간다는 말을 들은 사람들이 이따금 그렇듯이. "마스터 크롬웰, 내가 군대를 일으킬 일은 없다고 왕을 안심시켜도 좋아요. 왕을 위해 매일 기도

한다고 전해주시오. 어떤 이들은, 나만큼 왕을 모르는 이들은 말하지요. '오, 왕은 자기 뜻대로 할 거야, 어떤 대가를 치르더라도 자기 욕망을 이룰 거야.' 하지만 나는 압니다. 왕은 빛의 편에 서야만 하는 사람이란 걸. 그 사람은 당신과 달라요. 자기 죄를 안장가방에 쑤셔넣고 이 나라 저 나라 돌아다니고, 가방이 너무 무거워지면 노새를 한두 마리 부리다가 이내 노새 행렬과 노새꾼 무리의 우두머리 노릇을 하는 위인이 아니라고. 헨리는 실수를 범하지만, 용서를 구할 줄 압니다. 그래서 나는 믿고, 앞으로도 계속 믿을 거요. 왕이 이 그릇된 길에서 벗어나리라고, 마음의 평화를 위해서라도. 그리고 평화야말로 우리 모두가 바라는 것이지, 두말할 것 없이."

"아주 평온한 결론을 내려주시는군요, 마담. '평화야말로 우리 모두가 바라는 것이다.' 꼭 수녀원장 같습니다. 그러고 보니 수녀원장이 될 생각은 정말로 없으십니까?"

미소. 꽤 환하게 짓는 웃음이다. "당신을 다시 보지 못한다면 섭섭할 것 같아서 말이오. 당신과는 그 공작들보다 훨씬 기민한 대화를 나눌 수 있거든."

"공작 저하들과도 곧 만나게 되실 겁니다."

"나는 준비돼 있소. 우리 서퍽 공작부인은 무슨 소식이라도 있습니까?"

"폐하 말씀이 부인은 죽어가고 있답니다. 서퍽 공작은 도통 마음을 잡지 못하고요."

"불 보듯 뻔한 얘기지." 캐서린이 중얼거린다. "프랑스의 미망인 왕비로서 받는 돈도 그녀와 함께 죽을 텐데, 그게 공작이 얻는 수입의 대부분을 차지하니까. 그리되면 당연히 당신이 대출을 주선하겠지, 대단히 부당한 이자율로." 그녀가 눈길을 든다. "내 딸은 내가 당신과 만났는지 궁금할 겁니다. 당신이 자기한테 친절했다고 믿고 있으니."

그는 메리에게 의자를 권한 일만 겨우 기억할 뿐이다. 그걸 기억한다니, 필시 황량한 삶이리라.

"예의를 따지자면, 그때 그애는 그대로 서 있어야 했어요, 내 신호를 기다리면서."

고통에 찌든 어린 친딸 얘기인데도. 캐서린은 미소 띤 얼굴로 단 한 치도 물러서지 않는다. 율리우스 카이사르도 저렇게까지 태연하진 못했을 것이다. 한니발도.

"말해봐요." 캐서린이 바닥을 살피며 말한다. "내가 서신을 보내면 왕이 읽을까?"

헨리는 그녀의 서신들을 읽지도 않고 찢어버리거나 불태웠다. 거기 담긴 사랑의 표현들이 혐오스럽다면서. 그는 차마 그리 말하지 못한다. "그럼 한 시간만 쉬고 있으시오." 그녀가 말한다. "내가 서신을 쓰는 동안. 아님 여기서 하룻밤 묵고 가겠소? 함께 저녁식사를 하면 좋겠는데."

"감사합니다만 돌아가야 합니다. 내일 추밀원 회의가 있어서요. 게다가 오늘 여기 묵는다면 제 노새들은 어디에 두겠습니까? 제가 부리는 노새꾼 무리는 말할 것도 없고요."

"아, 마구간이 반은 비었는걸. 왕은 내가 말을 더 들이지 못하게 늘 확인하지. 내가 내 식솔들을 따돌리고 해안으로 말을 달려 플랑드르행 배를 타고 도망가리라 생각하거든."

"그럴 생각이십니까?"

그는 아까부터 찾아 들고 있던 골무를 그녀에게 건넨다. 그녀는 그걸 손에 쥐고 흔든다. 마치 골무가 주사위고 자신은 이제 던질 준비가된 것처럼.

"아니. 나는 여기 머물 거요. 다른 곳으로 가라면 가고. 왕의 뜻대로. 아내로서 응당 해야 할 일을 하면서."

파문을 기다리겠지, 그는 생각한다. 그러면 당신 또한 아내라는, 백성이라는 모든 구속으로부터 자유로워질 테고. "여기도 있습니다." 그가 말하며 손을 편다. 손바닥에 바늘이 놓여 있다. 끝이 캐서린을 향한 채로.

토머스 모어가 가난에 시달린다는 소문이 런던에 퍼진다. 그는 스티븐 가드너 내무장관과 함께 웃는다. "모어와 결혼하던 당시 앨리스는 부유한 미망인이었어요." 가드너가 말한다. "모어한테는 자기 땅도 있고. 그런데 어찌 가난할 수 있겠어요? 게다가 딸들도 죄다 좋은 집안과 결혼했는데."

"모어는 폐하에게 아직 연금도 받지요." 그는 던스터블에서 헨리왕의 수석 변호인으로 서기 위해 준비중인 스티븐에게 줄 문서를 꼼꼼히 골라낸다. 블랙프라이어스 법정의 모든 증언을 정리해 철해두었는데, 뭔가 다른 시대에 벌어졌던 사건처럼 느껴진다.

"천사들이 우리를 보우하는군." 가드너가 말한다. "당신이 철해두지 않는 것도 있소?"

"이 궤짝의 바닥까지 파고 들어가면 내무장관님의 아버지가 어머니에게 쓴 사랑의 서신까지 나올 겁니다." 그는 마지막 서류 묶음의 먼지를 불어 날린다. "여기 있습니다." 서류를 테이블에 툭 내려놓는다. "스티븐, 존 프리스 좀 어떻게 안 되겠습니까? 케임브리지에서 당신 제자이기도 했습니다. 그자를 버리지 마십시오."

그러나 가드너는 고개를 저으며 문서에 정신을 판다. 종이를 휙휙 넘기고, 숨죽여 흥얼거리고, 탄성을 뱉으며 외친다. "이런, 이걸 누가 알았겠나!" "이거 논점이 괜찮구먼!"

그는 배를 타고 첼시로 간다. 전임 대법관은 응접실에 편히 늘어져 있고, 딸 마거릿이 들릴락 말락 하게 웅얼웅얼 그리스어를 옮기고 있다. 다가가며 들으니 모어가 딸의 실수를 짚어주고 있다. "물러가거라, 얘야." 그를 보고는 말한다. "너를 이 악마와 한자리에 둘 순 없지." 하지만 마거릿은 고개를 들고 미소를 짓는다. 모어가 자리에서 일어난다. 허리가 안 좋은 듯 약간 뻣뻣하게 움직이며 한 손을 내민다.

레지널드 폴이다, 이탈리아에 뻗대고 있으면서 그를 악마라 부르는 건. 여기서 핵심은 그게 진심이라는 거다. 무슨 우화에 나오는 이미지로서의 악마가 아니라, 그를 진짜 악마라고 믿는다, 복음을 진짜라고 믿듯이.

"음," 그가 말한다. "대관식에 못 온다고 하셨다면서요. 새 외투를 살 형편이 안 돼서. 그날 참석하시겠다면 윈체스터 주교가 옷을 한 벌 사드리겠답니다."

"스티븐이? 그래요?"

"장담합니다." 그는 런던으로 돌아가 가드너에게 10파운드를 청구할 생각에 즐거워진다. "아니면 길드 조합원들이 모금을 할 수도 있습니다, 괜찮으시다면요. 새 모자와 더블릿도 장만할 수 있도록."

"당신은 어떻게 차려입고 가시려고요?" 마거릿이 그날 오후에 아이 둘을 돌봐달란 청을 받은 사람처럼 다정하게 묻는다.

"사람들이 뭔가 만들고는 있답니다. 그들에게 그냥 맡겨뒀어요. 나는 박장대소만 면할 수 있으면 충분합니다."

앤은 말했다. 내 대관식에 법률가처럼 입고 와선 안 돼요. 그녀는 제인 로치퍼드를 불러 사무원처럼 받아적게 했다. 토머스에겐 진홍색을 입혀야 해. "미스트리스 로퍼," 그가 마거릿에게 말한다. "왕비가 관을 쓰는 모습을 직접 보고 싶지 않나요?"

모어가 끼어들어 딸을 보며 말한다. "잉글랜드 여자들에게는 치욕의 날이 될 거다. 거리에서 여자들이 수군대는 소리가 들리는구나―카를황제가 오면 아내들이 자기 권리를 되찾게 될 거라고."

"아버지, 여자들도 마스터 크롬웰이 듣는 데선 분명 그런 얘길 조심할 테죠."

그는 한숨을 쉰다. 술에 얼큰히 취한 젊은 창녀들이 죄다 당신의 편이라는 걸 아는 게 뭐 그리 대단한 일이라고. 모든 첩과 고삐 풀린 딸들이 말이다. 이들과 달리 앤은 이제 결혼한 몸이고, 자신을 하나의 모범으로 세워가는 중이다. 벌써 메리 셸턴의 뺨을 올려붙였다니까요, 메리 불린이 그에게 말했다. 기도서에 수수께끼를 써넣었다고 말이에요. 심지어 그리 망측한 내용도 아니었는데. 왕비는 요즘 아주 꼿꼿이 앉는다. 뱃속에는 꿈틀거리는 아기를 품고, 손에는 바느질감을 들고. 노리스와 웨스턴을 비롯한 젠틀맨 친구들이 우르르 처소로 몰려와 온갖 찬사를 바치면 그들이 자기 치맛단에 거미라도 풀어놓는 것처럼 가만히 바라본다. 입에 성경 구절을 달고 가지 않을 거라면 애초에 다가가지 않는 게 차라리 낫다.

그가 묻는다. "그 처녀가 다시 만남을 청하진 않던가요? 그 예언자 말입니다."

"그랬죠." 마거릿이 말한다. "하지만 우리가 받아주지 않았어요."

"그녀가 엑서터 후작부인을 보러 간 걸로 알고 있습니다만. 초대를 받아서요."

"레이디 엑서터는 어리석고 야심찬 여자지." 모어가 말한다.

"그 처녀가 레이디 엑서터에게 잉글랜드의 왕비가 되리라고 했다는 것도 압니다."

"내 답은 좀전과 같소."

"그 여자가 본다는 환영을 믿으십니까? 본질적으로 성스러운 거라고 보세요?"

"아니. 내 생각에 그 여자는 사기꾼이오. 관심을 끌려는 거지."

"단지 그뿐이라고요?"

"젊은 여자들이 어디로 튈지 당신은 모르잖소. 나는 집에 딸이 한가득이라서."

그는 잠시 멈칫한다. "축복받으셨군요."

마거릿이 눈길을 든다. 그의 상실을 기억해낸 것이다. 앤 크롬웰이 이렇게 따져 묻는 소리는 들은 적이 없지만. 왜 모어의 딸만 발군이어야 해요? 그녀가 말한다. "이전에도 성처녀들은 있었어요. 하나는 입스위치에서 나왔는데, 고작 열두 살 먹은 어린애였죠. 좋은 집안 출신에 기적을 행했다고 해요. 정작 자신은 그로부터 얻은 게 전혀 없고요.

개인적인 이익은 조금도 챙기지 않았고, 어린 나이에 죽었지요."

"반면 레민스터의 성처녀도 있지." 모어가 음울하게 음미하듯 말한다. "지금은 칼레에서 몸을 판다는데, 저녁식사 뒤 자기를 믿었던 사람들한테 써먹은 온갖 속임수를 들먹이며 고객들이랑 깔깔거린다는군."

그러니까 토머스 모어는 성처녀들이 영 탐탁지 않은 것이다. 그러나 피셔 주교는 다르다. 주교는 캔터베리의 성처녀와 자주 만난다. 친분을 쌓는다. 그와 생각이 통하기라도 한 듯 모어가 말한다. "물론 피셔 주교는 나름의 견해가 있는 모양이지만."

"피셔는 그 여자가 죽은 자를 되살렸다고 믿습니다." 모어의 한쪽 눈썹이 치켜올라간다. "하지만 오직 시신이 고해하고 죄사함을 받는 동안만이었죠. 그런 다음 다시 쓰러져 죽었답니다."

모어가 미소를 짓는다. "그런 기적이란 말이지."

"아마 마녀일 거예요." 마거릿이 말한다. "당신도 그리 생각하세요? 성서에도 마녀들이 나와요. 당장 읊어드릴 수도 있어요."

제발 됐습니다. 모어가 말한다. "얘야, 내가 그 서신을 어디에 뒀는지 얘기했던가?" 마거릿이 읽고 있던 그리스어 책에 가름끈을 끼우고 자리에서 일어선다. "그 처녀한테 서신을 썼소, 바턴이란 이름의…… 데임 엘리자베스, 이젠 그리 불러야겠지. 수녀로 서원했으니까. 나는 그녀에게 조용히 잉글랜드를 떠나라고 충고했소. 예언을 앞세워 왕을 괴롭히는 짓도, 지체 높은 자들과 어울리는 것도 그만두고 영적 조언자의 말에 귀를 기울이라고 했어요. 한마디로 집에서 기도나 하라는 얘기였지."

"우리 모두가 그래야죠, 토머스 경. 경의 모범을 따라서." 그는 힘차게 고개를 끄덕인다. "아멘. 그 서신의 사본을 갖고 계시겠지요?"

"가져오너라, 마거릿. 그걸 손에 넣지 않는 한 절대 안 돌아갈 위인이야."

모어는 딸에게 재빨리 몇 가지를 지시한다. 그러나 그 자리에서 서신을 급조하라고 시키진 않았다는 데 그는 만족한다. "갈 겁니다." 그가 말한다. "시간이 되면요. 대관식을 놓칠 생각은 없으니까. 새 옷도 준비되어 있고요. 오셔서 우리와 함께하지 않겠습니까?"

"당신네 사람들끼리 실컷 함께하시오, 지옥에서."

이걸 또 잊고 있었다. 이 신랄함을. 비틀린 농담을 던지기만 할 뿐 받아주진 않는 모어의 능력을.

"왕비는 건강해 보이더군요." 그가 말한다. "경의 왕비요, 그러니까, 나의 왕비 말고. 앰틸에서 아주 편안히 지내는 듯합니다. 이미 알고 계시겠지만, 물론."

모어는 눈도 깜빡하지 않고 말한다. 캐서린 왕, 아니 미망인 공비와는 어떤 서신도 주고받지 않고 있소. 다행이군요, 그가 말한다. 그분의 서신을 나라 밖으로 빼돌리는 수사 둘을 주시하고 있거든요―요즘 이런 생각이 들기 시작했습니다. 프란체스코회 전체가 조직적으로 왕에게 저항하고 있다고. 내가 그들을 잡아 설득할 수 없다면, 그리고 아시다시피 나는 무척이나 설득에 능한 사람이지만, 그들을 설득해 내 의혹을 확인할 수 없다면 그들의 손목을 묶어 매달고, 서로 간에 일종의 경쟁을 붙여야 할지도 모르겠습니다. 누가 먼저 사리 분별을 할지. 물론 내 성향에는 그들을 집으로 데려가 잘 먹이고 독한 술을 계속 권하는 쪽이 더 맞습니다. 하지만 토머스 경, 나는 늘 경을 우러러봤고, 이런 일에서는 당신이 내 스승이나 다름없어서요.

그는 마거릿 로퍼가 돌아오기 전에 얘기를 끝내야 한다. 손가락으로 테이블을 두드리니 모어가 몸을 세우고 앉아 집중한다. 존 프리스 말입니다, 그가 말한다. 왕에게 뵙기를 청하세요. 잃어버린 아이가 돌아온 것처럼 반길 겁니다. 왕과 얘기해 프리스를 직접 만나달라고 부탁하십시오. 프리스와 뜻을 같이하라는 얘기가 아닙니다ㅡ경은 그자를 이단자라 생각하고, 어쩌면 정말 그럴지도 모르니까ㅡ그저 이번 한 번만 양보해서 왕에게 고해달라는 겁니다. 프리스는 영혼이 순수한 자고 훌륭한 학자이니 목숨만은 살려달라고요. 프리스의 교리가 틀렸고 당신의 교리가 옳다면 그자를 설득해 돌려놓으면 됩니다. 경은 화술이 뛰어나고, 설득력으로는 내가 아니라 경이 이 시대 최고니까ㅡ프리스를 설득해 가톨릭교회로 돌아오게 하십시오, 가능하다면. 만약 프리스가 이대로 죽으면 절대 알 수 없지 않겠습니까, 경이 그자의 영혼을 구제할 수 있었을지 아닌지?

마거릿의 발소리가 들린다. "이건가요, 아버지?"

"내드려라."

"이 사본의 사본들이 있겠지요, 아마?"

"당신도 바랄 텐데요," 마거릿이 말한다. "우리가 합당한 모든 주의를 기울이길."

"당신 아버님과 나는 수사와 수도사에 대해 논하는 중이었습니다. 자기 교단의 우두머리에게 충성할 의무가 있다면, 그들이 어찌 왕의 좋은 신하가 될 수 있겠습니까? 그 우두머리가 다른 나라에 있고, 프랑수아왕이나 카를황제의 신하일 수도 있는데?"

"그래도 여전히 잉글랜드 사람이잖아요."

"잉글랜드 사람으로 행동하는 자를 나는 거의 못 봤습니다. 이 얘기는 아버님이 더 자세히 설명해주실 겁니다." 그는 마거릿에게 인사한다. 모어의 손을 잡고, 손바닥에 불룩거리는 힘줄이 느껴질 만큼 꼭 쥔다. 그의 손에 있는 흉터가 사라진다. 어찌 그럴 수 있는지 놀랍다. 이제 그 자신의 손 또한 하얀 젠틀맨의 손이다. 피부가 매끈하게 이어지며 손마디를 타넘는다. 그 화상 자국, 대장장이라면 누구나 일하다 얻기 마련인 줄무늬 흉터가 절대 사라지지 않으리라 생각했던 시절도 있었건만.

그는 집으로 간다. 헬렌 바르가 맞아준다. "낚시를 갔었어요." 그가 말한다. "첼시에."

"모어는 잡았고요?"

"다음에."

"예복이 도착했어요."

"그래요?"

"진홍색이던데."

"맙소사." 그가 웃는다. "헬렌—" 그녀가 쳐다본다. 기다리고 있는 듯하다. "남편은 끝내 못 찾았소."

그녀는 앞치마 주머니에 깊숙이 손을 넣은 채다. 뭐라도 쥐고 있는 양 꼼지락거린다. 가만히 보니 한 손으로 다른 손을 부여잡고 있다. "그럼 그 사람이 죽었다고 생각하세요?"

"그리 생각하는 게 합리적일 듯해요. 그자가 강으로 들어가는 모습을 목격한 남자와 얘기했소. 제대로 본 것 같긴 하더군."

"그럼 나도 다시 결혼할 수 있겠네요. 누구든 나를 원하는 사람이 있으면."

헬렌의 시선이 그의 얼굴에 머문다. 그녀는 아무 말도 하지 않는다. 그저 서 있을 뿐이다. 그 순간이 오랫동안 지속되는 듯하다. 헬렌이 불쑥 뱉는다. "우리 그림은 어찌되었나요? 남자가 책처럼 생긴 자기 심장을 들고 있는? 아니, 뭐래는 거야, 심장처럼 생긴 책을 든?"

"제노바 사람에게 줬소."

"왜요?"

"대주교 임명에 돈이 필요했어요."

헬렌은 움직인다, 마지못해, 천천히. 그의 얼굴에서 눈길을 거둔다. "한스가 왔어요. 아까부터 기다리고 있는데. 화를 내더라고요. 시간은 돈이라면서."

"내가 변상해줘야겠군요."

한스는 대관식 준비를 하다 잠시 짬을 낸 터다. 그레이스처치 스트리트에 실제와 꼭 같은 파르나소스산을 세우는 중이고, 오늘은 아홉 뮤즈도 만들어야 해서 토머스 크롬웰을 마냥 기다리는 게 못마땅하다. 옆방에서 쿵쿵거리며 돌아다닌다. 가구라도 옮기는 모양이다.

프리스가 크로이던의 대주교궁으로 이송된다. 거기서 크랜머의 심문이 진행될 예정이다. 신임 캔터베리 대주교는 램버스궁에서 프리스를 심문할 수도 있었다. 그러나 크로이던까지 가는 길이 더 멀고 중간에 숲도 지나야 한다. 이 숲속 깊숙한 곳에서, 그들이 프리스에게 말한다. 당신이 우릴 따돌리고 도망친다면 우리로선 아주 운 나쁜 날이 되겠지요. 윈즈워스 방면으로 수풀이 얼마나 울창한지 보십시오. 군대도 숨길 수 있겠어요. 수색에만 이틀, 아니 그 이상이 걸릴 겁니다―그리고 거기서 동쪽으로, 켄트와 강 쪽으로 이동하면 우리가 그 부근에 도달하기도 전에 감쪽같이 사라질 수 있을 거예요.

그러나 프리스는 자신이 갈 길을 안다. 자신은 죽음을 향해 가고 있다. 그들은 길에 서서 휘파람을 불며 날씨 얘기를 한다. 한 명은 나무에 대고 한가로이 소변을 본다. 나뭇가지 사이로 날아다니는 어치를 뒤쫓는 이도 있다. 그러나 그들이 돌아왔을 때 프리스는 평온히 기다리고 있다. 자신의 여정이 재개되기를.

나흘간 일정의 첫날. 런던 동업조합이 제공한 바지선 오십 척으로 이뤄진 행렬. 런던에서 블랙월까지 두 시간 거리를 갈 배들의 삭구에 종과 깃발이 걸려 있다. 그가 기도를 올리는 하느님이 명하기라도 한 듯 바람은 가볍고도 상쾌하다. 조수를 거슬러가 그리니치궁의 계단 앞에 닻을 내리고, 즉위를 앞둔 왕비를 그녀의 바지선―캐서린이 쓰던 바지선의 문장을 바꾸고 스물네 개의 노를 달았다―에 태운다. 왕비의 시녀와 호위대 옆에는 왕궁의 온갖 간판 인물, 불참으로 대관식을 망치고 말리라 맹세했던 오만하고 고귀한 이들이 잔뜩 서 있다. 조각배에 음악가가 가득하다. 크고 작은 깃발을 펄럭이는 조각배 삼백 척이 강 위에서 연주하는 음악이 강둑 사이에서 울려퍼지고, 그 강둑마다 런던 사람들이 늘어서 있다. 조수를 따라 하류로 내려가는 동안 행렬의 선두에서는 수룡이 불을 뿜고, 그 곁에선 건장한 남자들이 불꽃을 쏘아올린다. 원양함선들이 포를 쏘며 경례한다.

런던탑에 도착할 때쯤엔 해가 빛나고 있다. 템스강이 환히 반짝인다. 헨리가 기다리고 있다가 바지선에서 내리는 앤을 맞이한다. 격식 따위 차리지 않고 그녀에게 입을 맞춘다. 그녀의 가운을 젖히고 옆구리에 고정해, 온 잉글랜드에 그녀의 배를 내보인다.

다음으로 왕은 기사를 서임한다. 하워드가와 불린가에서 다수가, 그리고 그들의 친구와 추종자들이 작위를 받는다. 앤은 휴식을 취한다.

노픽 외숙부는 이 볼거리를 놓친다. 헨리왕이 공작을 프랑수아왕에게 보냈다. 두 왕국 사이의 더없이 끈끈한 동맹관계를 재차 확인하기 위해서였다. 노픽 공작은 문장원 총재* 지위를 겸하고 있어 대관식을 책임져야 하지만, 그 임무를 대리할 또다른 하워드가 있는데다 그, 토머스 크롬웰이 모든 걸 관장한다. 심지어 날씨까지.

그는 대관식 연회를 주관하기로 한 아서 로드 라일과 상의해왔다. 아서 플랜태저넷, 지나간 시대의 점잖은 유물이라 할 만한 자다. 대관식이 끝나자마자 버너스 경의 후임 총독으로 칼레에 갈 예정이며 그에 앞서 그, 크롬웰이 짧은 보고와 설명을 진행해야 한다. 라일은 플랜태저넷가답게 얼굴이 길쭉하고 앙상하며, 자기 아버지인 에드워드왕처럼 키가 껑충하다. 에드워드왕은 아니나다를까 수많은 혼외자를 남겼으나, 지금 불린의 딸 앞에서 삐걱거리며 무릎을 굽혀 인사하는 이 나이 지긋한 남자처럼 누가 봐도 왕의 자식인 사람은 없었다. 오너는 라일의 두번째 아내로 남편보다 스무 살이 어리다. 왜소하고 연약하고 남편에 비해 너무도 조그맣다. 황갈색 실크 드레스에 황금 하트가 달

---

* 대관식과 장례식 등의 왕실 행사를 주관하는 문장원의 수장.

린 산호 팔찌를 찬 오너는 짜증에 가까운 불만 가득한 표정을 잠시도 풀지 않는다. 그를 아래위로 훑어본다. "당신이 크롬웰인가봐요?" 누구든 남자가 그런 투로 말했다면 밖으로 불러낸 뒤 외투를 벗어던졌을 터다.

둘째 날. 앤을 웨스트민스터로 데려간다. 그는 동이 트기 전에 일어나 흉벽에서 지켜본다. 옅은 구름이 버몬지 제방 위에서 흩어지고, 물처럼 맑은 이른 아침의 냉기가 꾸준한 황금빛 열기로 대체된다.

앤의 행렬은 프랑스 대사의 수행단이 이끈다. 진홍색 옷을 입은 법관들이 뒤따른다. 예스럽게 재단한 남보라색 복장의 배스 기사들, 다음으로 주교들, 오들리 대법관과 그 수행단, 진홍색 벨벳 옷을 차려입은 고위 귀족들이 뒤를 잇는다. 기사 열여섯 명이 앤을 실어나르는 흰색 가마에는 은종들이 달려 매 걸음마다, 매 호흡마다 딸랑딸랑 울린다. 왕비는 하얀 예복을 입었고, 낯선 허물 속 그녀의 몸은 은은히 반짝이며, 얼굴은 의식적으로 엄숙히 미소 짓고, 머리칼은 둥글게 엮은 보석 아래로 늘어뜨렸다. 시녀들이 흰색 벨벳 마구로 치장한 조그만 말을 타고 왕비를 뒤따른다. 마차에 탄 기분 나쁜 표정의 늙은 미망인들도.

행렬이 거쳐가는 길목마다 야외극이 공연되고, 사람이 분장한 조각상들이 살아 움직인다. 앤의 미덕을 낭독하고, 런던시가 준비한 황금 선물을 바친다. 그녀의 상징인 흰색 매는 관을 쓰고 장미에 휘감겨 있으며, 건장한 기사 열여섯 명의 발이 으깨고 짓이긴 꽃잎에서 향기가 연기처럼 피어오른다. 이동 경로를 따라 태피스트리와 깃발이 걸려 있고, 말발굽이 닿는 지면에는 미끄럼을 방지하고자 그의 지시대로 자갈을 깔아두었으며, 폭동과 충돌에 대비해 군중은 가로대를 넘어오지 못하게 단속한다. 런던에서 소집할 수 있는 모든 법집행관이 군중 사이에 섞여 있다. 훗날, 이 순간이 기억되고 또 여기 있지 않았던 이들에게 전해질 때, 오, 앤 왕비의 대관식, 그날 내가 소매치기를 당했잖아, 라고 말할 자가 없게 하겠다는 그의 각오 덕분이다. 펜처치 스트리트, 레든홀, 치프, 성 바오로 성당의 경내, 플리트 스트리트, 템플바, 웨스트민스터홀. 하도 많은 분수에 와인이 흘러 물이 흐르는 분수를 찾기 힘들 정도다. 그리고 런던의 또다른 거주자들 역시 행렬을 내려다본다. 그들은 공중에 달려 살아가는 괴물, 인구로 셈하지 않는 석조 남자와 여자와 야수, 인간도 짐승도 아닌 존재, 송곳니 달린 토끼와 날개 달린 산토끼, 다리 넷 달린 새와 깃털 달린 뱀, 툭 불거진 눈과 거위 부리를 가진 도깨비, 나뭇잎 관을 쓴 혹은 염소나 숫양의 머리를 단 남자다. 얼키설키 똬리를 틀고 가죽 날개를 단, 털이 복슬복슬한 귀와 갈라진 발을 가진, 뿔을 달고 포효하는, 깃털과 비늘이 달린, 누구는 웃고 누구는 노래하고 누구는 입술을 당겨 이빨을 드러내는 생명체들이다. 사자와 수사, 당나귀와 거위, 입속에 아이들을 욱여넣은 악마, 놈들에게 잘근잘근 씹히고는 무력하게 버둥거리는 발만 남은 아이들이다. 석회암 또는 납으로 만들어지고, 금속 또는 대리석을 뒤집어쓰고 군중 위에서 악을 쓰고 키득거리는, 지주와 담과 지붕에서 야유하고 으르렁거리고 헛구역질하는 것들이다.

그날 밤, 그는 국왕의 허락을 받아 오스틴프라이어스로 돌아간다. 이웃인 샤퓌를 방문한다. 대사는 그날의 행사를 철저히 외면하느라 덧문을 닫아걸고 팡파르와 축포 소리를 차단하려 귀까지 틀어막고 있다.

그는 사탕과 서픽 공작이 보내온 와인을 들고 부루퉁한 대사를 달래러 줄줄이 가는 모습이 꼭 대관식을 우습게 흉내내는 것 같은 서스턴의 작은 행렬에 낀다.

샤퓌가 웃음기 없는 얼굴로 그를 맞이한다. "음, 당신은 울지 추기경이 실패한 일을 해냈고, 헨리는 원하던 걸 끝내 손에 넣었네요. 나는 내 주군에게 말하곤 합니다, 그분은 이런 걸 치우침 없이 볼 수 있는 사람이니까. 헨리왕의 입장에서 보면 크롬웰을 더 일찍 차지하지 못한 게 안타까울 따름이라고. 그랬으면 왕의 문제를 훨씬 무난히 풀 수 있었을 거라고." 이 모든 걸 가르쳐준 사람이 울지 추기경이라고 그가 말하려는데, 샤퓌가 틈을 주지 않는다. "추기경은 닫힌 문을 맞닥뜨리면 칭찬부터 했지—오 아름답고 순종적인 문이여! 그렇게 속여놓고 문을 여는 거예요. 당신이 딱 그렇습니다, 딱 그래요." 샤퓌는 서픽 공작의 선물을 잔에 따른다. "하지만 결국에는 차부수고 들어가지요."

와인은 서픽 공작이 좋아하는 풍미가 훌륭하고 값비싼 종류고, 샤퓌는 그 진가를 음미하며 말한다. 나는 이해가 안 돼요, 이 미개한 나라의 어떤 것도 이해가 안 된다고. 이제 크랜머가 교황이란 건가? 아님 헨리왕이? 혹시 당신이 교황이에요? 오늘 밖에 나가 있던 내 사람들이 그러더군요. 그 첩을 옹호하는 목소리는 거의 없고 캐서린의, 적법한 왕비의 축복을 빌며 기도하는 소리가 대부분이었다고.

그래요? 그 사람들은 대체 어디에 있다 온 건지 모르겠군요.

샤퓌가 코웃음을 친다. 그들 또한 그게 궁금할 겁니다. 요즘 헨리는 프랑스밖에 몰라요. 그리고 그 여자, 앤 불린도 반은 프랑스 사람인데다 그쪽에 완전히 매수되었지요. 그쪽 집안 전체가 프랑수아의 손아귀에 있다고요. 하지만 당신은요, 토머스. 당신은 이런 프랑스인한테 혹하지 않는 거지, 안 그래요?

그는 샤퓌를 안심시킨다. 내 친애하는 벗이여, 단 한순간도요.

샤퓌는 흐느낀다. 샤퓌답지 않은 일이다. 이게 다 저 값비싼 와인 때문이다. "나는 내 주군이신 황제 폐하를 실망시켰어요. 캐서린을 실망시켰어요."

"마음 쓰지 마시지요." 그는 생각한다. 내일은 또다른 전투이자 또다른 세상일 테니.

그는 새벽녘 웨스트민스터사원에 나와 있다. 여섯시에 행렬은 준비가 한창이다. 헨리왕은 색칠한 석조 구조물 안쪽에 따로 마련한 자리에 앉아 격자형 가림막 너머로 대관식을 지켜볼 것이다. 여덟시경에 그가 고개를 들이미니 왕은 벌써부터 기대에 차서 벨벳 방석에 앉아 있고, 무릎을 꿇은 하인이 아침식사를 차리는 중이다. "프랑스 대사가 오기로 했네." 왕이 말한다. 그는 서둘러 자리를 뜨다 대사와 마주친다.

"초상화를 그렸단 소문을 들었습니다, 메트르 크레뮈엘. 나도 초상화를 그렸지요. 결과물은 보셨습니까?"

"아직 못 봤습니다. 한스가 너무 바빠서요." 이처럼 화창한 아침인데도 부채 모양의 천장 아치 아래서 대사는 파르스름해 보인다. "자," 그가 말한다. "왕비의 대관식과 함께 우리 양국의 우호관계는 완벽한 상태에 도달한 듯하군요. 이를 더욱 완벽하게 다지는 방법은 무엇이겠습니까? 고견을 청합니다, 므슈."

대사가 고개를 숙인다. "이제부턴 내리막이 아니겠습니까?"

"한번 힘써보지요, 상호 간에 도움이 되는 상태를 유지할 수 있도록. 우리 군주들이 또다시 서로에게 불퉁거리면 말입니다."

"칼레 회담을 또 해볼까요?"

"내년쯤이나."

"더 일찍은?"

"별 이유도 없이 우리 왕을 공해상에 두진 않을 생각입니다."

"차차 의논해봅시다, 크레뮈엘." 대사가 손바닥으로 그의 가슴께, 심장 위를 토닥인다.

앤의 행렬은 아홉시에 정렬한다. 앤은 가장자리에 흰담비털을 댄 자주색 벨벳 망토를 걸쳤다. 제단까지 650미터를 걸어야 하는데, 그곳으로 이어지는 파란 천을 앞에 두고 넋을 잃은 듯한 표정이다. 그녀의 한참 뒤에서 선대 노퍽 공작의 미망인이 행렬을 지원한다. 그보다 가까이에서 윈체스터 주교와 런던 주교가 앤의 기다란 예복 끝단을 붙잡고 있다. 가드너와 스토크슬리 모두 이혼 문제에서 왕의 편에 섰으나, 이젠 실제가 된 왕의 재혼 상대로부터 멀찍이 떨어져 있고 싶은 듯 보인다. 앤의 넓은 이마에 고운 땀이 송골송골 맺히고, 꾹 다문 입술은—제단에 도달할 즈음—얼굴에서 아예 사라져버린 듯하다. 두 주교가 그녀의 옷자락을 들어야 한다는 건 어디서 나온 얘기인가? 이 모두가 위대한 책에 기록되어 있다. 너무도 오래되어 손댈 엄두도, 숨결을 뱉을 엄두도 나지 않는 책에. 라일은 그 내용을 줄줄 외우는 듯하다. 아무래도 사본을 만들어 인쇄해야겠다고 그는 생각한다.

이를 기억에 새긴 뒤 자신의 의지를 앤에게 집중한다. 휘청거리지 않기를 바라는 사이 앤은 제단 앞에 엎드려 기도하고자 몸을 숙이고,

그녀의 복부가 신성한 바닥에서 30센티미터 정도 떨어진 중대한 시점에 수행원들이 나서서 몸을 부축한다. 그는 어느새 기도하고 있다. 이 아이를, 지금 돌바닥에 맞닿은 채 뛰고 있을 반쯤 여문 심장을 이 순간으로 거룩하게 하소서. 아이가 제 아버지의 아버지를, 튜더 숙부들을 닮게 하소서. 단단하고, 기민하며, 기회 앞에서 빈틈이 없고, 더없이 사소한 운명의 전환점조차 있는 힘껏 활용하도록 하소서. 헨리가 스무 해를 산다면, 울지의 창조물인 헨리가 이 아이를 후계자로 남긴다면, 나는 내 나름의 군주를 만들어볼 수 있을 것이다. 하느님을 찬미하고 잉글랜드의 복리를 꾀하는. 그때도 내 나이는 그리 많지 않을 테니까. 노퍽을 보라. 벌써 예순 살이고, 공작이 플로든 전투에 나섰던 당시 그 아버지는 칠순이었다. 그는 헨리 와이엇처럼 이제는 국무에서 은퇴하겠노라 말하지도 않을 것이다. 뭐가 남는단 말인가, 국무를 빼면?

앤은 비틀거리며 다시 일어선다. 짙은 구름 같은 향 연기 속에서 크랜머가 그녀의 손에 상아로 만든 봉을 쥐여주고, 머리에 성 에드워드 왕관을 잠시 얹었다가 좀더 가볍고 견딜 만한 관으로 바꿔준다. 요술이라도 부리듯 감쪽같다. 크랜머의 손놀림은 평생 왕관을 바꿔치기해온 사람처럼 유연하다. 이 고위 성직자는 살짝 신이 난 듯 보인다, 누군가에게서 따뜻한 우유 한 잔을 건네받은 사람처럼.

도유를 마친 아나는 뒤로 물러난다. 자욱한 향 연기에 둘러싸이더니 그 흐릿함 속으로 사라진다. 아나 레기나, 그녀는 자신을 위해 마련된 처소로 돌아가 웨스트민스터홀에서 열릴 연회에 나갈 준비를 한다. 그는 예의고 뭐고 없이 고위 인사들—당신들, 이 자리에 참석하지 않으리라 말했던 당신들 모두—을 밀치고 나가다 서픽 공작을 발견한다.

잉글랜드 무관장이기도 한 공작은 백마에 올라타고 귀족들과 함께 연회장으로 갈 채비를 하고 있다. 그 거대하고 휘황찬란한 풍채로부터 눈길을 거두며 그는 생각한다. 서픽 또한 나보다 오래 살진 않을 것이다. 다시 어둑한 곳으로, 헨리왕에게로 걸음을 옮긴다. 그런데 순간 그의 발길을 붙드는 것이 있다. 획 하고 모퉁이를 도는 진홍색 예복 자락을 본 것이다. 그럴 리 없다. 그를 보고 자리를 피한 어느 법관일 뿐이다.

베네치아 대사가 국왕이 앉아 있는 석조 구조물 입구를 막고 있으나 왕은 옆으로 비키라 손짓하고 그를 불러 말한다. "크롬웰, 내 아내가 정말 좋아 보이지 않던가, 정말 아름답지 않았어? 그대가 아내를 좀 들여다봐주겠나? 그녀에게……" 왕은 선물이 될 만한 걸 찾아 두리번거리다 자기 손가락에서 다이아몬드 반지를 비틀어 뺀다. "이걸 전해주겠나?" 그러면서 반지에 입을 맞춘다. "이것도?"

"그 감정까지 전달되기를 또 희망해봐야겠군요." 그가 말하고, 크랜머라도 되는 양 한숨을 쉰다.

왕이 웃음을 터트린다. 얼굴이 환히 빛난다. "최고야." 왕이 말한다. "오늘이 내 최고의 날이야."

"출산 전까지는 그렇지요, 폐하." 베네치아 대사가 말하며 고개를 숙인다.

메리 하워드, 노픽의 작은딸이 그에게 문을 열어준다.

"아뇨, 무슨 일이 있어도 못 들어와요." 그녀가 말한다. "절대 안 돼요. 왕비가 옷을 입지 않았어요."

리치먼드 공작의 말이 맞았군, 그는 생각한다. 가슴이 아예 없다. 아직까지도. 열네 살인데. 이 어린 하워드의 마음을 한번 사로잡아보리라, 그는 작정하고 서서 말을 자아내기 시작한다. 그녀의 가운과 장신구에 찬사를 보낸다. 그러고 있으려니 안에서 목소리가 들린다. 무덤에서 나오는 소리처럼 웅웅거린다. 메리 하워드가 놀라서 펄쩍 뛰며 말한다. 오, 그래요, 왕비께서 괜찮다고 하면 봐도 되죠.

침대에 달린 커튼이 내려와 있다. 그가 커튼을 젖힌다. 앤이 슈미즈 차림으로 누워 있다. 유령처럼 납작해 보인다. 놀랍도록 불룩한 임신 육 개월 차의 복부를 제외하면. 예복 차림일 때는 앤의 상태가 좀처럼 드러나지 않았고, 그녀가 돌바닥에 배를 대고 엎드렸던 그 신성한 순간에나 임신한 몸을 겨우 떠올릴 수 있었는데, 지금은 그 몸이 눈앞에 무슨 제물처럼 길게 늘어져 있다. 리넨에 덮인 가슴은 부풀었고 통통 부은 발은 맨발이다.

"성모마리아시여," 앤이 말한다. "하워드가 여자들 좀 가만 내버려 둘 수 없어요? 못생긴 남자치고 당신은 아주 자신만만하네요. 어디 좀 봐요." 그녀가 고개를 쳐든다. "그게 진홍색이에요? 너무 짙은 진홍이 잖아요. 내 명령을 거스르는 건가요?"

"레이디의 사촌 되시는 프랜시스 브라이언이 저더러 돌아다니는 피멍덩어리 같다고 해서요."

"정치체*의 멍덩어리라니." 제인 로치퍼드가 웃음을 터트린다.

"이럴 여력이 있습니까?" 그가 묻는다. 의심인 것도 같고 애정인 것도 같은 질문이다. "몹시 지치셨는데요."

---

* body politics. 국가를 인간의 몸에 빗댄 개념.

"오, 견뎌낼 거예요." 메리 불린이다. 딱히 여동생을 자랑스러워하는 것처럼 들리지는 않는다. "저애는 이날을 위해 태어났거든요, 그렇지 않나요?"

제인 시모어가 말한다. "폐하도 보고 계시나요?"

"아주 자랑스러워하시죠." 그는 관대*를 닮은 침상에 드러누운 앤을 향해 말한다. "이보다 더 아름다울 순 없다고 하십니다. 이걸 보내셨어요."

앤이 작게 소리를 낸다. 고마움과 지겨움 사이에 아슬아슬하게 걸린 신음이다. 오, 뭐야, 또 다이아몬드야?

"그리고 입맞춤도요. 직접 해주시는 게 나을 거라 말씀은 드렸으나."

앤은 반지를 받을 기미가 없다. 그는 그녀의 배에 반지를 내려놓고 나가버리고픈 충동을 거의 못 참을 지경이다. 그러는 대신 메리 불린에게 건넨다. "오실 때까지 연회는 시작되지 않을 겁니다. 준비가 되었다 싶거든 그때 오십시오."

앤이 휴 하는 소리와 함께 힘겹게 일어나 앉는다. "지금 가요." 메리 하워드가 몸을 숙여 앤의 등허리를 문지른다. 미숙한 손길이다. 새를 쓰다듬는 것처럼 발발 떠는 동작이 영 어설프다. "아, 저리 비켜." 기름 부음을 받은 왕비가 쏘아붙인다. 그녀는 아파 보인다. "어제저녁에 어디 있었어요? 찾았는데. 거리에서 나를 환호했어요. 내가 직접 들었어요. 사람들이 캐서린을 사랑한다고들 하지만 실은 여자들이나 그렇죠. 캐서린을 동정하니까. 우린 그들에게 더 나은 뭔가를 보여줄 거예

---

* 관이나 망자를 올려놓는 평상.

요. 그들은 나를 사랑하게 될 거예요, 이 생명이 세상에 나오는 날엔."

제인 로치퍼드가 말한다. "오, 하지만 마담, 저들이 캐서린을 사랑하는 건 기름 부음을 받은 두 군주의 딸이기 때문이에요. 그러니 마음을 단단히 먹으세요, 마담—저들은 절대 마담을 사랑하지 않을 거예요, 여기 있는 크롬웰을…… 사랑하지 않는 것처럼. 마담이 가진 미덕과는 아무 상관이 없어요. 그냥 그게 현실인 거예요. 피하려 해도 소용없어요."

"그 정도만 하시죠." 제인 시모어가 말한다. 그는 그녀에게 고개를 돌렸다가 뭔가 놀라운 것을 목격한다. 제인 시모어가 어느새 훌쩍 자랐다.

"레이디 케리," 제인 로치퍼드가 말한다. "당신 동생을 일으켜 다시 예복을 입혀야 해요. 그러니 마스터 크롬웰을 밖으로 모시고 나가 평소처럼 담소를 즐기세요. 오늘 같은 날은 전통을 깨면 안 되거든요."

문을 열고 나와 그가 말한다. "메리?" 그녀의 눈 밑이 거뭇하다.

"네?" 그녀의 말투가 꼭 "네, 이번엔 또 뭔데요?" 하는 것 같다.

"내 조카와 혼사가 틀어져 유감입니다."

"어차피 내 뜻은 아무도 묻지 않은걸요, 뭘." 메리는 억지 미소를 짓는다. "내가 당신 집을 구경할 일은 영영 없으려나봐요. 소문이야 수시로 듣지만."

"무슨 소문을 듣습니까?"

"오…… 궤짝이 금화로 미어터진다고."

"있을 수 없는 일입니다. 궤짝을 더 큰 걸로 구할 테니."

"사람들 말로는 그게 폐하의 돈이라던데."

"죄다 폐하의 돈이죠. 그분의 얼굴이 찍혀 있는데. 메리, 봐요." 그가 그녀의 손을 잡는다. "당신을 좋아하는 폐하의 마음을 나는 단념시킬 수 없었어요. 폐하는—"

"단념시키려 얼마나 애써봤는데요?"

"나도 당신이 우리와 함께 안전히 살았으면 했습니다. 물론 우리도 왕비의 언니가 기대할 법한 대단한 혼처는 아니지만."

"그러는 내가 밤마다 당하는 일은 얼마나 많은 언니들이 기대할지 의문이네요."

메리는 왕의 아기를 또다시 갖게 될 거다, 그는 생각한다. 그럼 앤은 요람에 누운 아기를 목 졸라 죽일 테고. "당신의 친구 윌리엄 스태퍼드가 궁에 와 있습니다. 적어도 그자는 아직 당신의 친구일 것 같은데요?"

"지금 내 상황이 그 사람인들 좋을지 생각해보세요. 그래도 아버지가 상냥히 대해주긴 해요. 내가 다시 필요해진 시점이란 걸 몽세뇌르도 알거든요. 왕이 다른 마구간에 속한 암말을 타는 건 하느님이 금지하시니까."

"이 또한 끝날 겁니다. 폐하는 당신을 놓아줄 거예요. 안정적으로 살 수 있게 해주겠지요. 연금도 주고. 내가 말씀드려보겠습니다."

"더러운 행주한테도 연금을 주나보죠?" 메리가 순간 휘청한다. 비참함과 피로로 아찔해진 듯하다. 눈에 눈물이 글썽글썽하다. 그는 그녀의 눈물을 눌러 닦아주고, 그녀를 소곤소곤 달랜다. 그러면서 다른 어딘가에 있고 싶어진다. 그 자리를 벗어나며 어깨 너머로 힐끗 본다. 메리는 쓸쓸히 문가에 서 있다. 저 여잘 위해 무슨 수든 써야 한다, 그는 생각한다. 메리의 아름다움이 시들고 있어.

헨리왕이 웨스트민스터홀의 높다란 회랑에서 지켜보는 동안 왕비가 주빈석에 앉고, 잉글랜드 궁정과 귀족의 꽃인 그녀를 시녀들이 둘러싼다. 국왕은 일찍부터 든든히 기력을 보충하고 지금은 얇게 저민 사과를 향신료 접시에 담긴 계핏가루에 찍어 먹는 중이다. 회랑에는 그의 곁에 앙코르 레 앙바사되르*가 자리해 있다. 장 드 댕트빌은 6월의 한기를 이기려 모피를 걸쳤고, 그 친구인 라보르 주교는 고급 양단 가운을 둘렀다.

"이 모든 것이 더없이 인상적입니다, 크레뮈엘." 드 셀브 라보르 주교가 말한다. 기민한 갈색 눈동자가 그를 면밀히 살피며 그의 모든 것에 주목한다. 그 또한 주교의 모든 것에 주목한다. 바느질과 누빔 처리, 장식 단추와 염색까지. 그는 주교가 걸친 양단의 짙은 자줏빛에 감탄한다. 이 두 프랑스인은 복음을 장려한다고 알려져 있지만, 프랑스 왕실은 프랑수아왕이 자신의 허영심을 위해 후원하고 싶어하는 소수의 학자만 장려할 뿐이다. 프랑수아왕은 자신만의 토머스 모어, 자신만의 에라스뮈스를 단 한 명도 키워내지 못했고, 이는 당연하게도 왕의 자존심을 건드렸다.

"내 아내인 왕비를 보시오." 헨리왕은 회랑 너머로 몸을 구부린다. 저럴 바엔 그냥 아래로 내려가는 게 나을 듯싶다. "저 정도 호사는 누릴 가치가 있는 여자야, 안 그렇소?"

---

* encore les ambassadeurs. '또다시 대사들'이라는 뜻의 프랑스어.

"창유리 전체를 갈아 끼웠습니다." 그가 말한다. "왕비마마가 더 돋보였으면 해서요."

"피아트 뤽스,"* 드 셀브가 중얼거린다.

"왕비는 아주 잘해냈습니다." 드 댕트빌이 말한다. "오늘 여섯 시간은 족히 서 있었을 텐데요. 폐하께서 농부 아낙네처럼 튼튼한 왕비를 얻으시다니 축하할 일입니다. 불경한 뜻으로 드리는 말씀은 아닙니다, 물론."

파리에서는 루터파의 화형이 한창이다. 그는 대사들과 이 얘기를 해보고 싶으나 저 아래서 백조와 공작새 구이의 냄새가 올라오는 동안은 불가능하다.

"메슈,"** 그가 (음악이 사방에서 얕은 물살처럼 차오르고 소리가 은 빛으로 잔물결치는 가운데) 묻는다. "줄리오 카밀로라는 자를 아십니까? 지금 프랑스 궁정에 있다고 들었는데요."

드 셀브가 친구와 눈빛을 주고받는다. 깜짝 놀란 눈치다. "나무 상자를 만드는 남자 말이군." 장 드 댕트빌이 중얼거린다. "네, 알지요."

"카밀로가 만드는 건 극장입니다." 그가 말한다.

드 셀브가 고개를 끄덕인다. "당신 자신이 거기 올릴 연극이고요."

"에라스뮈스가 그 물건에 대해 알려왔소." 헨리왕이 어깨 너머로 말한다. "카밀로란 자가 소목장이들을 시켜 조그만 나무 선반과 서랍들을 만들고 있다더군. 하나를 열면 또하나가 나오는 식으로. 키케로의 연설을 암기하기 위한 기억 장치라지."

---

* fiat lux. '빛이 있으라'라는 뜻.
** messieurs. 므슈의 복수형.

"괜찮으시다면 말을 좀 보태겠습니다. 카밀로는 그 이상을 계획하고 있습니다. 그 물건은 비트루비우스의 구상에 입각한 극장입니다. 그러나 연극을 올리기 위한 극장은 아니지요. 라보르 주교님이 말씀하신 대로, 극장의 소유자가 중앙에 서서 올려다봅니다. 주변을 빙 둘러서 인간의 지식 체계가 배열되어 있죠. 도서관 같기도 합니다만, 뭐랄까—각각의 책 속에 또다른 책이 들어 있는, 그리고 그 속에 더 작은 책이 들어 있는 도서관이 그려지십니까? 이것도 완전한 설명은 못 되지만요."

왕은 아니스 씨앗 사탕을 입에 넣고 아드득 깨문다. "세상엔 이미 책이 너무 많아. 매일같이 더 많아지고. 그 누구도 그걸 다 읽을 생각은 못하지."

"당신이 그에 대해 어찌 그리 많이 아는지 모르겠군요." 드 셀브가 말한다. "큰 신세를 집니다, 메트르 크레뮈엘. 카밀로는 자기네 이탈리아 사투리밖에 못하는데다 말까지 더듬거든요."

"그럼에도 그대들의 주군이 기꺼이 돈을 쓰겠다면야." 헨리왕이 말한다. "마법사는 아니겠지요, 그자, 그 줄리오라는 자가? 프랑수아가 마법사한테 놀아나는 꼴은 보고 싶지 않거든. 그건 그렇고, 크롬웰, 스티븐을 다시 프랑스로 보내야겠어."

스티븐 가드너 얘기다. 그러니까 프랑스 사람들이 노퍼르크와 일하는 걸 꺼리는 모양이군. 놀랍지도 않다. "시간이 좀 걸릴 만한 임무입니까?"

드 셀브가 그의 눈길을 붙잡는다. "그럼 내무장관 일은 누가 하지요?"

"오, 크롬웰이 할 거요. 그렇지?" 헨리왕이 미소를 짓는다.

연회장에 막 들어가려는 그를 마스터 라이어슬리가 막아선다. 오늘은 문장관과 관리들, 그들의 아이들과 친구들에게 대목이나 마찬가지다. 그들의 수중에 두둑한 사례가 떨어지는 날이란 얘기다. 그리 말하자 콜미가 대꾸한다. 두둑한 사례는 마스터의 수중에 떨어지겠죠. 그는 가림막을 등지고 서서히 움직이며 목소리를 낮춘다. 충분히 예견할 수 있는 일이었지, 그가 말한다. 왕은 사사건건 반대하고 나서는 가드너한테 넌더리가 났거든. 폐하는 다툼에 지쳤어. 이제 결혼도 했으니 두쇠르*를 바라는 거지. 근데 그걸 앤한테서? 그가 말하자 콜미가 웃음을 터트린다. 왕비야 저보다 마스터가 더 잘 아시지 않습니까. 사람들 말대로 그녀가 입이 험한 레이디라면, 폐하는 더욱더 자기에게 상냥한 각료들을 필요로 하겠죠. 그러니 가드너를 나라 밖에 묶어두는 데 전념하시지요. 때가 되면 왕이 마스터를 그 자리에 앉힐 테니.

이날 오후를 위해 옷을 쫙 빼입은 크리스토프가 근처를 맴돌며 그에게 신호를 보낸다. 그럼 실례하겠네, 그가 말하는데 라이어슬리가 좋은 기운이라도 얻으려는 것처럼 그의 진홍색 가운을 만진다. 그리고 말한다. 마스터는 한 집안을 다스리고 궁의 축연을 주관하죠. 왕이 누리는 행복의 근원이고, 울지 추기경은 하지 못한 일을 그 이상으로 해냈습니다. 이것조차―라이어슬리가 손짓으로 주변을 가리킨다, 잉글랜드의 귀족들이 전에 떠들어대던 말은 꿀꺽한 채 스물세 가지 요리를

---

* douceur. '포근함' '상냥함'이라는 뜻의 프랑스어.

차근차근 맛보는 중이다―이 연회조차 근사하게 관리되고 있어요. 그 누구도 뭔가를 요구하고 나설 필요가 없습니다. 머릿속에 떠올리기도 전에 이미 자기 손에 들어와 있으니까.

그가 인사의 의미로 고개를 숙인다. 라이어슬리가 자리를 뜨자 크리스토프에게 손짓한다. 녀석이 말한다. 콜미가 듣는 데서 비밀 얘기는 절대로 하면 안 된다고 해서요. 레이프가 그랬거든요. 그자는 손에 넣는 무엇이든 들고 총총쫑쫑거리며 가드뉴어한테 간다고. 자 나리, 전할 말씀이 있습니다. 속히 크랜머 대주교에게 가셔야 합니다. 연회가 끝나는 대로요. 그는 연단을 흘낏 올려다본다. 천개* 아래 자리한 앤의 옆에 대주교가 앉아 있다. 둘 다 아무것도 먹지 않는다. 앤은 먹는 척하고 있지만. 둘 다 연회장을 눈으로 훑고 있다.

"총총쫑쫑거리는 건 내가 해야겠군." 그가 말한다. 이 표현이 마음에 든다. "어디로?"

"옛 거처라고 하면 아실 거라던데요. 은밀히 오시랍니다. 다른 사람은 데려오지 말라고 했어요."

"뭐, 너는 데려가도 된다. 사람이 아니잖니."

소년이 씩 웃는다.

그는 걱정스럽다. 사원 부근, 어스름 속 술 취한 사람들, 그의 뒤를 살펴줄 이의 부재, 이 모든 게 썩 마음에 들지 않는다. 안타까운 일이다, 사람이 뒤통수로는 볼 수 없다는 게.

---

* 권위의 상징으로 동반하는 의장 양산 또는 차양 형태의 구조물.

크랜머의 숙소에 거의 다 왔을 즈음 피로가 마치 무쇠 망토처럼 그의 어깨를 내리누른다. "잠깐 쉬었다 가자." 그가 크리스토프에게 말한다. 요 며칠 잠을 거의 자지 못한 터다. 그는 그림자 속에서 숨을 돌린다. 이곳은 춥고, 지붕 덮인 회랑을 통과하는 그의 몸은 밤에 잠긴다. 부근의 방들은 굳게 닫힌 채 텅 비었는지 안에서 아무 소리도 들리지 않는다. 그의 뒤쪽, 웨스트민스터 거리에서 알아들을 수 없는 외침이 날아든다. 전투가 끝난 뒤 낙오한 자들의 절규 같다.

크랜머가 고개를 든다. 벌써 와서 책상 앞에 앉아 있다. "영원히 못 잊을 날들이군. 눈으로 직접 보지 않고는 못 믿을 정도야. 오늘 왕이 훈훈한 말로 자네를 칭찬했네. 아무래도 나더러 자네한테 전하라고 그런 것 같아."

"런던탑에 쓸 벽돌 비용을 뭐하러 그리 고민했나 싶네. 지금 보니 그쯤은 정말 별것 아닌데. 내일은 마상 시합이 있어. 자네도 올 텐가? 우리 리처드가 지상 경기 출전 명단에 이름을 올렸네. 일대일 결투에 나갈 거야."

"리처드가 이길 거예요." 크리스토프가 장담한다. "한 방에, 상대는 바로 기절이죠. 다시는 못 일어날걸요."

"쉿," 크랜머가 말한다. "너는 여기 없는 거다, 녀석아. 크롬웰, 이쪽으로."

크랜머는 방 뒤쪽에 나 있는 낮은 문을 연다. 고개를 숙이니 어슴푸레한 빛 속에서 문틀 안으로 테이블과 스툴이 보인다. 그리고 여자가 있다. 젊은 여자가 스툴에 앉아 차분히 책을 들여다보는 중이다. 그녀가 시선을 든다. "이히 비테 지, 이히 브라우하이네 케르체."

"크리스토프, 양초가 필요하시단다."

여자 앞에 놓인 책을 그는 알아본다. 마르틴 루터의 소논문이다. "좀 봐도 되겠소?" 그가 말하고 책을 집어든다.

그는 어느새 상황을 읽고 있다. 지면의 행을 따라 정신이 날뛴다. 크 랜머가 숨겨주는 도망자쯤 되나? 이 여자가 붙잡힐 경우 치러야 할 대 가를 알긴 하는 건가? 반 페이지를 읽을 만큼의 시간을 벌고 있는데 대 주교가 미적미적 다가선다, 뒤늦은 사과처럼. "이 여자는……?"

크랜머가 말한다. "마르가레테. 내 아내일세."

"이런 맙소사." 그는 루터의 책을 테이블에 쾅 내려놓는다. "무슨 짓 을 벌인 건가? 여잔 어디서 만났고? 독일, 그렇겠군. 이거였어, 자네가 늦게 돌아온 이유가. 이제야 알겠군. 왜 그랬나?"

크랜머가 고분고분 말한다. "나도 어쩔 수 없었네."

"왕이 이 사실을 알면 자넬 어찌할 것 같은가? 파리의 사형기술자가 기계를 고안했어. 평형추가 달린 기둥을 써서─그림이라도 그려서 보 여줘?─이단자를 화형시킬 때 불속에 처박았다 들어올리기를 반복하 는 거야. 그자의 고통을 단계별로 구경할 수 있게. 이제 헨리왕도 하나 쯤 원하겠군. 아님 자네의 목을 사십 일에 걸쳐 천천히 썰어낼 장치를 구하든가."

젊은 여자가 눈길을 든다. "마인 옹켈─"

"당신 삼촌이 누군데요?"

여자는 신학자 안드레아스 오지안더의 이름을 댄다. 뉘른베르크 출 신의 루터파 학자다. 그녀가 말한다, 자신의 삼촌과 그 친구들, 그리고 자신이 사는 동네의 학식 있는 사람들은 믿는다고─

"당신 나라에선 그리 믿을 수 있습니다. 마담, 사제에게 아내가 있어야 한다고. 하지만 여기선 아니에요. 크랜머 박사가 이 사실을 미리 경고하지 않았습니까?"

"이보게," 크랜머가 애원한다. "그녀가 무슨 말을 하는지 얘기 좀 해주게. 나를 원망하나? 집에 가고 싶어하나?"

"아니. 아니네. 자네가 친절히 대해준다는군. 도대체 뭐에 씌었던 건가, 이 사람아?"

"비밀이 있다고 얘기했잖나."

그랬지. 종이의 한쪽 귀퉁이에 적었지. "그렇다고 여자를 여기다 둬? 왕의 턱밑에?"

"원래는 시골에 뒀네. 하지만 대관식 행사가 보고 싶다는데 차마 거절할 수 없었어."

"밖을 나다녔단 말인가?"

"안 될 거 있나? 어차피 여기 아는 사람도 하나 없는데."

그건 그렇다. 도시에서 이방인은 보호받는다. 화사한 두건과 가운 차림의 젊은 여자, 수천 개의 눈 사이에 섞인 두 개의 눈일 뿐. 그러니까, 나무는 숲에 숨길 수도 있는 것이다. 크랜머가 다가온다. 두 손을 내민다. 불과 얼마 전 성유를 묻혔던 손이다. 고운 손, 기다란 손가락, 항해와 동맹 소식에 십자가를 긋고 또 그었을 파리한 정방형 손바닥. "여기엔 내 친구로 와달라 청한 것이네. 나는 자네를, 크롬웰, 이 세상에서 제일가는 친구로 생각하니까."

그러니 어쩔 도리가 없는 것이다, 우정에 있어서는. 이 앙상한 손을 품어주는 수밖에. "잘 알겠네. 방법을 찾을 거야. 자네의 아내는 비밀로 해두세. 그저 좀 의아할 뿐이야, 자기 가족 곁에 두고 오지 않은 이유가 뭔지. 왕의 마음부터 돌려놓고 데려와도 되었을 텐데."

마르가레테는 둘을 가만히 지켜본다. 푸른 눈동자가 이 얼굴에서 저 얼굴로 바삐 움직인다. 그녀가 자리에서 일어선다. 테이블을 민다. 그걸 보는 그는 심장이 철렁한다. 여자가 저러는 걸 본 적이 있어서다. 그의 아내가 그랬다. 저렇게 손바닥으로 테이블을 짚고 힘겹게 몸을 일으키던 때가 있었다. 마르가레테는 키가 크다. 그리고 테이블 위로 그녀의 불룩한 배가 나타난다.

"세상에." 그가 말한다.

"딸이면 좋겠어." 대주교가 말한다.

"언제쯤입니까?" 그가 마르가레테에게 묻는다.

대답 대신 그녀는 그의 손을 잡아 가져간다. 자기 배에 놓고 손으로 꾹 누른다. 저 밖의 축제와 하나라도 된 양 아기가 춤을 춘다. 스파뇰레타와 에스탕피 로열*에 맞춰. 이게 아마 발일 터다. 이건 주먹이겠고.

"당신에겐 친구가 필요해요." 그가 말한다. "함께 있어줄 여자가."

쿵쿵거리며 방을 나서는 그를 크랜머가 뒤따라온다. "존 프리스 문제는……"

"뭐?"

"그자가 크로이던으로 이송된 뒤 개인적으로 세 차례 만나 대화했네. 훌륭한 청년이고, 더없이 점잖은 사람이야. 몇 시간을 들여 얘기했지만, 단 일 초도 아깝지 않았네. 하지만 그 자신의 길을 저버리게 할

---

* 모두 중세에 유행한 춤곡이다.

순 없었어."

"그때 숲으로 도망쳤어야 했어. 그게 프리스의 길이었다고."

"우리 모두가……" 크랜머는 시선을 떨군다. "용서하게, 하지만 우리 모두가 자네처럼 여러 길을 볼 수 있는 건 아냐."

"그럼 프리스는 이제 스토크슬리 주교에게 내줘야겠군. 그쪽 관구에서 잡혔으니까."

"생각지도 못했네. 왕이 내게 이 자리를 내릴 때, 내가 이 직책을 반드시 맡아야 한다고 우길 때, 존 프리스 같은 청년과 부딪쳐 신념을 버리라고 설득하는 게 나의 첫 임무가 될 줄은 말이야."

이 아래 세상에 온 것을 환영하네. "프리스 건이라면 나도 더는 시간을 못 끌어." 크랜머는 말한다.

"그건 자네 아내도 마찬가지야."

오스틴프라이어스 근방의 거리는 텅 비다시피 했다. 런던 전역에서 모닥불이 타오르기 시작하고, 그 연기에 별들이 흐릿하다. 그의 집 정문에 보초들이 서 있다. 이들이 술에 취하지 않았음을 확인하고 그는 흡족해한다. 잠시 멈춰 대화를 나눈다. 서두르면서도 그런 내색을 비치지 않는 것 또한 기술이라면 기술이다. 그러고는 안으로 들어가며 말한다. "미스트리스 바르를 좀 봐야겠네."

그의 식솔 대부분이 모닥불을 구경하러 나갔고, 춤을 추느라 자정까지는 돌아오지 않을 것이다. 당연히 그래도 좋다. 그들이야말로 새 왕비를 앞장서서 축하해야 하지 않겠는가? 존 페이지가 나온다. 시킬 일이라도 있으십니까, 마스터? 윌리엄 브라바존, 울지 추기경의 오랜 일꾼은 깃펜을 든 채다. 국왕의 업무는 절대 멈추지 않는다. 토머스 에이버리, 장부 정리를 이제 막 마쳤다. 흘러들어오고 흘러나가는 돈은 언제나 있으니까. 울지의 식솔은 추락하는 주인을 버렸지만, 토머스 크롬웰의 충복은 곁에 남아 끝까지 도왔다.

위층에서 문이 쾅 닫힌다. 레이프가 내려온다. 장화가 달가닥거리고 머리칼은 멋대로 뻗쳤다. 녀석은 얼굴이 벌게지며 당황하는 눈치다. "마스터?"

"너를 찾은 게 아니다. 헬렌이 여기 있는지 혹시 아느냐?"

"왜요?"

바로 그때 헬렌이 나타난다. 깨끗한 두건을 머리에 쓰고 머리칼을 밀어넣는다. "짐을 싸서 나와요. 나랑 갈 데가 있소."

"얼마 동안이요, 나리?"

"모르겠소."

"런던 밖으로 가나요?"

그는 생각한다. 제대로 채비를 해야겠다. 런던 거주민의 아내든 딸이든 신중한 사람을 구하면 그들이 하인과 산파를 찾아줄 것이다. 크랜머의 품에 아기를 무사히 안겨줄 능력 있는 여자를. "그리 오래 걸리진 않을 거요."

"제 아이들은—"

"우리가 신경써서 돌보겠소."

헬렌이 고개를 끄덕인다. 서둘러 자리를 뜬다. 수하의 일꾼이 저만큼만 날래면 좋겠다 싶을 정도다. 레이프가 그녀의 등뒤에 대고 말한다. "헬렌……" 성이 난 듯 보인다. "어디로 데려가는 겁니까, 마스터? 이 밤중에 이렇게 무턱대고 끌고 가시면 안 되죠."

"오, 나는 그래도 돼." 그가 부드럽게 말한다.

"저도 알아야겠어요."

"말 들어라, 너는 몰라야 해." 그가 한발 물러선다. "알게 되더라도 지금은 때가 아니야―레이프, 피곤하구나. 말다툼할 생각 없다."

어쩌면 이 일은 크리스토프에게 맡겨도 될 터다. 집안사람 중에 두말 않고 복종할 자들을 시켜 따뜻한 오스틴프라이어스에서 싸늘한 사원 근처로 헬렌을 데려가게 할 수도 있다. 아니, 아침까지 기다렸다 보낼 수도 있다. 하지만 그는 선명히 느낀다, 크랜머의 아내가 마주할 외로움을. 축제 분위기에 젖은 도시의 낯섦을. 캐넌 로의 황폐함을. 그 지역은 사원의 그림자 속에도 강도들이 도사리고 있다. 심지어 리처드 왕의 시대에도 도적떼의 소굴이었다. 놈들은 밤이 되면 쏟아져나와 멋대로 날뛰다가 새벽이 오면 우르르 돌아가 성역으로서의 특권을 주장했고, 당연한 얘기로, 그 이권을 성직자와 나눠 가졌다. 그 부근을 청소할 것이다, 그는 생각한다. 내 사람들을 풀어 흰담비가 토끼를 사냥하듯 쫓을 것이다.

자정. 돌이 이끼 낀 날숨을 뱉고 바닥의 널돌은 도시가 토해낸 증기로 미끄럽다. 헬렌이 그의 손에 자신의 손을 밀어넣는다. 하인 하나가 그들을 맞이한다, 눈을 내리깔고. 그는 시선을 들지 말라는 뜻으로 슬그머니 동전을 쥐여준다. 대주교의 기척은 없다. 잘됐다. 등불을 밝혀두었다. 문이 살짝 열려 있다. 조그만 간이침대에 누운 크랜머의 아내가 보인다. 그가 헬렌에게 말한다. "당신의 인정이 필요한 여자요. 어떤 상황인지는 봐서 알겠지. 레이디는 잉글랜드 말을 할 줄 몰라요. 어떤 경우에도 이름은 묻지 마시오."

"이쪽은 헬렌이오." 그가 말한다. "아이 둘을 키우는 엄마지요. 당신을 도와줄 겁니다."

미스트리스 크랜머는 눈을 감은 채로 고개만 겨우 끄덕이며 미소를 짓는다. 그러나 헬렌이 부드럽게 손을 얹자 그녀 또한 손을 뻗어 쓰다듬는다.

"남편은 어디 갔습니까?"

"에어 베테트."

"날 위한 기도면 좋겠군요."

프리스의 화형 집행일. 그는 국왕과 함께 길퍼드 외곽의 전원지대로 사냥을 간다. 동트기 전부터 비가 내리고, 거세고 우악스러운 바람에 나무우듬지가 휘청거린다. 잉글랜드 전역에 비가 내리며 들판의 작물을 흠뻑 적신다. 헨리의 기분에는 아무런 동요가 없다. 왕은 윈저에 남겨두고 온 앤에게 서신을 쓰려 자리에 앉는다. 손에 쥔 깃펜을 빙빙 돌리고, 종이가 놓인 방향을 바꾸고 또 바꾸다 결국 의욕을 잃는다. 나 대신 좀 써주게, 크롬웰. 내용을 말해줄 테니.

어느 재단사의 도제도 프리스와 함께 기둥에 묶일 예정이다. 이름은 앤드루 휴잇이다.

캐서린은 성물을 가져다달라고 했지, 왕이 말한다. 진통이 시작되면 말이야. 성모마리아의 복대가 있대서. 내가 빌려다줬다네.

앤 왕비는 원치 않을 것 같습니다.

그리고 성 마르가리타한테 특별 기도도 올렸어. 여자들은 이런 걸 좋아한다더군.

본인에게 맡기는 게 최선입니다, 폐하.

나중에 그는 프리스와 도제 소년이 고통스러워했다는 소식을 들을 터다. 바람에 불길이 자꾸만 두 사람을 비켜간 탓이다. 죽음은 개구쟁이다. 일부러 부르면 오지 않는다. 장난을 즐기는 죽음은 검은 복면을 쓰고 어둠 속에 도사린다.

런던에 발한병이 창궐한다. 국왕, 온 백성을 한몸에 담은 왕은 매일같이 온갖 증상을 호소한다.

지금 헨리왕은 빗줄기를 응시하고 있다. 기운을 내보려고 말한다. 이쯤에서 수그러들지도 몰라, 목성이 상승하고 있으니. 자, 그녀에게 쓰게. 왕비에게 써……

그는 깃펜을 들고 기다린다.

아니, 그 정도면 됐어. 이리 주게, 토머스. 서명을 해야지.

그는 왕이 하트를 그리는지 보려고 기다린다. 하지만 경망스러운 구애는 끝났다. 결혼생활에는 진지하게 응할 일이다. 헨리쿠스 렉스.

위경련이 오는 것 같군, 왕이 말한다. 두통도 있는 것 같아. 속이 메스껍고 눈앞에 검은 점들이 떠다니는데, 병의 징조겠지, 안 그런가?

조금만 쉬시면 괜찮을 겁니다, 그가 말한다. 또한 마음을 굳게 먹으시지요.

사람들이 발한병을 두고 뭐라 하는지 아는가. 흥겨운 아침식사, 점심엔 시체. 그 병이 사람을 두 시간 만에 죽일 수 있다는 걸 아나?

그가 말한다. 두려움 때문에 죽은 사람 얘기는 들어봤습니다.

오후가 되자 태양이 간신히 얼굴을 내민다. 헨리왕은 웃으면서 사냥

용 말에 박차를 가해 물이 뚝뚝 떨어지는 나무 밑을 벗어난다. 스미스
필드에서는 프리스를 삽으로 퍼내는 중이다. 그 젊음, 그 품위, 그 학
식, 그 아름다움을 퍼올린다. 한낱 진흙과 기름과 시꺼멓게 타버린 뼈
로만 남은 그것을.

헨리는 두 개의 몸을 가졌다. 하나는 물질적 존재로서 한계에 매인
몸이다. 이는 측정이 가능하고, 실제로 왕은 종종 측정한다. 허리나 종
아리 같은 부위를. 다른 하나는 군주다움을 담당하는 대역이다. 이 대
역은 자유롭게 떠돌고 매여 있지 않으며 무게가 없고 한 번에 여러 곳
에 존재할 수 있다. 헨리가 숲에서 사냥을 하는 동안 이 군주의 대역은
법을 만든다. 한쪽은 싸우고, 한쪽은 평화를 위해 기도한다. 한쪽은 왕
권의 미스터리에 둘러싸이고, 한쪽은 달달한 완두콩을 곁들인 오리고
기를 먹는다.

지금 교황은 헨리와 앤의 결혼이 무효라고 말하고 있다. 캐서린에게
돌아가지 않으면 국왕을 파문할 것이다. 그리스도교 세계는 왕의 육신
과 영혼 모두를 버릴 것이다. 백성은 들고 일어나 왕을 쫓아내고, 왕은
불명예 속에 망명해야 할 것이다. 그러나 그리스도교 세계 어디에도
왕을 받아줄 안식처는 없고, 왕이 죽으면 그 시신은 짐승의 뼈와 함께
아무 구덩이에나 묻힐 것이다.

그는 왕에게 교황을 '로마 주교'라 부르라고 가르쳤다. 교황의 이름
이 언급될 때마다 웃으라고 가르쳤다. 비록 어정쩡한 웃음일지라도,
예전의 비굴함보다는 낫다.

크랜머는 예언가 엘리자베스 바턴을 켄트의 자기 집에서 열리는 모
임에 초대했다. 전 공주 메리가 여왕이 되는 환영을 봤다고요? 네. 엑

서터 후작부인 거트루드가 왕비가 되는 환영도? 네. 크랜머는 부드럽게 말한다, 둘이 동시에 사실일 순 없다고. 성처녀가 대꾸한다. 나는 내가 보는 걸 말할 뿐이에요. 크랜머는 그녀가 활기차고 자신만만하다고 쓴다. 대주교를 상대하는 데 익숙하고, 크랜머를 또다른 위험으로, 자신의 모든 말에 매달리는 사람으로 생각한다고.

바턴은 고양이 발밑의 쥐나 다름없다.

캐서린 왕비는 이동중이다. 대거 줄어든 식솔과 함께 벅든의 링컨 주교궁으로 이사한다. 이 오래된 붉은 벽돌집에는 커다란 홀이 있고, 정원은 잡목림으로, 들판으로, 습지대의 풍경으로 이어진다. 9월은 캐서린에게 가을의 첫 과실을 안길 것이다. 10월이 안개를 몰고 올 것처럼.

왕은 메리가 어렸을 때 세례식에서 입었던 예복을 내달라고 캐서린에게 요구한다. 곧 태어날 아기에게 주려는 것이다. 캐서린의 답을 들은 그, 토머스 크롬웰은 웃음을 터트린다. 자연은 캐서린에게 큰 잘못을 저질렀어, 그가 말한다. 남자로 만들었어야 했는데. 그랬으면 고대의 모든 영웅을 익히 능가하는 인물이 되었을 텐데. 캐서린 앞에 놓인 종이 한 장, 거기엔 그녀가 '미망인 공비'라 명명되어 있다. 잔뜩 충격을 받고 온 이들은 그에게 캐서린의 깃펜이 종이를 어떻게 갈기갈기 찢어놨는지 보여준다. 자신의 새 칭호를 어떻게 박박 그어놨는지도.

짧은 여름밤에도 소문은 작황이 좋다. 새벽녘에는 축축한 풀밭의 버섯처럼 퍼져 있다. 토머스 크롬웰 집안사람들이 자정 넘은 시각에 산파를 찾아다녔다더라. 그자가 자기 시골집에 여자를 숨겨놓았다더라, 그 외국 여자가 그자에게 딸을 낳아줬다더라. 네가 뭘 하든 상관없다만, 그가 레이프에게 말한다. 내 명예를 지키겠다고 나서진 마라. 내겐 그런 여자가 도처에 있거든.

사람들은 그대로 믿을 거예요, 레이프가 말한다. 런던에 떠도는 소문으로는 토머스 크롬웰이 어마어마한······

기억력을 가지고 있지, 그가 말한다. 나는 아주 커다란 장부를 가지고 있어. 거대한 정리 체계 같은 건데, 내게 대적한 자들의 세부 정보가 (각각의 이름과 더불어 죄목에 따라) 기록되어 있단다.

점성가들은 하나같이 국왕이 아들을 보게 되리라 말한다. 하지만 이런 위인들과는 상대하지 않는 게 낫다. 몇 달 전 남자 하나가 그를 찾아와 왕에게 현자의 돌을 만들어주겠다고 제안했는데, 그쯤 하고 조용히 사라지란 소리를 듣더니 이런 유의 연금술사가 늘 그러듯 안면을 바꿔 무례하고 제멋대로 굴면서 이번엔 왕이 올해 안에 죽으리라 떠들어댄다. 작센에서 기다리고 있소이다. 남자가 말한다. 작고한 에드워드왕의 장남이. 당신은 그자가 런던탑 보도 밑에서 달가닥거리는 해골이 되었다고, 그 위치는 그자를 살해한 인간들만 알 거라고 생각했겠지. 제대로 속은 거요. 그자는 어른이 됐고, 왕위계승권을 주장할 준비도 됐어.

그는 계산해본다. 에드워드 5세가 살아 있다면 다가오는 11월에 예순네 살이 될 거요. 싸우기엔 좀 늦었지 싶은데.

그는 연금술사를 런던탑에 집어넣는다. 자신의 입장을 다시 정리해보라고.

파리에서 더는 소식이 없다. 메트르 카밀로가 뭘 하든 간에, 무척 조용히 움직이고 있다.

한스 홀바인이 말한다. 토머스, 당신의 손은 끝냈는데 얼굴에 신경을 많이 못 썼어요. 올가을엔 반드시 완성할게요, 약속해요.

모든 책 속에 또다른 책이 있다고, 모든 지면의 모든 글자 속에서 또다른 책이 한없이 펼쳐진다고 생각해보라. 그러면서도 책상 위 공간은 전혀 차지하지 않는 것이다. 지식을 압축해 하나의 진수로 만들 수 있다고 생각해보라. 하나의 그림에, 기호에, 공간이 아닌 공간에 담을 수 있다고 생각해보라. 인간의 두개골이 광대해지고, 그 안에 공간이 만들어지고, 그 방들이 벌통처럼 웅웅거린다고 생각해보라.

캐서린의 시종장인 마운트조이 경이 잉글랜드 왕비의 해산에 필요한 물품 목록을 보내왔다. 그는 재미있어한다. 이처럼 매끄럽고 예의 바른 인계라니. 궁정과 그곳의 의례는 계속된다, 그 주인이 누구든 간에. 어쨌든 마운트조이 경이 이제 그를 모든 일의 책임자로 보는 건 분명하다.

그는 그리니치로 내려가 처소를 재단장하고 앤에게 맞춰 준비시킨다. 선포문(날짜는 빠져 있다)이 작성된다. 잉글랜드의 백성과 유럽의 통치자들에게 왕자의 탄생을 알릴 선포문이다. '왕자' 쪽에 공간을 약간만 좀 남겨두지요, 그가 제안한다. 필요한 경우 글자를 수정할 수 있게…… 하지만 그가 무슨 반역이라도 저지른 듯 보는 눈초리에 그는 그냥 자리를 뜬다.

여자가 출산을 하러 들어가면 밖에선 태양이 빛날지라도 방의 덧문을 닫아 자기만의 날씨를 만들 수 있다. 그리고 어둠 속에 머문다, 꿈을 꿀 수 있도록. 꿈은 그녀를 저멀리로 실어간다. 뭍에서 습지대로, 부잔교로, 아득한 강둑까지 안개에 뒤덮여 땅과 하늘을 분간할 수 없는 강으로 데려간다. 그곳에서 그녀는 삶과 죽음으로 향하는 배에 오른다. 선미에서 흐릿한 형상이 노의 방향을 지시한다. 이 배에선 남자는 절대 들을 수 없는 기도가 울려퍼진다. 여자와 그녀의 하느님 사이에서 흥정이 이뤄진다. 배는 순조류를 타고 간다. 노를 밀고 당기고, 다시 밀고 당기는 사이에 여자의 조류가 바뀔지도 모를 일이다.

1533년 8월 26일. 행렬이 왕비를 호위하고 그리니치의 밀실로 향한다. 남편이 입을 맞추며 잘 다녀오라고 인사한다. 그녀는 웃지도 말하지도 않는다. 몹시 파리하고 몹시 위엄이 넘친다. 일렁이는 천막에 덮인 듯한 몸 위로 조그만 보석으로 장식한 머리가 균형을 잡는다. 그녀의 걸음걸이는 느리고 조심스러우며, 손에는 기도서가 들려 있다. 부두에 닿은 그녀가 고개를 돌린다. 미련이 남은 듯한 눈길이다. 그녀는 그를 본다. 대주교를 본다. 마지막으로 한 번 본 다음, 시녀들의 부축을 받으며 배에 한 발을 디딘다.

II
악마의 침
1533년 가을과 겨울

장엄 그 자체다. 충격의 순간 왕은 눈을 똑바로 뜨고 오욕에 몸을 단단히 대비시킨다. 일격을 완벽히 받아내고, 중무장한 육신으로 그 위력을 흡수해 정확한 방향으로, 정확한 속도로 이동시킨다. 낯빛은 변화가 없다. 목소리도 떨리지 않는다.

"건강한가?" 왕이 묻는다. "그렇다면 하느님이 우리에게 베푸신 은혜에 감사해야지. 귀족 여러분에게도 감사하고, 이처럼 만족스러운 소식을 전해줬으니."

그는 생각한다. 내내 연습한 거로군. 우리도 모두 그랬을 테고.

왕은 사실로 걸음을 옮긴다. 어깨 너머로 말한다. "이름은 엘리자베스로 하게. 마상 시합은 취소하고."

불린가 사람 하나가 기어들어가는 소리로 묻는다. "다른 축연은 계획대로 하고요?"

대답이 없다. 크랜머가 말한다. 모두 계획대로 진행하세요, 다른 분부가 있기 전까진. 내가 대부가 될 예정입니다, 고…… 공주의 대부요. 크랜머는 말을 더듬거린다. 좀처럼 믿기지 않는 것이다. 자기 자신은 딸을 주문했고, 그대로 얻었건만. 두 눈이 멀어지는 헨리왕의 뒷모습을 좇는다. "왕비에 대해선 묻지 않는군요. 왕비가 어떤지 묻지 않았어."

"그게 뭐가 중요할까요, 안 그렇습니까?" 에드워드 시모어가 모두의 머릿속에 깃든 생각을 인정사정없이 내뱉는다.

그러다가 왕이, 한참을 홀로 걸어가다 멈춰 서서 돌아본다. "대주교. 크롬웰. 두 사람만."

헨리왕의 밀실. "이런 상황을 상상이나 해봤나?"

혹자는 미소를 지을 것이다. 그는 아니다. 왕이 의자에 털썩 주저앉는다. 그 어깨에 손을 올리고픈 충동이 인다, 달랠 길 없는 슬픔에 빠진 존재 누구에게나 그러듯이. 그는 충동에 저항한다. 방어적으로 그저 손가락을 꽉 오므리고, 손바닥에 남은 왕의 심장을 감싸듯 주먹을 쥔다. "나중에 아주 훌륭한 혼처를 구해 결혼시킬 겁니다."

"불쌍한 것. 제 어미부터가 없애려 드는 자식이 될 거야."

"폐하는 아직 젊습니다." 크랜머가 말한다. "왕비는 강인하고 그 가문은 자손이 많은 집안이지요. 다른 아이도 곧 보실 겁니다. 하느님이 이 공주님으로 뭔가 특별한 축복을 내리실 생각인지도 모르지요."

"친애하는 벗이여, 참으로 당연한 말씀일세." 의심 섞인 목소리로 말하면서도 헨리왕은 방을 둘러보며 힘이 될 만한 걸 찾는다. 저 벽에 하느님이 다정스레 남긴 전언이 있을지 모른다는 양. 물론 선례로 보면 그런 전언은 하나같이 악의적인 내용이었지만. 왕은 심호흡하고 자리에서 일어나 소매를 턴다. 미소를 짓는다. 그러니까 아주 찰나의 순간이다. 힘차게 박동하는 심장을 가진 새처럼 발동한 의지가 황폐하고 가엾은 자를 나라의 등불로 바꿔놓는 건.

나중에 그는 크랜머에게 속삭인다. "나사로가 부활이라도 하는 것 같더군."

이내 헨리왕은 그리니치궁을 활보하며 축연 일정을 소화한다. 우린 아직 젊어, 왕이 말한다. 다음번은 아들일 테고. 이 아인 나중에 아주 훌륭한 혼처를 구해 결혼시킬 거네. 장담컨대 하느님이 이 공주로 뭔가 특별한 축복을 내리실 생각인 거지.

불린가 사람들의 얼굴이 밝아진다. 일요일 오후 네시다. 그는 선포문에 '왕자'라고 썼던 사무관들을 찾아갔다가 슬쩍 웃음이 터진다. 그들은 이제 '왕자prince' 뒤의 여백 없는 공간에 몇 자를 더 욱여넣어 '공주princess'로 만들어야 한다. 그는 사무실로 돌아가 새 공주가 거느릴 식솔의 예산을 책정한다. 아기의 대모에 엑서터 후작부인도 넣으라고 자문해둔 터다. 엑서터 부인의 환영을 성처녀만 보란 법이 있는가? 부인의 모습을 궁정 전체에 보이는 것도 좋을 것이다. 세례반 앞에서 앤의 아기를 안고 억지 미소를 짓는 모습을.

성처녀는 런던으로 데려와 사저에서 따로 보호하고 있다. 침대가 푹신하고 주변의 목소리, 그러니까 크롬웰가 여자들의 목소리가 기도를 방해하지 않는 곳에 들여놓았다. 기름칠한 자물쇠에 열쇠를 넣고 돌리는 딸깍 소리가 새의 뼈에서 나는 딱 소리만큼이나 나지막한 곳이다.

"식사는 합니까?" 그가 묻자 머시가 대답한다. 자네 못지않게 열심히 먹네. 음, 아니, 토머스. 자네 못지않게는 아니겠어.

"제병만 먹고 살겠다는 계획은 어찌됐는지 모르겠군요."

"저 여자가 식사하는 걸 저들은 모르잖나, 아닌가? 저 여잘 이런 길로 내몬 사제들과 수도사들 말일세."

그들의 감시를 벗어난 예언가 수녀는 평범한 여자처럼 행동하기 시작했다. 자기 육신의 단순한 요구들을 챙긴다, 살고자 하는 사람처럼. 하지만 너무 늦었는지도 모른다. 그는 머시가 아아, 저 딱하고 무해한 영혼 같으니, 라고 말하지 않아서 좋다. 성처녀를 램버스궁으로 데려가 심문한 결과 그녀가 천성적으로 무해한 사람은 아님이 분명해져서 좋다. 오들리 대법관 앞에 서면, 그 늠름한 풍채와 대법관 목걸이를 마주하면 시골 처녀 누구든 주눅들고 말리라 당신은 생각할 터다. 거기다 캔터베리 대주교까지 가세하면 젊은 수녀 누구든 경외감을 가지리라 상상할 테고. 그런데 전혀 아니다. 성처녀는 크랜머를 얕본다―종교인의 길에 막 들어선 신참인 양 취급한다. 크랜머 대주교가 뭔가에 이의를 제기하며 "그걸 어떻게 아시오?" 하고 물으면 그녀는 한심하다는 듯 웃는다. "천사가 얘기해줬지요."

2차 심문에는 오들리가 리처드 리시를 대동한다. 기록을 담당하면서 그때그때 떠오르는 점을 지적하기 위해서다. 리시는 기사 작위를 받고 법무차관으로 승진해 이제 리처드 경이 되었다. 문하생 시절에는 독설과 중상모략으로, 윗사람들에 대한 불경으로, 음주와 큰돈이 오가는 도박으로 유명했던 자다. 그러나 스무 살 시절의 됨됨이로 우리를 판단한다면 떳떳이 고개 들고 다닐 자가 어디에 있겠는가? 다 지나고 보니 리시는 법안 초안 작성에 소질이 있고, 크롬웰에 버금가는 실력이라 할 만하다. 정신을 한곳에 쏟을 때면 부들부들한 금발 아래 이목구비가 잔뜩 찌푸려진다. 그래서 크롬웰 집안 남자애들은 리시를 '퍼스* 경'이라 부른다. 종이를 각 맞춰 펼쳐놓는 모습만 봐서는 이자가 한때 이너 템플 법학원의 대단한 망신거리였단 생각은 절대로 들지 않는다. 성처녀가 들어오길 기다리는 동안 그는 낮은 목소리로 이런 얘기를 하며 리시를 놀린다. 그러는 마스터 크롬웰은요! 리시가 말한다. 핼리팩스의 수녀원장이랑 어쩌셨는데요?

군이 부인할 필요도 없는 얘기다. 추기경이 그를 두고 했던 다른 얘기들도 마찬가지고. "아, 그거." 그가 말한다. "그게 뭐라고—요크셔에선 다들 그러려니 하는데."

그는 그들이 나눈 대화의 끝부분을 성처녀가 들은 건 아닐까 염려스럽다. 오늘 유독, 자기 앞으로 마련된 의자에 앉으면서 그에게 사나운 시선을 보내서다. 그녀는 치맛자락을 정돈하고 팔짱을 긴 뒤 그들의 재롱을 기다린다. 그의 조카딸 앨리스 웰리페드가 문가의 스툴에 앉는다. 성처녀가 기절하거나 혹은 다른 불상사가 생기는 경우에 대비해서다. 물론 한눈에 봐도 성처녀가 오들리만큼이나 기절과는 거리가 먼 사람임을 알 수 있지만.

"저부터," 리시가 말한다. "시작해도 될까요?"

"오, 왜 안 되겠나?" 오들리가 말한다. "자네는 젊고 팔팔한데."

"당신이 했던 예언 말입니다—재앙이 닥친다는 시기가 늘 바뀌긴

---

* '퍼스(purse)'에는 '얼굴을 찡그리다'라는 뜻이 있다.

하지만 어쨌든, 내가 알기로 당신은 폐하가 레이디 앤과 결혼하면 왕으로서 권세가 한 달을 못 가리라 얘기했어요. 자, 수개월이 지났습니다. 레이디 앤은 왕비가 됐고, 폐하에게 수려한 따님까지 안겨줬어요. 당신은 이제 뭐라고 할 겁니까?"

"세속의 눈에는 왕처럼 보이겠지요. 하지만 하느님의 눈에는," 그녀가 어깨를 으쓱한다. "더는 아닙니다. 더는 진짜 왕이 아니에요. 저자가," 고갯짓으로 크랜머를 가리킨다. "진짜 대주교가 아니듯이."

리시는 옆길로 샐 생각이 없다. "그럼 폐하에게 맞서 반란을 일으켜도 정당하겠군요? 그분을 왕위에서 쫓아내도? 암살해도? 그 자리에 다른 자를 앉혀도?"

"글쎄, 어떨 것 같은데요?"

"왕위계승권자 중에 당신은 코트니를 선택했지요, 폴 가문이 아니라. 헨리 코트니, 엑서터 후작 말이오. 몬터규 남작 헨리가 아니라."

"아니면," 그가 동정조로 말한다. "두 사람을 혼동하는 거요?"

"물론 아니죠." 그녀가 얼굴을 붉힌다. "나는 두 젠틀맨을 다 만나본걸요."

리시는 이를 기록한다.

오들리가 말한다. "지금의 코트니, 그러니까 엑서터 경은 에드워드 왕의 딸이 낳은 자식이오. 몬터규 경은 에드워드왕의 형제인 클래런스 공작의 외손자고. 이들의 계승권은 누가 우선이라고 보시오? 진짜 왕이네 가짜 왕이네 하는 얘기가 나와서 말인데, 에드워드왕도 모친이 어느 궁수와의 사이에서 낳은 혼외자란 주장이 있긴 하거든. 그 부분을 설명해줄 수 있을지 궁금하오만?"

"이 여자가 어찌요?" 리시가 묻는다.

오들리가 눈을 홉뜬다. "높은 곳에 계신 성자들과 대화한다지 않나. 그분들이라면 아시겠지."

그는 리시를 바라본다. 리시가 지금 무슨 생각을 하는지 고스란히 읽어낼 수 있을 듯하다. 마키아벨리는 말한다, 현명한 군주는 시샘하는 자들을 몰살한다고. 나, 리시가 왕이었으면 저 왕위계승권자들과 그 일가는 벌써 저세상 신세일 터다. 성처녀가 버티고, 다음 질문으로 넘어간다. 환영에서 두 명의 왕비를 보았다는 얘기는 뭐요? "그럼 알아서 정리가 되겠는걸?" 그가 말한다. "그 둘이 싸우는 중에 말이오. 예비 왕과 왕비가 몇 명쯤 있는 것도 좋지요, 나라 안에서 전쟁을 일으킬 심산이면."

"꼭 전쟁이 아니어도 돼요." 그녀가 말한다. 오? 퍼스 경이 꼿꼿이 앉는다. 이건 처음 듣는 얘기다. "전쟁 대신 하느님이 잉글랜드에 역병을 보낼 거예요. 헨리는 육 개월 내로 죽을 겁니다. 그 여자도 마찬가지예요. 토머스 불린의 딸이요."

"나는?"

"당신도요."

"여기 있는 사람 전부? 당신은 물론 제외고? 앨리스 웰리페드까지 포함해 모조리? 저애는 당신에게 잘못한 게 전혀 없는데?"

"그쪽 집안 여자 모두가 이단자예요. 역병으로 육신과 영혼이 썩어들어갈 겁니다."

"그럼 엘리자베스 공주는 어떻습니까?"

성처녀는 자리에서 몸을 돌려 크랜머에게 쏘아붙인다. "듣자하니 그애한테 세례를 줄 때 놀라지 않게 하려고 데운 물을 썼다던데. 그때 그냥 끓는 물을 부었어야 해요."

아, 이건 뭐, 리시가 내뱉는다. 펜을 거칠게 내려놓는다. 리시 또한 요람에 누운 애틋한 딸을 둔 젊은 아비다.

그는 법무차관의 손에 자기 손을 얹고 마음을 달래준다. 이 시점에서 정말 달래줘야 할 사람은 앨리스라고 여길지도 모른다. 그러나 성처녀가 앨리스에게 사형선고를 내릴 때, 방 저편의 조카딸을 보던 그의 눈에 들어온 건 비웃음의 완벽한 표본과도 같은 표정이었다. 그는 리시에게 말한다. "저 여자의 생각이 아니네, 끓는 물 얘기 말이야. 길거리에서 다들 하는 소리야."

크랜머는 몸을 옹송그리고 있다. 성처녀가 대주교에게 생채기를 냈고 우위에 섰다. 그, 크롬웰이 말한다. "어제 공주를 보고 왔소. 잘 크고 있어요, 잘못되길 바라는 자들의 염원과 달리." 그의 목소리가 침착하자고 제안한다. 우린 대주교를 권좌로 다시 돌려놔야 한다고. 그는 성처녀에게 고개를 돌린다. "말해보시오. 울지 추기경은 찾았소?"

"뭐?" 오들리가 묻는다.

"데임 엘리자베스가 나의 옛 주군을 찾아보겠다고 했거든. 천국과 지옥과 연옥을 살피고 다니는 여정중에 한번 봐주겠다고. 그래서 내가 그 여행 경비를 대겠다고 했지. 그쪽 사람들에게 착수금도 줬는데─진전이 좀 있었으면 합니다만?"

"울지는 십오 년은 더 살았을 거예요." 성처녀가 말한다. 그는 고개를 끄덕인다. 스스로에게도 같은 얘길 했었다. "하지만 하느님이 중간에 끊어내셨죠, 본보기로. 그자의 영혼을 두고 악마들이 서로 자기 것이라 싸우는 장면을 봤습니다."

"결과도 아시오?" 그가 묻는다.

"결과 같은 건 없어요. 사방으로 울지를 찾아다녔어요. 하느님이 아예 없애버린 거라 생각했죠. 그러던 어느 날 밤 그자가 보였습니다." 전략적인 머뭇거림이 길게 이어진다. "그자의 영혼이 아직 태어나지 않은 자들 틈에 앉아 있는 게 보였어요."

정적이 흐른다. 크랜머가 앉은 자리에서 더욱 움츠러든다. 리시는 깃펜 끝을 가볍게 잘근거린다. 오들리는 소매 단추를 비튼다. 실이 뻑뻑해지도록 돌리고 또 돌린다.

"원하시면 기도를 해드릴 수 있어요." 성처녀가 말한다. "하느님은 내 청에 대개 응답하시거든요."

"일전에 보킹과 골드, 리스비 신부 같은 조언자가 곁에 있었을 때도 당신은 기도를 놓고 흥정을 시작하려 했지요. 나는 그 선의의 대가를 추가로 약속할 생각이었고, 당신의 영적 지도자들은 그 금액을 올리려 했소."

"잠깐." 크랜머가 한 손으로 갈비뼈 부근을 짚으며 말한다. "다시 돌아가도 될까요, 대법관?"

"어디든지 고르시면 가지요, 대주교님. 뽕나무 덤불을 돌고 돌고 돌고*……"

"악마를 본다고요?"

성처녀가 고개를 끄덕인다.

---

* 동요에서 유래한 표현으로 여기서는 무의미하고 비생산적인 논의의 반복을 뜻한다.

"어떤 모습으로 나타납니까?"

"날짐승이요."

"다행이군." 오들리가 건조하게 말한다.

"전혀요. 루시퍼는 악취를 뿜어요. 발톱은 흉하게 뒤틀렸고요. 피와 똥 범벅인 수탉의 모습으로 찾아오지요."

그는 앨리스를 바라본다. 아이를 내보낼 준비를 한다. 그리고 생각한다. 이 여자에게 도대체 무슨 일이 있었던 건가.

크랜머가 말한다. "참으로 불쾌했겠소. 하지만 그게 악마의 특성이라고 알고 있어요. 여러 형태로 모습을 드러내지요."

"맞아요. 상대를 속이기 위해서죠. 젊은 남자로 나타나기도 해요."

"정말입니까?"

"한번은 여자를 데려온 적이 있어요. 밤중에 내 방으로." 성처녀가 잠시 뜸을 들인다. "그 여자를 맘껏 건드렸죠."

리시가 말한다. "수치심을 모른다고 알려져 있긴 하죠."

"당신 못지않게요."

"그런 다음 어떻게 했습니까, 데임 엘리자베스? 건드린 다음에?"

"치마를 걷어올렸어요."

"여자는 저항하지 않았고요?" 리시가 말한다. "그거 놀라운데요."

오들리가 말한다. "루시퍼 왕자인데, 나름의 요령이 있겠지."

"내 눈앞에서 그 여자랑 관계했어요. 내 침대에서."

리시가 기록한다. "그 여자 말입니다. 아는 사람이었습니까?" 대답이 없다. "악마가 당신에게 같은 짓을 시도하진 않았나요? 편히 얘기해도 됩니다. 그걸 문제삼진 않을 거예요."

"달콤한 말로 꾀려 했어요. 파란색 실크 코트를 입고 으스대면서, 자기가 가진 것 중에 가장 좋은 거라고 했죠. 다리엔 다이아몬드가 줄줄이 박힌 새 호즈*를 입었고요."

"다이아몬드가 줄줄이 박힌 호즈라." 그가 말한다. "그쯤에서 마음이 혹했겠는데요?"

그녀는 고개를 가로젓는다.

"하지만 당신은 준수하고 젊은 여성이지요―남자라면 누구나 좋아할 만하다고 생각하는데."

그녀가 올려다본다. 얼굴에 언뜻 미소가 스친다. "나는 마스터 루시퍼와 맞지 않습니다."

"거절하니 그자가 뭐라던가요?"

"결혼하자고 했어요." 그 말에 오들리가 두 손으로 머리를 싸쥔다. "그래서 나는 순결을 맹세한 사람이라고 했지요."

"자기 뜻대로 안 된다고 화를 내진 않던가요?"

"오, 그랬죠. 내 얼굴에 침을 뱉었어요."

"그러고도 남을 위인이지요." 리시가 말한다.

"나는 그자의 침을 수건으로 닦아냈어요. 색이 검어요. 지옥의 악취가 나고."

"구체적으론?"

"뭔가가 썩는 듯한."

"지금 어디 있습니까, 그 수건은? 설마 세탁을 맡기진 않았겠지요?"

---

* 몸에 딱 붙는 남성용 바지.

"에드워드 수사님이 가지고 있어요."

"그걸 사람들한테 보여줍니까? 돈을 받고?"

"공물을 받는 거죠."

"결국 돈을 받는 거죠."

크랜머가 두 손에서 얼굴을 들며 말한다. "쉬었다 할까요?"

"십오 분쯤?" 리시가 말한다.

오들리가 말한다. "내가 뭐랬나, 젊고 팔팔하다지 않았어."

"내일 다시 모이면 어떨까." 크랜머가 제안한다. "기도를 해야겠네. 십오 분으로는 안 될 거야."

"하지만 내일은 일요일인데요." 성처녀가 말한다. "일요일에 사냥을 나간 남자가 있었는데 끝이 없는 구덩이에 빠져 지옥으로 떨어졌어요. 한번 상상해보시죠."

"구덩이에 끝이 없는데," 리시가 말한다. "지옥으로는 어찌 떨어집니까?"

"나도 사냥이나 나갔으면 싶군." 오들리가 말한다. "누가 아나, 운좋게 구덩이를 비켜갈지."

앨리스가 자리에서 일어나 여자를 데리고 나가겠다며 신호한다. 성처녀가 몸을 일으킨다. 활짝 웃고 있다. 그녀는 대주교를 움찔거리게 하고, 크롬웰을 냉담해지게 만들고, 아기들을 데쳐버리는 얘기로 법무차관을 울기 직전까지 내몰았다. 자신이 이기고 있다고 생각한다. 하지만 내내 지고, 지고, 또 지고 있을 뿐이다. 앨리스가 팔에 부드럽게 손을 얹자 성처녀가 떨쳐버린다.

밖으로 나온 리처드 리시가 말한다. "저 여자는 불태워야 해요."

크랜머가 말한다. "죽은 추기경이 보이고 방에 악마가 온다는 얘기가 우리 마음에 안 들 순 있네. 하지만 저 여자가 그리 말하는 건 자기보다 앞서 왔던 수녀들, 교황청이 기꺼이 성자로 추대한 수녀들의 주장을 흉내내도록 배웠기 때문이야. 그런 성자들에게 이단 혐의를 소급해 적용할 순 없어. 저 여자 또한 이단으로 재판할 근거가 없고."

"반역죄로 불태우잔 뜻이었습니다만."

화형은 여자에게 내려지는 형벌이다. 남자 같으면 숨통이 끊어질락 말락 하게 목을 매달고 거세한 뒤 사형집행인이 내장을 천천히 들어낸다.

그가 말한다. "그러기엔 명시적으로 행동한 바가 없어. 자기 생각을 말했을 뿐이잖나."

"반란을 꾀하고 왕을 폐하려는 생각이 곧 반역 아닙니까? 발언도 반역으로 해석됩니다. 선례가 있어요. 아시잖습니까."

"기절할 노릇인데." 오들리가 말한다. "크롬웰이 정말로 몰라서 그런 거면."

악마의 침 냄새가 나는 것만 같다. 그들은 서로를 밀치다시피 하며 바람이 통하는 곳으로 나간다. 공기는 포근하고 축축하다. 나뭇잎이 희미한 향을 풍기고 초록빛을 띤 황금색으로 반짝이며 햇빛을 바스락거린다. 예견이 가능한 일이다. 앞으로 수년 내에 반역은 새롭고 다양한 형태를 갖출 것이다. 지금의 반역법이 제정되던 당시에는 주장을 책이나 전단으로 인쇄해 유통할 수 없었다. 글을 인쇄한다는 개념 자체가 없었으니까. 그는 이미 죽은 자들에게, 지금보다 더디게 흐르던 시대에 왕을 섬겼던 이들에게 순간적인 질투를 느낀다. 요즘은 매수되거나 오염된 정신의 산물이 유럽 전역에 퍼지기까지 딱 한 달이면 족하다.

"새 법이 필요할 듯합니다." 리시가 말한다.

"준비하고 있네."

"저 여자도 너무 너그러이 대우하는 것 같습니다. 우린 너무 물러요. 그저 저 여자랑 놀아나는 꼴이라고요."

크랜머가 앞서 걸어간다. 어깨가 구부정하고, 질질 끌리는 예복 자락이 바닥의 나뭇잎을 쓴다. 오들리가 그에게 고개를 돌린다. 명랑하고 단호하게, 화제를 바꾸려 안달인 사람처럼 말한다. "그래, 공주는, 잘 지내신다고?"

공주는 이불에 싸이지 않은 채 앤 발치의 방석에 누워 있었다. 추하고 자줏빛에 칭얼거리기까지 하는 혹 같은 여자 아기다. 옅은 색 금발은 뻣뻣한 털처럼 위로 뻗쳤고, 자신의 더없이 불운한 생김새를 어서 봐달라는 양 자꾸만 가운을 걷어찬다. 앤의 아기가 뱃속에서부터 치아를 달고 나왔고 손가락이 각각 여섯 개인데다 온몸에 원숭이처럼 털이 났다는 얘기가 쫙 퍼진 모양이다. 그래서 아버지는 아기를 발가벗겨 대사들에게 보여주고, 어머니는 내처 아기를 내보이며 소문을 가라앉히려 한다. 왕은 딸을 맡길 곳으로 햇필드를 선택했고, 앤은 말한다. "낭비를 줄이고 왕실의 법도를 세우는 길일 거예요, 에스파냐 메리의 식솔을 해산하고 그애를 내 딸 엘리자베스 공주의 식솔로 삼는다면."

"무슨 자격으로……?" 아기가 조용하다. 가만히 보니 입에다 자기 주먹을 욱여넣고 포식하느라 그런 것뿐이다.

"내 딸의 시녀 자격으로요. 그거 말고 뭐가 있는데요? 둘을 동일한 위치에 두자는 주장은 있을 수 없죠. 메리는 혼외자인데."

잠깐의 휴지기가 끝난다. 공주가 죽은 자도 벌떡 일으킬 만한 소리로 깩깩거리기 시작한다. 앤의 눈길이 스르르 옆으로 흐르고, 홀린 듯 한쪽 입꼬리가 들리며 시작된 미소가 온 얼굴로 퍼진다. 그녀가 딸을 향해 몸을 숙이지만, 그와 동시에 시녀들이 수선스럽고 부산하게 덤벼든다. 빽빽 우는 어린것을 안아올리고는 이불에 싸서 우르르 나간다. 왕비는 자기 자궁이 맺은 열매가 여자들을 줄줄이 거느리고 방을 나가는 모습을 안쓰러운 눈으로 좇는다. 그가 부드럽게 말한다. "배가 고팠나봅니다."

토요일 저녁. 오스틴프라이어스에서는 이동이 무척 잦은 스티븐 본을 위한 저녁 만찬이 한창이다. 윌리엄 버츠와 한스 홀바인, 니콜라우스 크라처, 콜미 리즐리가 자리했다. 대화는 여러 언어로 오가고, 레이프 새들러는 고개를 이쪽저쪽으로 돌려가며 능숙하고 매끄럽게 말을 옮긴다. 고매한 주제와 저속한 주제, 통치의 기술과 뜬소문, 츠빙글리의 신학, 크랜머의 아내 얘기가 오간다. 마지막 화제의 경우 스틸야드와 런던에 말이 도는 걸 어쩌지 못하는 상황이다. 본이 말한다. "헨리왕이 알면서 모르는 척하는 것일 수도 있을까요?"

"절대적으로 가능한 얘기지. 헨리왕은 군주답게 도량이 아주 큰 사람이야."

나날이 덩치도 커지고요. 라이어슬리가 말하며 소리 내어 웃는다. 버츠 박사가 말을 받는다. 폐하는 늘 활동적으로 움직여야 하는 사람인데 최근엔 다리가, 오래전 다친 자리가 말썽이에요. 하지만 생각해 보세요. 사냥터와 마상 시합장에서 몸을 아끼는 법이 없던 남자가 그 나이쯤 돼서 몇 군데 부상에 시달리는 거야 당연하지 않습니까? 폐하 는 올해 마흔세 살입니다. 다들 알다시피. 그리고 크라처, 행성들이 예 견하는 바를 말씀 좀 해주면 고맙겠습니다. 출생천궁도에 공기와 불이 압도적으로 많은 자의 말년이 어떤지 말이에요. 얘기가 나온 김에, 폐 하의 양자리(경솔하고 성급한 운성이지요) 혼인 하우스에 달*이 들어 있다고 내가 늘 경고하지 않았던가요?

그가 참지 못하고 말한다. 폐하가 캐서린과 살았던 이십 년 동안 양 자리의 달 같은 소린 들어보지도 못했소. 별자리가 우릴 만드는 게 아 니에요, 버츠 박사. 상황과 필요, 압박 속에서 우리가 하는 선택이 만 드는 거지. 미덕도 우리를 만든다지만, 그것만으론 충분치 않소. 때에 따라선 우리가 가진 악덕도 동원해야 하는 법이거든. 그리 생각하지 않습니까?

그는 크리스토프에게 잔들을 채우라고 손짓한다. 본이 한자리를 맡 게 될 조폐국 얘기가 나온다. 오너 라일이 바람을 피우느라 총독인 남 편보다 더 바쁘다는 칼레 얘기도 나온다. 그는 파리의 줄리오 카밀로 를 떠올린다. 그자가 자기 기억 장치의 나무 벽 사이를 서성이며 조바 심치는 사이, 지식은 장치의 빈 곳과 숨겨진 안쪽 공간에서 남몰래 스 스로 덩치를 키운다. 그는 성처녀—이제 성스럽지도 않고 처녀도 아 닌 것으로 규명된—를 떠올린다. 물론 지금은 그의 조카들과 앉아 저

---

* 점성술에서 7하우스에 든 달은 결혼을 불안하게 하는 요소로 여겨진다.

녁을 먹는 중이겠지. 그는 심문을 함께 진행한 동료들을 떠올린다. 크랜머는 무릎을 꿇은 채 기도하고, 퍼스 경은 그날의 기록을 들여다보며 얼굴을 찌푸리고, 오들리는―대법관은 지금 뭘 하고 있으려나? 대법관 목걸이를 닦는다, 로 결정한다. 그는 다른 이들 몰래 본에게 슬쩍 물어볼까 생각한다. 자네 집에 예네커라는 아이가 있지 않았나? 그애한테 무슨 일이라도 있었나? 그러나 꼬리를 물고 이어지는 그의 생각을 라이어슬리가 자르고 들어온다. "우리 마스터의 초상화는 언제 보는 겁니까? 작업한 지 벌써 한참입니다, 한스. 집으로 가져올 때가 됐어요. 당신이 마스터를 어떻게 그렸는지 다들 보고 싶어 안달이에요."

"프랑스 대사들의 초상화를 그리느라 아직 바쁜대요." 크라처가 말한다. "드 댕트빌이 자국으로 소환될 때 자기 그림을 가져가길 원해서……"

이 프랑스 대사를 제물 삼아 웃음이 좀 터진다. 대사는 매번 짐을 싸고, 지금 있는 곳에서 꼼짝 말라는 주군의 명령에 할 수 없이 짐을 풀기를 반복한다. "어쨌든 프랑스 대사가 그림을 너무 빨리 가져가진 않았으면 해요." 한스가 말한다. "그걸 보여주고 의뢰를 받을 생각이거든요. 왕한테도 보여주고 싶고. 실은 왕을 그려보고 싶은데. 가능한 얘길까요?"

"폐하에게 물어보겠네." 그가 가벼이 말한다. "적당한 때를 보자고." 그는 식탁 저편으로 눈길을 보냈다가 자랑스러움으로 얼굴이 발개진 본을 본다. 천장 그림에 떠 있는 목성 같다.

식탁에서 자리를 옮긴 손님들은 생강 과자와 설탕에 절인 과일을 먹고, 크라처는 이런저런 그림을 그린다. 코페르니쿠스 신부에게 들었던 배치도를 바탕으로 자기 궤도를 따라 움직이는 태양과 행성을 그린다. 세계가 축을 중심으로 어떻게 도는지 보여주고, 방안의 누구도 딱히 부인하지 않는다. 발 아래서 이 세계가 잡아당기고 밀어올리는 힘이 느껴진다. 지층에서 바위가 끙끙거리며 떨어져나오고, 대양은 기울며 해안을 철썩철썩 때리고, 알프스의 산길은 아찔하게 내리꽂히고, 독일의 숲은 제 뿌리를 뜯고 해방된다. 그와 본이 어린 시절 알던 세상이 더는 아니다. 추기경의 시절 알던 세상조차 아니다.

손님들이 막 떠나고 조카딸 앨리스가 들어선다. 망토로 몸을 감싸고 야경꾼들을 지나쳐온다. 곁에서 아이를 호위하는 자는 토머스 로더럼으로, 그의 집에 기거하는 문하생 중 하나다. "걱정 마세요, 외숙부님." 앨리스가 말한다. "지금은 조가 데임 엘리자베스랑 앉아 있는데, 아무것도 그앨 속일 순 없거든요."

정말 그렇다고? 바느질을 망쳤다고 끝도 없이 울던 아이가? 이따금 보면 테이블 아래서 축축한 개와 뒹굴고 있거나, 보따리장수의 꽁무니를 쫓아 길거리를 뛰어다니던 꾀죄죄한 어린애가? "드릴 말씀이 있어요." 앨리스가 말한다. "시간 좀 내주시겠어요?" 물론이지, 그는 아이의 팔을 잡아 팔짱을 낀다. 토머스 로더럼은 얼굴이 하얗게 질리더니―그는 영문을 모른다―슬며시 자리를 뜬다.

앨리스는 그의 사무실에 들어가 앉는다. 하품을 한다. "죄송해요― 그 여자가 워낙 골치인데다 같이 있는 시간도 길어서요." 앨리스는 머리칼 한 가닥을 두건 속으로 밀어넣는다. "여자는 이제 무너지기 직전이에요. 외숙부님의 사람들 앞에선 태연하지만 밤마다 울어요. 본인이 사기꾼이라는 걸 알거든요. 그렇게 울 때조차 눈꺼풀 밑으로 훔쳐보면

서 눈물이 얼마나 효과가 있나 확인하죠."

"나는 이쯤에서 끝냈으면 한다." 그가 말한다. "그 여자가 여러 문제를 일으킨 건 맞지만, 지금 우리 모습도 그리 교훈적이진 않거든. 법과 성서에 능통하다는 자 서넛이 매일같이 모여 계집애 하나 쓰러트리겠다고 기를 쓰잖니."

"왜 진즉에 잡아들이지 않으셨어요?"

"그 여자가 예언 장사를 그만두면 안 됐거든. 그 여자의 피리 소리에 냉큼 달려오는 자가 누군지 보고 싶었다. 엑서터 후작부인이 그랬고, 피셔 주교가 그랬지. 내가 이름을 아는 수도사와 어리석은 사제만 해도 수십 명이고, 아직 이름을 모르는 자들까지 하면 백 명은 될 거야."

"왕은 그자들을 전부 처형할 건가요?"

"아주 소수만, 그러길 바란다."

"왕이 자비를 베풀도록 이끌 건가요?"

"나는 왕이 인내하도록 이끈단다."

"그 여잔 어찌되나요? 데임 엘리자는?"

"기소를 준비할 거야."

"지하감옥에 가두진 않고요?"

"아니, 나는 여자를 배려하도록 왕의 마음을 움직여볼 생각이다. 왕은 늘—왕은 대개—종교적인 삶을 사는 이들을 존중하거든. 그런데 얘야," 그는 앨리스가 눈물을 쏟는 걸 본다. "이 일이 네게 너무 버거웠나보구나."

"아뇨, 전혀요. 우린 외숙부님이 이끄는 군대의 병사인걸요."

"그 여자가 악마의 사악한 제안 얘기를 하면서 널 겁준 건 아니고?"

"아뇨, 그보단 토머스 로더럼의 제안이…… 그 사람이 저랑 결혼하고 싶어해요."

"아까 그것 때문에 그랬던 거구나!" 그는 즐거워한다. "로더럼이 직접 청할 수는 없었다든?"

"외숙부님 특유의 그 눈으로 자길 보리라 생각해서요…… 저울질하며 따져보듯이."

테두리를 깎아낸 동전*을 보듯? "앨리스, 로더럼은 베드퍼드셔에 상당한 땅을 가지고 있어. 그자의 영지 또한 내가 관리를 시작하고부터 아주 순조롭게 번영하고 있다. 게다가 너희 두 사람이 서로 좋다면 내가 어찌 반대하겠느냐? 너는 영리한 아이야, 앨리스. 네 어머니도," 그는 부드럽게 말한다. "그리고 네 아버지도 무척 기뻐했을 거다, 너희를 직접 봤다면."

앨리스가 우는 건 이 때문이다. 아이가 제 외숙부에게 허락을 구해야 하는 건 작년에 고아가 되어서다. 작은누나 벳이 죽던 날, 그는 왕과 함께 시골에 가 있었다. 헨리왕은 전염될까 두려워 런던에서 오는 전령 자체를 받지 않았고, 그래서 그는 누나가 병에 걸렸다는 사실도 죽어서 땅에 묻힌 뒤에야 알았다. 그 소식이 마침내 겨우겨우 도착했을 때 왕은 그의 팔에 손을 얹고 애틋하게 얘기했다. 자기 여동생, 책에 나오는 공주처럼 머리칼이 은빛이었던 레이디에 대해서. 이번 생에서 퇴장해 왕족 출신 망자를 위해 마련된 천상의 낙원으로 갔으리라고. 그 레이디가 어디든 저급한 곳, 어디든 어두운 곳, 재가 흩날리고

---

* 동전의 가장자리를 깎아 금은 조각을 챙기는 위조의 형태.

유황의 악취가 코를 찌르고 타르가 끓고 눈보라가 휘몰아치는 연옥의 빗장 걸린 납골당에 있다는 건 상상할 수도 없다고.

"앨리스." 그가 말한다. "눈물 닦고, 토머스 로더럼을 찾아 안심시켜 줘라. 너는 내일 램버스궁에 올 필요 없다. 조가 가면 돼, 네 얘기처럼 만만찮은 아이라면."

앨리스가 문가에서 돌아선다. "다시 볼 일이 있겠죠, 그래도? 엘리 자 바턴이요. 보면 좋을 것 같아요, 그 사람들이⋯⋯"

그녀를 죽이기 전에. 앨리스는 세상모르고 순진한 아이가 아니다. 오히려 다행이다. 순진한 사람의 끝이 어떤지 보라. 죄악에 찌든 자와 자기밖에 모르는 자에게 이용당하고, 그들의 목적을 위해 짓이겨지고, 그들의 발뒤꿈치에 짓밟히고 갈린다.

앨리스가 위층으로 달려올라가는 소리가 들린다. 외쳐 부르는 소리 가 들린다. 토머스, 토머스⋯⋯ 집에 있는 사람 절반은 불러낼 이름이 다. 잠자리 기도를 하다가도, 잠자리에 아예 누웠다가도 허둥지둥 나 오며 이렇게 물을 이름이다. 응, 나 불렀어? 그는 모피 가운을 두르고 밖으로 나가 별을 본다. 그의 집은 곳곳에 환히 불을 밝혀두었다. 횃불 이 비추는 정원의 공사 현장에는 굴착한 구덩이와 토대를 다지려 파 놓은 도랑, 쌓아올린 흙더미와 둔덕이 즐비하다. 새 별관의 거대한 나 무 골조가 하늘에서 튀어나오는 듯하다. 그리 멀지 않은 곳에 그가 새 롭게 꾸민 경지가 있다. 이 도시 속 과수원에서 그레고리가, 언젠가는, 과일을 수확할 것이다. 앨리스, 그리고 앨리스의 아들들과 함께. 기존 의 과일나무들도 있지만, 나라 밖에서 맛봤던 체리와 자두 등도 심었 으면 한다. 철을 넘겨 파종한 배를 토스카나식으로 요리해 아삭거리고

금속성 맛이 나는 과육을 겨울철 염장대구에 곁들여보고 싶다. 내년
엔 캐넌베리의 사냥용 숙소에 정원을 하나 더 만들고 도시로부터의 휴
식처, 자연 속 여름 별장으로 쓸 생각이다. 스테프니의 집에서도 확장
공사가 한창이다. 그를 대신해 존 윌리엄슨이 그곳 인부들을 관리하
고 있다. 이상하게도, 하지만 기적처럼 가문의 번영이 윌리엄슨의 숨
넘어가는 기침을 감쪽같이 치료한 듯하다. 나는 존 윌리엄슨을 아끼는
데, 그는 생각한다. 그런데 왜 그랬을까, 그자의 아내와…… 정문 너
머에서 들려오는 고함과 아우성. 런던 사람들은 절대 가만있지도 입을
다물지도 않는다. 그토록 많은 사람이 무덤에 들어갔음에도 산 자들은
거리를 활보하고, 술 취한 싸움꾼들은 런던교에서 고꾸라지고, 성역의
사람들은 몰래 빠져나와 도둑질하고, 서더크의 매춘부들은 죽은 짐승
의 살덩이를 파는 푸주한처럼 큰 소리로 몸값을 외쳐댄다.

그는 안으로 들어간다. 이끌리듯 다시 책상에 앉는다. 조그만 함에
아내의 책, 성무일도서가 보관되어 있다. 책장 사이에 아내가 끼워둔
낱장 기도문이 있다. 그리스도의 이름을 천 번 부르라, 열병에 걸리지
않으리니. 하지만 아니다, 그렇잖나? 이러나저러나 열병은 찾아와 당
신을 죽인다. 그녀는 전남편 토머스 윌리엄스의 이름 옆에 그의 이름
을 적어뒀는데, 이제 보니 그자의 이름을 끝끝내 지우지 않았다. 아내
가 써놓은 아이들의 출생일 옆에 그가 딸들의 사망일을 적어둔 터다.
그는 두 누나의 아이들의 결혼을 기록할 공간을 찾는다. 리처드는 프
랜시스 머핀과, 앨리스는 그의 문하생과.

그는 생각한다, 아무래도 나는 리즈를 다 잊었나보다. 가슴을 무겁
게 짓누르는 추가 영원히 사라질 순 없겠지만, 자기 인생을 살아나갈

수 있을 만큼은 가벼워졌다. 다시 결혼할 수도 있겠지, 그는 생각한다. 이거야말로 사람들한테 늘 듣는 얘기가 아닌가? 그는 중얼거린다. 나는 조핸 윌리엄슨을 더는 떠올리지 않는다. 예전과 같은 방식으로는 생각하지 않는다. 그녀의 육신은 한때 특별한 의미를 가졌지만, 그 의미는 이제 미완으로 남았다. 그의 손끝에서 새로워지던 살결, 욕망의 숭배를 받던 몸은 한낱 도시 아냐, 특별할 것 없는 외양으로 시들어가는 여자의 평범한 구성물이 되고 말았다. 그는 중얼거린다. 나는 안셀마를 더는 떠올리지 않는다. 그녀는 그저 태피스트리 속 여자, 직조된 여자일 뿐이다.

그는 깃펜으로 손을 뻗는다. 나는 리즈를 다 잊었다, 그는 중얼거린다. 정말로? 그는 머뭇거린다. 손에 펜을 든 채로, 잉크의 무게를 느끼며. 책장을 평평히 펴고 전남편의 이름을 지운다. 그리고 생각한다, 오랫동안 이리하고 싶었다고.

시간이 늦었다. 위층으로 올라간 그는 덧문을 닫는다. 달이 텅 빈 눈으로 미련스레 바라본다, 길 잃은 취객처럼. 크리스토프가 옷을 개며 말한다. "루가 있나요? 이 나라에도?"

"내 생각에 늑대들은 다 죽었다. 거대 숲들을 밀어버리던 당시에. 지금 울부짖는 건 런던 사람들이야."

일요일. 장밋빛으로 동이 틀 무렵 그들은 오스틴프라이어스를 나선다. 새로 마련한 회색 대리석 무늬 제복을 입은 그의 수하들이 성처녀가 감금되어 있던 사저에서 일행을 데려왔다. 내무장관의 바지선이 있으면 편리할 텐데, 그는 생각한다. 강을 건너야 할 때마다 배를 물색할 필요도 없고. 그는 이미 미사를 드렸다. 크랜머는 그들 모두 다음번 미사도 드려야 한다고 우긴다. 그는 여자를 바라본다. 눈물을 흘리고 있다. 앨리스가 옳았다. 여자는 자기가 지어낸 이야기의 결말에 다다랐다.

아홉시쯤 그녀는 수년에 걸쳐 꼬아온 실타래를 푸는 중이다. 당당하게 자백한다. 몹시도 단호하고, 리시가 제대로 기록조차 못할 만큼 빠르다. 사리에 밝고 큰일을 할 위인을 대하듯 그들에게 호소한다. "어떤지 아시잖아요. 뭐라고 말만 하면 사람들이 달려들어 물어요. 무슨 뜻입니까, 무슨 뜻입니까? 환영을 봤다고 하면 가만히 놔두지 않아요."

"사람들을 실망시킬 수 없어서 그랬다는 거요?" 그가 묻는다. 그녀는 동의한다. 맞아요, 실망시킬 수 없어요. 일단 시작하면 계속 가는 수밖에 없어요. 돌아가려고 하면 저들이 도륙할 테니까.

그녀는 자신의 환영이 날조된 것이라고 고백한다. 천상의 사람들과 얘기한 적도 없다. 죽은 자를 되살려낸 적도. 모두 사기였다. 기적에 자신이 직접 관여한 적은 없다. 막달라마리아가 보냈다는 서신은 보킹 신부가 쓴 것이고, 수도사 하나가 글자에 금박을 입혔는데, 이름은 조만간 생각날 것이다. 천사도 날조한 얘기였다. 천사를 본 듯도 했지만, 이제 와 생각하면 벽에 스친 빛일 뿐이었다. 그녀가 들은 목소리는 천사의 목소리가 아니었다. 애초에 뚜렷이 구분되는 목소리도 아니었다. 예배당에서 다른 수녀들이 노래하는 소리거나 거리에서 여자가 폭행과 구타를 당했다며 울부짖는 소리, 어쩌면 부엌에서 그릇이 달가닥거리는 것처럼 아무 의미 없는 소리였을 것이다. 그녀가 들은 신음과 비명, 지옥에 떨어진 자들의 목구멍에서나 나올 법한 그 소리는 위층에서 누군가가 탁자를 끄는 소리, 갈 곳 없는 개가 낑낑거리는 소리였을 것이다. "이젠 알아요, 나리들. 그 성자들이 실제가 아니었다는 걸. 나리들이 실제인 것과는 다르죠."

그녀 안에서 뭔가가 무너졌는데, 그게 뭘지 그는 궁금하다.

그녀가 말한다. "내가 켄트의 집으로 돌아갈 수 있을까요?"

"방법이 있는지 보겠소."

휴 래티머가 그들과 함께 앉아 있다. 그에게 냉정한 눈초리를 보낸다, 그가 거짓 약속을 한다는 듯. 아니, 정말일세, 그가 말한다. 내게 맡겨둬.

크랜머가 그녀에게 부드럽게 말한다. "어디든 가기에 앞서 당신의 사칭 행위를 공개적으로 시인해야 할 겁니다. 회중 앞에서 죄를 고백해야 해요."

"군중 앞에 서는 걸 부끄러워할 사람은 아니지요, 그렇잖습니까?" 수년 동안 그녀는 길 위에서 유랑극을 벌였고, 이제 다시 벌이게 될 것이다. 극의 성격은 달라지겠지만. 그는 성처녀가 회개하는 모습을 대대적으로 전시할 생각이다. 성 바오로 대성당의 십자가 앞에서, 그리고 어쩌면 런던 밖에서도. 그녀는 사기꾼 역할을 수락할 것이다. 성녀 역할을 수락했던 때와 마찬가지로 기꺼이.

그는 리시에게 말한다. 니콜로 마키아벨리에 따르면 무장하지 않은 예언가는 항상 파멸하지. 미소를 지으며 덧붙인다. 그냥 한번 얘기해봤네, 리카르도,* 자네가 그 책을 정석으로 삼는 것 같기에.

크랜머가 앞으로 몸을 기울여 성처녀에게 말한다. 당신 주변의 사람

---

* 리처드의 이탈리아식 이름.

들 말입니다, 에드워드 보킹과 그 일당, 그중에 누가 당신과 정을 통했습니까?

그녀는 충격에 빠진다. 이 질문이 크랜머, 가장 상냥했던 심문관의 입에서 나왔기 때문이리라. 크랜머를 빤히 보고만 있다. 우리 둘 중 하나는 바보였다는 양.

크랜머가 중얼거린다. 여자 입장에선 정을 통했다는 표현이 적절치 않을 수 있겠군.

됐네. 오들리에게, 래티머에게, 리시에게 그가 말한다. "나는 여자의 추종자와 지도자를 불러들이기 시작할 걸세. 여자는 여러 사람을 파멸로 몰았어. 이제 우리가 그 파멸을 가속하게 되겠지만. 피셔 주교는 틀림없고, 마거릿 폴도 혐의는 있지. 엑서터 후작부인과 남편은 확실하고. 폐하의 딸 레이디 메리도 가능성이 상당해. 토머스 모어는 아니고 캐서린도 아니지만, 프란체스코회는 어마어마하게 엮이겠지."

법정의 모두가 기립한다, 이런 것도 법정이라 부르는지는 모르겠지만. 조도 자리에서 일어난다. 아이는 내내 바느질을 하며―아니, 더 정확히는 바늘땀을 뜯어내며 자수가 놓인 천의 가장자리에서 석류 문양을 제거했다―캐서린의 잔재를, 먼지 낀 과거가 되고도 여전히 잉글랜드에서 얼쩡거리는 그라나다왕국의 잔재를 지웠다. 이제 자수천을 접고 가위를 주머니에 넣은 뒤 소맷단을 접어 나중에 쓰기 좋게 바늘을 꽂아둔다. 죄수에게 다가가 그녀의 팔에 손을 얹는다. "작별인사를 해야겠네요."

"윌리엄 호크허스트," 여자가 말한다. "이제 기억났어요. 막달라 마리아의 서신에 금박을 입힌 수도사요."

리처드 리시가 기록한다.

"오늘은 그만 얘기해요." 조가 충고한다.

"나랑 같이 가는 건가요, 미스트리스? 나는 어디로 가죠?"

"아무도 같이 가지 않아요." 조가 말한다. "상황 파악을 전혀 못하고 있군요, 데임 엘리자. 당신은 런던탑으로 가요. 나는 식사하러 집으로 가고."

1533년 여름은 구름 없는 날들의 연속이다. 런던 정원에선 딸기 축제가 열리고, 벌떼가 웅웅거리고, 적당히 더운 저녁에 넝쿨 장미로 장식한 정자 지붕 아래로 산책하노라면 가로수 길에서 잔디 볼링을 하며 다투는 젊은 젠틀맨들의 소리가 들려온다. 곡물 농사는 북부에서조차 풍년이다. 나무들은 여물어가는 열매의 무게로 가지가 휜다. 더위여 계속되라고 그가 명령이라도 한 듯 왕궁은 가을 내내 환히 타오른다. 왕비의 아버지 몽세뇨르는 태양처럼 빛나고, 그보다는 작지만 만만찮게 번쩍거리는 아들 조지 로치퍼드가 한낮의 행성처럼 그 주변을 돈다. 그러나 정작 신바람이 난 건 서퍽 공작 찰스 브랜던으로, 새 신부를 대동하고 왕궁 여기저기를 전속력으로 쏘다닌다. 열네 살인 신부는 상속녀로, 원래는 아들의 약혼녀였다. 그러나 찰스는 자기처럼 노련한 남자가 그녀를 더 제대로 이용하리라 생각했다.

시모어 가문은 가족의 추문을 과거의 일로 묻었고, 그들의 운수 또한 나아지는 중이다. 제인 시모어가 자기 발을 내려다보며 말한다. "마스터 크롬웰, 지난주에 에드워드 오빠가 웃었어요."

"경망한 짓을 했군요. 무엇 덕분에 웃었습니까?"

"아내가 아프단 얘길 들었거든요. 아내였던 여자요. 우리 아버지랑 그랬던, 아시죠."

"죽을 거라던가요?"

"오, 그럴 거래요. 그럼 오빠 새 아내를 얻겠죠. 하지만 엘버섬의 자기 집에 붙박아두고 울프홀 근처엔 얼씬도 못하게 할 거예요. 아버지가 엘버섬을 방문이라도 하는 날엔 다시 돌아갈 때까지 아내를 리넨 창고에 가둬두겠죠."

제인의 동생 리지가 저지 총독인 남편과 궁정에 와 있다. 총독이 새 왕비와 연이 좀 있다고 한다. 리지는 벨벳과 레이스로 온통 치장하고 왔는데, 언니만큼이나 탄탄한 몸의 윤곽이 잘 드러나지 않게 감췄고, 대담한 담갈색 눈동자에는 많은 게 담겨 있다. 그녀를 뒤따라 나가며 제인이 속삭인다. 리지의 눈동자는 물빛이라고, 거길 스치는 생각들이 보인다고, 낚싯바늘로도 그물로도 잡을 수 없을 만큼 조그만 금빛 물고기들처럼.

제인 로치퍼드—그의 관점에서는 머릿속이 한가한—가 자매를 지켜보는 그를 본다. "리지 시모어는 애인이 따로 있는 게 틀림없어요." 그녀가 말한다. "뺨이 저렇게 발그레한 게 남편 때문일 리 없잖아요. 총독은 나이가 많아요. 스코틀랜드랑 싸울 때도 벌써 늙은이였는데." 그래도 자매가 닮은 구석이 조금은 있다고, 제인 로치퍼드가 지적한다. 습관처럼 고개를 숙이고 아랫입술을 빠는 게 똑같다고. "그걸 빼면," 그녀가 능글맞게 웃는다. "저들의 어미도 자기 남편이랑 똑같은 짓을 저질렀나 싶을 정도예요. 그 여자도 한창때는 미인이었거든요, 아시죠, 마저리 웬트워스. 저 아래 윌트셔에서 무슨 일이 벌어지는지

322

는 아무도 모른답니다."

"당신도 모른다니 놀랍군요. 레이디 로치퍼드. 모두의 사정을 훤히 꿰고 있을 것 같은데."

"당신이랑 나, 우리 같은 사람들은 늘 눈을 열어두고 있죠." 그녀는 고개를 숙이며 말한다, 그 말을 안으로, 자기 몸속으로 들여보내듯. "원한다면, 당신이 갈 수 없는 곳에서 늘 눈을 열어두고 있을 수 있어요."

맙소사, 이 여자는 뭐가 필요해 이러지? 돈일 리는 없다, 그렇지 않은가? 질문이 원래 의도보다 싸늘한 투로 나간다. "그로써 얻고자 하는 바가?"

제인 로치퍼드가 눈을 들어 그의 눈을 본다. "당신의 우정을 얻고 싶어요."

"거기 붙는 다른 조건은 없고요."

"내가 당신을 도울 수도 있겠다 싶었어요. 당신의 협력자인 레이디 케리가 딸을 보러 히버에 가 있잖아요. 앤이 잠자리 임무에 복귀한 뒤로 더는 필요 없는 존재가 되었으니까. 불쌍한 메리." 그녀는 웃는다. "하느님한테 나름 좋은 패를 받아놓고도 제대로 쓰는 법을 몰랐던 거죠. 말해봐요, 왕비가 아기를 더는 갖지 못하면 어찌할 생각인가요?"

"그런 걱정을 할 이유가 없지요. 왕비의 어머니는 해마다 아기를 가졌습니다. 그 때문에 가난을 못 벗어난다고 불린이 불평하곤 했죠."

"혹시 그거 눈치챘어요? 남자는 아들을 낳으면 다 제 공이고 딸을 낳으면 다 아내 탓인 거? 자식이 아예 없으면 다들 여자의 자궁이 척박해서라고 말해요. 남자의 씨가 불량이란 소린 안 하죠."

"복음에서도 마찬가지입니다. 자갈밭이 비난을 받지요."

자갈밭, 쓸데없고 결실 없는 가시밭. 제인 로치퍼드는 결혼 칠 년째 아이가 없다. "내 남편은 내가 좀 죽어줬음 싶을 거예요." 그녀가 아무렇지도 않게 말한다. 그는 어찌 대답해야 할지 모르겠다. 이 여자의 속내를 물은 적이 없는데. "내가 죽으면," 그녀가 변함없이 밝은 어조로 덧붙인다. "내 몸을 열어봐줘요. 우리 우정을 걸고 부탁하는 거예요. 독살당할까봐 걱정이거든요. 남편이 누나 앤이랑 몇 시간이고 방에 함께 들어앉아 있는데, 앤은 독이라면 모르는 게 없어요. 아침식사 한 번으로 메리를 영원히 회생 불가하게 만들 수도 있다고 으스댄 적도 있고." 그는 가만히 기다린다. "그러니까, 폐하의 딸 메리요. 물론 마음만 동하면 제 언니도 서슴지 않고 죽일 위인이긴 하지만." 그녀가 다시 눈길을 든다. "솔직히 당신도 내심 내가 아는 것들을 알고 싶을걸요."

이 여자는 외롭다, 그는 생각한다. 그리고 흉포한 근성을 키우고 있다, 우리에 갇힌 레온티나가 그랬듯. 모든 게 자기를 겨냥한다고, 힐끗거림과 은밀한 속닥거림 전부가 자기를 둘러싼 것이라고 상상한다. 다른 여자들에게 동정받을까 두렵고, 동정받는 걸 끔찍하게 생각한다. 그가 말한다. "내 마음을 어찌 안다고 그럽니까?"

"마음을 어디다 두었는지 알아요."

"그건 나도 잘 모르는데요."

"남자들한텐 드물지 않은 일이죠. 나는 당신이 누굴 사랑하는지 알아요. 왜 청하지 않나요, 그렇게 원한다면? 시모어가는 부유하지 않아요. 그 거래를 반기면서 당신에게 제인을 팔아넘길걸요."

"내 관심의 본질을 착각했군요. 우리집엔 젊은 젠틀맨들이 있습니다, 문하생들도 있고. 녀석들의 결혼이 곧 내 일이지요."

"아, 이러쿵저러쿵 변명은." 그녀가 말한다. "그런 변명은 다른 데 가서 해요. 그 집안의 햇병아리들한테나 하라고요. 평민원에서 하든가, 당신이 평소 거짓말을 제일 많이 하는 데가 거기잖아요. 하지만 나까지 속여넘길 생각은 마요."

"우정을 제안하는 레이디치고 사나운 감이 있네요."

"적응해요, 내 정보를 원한다면. 지금 앤의 방에 들어간다고 해봐요, 눈앞에 뭐가 보일까요? 기도대 앞에 앉은 왕비요. 여자 거지한테 줄 스목을 바느질하는 왕비요. 알이 병아리콩만한 진주 목걸이를 하고."

웃음을 참기 힘들다. 정확한 초상이다. 앤은 크랜머를 황홀하게 한다. 크랜머는 그녀를 경건한 여성의 표본으로 여긴다.

"그러니까 진짜 속사정이 어떨지 상상이 돼요? 앤이 기민하고 젊은 젠틀맨들이랑 어울리는 걸 정말로 그만뒀겠어요? 자기를 칭송하는 수수께끼와 시와 노래, 과연 그걸 포기했을까요?"

"칭송은 왕이 해주면 되니까요."

"그쪽에서 좋은 말은 한마디도 못 들을걸요, 배가 다시 불러오기 전까진."

"그리되지 못할 이유가 있습니까?"

"없죠. 왕이 능력만 된다면."

"조심 좀 하시죠." 그가 미소를 짓는다.

"군주의 침상에서 벌어지는 일을 얘기하는 게 반역인지는 몰랐네요. 온 유럽이 캐서린을 두고 떠들어댄 적도 있잖아요. 어디 신체 부위를 어디에 넣었다는 둥, 삽입을 정말 했느냐는 둥, 그랬다 한들 그녀가 알았겠느냐는 둥." 제인 로치퍼드가 킥킥거린다. "헨리왕의 다리가 밤

마다 말썽이에요. 한창 달아오른 왕비가 거기다 발길질이라도 할까 전
전긍긍이죠." 그녀가 손으로 입을 가리지만 말이 손가락 사이를 비집
고 나온다. "그러다가도 왕비가 밑에 가만히 누워 있으면 또 이래요.
뭐요, 마담, 내 후계자를 만드는 일에 그리도 관심이 없소?"

"왕비가 어느 장단에 맞춰야 할지는 나도 모르겠군요."

"앤이 그러는데 왕이랑은 짜릿함이 없대요. 왕은 왕대로―칠 년을
싸워서 앤을 얻었으니 그토록 빨리 김이 빠져버렸다는 걸 인정할 수
없겠죠. 내가 보기엔 칼레에서 돌아오기 전에 이미 김이 샜어요."

가능한 얘기다. 전투에 지쳐 진이 빠졌는지도 모른다. 그럼에도 왕
은 앤에게 그토록 장대한 선물을 바친다. 그리고 둘은 엄청나게 싸운
다. 만일 서로에게 무관심하다면 그처럼 많이 싸울 수 있을까?

"그러니까," 제인 로치퍼드가 말을 이어간다. "발길질과 아픈 다리,
남자 쪽의 기량 부족과 여자 쪽의 욕구 부족 사이에서 웨일스 공이 태
어난다면 그야말로 놀라운 일이겠죠. 오, 왕은 충분히 괜찮은 남자예
요, 매주 새로운 여자를 취할 수만 있으면. 왕이 새로움을 갈망하는데,
왕비는 안 그런다고 어떻게 장담해요? 친동생이 받들어 모시잖아요."

그는 몸을 돌려 그녀를 바라본다. "그러다 큰일납니다, 레이디 로치
퍼드."

"자기 친구들을 갖다 바친다는 얘기였는데요. 혼자 무슨 생각을 한
거예요?" 신경에 거슬리는 웃음이 짧게 터져나온다.

"그럼 당신은 지금 본인이 무슨 생각을 하는지 압니까? 궁에 나름
오래 있었으니 여기서 무슨 놀이들을 하는지 잘 알겠지요. 어떤 레이
디든 시나 찬사를 받는 건 아무 문제가 안 돼요, 설령 결혼한 여자라

해도. 남편 또한 어딘가에서 다른 여자에게 바칠 시를 쓰고 있다는 걸 아니까."

"오, 알다마다요. 다른 사람은 몰라도 나는 알죠. 근방 50킬로미터 내의 건방진 계집치고 조지 로치퍼드의 시를 받아보지 않은 애는 없을 걸요. 하지만 그 같은 호기로움이 침실 문턱을 넘는 일은 없으리라 생각한다면 당신은 내 예상보다 훨씬 순진한 사람이에요. 시모어 집안의 딸을 사랑한다고 그애의 순한 양 같은 아둔함까지 본받을 필요는 없다고요."

그가 미소를 짓는다. "그게 다 양을 잘 모르고 하는 소리랍니다. 양치기들의 말이, 양들은 서로를 알아본다는군요. 이름을 부르면 대답도 하고. 우정은 평생을 간대요."

"누가 모두의 침실을 들락거리는지도 얘기해줄게요. 마크라는 어린 것이 슬금슬금 잘도 돌아다니는데. 만인의 중매쟁이인 셈이죠. 내 남편은 대가로 자개단추랑 사탕, 모자에 달 깃털을 준답니다."

"왜요, 로치퍼드 경이 현금이 떨어졌답니까?"

"이때다 싶어 고리대금이라도 하시게요?"

"안 될 거 있습니까?" 우리가 적어도 한 지점에선 의견 일치를 보는군, 그는 생각한다. 마크가 괜히 싫다는 것. 울지 밑에 있을 때 녀석은 성가대 아이들을 가르치며 이런저런 일을 했다. 여기서는 우두커니 서 있기만 한다. 어느 궁에 있든, 왕비의 처소에서 멀리 있든 가까이 있든. "글쎄, 나쁠 건 없어 보이는 녀석인데요." 그가 말한다.

"그앤 윗사람들한테 거머리처럼 들러붙어요. 도대체가 주제를 모르죠. 우쭐한 어중이예요, 시절이 어지러운 덕분에 기회를 누리는."

"그렇기는 나도 마찬가지 아니겠습니다. 레이디 로치퍼드. 물론 나들으라고 한 말이겠지만."

토머스 와이엇이 개암과 켄트산 사과를 가지고 온다. 달구지를 몰고 덜컹거리며 오스틴프라이어스에 도착한다. "사슴고기도 오는 중이에요." 달구지에서 뛰어내리며 말한다. "저는 신선한 과일을 맡았지요, 죽은 동물의 고기는 넘기고." 와이엇의 머리칼에서 사과향이 나고, 옷은 길거리에서 묻은 먼지로 지저분하다. "이제 한마디하셔야죠," 와이엇이 말한다. "지금 망쳐먹은 그 더블릿이 도대체 얼마짜리―"

"그 달구지로 벌어들일 일 년 치 수입이다."

와이엇은 정신이 번쩍 든 듯하다. "마스터가 제 아버지란 걸 깜빡했네요."

"혼쭐이 났으니 이제 여유롭게 남자의 대화를 시작하면 되겠군." 수줍게 쏟아지는 가을 햇살 속에 서서 그는 사과를 집어든다. 날이 얇은 칼로 깎자 껍질이 사각대며 과육에서 떨어져나와 그의 서류 사이에 마치 사과의 그림자처럼 눕는다. 흰색 종이와 검은색 잉크 위에서 푸른색을 더한다. "시골에 갔을 때 레이디 케리도 봤나?"

"시골의 메리 불린이라니. 생각만 해도 이슬처럼 싱그러운 기쁨이 솟구치네요. 어딘가의 건초 다락에서 한창 발정이 나 있지 싶은데."

"메리의 상태를 파악해두고 싶은 것뿐일세. 다음번에 여동생이 전투력을 상실할 때를 대비해서."

와이엇은 사과를 들고 서류 더미 가운데에 앉는다. "크롬웰, 마스터가 잉글랜드를 칠 년 동안 떠나 있었다면 어떨 것 같아요? 어느 이야기에 나오는 기사처럼 마법에 걸려 내내 누워 있었다면? 깨어나서는 주위를 둘러보며 의아해하겠죠, 누구지, 이 사람들은? 하고."

이번 여름 와이엇은 켄트에 박혀 있겠다고 맹세했다. 궂은 날은 책을 읽고 시를 쓰고, 맑은 날은 사냥을 나갔다. 하지만 가을이 오고 밤이 길어지자 앤이 자꾸만 와이엇을 끌어당긴다. 자기 마음은 진심이라고 와이엇은 믿는다. 그리고 앤이 기만적이라 한들 정확히 어디가 기만인지 딱 짚을 수가 없다. 요즘에는 앤에게 우스갯소리를 할 수 없다. 소리 내어 웃을 수도 없다. 앤은 완벽하다고 생각해야 한다. 그렇지 않으면 그녀가 어떻게든 방법을 찾아 벌할 것이다.

"제 아버지는 에드워드왕이 다스리던 시절 얘기를 곧잘 하세요. 이렇게 말씀하시죠. 너도 이제 알겠지, 왕이 자기 백성, 그러니까 잉글랜드 여자랑 결혼해서 좋을 게 없는 이유를?"

문제는 앤이 궁정을 다시 꾸리긴 했으나 그녀의 옛 모습을 아는 이들, 프랑스에서 돌아와 작심하고 해리 퍼시를 유혹하던 시절의 그녀를 아는 사람들이 여전히 남아 있다는 점이다. 그들은 서로 경쟁이라도 하듯 이런저런 일화를 풀어놓으며 그녀가 자격 미달이라고 말한다. 아니, 애초에 인간이 아니라고. 얼마나 뱀 같으냐고. 아니, 백조라고. 우나 칸디다 체르바,* 한 마리 흰 암사슴이라고, 은회색 나뭇잎 사이에 몸을 감춘. 바들바들 떨며 숲속에 숨어 자신을 짐승에서 여신으로 되바꿔줄 연인을 기다린다고. "저를 이탈리아로 다시 보내주세요." 와이엇이 말한다. 그녀의 검은, 그녀의 빛나는, 그녀의 곁눈질하는 눈동자.

---

* 페트라르카의 소네트 190의 한 구절이다.

그녀가 저를 놔주지 않아요. 밤이면 제 고독한 침대로 찾아옵니다.

"고독한? 그건 아닐 것 같은데."

와이엇이 웃는다. "맞아요. 저는 가능하면 사양하지 않는 편이죠."

"너무 많이 마시는군. 와인에 물을 좀 섞지 그래."

"일이 이 지경까지 되지 않을 수도 있었어요."

"세상사가 다 그렇지."

"마스터는 과거를 생각하는 법이 없죠."

"입 밖에 내지 않을 뿐이야."

와이엇이 애원한다. "어디든 다른 데로 보내주세요."

"그럴 걸세. 왕에게 대사가 필요해지면."

"메디치 가문이 메리 공주에게 혼담을 넣었다는 얘기가 사실인가요?"

"메리 공주가 아니라 레이디 메리라고 해야지. 찬찬히 생각해보시라고 폐하에게 청하긴 했네. 하지만 폐하의 성에 찰 정도로 대단한 가문은 아니라서. 음, 그레고리가 은행업에 조금이라도 관심을 보이면 나는 그애 신붓감을 피렌체에서 찾을까 해. 집안에 이탈리아 여자가 있으면 즐거울 거야."

"저를 거기로 다시 보내주세요. 마스터를 위해서든 폐하를 위해서든 유용히 쓰일 곳에 자리를 마련해주십시오. 여기서 저는 아무짝에도 쓸모가 없고, 저 자신에게는 쓸모없는 것 이상으로 형편없는 존재인데다, 그 누구도 기쁘게 해주지 못해요."

그가 말한다. "이런, 베켓의 백골을 걸고 좀. 신세 한탄은 그쯤 해두게."

노픽은 왕비의 친구들에 대해 나름의 견해를 가지고 있다. 그 견해를 전할 때면 말이 살짝 빨라지고, 몸에 지닌 성물이 짤랑거리고, 부릅뜬 눈 위에서 어수선한 잿빛 눈썹이 꿈틀거린다. 이 인간들, 공작은 말한다. 여자 주변이나 어슬렁거리는 이런 인간들! 노리스는 괜찮은 사람인 줄 알았는데 말이야! 그리고 헨리 와이엇의 아들 녀석! 시나 깨작이고. 노래나 부르고. 수다, 수다, 수다나 떨어대고. "여자와 떠들어봤자 무슨 소용이라고?" 공작은 진심으로 궁금해 묻는다. "크롬웰, 자네는 여자들이랑 얘기 같은 거 안 하지, 그렇지? 얘깃거리가 뭐가 있느냐 그 말이야. 할말을 찾을 수나 있어?"

노픽과 얘기해보겠네. 프랑스에서 돌아오면 결정을 내릴 거야. 앤에게 주의를 좀 주라고 하지. 프랑스 쪽이 마르세유에서 교황을 만날 걸세. 헨리왕이 참석할 수 없는 경우 가장 신분이 높은 귀족을 대표로 보내야 해. 가드너가 이미 거기 가 있네. 내겐 매일이 휴일 같군, 그가 톰 와이엇에게 말한다. 그 두 사람이 떠나 있으니.

와이엇이 말한다. "그때쯤이면 왕의 관심이 다른 데 가 있지 않을까 싶네요."

이후 며칠 동안 그는 궁정의 이런저런 여자들에게 꽂히는 헨리왕의 눈길을 좇는다. 별다른 건 없는 듯하다. 여느 남자들처럼 그저 호기심에 재미로 보는 것일 뿐. 한 여자를 두 번 보면 결혼해야 한다고 믿는 남자는 크랜머뿐이니까. 그는 리지 시모어와 춤추는 왕을 지켜본다. 왕의 손이 그녀의 허리께를 떠날 줄 모른다. 그걸 지켜보는 앤을 본다. 표정은 냉랭하고 얼굴은 파리하다.

이튿날 그는 에드워드 시모어에게 아주 좋은 조건으로 돈을 빌려준다.

　가을비가 내리는 아침이면 그의 식솔들은 동이 채 트지도 않은 이른 시각부터 축축하고 물이 뚝뚝 떨어지는 숲으로 나간다. 토르타 디 푼기를 만들려면 원재료부터 구해야 한다.

　여덟시에 리처드 리시가 도착한다. 놀라고 당황한 표정이다. "정문에서 사람들이 막아서더니 이러던걸요. 버섯은 어디 있습니까? 버섯 없이는 아무도 못 들어갑니다." 리시는 자존심을 다쳤다. "내가 아니라 대법관님이었어도 버섯을 내놓으라 했을까요."

　"아, 안 그랬을 거야, 리처드. 하지만 한 시간 내로 자낸 크림에 넣어 구운 달걀을 곁들인 버섯 타르트를 맛보게 될 걸세, 대법관은 맛보지 못할 거고. 그럼 일하러 가볼까?"

　9월 내내 그는 성처녀와 가깝게 지냈던 사제와 수도사를 소환했다. 그와 퍼스 경은 문서를 샅샅이 살피고 심문을 진행한다. 이 성직자들은 철창 신세가 되자마자 성처녀를 부정하고 서로를 부정하기 시작한다. 그 여자를 믿은 적은 결단코 없었다는 둥, 아무개 신부의 설득에 넘어간 것뿐이라는 둥, 나는 어떠한 말썽도 원치 않았다는 둥. 엑서터 후작부인과 캐서린, 메리와 접촉한 일에 대해서는—자기는 연관이 없다고 주장하면서 다른 그리스도의 형제들을 부리나케 갖다붙인다. 성처녀의 측근들은 엑서터 가문과 지속적으로 접촉해왔다. 성처녀 자신은 잉글랜드 내의 주요 수도원 여러 곳을 다녔다—그중에는 신Sheen 영지의 카르투시오회 소속 사이온 수도원과 리치먼드의 프란체스코회 수도원도 있다. 그가 이 사실을 아는 건 현실에 불만을 품은 수도사

여럿과 선이 닿아 있어서다. 수도원마다 그런 자가 몇 명은 있고, 그는 그중에서도 가장 총명한 자들을 포섭한다. 캐서린이 성처녀를 직접 만난 적은 없다. 뭐하러 그러겠는가? 중간다리 역할을 해줄 피셔 주교와 엑서터 경의 아내인 거트루드가 있는데.

왕은 말한다. "헨리 코트니가 나를 배신하려 했다니 도통 믿기지 않는군. 가터 기사단에다 마상 시합장의 거목이고 내 어릴 적 친구인데. 울지는 우리를 갈라놓으려 했지만 나는 그럴 생각이 없었지." 왕이 웃는다. "브랜던, 그리니치의 그 크리스마스를 기억하는가? 몇 년도였더라? 그 눈싸움 기억해?"

이 사람들을 상대할 때 가장 어려운 점이 이것이다. 고대의 혈통과 소년기의 우정, 그가 아직 안트베르펜에서 양모 교역을 하던 시절의 일을 입에 달고 사는 자들. 그런 이들은 코앞에 아무리 증거를 갖다대도 눈싸움 얘기나 하며 눈시울을 붉히기 시작한다. "보게," 헨리왕이 말한다. "이게 다 코트니의 아내 탓이야. 거트루드의 소행을 속속들이 알게 되면 코트니도 그녀를 없애버리고 싶을 걸세. 여자들이 다 그렇듯 변덕스럽고 나약하지, 음모에도 쉽게 빠지고."

"그러니 용서하시지요." 그가 말한다. "부인에게 사면장을 써주십시오. 폐하의 너그러움에 빚을 지게 하십시오. 이들이 캐서린을 향한 어리석은 감상에서 빠져나오길 원하신다면."

"자네는 사람의 마음을 살 수 있다고 생각하나?" 찰스 브랜던이 묻는다. 그렇다는 대답이 돌아오면 슬플 것 같다는 투다.

그는 생각한다. 마음도 인체의 다른 장기와 같다. 저울에 놓고 무게를 잴 수 있다. "우리가 그들에게 쥐여주려는 건 돈이 아닙니다. 제게는 코트니 일가를, 엑서터 가문 전체를 법정에 세우기에 충분한 증거가 있습니다. 그걸 그냥 넘어가주면 그들에게 자유와 그들의 영지를 쥐여주는 셈이 됩니다. 그들이 이름값에 걸맞은 명예를 회복할 기회를 주는 것이지요."

헨리왕이 말한다. "코트니의 조부는 내 아버지를 섬기려고 꼽추왕*을 등졌어."

"이대로 용서하면 그자들이 우릴 바보 취급할 겁니다." 찰스가 말한다.

"그렇지 않습니다, 공작 저하. 이제부터 그들은 뭘 하든 제 감시 아래 있게 될 겁니다."

"그럼 폴 가문, 몬터규 경 말이야. 거기엔 뭘 쥐여줄 생각인가?"

"몬터규 경은 자신이 사면되리란 가정 자체를 못해야 합니다."

"진땀 좀 흘려봐라 그건가, 어?" 찰스가 말한다. "자네가 귀족을 상대하는 방식이 그리 마음에 든다고는 못하겠구먼."

"응분의 대가를 치르는 거지." 국왕이 말한다. "잠깐만, 공작. 생각 좀 하자고."

정적이 이어진다. 브랜던은 입장이 너무 복잡한 나머지 오락가락한다. 이렇게 말하고 싶다. 반역자로 대가를 치르게 하시게, 크롬웰. 하지만 예를 갖춰 도륙하게. 갑자기 공작의 얼굴이 밝아진다. "아, 이제 기억납니다, 그리니치. 그해에 무릎 높이까지 눈이 쌓였지요. 이런, 그때 우리도 젊었습니다, 해리. 이제 더는 눈이 내리지 않지요, 우리가

---

* 리처드 3세.

어렸을 때처럼 내리진 않아요."

그는 서류를 한데 모으고 물러가겠노라 고한다. 이제 추억담이 시작되어 오후를 채울 테고, 그에겐 해야 할 일들이 있다. "레이프, 웨스트 호슬리로 가거라. 엑서터 후작부인에게 전해. 폐하는 여자들이 하나같이 변덕스럽고 나약하다고 생각한다고—오히려 그 반대라는 증거를 꽤나 가지고 있을 법한데 말이야. 아무튼 부인한테 서면으로 남기라고 해, 자기는 벼룩만큼도 분별력이 없다고. 여자치고도 유독 쉽게 꾐에 빠진다고 주장하라고 해. 바짝 엎드리라고 전해. 어떤 표현을 쓸지는 네가 좀 봐주고. 어찌해야 하는지 알겠지. 헨리왕을 대할 때는 겸손할수록 좋아."

바야흐로 겸손의 계절이다. 마르세유 회담에서 프랑수아왕이 교황의 발치에 엎드려 슬리퍼에 입을 맞췄다는 얘기가 전해진다. 이 소식을 들은 헨리왕은 불경한 말을 뱉으며 손에 든 공문을 갈기갈기 찢어버린다.

그는 찢긴 조각들을 모아 테이블에 펼쳐놓고 내용을 읽는다. "프랑수아왕은 어쨌든 폐하와의 신의를 지켰습니다." 그가 말한다. "놀랍게도요." 프랑수아왕은 교황을 설득해 파문 칙서를 유예시켰다. 잉글랜드로서는 숨구멍이 트였다.

"클레멘스 교황이 무덤에 처박혔으면 좋겠어." 헨리왕이 말한다. "하느님도 아시다시피 그자는 추잡한 인간이야. 게다가 늘 아프다잖아, 그럼 죽어야지. 이따금," 왕이 말한다. "나는 캐서린이 그냥 저대로 천상의 영광으로 들어가길 기도하네. 내가 잘못하는 건가?"

"그저 손가락만 한번 튕기시면, 폐하, 백 명은 되는 사제가 달려와

잘잘못을 가려드릴 겁니다."

"그대에게 듣는 편이 더 좋아서 그러는 거지." 왕은 홱 토라진 사람처럼 입을 닫고 곰곰이 생각한다. "클레멘스가 죽으면 어떤 사기꾼이 차기 교황이 될까?"

"저는 알레산드로 파르네세에게 걸었습니다."

"정말인가?" 왕이 자세를 고쳐 앉는다. "그걸로 내기를 한다고?"

"하지만 배당률이 낮습니다. 파르세네가 요 몇 년 동안 로마의 폭도들에게 상당한 뇌물을 뿌려댔거든요. 때가 되면 그자들이 들고 일어나 추기경들 사이에 공포를 조장할 겁니다."

"그자는 아이가 몇인지 말해보게."

"제가 알기로는 넷입니다."

국왕은 근처 벽에 걸린 태피스트리를 들여다본다. 하얀 어깨를 드러낸 여자들이 카펫처럼 깔린 봄꽃 위를 맨발로 걷는다. "내게도 조만간 아이가 하나 더 생기지 싶어."

"왕비가 그리 말씀하시던가요?"

"아직은 아니고." 하지만 왕은 알아본다. 우리 모두가 그렇다. 앤의 뺨이 붉게 상기되고, 몸이 비단결처럼 부드러운 곡선을 그리고, 그녀가 또랑또랑한 명령조의 목소리로 주변 사람들에게 호의를 베풀고 보상을 내리는 모습을. 이번주에는 사악한 눈초리보다 보상이 더 많고, 왕비의 침실에서 시중을 드는 스티븐 본의 아내는 왕비가 달거리를 걸렸다고 전한다. 왕은 말한다. "왕비가 걸렸단 말이지, 그……" 그러다 말을 멈추고는 어린 학생처럼 얼굴을 붉힌다. 두 팔을 활짝 펼치고 방을 가로질러와 그를 끌어안는다. 왕은 별처럼 반짝이고, 반지들이 눈부시게 빛나는 큼지막한 두 손으로 그의 검은 벨벳 재킷을 움켜쥔다. "이번에는 틀림없어. 잉글랜드는 우리의 것이야."

유구하다, 왕의 심장에서 터져나온 이 외침은. 왕은 피에 젖은 깃발이 마주보는 전장에 서 있는 것 같다. 가시덤불 위에는 왕관을, 발치에는 죽어 쓰러진 적들을 두고.

그는 미소 띤 얼굴로 조심스럽게 왕의 품을 빠져나온다. 왕에게 붙들리면서 주먹을 쥔 탓에 구겨진 문서를 반듯하게 편다. 남자들의 포옹이란 게 원체 그렇지 않은가, 커다란 주먹으로 때려눕힐 것처럼 서로를 툭툭 치는? 헨리왕이 그의 팔을 꽉 잡으며 말한다. "토머스, 방파제를 껴안는 줄 알았네. 그대는 대체 뭘로 만들어진 사람인가?" 그러면서 종이를 가져간다. 입이 떡 벌어진다. "이게 오늘 아침 해야 하는 일인가? 이 목록이?"

"오십 가지도 안 됩니다. 금방 끝날 겁니다."

이날 내내 그의 입가에는 미소가 가시지 않는다. 클레멘스 교황과 칙서 따위가 뭐 어떻단 말인가? 치프사이드 시장통에 서서 군중의 공격에 몸을 내맡겨도 좋다. 크리스마스 화환—눈이 내리지 않는 통에 수년째 밀가루를 뿌리는—아래 서서 노래를 부르래도 좋다. "헤이 노니 노, 파-라-라, 몹시도 푸르른 나무 아래서."

11월의 끝을 향해 가는 추운 날 성처녀와 핵심 조력자 여섯 명이 성 바오로 대성당의 십자가에서 죄를 고백한다. 채찍질하듯 몰아치는 바람을 맞으며 족쇄를 차고 맨발로 서 있다. 잔뜩 모여든 군중은 떠들썩하고, 설교는 생생하다. 성처녀가 자매와도 같은 수녀들이 잠든 밤 나다니며 무슨 짓을 했는지, 추종자들이 계속 경외심을 갖도록 들려준 악마 얘기가 얼마나 원색적인지 전한다. 성처녀는 고해문을 낭독하고, 마지막 부분에서 런던 사람들에게 기도를 청하고, 왕에게 자비를 구한다.

램버스궁에 있던 예쁘장한 여자는 온데간데없다. 지금 그녀는 초췌하고 십 년은 더 늙어 보인다. 물리적 위해가 가해진 탓은 아니다. 여자를 상대로 그런 짓을 하는 건 그가 용인하지 않고, 사실 그들 모두 강압 없이 자백했다. 힘들었던 부분은 그들이 뜬소문과 망상으로 이야기를 복잡하게 꼬아 잉글랜드 사람 절반을 사건 관련자로 엮는 상황을 막는 것이었다. 줄기차게 거짓말을 하던 사제 한 명은 끄나풀 하나와 그냥 가둬두었다. 끄나풀 역할의 남자는 살인죄로 구금중이었는데, 리치 신부는 옳다구나 덤벼들어 영혼을 구원하는 얘기를 꺼내면서 성처녀의 예언을 해석해주고, 남자의 관심을 살 요량으로 자기 지인이라며 왕궁 주요 인사의 이름을 읊었다. 딱하다, 정말로. 하지만 이런 진풍경을 연출할 필요가 있었다. 다음번엔 캔터베리로 갈 것이다, 데임 엘리자베스가 자신의 본거지에서 죄를 고백하도록. 종말을 입에 올리고 역병과 지옥살이로 우리를 위협하는 이 같은 자들의 지배력을 끊어낼 필요가 있다. 이자들이 양산하는 공포를 제거할 필요가 있다.

토머스 모어가 와 있다. 런던의 고위 인사들과 서서 이리저리 떠밀린다. 그러다 단상에서 설교자들이 내려오고 죄수들이 끌려나가는 틈을 타 그에게 다가온다. 차디찬 손을 비비며 입김을 분다. "저 여자의 죄라면, 이용을 당했단 것이겠지."

그는 생각한다. 앨리스는 어쩌자고 당신이 장갑도 없이 돌아다니게 두는 거지? "증언을 다 듣기는 했는데," 그가 말한다. "저 여자가 어쩌다 여기까지 오게 됐는지는 아직도 모르겠습니다. 습지대 변두리에서 성 바오로의 공개처형장까지 오게 된 이유요. 그걸로 돈을 번 것도 아니면서."

"기소는 뭘로 할 생각이오?" 모어는 사건에 관심이 있는 법률가로서 동료 법률가에게 묻는다는 양 중립적인 투로 말한다.

"관습법은 하늘을 날거나 죽은 자를 되살린다고 말하는 여자를 다루지 않으니까요. 의회에 사권박탈법*을 제출할 겁니다. 주범에게 반역죄를 적용할 거예요. 종범은 종신형, 몰수형, 벌금형을 받게 되고요. 폐하는 신중히 움직이실 겁니다. 자비를 베푸는 쪽으로 기울 것도 같고요. 내 입장에선 형벌을 내리는 것보다 이자들의 계획을 밝히는 게 더 중요해요. 수십 명의 피고와 수백 명의 증인이 엮여 수년씩 계속되는 재판은 원치 않습니다."

모어가 머뭇거린다.

"이거 왜 이러십니까." 그는 말한다. "당신 손으로 치워도 됐을 자들입니다, 당신이 대법관이었을 때."

"그럴 수도. 어쨌든 나는 양심에 거리낄 게 없소." 짧은 정적이 흐른다. 모어가 말한다. "토머스. 그리스도의 이름으로, 당신도 잘 알잖소."

"폐하가 그리 아는 한은 나도 그리 알겠지요. 그분의 머릿속에 확고히 심어둬야 합니다. 서신을 쓰면 어떨까요, 엘리자베스 공주의 안부를 묻는 내용으로."

"그야 할 수 있지."

---

* 의회가 개인의 권리 박탈을 선언하고 재판 없이 처벌할 수 있게 하는 법.

"공주의 권리와 지위를 인정한다고 명확히 밝히시고요."

"어려울 것 없지. 새 결혼이 성사되었으니 받아들일 수밖에."

"그 결혼을 도저히 칭송하지는 못하시겠고요?"

"폐하는 왜 자기 아내를 다른 남자가 칭송하길 바란답니까?"

"공개서한 형식으로 쓰는 걸 고려해보십시오. 국왕의 천부적 지배권이 교회보다 우선한다는 문제에서 마침내 깨달음을 얻었다고 말하는 겁니다." 그가 건너편을 본다. 대기중이던 수레에 죄수들을 태우고 있다. "이제 다시 런던탑으로 데려갈 거예요." 잠시 말을 멈춘다. "그리 우두커니 서 계시면 안 됩니다. 함께 가서 점심이나 하시지요."

"아니오." 모어가 고개를 젓는다. "강바람에 떠밀려 다니다 시장한 채로 집에 가는 게 차라리 낫지. 당신이 내 입에 음식만 집어넣으리라 믿을 수 있다면 또 모를까—하지만 당신은 말도 집어넣을 것이거든."

그는 집으로 돌아가는 참사위원 무리에 녹아드는 모어를 지켜본다. 그리고 생각한다. 모어는 자존심이 너무 강해서 기존 입장을 철회하지 못할 것이다. 그랬다가 유럽 학자들의 신망을 잃을까 두렵기도 하고. 철회할 방도를 찾아줘야 한다, 비굴한 존재로 비치는 일 없이. 이제 날이 완전히 갰다. 흠집 하나 없는 보석처럼 파랗다. 런던의 정원은 베리 열매로 화사하다. 냉혹한 겨울이 다가온다. 하지만 그는 죽은 나무에서 봄이 터져나오듯 곧 터져나올 것만 같은 어떤 힘을 느낀다. 하느님의 말씀이 전파되면서 사람들은 새로운 진실에 눈뜬다. 지금까지 그들은, 헬렌 바르가 그랬듯 노아와 대홍수나 알았지 성 바오로는 몰랐다. 우리 성모의 슬픔을 헤아릴 줄 알았고 저주받은 자가 어찌 지옥으로 떨어지는지도 설명할 수 있었다. 그러나 그리스도의 여러 기적과 말씀은 알지 못했고 열두 제자, 런던의 빈민처럼 단순하고 말재간도 필요 없는 일을 하던 평범한 이들이 그리스도의 제자가 되어 했던 말과 행동도 알지 못했다. 이야기는 사람들이 안다고 생각했던 것보다 훨씬 거대하다. 그는 조카 리처드에게 당부하곤 한다. 이야기의 일부만 말하거나 네가 고른 부분만 말해선 안 된다고. 사람들은 지금껏 예배당 벽면에 그려진 그림으로, 혹은 돌에 새긴 조각으로 자신의 종교를 접했으나 이제 하느님의 펜은 준비가 되었고, 그들의 마음속 책에 하늘의 말씀을 써내려가고자 기다리고 있다.

그러나 같은 런던에서 샤퀴는 요동치는 폭동의 기운, 카를황제에게 성문을 열어젖힐 준비가 된 도시를 본다. 로마 대약탈의 현장에 있지는 않았으나 마치 그곳에 있었던 것처럼 꿈을 꾸는 밤이 있다. 고대의 도로에 쏟아져 있는 시커먼 창자, 분수대를 덮은 산송장, 습지 안개를 뚫고 울리는 종소리, 줄줄이 담을 넘는 방화범의 횃불. 로마는 함락되었고, 도시의 모든 것이 무너졌다. 하지만 옛 성 베드로 대성당을 무너트린 건 침략자들이 아니라 율리오 교황이었다. 콘스탄티누스 황제가 직접 첫 삽을 뜨고, 열두 제자 한 명당 한 삽씩 총 열두 번 흙을 떠낸 자리에 무려 천이백 년을 서 있었던 성당이었다. 그리스도교 순교자들을 들짐승의 거죽으로 싸고 꿰매서 들개 밥으로 던져주던 자리였다. 율리오 교황이 새 교회의 토대를 닦고자 지하 묘지들을 뚫고, 열두 세기 묵은 생선가시와 재를 뚫고 7미터를 내려가면서 인부들의 삽에 성자들의 유골이 바스러졌다. 순교자들이 피를 흘렸던 곳에 몹시도 창백한 바위가 서 있었다. 미켈란젤로를 기다리고 있던 대리석이었다.

거리에서 그는 제병을 들고 가는 사제를 본다. 임종을 앞둔 런던 주민에게 가는 길일 터다. 행인들이 모자를 벗고 무릎을 꿇는데, 건물 위쪽 창문에서 남자애 하나가 몸을 내밀고 조롱한다. "어디 당신네 '다시 사신 그리스도' 좀 보여줘봐. '잭 인 더 박스'* 좀 보여줘보라고." 그가 눈길을 든다. 모습을 감추기 전 소년의 얼굴에는 분노가 선명하다.

그는 크랜머에게 말한다. 이 사람들은 참된 복종을 할 수 있는 훌륭한 권위를 원해. 수세기 동안 로마는 이들에게 어린애나 믿음직한 얘기를 믿으라고 요구해왔네. 당연히 이들은 잉글랜드의 왕, 즉 의회와 하느님에 의거해 권력을 행사할 국왕에게 복종하는 게 더 자연스러운 일임을 알게 될 거야.

모어가 몸을 떨며 설교를 듣던 모습을 목격한 이틀 뒤 그는 엑서터 후작부인에게 사면장을 전달한다. 국왕이 그녀의 남편에게 보내는 독설도 함께 전한다. 이날은 성 카테리나 축일이다. 수레바퀴에 묶여 순교의 위협을 당했던 성자를 기리는 뜻에서 각자의 목적지까지 원을 그리며 걷는 날이다. 이론상으로는 그렇다. 그는 지금껏 열두 살이 넘은 사람 중에 실제로 그리하는 이를 본 적이 없다.

비축된 힘이 느껴진다. 뼈를 곧장 관통하는 듯한 힘이다. 도끼를 쥘 때 자루에서 느껴지는 전율과 비슷하다. 그걸로 내리칠 수도, 내리치지 않을 수도 있다. 혹 일격을 잠시 미루기로 결정한다 해도 당신의 내면에서는 그 생략한 행위가 여전히 공명한다.

다음날 햄프턴코트궁에서 왕의 아들 리치먼드 공작이 노퍽의 딸 메

---

* 뚜껑을 열면 용수철에 달린 광대 등이 튀어나오는 장난감으로 14세기 가톨릭 성자 존 쇼과 악마의 일화에서 유래했다고 전해진다.

리와 결혼식을 올린다. 하워드 가문을 찬미하는 뜻에서 앤이 주선한 결혼이다. 헨리왕이 이 서자를 다른 나라 공주와 결혼시켜 유리한 상황을 만들어주는 걸 막으려는 의도도 있었다. 그녀는 왕을 설득해 아버지로서 으레 기대했을 엄청난 지참금을 포기하게 만들었다. 모든 게 자신의 계획대로 되었다는 승리감에 젖어 춤의 대열에 합류한다. 앤의 갸름한 얼굴이 발그레하고, 단검의 칼끝 같은 다이아몬드를 더해 땋은 머리칼이 반짝인다. 헨리는 그녀에게서 눈을 떼지 못하고, 그건 그도 마찬가지다.

다른 모두의 시선은 리치먼드에게 붙들려 있다. 망아지처럼 달리고, 화려한 결혼 예복을 뽐내고, 빙그르 돌고, 훌쩍 도약하고, 깡충깡충 뛰고, 한껏 으스댄다. 저애를 좀 봐, 나이 지긋한 귀부인들이 말한다. 한때 제 아비가 딱 저랬다니까. 저 완벽한 혈색하며, 여자애처럼 투명한 피부하며. "마스터 크롬웰," 리치먼드가 요구한다. "아버지 국왕 폐하께 내가 아내와 함께 살고 싶어한다고 말씀 좀 해주세요. 나는 내 식솔에게 돌아가고 메리는 왕비 곁에 있어야 한다고 하셔서요."

"저하의 건강을 생각해 그러시는 겁니다."

"나는 이제 곧 열다섯 살인데요."

"생일까지 아직 반년이 남았습니다."

소년의 신나는 표정이 싹 가시고 얼굴이 단숨에 냉랭해진다. "반년은 아무것도 아니에요. 남자 나이 열다섯이면 가능하다고요."

"그러니까 듣기로는," 제인 로치퍼드가 실없이 곁에 서서 말한다. "공작의 아버지 국왕께선 법정에 증인들을 불러 자기 형님은 열다섯 살 때 그게 가능했다고, 그것도 하룻밤에 한 번 이상 했다고 진술하게 하셨다던데요."

"신부의 건강 또한 고려해야 합니다."

"서픽 공작의 아내는 내 아내보다도 어린걸요. 그런데 서픽은 하잖아요."

"아내를 볼 때마다 할걸요." 레이디 로치퍼드가 말한다. "부인의 기겁한 표정으로 판단하건대."

리치먼드는 기나긴 논쟁에 대비해 선례라는 참호를 파고 들어간다. 이건 자기 아버지의 논쟁 방식이기도 하다. "내 증조모이신 레이디 마거릿 보퍼트는 열세 살에 아이를 낳지 않았나요, 뒷날 헨리 튜더가 될 왕자를?"

보즈워스 전투, 누더기가 된 깃발, 피투성이 들판. 그리고 모성이 얼룩진 침대보. 우리 모두는, 그는 생각한다. 다른 게 아니라 이 같은 비밀거래를 통해 세상에 나온 게 아닐까. 자기, 내게 항복해요, 하는. "그출산이 그분의 건강에 도움이 됐단 얘기는 들어본 적 없습니다." 그가 말한다. "성정에도 그렇고요. 그분은 아기를 더는 갖지 못했어요." 갑자기 그는 이 논쟁이 지겹다. 그래서 지치고 낮은 목소리로 짧게 마무리한다. "이성적으로 생각하십시오, 저하. 한번 하면 계속하고 싶어지는 법입니다. 삼 년 동안은 그럴 겁니다. 어쩔 수 없이 그렇게 됩니다. 아버지께서 저하를 위해 따로 구상중인 일이 있습니다. 더블린으로 보내 그곳 궁정을 맡기실지도 모릅니다."

제인 로치퍼드가 말한다. "맘 편히 먹어요, 꼬마 공작님. 성사시킬 방법이야 얼마든지 있으니. 남자는 언제든 여자를 만날 수 있답니다, 여자가 그럴 생각만 있으면."

"친구로서 한말씀 드려도 될까요, 레이디 로치퍼드? 이 문제에 괜히 끼었다가 폐하의 노여움을 살 수 있습니다."

"오," 그녀는 대수롭지 않다는 듯 말한다. "왕은 예쁜 여자 한 명 갖다 바치면 뭐든 용서해줄걸요. 이 둘은 자연스러운 일을 하려는 것뿐 이잖아요."

리치먼드가 말한다. "내가 왜 수도사처럼 살아야 해요?"

"수도사요? 그자들이 그 짓에 얼마나 열심인데, 염소 뺨친다니까요. 여기 계신 마스터 크롬웰이 잘 아시죠."

"어쩌면," 리치먼드가 말한다. "우리를 떨어트려놓는 게 왕비마마의 뜻일 수도 있겠네요. 적법한 아들이 태어나기도 전에 폐하가 손주부터 품에 안는 상황이 싫은 거죠."

"설마 아직 모르는 거예요?" 제인 로치퍼드가 그를 돌아본다. "라 아나가 앙생트*라는 게 당신 귀에 아직 안 들어갔어요?"

제인 로치퍼드는 샤퓌가 붙인 이름으로 앤을 부른다. 그는 당혹감에 멍해진 리치먼드의 얼굴을 본다. 그녀가 말한다. "안타깝지만 여름쯤이면 지금의 그 자리를 잃게 될 거예요, 꼬마 공작님. 일단 적장자가 태어나면 저하의 마음이 동하는 대로 얼마든지 관계할 수 있을 테고요. 저하는 절대로 왕의 자리에 오를 수 없고, 저하의 자손 또한 후계자가 될 리 만무하니까."

어린 군주의 희망이 산산이 부서지는 장면을 보는 일은 흔치 않다. 그것도 손가락으로 촛불을 집어 *끄듯* 순식간에. 깔끔한 습관을 타고난

---

* enceinte. '임신한'이라는 뜻의 프랑스어.

듯 역시 깔끔하게 계산된 동작으로. 일을 마친 제인 로치퍼드는 손가락을 혀에 대고 식히지도 않는다.

리치먼드가 울음이라도 터질 듯 잔뜩 일그러진 얼굴로 말한다. "이번에도 딸일 수 있잖아요."

"그러기를 바라는 건 반역이나 마찬가지예요." 레이디 로치퍼드가 말한다. "그리고 만약 그렇다면 왕비는 셋째를, 또 넷째를 가질 거예요. 다시 임신하지 않을 줄 알았는데, 내가 틀렸어요, 마스터 크롬웰. 앤은 자기 능력을 입증했어요."

크랜머는 캔터베리에 있다. 잉글랜드 대주교의 의자로 이어지는 모랫길을 맨발로 걷는 중이다. 의식을 마치고 거짓 예언을 과도하게 장려한 수도사들이 몸담은 크라이스트 처치 소수도원을 쓸어버린다. 긴 작업이 될 수도 있다, 수도사를 일일이 면담하고 진술 내용을 조목조목 검토해야 하니까. 롤런드 리가 작업에 힘을 보태려고 캔터베리에 들이닥치는데, 그 무리에 그레고리도 끼어 있다. 그래서 그는 지금 런던에 앉아 아들의 서신을 읽는다. 길지도 않고 별 내용도 없는 게 학생 때 쓰던 서신이랑 다를 바가 없다. 시간이 없어 이만 줄입니다.

그는 크랜머에게 서신을 쓴다. 그곳 사람들에게 자비를 베풀게. 기껏해야 현혹된 자들일 뿐이잖나. 막달라마리아의 서신에 금박을 입힌 수도사는 봐주게. 그쪽에서 왕에게 현금을 선물로 보내면 어떨까 하네. 300파운드면 기뻐할 거야. 크라이스트 처치와 교구 전체는 깨끗이 정리하게. 워럼이 삼십 년을 대주교로 있던 곳이라 그 가족의 위세가 대단하고, 워럼의 서자가 부주교까지 맡고 있으니 개혁을 추진할 새

인물을 심어줘. 자네 고향땅의 사람들을 불러들이게. 그 딱한 미들랜드 동부의 건전한 창공 아래서 단련된 사무원들 말이네.

그의 책상 아래, 발밑에 뭔가가 있다. 굳이 생각하고 싶지 않은 성질의 것이다. 그는 의자를 뒤로 민다. 반토막난 뒤쥐, 말린스파이크의 선물이다. 그는 쥐를 들어올리며 헨리 와이엇을, 그자가 감방에서 불결한 짐승을 잡아먹는 모습을 그린다. 카디널 칼리지에서 눈부시게 빛나던 울지 추기경을 그린다. 쥐를 난롯불에 던져넣는다. 사체가 치익 소리를 내며 쪼그라들고, 조그맣고 속이 빈 듯한 딱 소리와 함께 뼈가 사라진다. 그는 깃펜을 집어 크랜머에게 쓴다. 자네 관구의 그 옥스퍼드 사람들을 솎아내고 우리가 아는 케임브리지 사람들을 넣게.

그는 아들에게도 서신을 쓴다. 집에 돌아와 새해를 함께 맞이하자고.

12월. 특유의 냉랭하고 모난 분위기로 눈에 반사된 푸른빛을 배경 삼아 서 있는 마거릿 폴은 교회 창문으로 걸어나와 가운에서 유릿조각이 뚝뚝 떨어지는 사람처럼 보인다. 사실 그 조각들은 유리가 아니라 다이아몬드지만. 그가 여기까지 찾아오게 만든 백작부인은 지금 한껏 내리깐 눈으로 그를 보고 있다. 기다란 플랜태저넷 코를 쳐들고 그를 본다. 얼음처럼 선명한 인사말이 방으로 날아든다. "크롬웰." 그뿐이다.

그녀는 바로 용건으로 들어간다. "메리 공주 말인데. 공주가 왜 에식스의 저택을 비워줘야 하죠?"

"로치퍼드 경이 쓰고자 하십니다. 사냥하기에 좋은 곳이어서요, 아시다시피. 메리는 햇필드에 있는 아기 공주의 식솔로 들어갈 겁니다. 거기선 수행원이 따로 없어도 될 테고요."

"내가 모든 비용을 부담해 공주의 식솔을 유지하고자 합니다. 내가 공주를 섬기는 걸 당신이 막을 순 없어요."

어디 한번 해보시지. "나는 폐하의 염원대로 움직이는 신하일 뿐입니다. 그리고 부인도, 나만큼이나 간절히 그 염원이 실현되길 바라겠지요."

"그 첩의 염원이겠지요. 우린, 메리 공주와 나는 지금 상황이 폐하의 염원이라고는 믿지 않아요."

"믿음의 범위를 좀 넓히셔야겠습니다, 마담."

백작부인은 자기 나름의 대좌에서 그를 내려다본다. 그녀는 클래런스 공작의 딸이자 에드워드왕의 조카다. 백작부인의 시대에는 그 같은 남자가 그녀 같은 여자에게 말하려면 무릎을 꿇어야 했다. "나는 캐서린 왕비가 결혼하던 날 그분의 방에 있었던 사람이에요. 메리 공주에게는 제2의 어머니나 다름없고."

"맙소사, 마담. 메리에게 어머니가 또 필요하겠습니까? 친어머니 때문에 죽게 생겼는데."

둘은 심연을 사이에 두고 서로를 노려본다. "레이디 마거릿, 내가 조언을 좀 드리자면…… 부인 가문의 충성심이 의심받고 있어요."

"당신이야 그리 말하겠지요. 나를 메리 공주와 떼어놓으려는 것도 그 때문이니까, 징벌의 의미로. 나를 기소하기에 충분한 내용이 있거든 런던탑으로 보내 엘리자베스 바턴이랑 같이 두세요."

"그건 폐하의 염원을 상당히 거스르는 일일 겁니다. 폐하는 부인을 공경하십니다, 마담. 부인의 가계와 그 위대했던 시절을요."

"왕한테는 아무 증거가 없는 거로군요."

"작년 6월 왕비의 대관식이 끝난 직후 부인의 두 아드님이신 몬터규 경과 제프리 폴이 레이디 메리와 식사를 함께했지요. 그로부터 고작 두 주가 지난 시점에 몬터규 경은 메리와 다시 식사를 했습니다. 그들이 무슨 얘기를 나눴는지 궁금합니다만?"

"정말 몰라서 묻는 건가요?"

"아뇨." 그가 미소를 짓는다. "그날 아스파라거스 접시를 들고 들어간 소년, 내가 데리고 있는 아이였습니다. 살구를 자르던 소년도 내 아이고요. 식사 자리에선 카를황제와 침공, 카를황제를 움직일 방도에 대한 얘기가 오갔지요. 그러니 보십시오, 레이디 마거릿. 부인의 일가 전체가 내 참을성에 크게 빚진 셈입니다. 그 빚은 향후의 충성으로 폐하께 되갚으시리라 믿습니다."

그는 말하지 않는다, 당신의 두 아들을 이용해 나라 밖에서 자꾸만 말썽을 일으키는 그들의 형제를 칠 생각이라고. 그는 말하지 않는다, 당신 아들 제프리의 이름이 내 거래장부에 올라 있다고. 제프리 폴은 폭력적이고 불안정하다. 어디로 튈지 아무도 모른다. 그는 제프리가 기왕이면 크롬웰 쪽으로 튀도록 올해에만 40파운드를 쥐여준 터다.

백작부인의 입술이 뒤틀린다. "메리 공주가 집을 순순히 비워주진 않을 거예요."

"노퍽 공작 저하가 불리로 가서 상황이 어찌 변했는지 설명할 생각입니다. 레이디 메리가 저항할 수도 있겠지요, 물론."

그는 국왕에게 메리의 공주 지위를 그대로 두라고, 모든 생활을 전과 같이 보장하라고 조언했다. 메리의 사촌뻘인 카를황제에게 전쟁의 명분을 주지 말라고.

헨리왕은 호통을 쳤다. "왕비에겐 그대가 갈 건가? 메리의 지위를 유지하자는 제안도 그대가 하고? 분명히 말해두는데, 마스터 크롬웰, 나는 하지 않을 거야. 그리고 괜히 왕비의 화를 돋웠다가, 당연히 그렇겠지, 왕비가 몸져눕고 아기를 유산이라도 하는 날엔 그대에게 책임을 물을 거야! 그때는 자비고 뭐고 없을 테고!"

알현실 문 밖에서 그는 벽에 몸을 기댄다. 눈을 홉뜨고 레이프에게 말한다. "하늘에 계신 주여, 추기경 전하가 그리 폭삭 늙어버린 게 전혀 이상하지 않다. 왕비가 성질 좀 부린다고 잘못될 존재였으면 애초에 그리 빨리 뱃속에 들어앉지도 못했을 텐데. 왕은 지난주엔 내가 자기 전우라더니 이번주엔 유혈이 낭자한 끝을 보여주겠다고 위협하는구나."

레이프가 말한다. "마스터가 울지 추기경과 달라 다행이에요."

그렇다. 추기경은 주군의 감사를 기대했고, 그래서 실망할 수밖에 없었다. 그처럼 별의별 능력을 다 갖추었으면서도 감정에 지배당하고 그로 인해 지쳐가는 사람이었다. 그, 크롬웰은 변덕스러운 성미에 더는 휘둘리지 않으며 지치는 일도 거의 없다. 장애물은 제거되고, 화는 가라앉을 것이며, 매듭은 풀릴 터다. 1533년이 끝나가는 지금, 그의 정신은 강건하고, 의지는 강력하며, 전선은 명확하다. 대신들은 그가 상황을 빚고 주조할 수 있는 사람임을 알아본다. 그는 다른 이의 두려움을 덜어주고, 이 요동치는 세상에서 견고함을 느끼게 해준다. 이 사람들, 이 왕조, 세상의 변두리에 위치한 이 비참하고 비 많은 섬에서.

그날의 끝에 기분을 전환하는 차원에서 그는 캐서린이 소유한 토지를 들여다보며 재분배 가능성을 따져본다. 그를 좋아하지 않고 앤을

좋아하지도 않는 니컬러스 커루 경은 그가 책정한 하사품을 받고 놀란
다. 거기에는 경이 서리 지역에 소유한 땅과 인접한 비옥한 영지 두 곳
이 포함되어 있다. 니컬러스 경은 그와 얼굴을 마주하고 감사를 표할
자리를 마련하려 애쓰지만 결국 리처드에게 청할 수밖에 없다. 이제
크롬웰의 일정을 관리하는 리처드는 이틀 뒤로 시간을 잡아준다. 울지
추기경이 말하던 대로 경의를 받는다는 건 사람들을 기다리게 만들 수
있다는 뜻이다.

커루가 들어설 때 그는 얼굴을 단속한다. 차갑고 자기 일밖에 모르
는 완벽한 대신답게 양쪽 입꼬리를 애써 말아올린다. 그 결과 만들어
진 아가씨 같은 생글거림이 그 밑의 풍성한 수염과 충돌한다.

"아, 경은 자격이 충분합니다." 그가 생글거림을 떨치며 말한다.
"폐하의 어린 시절 친구잖습니까. 그리고 오랜 벗에게 상을 내리는 것
보다 폐하를 기쁘게 하는 일은 세상에 없습니다. 경의 아내가 레이디
메리와 연락하고 계시지요, 아닙니까? 두 분이 친하신가요? 아내에게
청해주세요." 그는 온화하게 말한다. "그 어린 아가씨에게 유익한 조
언을 좀 해주라고요. 무슨 문제에서든 폐하의 뜻에 복종해야 한다고
경고하라고. 폐하의 성미가 불같은 요즘 거역했다가 무슨 결과를 초래
할지 나도 대답을 못한다고."

신명기는 말한다, 뇌물은 지혜자의 눈을 어둡게 한다고. 그의 관점
에서 커루가 특별히 지혜로운 자는 아니나 원칙은 여전히 유효하다.
눈이 어두워졌다고까지는 못해도 최소한 멍해 보이기는 한다. "이른
크리스마스 선물이라 여겨주십시오." 그가 말하며 미소를 짓는다. 책
상 맞은편으로 서류들을 민다.

오스틴프라이어스에서는 창고를 비우고 금고실을 만드는 작업이 한창이다. 크리스마스 연회는 스테프니의 집에서 열 것이다. 천사의 날개도 그리로 옮긴다. 집안에 그 날개를 달기에 적당한 몸집의 아이가 생길 때까지 보관할 생각이다. 그는 고운 리넨에 싸인 채 흔들리며 들려나가는 날개를 바라본다. 그러고 보니 수레에 그 크리스마스 별이 얹혀 있다. 크리스토프가 묻는다. "저건 어떻게 작동하는 거예요, 사방이 뽀족뽀족 흉포한 저 장치는?"

그는 범포 씌우개 하나를 벗기고 금박 빛살을 보여준다. "예수 마리아시여." 녀석이 말한다. "우리를 베들레헴으로 인도하는 별이네요. 무슨 고문 기계인 줄 알았잖아요."

노퍽은 불리로 내려가 레이디 메리에게 햇필드의 저택으로 이사하고 아기 공주의 시녀가 되어 왕비의 고모인 레이디 앤 셸턴의 관리하에 살아야 한다고 전한다. 그래서 어찌되었게. 노퍽 공작은 기분이 상한 투로 보고한다.

"왕비의 고모라고요?" 메리가 말한다. "왕비는 한 분뿐이고, 그건 제 어머니예요."

"레이디 메리……" 노퍽이 말하자, 그 말에 눈물이 터진 메리는 방으로 달려들어가 문을 걸어잠근다.

서퍽은 벅든으로 가 거처를 옮기라고 캐서린을 설득한다. 그녀는 벅든보다 습한 어딘가로 보내질 예정이란 얘기를 이미 들은 터라, 습기가 자기를 죽일 거라고 말한다. 그녀 또한 방문의 빗장을 내리고 달그락달그락 볼트를 조이면서 공작에게 썩 사라지라고 세 나라 말로 외친다. 아무데도 안 간다고, 그녀는 말한다. 배짱이 있으면 어디 해보라

고. 문을 부수고 들어와 나를 밧줄에 묶어 끌고 나가보라고. 서픽이 생
각하기에도 그건 좀 과하다.

서픽이 앞으로 어찌해야 할지 의견을 구하며 런던으로 보낸 서신은
자기연민으로 범벅돼 있다. 목을 빼고 기다리는 열네 살짜리 아내를
둔 남자가 명절을 이리 보내다니요! 그 서신이 추밀원 회의에서 낭독
되자 그, 크롬웰은 웃음을 터트린다. 더없는 그 기쁨이 그를 새해로 실
어간다.

왕국의 길거리를 배회하는 젊은 여자가 있다. 자기는 메리 공주인데
아버지에게 쫓겨나 구걸하는 신세라고 말한다. 저멀리 북으로는 요크,
동으로는 링컨에서까지 목격되었고, 사람 좋은 지역 주민들이 재우고
먹이고 경비로 쓰라며 돈도 쥐여준다. 그의 사람들이 따라붙어 여자를
주시하고 있지만 아직 잡아들이지는 않았다. 잡아들인다 해도 그녀를
어째야 할지 도통 모르겠다. 처벌은 충분하다. 예언의 무게를 지고 무
방비 상태로 내몰려 겨울 길을 떠도는 것만으로도. 그는 여자를 그려
본다. 점점 멀어지는 회갈색 형상이 진창으로 변한 평야 너머의 지평
선을 향해 터벅터벅 걷는다.

III
화가의 눈
1534년

　한스가 완성한 초상화를 오스틴프라이어스로 가져오자 그는 왠지 쑥스럽다. 이럴 때 월터가 했을 법한 말을 떠올린다. 내 얼굴을 똑바로 봐, 인마, 거짓말할 때는.

　그는 그림의 아래쪽 모서리에서 위쪽으로 시선을 천천히 옮긴다. 깃펜, 가위, 종이, 조그만 주머니에 든 그의 인장, 거무스름한 초록색 표지로 장정한 두꺼운 책 한 권. 책의 가죽 표지에는 금으로 압형 장식을 했고 책배도 금장으로 처리했다. 한스는 그의 성경책을 보여달라고 청했다가 너무 밋밋하고 손때가 탔다며 퇴짜를 놓았다. 그는 집안을 샅샅이 뒤졌고, 자기가 가진 것 중 가장 훌륭한 책을 토머스 에이버리의 책상에서 찾아냈다. 파촐리 수도사가 쓴 이 책은 장부를 관리하는 법에 관한 내용으로, 베네치아의 다정한 친구들이 보내온 것이었다.

그는 그림 속 자신의 손을 본다. 그가 앉아 있는 책상에 놓인 손은 느슨하게 주먹을 쥔 채 종이를 들고 있다. 자기 자신을 부분별로 이렇게 일일이 뜯어보자니 실제 육신이 분리되기라도 한 듯 기분이 묘하다. 그의 피부는 고급 매춘부 못지않게 매끈하게 표현됐지만 한스가 포착한 몸짓, 손가락이 접힌 모양새는 아무리 봐도 살상을 목적으로 칼을 집어든 도살자의 그것이다. 그림 속 그는 울지 추기경의 터키석 반지를 끼고 있다.

그 반지 말고도 터키석 반지가 하나 더 있었다. 그레고리가 태어났을 때 리즈가 준 것이다. 반지의 터키석은 하트 모양이었다.

그는 눈을 들어 자기 얼굴을 본다. 조가 부활절 달걀에 그렸던 얼굴에서 크게 개선된 바가 없다. 한스는 그를 비좁은 공간에 넣었다. 육중한 테이블을 벽으로 밀어 그 사이에 그를 가뒀다. 한스가 그림을 그리는 동안 그는 생각할 시간을 얻었고, 그 생각들은 그를 저멀리 다른 나라로 데려갔다. 그림 속 눈 너머에선 그 생각의 흔적을 전혀 찾을 수 없다.

그가 정원을 배경으로 하자고 제안했을 때 한스는 말했다. 그럴 생각만 해도 땀이 나네요. 쉽게 가면 안 될까요, 네?

그는 겨울옷을 입었다. 그 옷 속의 그는 다른 이들 대부분보다 더 탄탄하고 촘촘한 물질로 구성된 사람인 듯 보인다. 안에 갑옷을 입은 듯도 하다. 정말 그래야 하는 날이 올지도 모른다. 나라 안에도 밖에도 (그러니까 이제 저 옛날 요크셔의 살해 협박만이 문제가 아니다) 그를 보자마자 칼부터 쑤셔넣을 사람들이 있다.

과연, 그는 생각한다. 그자들이 내 심장까지 단번에 뚫을 수 있을까? 국왕은 말했다. 그대는 대체 뭘로 만들어진 사람인가?

그가 미소를 짓는다. 그림 속 자아의 얼굴에는 웃음기가 전혀 없다.

"됐다." 그가 옆방으로 가 말한다. "이제 와서 봐도 된다."

집안사람들이 서로 밀쳐가며 우르르 들어온다. 잠시 평가의 침묵이 흐른다. 꽤 길게 이어진다. 앨리스가 말한다. "더 뚱뚱해 보이게 그렸네요, 외숙부님. 필요 이상으로."

리처드가 말한다. "레오나르도가 입증했듯 곡면체가 포탄의 충격을 더 잘 견디는 법이거든."

"나리가 저렇게 생긴 것 같진 않은데." 헬렌 바르가 말한다. "이목구비는 충분히 진짜 같긴 해요. 하지만 표정이 저렇진 않아요."

레이프가 말한다. "아뇨, 헬렌. 저건 남자한테만 짓는 표정이에요."

토머스 에이버리가 말한다. "카를황제의 대사가 왔는데요. 들어와서 보라고 해도 될까요?"

"환영이지, 언제나처럼."

샤퓌가 종종거리며 들어온다. 그림 앞에 자리를 잡는다. 앞으로 폴짝 다가간다. 뒤로 훌쩍 물러난다. 그런데 하필 실크 옷 위에 담비털을 걸치고 있다. "맙소사," 조핸이 손으로 입을 가리고 말한다. "춤추는 원숭이가 따로 없네."

"오, 아니야, 이럼 안 되지." 샤퓌가 말한다. "오, 아냐, 아냐, 아냐, 아냐, 아냐. 당신의 신교도 화가가 이번에는 헛다리를 짚었네요. 아무도 당신을 혼자 있는 모습으로 떠올리지 않거든요, 크레뮈엘. 당신은 늘 누군가와 함께 있어요. 다른 사람의 얼굴을 뜯어보면서. 마치 자기가 그 사람의 초상화가인 것처럼. 당신을 보고 있으면 '크롬웰은 어찌 생긴 사람이지?'가 아니라 '나는 어찌 생긴 사람이지?'를 묻게 된다고 요." 대사는 그림에서 후다닥 멀어졌다가 주변을 빙 돈다. 그렇게 움직 이며 실물과의 유사점을 포착해보려는 양. "그럼에도. 저걸 좀 보세요. 당신의 뜻을 거스르고픈 마음이 안 들긴 하겠어요. 그 점에서라면 한스도 나름의 목적을 달성한 것 같군요."

그레고리가 캔터베리에서 돌아오자 그는 녀석만 따로 데리고 가서 그림을 보여준다. 아직 승마용 외투도 벗기 전이라 아이는 길에서 묻혀온 진흙으로 엉망이다. 그래도 다른 가족들에게 둘러싸이기 전에 아들의 의견을 듣고 싶다. 그가 말한다. "네 어머니가 늘 그랬어. 나를 외모로 선택한 건 아니라고. 이 그림을 봤을 때 나는 깜짝 놀랐다. 내가 얼마나 터무니없었는지 알게 됐거든. 이탈리아를 떠나던 당시의 그 모습으로 나를 생각하고 있었다니. 그게 벌써 이십 년 전인데. 네가 태어나기도 전인."

그레고리가 그와 나란히 선다. 가만히 초상화를 본다. 녀석은 말이 없다.

그는 아들의 키가 자기보다 크다는 걸 의식한다. 그걸 아는 데 그리 대단한 과정은 필요 없다. 그저 옆으로 살짝 비켜서서—그러니까 머릿속으로만—아이를 화가의 눈으로 보면 된다. 곱고 흰 살결과 담갈색 눈을 가진 소년, 여기서 멀리 떨어진 어느 구릉 도시의 습기로 얼룩덜룩한 프레스코화 속 호리호리한 이품천사. 그는 우피지牛皮紙에 그려진, 숲에서 말을 달리는 시동의 모습으로 그레고리를 떠올린다. 가는 황금 띠 아래서 검고 곱슬곱슬한 머리칼이 출렁이는. 반면 그레고리와 매일을 함께하는 청년들, 오스틴프라이어스의 젊은이들은 투견 같은 근육질 몸에 짧게 깎은 머리칼, 단검의 칼끝처럼 날카로운 눈빛을 한 모습으로 떠올린다. 그는 생각한다. 그레고리는 더할 나위 없는 아이다. 아버지로서 내가 희망할 만한 모든 것이다. 녀석의 너그러움, 온화함, 생각이 형태를 갖출 때까지 기다릴 줄 아는 신중함과 배려. 그는 아이를 향한 이토록 절절한 애정에 눈물이 터질지도 모르겠다 싶다.

그는 그림 쪽으로 몸을 돌린다. "마크 말이 맞았는지도 모르겠다."

"마크가 누군데요?"

"조지 불린 뒤를 쫓아다니는 어리석은 남자애. 언젠가 그애가 나더러 살인자같이 생겼다고 말하는 걸 들은 적이 있거든."

그레고리가 말한다. "그걸 모르고 계셨던 거예요?"

6부

I
수장령
1534년

크리스마스에서 새해로 이어지는 유쾌한 나날, 궁에서는 연회가 한창이고 서퍽 공작이 습지대에 있는 집 방문에 대고 고래고래 소리를 지르는 사이, 그는 파도바의 마르실리우스가 쓴 책을 다시 읽는다. 1324년 마르실리우스는 마흔두 개의 주장을 정리해 제시했다. 그는 주현절 축제가 끝나고 느긋하니 걸어가 마르실리우스의 주장 몇 개를 헨리왕에게 꺼내놓는다.

그중에는 국왕이 아는 얘기도 있고, 모르는 얘기도 있다. 왕의 현재 상황과 잘 맞는 내용도 있고, 왕에게 이단으로 고발된 내용도 있다. 화창한 아침의 추위에 뼛속까지 시리고, 강에서 불어오는 바람이 꼭 얼굴을 난도질하는 칼날 같다. 순풍처럼 이어지는 대화는 요행을 기대하며 더 깊은 곳으로 흘러간다.

마르실리우스는 그리스도가 이 세상에 통치자나 심판관이 아닌 백성으로 왔다고 말한다. 그리스도가 태어난 나라의 백성 말이다. 그리스도는 통치를 꾀하지도, 통치의 사명을 제자들에게 위임하지도 않았다. 특정한 추종자에게 남보다 우월한 권력을 주지도 않았다. 그랬다는 생각이 들거든 베드로와 관련된 구절을 다시 읽어보라. 그리스도는 교황을 세우지 않았다. 추종자들에게 입법권도 과세권도 주지 않았다. 그런데도 성직자들은 이 두 가지가 자신들의 권리라 주장해왔다.

헨리왕이 말한다. "내 기억에 울지 추기경은 이런 얘길 한 적 없는데."

"그럼 하시겠습니까, 폐하께서 추기경이라면?"

그리스도가 추종자들에게 세속의 권력을 맡긴 적이 없는데 오늘날 군주의 권력이 교황에게서 나온다는 주장이 어찌 가능한가? 사실 모든 사제는 백성이다, 그리스도가 그리 남겨두었기 때문에. 자기 시민의 연합체를 다스릴 자, 누가 결혼했고 결혼할 수 있는지, 누가 서자이고 적자인지 말할 자는 군주다.

그럼 군주의 이 같은 권력은, 또한 법을 집행할 권력은 어디서 나오는가? 시민을 대신하는 입법부에서 나온다. 의회로 대표되는 백성의 뜻, 거기서 왕권이 나온다.

이 부분에서 헨리왕은 귀를 쫑긋 세우는 듯하다. 자신을 궁에서 몰아내려 진격하는 사람들의 소리가 들릴지도 모른다는 양. 그는 왕을 안심시킨다. 마르실리우스는 반란을 정당한 것으로 보지 않는다. 시민들이 실제로 뭉쳐 폭군을 타도할 순 있으나 그는, 헨리왕은 폭군이 아니다. 법의 테두리 내에서 통치하는 군주다. 왕은 말을 타고 런던 거리를 다닐 때면 백성의 환호를 즐기지만, 현명한 군주와 가장 사랑받는 군주가 늘 일치하지는 않는다. 왕 또한 이를 안다.

그는 왕에게 다른 주장도 들려준다. 그리스도는 추종자들에게 토지 같은 하사품이나 독점권, 관직, 출세 따위를 안겨준 적이 없다. 이는 모두 세속의 권력이 하는 일이다. 청빈을 서약한 자가 어찌 재산권을 가질 수 있는가? 수도사의 몸으로 어찌 영주가 될 수 있나?

왕이 말한다. "크롬웰, 그대는 큰 수에 강하니까……" 그러고는 먼 곳을 응시한다. 소맷동에 달린 은색 끈을 자꾸 잡아당긴다.

"입법부 차원에서 사제와 주교의 지위를 유지 보수해야 합니다. 그런 다음엔 공공의 이익을 위해 교회의 재산을 쓸 수 있게 해야겠지요."

"하지만 다 어찌 뜯어낼 건지." 왕이 말한다. "성소가 망가질 듯한데." 일단 본인부터가 보석을 주렁주렁 단 터라 왕은 재산이라고 하니 저울로 잴 수 있는 것부터 떠올린다. "그런 일을 맡겠다고 나설 사람이 있을지도 모르겠고."

헨리왕이 워낙 이렇다. 먼저 앞서나가서 상대가 딱히 목표하지 않는 방향으로 내달린다. 그의 원래 의도는 정교한 법적 절차를 통한 몰수와 압류로 왕을 유도하는 것이었다. 유구한 주권의 행사이자 언제나 국왕의 소유였던 것을 되찾는 일이라는 논리로 접근하고자 했다. 그는 잊지 않을 것이다. 끌을 들고 성자의 사파이어 눈을 뽑자고 먼저 제안한 쪽은 왕이었음을. 그럼에도 기꺼이 왕의 생각에 따를 작정이다. "그리스도는 우리가 그분을 기억할 방법을 알려줬습니다. 빵과 포도주, 즉 몸과 피를 남겼지요. 우리에게 그 이상 뭐가 필요할까요? 저는 모르겠습니다. 그리스도가 언제 성소를 세워달라고 했는지, 언제 머리칼과 손톱 같은 신체 부위로 장사를 하라고 했는지, 또 석고로 형상을 만들어 숭배하라고 했는지 말입니다."

"추산을 좀 해볼 수 있겠나?" 헨리왕이 말한다. "더 나아가서……
아니, 거기까진 안 될 거야." 왕은 자리에서 일어난다. "자, 해가 나왔
군, 그러니……"

신나게 건초를 말려야지. 그는 그날의 문서를 한데 모은다. "마무리
는 제가 하겠습니다." 헨리왕은 이중으로 속을 채운 승마용 외투를 입
으러 간다. 그는 생각한다. 우리 왕이 유럽의 가난뱅이가 돼선 안 되
지. 에스파냐와 포르투갈은 아메리카에서 해마다 금은보화가 쏟아져
들어오는데. 우리의 금은보화는 어디에 있나?

주변을 둘러보라.

그가 추정하기로는 성직자들이 잉글랜드 땅 삼분의 일을 차지하고
있다. 조만간 왕은 그 부를 왕실이 대신 소유할 방법을 물어올 것이다.
어린애를 상대하는 것과 비슷하다. 날을 잡아 상자를 하나 가져간다.
아이는 묻는다. 그 안에 뭐가 들었어요? 그러다가 자러 가고 잊어버린
다. 하지만 다음날 다시 묻는다. 상자를 열고 선물을 손에 쥘 때까지
질문은 절대로 멈추지 않는다.

의회가 재소집을 앞두고 있다. 그는 왕에게 말한다. 의회 역사상 이
토록 열심히 움직인 선례가 없을 정도로 성심껏 이 건을 처리할 생각
이라고.

왕이 대답한다. "그대가 해야 할 일을 하게. 뒤는 내가 받쳐줄 테니."

평생 기다려왔던 말을 들은 기분이다. 완벽한 시구를 들은 기분이
다. 태어나기도 전부터 알았던 언어로 쓴.

그는 행복하게 집으로 향한다. 그러나 어느 모퉁이에서 추기경이 기

다리고 있다. 쿠션처럼 통통한 몸에 진홍색 예복을 걸쳤고, 얼굴에는
호전적이고 불온한 표정이 깃들어 있다. 울지가 말한다. 저자가 자네
의 좋은 계획은 자기 공으로 돌리고 자기의 몹쓸 계획은 자네 탓으로
돌리리란 걸 알고 있나? 운이 배신하는 날 떨어질 채찍질은 자네 몫이
야. 언제나 자네일 거야, 왕은 절대 아닐 테고.

그가 말한다, 친애하는 울지여. (이제 이 왕국에서 추기경들은 끝장
났으므로 그는 울지를 주군이 아닌 동료로 대한다.) 나의 친애하는 울
지여, 꼭 그렇지만은 않습니다—왕은 창으로 자기 투구 안까지 쪼개
고 들어온 찰스 브랜던도 탓하지 않는 사람이에요. 얼굴 덮개를 내리
지 않은 스스로를 탓하면 탓했지.

추기경이 말한다. 여기가 마상 시합장인 줄 아는가? 공정히 겨루게
해줄 규칙이나 의례나 심판이 있는 줄 알아? 언젠가 자네는 아직 마구
도 채 갖추지 못했는데 저쪽에서 왕이 천둥 같은 소리를 내며 달려드
는 꼴을 보게 될 거야.

추기경은 껄껄대며 사라진다.

평민원이 소집되기도 전에 그의 반대파들은 회동을 갖고 전술을 세
운다. 그들의 만남은 은밀하지 못하다. 하인들이 들락날락할 수 있어
서 전에 폴 가문의 비밀회의에서 썼던 그의 수법이 다시 통한다. 크롬
웰 일가의 청년들은 그리 까탈스럽지 않아서 앞치마 차림으로 넙치 요
리나 쇠고기 구이 접시를 나르는 데 거부감이 없다. 잉글랜드의 젠틀
맨들은 이제 그의 집에 아들과 조카와 문하생을 받아달라고 부탁한다.
그에게 국가 운영 기술과 세크러터리 핸드* 쓰는 법과 나라 밖에서 들
어온 번역물 다루는 법과 대신이 되기 위해 읽어야 할 책 등을 배우리

라 생각해서다. 그는 이를 진지하게, 자신을 향한 신뢰로 받아들인다. 이 시끌벅적한 젊은이들의 손에서 단검을, 펜을 부드럽게 빼낸 뒤 그들과 이야기한다. 열다섯 살 혹은 스무 살 젊은이의 열정과 긍지 뒤에 숨은 진짜 가치를, 그들이 소중히 여기는 것과 강압적인 상황에서 소중히 여길 것을 파악한다. 상대를 무시하고 자존심을 짓밟는 방식으로는 무엇도 알아낼 수 없다. 이 세상에서 뭘 할 수 있는지, 오직 자신만이 가진 능력은 뭔지 물어야 한다.

이런 질문에 청년들은 크게 놀라고, 영혼까지 줄줄 쏟아낸다. 지금껏 누구와도 그런 대화를 나눠보지 못했을 터다. 그들의 아버지와는 말할 것도 없고.

이런 녀석들에겐, 성정이 거칠든 학문과 거리가 멀든 간에, 하찮은 일부터 안겨준다. 이들은 찬송가를 배운다. 발골칼과 과일칼의 쓰임새를 배운다. 이를 마친 다음에야 격식을 차리지 않은 수업에서 자기 방어를 위해 에스톡 사용법을 배운다. 상대의 갈빗대 밑에 치명적으로 꽂아넣고, 확실한 처리를 위해 손목을 가볍게 비트는 법을 익힌다. 크리스토프가 교관으로 나선다. 이 메슈 말이에요, 크리스토프가 말한다. 정말 못 말린다니까요. 수사슴 머리인지 쥐 꼬리인지 나도 모를 것들을 맨날 자르고 있어요. 사랑하는 아버지한테 보낼 거라면서. 근데 나리랑 저, 리처드 크레뮈엘을 빼고는 죽기 전에 난리치는 짐승을 제압해서 한 방에 보낼 줄 아는 사람이 아무도 없다고요.

봄이 오기 전, 그의 집 정문에 서 있던 빈자 몇이 집안으로 들어올

---

* 16세기 초부터 17세기까지 유럽에서 유행한 필체.

길을 찾는다. 글을 모르는 자의 눈과 귀도 젠트리 계급 못지않게 예리하고, 굳이 학자가 아니어도 기지가 뛰어날 수 있다. 말과 개를 돌보는 이들은 백작들의 비밀 얘기를 엿듣는다. 불쏘시개와 풀무를 담당하는 소년은 불을 피우러 나갔다가 잠에 취한 이른아침의 밀담을 주워듣는다.

해가 쨍쨍 내리쬐고 난데없이 말도 안 되게 따뜻한 날, 오스틴프라이어스의 집으로 콜미 리즐리가 성큼성큼 걸어들어온다. 큰 소리로 인사한다. "안녕히 주무셨습니까, 마스터." 그러면서 재킷을 벗어던지고 책상 앞에 앉아 의자를 당긴다. 깃펜을 집어들고 끝을 들여다본다. "자, 무슨 일로 보자고 하셨습니까?" 라이어슬리의 눈이 반짝이고 귀 끝은 발그레하다.

"가드너가 돌아왔을 것 같은데." 그가 말한다.

"어떻게 아셨어요?" 콜미가 깃펜을 탁 내려놓는다. 자리에서 벌떡 일어난다. 쿵쾅거리며 서성인다. "그 양반은 대체 왜 그러는 걸까요? 맨날 싸우려 들고, 신경을 긁고, 대답을 들을 생각도 없는 질문이나 던져대고."

"케임브리지 시절 자네는 그런 걸 제법 즐겼잖나."

"아, 그땐," 라이어슬리가 젊은 자아를 향한 경멸을 담아 말한다. "정신 수련 삼아 그런 거죠. 저도 모르겠어요."

"그레고리는 자기가 나가떨어진 게 그 때문이라고 주장한다네. 학문적 논쟁의 관행 말이야. 녀석은 그걸 무익한 언쟁의 관행이라고 부르지."

"그레고리가 완전 바보는 아닌가보네요."

"아니라니 다행이군."

콜미의 얼굴이 시뻘게진다. "나쁜 뜻으로 한 말은 아닙니다, 마스터. 그레고리가 우리랑 다르다는 건 마스터도 아시잖아요. 흔히 하는 말로, 그레고리는 너무 착해요. 그렇다고 가드너처럼 될 필요도 없지만."

"울지 추기경의 자문관들이 모여 대책을 세울 때도 다툼은 있었지. 그래도 끝까지 대화로 풀어나갔어. 그런 뒤 정교하게 다듬어 실행에 옮겼고. 근데 추밀원은 그렇지가 않아."

"그게 가능하겠습니까? 노퍽이랑? 서퍽이랑? 그 사람들은 시비부터 걸고 보죠, 상대가 마스터니까. 마스터와 생각이 같아도 시비를 걸 거예요. 마스터가 옳다는 걸 알아도 그럴 테고."

"가드너가 자넬 위협하는 모양이던데."

"파멸시킬 거래요." 라이어슬리는 주먹 쥔 손을 다른 손으로 감싼다. "저는 신경 안 써요."

"신경써야지. 가드너는 힘을 가진 자야. 자네를 파멸시키겠다고 했으면 정말 그럴 작정인 거라고."

"저더러 불충하답니다. 제가 외국에 나가 있던 동안 마스터가 아니라 자기 이익을 염두에 뒀어야 했대요."

"내 판단으로는 말일세, 자네는 내무장관을 섬기는 거야. 그 자리에 누가 앉든 상관없이. 만약에 내가," 그는 머뭇거린다. "만약에—라이어슬리, 제안 삼아 얘기하지. 내가 그 자리에 가면, 자네를 인장의 책임자로 올릴 거야."

"제가 사무장이 된다고요?" 콜미가 늘어날 자기 몸값을 셈하는 게 보인다.

"그러니 이제 가드너에게 가서 사과하게. 그자가 자네에게 더 좋은 제안을 하게 만들어. 두 곳 다 가능성을 열어둬야지."

콜미는 당황한 표정으로 망설인다. "달려가라고, 얼른." 그는 재킷을 주워 라이어슬리의 품에 들이민다. "아직은 가드너가 내무장관일세. 인장을 회수할 권한도 있고. 그자에게 이렇게만 말하게. 필요하면 와서 직접 찾아가라고."

콜미가 웃는다. 얼떨떨한 얼굴로 이마를 문지른다. 한바탕 싸움이라도 한 사람처럼. 외투를 걸친다. "우린 참 답이 없어요, 그렇지요?"

난치성 싸움꾼들. 사체를 향해 달려드는 늑대들. 그리스도교도를 놓고 싸우는 사자들.

왕이 그를 불러들인다. 가드너와 함께. 앤이 낳는 아이들의 계승권 강화를 위해 그가 의회에 제출할 법안을 검토하려는 것이다. 앤 왕비도 자리한다. 평범한 젠틀맨도, 그는 생각한다. 헨리왕만큼 자주 아내를 보진 않을 테지. 왕이 말을 타고 나서면, 앤도 말을 타고 나선다. 왕이 사냥을 하면, 앤도 사냥을 한다. 앤은 왕의 친구들을 데려다 자신의 친구로 만든다.

앤은 헨리왕의 어깨 너머로 문서를 읽는 습관이 있다. 지금도 마찬가지다. 그녀의 손이 탐색하듯 실크를 걸친 왕의 육중한 몸 위를 미끄러지더니 겹겹의 옷을 헤치고 들어간다. 자수가 놓인 옷깃 아래에 조그만 손톱을 갈고리처럼 걸고 안쪽의 천을 아주 살짝, 정말 조금만, 창백한 왕가의 살갗으로부터 들어올린다. 헨리의 거대한 손이 그녀의 손을 찾아 어루만진다. 방심한 상태의 몽롱한 몸짓이다. 다른 이들의 존재를 잊은 양. 법안 초안에 폐하가 가장 친애하고 더없이 사랑하는 아내 앤 왕비가 몇 번이고 되풀이해 나오는데 참으로 정확한 표현인 듯하다.

윈체스터 주교는 떡 벌어진 입을 다물지 못한다. 자기도 남자인지라 풀칠이라도 한 것처럼 들러붙은 시선을 도저히 거두지 못하지만, 그래도 주교이니만큼 헛기침을 해본다. 앤은 아랑곳하지 않는다. 하던 행동을 계속하면서 법안을 읽는다. 그러다 깜짝 놀라 고개를 든다. 내 죽음을 언급한 내용이 있어요! "폐하가 가장 친애하고 더없이 사랑하는 아내 앤 왕비가 서거하는 경우……"

"그 경우 또한 배제해선 안 됩니다." 그가 말한다. "제아무리 모든 게 가능한 의회라도 마담, 자연을 거스를 순 없으니까요."

앤의 얼굴이 벌게진다. "아기 때문에 죽는 일은 없어요. 난 강하니까."

그의 기억에 리즈는 임신중에 분별력을 잃은 적이 없었다. 오히려 그 어느 때보다 냉철하고 살뜰하게 지내면서 저장고와 찬장의 재고 목록을 만들며 시간을 보냈다. 앤 왕비는 헨리왕의 손에서 초안을 빼든다. 격노해서 흔들어댄다. 종이에 분노하고 잉크를 질투한다. 그녀가 말한다. "이 법안에 따르면 내가 죽을 경우, 가령 지금 죽는다면, 그러니까 열병에 걸려서 아기를 낳지 못한 채로 죽으면 내 자리에 다른 왕비를 앉힐 수 있다잖아요."

"여보," 왕이 말한다. "당신 자리에 다른 여자가 있는 건 상상조차 할 수 없어. 명목상 조항일 뿐이오. 반드시 넣어야 하는 조항이고."

"마담," 가드너가 말한다. "크롬웰의 입장에서 말씀을 좀 드리자면, 그는 그저 관례를 바탕으로 가정한 것뿐입니다. 폐하를 평생 홀아비 신세로 만드실 작정은 아니지요? 게다가 앞날은 아무도 모르잖습니까,

안 그렇습니까?"

앤은 윈체스터 주교가 무슨 말이라도 했느냐는 듯 싹 무시한다. "또 새 왕비가 아들을 낳을 경우, 뭐라고 쓰여 있느냐면, 그 아들이 왕위를 계승할 거래요. 적통으로 탄생한 남아라고 되어 있다고요. 그럼 내 딸과 그애의 계승권은 어찌되는 거죠?"

"자," 헨리가 말한다. "그애는 여전히 잉글랜드 공주요. 더 아래로 내려가서 보면 뭐라고 적혀 있느냐면……" 왕이 눈을 감는다. 하느님, 참아낼 힘을 주소서.

가드너가 힘을 보태려 즉각 나선다. "폐하가 아들을 끝내 얻지 못할 경우, 그러니까 그 어떤 적법한 혼인관계에서도 아들이 태어나지 않을 경우, 왕비마마의 따님이 여왕이 됩니다. 그게 크롬웰의 제안이에요."

"근데 법안은 왜 이렇게밖에 못 쓰는 거예요? 그리고 에스파냐 메리가 혼외자란 규정은 어디에 있죠?"

"레이디 메리는 계승 서열 밖에 있습니다." 그가 말한다. "명확히 추론할 수 있지요. 그러니 그 이상으로 말을 보탤 필요는 없습니다. 냉철한 표현은 부디 용서하십시오. 법안은 되도록 간결하게 씁니다. 사적이어서도 안 되고요."

"세상에," 가드너가 흥겨운 투로 말한다. "이게 사적이지 않으면 뭐가 사적이랍니까?"

왕은 스티븐을 덮어놓고 냉대할 목적으로 이 논의에 부른 듯하다. 내일은 물론 정반대 상황이 펼쳐질 수 있다. 궁에 와서 헨리와 가드너가 팔짱을 낀 채 설강화 사이를 노니는 모습을 목격하는 것도 얼마든지 가능하다. 그가 말한다. "이 법은 서약으로 확정할 생각입니다. 폐하의 백성이 왕위계승 규정을 준수하겠다고 서약하는 것이지요. 이 법에 명시되고 의회의 비준을 받은 그대로 말입니다."

"서약?" 가드너가 말한다. "서약으로 확정하다니 무슨 그런 법이 다 있답니까?"

"의회가 현혹되었다느니 매수당했다느니 무슨 영문에선지 공공의 이익을 더는 대표할 수 없게 되었다느니 떠드는 자들은 늘 있기 마련입니다. 그리고 특정 문제에서는 의회의 입법권을 부정하며 다른 주체─사실상 교황청─의 소관으로 남겨둬야 한다고 주장하는 이들도 있을 테고요. 하지만 그건 그릇된 생각입니다. 로마 교황청이 잉글랜드의 문제에 개입할 타당한 근거가 없어요. 법안에 그런 입장을 명시할 생각입니다. 적당한 수준에서요. 제가 초안을 작성하고, 의회가 동의해 통과시키고, 폐하가 동의해 서명하시는 겁니다. 그런 뒤 온 나라의 인정을 구할 거예요."

"그래서 뭘 어쩌시게요?" 스티븐이 조롱하듯 묻는다. "오스틴프라이어스의 남자애들을 시켜 들쑤시고 다닐 건가, 술집에서 온갖 어중이를 끌어내 서약을 시키면서? 온갖 어중이떠중이를?"

"그들에게 서약을 시키면 안 될 이유가 있습니까? 주교가 아닌 자는 한낱 짐승이다 그겁니까? 그리스도교도의 서약에는 차별이 없습니다. 이 나라 어디든 한번 보세요, 윈체스터 주교님. 사방이 체념과 궁핍입니다. 남자고 여자고 길바닥에 내몰려 있어요. 목양업자들이 너무 비대해져 영세한 이들은 땅을 빼앗기고, 쟁기 끌던 아이들은 집과 가족을 등집니다. 딱 한 세대면 이들이 글을 배울 수 있습니다. 쟁기꾼이 책을 집어들 수 있습니다. 장담하는데, 가드너, 더는 예전의 잉글랜드가 아닐 겁니다."

"내가 성질을 돋운 모양입니다." 가드너가 말한다. "흥분했는지 질문도 혼동하시고. 나는 그들의 서약이 유효한지가 아니라 몇 명을 서약 대상으로 삼을지 물었어요. 하지만 알고 있소, 당신이 평민원에 법안을 내놓았다고. 목양을 금지—"

"대규모 목양을 금지하는 거지요." 그가 미소를 짓는다.

왕이 말한다. "가드너, 그건 일반 백성을 도우려는 법이네—어떤 경우에도 이천 마리 이상은 사육하지 못하게—"

주교는 자기 왕을 철부지 취급하듯 말을 끊고 나선다. "이천 마리요, 좋습니다. 그러니까 관리들이 지방 곳곳을 휩쓸고 다니면서 양을 세는 동시에 양치기한테 서약도 받아내면 되는 것이겠습니다. 어? 그리고 당신의 이 쟁기꾼들한테도 받고, 아직 글은 모르는 상태지만? 그리고 밭도랑에서 마주치는 매춘부한테도 받고?"

그는 웃을 수밖에 없다. 주교가 너무 격분했다. "주교님, 나는 왕위 계승 구조를 다지고 우리 이후에 나라를 결속하는 데 필요한 누구에게든 서약을 받을 겁니다. 폐하 수하엔 관리도 있고 치안판사도 있습니다—추밀원의 귀족들 또한 자기 명예를 걸고 적극적으로 나서야 할 겁니다. 그러지 않으면 내가 이유를 물을 거예요."

헨리왕이 말한다. "주교들에게도 서약을 받을 거야. 순순히 협조하기 바라네."

"주교를 새로 더 임명했으면 해요." 앤이 말한다. 자기 친구 휴 래티머를 지목한다. 그의 친구 롤런드 리도. 그러니까 결국 그녀도 목록을 만드는 모양이다. 머릿속에 넣어 다니는. 리즈는 절인 음식을 만들었다. 앤은 주교를 만든다.

"래티머요?" 스티븐은 고개를 절레절레 젓는다. 그러나 왕비의 면전에 대고 이단자를 아낀다며 비난할 순 없는 노릇이다. "제가 아는 바에 따르면 롤런드 리는 일평생 설교단에 서본 적이 없는 자입니다. 야망만을 좇아 종교인의 삶에 들어서는 자도 있는 법이지요."

"그걸 감출 줄 아는 품위조차 없고 말이죠." 그가 말한다.

"나는 내 길에 진심을 다하고 있습니다." 스티븐이 말한다. "이미 그리 마음먹었어요. 맹세코 크롬웰, 나는 성공적으로 해나가고 있소이다."

그는 고개를 들어 앤을 본다. 그녀의 눈이 환희로 빛난다. 단 한 마디도 놓치지 않은 것이다.

헨리왕이 말한다. "윈체스터 주교, 그대는 꽤 오랫동안 나라 밖에 있었지, 대사 자격으로."

"폐하께 유익했노라 생각해주시기를 바랄 따름입니다."

"사실 그렇네. 하지만 본의 아니게 그대의 관구는 방치할 수밖에 없었겠군."

"사제로서 당신의 양떼도 돌봐야죠." 앤이 말한다. "숫자도 세고."

주교가 고개를 숙인다. "제 양떼는 우리 안에서 안전합니다."

주교를 몸소 걷어차서 자빠트리거나 경비병을 불러 밖으로 끌어내지 않는 한 왕이 할 수 있는 건 거의 다 했다. "그렇다면, 가서 맘 편히 돌보시게." 헨리왕이 중얼거리듯 말한다.

결전을 앞둔 개의 거죽에서 풍기는 흉포한 악취가 느껴진다. 그 냄새가 이제 실내에 퍼지고, 그는 앤이 까탈스레 비켜서는 것을 본다. 가드녀는 가슴에 손을 얹는다. 이빨을 드러내기에 앞서 몸집으로 경고하려 털을 세우는 짐승처럼. "일주일 내에 폐하 곁으로 돌아올 것입니다." 그 말에 깃든 감미로운 정취가 창자 깊숙한 곳에서 우러나온 으르렁거림처럼 느껴진다.

헨리왕이 웃음을 터트린다. "그동안 우리는 크롬웰과 잘해보겠네. 크롬웰은 우리를 아주 훌륭히 대우하거든."

윈체스터 주교가 자리를 뜨자 앤은 왕에게 다시 매달린다. 은근한 수작에 끌어들이는 듯 곁눈으로 왕을 자꾸만 흘금거린다. 보디스를 여전히 꽉 졸라맨 채라 살짝 풍만해진 가슴만이 그녀의 상태를 말해준다. 공식적인 발표는 없었고, 원래도 하지 않는다. 여자의 몸은 변덕스럽고 착각도 할 수 있기에. 하지만 온 궁정이 앤이 후계자를 임신했음을 확신하고, 앤 스스로도 그리 말한다. 이번에는 사과를 찾지 않고, 공주를 임신했을 때 열망했던 모든 음식에 비위가 상한다고 하니, 이는 사내 아기가 태어나리라는 긍정적인 조짐이다. 그가 평민원에 제출할 법안은 앤이 생각하듯 미래의 재앙을 예견하는 게 아니라 현재 그녀의 위치를 확정하는 것이다. 앤은 올해 서른세 살이 된다. 얼마나 오랜 세월 그는 그녀의 납작한 가슴과 누런 피부를 비웃었던가? 그런 그조차 그녀의 아름다움을 알아챘고, 이제 그녀는 왕비다. 그녀의 얼굴은 청순함 그 자체인 윤곽을 살려 조각한 듯하고, 두상은 고양이처럼 조그맣다. 광물 같은 빛이 나는 목덜미에는 황철석 가루를 뿌려놓은 것만 같다.

헨리왕이 말한다. "스티븐은 강직한 대사야, 그건 분명해. 하지만 내 곁에 두진 못하겠네. 지금껏 그를 믿고 가장 내밀한 자문까지 구해왔는데, 사람이 변해버렸어." 왕은 고개를 가로젓는다. "나는 배은망덕을 싫어하네. 불충을 싫어해. 내가 그대 같은 사람을 높이 사는 것도 그래서야. 그대는 곤란에 처한 옛 주군을 챙겼어. 그거야말로 내가 그대를 등용한 가장 큰 이유였지." 왕은 그 곤란을 야기한 장본인이 본인이 아닌 듯, 울지가 하늘에서 떨어진 벼락을 맞고 몰락했다는 듯 말한다. "내가 실망한 또 한 사람은 토머스 모어야."

앤이 말한다. "거짓 예언가 바턴의 사권박탈법안을 낼 때 모어도 넣어요. 피셔랑 같이."

그는 고개를 젓는다. "그건 무리입니다. 의회가 승인하지 않을 거예요. 피셔는 불리한 증거가 상당하고 평민원도 그자를 좋아하지 않아요. 의원들을 튀르크 사람 다루듯 하거든요. 하지만 모어는 바턴이 체포되기도 전에 저를 찾아와 그 문제에 대한 결백을 증명했어요."

"하지만 겁먹게 할 수는 있잖아요." 앤이 말한다. "나는 그자가 겁먹으면 좋겠어요. 사람이 겁먹으면 망가지기도 하거든요. 그런 경우를 본 적이 있어요."

오후 세시. 촛불이 들어온다. 그는 리처드의 일지를 확인한다. 존 피셔 주교가 기다리고 있다. 격분할 시간이다. 그는 가드너를 떠올리며 애를 쓰지만 자꾸 웃음이 터진다. "얼굴을 단속하시지요." 리처드가 말한다.

"너는 상상도 못하겠지만 스티븐이 나한테 빚이 있거든. 윈체스터 주교 즉위 비용을 내가 대줬어."

"그럼 회수하세요, 외숙부님."

"그런데 이미 왕비한테 준다고 집을 빼앗았단 말이지. 그자는 그걸 지금까지도 애통해하고. 그러니 너무 극단으로 몰지는 않는 게 좋겠어. 돌아갈 길을 하나쯤은 남겨둬야지."

피셔 주교가 자리에 앉는다. 뼈만 남은 손을 흑단 지팡이에 얹는다. "안녕하십니까, 주교님." 그가 말한다. "주교님은 왜 그리 쉽게 속으십니까?"

주교는 기도도 없이 불쑥 본론으로 들어가 놀란 눈치다. 그럼에도 중얼중얼 축복을 빈다.

"폐하에게 사면을 청하는 게 낫겠습니다. 은혜를 베풀어달라고 간청하세요. 나이와 지병을 감안해달라고 탄원하십시오."

"내가 뭘 잘못했는지 모르겠소. 그리고 당신이 어떻게 생각하든 나는 노망나지 않았소."

"내가 보기엔 노망이 맞습니다. 그러지 않고서야 어찌 바턴 같은 여자를 신임할 수 있겠습니까? 거리를 지나다 꼭두각시놀음이라도 보면 자리에 서서 환호하며 외치시진 않으세요? '저 조그만 나무 다리가 움직이는 것 좀 보게, 녀석들이 팔을 흔드는 것 좀 보라니까? 트럼펫 부는 소리까지 들리는군.' 이러지 않으세요?"

"지금껏 꼭두각시놀음은 본 적이 없는 것 같소." 피셔가 애석하다는 듯 말한다. "적어도 당신이 말하는 그런 건 못 봤어."

"하지만 거기 출연중이지 않습니까, 주교님! 주위를 둘러보세요. 그 모든 게 하나의 거대한 꼭두각시놀음이에요."

"그럼에도 아주 많은 이가 그녀를 믿었소." 피셔 주교가 나긋하게 말한다. "캔터베리 대주교였던 워럼도 믿었고, 수십 수백의 독실하고 학식 있는 자도 그랬소. 그들이 그녀의 기적을 증언했소. 그리고 그녀가 계시로 알게 된 바를 세상에 전하면 왜 안 되는 거요? 주께서 뜻을 행하기에 앞서 그 종들을 통해 경고하심을 우리는 알잖소. 이 사실을 명시한 예언가 아모스……"

"예언가 아모스 얘긴 꺼내지도 마세요. 그 여잔 왕을 협박했습니다. 왕의 죽음을 예견했어요."

"죽음을 예견하는 게 죽기를 바란다는 말은 아니오. 죽일 음모를 꾸민다는 말은 더더욱 아니고."

"아, 하지만 그 여잔 바라지 않는 일은 절대로 예견하지 않았지요. 왕의 적들과 앉아 그 죽음을 논하기도 했고요."

"지금 엑서터 경 얘기를 하는 거라면," 주교가 말한다. "경은 이미 사면을 받았소. 당연한 얘기지만, 레이디 거트루드도 마찬가지고. 그들에게 죄가 있었다면 폐하가 법대로 처리했겠지."

"그런 게 아닙니다. 폐하는 화합을 원해요. 자비롭고자 하는 자신의 일면을 발견한 겁니다. 주교님한테도 그럴지는 아직 모르지만, 어쨌든 본인의 죄는 인정하셔야 합니다. 엑서터는 폐하를 거역하는 글을 쓰진 않았어요. 그런데 주교님은 쓰셨지요."

"내가 언제? 보여주시오."

"본인이 쓴 게 아닌 척하시지만, 주교님, 나는 못 속입니다. 어차피 이제 인쇄도 더는 못하실 테고." 피셔가 눈을 위로 치뜬다. 살가죽 아래서 뼈가 미세하게 요동하고, 지팡이의 도금한 돌고래 손잡이를 붙든 주먹에 불끈 힘이 들어간다. "나라 밖에 있는 주교님의 인쇄업자들은 이제 내 밑에서 일합니다. 내 친구 스티븐 본이 웃돈을 얹어주겠다고 했거든요."

"이혼소송 때문에 나를 못살게 구는 거지." 피셔가 말한다. "엘리자베스 바턴은 문제가 아니야. 캐서린 왕비가 내게 조언을 구했고, 내가 거기에 응했기 때문이지."

"못살게 군다니요. 그저 법을 어기지 마시라 청하는 것뿐인데. 주교님의 그 여자 예언가와 관계없는 문제로 몰아가려 하지 마십시오. 그러다가 주교님이 몰려 그 여자 옆방에 갇히게 되는 수가 있어요. 그 여자가 일 년 뒤 앤이 천상의 축복을 받으며 왕비가 되는 환영을 봤다고 했어도 주교님이 그토록 열성적으로 믿었을까요? 장담컨대 그랬으면 그녀더러 마녀라 했을 겁니다."

피셔가 고개를 가로젓는다. 곤혹스러워한다. "나는 늘 궁금했소, 그거 아시오. 오랫동안 헷갈렸지. 복음에 나오는 막달라마리아가 마르타의 자매 마리아와 동일인지. 엘리자베스 바턴은 그렇다고 딱 잘라 얘기해줬소. 모든 문제에서 바턴은 주저하는 법이 없었지."

그가 웃는다. "아, 바턴이 그 여자들이랑 잘 아는 사이인가보네요. 집도 들락거리고. 우리의 복된 여인이랑 수프도 여러 번 나눠 먹고요. 보세요, 주교님. 당시에는 신의 단순성*이면 충분했지만 이제 그런 시절은 끝났습니다. 우리는 전쟁중이에요. 카를황제의 군대가 밀고 들어오는 건 아니라는 단순한 이유로 스스로를 기망하지 마십시오—지금 이건 전쟁이고 주교님은 적진에 있어요."

주교는 침묵한다. 앉은 채로 살짝 휘청한다. 콧방귀를 뀐다. "울지가

---

* 신의 초월적 특성을 인정하는 고전적 유신론의 대표 교리.

그대를 거둔 이유를 알겠군. 그대는 악한이고 울지도 그랬지. 나는 사십 년을 사제로 살았지만 오늘날 권세를 누리는 자들만큼 사악한 인간은 본 적이 없어. 참으로 사악한 자문관들이야."

"병에 걸리십시오." 그가 말한다. "몸져누우세요. 그게 내 조언입니다."

성처녀와 협력자들의 사권박탈을 위한 법안이 2월 21일 토요일 아침 귀족원에 제출된다. 박탈 대상자에는 피셔 주교와 더불어, 왕의 명령에 따라 모어도 포함된다. 그는 런던탑으로 바턴을 만나러 간다. 사형집행일이 정해지기 전에 그녀가 양심의 가책을 덜고자 더 하고 싶은 말이 있는지 알아보기 위해서다.

여자는 이 겨울을 이겨냈다. 야외 고해를 하기 위해 전국으로 끌려다니며 단상에 완전히 노출된 채 서서 살을 에는 바람을 맞았다. 그는 촛불을 들고 들어갔다가 허접하게 묶은 누더기 뭉치처럼 스툴에 고꾸라져 있는 여자를 발견한다. 공기는 차갑고도 퀴퀴하다. 그녀가 고개를 들고 말한다. 하다 만 대화를 재개하듯이. "막달라마리아가 그랬어요, 내가 죽을 거라고."

어쩌면, 그는 생각한다. 머릿속에서 내내 나와 얘기하고 있었는지도. "날짜도 알려주던가요?"

"그게 도움이 되리라 보세요?" 여자가 묻는다. 그는 궁금하다, 토머스 모어의 이름이 포함되었다는 데 분개한 의회가 법안 처리를 봄까지 연기할 가능성이 있다는 사실을 그녀가 아는지. "와줘서 기뻐요, 마스터 크롬웰. 여기선 정말 아무 일도 일어나지 않거든요."

그의 가장 길고 더없이 교묘한 심문에서조차 그녀는 겁먹지 않았다. 캐서린을 엮기 위해 그는 자신이 아는 모든 수법을 동원했다. 헛수고였다. 그가 말한다. "식사는 제대로 하고 있는 겁니다, 그렇지요?"

"오, 네. 옷도 세탁해줘요. 하지만 나는 그리워요, 램버스궁에 가서 대주교를 보던 때가. 좋았거든요. 강을 보는 것도. 강변에서 복작이는 사람들이랑 짐을 내리는 배들을 보는 것도. 혹시 아세요, 내가 화형을 당하는지? 오들리 경은 내가 화형당할 거라던데." 오들리가 오랜 친구라도 된다는 듯한 투다.

"그것만은 면할 수 있으면 좋겠는데. 폐하에게 달린 일이라."

"요즘엔 밤마다 지옥에 가요." 여자가 말한다. "마스터 루시퍼가 의자를 보여줘요. 사람의 뼈를 깎아 틀을 만들고 화염으로 좌판을 댔죠."

"내 것이오?"

"세상에, 아뇨. 왕 거예요."

"울지는 봤소?"

"전에 봤던 곳에 그대로 있어요." 아직 태어나지 않은 영혼들 사이에. 정적이 흐른다. 길고 정처 없는 정적이다. "사람들 말로는 몸이 타는 데 한 시간도 걸릴 수 있대요. 성모마리아가 칭찬해주실 거예요. 나는 화염으로 몸을 씻겠죠, 분수에 들어가 몸을 씻듯이. 내겐 불꽃이 시원할 거예요." 그녀는 그의 얼굴을 들여다보다가 거기 깃든 표정을 보고 고개를 돌린다. "이따금 장작에 화약을 넣는다죠, 아니에요? 그럼 더 빨리 끝나니까. 나랑 같이 가는 사람이 몇 명인가요?"

여섯 명. 그는 이름을 말해준다. "예순 명이 될 수도 있었소. 그거 아시오? 당신의 허영이 그들을 이 지경으로 만든 거요."

그리 말하며 그는 생각한다. 그들의 허영이 그녀를 이 지경으로 만든 것 또한 사실이라고. 그리고 그녀는 차라리 예순 명이 같이 죽는 쪽을, 엑서터와 폴 집안의 몰락을 목격하는 쪽을 더 선호했으리라. 명성이 더욱 확고해질 테니. 그렇다면 음모에 가담한 무리로 캐서린을 끝내 지목하지 않은 이유는 뭘까? 왕비의 파멸, 예언가에게 그만한 승리가 또 어디 있다고. 이런, 그는 생각한다. 애초에 그리 교묘할 필요가 없었군. 악명을 향한 그녀의 탐욕을 이용했으면 됐는데. "이제 다시 못 보는 건가요?" 그녀가 말한다. "아님 거기에 올 건가요, 내가 고통당하는 날?"

"그 왕좌 말이오." 그가 말한다. "그 뼈로 만든 의자. 혼자만 알고 있는 게 좋겠소. 폐하의 귀에 들어가면 안 되오."

"들어가야죠. 죽음 뒤에 뭐가 기다리는지 경고를 들어야 해요. 그리고 내게 뭘 더 할 수 있겠어요, 이미 최악을 계획해뒀는데?"

"당신의 배로 탄원해볼 생각은 없소?"

그녀가 얼굴을 붉힌다. "아기 가진 거 아니에요. 나를 놀리시는군요."

"나는 누구에게든 같은 조언을 할 거요, 무슨 수를 써서든 다만 몇 주라도 살날을 더 얻으라고. 밖에서 몹쓸 짓을 당했다고 말해요. 보초병이 욕보였다고 말하시오."

"하지만 그러자면 누구의 소행인지 말해야겠죠. 그들 또한 재판정에 서게 될 테고."

그는 고개를 젓는다. 여자가 측은하다. "보초병이 죄수를 범하면서 이름을 알려주는 법은 없소."

어쨌든 여자는 이 계획이 마음에 들지 않는다, 그건 분명하다. 그는 자리를 뜬다. 런던탑은 조그만 마을과도 같고, 아침 일과를 보내며 달가닥거리는 소리가 사방에서 들린다. 보초병과 조폐국 일꾼들이 그에게 인사하고, 왕의 짐승을 돌보는 자들이 종종거리며 그에게 놈들의 식사시간—일찍도 먹는다, 이 짐승들은—이라고 말한다. 녀석들이 먹는 걸 구경하시겠어요? 아주 친절한 제안이다만, 그는 말한다. 그 즐거움은 다음에 누리지. 그 자신도 아침을 거른 터라 속이 살짝 메스꺼운데다 썩은 피 냄새가 나는 듯하고, 짐승 우리가 있는 쪽에서 놈들이 킁킁거리고 끙끙거리는 소리와 막힌 목구멍으로 내지르는 것 같은 포효가 들린다. 강 위로 높이 솟아 눈길이 닿지 않는 담장 위에서 웬 남자가 휘파람으로 옛 곡조를 불다가 후렴구에서 불쑥 노래하기 시작한다. 그자는 유쾌한 삼림관리인이라네, 남자는 노래한다. 어지간해선 그럴 리 없다.

그는 자기 뱃사공을 찾아 사방을 둘러본다. 그러면서 생각한다. 성처녀가 아픈 건 아닐까. 죽을 때 죽더라도 당장은 살까. 그의 관리하에선 여자에게 어떤 신체적 위해도 가하지 않았다. 괴롭힌 게 전부였다. 하루나 이틀 잠을 안 재웠지만 그가 왕의 업무 때문에 잠을 자지 못한 날들에 비하면 긴 것도 아니었고, 그는 생각한다. 하긴 당장 나만 해도 그 정도로 뭔가를 자백하진 않으니까. 아홉시다. 열시로 예정된 정찬에서 노퍽과 오들리를 만나야 한다. 아까 그 짐승들처럼 꽥꽥거리거나 악취를 풍기지 않길 바랄 뿐이다. 소심하고 얼어붙은 태양이 보인다. 강 위에 똬리를 틀고 소용돌이치는 수증기가, 휘갈긴 낙서 같은 안개가 보인다.

웨스트민스터에서 노퍽 공작이 하인들을 쫓아낸다. "마실 게 필요하면 내가 직접 챙길 것이다. 어서 나가, 어서들 사라져. 문 닫아! 열쇠 구멍 근처에서 서성거리는 놈은 누구든 산 채 가죽을 벗겨 소금에 절일 테다!" 공작은 돌아서서 숨죽여 욕하더니 끙 소리와 함께 의자에 앉는다. "내가 애원해보면?" 공작이 말한다. "왕 앞에 무릎을 꿇고 이러면? 부디 제발 헨리, 토머스 모어는 사권박탈자 명단에서 빼십시다."

"우리 모두가 애원하면 어떨까요," 오들리가 말한다. "다 함께 무릎을 꿇고?"

"아, 크랜머도 같이요." 그가 말한다. "그자도 같이 해야 합니다. 이처럼 매력적인 막간극에 혼자만 빠지면 안 되지요."

"폐하는 잔뜩 벼르고 있어요." 오들리가 말한다. "사권박탈법이 부결되면 의회에 직접 출석하겠다고, 필요하면 양원 모두 가서 입장을 밝히겠다고."

"그러다 망할 거야." 공작이 말한다. "인심도 잃고. 이거야 원, 크롬웰, 좀 말려보게. 왕은 모어가 생각이 다르단 걸 알고 슬그머니 첼시로 물러가 자기 양심이나 챙기며 살게 해준 사람이야. 문제는 내 조카딸이지, 그런 것 같아. 그애는 모어를 벌주고 싶어하거든. 감정적으로 받아들인 거지. 여자들이 원래 그래."

"제 생각에 감정적으로 받아들인 건 폐하인 듯한데요."

"나약해서지." 노퍽이 말한다. "내 관점에선 그래. 모어가 자길 판단하든 말든 폐하가 왜 신경을 써?"

오들리가 머뭇머뭇 웃는다. "방금 왕이 나약하다 하셨습니까?"

"왕이 나약하다 하셨습니까?" 공작이 불쑥 상체를 들이밀고는 오들리의 얼굴에 대고 깍깍거린다, 말하는 까치처럼. "이게 무슨 일이오, 대법관, 본인 생각을 다 말하다니? 대개는 크롬웰이 입을 열길 기다렸다가 쩍쩍-쩍쩍, 네-나리-아니요-나리, 분부만 내리십시오, 톰 크롬웰, 그러지 않나."

문이 열리고 콜미 리즐리가 몸을 살짝 들이민다. "맹세컨대," 공작이 말한다. "지금 내 손에 석궁이 있었다면 네놈 머리통을 날려버렸을 거다. 아무도 들어오지 말라고 했을 텐데."

"윌 로퍼가 와 있습니다. 장인의 서신을 가지고 왔어요. 저하께서 뭘 해줄 수 있는지 모어가 알고 싶어한답니다. 모어에게 법적 책임이 없다고 인정하신 상황에서요."

"윌에게 전하게. 명단에서 모어의 이름을 빼달라고 왕에게 어찌 애원할지 연습하는 중이라고."

공작이 자기 손으로 직접 채웠던 잔을 들어 와인을 단숨에 들이켠다. 고블릿잔을 테이블에 던지듯 내려놓는다. "자네의 추기경이 그랬었지. 왕은 일이 자기 뜻대로 안 되는 걸 보느니 나라의 반을 버릴 사람이라고. 뜻을 세우면 그 어떤 꾐에도 넘어가지 않는다고."

"하지만 제 판단엔…… 대법관 생각은 어떨지 모르겠지만……"

"오, 대법관 생각이 어떻기는." 공작이 말한다. "자네 판단이 어떻든, 톰, 그게 곧 대법관의 판단이지. 꽥꽥."

라이어슬리는 몹시 당황한 듯 보인다. "윌을 들여보낼까요?"

"그러니까 의견 일치는 된 겁니까? 무릎 꿇고 애원하기로?"

"크랜머가 안 하면 나도 안 해." 공작이 말한다. "나는 사제도 아닌데, 괜히 관절 나갈 일 있어?"

"사람을 보내 서퍽 공작도 모셔올까요?" 오들리가 제안한다.

"아니. 그 집 아들이 죽어가고 있어. 서픽의 후계자가." 공작이 손으로 입을 쓱 닦는다. "딱 한 달만 더 있으면 열여덟 살 생일인데." 공작의 손가락이 성스러운 메달을, 성물을 만지작거린다. "서픽은 아들이 하나야. 나도 그렇고. 자네도 마찬가지지, 크롬웰. 그리고 토머스 모어도. 아들이 하나뿐이라고. 참으로 딱한 노릇이야, 서픽은 새 아내랑 자식 농사를 처음부터 다시 시작하게 생겼거든. 고생이 이만저만이 아닐 거야, 그렇고말고." 공작이 짧게 큰 소리로 웃는다. "연금 몇 푼에 아내를 쫓아버릴 수 있으면 나도 군침 도는 열다섯 살짜릴 얻을 텐데. 하지만 내 아내는 꿈쩍도 안 할걸."

오들리에게는 너무 과한 말이다. 얼굴이 벌게진다. "공작 저하, 저하는 결혼하신 몸입니다. 훌륭한 부부로 사셨어요, 장장 스무 해를."

"누가 그걸 모르나? 뭐랄까, 거시기를 희끗희끗한 가죽가방에 넣는 기분이란 말이야." 공작의 앙상한 손이 내려앉는다. 그의 어깨를 꽉 쥔다. "나도 이혼 좀 하세, 크롬웰, 어떤가? 크랜머 대주교랑 합심해서 근거를 좀 마련해보게. 그 문제로 사람을 죽이는 일은 없을 거라 내 약속하지."

"언제는 사람을 죽였나요?" 라이어슬리가 묻는다.

"토머스 모어를 죽이려고 준비중이잖나, 아닌가? 늙은 피셔는 어떻고, 그자를 찌를 칼을 한창 갈고 있지 않느냐고, 어?"

"그럴 리가요." 대법관이 자리에서 일어나 몸에 가운을 두른다. "사형에 처할 만한 죄목이 아니에요. 모어와 피셔 주교는 그저 종범일 뿐입니다."

"그렇대도," 라이어슬리가 말한다. "도의적으로는 충분히 중한 죄지요."

노퍽이 어깨를 으쓱한다. "이번이 아니면 나중에라도 죽이겠지. 모어는 당신네 법에 서약하지 않을 거야. 피셔도 그렇고."

"둘 다 서약할 거라고 봅니다." 오들리가 말한다. "효과적인 설득 기술을 동원해야지요. 이성적인 사람이라면 누구든 계승법 서약을 거부하지 않을 거예요. 이 나라의 안전이 걸린 일인데."

"그럼 캐서린도 서약하게 할 건가," 공작이 말한다. "내 조카가 낳은 아기의 계승권을 인정한다고? 메리는 또 어떻고―그애도 서약하나? 그들이 서약하지 않겠다고 하면 그땐 어떡할 건가? 허들*에 실어 타이번 집행장으로 끌고 가서는 목이라도 매달까? 발버둥치는 모습을 그 친척인 카를황제가 볼 수 있게?"

그와 오들리는 시선을 교환한다. 오들리가 말한다. "저하, 아직 정오 전이니 과음하지 마십시오."

"오, 찍찍." 공작이 말한다.

일주일 전 그는 햇필드에 들렀다. 왕실의 두 여자, 엘리자베스 공주와 왕의 딸인 레이디 메리를 만나기 위해서였다. "둘의 칭호를 헷갈리지 않도록 해라." 그는 말을 타고 가며 그레고리에게 말했다.

그레고리는 대답했다. "저 말고 리처드를 데려올 걸 그랬다는 생각을 벌써부터 하시네요."

그는 의회 일이 이처럼 바쁜 기간에 런던을 떠나고 싶지 않았지만

---

* 반역자를 형장으로 옮길 때 쓰던 썰매 모양의 운반구.

헨리왕이 설득했다. 이틀이면 다녀올 수 있잖나. 그대 눈으로 직접 살펴줬으면 해. 런던을 빠져나오는 길은 눈 녹은 물로 흥건하고, 볕이 들지 않는 잡목림에 생긴 웅덩이는 여전히 얼어 있었다. 그들이 하트퍼드셔에 들어설 때쯤엔 흐릿한 태양이 명멸하고, 여기저기서 멋대로 자라 꽃을 피운 자두나무가 가지를 흔들며 기나긴 겨울을 하소연했다.

"내가 옛날에 들르곤 했던 곳이다. 그땐 모턴 추기경의 관할이었지. 추기경은 법정 개정기가 끝나고 날씨가 따뜻해지기 시작하면 런던을 떴어. 그때 나는 아홉 살인가 열 살이었는데, 존 숙부가 최고급 치즈와 파이를 실은 식량 수레에 나도 함께 태워 보내곤 했지. 잠깐 멈춰 선 사이 누가 슬쩍하지 못하게 하려고."

"감시병이 따로 없었어요?"

"숙부가 걱정했던 게 바로 감시병들이었지."

"퀴스 쿠스토디에트 입소스 쿠스토데스?"*

"나였지. 당연히."

"어떡하실 생각이었는데요?"

"글쎄다. 물어뜯기?"

그윽한 빛깔의 벽돌로 지은 건물 정면은 그의 기억보다 작다. 하지만 기억이란 원래 그렇다. 시동과 젠틀맨이 부리나케 달려나오고, 마구간지기가 말을 받아 끌고 가고, 데운 와인이 그들을 기다리고, 떠들썩하니 한바탕 법석이 벌어지는데, 그 오래전 경험했던 도착의 순간은 이렇지 않았다. 장작과 물을 나르고 불을 피우는 노동은 어린아이의

---

* '감시병은 누가 감시하나?'라는 뜻의 라틴어로 고대 로마의 시인 호라티우스의 『풍자』에서 유래한 말.

힘이나 능력 밖의 일이었지만 그는 그걸 인정하기 싫었다. 그래서 꼬질꼬질하고 굶주린 채로 어른들과 같이 일했다. 그가 쓰러지기 직전이란 걸 누군가 알아채기 전까지, 혹은 실제로 쓰러지기 전까지.

존 셸턴 경이 이 이상한 일가의 우두머리지만 그는 존 경이 부재중인 때를 골랐다. 저녁식사 뒤 말과 개와 소싯적의 위업을 주제로 존 경이 떠드는 소리를 듣느니 차라리 여자들과 대화하는 게 나아서였다. 하지만 문 앞에서 그는 마음이 거의 바뀔 뻔한다. 삐걱거리는 소리와 함께 후다닥 계단을 내려오는 레이디 브라이언은 애꾸눈 프랜시스의 모친으로, 아기 공주를 맡고 있다. 나이가 일흔에 가깝고, 손주 양육에 도가 튼 사람이다. 그리고 그의 청력이 유효한 범위에 들어서기도 전부터 입술을 달싹이는 게 보인다. 공주님은 열한시까지 잤다오, 자정까지 악을 쓰며 울었고, 녹초가 됐지요, 불쌍한 우리 귀염둥이가! 한 시간을 자고 일어나 보채는데 뺨이 발그레한 게 열이 나나 싶어가지고 레이디 셸턴을 깨워 의사를 불러왔더니 벌써 이가 난다지 뭐요, 요망한 세월 같으니! 물약을 먹이니까 동틀녘엔 괜찮아졌고, 아홉시에 깨서 우유를 먹고…… "아, 마스터 크롬웰," 레이디 브라이언이 말한다. "이쪽이 정말 아드님이라고! 복되기도 해라! 참으로 사랑스럽고 훤칠한 청년이네요! 얼굴도 어찌나 예쁘장한지, 분명 자기 어머니를 닮은 거지. 이제 나이가 어떻게 되려나?"

"말할 줄 아는 나이는 됐지요, 분명."

레이디 브라이언이 그레고리를 바라본다. 그레고리와 자장가를 분담할 수 있겠다는 생각이라도 한 건지 얼굴이 환히 빛난다. 레이디 셸턴이 부랴부랴 들어온다. "안녕들 하셨어요, 마스터." 잠깐 주저한다.

왕비의 고모가 주얼하우스 관리장에게 무릎 굽혀 인사하는 게 맞나? 어지간해서는 그러지 않으리라 결론짓는다. "레디 브라이언이 본인의 소임에 대해선 벌써 설명을 마치셨겠지요?"

"그렇지요. 그럼 레이디의 설명도 들어볼 수 있을까요?"

"레이디 메리를 직접 보시진 않으려고요?"

"볼 겁니다. 하지만 미리 정신 무장을······"

"그렇죠. 나는 딱히 무장은 안 해요. 물론 내 왕비 조카는 그애한테 주먹을 쓰라고 권하지만." 그녀의 눈길이 그를 슥 훑으며 가늠한다. 공기가 긴장감으로 쩍쩍 갈라진다. 여자들은 이런 걸 어떻게 하는 걸까? 배운 것일 테지, 아마도. 이때 그는 눈이 아니라 느낌으로 알아챈다, 아들이 뒷걸음치는 중이다. 그러다 끝내 가로막히고 만 찬장에는 엘리자베스 공주의 금은 접시가 벌써부터 어마어마하게 진열되어 있다. 레이디 셸턴이 말한다. "내가 맡은 일은 레이디 메리가 복종하지 않는 경우 반드시, 여기서 내 왕비 조카의 말을 인용하자면, 혼외자 신분에 맞게 때리고 구박하는 거예요.

"오, 성모마리아시여!" 레이디 브라이언이 신음한다. "나는 전에 메리도 돌봤다오. 꼬마일 때도 고집불통이었으니 이제 와서 바뀌진 않겠지요, 아무리 구박해도. 아기를 먼저 보고 싶으실 테지, 그렇지요? 따라오세요······" 그녀는 그레고리를 체포라도 하듯 팔꿈치를 붙든다. 그리고 재잘거린다. 그게 말이에요, 저 시기의 아기한테 열은 자칫 위험할 수도 있거든. 홍역의 시작일 수도 있고, 그럴 리야 없겠지만. 천연두의 시작일 수도 있지요. 생후 육 개월 된 아기는 열이 뭘로 이어질지 알 수가 없어······ 레이디 브라이언의 목구멍에서 맥이 뛴다. 그녀는 수다를 떨며 마른 입술을 핥고 침을 삼킨다.

그는 헨리왕이 자신을 여기로 보내고 싶어했던 이유를 이제 이해한다. 이곳에서 벌어지는 일을 서신에 담기란 불가능하다. 그는 레이디 셸턴에게 말한다. "그러니까 왕비가 레이디 메리에 대해 서신을 보내왔다는 겁니까, 그런 표현을 써서?"

"아뇨. 구두로 내린 지시예요." 그녀가 성급히 묻는다. "내가 거기에 따라야 한다고 생각하세요?"

"그건 따로 조용히 얘기하시지요." 그가 중얼거린다.

"네, 좋아요." 레이디 셸턴이 고개를 돌리고 역시 조그맣게 중얼거린다.

아기 엘리자베스는 몸을 겹겹으로 꽁꽁 싸매고 있다. 주먹이 안 보인다. 차라리 낫다. 당장이라도 주먹질을 할 것 같은 아기니까. 두건 밑으로 뻣뻣한 적갈색 머리칼이 삐져나왔고, 두 눈은 경계를 풀지 않는다. 이처럼 당장이라도 분통을 터트릴 듯한 어린애는 본 적이 없다. 레이디 브라이언이 말한다. "왕을 닮은 것 같나요?"

그는 머뭇댄다. 양쪽 모두에게 공평을 기한다. "여자 아기로서 닮아야 할 만큼은요."

"폐하의 허리둘레는 닮지 않기를 바라자고요." 레이디 셸턴이 말한다. "살이 붙고 있죠, 아닌가요?"

"아니라고 우기는 건 조지 불린뿐이죠." 레이디 브라이언이 요람으로 몸을 숙인다. "조지는 그래요. 이 아기는 머리부터 발끝까지 불린 사람이라고."

"내 왕비 조카가 삼십여 년간 순결을 지킨 건 다들 알지만," 레이디 셸턴이 말한다. "제아무리 앤이라고 설마 동정녀로 아기를 낳았을까."

"머리칼을 보면 알잖습니까!"

"그러니까요." 레이디 브라이언이 한숨을 쉰다. "왕비마마한테는 죄송스러운 말이지만, 그리고 폐하께도 송구하지만, 박람회에 돼지 닮은 꼬마로 내놔도 무리가 없을 거예요." 그녀는 이마 선에 걸쳐 있는 아기의 두건을 슬쩍 올리고 손가락을 부지런히 놀려 뻣뻣한 머리칼을 밀어넣어보려 한다. 아기가 있는 대로 인상을 쓰며 저항의 표시로 딸꾹질한다.

그레고리가 아기를 내려다보며 눈을 찡그린다. "누구 애인지 모르겠는데."

레이디 셸턴이 손을 들어 웃음을 감춘다. "방금 그 말은, 그레고리, 아기가 다 똑같이 생겼단 얘기겠죠. 가요, 마스터 크롬웰."

그녀가 그의 소매를 잡고 밖으로 이끈다. 레이디 브라이언은 방에 남아 어느새 느슨해진 포대기로 공주를 다시 싸맨다. 그가 어깨 너머로 말한다. "제발 좀, 그레고리." 그보다 수위가 낮은 말로도 런던탑 신세를 진 선례는 얼마든지 있다. 그는 레이디 셸턴에게 말한다. "어떻게 메리가 혼외자일 수 있는지 모르겠습니다. 부모의 충실한 관계에서 잉태된 아이인데."

그녀가 걸음을 멈춘다. 한쪽 눈썹이 치켜올라간다. "우리 왕비 조카 앞에서도 그리 말할 건가요? 그러니까, 그애 면전에 대고도?"

"벌써 했는데요."

"어찌 반응하던가요?"

"글쎄, 이렇게 말씀드려보죠, 레이디 셸턴. 손에 잡히는 도끼만 있었어도 달려들어 내 목을 쳤을 거라고."

"답례로 나도 한말씀 드리죠. 원한다면 조카한테 전해도 좋아요. 메리가 정말로 혼외자라면, 그 아비 되는 사람이 가난하기 짝이 없고 땅도 없는 젠틀맨에다 잉글랜드 사람이라면, 나는 그애한테 무조건 잘해줄 수밖에 없어요. 정말 착한 아이고, 심장이 돌로 된 사람이 아니고야 그애를 딱하게 여길 수밖에 없으니까."

그녀는 빠르게 걷는다. 옷자락으로 돌바닥을 쓸며 본관으로 들어간다. 메리의 옛 하인들이, 그가 본 적 있는 얼굴이 곳곳에 있다. 그들이 입은 재킷에서 수선한 부분이 보인다. 메리를 상징하는 휘장을 떼어내고 국왕의 휘장을 붙인 자리다. 그는 주변을 둘러본다. 모든 게 낯익다. 거대한 계단의 발치에 선다. 예전에 그는 이 계단을 절대 올라선 안 되었다. 그처럼 장작이나 석탄을 나르는 소년들을 위한 뒤쪽 계단이 따로 있었다. 딱 한 번 그는 그 규칙을 어겼다. 그리고 계단 꼭대기에 닿았을 때, 어둠 속에서 주먹이 튀어나와 그의 옆머리를 후려쳤다. 모턴 추기경이었다. 어딜 숨어들어?

그는 돌난간을 만진다. 무덤처럼 차갑다. 포도나무 이파리가 이름 모를 꽃과 뒤얽혀 있다. 레이디 셸턴이 그를 보고 어리둥절해하며 웃는다. 왜 머뭇대지? "아무래도 이 승마복부터 좀 갈아입고 레이디 메리를 만나야겠습니다. 본인이 괄시받는다고 느낄 수도 있으니……"

"당신이 괜히 시간을 끌면 더 그렇게 느낄걸요. 이러나저러나 문제 삼을 거예요. 나도 그애가 딱하다고 말은 했지만, 아, 정말 쉽지 않은 아이예요! 그애는 점심 식탁에도 저녁 식탁에도 와서 앉지 않아요. 아기 공주보다 아랫자리에 앉을 생각이 없으니까. 그런데 내 왕비 조카는 그애 방으로 먹을 걸 갖다줘서는 절대로 안 된다고 정해졌어요. 우리 모두가 아침으로 먹는 조그만 빵을 제외하곤."

레이디 셸턴이 닫힌 문으로 그를 이끈다. "아직도 여기를 파란 방이라고 부릅니까?"

"아, 당신 아버지가 여기 와본 적이 있나보네요." 그녀가 그레고리에게 말한다.

"아버지는 안 가본 곳이 없으세요." 그레고리가 대답한다.

그녀가 돌아선다. "장단이 잘 맞네요, 두 젠틀맨. 그건 그렇고, '레이디 메리'라고 부르면 대답하지 않을 거예요."

기다랗게 생긴 방이고 가구랄 게 거의 없다. 냉기가 마치 유령이 보낸 대사처럼 문간에서 그들을 맞이한다. 파란색 태피스트리를 모두 걷어내서 회반죽벽이 그대로 드러나 있다. 불이 거의 사그라든 난롯가에 메리가 앉아 있다. 조그맣고 딱하도록 어린것이 옹송그린 모습으로. 그레고리가 속삭인다. "말레킨처럼 생겼어요."

가엾은 말레킨. 말레킨은 꼬마 요정이다. 밤에 배를 채우고 빵 부스러기와 사과 껍질로 연명한다. 이따금 이른 시간 아래층에 내려가 계단에 조용히 있으면 잿더미에 앉은 요정을 볼 수 있다.

메리가 눈길을 든다. 놀랍게도 그 조그만 얼굴이 밝아진다. "마스터 크롬웰." 그녀는 자리에서 일어나 그를 향해 걸음을 내디디려다 치맛자락을 밟고 넘어질 뻔한다. "윈저에서 보고 얼마 만인가요?"

"그러게 말입니다." 그가 진중히 말한다. "그새 훌쩍 자라셨습니다, 마담."

메리가 키득거린다. 그녀는 이제 열여덟 살이다. 자기가 앉았던 스툴을 못 찾아 당황한 것처럼 여기저기 두리번거린다. "그레고리," 그가 말하자 아들이 몸을 날려 전 공주를 붙잡는다, 그녀가 아무것도 없는 허공에 주저앉기 전에. 녀석의 몸짓이 마치 춤동작 같다. 녀석도 나름의 쓸모가 있다.

"서 있게 해서 미안해요. 저기," 그녀가 힘없이 손짓한다. "저 궤짝에라도 앉으세요."

"우리는 튼튼해서 서 있어도 됩니다. 당신은 그렇지 못한 것 같지만." 그레고리가 이처럼 부드러운 말투는 처음 듣는다는 양 그를 힐끗 본다. "저들이 늘 이렇게 혼자 두는 건 아니겠지요, 이 빈약하기 그지 없는 불가에, 그렇지요?"

"장작을 들여오는 하인이 나를 공주라고 부르지 않을 거라서요."

"그자랑 꼭 말을 섞어야 합니까?"

"아뇨. 하지만 그러지 않으면 회피하는 게 돼요."

그래, 그는 생각한다. 가능한 한 힘든 인생을 자초해보시지. "레이디 셸턴의 얘길 들으니 어려움을 겪으신다고…… 식사 문제 말입니다. 제가 의사를 보내드릴까요?"

"여기도 한 명 있어요. 더 정확히는 그 아기의 의사지만."

"더 도움이 될 만한 자로 보내드릴 수 있습니다. 건강을 위한 식이요법을 처방한다든가, 푸짐한 아침상을 받도록 조치할 수 있습니다, 그것도 당신의 방에서요."

"고기로요?" 메리가 말한다.

"얼마든지요."

"하지만 누구를 보내려고요?"

"버츠 박사?"

메리의 표정이 부드러워진다. "그분과는 러들로의 내 궁에서부터 안면이 있어요. 내가 웨일스 여공이던 시절부터. 물론 나는 지금도 공주고요. 내가 어찌 계승 서열에서 제외될 수 있죠, 마스터 크롬웰? 그게 어찌 적법한 일일 수 있어요?"

"의회에서 그리 정하면 적법한 일이 됩니다."

"의회보다 위에 있는 법이 있어요. 하느님의 법이요. 피셔 주교에게 물어보세요."

"나는 하느님의 뜻이 모호하다고 생각합니다. 그리고 분명히 밝혀 두자면 내가 보는 피셔 주교는 하느님의 뜻을 적합하게 해설할 수 있는 사람이 못 됩니다. 이와 달리 의회의 뜻은 명확하지요."

메리가 입술을 깨문다. 더는 그를 쳐다보지 않을 것이다. "듣기로는 버츠 박사가 요즘 이단자라던데요."

"박사는 당신의 아버지이신 왕께서 믿는 걸 믿을 뿐입니다."

그는 기다린다. 메리가 고개를 돌리고, 그녀의 잿빛 눈동자가 그의 얼굴에 박힌다. "나는 내 아버지를 이단자라 칭하지 않아요."

"좋아요. 이 문제는 미리 시험을 거치는 게 낫습니다, 친구들한테요."

"당신이 어찌 내 친구일 수 있는지 모르겠는데요, 그 사람과도 친구라면. 그러니까, 펨브로크 후작 말예요." 메리는 앤에게 왕비라는 칭호를 붙일 생각이 없다.

"그분은 친구가 더는 필요 없는 자리에 올랐습니다. 이제 필요한 건 하인뿐이죠."

"폴이 당신더러 사탄이래요. 내 사촌 레지널드 폴이요. 지금 제노바에 있는. 폴이 말하길 당신은 여느 그리스도교도의 영혼을 가지고 태어났지만 어느 시점엔가 몸속에 악마가 들어앉았대요."

"혹시 아셨습니까, 레이디 메리? 나는 어릴 때 이곳에 오곤 했어요, 아홉 살인가 열 살쯤이었습니다. 숙부가 모턴 추기경의 요리사였고, 나는 가난한 코흘리개였어요. 새벽녘에 산사나무 가지로 화덕에 불을 붙이고, 해 뜨기 전에 닭을 잡아 보일링하우스*로 가져갔지요." 그는 진중히 말한다. "그 시절에 내게 악마가 들어왔을까요? 아님 더 일찍이, 다른 사람들은 세례를 받던 그 무렵일까요? 이해하십시오, 내게는 좀 중요한 문제라서 말입니다."

메리가 그를 가만히 본다, 곁눈으로. 구식 게이블후드를 아직도 쓰고 있어서다. 후드의 천을 이리저리 피해가며 눈을 깜빡이는 것처럼 보이기도 한다, 머리덮개가 흘러내린 말처럼. 그가 부드럽게 말한다. "나는 사탄이 아닙니다. 당신 아버지는 이단자가 아니에요."

"그리고 나는 혼외자가 아니고요."

"그래요, 아닙니다." 그는 레이디 셸턴에게 했던 말을 반복한다. "당신은 충실한 관계 속에서 잉태되었어요. 당신의 부모는 자신들이 결혼한 상태라고 생각했지요. 그렇다고 그 결혼이 타당했다는 뜻은 아닙니다. 그 차이를 아시리라 생각합니다만?"

메리는 집게손가락으로 코밑을 문지른다. "네, 차이는 알겠어요. 하지만 그 결혼은 실제로 타당했어요."

"왕비가 곧 딸을 보러 올 겁니다. 왕비에게 깍듯이 인사를 올리세요.

---

* 거대한 솥을 걸고 육류를 데치는 일만 전담하던 부엌.

그냥 아버지의 아내—"

"—아내가 아니라 첩이죠—"

"—아내로 인정하고 인사하면 아버지가 당신을 궁으로 다시 불러들일 겁니다. 지금 갖지 못한 모든 걸 갖게 될 테고, 사람들과 어울리며 온기와 편안함을 느끼겠지요. 내 말 들으십시오, 당신을 위해 하는 말입니다. 어차피 왕비도 당신의 우정 같은 건 기대하지 않아요. 겉치레가 필요한 것뿐이죠. 이를 악물고 무릎 굽혀 인사하세요. 단숨에 끝날 거고, 그게 모든 걸 바꿀 겁니다. 왕비가 둘째를 낳기 전에 타협을 보세요. 둘째가 아들이면 왕비는 당신을 회유할 이유가 더는 없어집니다."

"그 여자는 나를 겁내고 있어요." 메리가 말한다. "앞으로도 계속 겁낼 거예요, 아들이 태어난대도. 그 여잔 내가 결혼할까봐, 내 아들들이 자길 위협할까봐 두려워하죠."

"결혼 얘기를 건네는 사람이 있습니까?"

메마르고 짧은 웃음소리, 믿기지 않는다는 투다. "나는 젖먹이일 때 프랑스 왕자와 약혼했어요. 그다음엔 카를황제, 그리고 다시 프랑스의 왕, 왕의 장남, 차남, 상대가 계속 바뀌어서 나중엔 세는 것도 그만뒀지요. 그리고 다시 카를황제, 아니 황제의 사촌이었나. 나는 결혼을 약속하다 녹초가 됐어요. 언젠가는 정말로 결혼하는 날이 오겠죠."

"하지만 레지널드 폴과 결혼하는 일은 없을 겁니다."

메리가 움찔한다. 그녀에게 그 제안이 들어갔다는 걸 그는 안다. 중매자는 아마도 메리를 오래 돌봐온 마거릿 폴, 아님 잉글랜드 귀족의 가계도를 연구하며 날밤을 새우는 샤퓌였을 것이다. 메리의 계승권을 다지고, 그녀를 불명예에서 구하고, 에스파냐 피가 섞인 이 튜더의 여자를 옛 플랜태저닛 혈통과 결혼시키려는 속셈이다. 그가 말한다. "폴을 만난 적이 있습니다. 그자가 잉글랜드를 떠나기 전부터 알았지요. 폴은 당신에게 어울리는 사람이 아닙니다. 당신이 얻을 남편이 누구든 칼을 쥘 줄 아는 강인한 팔을 가진 자여야 해요. 폴은 난롯가에 앉아서 구석의 홉*과 본리스 맨**에 흠칫거리는 늙은 아낙네나 다를 바 없어요. 가진 거라곤 혈관을 흐르는 약간의 성수가 전부고, 사람들 말로는 하인이 파리 한 마리만 때려죽여도 울고불고한답니다."

메리가 웃는다. 하지만 재갈이라도 물리듯 손바닥으로 철썩 소리가 나게 입을 가린다. "바로 그거예요." 그가 말한다. "다른 사람한테는 비밀로 하십시오."

그녀가 손가락 사이로 말한다. "글이 안 보여요."

"왜요, 저들이 양초도 제대로 안 넣어줍니까?"

"아뇨, 그게 아니라 눈이 나빠지고 있어요. 늘 머리가 아프고."

"많이 우십니까?" 그녀가 고개를 끄덕인다. "버츠 박사가 약을 가져올 겁니다. 그때까지는 사람을 시켜 대신 읽어달라고 하세요."

"그러고 있어요. 틴들의 복음을 읽어주죠. 그거 아세요? 틴들이 구약이라고 부르는 것에서 턴스틸 주교랑 토머스 모어가 이천 개의 오류를 찾아냈대요. 이슬람교도의 경전보다도 이단적이래요."

도전적인 발언이다. 그러나 그는 그녀의 눈에 고이는 눈물을 본다. "이 모두를 바로잡을 수 있어요." 메리가 비틀거리며 다가오자 일순간 그는 그녀가 스스로를 망각하고 그의 승마용 외투에 얼굴을 묻은 채

---

* 가정집에 깃든 장난꾸러기 유령.
** 정해진 형태가 없이 안개가 많은 도서에 주로 출몰하는 유령.

흐느끼리라 생각한다. "버츠 박사는 하루면 도착할 겁니다. 난롯불도 저녁식사도 잘 챙겨줄 거예요. 당신이 원하는 어디서든 식사할 수 있을 겁니다."

"어머니를 만나게 해주세요."

"폐하 입장에서 당장은 허락할 수가 없어요. 하지만 상황은 달라질 수 있으니까요."

"아버지는 나를 사랑해요. 이게 다 그 여자, 그 비열한 인간이 아버지의 마음을 더럽혀서 그런 거예요."

"레이디 셸턴이 친절을 베풀 겁니다, 그리하게 두세요."

"그 여자가 뭔데 친절을 베풀고 말고 해요? 나는 앤 셸턴보다 오래 살 거예요, 장담해요. 그리고 그 조카딸보다도. 내 지위를 부정하는 다른 모두보다도. 어디 한번 멋대로 해보라고 해요. 나는 젊어요. 그들이 나가떨어지길 기다릴 거예요."

그는 작별을 고한다. 그레고리가 뒤를 따른다. 넋을 빼앗긴 녀석의 시선은 거의 다 꺼진 난롯불 곁에 다시 자리잡고 앉는 여자를 좇는다. 그녀는 두 손을 포개고 표정을 가다듬은 뒤 기다림을 시작한다.

"몸에 두른 토끼털 말이에요." 그레고리가 말한다. "야금야금 뜯어 먹기라도 한 것처럼 보이더라고요."

"정말 헨리의 딸이 확실하구나."

"왜요, 누가 아니래요?"

그가 웃는다. "그런 뜻이 아니고. 생각해봐라…… 전 왕비가 설득에 넘어가 간통이라도 저질렀다면 그녀를 제거하기가 수월했을 거야. 하지만 평생 한 남자만 알고 살아온 여자를 어찌 흠잡을 수 있겠느나?" 그는 생각을 점검한다. 국왕을 가장 가까이에서 챙기는 사람조차 캐서린을 아서 왕자의 아내로 여겨야 한다는 사실을 자꾸만 잊는다. "두 남자를 알았다고 해야겠군." 그가 아들을 재빨리 살핀다. "메리가 너를 끝끝내 쳐다보지 않던데, 그레고리."

"그럴 거라 생각하셨어요?"

"레이디 브라이언은 네가 굉장히 멋지다잖냐. 젊은 여자들의 기호는 다르려나?"

"메리한테 기호가 있을 것 같진 않은데요."

"난롯불을 손볼 사람을 찾아와라. 나는 저녁식사를 주문해야겠다. 폐하도 메리를 굶겨 죽일 작정은 아닐 테니."

"메리가 아버지를 좋아하다니," 그레고리가 말한다. "이상해요."

그레고리는 진심으로 그리 느낀다. "그게 불가능한 일이라는 거냐? 내 딸들도 나를 좋아했다. 내 생각엔. 가엾은 꼬맹이 그레이스, 그애는 내가 누구인지도 잘 몰랐겠다 싶어."

"그 천사 날개를 만들어주셨을 때 그레이스가 아버지를 좋아하긴 했죠. 언제나 간직할 거라고 했는데." 아들이 고개를 돌린다. 아버지가 두려운 듯 말한다. "레이프 말이 얼마 안 있으면 아버지가 나라의 이인자가 될 거래요. 벌써 이인자라고도 해요, 직위상으로만 아닐 뿐. 폐하가 아버지를 대법관 위에, 모든 사람의 위에 앉힐 거래요. 심지어 노퍽보다도 위에."

"레이프가 너무 앞서나가는구나. 잘 들어라, 아들아. 메리에 대해 아무한테도 얘기하지 마라. 레이프한테도 안 돼."

"제가 필요 이상으로 많이 들은 건가요?"

"당장 내일이라도 국왕이 죽으면 무슨 일이 벌어질 것 같으냐?"

"다들 몹시 안타까워하겠죠."

"나라는 누가 다스리는데?"

그레고리가 레이디 브라이언 쪽을, 요람에 누운 아기 쪽을 고갯짓으로 가리킨다. "의회가 그렇다고 하잖아요. 아님 왕비의 뱃속에 있는 아기든가."

"근데 정말 그리될까? 실제로도? 아직 태어나지도 않은 아기가? 아니면 아직 한 살도 안 된 딸이? 앤이 섭정을 할까? 그럼 불린 가문이야 좋겠지만, 당연히."

"그럼 리치먼드 공작요."

"그보다 더 우위인 튜더 혈통이 있지."

그레고리가 뒤쪽의 레이디 메리에게 시선을 돌린다. "맞아." 그가 말한다. "봐라, 그레고리. 육 개월 동안 뭘 할지, 일 년 동안 뭘 할지 계획하는 건 아주 좋은 일이야. 다만 당장 내일의 계획이 없으면 모든 게 허사란다."

저녁식사를 마치고 그는 식탁에 남아 레이디 셸턴과 대화한다. 레이디 브라이언은 자러 갔다가 다시 내려와 두 사람을 자꾸만 재촉한다. "이러면 내일 아침 피곤할 거라고요!"

"네." 앤 셸턴이 알았다며 어서 가라고 손을 젓는다. "우리 쪽이랑은 아침에 같이 할 게 없을 거예요. 그애 아침은 바닥에 차릴 거니까."

그들은 하인들이 하품하며 다른 방으로 물러갈 때까지 앉아 있다. 양초가 다 타고, 본관 안쪽의 더 작고 따뜻한 방으로 옮겨가 이야기를

계속한다. 메리에게 좋은 충고를 해주셨네요, 그녀가 말한다. 그애가
귀담아들으면 좋겠어요. 그애 앞에 힘든 시간이 기다리고 있을까봐 걱
정이에요. 레이디 셸턴은 남동생 토머스 불린에 대해 얘기한다. 그 녀
석보다 이기적인 사람은 본 적이 없다고. 앤이 그토록 욕심덩어리인
것도 이상할 것 없다고. 제 아버지한테서 평생 듣고 산 얘기가 돈타령,
그리고 다른 사람보다 우위에 설 비열한 방법밖에 없으니까. 내 동생
은 딸들을 발가벗겨 바르바리*의 노예 시장에 내다팔았을걸요, 값을 잘
쳐서 받을 수만 있다면.

그는 언월도를 든 심복에게 둘러싸여 메리 불린의 몸값을 흥정하는
자신의 모습을 상상한다. 그는 미소를 짓고, 그녀의 고모에게 다시 집
중한다. 레이디 셸턴은 불린가의 비밀들을 얘기한다. 그는 그녀에게
아무런 비밀도 얘기하지 않는다. 물론 그녀는 그에게 비밀이 있다고
생각하지만.

그레고리는 잠들었다가 그가 방에 들어서자 몸을 돌리고 말한다.
"친애하는 아버지, 어디 계셨어요, 레이디 셸턴이랑 한 침대에 계셨나?"

있을 수야 있는 일이다. 그러나 불린 집안사람과는 어림없다. "무슨
괴상한 꿈이라도 꾼 모양이구나. 레이디 셸턴은 삼십 년째 결혼생활중
인 사람이야."

"저녁 먹고 나서 메리랑 어울릴 수 있을 줄 알았어요." 그레고리가
중얼거린다. "내가 그 말실수만 하지 않으면요. 근데 너무 오만해요.
나는 오만한 여자랑은 못 어울려요." 녀석은 깃털 침대에서 버둥거리

---

* 아프리카 북서 해안 지역의 옛 이름.

더니 다시 잠든다.

정신을 차린 피셔가 왕에게 사면을 구한다. 자신이 병든 노약자임을 감안해달라고 간청한다. 왕은 사권박탈법이 원래대로 처리되리라 암시한다. 하지만 폐하의 습관이잖나, 그가 말한다. 자기 잘못을 인정하는 자에겐 자비를 베풀지.

성처녀는 교수형이 결정된다. 그는 인간의 뼈로 된 의자 얘기는 입밖에 내지 않는다. 성처녀가 예언을 그만뒀다고 왕에게 고하고, 타이번에서 올가미를 목에 건 채 자기를 거짓말쟁이로 만드는 일만은 없기를 희망한다.

자문관들이 무릎을 꿇고 토머스 모어의 이름을 사권박탈 목록에서 빼달라고 읍소하자 헨리왕은 한발 물러선다. 아마 기다리고 있었을 것이다, 이렇게 설득당하기를. 앤은 자리에 나오지 않았다. 그녀가 나왔다면 상황은 다르게 흘렀을지 모른다.

자문관들은 자리에서 일어나 옷을 털며 밖으로 나간다. 그는 울지 추기경이 방안의 보이지 않는 어딘가에서 그들을 비웃는 소리가 들리는 듯하다. 오들리의 자존감은 타격을 입지 않았지만, 노픽 공작은 심란한 눈치다. 자리에서 일어나려는데 공작의 노쇠한 무릎이 말썽을 부렸고, 그와 오들리가 양쪽 팔꿈치를 잡고 일으켜세운 터다. "앞으로 한 시간은 꼼짝없이 그러고 있어야 하나 싶었지." 공작이 말한다. "애원하고 또 애원하면서."

"재밌는 사실은," 그가 오들리에게 말한다. "모어가 아직도 국고 연금을 받고 있다는 걸세. 그건 그만 정리하는 게 낫겠어."

"이걸로 모어도 한숨 돌렸구먼. 그자가 분별력을 되찾게 해달라고 하느님께 기도하고 있네. 신변 정리는 다 해놨겠지?"

"가능한 대로 전부 아이들에게 양도했다는군. 로퍼한테 그리 들었어."

"오, 이런 법률가 양반들!" 공작이 말한다. "내가 무너지는 날에는 누가 날 챙길꼬?"

노퍽은 땀을 뻘뻘 흘린다. 결국 걸음을 늦추고, 오들리 역시 거기에 맞춰 걷느라 함께 어정거린다. 크랜머가 부록처럼 뒤따라온다. 그가 돌아서서 크랜머의 팔을 잡는다. 크랜머 대주교는 의회의 개회 기간 내내 자리를 지켰다. 그러지 않았다면 주교석이 눈에 띄게 휑했을 것이다.

그의 중대한 법안들이 의회의 절차를 밟아나가고 있는 이번달에 클레멘스 교황은 드디어 캐서린 왕비의 결혼 문제에 판결을 내리기로 한다―너무 오래 지체된 나머지 살아생전에 결론을 내릴 생각이 없는 줄 알았는데 말이다. 교황은 기존의 관면이 여전히 유효하다고 본다. 따라서 기존의 결혼도 여전히 유효하다. 카를황제의 지지자들은 로마 거리에서 폭죽을 터트린다. 헨리왕은 경멸스럽다는 듯, 가소롭다는 듯 군다. 자신의 그런 기분을 춤으로 표현한다. 앤도 아직 춤을 출 수 있지만 그러면 부른 배가 드러난다. 그녀는 올여름을 얌전히 보내야 한다. 그는 리지 시모어의 허리춤에 올라가 있던 왕의 손을 떠올린다. 그 일은 그걸로 끝이었다. 그 젊은 여인은 바보가 아니다. 지금 왕이 붙들고 빙글빙글 돌리는 사람은 조그만 메리 셸턴이다. 왕은 그녀를 훌쩍 들어올리고 간지럽히고 부둥켜안고 온갖 찬사로 숨막히게 한다. 이런 건 아무 의미도 없다. 그는 앤을 본다. 그녀는 턱을 쳐들고 눈길을 딴 곳으로 돌리며 의자 등받이에 몸을 기댄다. 혼자 뭐라고 중얼거리는데 표정이 짓궂다. 더없이 짧은 순간 그녀의 베일이 저 히죽거리는 잡종견 프랜시스 웨스턴의 재킷을 스친다. 앤은 메리 셸턴을 참아줘야 한다고, 비위도 맞춰줘야 한다고 생각하는 게 분명하다. 왕을 사촌들 틈에 묶어두는 게 차라리 안전하다, 써먹을 자매가 없는 상황이라면. 메리 불린은 어디에 있나? 저멀리 시골에서 그와 마찬가지로 날이 풀리길 소망하고 있을 것이다.

그리고 여름이 온다. 봄이라는 막간도 없이 어느 월요일 아침에 불쑥, 환한 표정의 새 하인처럼. 4월 13일이다. 그들—오들리와 그 자신, 크랜머—은 램버스궁에 모여 있다. 창문으로 들어온 햇빛이 강렬히 반짝인다. 그는 정원을 내려다보며 서 있다. 『유토피아』 또한 이렇게 시작한다. 친구들이 정원에서 대화를 나누면서. 저 아래 오솔길에서 휴 래티머와 왕의 사제 몇이 재미삼아 티격태격하며 학생처럼 서로를 잡아당기고, 래티머는 동료 성직자 두 명의 목에 팔을 두르고 매달려 허공에 뜬 발을 휘적댄다. 이들에게 필요한 건 오직 휴식을 휴식답게 해줄 공차기뿐이다. "마스터 모어," 그가 말한다. "밖에 나가서 햇볕을 좀 즐기시지요? 삼십 분 뒤 다시 모시고 서약을 다시 하겠습니다. 그때는 당신도 다른 답을 주시겠지요, 그렇지요?"

자리에서 일어나는 모어의 관절에서 우두둑 소리가 난다. "당신을 위해 노퍽 공작이 무릎까지 꿇었는데요!" 그가 말한다. 벌써 몇 주는 지난 일인 양 느껴진다. 책상 앞에서 늦게까지 계속되는 업무와 매일같이 새롭게 시작되는 논쟁은 그를 지치게 하지만, 그의 감각 또한 날카롭게 한다. 그 덕에 그는 자기 뒤에서 크랜머가 스스로를 끔찍한 불안으로 몰아가고 있음을 감지하고, 이 댐이 터지기 전에 모어를 방 밖으로 내보내려 한다.

"삼십 분이 내게 무슨 도움이 되리란 건지 모르겠군." 모어가 농담조로 가볍게 말한다. "물론 여러분에게는 도움이 될 수도 있겠지."

모어는 계승법의 사본을 보여달라고 청했다. 이제 오들리가 두루마리를 펼친다. 모어는 여봐란듯이 고개를 숙이고 읽기 시작한다. 벌써열두 번을 읽은 터지만. "아주 좋군." 모어가 말한다. "그러나 나는 내뜻을 분명히 밝혔다고 생각하오. 나는 서약할 수 없소. 하지만 당신들의 서약에 반대 목소리는 내지 않을 것이고, 서약한 이들에게 철회하라고 설득하지도 않을 거요."

"그 정도로는 부족합니다. 그렇다는 거 아시잖습니까."

모어가 고개를 끄덕인다. 문 쪽으로 슬슬 걸음을 옮기다 테이블 모서리로 확 다가선다. 움찔한 크랜머가 잉크통을 엎지르지 않으려 황급히 손을 뻗는다. 모어의 등뒤로 문이 닫힌다.

"그래서?"

오들리가 법이 적힌 두루마리를 다시 만다. 그걸로 테이블을 톡톡두드리며 모어가 서 있던 자리를 바라본다. 크랜머가 말한다. "저, 이렇게 하면 어떻겠나. 모어의 서약을 비밀에 부치겠다고 하면? 모어가서약했다는 걸 아무한테도 얘기하지 않겠다고 제안하면? 혹 이 서약을도저히 못하겠다고 하면 어떤 내용에 서약할 수 있는지 물어보는 건어떻겠나?"

그가 웃는다.

"그 정도로는 폐하의 성에 안 차지." 오들리가 한숨을 쉰다. 톡, 톡, 톡. "모어를 위해서, 피셔를 위해서 우리가 한 게 얼마인데. 모어는 사권박탈자 명단에서 이름이 빠졌고, 피셔는 무기형 대신 벌금형을 받았어. 그들로선 이제 아쉬울 게 없지 않나? 좋자고 한 일이 우리한테 독이 되고 만 거야."

"아, 뭐. 중재하는 자에겐 복이 있나니." 그가 말한다. 누구 목이든 조르고 싶은 심정이다.

크랜머가 말한다. "한번 더 시도해보세. 모어도 끝끝내 거부할 거면 그 이유 정도는 내놔야지."

그는 숨죽여 욕하며 창문에서 몸을 돌린다. "모어의 이유야 우리도 알잖나. 온 유럽이 알아. 저자는 왕의 이혼에 반대해. 왕이 교회의 수장이 될 수 있다고 생각하지 않아. 하지만 자기 입으로 그 말을 할까? 안 하지. 나는 모어를 알아. 내가 정말 싫은 게 뭔지 아나? 이 연극에 발을 들였다는 사실이야. 처음부터 끝까지 저자가 판을 짠 연극에. 더 나은 일에 썼을 시간을 여기에 낭비하는 게 싫고, 더 훌륭한 생각을 했을 정신을 낭비하는 게 싫어. 우리 인생이 이렇게 흘러가는 걸 보는 것도 싫네. 틀림없이 우리 모두 이 연극의 막이 내리기도 전에 부쩍 늙어버렸다는 걸 실감할 테니까. 그중에서도 가장 싫은 건 내가 대사를 더듬을 때마다 관중석에서 마스터 모어가 키득거리는 거야. 이 배역 전부를 자기 손으로 썼으니까. 그것도 수년에 걸쳐서."

크랜머가 시중드는 아이처럼 와인잔을 채워 그의 쪽으로 슬금슬금 민다. "여기."

대주교의 손에서 와인잔은 인호*일 수밖에 없다. 물을 탄 와인이 아닌 애매한 혼합물이 될 수밖에 없다. 이것은 나의 피이니, 이것은 나의 피와 같으니, 이것은 다소간 나의 피와 같으니, 나를 기억하여 이를 행하라. 그는 잔을 다시 건넨다. 독일 북부에서는 아쾨비타이라는 독주를 만든다. 그것 한 잔이 더 이로울 텐데. "모어를 불러오지." 그가 말한다.

잠시 뒤 모어가 문가에 서서 가볍게 재채기한다. "이런 이런." 오들리가 웃으며 말한다. "그리 등장하는 영웅이 세상에 어딨습니까."

"확실히 말해두는데, 나는 영웅이 될 생각은 추호도 없소." 모어가 말한다. "정원에서 잔디를 깎지 뭐요." 그러면서 재채기가 또 나오려는지 코를 손가락으로 집는다. 가운을 어깨로 끌어올리며 그들 쪽으로 어기적어기적 온다. 자기 자리에 앉는다. 이전에는 앉기를 거부했다.

"한결 낫군요." 오들리가 말한다. "바람을 쐬면 도움이 될 줄 알았지요." 그 말과 함께 이리 오라는 뜻으로 시선을 든다. 그러나 그, 크롬웰은 지금 자리에 그대로 있겠노라 신호하고 창문에 몸을 기댄다. "모를 일이네요." 오들리가 쾌활하게 말한다. "아까는 이 사람이 앉지 않겠다더니. 이번엔 저 사람이 앉지 않겠다 하고. 보십시오." 종이 한 장을 모어 앞으로 민다. "우리가 오늘 하루 동안 만난 사제들의 이름입니다. 계승법에 서약했고, 당신의 본보기가 되었습니다. 그리고 아시다시피 의회 전체가 협조하고 있습니다. 그런데 왜 당신만 안 하겠다는 겁니까?"

모어가 눈썹 아래로 눈을 치뜬다. "지금 이 자리는 모두에게 편치

---

* 세례 등의 성사를 받은 신자에게 새겨져 결코 지워지지 않는 영적 표지.

않소."

"당신이 가려는 곳보다는 편하지요." 그가 말한다.

"지옥은 아니겠지." 모어는 미소를 짓는다. "아니라고 믿소."

"그러니까 이 서약으로 지옥에 간다면, 이 많은 사람은 다 어쩝니까?" 그는 벽에서 몸을 떼고 걸음을 옮긴다. 오들리에게서 명단을 낚아채 둘둘 말고는 모어의 어깨를 탁 친다. "이들 모두가 지옥행입니까?"

"내가 그들의 양심까지 대변할 순 없소. 내 양심만을 말할 뿐이지. 내가 아는 건 이거요. 당신이 하라는 서약을 하면 나는 지옥행을 면치 못하오."

"누군가는 당신의 그 혜안이 부럽기도 하겠네요." 그가 말한다. "은혜가 어찌 작용할지 훤히 꿰고 계시니. 그러고 보면 당신과 하느님은 늘 참으로 허물없는 사이예요, 아닙니까? 어찌 감히 그럴 수 있는지 모르겠지만. 당신은 자신의 조물주가 일요일 오후에 만나 같이 낚시하는 이웃이라도 되는 양 말하잖습니까."

오들리가 앞으로 몸을 숙인다. "분명히 짚고 갑시다. 당신이 서약하지 않는 건 당신의 양심에 따른 것입니까?"

"그렇소."

"좀더 구체적으로 답변해주시겠습니까?"

"싫소."

"반대는 하지만 이유는 말하지 않겠다?"

"그렇소."

"반대하는 게 법안의 내용입니까, 서약의 형식입니까, 아님 서약을 받는 일 자체입니까?"

"답하지 않겠소."

크랜머가 조심스레 나선다. "양심의 문제에서는 어느 정도의 의심이 늘 존재하기 마련이지요……"

"오, 이건 일시적인 게 아니오. 오랫동안 스스로에게 성실히 질문해왔소. 그리고 이 문제에 관한 한 내 양심의 소리를 선명히 듣는다오." 모어는 고개를 한쪽으로 삐딱하니 기울이며 웃는다. "당신은 딱히 그렇지 못하지요, 대주교님?"

"아무리 그렇대도 좀 당혹스럽긴 하겠지요? 학자로서 그리고 논란과 논쟁에 익숙한 사람으로서 이렇게 자문할 수밖에 없을 테니까요. 저토록 많은 학자의 생각이 하나로 일치하는데, 어찌 나만 다를 수 있을까? 하지만 한 가지는 확실합니다. 당신은 당신의 국왕에게 복종할 의무가 있습니다, 모든 백성이 그렇듯이. 또한 오래전 추밀원에 합류하면서 더없이 특별한 서약도 했습니다, 왕에게 복종하겠다고. 그러니 그리해야 하지 않겠습니까?" 크랜머가 눈을 깜빡인다. "본인의 의심과 자명한 사실을 분리하십시오. 그리고 서약하세요."

오들리가 의자 등받이에 몸을 기댄다. 눈을 감고 있다, 이렇게 말하듯이. 이 이상 우리가 더 할 수 있는 건 없다.

모어가 말한다. "교황의 임명을 받아 대주교로 서임되던 때, 당신은 로마 교황청에 서약했지요. 하지만 사람들 말로는 당신이 그날 온종일, 의식이 진행되는 내내 조그맣게 접은 쪽지를 쥐고 있었다더군요, 이 서약은 마지못해 하는 것일 뿐이라고 적힌. 그건 사실이 아닙니까? 그걸 적은 사람이 여기 있는 마스터 크롬웰이라던데."

오들리의 눈이 번쩍 뜨인다. 모어가 빠져나갈 길을 찾았다고 생각한 것이다. 그러나 미소 띤 모어의 얼굴에서는 적의만 읽힐 뿐이다. "나는 그런 곡예사가 되지 않겠소." 모어가 나지막이 말한다. "나의 주인이신 하느님께 그따위 꼭두각시놀음을 바치지 않을 거요, 잉글랜드의 신자들에게는 더더욱. 여러분은 여러분이 다수라고 얘기하지요. 나는 내 쪽이 다수라고 말하겠소. 여러분은 여러분 뒤에 의회가 있다고 말하지요. 나는 내 뒤에 모든 천사와 성자가 있다고 하겠소, 그리스도교도로 죽은 모든 자와 함께. 그들은 그리스도교회가 세워지고 대를 거듭하며 하나의 몸으로, 분파되지 않고 남았기에—"

"이런, 제발 좀!" 그가 말한다. "천년을 묵었대도 거짓은 거짓입니다. 당신의 분파되지 않은 교회가 즐겨 해온 짓이라고는 구성원을 박해하고 불태우고 난도질한 게 전부예요. 개인의 양심을 지키려 한다는 이유로 배를 갈라 그 창자를 개들한테 던져줬습니다. 당신은 역사를 소환해 주장을 뒷받침하지만, 당신에게 정작 역사는 무엇입니까? 토머스 모어를 돋보이게 해주는 거울이겠지요. 하지만 내게는 또다른 거울이 있습니다. 그 거울을 들면 나는 허황되고 위험한 남자가 보입니다. 그 거울을 뒤집으면 살인자가 보입니다. 당신이 본인과 함께 얼마나 많은 사람을 파멸시킬지는 아무도 모르니까. 그들은 다만 고통당할 뿐, 당신이 느끼는 순교자의 희열은 모를 겁니다. 당신은 단순한 영혼이 아니니 이 문제도 단순하게 만들려고 하지 마십시오. 내가 당신을 존경했다는 거 아십니까? 어릴 적부터 존경해왔다는 거 아세요? 차라리 내 외아들이 죽는 걸 보겠습니다. 저들이 그애의 목을 치는 걸 보겠어요. 당신이 이 서약을 거부하는 꼴을 보느니, 그래서 잉글랜드의 모든 적에게 위안을 주는 꼴을 보느니."

모어가 시선을 든다. 아주 찰나의 순간 그와 눈을 맞추고는 쑥스러워하며 이내 시선을 돌려버린다. 모어의 낮고, 재미있다는 듯한 중얼거림. 그것만으로도 그는 모어를 죽여버릴 수 있다. "그레고리는 훌륭한 젊은이요. 그애가 없어지길 바라지 마시오. 지금껏 형편없었대도 앞으로 나아질 거요. 나도 내 아들을 두고 같은 소리를 하거든. 이 녀석을 어디다 쓰지? 그렇다고 이런 식으로 논쟁에 써먹기엔 아깝지."

크랜머가 괴로운 듯 고개를 젓는다. "지금 그런 얘기나 할 때가 아닙니다."

"당신의 아드님 얘기가 나온 김에," 그가 말한다. "아드님은 어찌될까요? 따님들은?"

"아이들에게는 서약하라고 조언할 거요. 나와 함께 의심하자고 설득할 생각은 없소."

"내 말은 그게 아닌데요, 당신도 아시잖습니까. 이건 다음 세대를 저버리는 행위예요. 그들이 카를황제에게 휘둘리길 원하십니까? 그렇다면 당신은 잉글랜드 사람도 아니에요."

"당신이야말로 잉글랜드 사람이라 하기 힘들지." 모어가 말한다. "프랑스를 위해 싸웠잖소, 어, 이탈리아 사람들을 위해 은행 일을 하고? 이 왕국에서 다 자라기도 전에 어릴 적 지은 죄로 내몰리듯 떠났지. 감옥 신세든 교수형 올가미든 피하려고 달아났어. 아니, 당신이 뭔지 내가 말해주지요, 크롬웰. 당신은 머리부터 발끝까지 이탈리아 사람이오. 그들의 모든 악덕을, 모든 열정을 지녔지." 모어가 의자 등받이에 몸을 기댄다. 억지스레 큭큭거리며 웃는다. "당신의 그 수그러들 줄 모르는 온후함 말이오. 결국엔 닳아 없어질 걸 알았지. 이 손 저 손

많이도 거치는 동전 같은 거거든. 그리고 이젠 조그맣게 남은 은박마저 닳아서 속살이 다 드러난 거고."

오들리가 이죽거린다. "마스터 크롬웰이 조폐국에 얼마나 공을 들이는지 모르시나봅니다. 크롬웰의 동전은 견고해요, 견고하지 않으면 동전이 아니지요."

오들리는 어쩔 수 없는 것이다, 원래 저렇게 이죽거리는 사람이다. 그러니 누군가는 차분함을 유지해야 한다. 크랜머는 초췌하고 식은땀을 뻘뻘 흘린다. 그는 모어의 관자놀이에서 펄떡거리는 동맥을 본다. 그리고 말한다. "집으로는 못 보내드립니다. 그렇지만 내가 보기에 오늘은 몸이 성치 않은 듯하니 런던탑에 가두기보다 웨스트민스터사원의 보호 아래 두면 어떨까 하는데…… 그래도 괜찮겠습니까, 캔터베리 대주교님?"

크랜머가 고개를 끄덕인다. 모어가 말한다. "마스터 크롬웰, 내가 당신을 우롱해선 안 되는 것이겠지, 안 그렇소? 본인이 나의 가장 특별하고 다정한 친구임을 내내 증명해왔는데."

오들리가 문가의 경비병에게 고개를 끄덕인다. 모어는 가뿐히 일어난다, 보호 아래 있을 생각에 기운이 넘친다는 양. 하지만 또 언제 그랬냐는 듯 여느 때처럼 옷을 여미고, 정신을 차리려는 듯 어깨를 으쓱거린다. 아무리 그래본들 뒷걸음치다 자기 발을 밟은 사람처럼 보인다. 그는 햇필드의 메리를 떠올린다. 스툴에서 일어나서는 그게 어디 있는지 잊어버렸던. 대충 옷매무새를 매만진 뒤 모어는 떠밀리듯 방을 나선다. "이제 정확히 자기 원대로 됐군." 그가 말한다.

그는 창유리에 손바닥을 댄다. 오래되고 흠집 많은 유리에 생긴 자국을 들여다본다. 강 위에 안개구름이 끼어 있다. 이 하루도 거의 저물었다. 오들리가 방을 가로질러온다. 머뭇거리며 그의 곁에 선다. "모어가 서약의 어느 부분이 못마땅한지 암시만 해줘도 그걸 보완해 달래볼 수 있을 텐데."

"이제 그 문제는 잊어도 되네. 모어가 뭐라도 암시했다가는 그걸로 끝이야. 침묵만이 그자의 유일한 희망이고, 그나마 그리 대단한 희망도 아니지."

"왕은 타협을 받아들일지도 몰라." 크랜머가 말한다. "하지만 왕비는 어림없을 거야. 그리고 사실," 크랜머가 힘없이 덧붙인다. "왕비가 뭐하러 타협을 하겠나?"

오들리가 그의 팔에 손을 얹는다. "친애하는 크롬웰. 누군들 모어를 이해하겠나? 친구 사이라는 에라스뮈스는 모어에게 통치를 멀리하라고 했어. 그럴 만한 배포가 안 된다고. 그리고 그 말이 옳았지. 모어는 내가 지금 앉아 있는 이 자리를 수락해선 안 되었네. 순전히 울지를 괴롭힐 마음에 그랬던 거야, 자기가 그토록 증오했던."

크랜머가 말한다. "에라스뮈스는 모어에게 신학도 멀리하라고 했지, 내가 잘못 알고 있는 게 아니라면."

"잘못 알 일이 뭐가 있나? 모어는 친구들이 보내온 서신을 죄다 공개하네. 자기를 책망하는 내용조차 본인의 겸허함을 내보이는 계기로 삼아 결국엔 득이 되게 바꿔놓지. 모어는 공개된 삶을 살았어. 머릿속을 스쳐가는 모든 생각을 종이에 옮겼고. 그 무엇도 사적으로 간직하지 않았네, 지금까지."

오들리가 그의 옆으로 팔을 뻗어 창문을 연다. 새소리가 급류처럼 창턱을 넘어 들어와 방안에 퍼진다. 개똥지빠귀의 노랫소리가 청아하고 유려하다.

"모어는 오늘 일도 기록할 걸세." 그가 말한다. "그리고 그걸 나라 밖으로 보내 인쇄할 거야. 장담하는데, 유럽의 눈에는 우리가 멍청이에 압제자고 모어는 문장력이 빼어난 불쌍한 희생자로 보일걸."

오들리가 그의 팔을 토닥거린다. 그를 위로하고 싶어한다. 하지만 누가 선뜻 나설 수 있겠는가? 그는 위로할 길 없는 마스터 크롬웰이다. 알 수 없고 해석할 수 없으며, 아마 넘어트릴 수도 없는 마스터 크롬웰이다.

다음날 왕이 사람을 보내 그를 찾는다. 그는 모어에게 서약을 받아내지 못했다고 질책하려는 것이리라 생각한다. "이 축제의 장에 누가 동행할 텐가?" 그가 묻는다. "마스터 새들러?"

그가 알현실에 들어서자마자 왕은 위압적으로 팔을 휘저어 수행원들을 물러서게 하고 그 자리에 그만 덩그러니 세워둔다. 왕은 화가 머리끝까지 난 표정이다. "크롬웰, 내가 그대에게 좋은 주군이 아니었나 보지?"

그는 말하기 시작한다…… 은혜로우십니다, 은혜로움 그 이상이십니다…… 제 통탄스러운 무능함으로 말미암아…… 어느 면에서든 부족함이 있거든 더없이 은혜로운 용서를 구합니다……

이런 건 하루종일도 할 수 있다. 울지로부터 배운 것이다.

왕이 말한다. "우리 대주교는 내가 그대를 잘 대우하지 않았다고 생각하기에 하는 말이네. 하지만," 왕은 오해받는 사람의 투로 말한다.

"나는 아낌없이 베풀기로 유명한 군주야." 이 모든 게 그는 어리둥절하다. "그대는 내무장관이 될 거네. 보상이 따라야지. 내가 왜 진즉 이리하지 않았는지 모르겠어. 하지만 말해보게. 한때 잉글랜드에 크롬웰이라는 귀족 가문이 있었다고 전에 얘기했을 때, 그대는 그쪽과 아무관계가 없다고 했지. 그 문제에 대해 좀더 생각해봤나?"

"솔직히 말씀드리자면 한 번도 생각해본 적 없습니다. 저는 다른 이의 코트를 입지도, 문양을 달지도 않을 것입니다.* 당사자가 무덤에서일어나 제게 따지고 들지도 모르니까요."

"노퍽 공작 말이 그대는 천한 출신임을 즐긴다더군. 일부러 그렇게꾸며냈다는 거야, 노퍽을 괴롭히려고." 왕이 그의 팔을 잡는다. "나는우리가 어디를 가든―물론 올여름엔 왕비의 상태를 고려해 멀리는 못가겠지만―그대가 내 옆방에 머물면 편하겠다 싶네. 필요할 때 언제든 대화할 수 있게. 가능한 곳에서는 서로 연결된 방을 쓰는 것도 좋겠지. 그러면 따로 사람을 보내 부를 필요가 없잖나." 왕은 대신들을 향해 미소를 짓는다. 그들은 썰물처럼 물러나 있다. "천벌을 받을 거야." 헨리왕이 말한다. "내가 정말로 그대를 홀대할 작정이었다면. 나도 내게 생긴 진정한 친구를 몰라보진 않는다네."

밖으로 나오자 레이프가 말한다. "천벌을 받는다니…… 폐하는 서약도 무시무시하게 하네요." 그리고 마스터를 껴안는다. "정말 오랜길을 걸어 여기까지 오셨습니다. 그런데 저, 집에 도착해서 드릴 말씀이 있어요."

---

* 갑옷 위에 입던 겉옷인 서코트에서 유래한 코트(coat)와 전쟁터에서 시신의 소속 확인용으로 달던 문양(arms)을 합치면 가문을 상징하는 '문장(coat of arms)'이 된다.

"지금 얘기해라. 좋은 일이냐?"

젠틀맨 하나가 다가와 말한다. "내무장관님, 런던으로 모실 바지선이 기다립니다."

"나도 강변에 집이 있어야겠군." 그가 말한다. "모어처럼."

"오, 하지만 오스틴프라이어스를 떠나시게요? 테니스장을 생각하세요." 레이프가 말한다. "정원이랑."

국왕은 이 모든 일을 비밀리에 준비시켰다. 가드너의 문장은 불로 태워 칠을 벗겨냈다. 그의 문장이 그려진 깃발이 튜더왕가의 깃발과 나란히 꽂혀 있다. 그는 자신의 바지선에 첫발을 내딛고, 강 위에서 레이프가 소식을 전한다. 발아래 바지선은 흔들림이 거의 없다. 깃발이 축 늘어져 있다. 안개가 끼고 빛이 어룽거리는 잔잔한 아침이다. 살갗이든 리넨이든 싱그러운 잎사귀든, 빛이 가닿기만 하면 달걀 껍데기의 광택처럼 광이 난다. 온 세상이 빛을 발하고, 모난 곳이 부드러워지며, 물과 풀의 향내를 풍긴다.

"저 반년 전에 결혼했어요." 레이프가 말한다. "아무도 모르게요. 이젠 마스터가 아시지만. 헬렌 바르랑 결혼했어요."

"오 하느님 맙소사," 그가 말한다. "내 집 지붕 아래서 이게 무슨. 어쩌자고 그런 거냐?"

레이프가 말없이 앉아 있는 동안 그가 줄줄 읊는다. 사랑스럽지만 보잘것없는 여자다, 네게 이득 될 게 전혀 없는 가난한 여자야, 너는 상속녀와 결혼할 수도 있었다. 네 아버지와 얘기할 때까지는 기다렸어야지! 아버지가 격노할 거다, 내가 네 이익을 보살피지 않았다고 말할 거야. "그리고 그 여자의 남편이 불쑥 나타나기라도 하면 어쩔 거냐?"

"헬렌한테 이제 자유라고 말씀하셨잖아요." 레이프가 말한다. 몸을 떨고 있다.

"우리 중 누군들 자유로우냐?"

그는 헬렌이 했던 말을 떠올린다. "그럼 나도 다시 결혼할 수 있겠네요. 누구든 나를 원하는 사람이 있으면." 그때 그녀의 눈길이 떠오른다. 지긋하고 의미가 가득 담긴 눈길이었다, 다만 그가 읽지 않았을 뿐. 그녀가 공중제비를 넘었던들 그는 눈치채지 못했을 것이다. 그의 마음은 이미 다른 곳으로 옮겨가 있었으니. 그에게 그 대화는 그걸로 끝난 것이나 마찬가지였으며, 그는 다른 뭔가에 몰두해 있었다. 혹 나 자신이 그녀를 원하고 취했다 한들 무일푼의 세탁부와 결혼한다고, 더 심하게는 길바닥의 거지나 다름없는 여자와 결혼한다고 누가 나를 비난할 수 있겠는가? 사람들은 말했을 터다. 그러니까 크롬웰은 저런 여자를 원했던 거군, 살이 탱글탱글한 미인. 그러니 내내 런던 과부들을 무시했지. 저자는 돈도 필요 없고, 연줄도 필요 없고, 그냥 자기 욕망만 따라도 되는 사람이니까. 이제 내무장관이잖아, 그리고 다음엔?

그는 물속을 가만히 들여다본다. 이제 갈색으로 빛을 받아 맑으면서도 쉼없이 움직인다. 그 깊은 곳에는 물고기와 수초, 앙상한 두 손으로 헤엄치는 익사자가 있다. 강변의 진흙과 조약돌 위엔 떠밀려 올라온 허리띠 버클과 유리 파편, 왕의 얼굴이 지워진 작고 흰 동전이 있다. 어린 시절 언젠가 그는 말굽을 하나 주웠다. 강에서 말이라고? 그로서는 커다란 행운을 발견한 듯했다. 그러나 그의 아버지는 말했다. 말굽이 행운이면, 인마, 나는 코케뉴*의 왕이겠다.

그는 먼저 부엌으로 가서 서스턴에게 소식을 전한다. "뭐," 요리사는 예사로이 말한다. "어차피 벌써부터 하고 계시던 일인데요." 그러고는 킬킬거린다. "가드너 주교는 속에서 천불이 나겠네요. 뱃살 밑에서 창자가 지글지글하겠어요." 서스턴이 쟁반에서 피 묻은 천을 휙 건는다. "이 메추리들 좀 보실래요? 말벌도 이것보단 살집이 있겠어요."

"맘지 와인?" 그가 제안한다. "그걸 넣고 끓이면?"

"뭐, 서른여섯 마리를요? 좋은 와인을 뭐하러 낭비합니까. 정 원하시면 몇 마리만 해드립죠. 칼레에서 라일 경이 보낸 건데요. 서신을 쓸 때 말씀 좀 해주세요. 다음번에 또 보낼 거면 더 토실한 걸 보내든가 아님 아예 관두라고. 기억하시겠어요?"

"따로 적어두지." 그가 진중하게 말한다. "이제부터는 여기서 추밀원 회의를 할 때도 있을 듯하네. 왕이 참석하지 않을 때는. 회의 전에 정찬을 내면 좋겠지."

"그럼요." 서스턴이 킥킥거린다. "노픽의 작대기 같은 다리에 살이 좀 오르겠구먼요."

"서스턴, 자네가 궂은 일을 다 도맡을 필요는 없어 — 일꾼이야 충분하잖나. 금목걸이나 걸고 거드럭거리며 다니라고."

"앞으로 나리가 하려는 게 그겁니까?" 축축한 가금류를 철썩 때리는 소리. 서스턴이 손가락에서 깃털을 떼며 그를 올려다본다. "일에서 손을 떼진 않을 겁니다요. 상황이 안 좋아질 때를 대비해서. 딱히 그리될 거라는 얘긴 아닌데요. 추기경 때를 떠올리면 좀."

---

* 중세의 이상향.

그는 노픽을 떠올린다. 북부로 가라고 하게, 그리하지 않으면 내가 추기경을 찾아가겠다고. 가서 이 송곳니로 갈가리 찢어버리겠다고.

'물다'라는 단어로 대체해도 되겠습니까?

그 말이 생각난다. 호모 호미니 루푸스, 인간은 인간에게 늑대다.

"그래서," 그가 저녁식사 뒤 레이프에게 말한다. "이제 유명인사가 되었어, 마스터 새들러. 자기 연줄을 낭비하는 아주 좋은 예로 손꼽히겠지. 아버지들은 아들들한테 너를 가리켜 보일 테고."

"어쩔 수가 없었어요, 마스터."

"어떻게, 어쩔 수가 없어?"

레이프가 최대한 감정 없이 말한다. "헬렌을 맹렬히 사랑해요."

"그게 어떤 느낌인데? 맹렬히 화나는 것과 비슷한가?"

"아마도. 어쩌면요. 더욱더 살아 있다는 느낌을 준다는 점에서요."

"지금보다 더욱더 살아 있다는 느낌을 나는 받을 수 없을 듯한데."

그는 울지 추기경이 사랑에 빠져봤을지 궁금하다. 하지만 물론 빠져봤으리라, 당연한 거 아닌가? 울지를 향한 울지의 불타는 열정은 온 잉글랜드를 태우기에 충분할 정도로 뜨거웠다. "얘기해봐라, 왕비 대관식이 끝난 날 저녁⋯⋯" 그는 고개를 가로저으며 책상의 서류를 뒤적거린다. 헐Hull 시장이 보낸 서신이다.

"물어보시면 뭐든 말씀드릴게요." 레이프가 말한다. "제가 마스터를 속이다니 정말 상상도 못하겠어요. 하지만 헬렌이, 제 아내가 비밀로 하는 게 더 낫다고 하더라고요."

"그런데 이제 아기가 생겼겠지, 아마. 그래서 밝혀야만 했고?"

레이프가 얼굴을 붉힌다.

"그날 저녁 내가 오스틴프라이어스에 와서 헬렌을 찾았을 때, 그러니까 크랜머의 아내에게 데려가려고…… 헬렌이 내려오는데," 그의 눈이 마치 그 장면을 보고 있는 듯 움직인다. "모자도 제대로 못 쓰고 내려왔었지. 그리고 너는, 머리칼이 다 뻗쳐가지고는, 헬렌을 데려간다며 내게 화를 냈고……"

"네, 맞아요." 레이프가 말한다. 녀석의 손이 슬금슬금 위로 올라가더니 머리칼을 납작하게 눌러 편다. 이제 와서 그게 무슨 도움이 되리라는 양. "다들 축제에 가고 없었어요. 그날 처음으로 헬렌을 침대로 데려갔지요. 하지만 문제될 거 없는 일이었습니다. 그땐 이미 헬렌과 결혼을 약속한 뒤였거든요."

그는 생각한다. 내 집에서 자란 젊은이가 무정하고 출세에만 몰두하는 사람이 아니라서 다행이다. 충동이 없으면 환희도, 대단히는 없는 법이지. 내 보호 아래서 충동 정도는 레이프가 누릴 수 있고. "봐라, 레이프, 이건—음, 두말할 것도 없이 바보짓이지만 그렇다고 재앙도 아니야. 아버지께 말씀드리려. 내 출세가 네 앞길 또한 보장할 거라고. 물론 아버지가 대단히 노여워하긴 할 거다. 그게 아버지의 역할이니까. 호통을 치실 거다. 그날 아들을 방탕한 크롬웰가로 보낸 걸 후회한다고. 하지만 우린 그분의 생각을 바꿔놓을 거다. 조금씩, 조금씩."

레이프는 여태껏 서 있었다. 이제야 스툴에 주저앉아 두 손으로 머리를 감쌌다가 고개를 뒤로 젖힌다. 안도감이 녀석의 온몸을 씻어내린다. 저토록 두려웠나? 내가? "자, 네 아버지도 헬렌을 직접 보면 이해할 거야. 그분이……" 그분이 뭐? 죽어서 무덤에 들어앉은 처지가 아니고야 주목할 수밖에 없지. 그녀의 유려하고 아름다운 몸과 순한 눈을. "일단 헬렌이 두르고 다니는 저 범포 앞치마부터 벗겨야겠다. 미스트리스 새들러답게 입어야지. 물론 네 집도 장만해야겠고. 그건 내가 도와주마. 헬렌의 두 꼬마가 그립겠구나. 정이 많이 들었는데. 머시도 그렇고, 우리 모두 정이 들었어. 뱃속 아기가 네 가정의 첫째가 되길 바란다면 그 아이들은 여기 둬도 좋다."

"감사합니다. 하지만 헬렌은 아이들과 떨어지지 않을 거예요. 그게 우리 사이의 합의예요."

그렇다면 오스틴프라이어스에 아이들이 더는 없게 되겠군, 그는 생각한다. 뭐, 내가 국왕의 업무중에 시간을 내서 구애에 나서면 또 모르지만. 그러니까 내게 말을 거는 여자의 얘기를 내가 실제로 들어준다면 또 모르지만. "네 아버지를 달래는 문제는, 이 말을 그대로 하면 된다. 지금부터 왕의 곁에 내가 있지 않으면 네가 있을 것이다. 마스터라이어슬리는 외교관을 애태우면서 암호 다루는 일을 계속할 거야. 교활한 작업이라 라이어슬리한테 잘 맞거든. 리처드는 여기 있을 거고. 내가 없는 동안 집안을 건사하면서 내 일을 처리해야 하니까. 그리고 너와 나는 한 쌍의 보모처럼 상냥하게 왕을 시중들며 비위를 맞추는 거지." 그가 소리 내어 웃는다. "너는 젠틀맨 태생이야. 왕이 너를 자기 사람으로, 사실 소속으로 올려 가까이에 둘지도 모르지. 그럼 내게도 도움이 될 테고."

"일이 이렇게 되리라곤 생각도 못했어요. 전혀 계획에 없던 일인데." 레이프가 시선을 떨어트린다. "궁정에 헬렌은 절대로 데려갈 수 없다는 거 알아요."

"지금 같은 세상에선 안 되겠지. 우리가 사는 동안 바뀔 것 같지도 않고. 하지만 얘야, 너는 선택을 했어. 그걸 절대 후회해선 안 된다."

레이프가 감정이 격해져서 말한다. "어떻게 제가 마스터께 비밀을 만들 생각을 했을까요? 이렇게 다 보고 계신데."

"아. 다 보는 건 아니고."

레이프가 나가자 그는 저녁 일감을 꺼내든다. 체계적으로 정리하고 서류를 톡톡 두드려 제자리에 넣는다. 그의 법안은 통과되었으나 늘 또다른 법안이 기다리고 있다. 법조문을 쓸 때는 단어들을 시험해 최고의 위력을 찾아내야 한다. 마치 주문처럼 그 말들은 실제 세계에 힘을 발휘할 수 있어야 하고, 마치 주문처럼 사람들이 믿어줄 때만 작동한다. 법이 형벌을 부과할 것이라면 그것을 집행할 능력이 있어야 한다―부자뿐 아니라 빈자에게도, 스코틀랜드 변경뿐 아니라 웨일스 변경령의 사람들에게도, 콘월뿐 아니라 서식스와 켄트의 사람들에게도. 그는 헨리왕에 대한 충성을 시험하는 이 서약문을 썼다. 그리고 모든 자치구와 마을의 남자, 조금이라도 힘을 가진 여자, 그러니까 유산을 받은 과부나 토지 소유주에게 서약을 받을 생각이다. 그의 사람들이 고원과 황야를 돌아다니며 앤 불린이라는 이름을 제대로 들어본 적도 없는 이들마저 그녀가 뱃속에 품은 아기의 계승권을 보장해줄 서약을 하게 만들 것이다. 왕이 헨리라 불린다는 걸 알면, 서약하게 하라. 설령 선왕 혹은 그전의 어떤 헨리와 헷갈린 것이래도 상관없다. 군주도 여느 사람과 다를 바 없이 백성의 기억에서 점차 사라진다. 그가 강변의 토사를 훑어 찾아내곤 했던 동전에 새겨진 그들의 이목구비는 손끝으로 만져봐도 미세하게 울퉁불퉁할 뿐이고, 집으로 가져가 문질러 닦아도 누구인지 알 수 없었다. 이 사람이, 그는 물었다. 카이사르왕이에요? 월터가 말했다. 어디 보자. 그러고선 혐오스럽다는 듯 휙 던져버리며 말했다. 이건 하찮은 파딩이다. 프랑스 전쟁에서 싸웠던 왕들 시절의 물건이야. 냉큼 가서 돈이나 벌어라, 카이사르 따위 신경 끄고. 아담이 청년이었을 때* 카이사르는 벌써 노인네였어.

그는 노래하곤 했다. "아담이 땅을 파고 이브가 천을 짜던 시절에 대체 누가 젠틀맨이었나?"** 그럼 월터가 쫓아왔고, 그를 붙잡으면 두들겨팼다. 빌어먹을 역적놈들 노래를 나도 한 곡 불러주랴. 여기선 역적놈들을 어찌 처리하는지 알지. 그들은 얕은 구덩이에 아무렇게나 던져진다, 그가 아이였을 때 쳐들어왔던 콘월 사람들이 그랬다. 하지만 콘월 사람들은 언제나 더 있다. 그리고 콘월 땅 아래, 이 잉글랜드라는 왕국 너머와 아래, 웨일스 변경령의 축축한 땅과 스코틀랜드 변경의 거친 영토 아래에 또다른 풍경이 있다. 파묻힌 제국이 있고, 그는 거기에 자기 관리들의 손이 가닿지 못해 걱정이다. 산울타리 너머와 속 빈 나무에 사는 홉과 유령, 숲에 숨은 야인에겐 누가 서약을 받을 것인가? 벽감에 놓인 성자, 성스러운 우물에 모여들어 낙엽처럼 바스락거리는 영혼, 축성받지 못한 땅에 묻힌 유산된 아기들에겐 누가 서약을 받을 것인가? 겨울이면 대장간 용광로와 마을의 난롯가를 맴돌며 훤히 드러난 뼈를 덥히려는 저 보이지 않는 망자들에겐? 그들 또한 그의 동포이기 때문이다. 살아 있는 자들을 통해 대를 거듭하며 숨쉬고, 그들에게서 자신의 빛을 훔치는 무수한 망자들. 귀족과 악당, 수녀와 창녀의 핏

---

* '아득히 오래전'을 뜻하는 표현.
** 1381년 잉글랜드 농민 반란을 주도한 종교개혁가 존 볼이 설교에서 한 말.

기 없는 유령들. 살아 있는 잉글랜드를 뜯어먹고 그 미래로부터 양분을 빨아먹는 사제와 수사의 유령 또한 그의 동포이기 때문이다.

그는 책상의 문서를 내려다보지만 생각은 저 먼 곳에 가 있다. 내 딸 앤이 그랬지. "저는 레이프를 고를래요." 그는 고개를 숙여 두 손에 묻고 눈을 감는다. 그의 앞에 앤 크롬웰이 서 있다. 열 살 혹은 열한 살 아이가 마치 중기병처럼 듬직하고 결연하게, 조그만 눈을 똑바로 뜨고, 운명을 개척할 자신의 힘을 확신한다.

그는 눈을 비빈다. 서류를 분류한다. 이게 뭐지? 목록이다. 꼼꼼한 사무원의 필체다. 읽을 수는 있으나 의미는 좀처럼 알 수 없다.

카펫 2장. 1장은 난도질됨.
침대보 7장. 베개 2개. 덧베개 1개.
큰 접시 2개, 접시 4개, 받침접시 2개.
조그만 대야 1개, 무게는 5.5킬로그램에 0.5킬로그램당 4펜스: 소수녀원장이 갖고 있으며 4실링을 지불함.

그는 어디서 나온 것인지 확인하려 종이를 뒤집는다. 지금 그가 보고 있는 건 엘리자베스 바턴의 소지품 목록으로, 그녀가 있던 수녀원에 남겨진 물건임을 알아챈다. 이 모두는 반역자의 개인 재산이기에 왕이 몰수한다. 테이블용 널빤지 한 장, 베갯잇 세 장, 촛대 두 개, 5실링짜리 외투 한 벌도. 낡은 망토는 자선 차원에서 수녀원의 가장 어린 수녀에게 주었다. 또다른 수녀 데임 앨리스는 침대 덮개를 받았다.

그는 모어에게 말했다, 여자가 예언으로 돈을 번 것도 아니라고. 그는 할일을 적는다. '데임 엘리자베스 바턴이 사형집행인에게 줄 사례금 준비.' 그녀는 살날이 닷새 남았다. 그녀가 사다리를 오르며 마지막으로 보게 될 사람은 위에서 손을 내밀고 있는 사형집행인일 것이다. 마지막 가는 길에 돈을 지불하지 못하면 필요 이상으로 오래 고통받을지 모른다. 그녀는 모두 불타기까지 얼마나 걸릴까만 상상했지 밧줄에 매달려 질식하기까지 얼마나 걸릴까는 그려보지 않았다. 잉글랜드에서는 빈자에게 자비 따위 허락되지 않는다. 모든 것에 대금을 지불한다. 목을 부러트리는 일에조차.

토머스 모어의 가족은 서약을 했다. 그가 직접 가서 참관했고, 앨리스는 남편이 협조하도록 설득하지 못한 게 개인적으로는 그의 책임이라 생각한다는 티를 대놓고 냈다. "남편한테 물어봐줘요, 하느님의 이름으로 도대체 무슨 짓을 하는 거냐고. 물어봐요, 현명한 짓이냐고, 정말 그리 생각하느냐고. 아내가 동반자를 잃고, 아들이 조언자를 잃고, 딸이 보호자를 잃고, 우리 모두가 토머스 크롬웰 같은 자한테 휘둘리게 만드는 게 현명하냐고."

"알았으니 그쯤 하세요." 메그가 어색한 미소를 지으며 중얼거린다. 고개를 숙인 채 그의 손을 꼭 붙든다. "아버지는 당신에 대해 정말 좋게 말씀하셨어요. 당신이 얼마나 정중히 대해줬는지, 얼마나 열심이었는지 ─ 아버지는 그 역시 호의로 생각한다 하셨어요. 당신이 자기를 이해한다고 믿는대요. 아버지가 당신을 이해하는 것처럼."

"메그? 그 얘기, 내 얼굴을 똑바로 보고도 할 수 있어요?"

게이블후드의 무게에 눌린 듯 숙인 또하나의 얼굴. 메그는 베일을 당겨 얼굴에 두른다. 마치 강풍을 맞고 서 있는 자신을 베일이 보호해주기라도 할 것처럼.

"폐하는 내가 하루이틀 더 잡아둘 수 있습니다. 폐하도 당신 아버지가 런던탑에 있는 모습은 정말이지 보고 싶지 않을 거예요. 매 순간 찾으십니다. 어떤 기색이라도……"

"항복할 기색이요?"

"지지할 기색이요. 그러기만 하면…… 더할 나위 없는 영예를 얻을 겁니다."

"왕이 내려줄 수 있는 종류의 영예를 장인어른이 좋아할지 모르겠네요." 윌 로퍼가 말한다. "안타까운 일이지요. 자, 메그, 집에 갑시다. 당신 어머니가 난리를 피우기 전에 배를 띄워야지." 로퍼가 손을 내민다. "당신이 복수심에 휘둘리는 사람이 아니라는 거 압니다. 하지만 세상이 다 알다시피, 장인어른이 당신의 친구들과 친구였던 적은 없으니까요."

"당신 또한 복음주의자였던 적이 있잖습니까."

"사람의 생각은 바뀌기도 합니다."

"전적으로 동의합니다. 장인어른께도 그리 말하세요."

불쾌한 작별이었다. 모어가 제멋대로 하게 둬선 안 된다, 그는 생각한다. 모어도 그 가족도 제멋대로 나를 이해한다고 망상하게 둬선 안 된다. 어찌 그럴 수 있겠는가, 내 작동 방식은 나조차 모르는데.

그는 기록한다. 리처드 크롬웰이 직접 웨스트민스터사원의 죄수 토머스 모어 경을 호위해 런던탑으로 이송할 것.

나는 왜 주저하나?

모어에게 하루만 더 시간을 주자.

1534년 4월 15일이다. 그는 사무원을 불러 다음날 필요한 문서를 정리해 철하도록 지시하고 난롯가에 남아 담소를 나눈다. 이제 자정이고 초도 다 탔다. 그는 양초 하나를 집어들고 이층으로 올라간다. 크리스토프가 그의 널찍하고 휑한 침대 발치에 아무렇게나 널브러져 코를 골고 있다. 그는 생각한다, 거참 나도 우스꽝스러운 인생이네. "일어나라." 그가 말하지만 큰 소리는 내지 않는다. 크리스토프가 꿈쩍도 않자 녀석에게 두 손을 올리고 파이의 덮개 반죽을 만들듯이 몸을 반쯤 굴리고 놓고 굴리고 놓는다. 마침내 녀석이 잠을 깨며 프랑스어로 지저분한 소리를 내뱉는다. "오, 이런 예수의 털북숭이 불알 같은." 그러고는 눈을 격렬히 깜빡인다. "오 나리, 나리인 줄 몰랐어요. 제가 반죽이 된 꿈을 꾸었거든요. 용서하세요, 술에 완전 취해버렸네요. 아름다운 헬렌과 행운의 사나이 레이프의 결합을 축하하느라." 녀석은 팔뚝을 들고 주먹을 말아쥐더니 더없이 음탕한 몸짓을 해 보인다. 팔이 몸으로 툭 떨어지고, 눈꺼풀은 도저히 안 되겠다는 양 뺨 쪽으로 미끄러지고, 최후의 딸꾹질과 함께 다시 잠으로 빠져든다.

그는 크리스토프를 제 잠자리로 끌고 간다. 녀석은 이제 제법 무게가 나간다. 퉁퉁한 새끼 불도그 같다. 끙끙거리고 중얼거리지만 다시 깨지는 않는다.

그는 옷을 벗어 한쪽에 두고 기도를 올린다. 베개에 머리를 누인다. 침대보 7장. 베개 2개. 덧베개 1개. 그는 촛불이 꺼지자마자 잠든다. 하지만 그의 딸 앤이 꿈속으로 그를 찾아온다. 슬픈 듯 왼손을 들고 결혼반지가 없다고 보여준다. 기다란 머리채를 꼬아 마치 올가미처럼 목에 감는다.

한여름. 여자들이 고이 접은 깨끗한 리넨을 팔에 얹고 서둘러 왕비의 처소로 향한다. 멍하니 충격에 빠진 얼굴로 아주 급하게 걷는 터라 그들을 멈춰 세워선 안 된다는 걸 그냥 알 수 있다. 왕비의 처소에 불을 피우고 왕비가 출혈한 것을 태운다. 땅에 묻어야 하는 뭔가가 있는지는 여자들만의 비밀이 된다.

단검 같은 별들이 하늘을 밝힌 그날 밤 왕은 총안에 옹송그리고 앉아 그에게 말한다. 이게 다 캐서린 탓이야. 그 여자가 내 불행을 비는 거야. 그 여자의 자궁은 사실 병들어 있었어. 그 세월 내내 나를 속였어—아들을 낳을 수 없는 몸이고, 그 여자도 의사들도 그걸 알았어. 나를 여전히 사랑한다지만 실은 나를 망가트리고 있어. 밤마다 찾아와. 손도 심장도 싸늘히 식어서는 나와 내가 사랑하는 여자 사이에 누워. 내 거기에 손을 얹는데, 그 손에선 무덤의 냄새가 나지.

귀족과 부인들은 하녀와 산파에게 돈을 주고 아기의 성별을 묻는다. 그러나 여자들의 대답은 매번 다르다. 사실, 어느 쪽이 더 나쁠까. 앤이 또 딸을 잉태했다는 것일까, 아님 아들을 잉태하고 유산했다는 것일까.

한여름. 런던 전역에서 모닥불을 피운다. 짧은 밤 내내 타오른다. 용들이 거리를 활보하며 연기를 내뿜고 날개 구조물을 달가닥거린다.

II
그리스도교 세계의 지도
1534년~1535년

"오들리의 자리를 원하는가?" 헨리왕이 그에게 묻는다. "그렇다고
하면 그대의 몫이 될 거야."

여름이 끝났다. 카를황제는 쳐들어오지 않았다. 클레멘스 교황은 죽
었고, 그와 함께 교황이 내렸던 판결도 죽었다. 승부는 다시 시작되었
고, 그는 차기 로마 주교가 잉글랜드와 대화할 수 있도록 그저 살짝만
문을 열어두었다. 개인적으로는 굳게 닫아버리고 싶다. 그러나 이건
개인적인 문제가 아니다.

그는 면밀히 따져본다. 대법관직이 그에게 적합할까? 법조계에서
지위를 가지면 유리할 테고, 굳이 수장을 맡지 못할 이유가 뭔가? "오
들리를 불편하게 하고 싶지 않습니다. 폐하께서 그자를 흡족히 여기신
다면, 저 또한 그렇습니다."

그는 대법관직 때문에 런던에 발이 묶였던 울지를 떠올린다. 왕이 자리를 비울 때면 늘 그랬다. 추기경은 법정에도 적극적으로 개입하는 대법관이었다지만 지금 우리에게 법률가는 충분히 많다.

헨리왕이 말한다. 뭐가 가장 좋겠는지 얘기만 하게. 사랑에 빠진 사람처럼 저자세로 최고의 선물을 떠올리지 못해 안달이다. 그러면서 덧붙인다. 크랜머가 분부하더군. 크롬웰의 말을 들으라고. 그리고 자리든 세금이든 관세든 의회의 조치든 왕실 포고령이든 필요한 건 뭐든 주라고.

기록보관관 자리가 비어 있다. 유서 깊은 법무직으로 왕국의 주요 사무국 한 곳을 총괄한다. 그의 전임자는 대부분이 주교였고 학문이 뛰어난 자들이었다. 라틴어로 생전의 미덕을 새긴 무덤에 안치되는 자들이었다. 이 탐스러운 과일의 줄기를 비틀어 나무에서 따는 지금, 그는 전에 없이 살아 있음을 느낀다.

"파르네세 추기경에 대해서도 그대가 옳았더군." 헨리왕이 말한다. "우리의 새 교황—로마 주교, 그리 말해야겠지—덕에 나도 내기에서 돈 좀 땄지."

"보십시오." 그가 미소를 짓는다. "크랜머 말이 맞잖습니까. 제 조언을 들으시라고."

궁정 사람들은 로마인들이 클레멘스 교황의 죽음을 어찌 축하했는지 전해듣고 재미있어한다. 그들은 교황의 무덤을 부수고 들어갔다. 벌거벗은 시신을 끌고 거리를 돌아다녔다.

챈서리 레인에 있는 기록보관관 관사는 지금껏 그가 발 들여본 집중에 가장 별나다. 곰팡이와 부엽토와 동물 기름 냄새가 나고, 굴곡진 건물 전면 뒤로 낮게 출입구를 낸 토끼장 같은 좁은 공간이 구불구불 이어진다. 우리 선조가 죄다 난쟁이였나, 아님 천장을 지지하는 법을 완전히 확신하지는 못했던 건가.

이 집은 삼백 년 전 그 시절의 헨리*가 지었다. 개종을 원하는 유대인의 피신처였다. 이 길로 발을 들이면—폭력으로부터 보호받고 싶다면 권할 만했다—전 재산을 왕실에 몰수당했다. 그랬기에 왕은 그들이 제 수명을 다할 수 있게 재우고 먹여야 했다.

크리스토프가 쌩하니 앞서나가 집으로 들어간다. "보세요!" 손가락으로 거대한 거미줄을 가른다.

"남의 집을 부숴놨군, 냉혈한 같으니." 그는 아리아드네의 바스러져 가는 먹이를 살핀다. 다리 하나, 날개 하나. "어서 달아나자, 여인이 돌아오기 전에."

그 시절 헨리가 집을 하사하고 오십 년쯤 뒤 유대인들은 잉글랜드 땅에서 모조리 추방당했다. 그럼에도 이 피신처는 완전히 빈 적이 없었다. 심지어 지금도 여자 둘이 여기서 살고 있다. 그들을 찾아가봐야겠군, 그가 말한다.

크리스토프는 그가 찾는 게 뭔지 정확히 안다는 양 벽과 기둥을 톡톡 두들겨본다. "내빼지 않을 자신 있어?" 그가 재미있다는 듯 말한다. "그 안에서 누가 톡톡 두들겨 응답해도?"

"오, 예수여!" 크리스토프가 성호를 긋는다. "여기서 죽은 사람이

---

* 헨리 3세를 뜻함.

백 명은 될 것 같아요. 유대인이랑 그리스도교도 다 합쳐서."

이 굽도리널 뒤에서, 맞는 얘기다. 그는 쥐의 조그만 뼈를 감지한다. 백 세대가 지속되는 동안 관절로 이어진 앞발을 고이 접고 영원한 휴식을 취한다. 놈들의 후손이 얼마나 번성했는지 그는 공기 중의 냄새로 알 수 있다. 이건 말린스파이크의 일인데, 그가 말한다. 녀석을 잡을 수가 있어야 말이지. 추기경의 고양이는 이제 야생 짐승이 되어 런던의 정원들을 멋대로 헤매고 다니고, 런던 수도원들의 연못에서 나는 잉어 냄새에 이끌리고, 홀리기라도 한듯—잘은 모를 일이지만—강을 건너 창녀의 젖가슴에 포옥 안긴다, 장미꽃잎과 용연향을 문지른 축 처진 가슴에. 그는 말린스파이크가 나른하게 안겨 가르랑거리며 집에 돌아가길 거부하는 모습을 상상한다. 그리고 크리스토프에게 말한다. "내가 기록보관관이 되어도 좋을지 모르겠다, 고양이 한 마리도 제대로 보관을 못하는데."

"기록은 발이 달려 돌아다니진 않으니까요." 크리스토프가 굽도리널을 찬다. "발이 쏙 들어가는데요." 녀석이 말하며 보여준다.

그는 과연 오스틴프라이어스의 안락함을 등질 것인가, 조그만 창문과 비틀린 창유리, 삐걱거리는 통로와 고질적인 외풍을 위해? "웨스트민스터까지 더 가까울 테니까." 그가 말한다. 그의 가늠쇠가 거기서 방향을 튼다—화이트홀, 웨스트민스터, 그리고 강. 아래로는 그리니치, 위로는 햄프턴코트궁을 다니는 내무장관의 바지선. 오스틴프라이어스에는 자주 들를 것이다, 그는 혼잣속으로 말한다. 거의 매일 가야지. 그는 금고실을 만들고 있다. 왕이 맡기는 금접시는 뭐든 안전하게 보관할 저장소다. 왕이 무엇을 담보로 맡기든 그는 재빨리 현금으로 바꿔준다. 왕의 금은보화는 평범한 수레에 실려 마을로 들어온다. 전혀 이목을 끌지 않고, 물론 방심을 모르는 경호대가 붙기는 하지만. 성배는 전용으로 제작된 보드라운 가죽집에 넣는다. 그릇과 접시는 범포 자루에 담아 옮기는데, 90센티미터에 7펜스씩 하는 흰색 양모 천을 사이사이 끼운다. 보석은 실크로 단단히 싸서 궤짝에 차곡차곡 넣고 반짝거리는 새 자물쇠를 건다. 열쇠는 그가 보관한다. 바다에서 온 촉촉하게 반짝이는 거대 진주도 있고, 인도처럼 불타는 사파이어도 있다. 시골에서 오후에 따는 과일 같은 보석도 있다. 자두 같은 석류석, 찔레나무 열매 같은 분홍 다이아몬드. 앨리스가 말한다. "이런 거 한 움큼이면 나는, 나라도 그리스도교 세계의 어떤 왕비든 쫓아내겠어요."

"왕이 너를 안 만난 게 얼마나 다행이냐, 앨리스."

조가 말한다. "저 같으면 곧장 수출 허가를 받을 거예요. 군사 계약을 맺든가. 아일랜드 전쟁에서 떼돈을 벌 테죠. 콩, 밀가루, 맥아, 말고기……"

"네 뜻대로 해볼 방법을 찾아보마." 그가 말한다.

그는 오스틴프라이어스 부지를 구십구 년간 임차했다. 그의 손주의 손주까지 권리를 누릴 것이다. 그쯤 되면 그와는 일면식도 없는 런던 사람이나 다름없겠지만. 그들이 관련 서류를 보면 거기 그의 이름이 있을 것이다. 출입구 위에는 그의 문장이 새겨져 있을 것이다. 그는 거대한 계단의 난간에 손을 얹고, 높이 난 창문으로 들어온 빛에 반짝이는 먼지와 티끌을 올려다본다. 내가 언제 또 이러고 있었더라? 햇필드에서, 올해 초에. 눈길을 들고 오래전 모턴 추기경의 식솔이 냈던 소리를 찾고 있었다. 그 자신이 햇필드에 들락거렸다면 모어라고 그러지 말란 법이 있었을까? 혹 모어의 가벼운 발소리였을까, 머리 위에서 들려오길 그가 기대했던 건?

그는 다시 생각하기 시작한다, 느닷없이 튀어나왔던 그 주먹을.

그의 원래 계획은 사무원과 서류를 관저로 옮긴 뒤 오스틴프라이어스는 살림집으로 되돌리는 것이었다. 그러나 살림할 사람이 누가 있기에? 그는 리즈의 기도서를 꺼내놓고 있다. 그녀가 가족들을 적어놓은 페이지에 변동과 추가 사항을 더했다. 레이프는 조만간 해크니의 새집으로 분가한다. 리처드도 그 동네에 아내 프랜시스와 함께 살 집을 짓는 중이다. 앨리스는 그의 문하생인 토머스 로더럼과 결혼한다. 앨리스의 남동생 크리스토퍼는 성직자로 성직록을 받는다. 조의 결혼식 예복을 주문한다. 아이를 낚아챈 자는 그의 친구 라이스의 아들 존으로, 법률가이자 학자이며 그가 존경하고 충성심 또한 높이 사는 자다. 이 정도면 내 사람들에게 잘한 것이다, 그는 생각한다. 그들 가운데 누구도 가난하거나, 불행하거나, 이 모호한 세상에서 자기 위치를 모호히 여기지 않는다. 그는 주저한다. 눈길을 들어 빛을 본다. 이제 금색이고, 구름이 지나면서는 파란색을 띤다. 누구든 아래층으로 내려와 그에게 요청할 게 있다면 지금 해야 한다. 그의 딸 앤이 특유의 쿵쿵거리는 발소리와 함께 내려온다. 앤, 그는 말할 것이다. 네 그 말굽 같은 발에서 나는 소음 좀 안 들을 순 없을까? 그레이스는 먼지처럼 스르르 내려온다. 생기발랄하게 빙글빙글 소용돌이를 그리며…… 어디에도 닿지 못한 채 흩어져 사라진다.

리즈, 내려와.

하지만 리즈는 침묵을 지킨다. 그녀는 머물지도 떠나지도 않는다.

늘 그의 곁에 있고 또 곁에 없다. 그는 몸을 돌린다. 그러니까 이 집은 업무 공간이 될 것이다. 그의 모든 집이 업무 공간이 될 것처럼. 내 사무원과 서류철이 있는 곳이 내 집일 것이다. 그게 아니면 왕의 곁이, 왕이 있는 곳이 내 집일 것이다.

크리스토프가 말한다. "이제 우리가 관사로 거처를 옮기니까 드리는 말씀인데요, 셰르 메트르, 나리가 저를 여기에 두고 가지 않아서 얼마나 기쁜지 몰라요. 나리가 안 계시면 다들 저를 달팽이 뇌에 순무 대가리라고 부르거든요."

"알로르……" 그가 크리스토프를 살펴본다. "그러고 보니 네 머리가 순무처럼 생기긴 했구나. 고맙다, 이제 그것만 보이겠어."

기록보관관 자리에 앉으면서 그는 자신의 상황을 살펴본다. 만족스럽다. 그는 켄트의 영지 두 곳을 팔았지만 국왕이 몬머셔의 한 곳을 하사했고, 그 자신이 에식스에 또 한 곳을 매입하려는 참이다. 해크니와 쇼디치의 땅을 눈여겨보고, 오스틴프라이어스 부근 부지들의 임대권을 확보하는 중이다. 자신의 건축 계획에 모두 포함시켜 전체를 거대한 벽으로 둘러쌀 생각이다. 그레고리를 위해 신탁할 베드퍼드셔의 영지와 링컨셔의 영지, 에식스의 부지 두 곳도 점검을 마쳤다. 이건 다사소한 것일 뿐이다. 그가 가지려 작정한 것, 헨리가 그에게 빚지게 될 것에 비하면 아무것도 아니다.

그때가 오기까지 그가 지출할 비용에 어지간한 사람은 겁을 집어먹을 것이다. 왕이 뭔가를 해주길 원하면 인력을 동원하고 자금을 댈 수 있어야 한다. 귀족 자문관의 씀씀이에 장단을 맞추기도 쉽지 않다. 그래놓고 어떤 귀족은 전당포에 살다시피 하면서 다달이 그를 찾아와 자기 회계장부에 난 구멍을 메워달라고 한다. 그는 이런 빚을 굴려야 할 때를 안다. 즉 잉글랜드에는 하나 이상의 통화가 유통되는 셈이다. 그가 감지하기로는 자신을 중심으로 거대한 그물이 넓게 펼쳐져 있는 것도 같다. 베푼 호의와 받은 호의로 짠 망이다. 왕에게 다가가길 원하는 자는 값을 치르고자 하고, 그보다 더 가까이 왕에게 다가갈 수 있는 자는 없다. 그와 동시에 말이 퍼진다. 크롬웰을 도와라, 그럼 그도 당신을 도울 것이다. 충성하라, 성실히 임하라, 그를 대신해 기지를 발휘하라. 그럼 보상을 받을 것이다. 그를 헌신적으로 섬기는 자는 출세하고 보호받을 것이다. 그는 훌륭한 벗이자 주군이다. 사방에서 그를 두고 이렇게 얘기한다. 그게 아니면, 늘 하는 그 욕이다. 그자의 아비는 대장장이였다, 부정직하게 술을 만들었다, 아일랜드 사람이었다, 범죄자였다, 유대인이었다, 그 자신은 한낱 양모 교역상이었다, 양털이나 깎는 놈이었다, 그리고 지금은 사악한 마법사다. 그렇지 않고서야 어찌 그 주제에 권력의 고삐를 손에 쥘 수 있었겠는가? 샤퓌는 카를황제에게 그에 대해 쓴다. 그의 어린 시절은 미스터리로 남아 있으나 그는 가까이하기 좋은 사람이고 자기 식솔과 수하를 참으로 감명 깊게 보살핍니다. 언어에 통달하고, 샤퓌는 쓴다. 둘도 없는 달변가입니다. 다만 그의 프랑스어는, 대사는 덧붙인다. 아세 비앵* 정도라 할까요.

그는 생각한다. 당신에겐 그 정도면 충분한 거군. 고갯짓 한 번에 윙크 한 번이면 되겠어.

요 몇 달 동안 추밀원은 쉴 틈이 없다. 여름에 힘겨운 협상을 벌인

---

* assez bien. '제법 괜찮은'이라는 뜻의 프랑스어.

끝에 스코틀랜드와의 조약이 체결됐다. 그러나 아일랜드가 반란을 일으켰다. 더블린성과 워터퍼드만 왕의 편에서 버티고 있을 뿐, 나머지 반란 귀족은 카를황제의 군대에 조력해 항만을 열겠다고 제안한다. 이 나라의 섬 가운데 아일랜드는 가장 변변치 못한 지역으로, 헨리왕이 보낸 수비대의 주둔 비용조차 감당하지 못한다. 그렇다고 등을 돌릴 수도 없는 노릇이다. 다른 세력이 파고들지 모른다는 우려 탓이다. 거기서는 법을 좀처럼 지키지 않는다. 아일랜드 사람들은 돈이면 살인도 넘어가줄 수 있다고 생각하고, 웨일스인과 마찬가지로 인간의 목숨값을 가축으로 셈한다. 백성은 관세와 약탈, 몰수와 흰한 대낮의 강도 때문에 가난에 매여 산다. 독실한 잉글랜드인은 수요일과 금요일에 고기를 먹지 않는다지만, 아일랜드인은 어찌나 믿음이 넘치는지 하루걸러 한 번씩 고기를 안 먹는다는 우스갯소리가 나돈다. 그곳의 대귀족은 포악하고 고압적이고 기만적이고 변덕스럽고, 고질적으로 서로 불화하는데다 착취자에 인질범이고, 잉글랜드에 대한 충성 또한 얄팍하기 그지없는데, 원체 그 무엇에도 충성하지 않고 법보다 무력을 선호해서다. 토착민 족장의 경우에도 도대체가 염치를 모르는 주장을 해댄다. 그들의 땅에 있는 양치식물이 무성한 비탈과 호수가 모두 자기 것이고, 히스 꽃도 자기 것이고, 목초지와 그 위로 부는 바람도 자기 것이라 한다. 짐승도 사람도 다 자기 것이라면서 기근이 오면 사냥개한테 먹일 빵까지 받아간다.

이들이 잉글랜드인이 되지 않으려 하는 것도 당연하다. 노예 소유주로서 지위에 문제가 생길 테니까. 노픽 공작은 자기 땅에 아직도 농노를 두고 있고, 만약 법정이 그들을 해방하려는 움직임을 보인다면 공작은 그에 따른 보상금을 챙기려 들 것이다. 국왕은 노퍽을 아일랜드로 보내자고 제안하지만, 공작은 거기서 몇 개월을 허송세월한 것으로 충분하다면서 주말이면 발이 젖지 않고 집에 돌아올 수 있게 그들이 다리를 놓지 않는 한 다시는 그곳으로 가지 않겠다고 말한다.

그와 노퍽은 추밀원 회의실에서 다툰다. 공작은 고래고래 악을 쓰고, 그는 의자에 기대앉아 팔짱을 낀 채 고래고래 악쓰는 공작을 지켜본다. 리치먼드를 더블린으로 보냈어야지, 공작이 자문관들에게 말한다. 국왕 수습생으로―가식 좀 떨고 장관이나 연출하고 돈도 좀 뿌리라고 말이야.

리처드가 그에게 말한다. "아무래도 우리가 아일랜드로 가야 할까 봐요."

"내 참전의 시절은 끝난 듯한데."

"저는 군대에 가고 싶어요. 남자라면 평생에 한 번은 군인이 되어봐야죠."

"네 할아버지 피가 어디 안 가는구나. 에번의 궁수 아들 말이다. 당장은 마상 시합에서 기량을 보이는 데 집중해라."

리처드는 경쟁자들 틈에서 가공할 실력을 입증했다. 크리스토프가 얘기했던 그대로다. 한 방에, 상대는 바로 기절이다. 그의 조카의 몸속에 격투의 피가 흐른다고 생각할 수도 있겠으나, 리처드와 대적하는 귀족들의 몸에도 그런 피가 흐르기는 마찬가지다. 리처드는 크롬웰 혈통의 색채가 뚜렷하고, 그래서 왕은 리처드를 사랑한다. 재능과 용기와 육체적 힘을 가진 모든 남자를 사랑하듯. 왕은 불편한 다리 때문에 어쩔 수 없이 관중석에 머물러야 하는 날이 늘고 있다. 통증이 심하면

극도의 공포에 사로잡힌다, 눈을 보면 알 수 있다. 통증이 가신 동안은 안절부절못한다. 자기 자신의 건강 상태에 대한 불안 탓에 왕은 대규모 마상 시합을 준비하는 비용과 수고를 점점 줄이려 한다. 왕은 시합에 출전해도 그 노련함, 체중과 신장, 최상의 말, 특유의 강철 같은 근성으로 승리할 가능성이 높다. 그러나 사고를 피하고자 이미 아는 상대와 겨루는 쪽을 선호한다.

왕이 말한다. "카를황제 말인데, 이삼년 전인가 독일에 있었을 때 넓적다리에 사악한 액체*가 고였다고 하지 않았나? 거기 기후와 맞지 않았다고 하던데. 하긴 카를의 땅은 지역에 따라 기후가 다르니까. 그런데 왜 내 왕국은 여길 가나 저길 가나 차이가 없을꼬."

"아, 더블린은 여기보다 더 형편없겠지요."

왕은 밖을 내다본다. 풀이 죽어서는 세찬 빗줄기를 응시한다. "내가 말을 타고 나가면 백성들이 소리치지. 밭도랑에서 벌떡 일어나 나와서는 악을 쓰면서 캐서린 얘기를 해. 그 여자를 다시 데려와야 한다고. 그러는 그들은 내가 자기네 집이나 아내나 자식들을 두고 이래라저래라 하면 기분이 좋을까?"

날씨가 맑을 때도 왕의 두려움은 사그라들지 않는다. "탈출해서 내게 맞설 군대를 일으킬 거야." 왕이 말한다. "캐서린 말이야. 그 여자가 무슨 짓을 할지 그대는 몰라."

"나라 밖으로 도망치진 않을 거라고 했습니다."

"캐서린이라고 거짓말을 안 할 것 같은가? 나는 알아, 그 여자가 거

---

* 중세인들은 네 가지 액체 중 하나가 인간의 몸에 들어와 건강과 기분을 좌우한다고 믿었다.

짓말을 한다는 걸. 증거도 있네. 내게 순결을 두고 거짓말했지."

아, 그거, 그는 지겹다고 생각한다.

왕은 무장한 호위병의 힘도, 자물쇠와 열쇠도 믿지 않는 눈치다. 카를황제가 고용한 천사 하나면 호위병이야 바로 뚫린다고 생각한다. 여행할 때면 왕은 무쇠로 만든 거대한 자물쇠를 챙긴다. 자물쇠 설치만을 목적으로 데리고 다니는 하인을 시켜 방문에 자물쇠를 단다. 음식에 독이 들었는지 검사하고, 밤이면 마지막으로 침대를 점검한다. 바늘 같은 흉기를 숨겨두지는 않았는지. 그럼에도 왕은 잠든 사이 살해당할까 두려워한다.

가을. 토머스 모어는 점점 말라간다. 평생 군살이라곤 없었던 사람이 쇠꼬챙이처럼 여위었다. 그는 안토니오 본비시를 시켜 음식을 들여보낸다. "자네 같은 루카 출신이 음식에 조예가 깊어 그러는 게 아닐세. 내가 직접 넣어줄 수도 있지만, 그랬다가 모어가 탈이라도 나면 사람들이 뭐라고 할지 자네도 알잖나. 모어는 달걀 요리를 좋아해. 그것 말고 딱히 좋아하는 게 있는지 모르겠군."

본비시가 한숨을 쉰다. "우유 푸딩도 좋아하네."

그가 미소를 짓는다. 육식을 해도 되는 시기인데. "살이 안 붙는 게 이상한 일도 아니군."

"나는 모어를 사십 년 동안 알고 지냈네." 본비시가 말한다. "평생이야, 토마소. 모어를 해치지 않을 거지, 그렇지? 할 수 있거든 약속 좀 해주게, 아무도 그자를 해치지 않을 거라고."

"왜 자네는 나를 모어와 다를 바 없는 사람으로 취급하나? 이보게,

나는 모어를 굳이 압박할 필요가 없어. 그자의 친구와 가족이 대신 압박해줄 테니까. 안 그런가?"

"모어를 저대로 내버려둘 순 없나? 그냥 잊어버리면 안 돼?"

"당연히 그럴 수 있지. 왕이 허락하면."

그는 마거릿 로퍼의 면회를 주선한다. 아버지와 딸이 팔짱을 끼고 정원을 거닌다. 이따금 그는 치안관장의 숙소 창문에서 두 사람을 지켜본다.

11월에 이 방책은 실패로 확인된다. 오히려 역효과를 냈다. 좋은 마음으로 길거리에서 안아올린 개에게 손을 물린 꼴이다. 마거릿이 말한다. "아버지가 내게 다른 친구들에게도 전하라면서 말씀하셨어요. 아버지는 이제 그 어떤 서약과도 관계없는 몸이라고. 만약 아버지가 서약했다는 얘기가 들리거든 강제로, 학대와 폭력에 못 이겨 한 것이라 생각하라고. 혹 아버지의 서명이 적힌 문서가 추밀원에 제출되더라도 아버지의 손으로 한 게 아니라고 생각하라고."

지금 모어가 서약을 요구받고 있는 건 수장령이다. 지난 이 년 동안 왕이 손에 쥔 모든 권력과 존엄을 집대성한 법이다. 누군가의 말처럼 왕을 교회의 수장으로 만들고자 함이 아니다. 이 법에 따르면 왕은 이미 교회의 수장이고, 언제나 그래왔다. 새 사상이 싫다고 하면 옛 사상을 쥐여주면 된다. 선례를 원하면 그가 선례를 내줄 것이다. 내년에 시행될 두번째 법은 반역의 범위를 규정한다. 헨리왕의 지위나 권한을 부정하는 경우, 왕에게 반대하는 악의적인 말을 하거나 글을 쓰는 경우, 왕을 이단자나 분파주의자로 부르는 경우 반역죄가 성립될 것이다. 이 법은 에스파냐 사람들이 다음번 조수를 타고 들어와 왕위를 찬

탈하고 레이디 메리를 옹립할 거라면서 공포를 퍼트리는 수사들을 잡아들일 것이다. 설교중 호통을 치며 왕의 권위에 도전하고 왕이 백성을 지옥으로 끌고 들어간다고 말하는 사제들을 잡아들일 것이다. 군주가 백성에게 말을 가려가며 하라고 청하는 게 그리도 과한 처사인가?

처음 들어봅니다. 사람들이 그에게 말한다. 말만으로 반역이 성립되다니요. 그는 말한다. 아니, 장담컨대, 이미 오래된 얘기요. 지혜로운 판관들이 관습법으로 규정한 것을 성문법으로 옮긴 겁니다. 명확히 하기 위한 수단인 셈이지요. 나는 명확성을 추구할 뿐이에요.

모어가 이 두번째 서약도 거부하자 모어의 재산을 왕실이 몰수하는 법안이 제출된다. 모어는 이제 석방될 가망이 없다. 아니, 그렇다기보다 그 가망은 모어 자신에게 달렸다. 모어를 찾아가 앞으로는 면회도, 정원 산책도 금지라고 말하는 것 또한 그의 일이다.

"어차피 볼거리도 없소, 이맘때는." 모어가 하늘을 힐끗 쳐다본다. 하늘은 저 높이 달린 창문으로 가느다랗게 보이는 한줄기 잿빛일 뿐이다. "책은 그대로 가지고 있어도 되겠지? 서신도 쓸 수 있고?"

"당분간은요."

"그리고 존 우드, 그자도 여기 그대로 두고?"

모어의 하인이다. "네, 물론이지요."

"우드가 이따금 사소한 소식을 가져오거든. 아일랜드에 파견한 국왕의 군대에 발한병이 창궐했다던데. 철이 지나도 한참 지난 마당에."

흑사병도 창궐했다. 이 얘기는 모어에게 하지 않을 생각이다. 아일랜드 원정은 그 자체가 대재앙이고 어마어마한 돈 낭비라서 차라리 그때 리처드의 말을 들어 그 자신이 참전했으면 좋았겠다 싶다는 얘기도.

"발한병은 많은 이의 목숨을 앗아가지." 모어가 말한다. "순식간에, 한창때인 사람들이 당해. 설령 이겨낸다 해도 거친 아일랜드인과 맞서 싸울 상태는 아닐 거요, 그렇고말고. 메그가 그 병에 걸렸을 때가 기억나는군, 거의 죽다 살아났지. 당신도 앓아봤소? 아니, 당신은 절대로 아프지 않지, 안 그렇소?" 모어가 두서없이 떠들다가 눈길을 든다. "얘기해보시오, 안트베르펜에선 뭐라고 하오? 들리는 말로는 틴들이 거기 있다던데. 옹색한 지경으로 산다고. 잉글랜드 상인의 집 밖으로 나갈 엄두를 못 낸다잖소. 감옥살이나 다름없다지, 나랑 거의 같은 신세라고."

사실이다. 아니, 일부는 사실이다. 틴들은 빈곤과 은둔으로 힘들게 살았고, 이제 틴들의 세계는 조그만 방 하나로 쪼그라들었다. 그동안 바깥세상에서는 카를황제의 법에 따라 인쇄공들이 인두질을 당하고 눈알을 뽑힌다. 형제와 자매들이 신념을 지키다 죽어간다. 남자는 참수당하고 여자는 산 채로 묻힌다. 모어는 여전히 유럽에 끈끈한 망을 가지고 있다, 돈으로 짜인 망이다. 그는 모어의 사람들이 벌써 수개월째 틴들을 따라다니고 있다고 보지만 그의 재간을 있는 대로 동원하고 거기에 현지 사정에 밝은 스티븐 본의 재간까지 더했음에도 북적대는 안트베르펜을 오가는 잉글랜드 출신 중 누가 모어의 사람인지 가려내지 못한다. "틴들은 런던에서 더 안전할 거요." 모어가 말한다. "당신, 즉 과오를 덮어주는 보호자의 그늘 아래서 말이오. 자, 지금의 독일을 보시오. 잘 봐요, 토머스. 이단이 우리를 어디로 이끄는지. 결국 뮌스터와 같은 사태가 벌어지고 말겠지, 안 그렇소?"

분파주의자인 재세례파*가 뮌스터시를 장악했다. 제아무리 끔찍한 악몽―뻣뻣이 굳은 채 깨어나서 내가 죽었구나 생각할 정도의―도 이에 비하면 지복이다. 시장들이 의회에서 축출되고, 그 자리를 도둑과 미치광이가 차지하고 앉아 종말의 때가 왔으니 모두가 세례를 다시 받아야 한다고 선포했다. 이에 반대하는 시민들은 알몸으로 성벽 밖에 내쳐져 눈밭에서 죽어갔다. 제 손으로 이 도시를 고립시킨 주교제후는 이제 모두를 굶겨 죽일 작정이다. 도시를 지키는 자는 대부분이 탈출 당시 남겨진 여자들과 아이들이라 한다. 그들은 보켈슨이라는 재단공에게 붙들려 공포에 떨고 있다. 보켈슨은 스스로를 예루살렘의 왕이라 칭했다. 소문으로는 그자의 측근들이 구약의 권고를 들먹이며 일부다처를 따르기 시작했고, 여자들은 아브라함의 법으로 위장한 강간을 당하느니 교수형에 처해지거나 물에 빠져 죽는 길을 택했다. 보켈슨의 선지자들은 재산을 공유한다는 미명 아래 대놓고 날강도 짓을 한다. 부자의 집을 점거해 서신을 불태우고, 그림을 난도질하고, 고급 자수품으로 바닥을 닦고, 누가 뭘 소유했는지 기록한 문서를 파기한다, 이전의 시대로 다시는 되돌릴 수 없게.

"유토피아." 그가 말한다. "아닙니까?"

"그자들이 도시의 도서관에서 책을 불태운다고 들었소. 에라스뮈스의 책이 화염에 던져졌다고. 도대체 어떤 악마들이기에 순한 에라스뮈스를 불사를 생각을 한단 말이오? 하지만 물론, 당연히," 모어가 고개를 끄덕인다. "뮌스터는 질서를 되찾을 거요. 헤센의 필립공이 마르틴 루터의 친구이니 당연히 제 쪽 주교에게 대포와 포수를 빌려줄 테고,

---

* 유아 세례를 받은 자도 다시 세례를 받아야 한다고 주장하는 교파로, 뮌스터 재세례파 왕국을 세웠다.

446

한 이단이 다른 이단을 끌어내리게 되겠지. 이단의 형제끼리 싸우는 모습이 보이시오? 침을 흘리며 길바닥을 돌아다니다 만나기만 하면 서로의 내장을 끄집어내는 미친개가 따로 없지."

"뮌스터의 최후야 뻔하지요. 도시 안에서부터 무너질 겁니다."

"그리 생각하시오? 나한테 내기라도 걸 태세군. 하지만 글쎄, 나는 딱히 도박꾼이었던 적이 없어서. 게다가 지금은 왕이 내 돈을 다 갖고 있고."

"그런 사람이, 그러니까 재단공이 한두 달 흥한다고 ─ "

"양모 상인이, 그러니까 대장장이의 아들이 한두 해 흥한다고……"

그는 자리에서 일어나 망토를 집어든다. 검은색 모직에 새끼 양의 가죽으로 안감을 댄 망토다. 모어의 반짝이는 눈이 이렇게 말하는 듯하다. 아, 이런, 그대가 내게서 도망을 다 치는군. 그러고는 이 자리가 무슨 저녁 만찬이라도 되는 양 중얼거린다. 벌써 가시게? 좀더 계시지, 응? 턱을 들며 묻는다. "그래서 나는 메그를 다시는 못 보는 거요?"

모어의 말투가, 그 공허함이, 상실감이 그의 심장을 곧장 파고든다. 그는 고개를 돌려 어김없이 차분하고 진부한 대답을 내놓는다. "몇 마디 말이면 됩니다. 그게 다예요."

"아아. 그저 몇 마디 말."

"말로 하기 싫으면 글로 써서 갖다드릴 수도 있습니다. 거기에 서명만 하세요. 왕이 기뻐할 거예요. 내 바지선으로 첼시 집까지 모시고 가서 정원과 맞닿은 선창에 배를 댈 겁니다─당신 말대로 어차피 이맘때는 볼거리도 없지만, 따뜻이 맞이해줄 가족을 생각해보세요. 데임 엘리스가 기다리고 있습니다─그분이 요리한 음식, 네, 그것만으로도 당신은 기력을 회복하겠지요. 앨리스는 식사 내내 곁에 서서 지켜보다가 당신이 냅킨으로 입을 닦는 순간 당신을 품에 안고 일으켜세워 입맞춤으로 양고기 기름을 지워주며 말하겠지요. 여보, 얼마나 보고 싶었는지요! 그녀는 당신을 침실로 이끌어 문을 잠그고 열쇠는 주머니에 넣은 뒤 당신의 옷을 벗깁니다. 셔츠만 남기고, 그 아래로 야위고 허연 다리가 비죽하니 드러날 때까지—뭐, 인정하셔야죠. 그분은 자신의 정당한 권리를 행사중이란 걸. 그리고 다음날—생각해보세요—당신은 동이 트기 전에 일어나 발을 끌며 익숙한 방으로 가서 채찍질 의식을 하고, 빵과 물을 내오라 하고, 여덟시엔 그 말총 조끼를 다시 입고 그 위에 낡은 모직 가운을 걸칩니다. 안감이 해진 그 핏빛 가운이요…… 스툴에 발을 올리고 있으면 당신의 외아들이 서신을 가지고 들어옵니다…… 당신은 친애하는 에라스뮈스가 보낸 서신의 봉인을 뜯고…… 다 읽고 나면 절뚝절뚝 방을 나가서—날이 화창하다고 해봅시다—새장의 새들을 살핍니다. 우리 속 그 조그만 여우도. 그리고 말하겠지요. 나 또한 갇힌 신세였다. 하지만 더는 아니다. 자유로워질 수 있음을 크롬웰이 보여줬기에…… 그러고 싶지 않으세요? 이곳을 나가고 싶지 않습니까?"

"당신은 연극을 써야겠소." 모어가 경탄스럽다는 듯 말한다.

그가 웃는다. "아무래도 그래야겠습니다."

"초서보다 낫구먼. 말. 말. 말뿐으로는."

그가 고개를 돌린다. 모어를 응시한다. 조명이 달라진 듯하다. 창이 열리며 낯선 나라가 펼쳐지고, 거기로 유년 시절이 찬바람을 불어 보낸다. "그 책…… 사전이었습니까?"

모어가 눈살을 찌푸린다. "무슨 얘기요?"

"램버스궁의 계단을 올라갔을 때—잠깐만 들어보시죠…… 내가 계단을 달려올라갔을 때였어요. 당신이 밤중에 깨서 허기지면 먹을 수 있게 순한 맥주와 밀빵을 들고. 저녁 일곱시였습니다. 당신은 책을 읽고 있었는데, 고개를 들면서 두 손을 책 위에 얹더군요." 그는 날개 모양을 만들어 보인다. "책을 보호하고 있는 사람처럼. 내가 물었지요. 마스터 모어, 그 큰 책에는 뭐가 들어 있어요? 당신이 그랬습니다. 말, 말, 말뿐이지."

모어가 고개를 갸우뚱한다. "그게 언제쯤이오?"

"내가 일곱 살 때일 겁니다."

"오, 말도 안 되오." 모어가 명랑하게 말한다. "당신이 일곱 살 때 나는 당신을 알지도 못했소. 그게, 당신은……" 얼굴을 찡그린다. "당신은 분명…… 그리고 나는……"

"옥스퍼드에 진학할 참이었죠. 당신은 기억 못 할 겁니다. 하긴 뭐하러 기억하겠습니까?" 그는 어깨를 으쓱한다. "나는 그때 당신이 나를 비웃는다고 생각했어요."

"오, 분명 그랬을 거요." 모어가 말한다. "정말로 그렇게 만난 적이 있다면. 그리고 이제 어찌되었나 좀 보시오. 여기 올 때마다 당신이 나를 비웃잖소. 앨리스가 어쩌고. 내 야위고 허연 다리가 어쩌고."

"틀림없이 사전이었다고 생각은 하는데. 정말 기억이 안 납니까? 뭐…… 바지선이 대기하고 있어요. 이 추위에 사공들을 계속 밖에 둘 순 없지요."

"여기서는 날이 무척 길다오." 모어가 말한다. "밤은 더 길고. 어째

속이 안 좋소. 숨쉬기도 힘들고."

"첼시로 돌아가세요, 그럼. 버츠 박사가 방문해서 이럴 겁니다. 쯧쯧, 토머스 모어, 몸에 무슨 짓을 한 거요? 코를 막고 이 고약한 약물이나 마셔요……"

"때때로 아침을 보지 못할 거라는 생각이 드오."

그는 문을 연다. "마틴?"

마틴은 서른 살에 몹시 말랐고, 모자 아래 금발은 벌써부터 숱이 없다. 유쾌한 얼굴은 웃을 때면 주름이 자글자글하다. 고향은 콜체스터로, 아버지는 재단공이고 마틴 자신은 짚단을 덮은 지붕 속에 아버지가 숨겨둔 위클리프의 복음을 읽으며 글을 배웠다. 이것이 새로운 잉글랜드다. 이 잉글랜드에서는 마틴이 해묵은 책을 꺼내 먼지를 떨고 이웃에게 보여줄 수 있다. 마틴에게는 형제들이 있고 모두 복음주의자다. 마틴의 아내는 지금 셋째 아이를 출산하러, 마틴의 말을 그대로 빌리면 "지푸라기 속에 기어들어가" 있다. "무슨 소식이라도 있나?"

"아직요. 하지만 나리께서 대부가 되어주실 거죠? 아들이면 토머스, 딸이면 나리가 지어주시는 이름으로 하렵니다."

손이 맞닿고 미소가 오간다. "그레이스." 그가 말한다. 돈을 선물로 건네는 것도 용납되리라, 아기의 인생이 시작되는 시점이니까. 그는 몸을 돌려 아픈 남자를 바라본다. 모어는 이제 테이블에 엎드려 있다. "모어 경이 밤이면 숨쉬기가 힘들다는군. 덧베개, 쿠션, 구할 수 있는 건 뭐든 가져다 몸을 받치고 자세를 편히 해주게. 나는 경이 어떻게든 살아남아 자기주장을 재고해볼 수 있는 모든 기회를 제공하고 싶네. 우리 왕에게 충성심을 입증하고 집으로 돌아갔으면 해. 그럼, 두 사람 모두 좋은 오후 되길 바라네."

모어가 고개를 든다. "서신을 쓰고 싶소."

"그러시지요. 잉크와 종이를 준비시키겠습니다."

"메그한테 쓰고 싶어."

"그럼 좀 인간적으로 써 보내세요."

모어의 서신은 한 사람을 위한 게 아니다. 수신인은 딸로 되어 있지만 유럽의 친구들에게 전하려고 쓰는 것이다.

"크롬웰……?" 모어의 목소리가 다시 부른다. "왕비는 어찌 지낸다는가?"

모어는 늘 정확하다. '캐서린'을 '왕비'라 부르는 실수 따위를 하는 사람이 아니다. 앤은 어찌 지낸다는가? 그리 묻는 것이다. 그러나 모어에게 무슨 말을 해줄 수 있을까? 방을 나가려던 차였던 그는 그대로 문을 나선다. 가느다란 창문의 잿빛 하늘이 어느새 푸른 땅거미로 바뀌었다.

그녀의 목소리가 들렸다, 옆방에서. 낮고, 가차없는 목소리. 헨리가 분개해 소리친다. "나는 아니야! 나는 아니라고."

대기실에서 토머스 불린, 그러니까 몽세뇌르의 좁다란 얼굴이 뻣뻣이 굳어 있다. 불린 집안의 군식구 신세를 자처하는 프랜시스 웨스턴과 프랜시스 브라이언이 시선을 주고받는다. 한쪽 구석에서는 류트 연주자 마크 스미턴이 이목을 끌지 않으려 애쓰고 있다. 녀석이 여기서 뭘 하는 거지? 문중의 비밀회합이 아닌 건 맞다. 조지 불린이 파리에서 회담중이니까. 아기 엘리자베스를 프랑스 왕자와 결혼시켜야 한다는 얘기가 나돈 터다. 불린가는 정말로 이 혼사가 실현되리라 생각하는 모양이다.

"도대체 무슨 일이 벌어졌기에," 그가 말한다. "왕비가 저토록 화를 냅니까?" 크게 놀란 말투다. 원래 앤이 차분한 여자의 대명사라도 된다는 양.

웨스턴이 말한다. "레이디 케리 말예요, 그 여자가—들리는 말로는 그녀가 알고 보니—"

브라이언이 콧방귀를 뀐다. "뱃속에 서자를 품고 있다는데."

"아. 몰랐습니까?" 그는 자신을 둘러싼 이들이 충격받았다는 사실에 흐뭇하다. 어깨를 으쓱한다. "나는 집안 문제라고만 생각해서요."

브라이언의 안대가 그를 향해 찡긋댄다. 오늘은 황달에 걸린 듯한 노란색이다. "그 여자를 더욱 엄중히 감시해야겠어, 크롬웰."

"그 문제는 내가 잘못한 거네." 불린이 말한다. "아무래도 그런 것 같군. 메리는 아기의 아버지가 윌리엄 스태퍼드라고 우긴다네, 그자랑 결혼도 했고. 자네는 이 스태퍼드라는 자를 알지, 그렇지?"

"그렇다고 할 수 있지요. 자," 그는 쾌활하게 말한다. "들어갈까요? 마크, 이 사태에 곡을 붙일 생각은 없다. 그러니 이만 물러가서 쓸모 있는 일이나 해라."

헨리 노리스가 홀로 왕의 시중을 들고 있다. 왕비의 곁에는 제인 로치퍼드뿐이다. 헨리왕의 큼지막한 얼굴이 파리하다. "지금 그대는, 마담, 내가 그대를 알기도 전에 한 일로 나를 비난하는 거요."

다들 그를 뒤따라 우르르 들어선다. 헨리왕이 말한다. "윌트셔 백작, 두 딸 중 하나라도 좀 통제할 수 없나?"

"크롬웰은 알았답니다." 브라이언이 말한다. 킁킁거리며 웃는다.

몽세뇌르가 입을 연다, 더듬거린다―언변 좋은 수완가로 명성이 자자한 외교관 토머스 불린이건만. 앤이 아버지의 말을 자른다. "언니가 뭐하러 스태퍼드의 아기를 갖겠어요? 그자의 아기라는 말 나는 안 믿어요. 그 사람이 언니랑 왜 결혼했겠어요, 야망 때문이 아니면―뭐, 경솔한 짓을 한 거죠. 그자는 앞으로 왕궁에 절대로 발을 들일 수 없을 테니까, 언니도 마찬가지고. 언니더러 내 앞에서 무릎 꿇고 기어보라고 해요. 내가 신경이나 쓰나. 굶어죽든지 말든지."

앤이 내 아내라면, 그는 생각한다. 나는 오후 내내 나가 있을 것이다. 앤은 초췌한 모습으로 잠시도 가만있지 못한다. 근처에 칼 따위는 절대 둬선 안 될 것 같은 분위기다. "어쩝니까?" 노리스가 속삭인다. 제인 로치퍼드가 등을 대고 선 태피스트리에는 님프들이 나무와 한몸으로 얽혀 있다. 로치퍼드의 치맛단은 우화에나 나올 법한 개울물에 잠겼고, 베일이 스치는 구름에서는 여신이 슬쩍 내다본다. 로치퍼드가 고개를 든다. 냉철한 승리감이라 할 만한 표정이 깃들어 있다.

대주교를 불러올 걸 그랬군, 그는 생각한다. 앤도 대주교가 보는 앞에선 분통을 터트리거나 거칠게 행동하지 않을 텐데. 지금 그녀는 노리스의 소매를 붙들고 있다. 지금 뭐하자는 거지? "언니는 나를 괴롭히려고 일부러 이러는 거예요. 거대한 배를 앞세우고 궁정을 돌아다닐 작정인 거죠. 나를 동정하고 비웃으면서. 나는 아기를 잃었으니까."

"내 생각은 이렇구나, 이 문제를 한번 찬찬히 들여다보면―" 앤의 아버지가 입을 연다.

"나가요!" 그녀가 말한다. "날 내버려둬요. 가서 언니한테―미스트리스 스태퍼드에게—전해요. 내 가족으로서 모든 권리를 박탈당했다고. 나는 그 여자를 몰라요. 그 여자는 이제 불린가 사람이 아니에요."

"월트셔 백작, 가보게." 헨리가 매타작이 확정된 학생 같은 말투로 덧붙인다. "나중에 얘기하겠네."

그는 왕에게 천진하게 말한다. "폐하, 오늘 업무는 그냥 접을까요?" 헨리가 웃는다.

제인 로치퍼드가 그의 곁에서 뛰다시피 걷는다. 그가 걸음을 늦추지 않으니 그녀는 치맛자락을 들고 따르는 수밖에 없다. "정말 아셨어요, 장관님? 아님 그들의 얼굴을 보고 그냥 해본 말인가요?"

"당신은 나보다 한 수 위네요. 내 모든 계책을 꿰뚫어보잖습니까."

"내가 레이디 케리도 꿰뚫어봤으니 얼마나 다행이에요."

"메리의 상태를 눈치챈 사람이 당신이었나요?" 아님 또 누구려고? 남편 조지가 타지에 가 있는 터라 그녀에게는 따로 염탐할 사람이 없다.

메리의 침대에 실크들이 널려 있다—불타는 듯한 빨강, 주황, 담홍—매트리스에 불이라도 난 것 같다. 스툴과 창가의 앉을 자리를 가로질러 면 스목들이 걸쳐져 있고, 장식띠와 짝이 맞지 않는 장갑들이 뒤엉켜 있다. 저건 그녀가 무릎을 내보이던 때 신었던 그 녹색 스타킹인가, 그에게 전속력으로 달려와 결혼을 제안하던 날?

그는 문가에 선다. "윌리엄 스태퍼드라고요, 어?"

메리가 허리를 편다. 뺨이 발그레하고, 한 손에 벨벳 슬리퍼를 들었다. 비밀도 들통났으니 보디스의 끈은 편히 풀어두었다. 그녀의 눈이 그를 스쳐지난다. "착하기도 하지, 제인. 이리 가져오렴."

"실례합니다, 마스터." 제인 시모어다. 단정히 개킨 세탁물을 한가득 안고는 발꿈치를 들고 살금살금 그를 지나친다. 소년 하나가 뒤따라와 노란색 가죽 궤짝을 쿵 내려놓는다. "거기에 둬, 마크."

"보이시죠, 장관님." 마크 스미턴이 말한다. "쓸모 있는 일을 하고 있어요."

제인 시모어가 궤짝 앞에 무릎을 꿇고 뚜껑을 연다. "안에다 댈 아마천은요?"

"아마천은 무슨. 내 신발 한 짝은 어디 갔지?"

"얼른 사라지는 게 상책일걸요." 제인 로치퍼드가 경고한다. "노퍽 외숙부한테 걸리면 매질을 당할 거예요. 그쪽의 왕비 동생은 아기 아버지가 왕이라고 생각해요. 왕비 말이, 윌리엄 스태퍼드의 아기를 뭐하러 갖겠느냐고 하던데요?"

메리가 코웃음을 친다. "딱 거기까지가 그애의 한계죠. 한 남자를 그 자체로 받아들인다는 게 뭔지 앤이 알기나 하겠어요? 가서 말해도 돼요, 그 사람은 나를 사랑한다고. 가서 말해요, 그 사람은 나를 아끼고, 그런 사람은 오직 그뿐이라고. 이 세상에 그 사람뿐이라고."

그는 몸을 숙이고 속삭인다. "미스트리스 시모어, 당신이 레이디 케리의 친구인 줄은 몰랐소."

"제가 아니면 도울 사람이 없어서요." 제인 시모어는 고개를 내내 숙이고 있다. 목덜미가 분홍빛으로 물든다.

"저 침대 커튼도 내 거야." 메리가 말한다. "내리도록 해." 침대 커튼에 수놓인 무늬를 보니 메리의 남편 윌 케리의 문장이다. 죽은 지가 글쎄―이제 칠 년쯤 되었나? "가문 휘장은 뜯어내면 되니까." 물론이다. 이미 죽은 남자와 그자의 문장이 다 무슨 소용인가? "도금한 대야는 어디 있지, 로치퍼드, 당신이 가지고 있어요?" 메리는 노란색 궤짝을 툭 찬다. 궤짝에는 온통 앤의 상징인 매가 찍혀 있다. "내가 이걸 가져가는 걸 저들이 봤다가는 냉큼 빼앗아서 안에 든 걸 길바닥에 죄다 쏟아버릴 텐데."

"한 시간 정도만 기다릴 수 있으면," 그가 말한다. "사람을 시켜 궤짝을 보내주지요."

"거기엔 토머스 크롬웰의 상징이 찍혀 있겠지요? 그런데 어쩌죠, 한 시간이나 기다릴 순 없는데. 그래 그거야!" 메리는 침대보를 벗기기 시작한다. "보따리처럼 싸면 되지!"

"창피하지도 않나," 제인 로치퍼드가 말한다. "은식기라도 슬쩍한 하인처럼 내빼는 게? 게다가 켄트에서는 이런 물건이 필요도 없을걸요. 스태퍼드한테 농장인가 뭔가가 있잖아요, 아닌가? 조그만 영지라고 해야 하나? 하기야 가져가서 팔 수는 있겠네요. 팔아야겠어요, 그러고 보면."

"내 착한 동생이 프랑스에서 돌아오면 도와줄 거예요. 내가 가문에서 내쳐지는 꼴을 보고만 있지는 않을 거라고요."

"내 생각은 좀 다른데. 로치퍼드 경은 분별 있게 행동할걸요, 나처럼. 당신은 가문 전체에 치욕을 안긴 사람이니까."

메리가 발끈한다. 고양이가 발톱을 드러내고 휘두르듯 팔을 내젓는다. "아무리 창피해도 당신이 결혼하던 날보다는 나아요, 로치퍼드. 이건 집 한가득 선물을 받는 거나 다름없거든요. 당신은 사랑할 줄 모르고 사랑이 뭔지도 모르죠. 당신이 할 수 있는 건 사랑을 아는 이들을 시샘하고 그들의 비극에 고소해하는 것뿐이에요. 딱하고 불행한 여자죠, 자기를 끔찍이도 미워하는 남편을 둔. 나는 당신이 불쌍해요. 내동생 앤도 불쌍하고. 나더러 그애 자리에 가래도 안 가요. 왕비랍시고 늙은 창녀나 쓰는 수법으로 남자를 묶어둘 수밖에 없는 신세가 되느니 나만을 생각하는 정직하고 가난한 젠틀맨의 침대에 있겠어요—네, 그렇다고 알고 있어요. 왕이 노리스한테 얘기했거든요, 그애가 뭘 해주는지. 그리고 그런 걸로 애를 가질 순 없죠, 그건 내가 장담해요. 이제 그애는 궁정의 모든 여자를 두려워해요—그애 봤어요? 요즘 그애가 어떤지 봤냐고요. 왕비가 되겠다고 수작을 부린 게 칠 년인데, 이젠 그 기도의 응답이 독이 되는 상황이에요. 그애는 매일이 대관식 날 같을 줄 알았겠지만." 메리는 가쁜 숨을 쉬며 소지품더미에서 소매 덮개 한 쌍을 끄집어내 제인 시모어에게 던져준다. "이거 받아, 자기. 내 축복과 함께. 자기는 궁정에서 유일하게 마음씨 친절한 사람이야."

제인 로치퍼드가 자리를 뜨며 문을 쾅 닫는다.

"가게 두세요." 제인 시모어가 중얼거린다. "그녀가 한 말은 잊어버려요."

"속이 다 시원하네!" 메리가 내뱉는다. "저 여자가 내 물건을 골라 들고 흥정하자며 덤비지나 않은 걸 다행으로 여겨야지." 침묵 속에서 그녀의 말은 부딪히고 퍼덕이고 푸드득거리며 방안을 떠다닌다. 공포에 질려 벽에 똥을 싸지르는 덫에 걸린 날짐승처럼. 왕이 노리스한테 얘기했거든요, 그애가 뭘 해주는지. 밤마다 기상천외한 짓을 벌인다는데. 그나마도 수위를 낮춘 것일 테죠, 당연한 거 아니에요? 장담하는데 노리스도 아주 귀를 쫑긋 세우고 있을 거예요. 하느님 맙소사, 도대체가 그 사람들은! 마크가 입을 떡 벌린 채 문 뒤에 서 있다. "마크, 뭍에 올라온 물고기처럼 그러고 있으면 네 살을 저며 튀겨버릴 거다." 녀석은 냅다 도망친다.

미스트리스 시모어가 보따리를 묶은 꼴이 꼭 날개 부러진 새 같다. 그는 그걸 건네받아 다시 묶는다. 실크로 된 장식끈 대신 튼튼한 끈을 쓴다. "끈을 늘 가지고 다니시나요, 장관님?"

메리가 말한다. "오, 내 연애시집! 셸턴한테 있는데." 그러고는 후다닥 방을 나간다.

"그 시집이 필요하긴 할 거요." 그가 말한다. "켄트에는 시라고는 없으니."

"제인 로치퍼드라면 소네트가 있다고 안 추울 줄 아느냐고 말하겠죠. 물론," 제인 시모어가 말한다. "저는 소네트를 받아본 적이 없지만요. 그래서 잘은 몰라요."

리즈, 그는 생각한다. 당신의 그 죽은 손 좀 내게서 거둬줘. 이 어린 소녀와 있는 내가 그렇게 못마땅해? 너무도 작고 마르고 평범한 이 아이와? 그는 몸을 돌린다. "제인―"

"네, 장관님?" 그녀는 침대에 살짝 몸을 얹고 옆으로 굴러 매트리스로 올라간다. 일어나 앉아 몸 아래 깔린 치마를 당겨 빼고 발 디딜 곳을 찾는다. 침대 기둥을 붙들고 기어올라 머리 위로 손을 뻗고 침대 커튼의 고정쇠를 끄르기 시작한다.

"내려와요! 내가 하겠소. 미스트리스 스태퍼드에게 짐마차를 보내지요. 이 모든 걸 혼자 지고 갈 순 없을 테니."

"이건 제가 할 수 있어요. 내무장관이 침대 커튼 따위를 건사할 수야 없죠."

"내무장관은 모든 걸 건사합니다. 왕의 셔츠를 만들지 않는 게 놀라울 따름이지요."

그의 위에서 제인이 부드럽게 흔들린다. 그녀가 깃털 이불 위에 내려선다. "캐서린 왕비는 만들어요. 아직도."

"미망인 공비라고 해야지요. 내려와요."

제인 시모어가 잡동사니 틈으로 폴짝 뛰어내리자 치마가 출렁거린다. "심지어 지금도 만들어요, 두 사람 사이에 그런 엄청난 일이 있었는데. 저번 주에 새 셔츠들을 보내왔어요."

"그건 왕이 금지한 걸로 아는데."

"앤은 그러죠, 쫙쫙 찢어서 그 용도로 써야 한다고. 그게, 그거 있잖아요, 변소에서 쓰는. 폐하는 화를 냈고요. '변소'라는 단어가 맘에 안 들어서 그랬던 것 같아요."

"충분히 그럴 수 있지요." 왕은 상소리를 배척한다. 지저분한 얘기를 했다는 이유로 쫓겨난 대신도 적지 않다. "메리의 말이 사실입니까? 왕비가 두려워한다는 게?"

"지금은 폐하가 미스트리스 셸턴을 두고 안달하니까요. 뭐, 알고 계시잖아요. 내내 지켜보셨으니."

"하지만 그 정도로 해될 건 없지 않소? 왕은 남자다울 필요가 있지요, 기다란 가운을 걸치고 사제들과 함께 난롯가에 앉아 있을 나이가 되기 전까지는."

"앤한테도 그리 설명 좀 해주세요. 앤은 그걸 이해 못하거든요. 셸턴을 멀리 보내버리고 싶어하죠. 하지만 앤의 아버지와 남동생이 용납하지 않을걸요. 셸턴이랑은 사촌지간이니까. 왕이 한눈을 판다면 그 상대가 차라리 가족과 가까운 사람이길 바라는 거죠. 요즘은 근친들 사이의 관계가 무슨 유행인가요! 노퍽 외숙부가 말하길—그러니까, 공작 저하가……"

"괜찮아요." 그가 침대 커튼에 정신이 팔린 채 말한다. "나도 노퍽 외숙부라고 부르거든."

제인이 손으로 입을 가린다. 아이의 손이다, 조그만 손톱이 반짝이는. "시골에 가서 웃을 일이 통 없을 때 그 생각을 해야겠어요. 그럼 공작님은 뭐라고 대답하시나요, 친애하는 크롬웰 조카님?"

"궁을 떠날 생각입니까?" 마음에 둔 남편감이 당연히 있겠지, 어떤 시골 남자가.

"한 철만 더 채우면 그만 놔주시기를 바라고 있어요."

메리가 으르렁거리며 사납게 들어온다. 뱃속 아기 위에, 이제는 눈에 띄게 볼록한 배 위에 자수 쿠션 두 개를 아슬아슬하게 얹었다. 한 손에 든 도금 대야에 시집이 들어 있다. 그녀는 쿠션을 던지고 주먹을 펴더니 한줌이나 되는 은제 단추들을 흩뿌린다. 단추들이 대야에 주사위처럼 떨어지며 달그락거린다. "셸턴이 갖고 있더라고요. 저주받을 좀도둑 같으니."

"왕비가 딱히 저를 좋아하는 것도 아니고." 제인이 말한다. "울프홀에 가본 지도 오래되어서요."

왕에게 줄 새해 선물로 그는 한스에게 우피지에 그린 정밀화를 주문해둔 터다. 솔로몬이 왕좌에 앉아 시바의 여왕을 맞이하는 장면이다.

비유가 되어야 하네, 그가 설명했다. 왕이 교회의 결실과 백성의 경배를 받는다는.

한스는 사람을 왠지 무색하게 만드는 눈으로 바라보았다. "무슨 말인지 알겠어요."

한스가 밑그림을 준비해온다. 솔로몬왕은 장엄하게 앉아 있다. 그 앞에 시바의 여왕이 서 있는데, 고개를 들기는 했으나 등을 돌리고 있어 얼굴이 보이지 않는다. "자네 머릿속에서는," 그가 말한다. "여왕의 얼굴이 보이는 건가, 이렇게 숨겨져 있어도?"

"뒤통수값만 치렀으니 뒤통수만 보이는 거죠!" 한스가 이마를 문지른다. 풀이 죽는다. "그건 아니고요. 나는 여왕의 얼굴이 보여요."

"거리에서 마주치는 여자와 닮은 얼굴인가?"

"딱히 그렇진 않아요. 그보단 기억에 남아 있는 누군가에 더 가까워요. 어린 시절 알고 지냈던 여자랄까."

두 사람은 왕이 하사한 태피스트리 앞에 앉아 있다. 화가의 눈길이 태피스트리로 샌다. "벽에 있는 이 여자 말이에요. 울지 추기경이 갖고 있다가, 헨리왕이 갖고 있다가, 이젠 마스터한테 왔네요."

"내 확실히 말해두지. 저 시바 여왕의 원형이 된 실제 인물 같은 건 없어." 뭐, 웨스트민스터에 아주 신중하고 다재다능한 창녀가 또 있으면 모를까.

"저는 누군지 아는데요." 한스가 힘주어 고개를 끄덕인다. 입술을 굳게 다물고 눈을 반짝이며 놀리는 게 꼭 손수건을 훔치고 어서 쫓아와보라며 달아나는 개 같다. "안트베르펜에 얘기가 돌더라고요. 건너가서 구애해보지 그러세요?"

"이미 결혼한 여자네." 그는 당황한다. 자신의 사적인 문제가 사람들의 입방아에 오르내리다니.

"그 여자가 마스터를 따라오지 않을 것 같은가요?"

"오래전 얘기야. 그사이 나도 변했고."

"야.* 이제 마스터에겐 재력이 있죠."

"하지만 나를 두고 뭐라고들 하겠나, 내가 남편이 있는 여자를 유혹해 빼앗으면?"

한스는 어깨를 으쓱한다. 참으로 실리적이다, 독일인은. 모어는 루터교도가 교회에서 간통한다고 말한다. "게다가," 한스가 말한다. "또다른 문제가—"

"무슨?"

한스는 어깨를 으쓱한다. 아무것도. "아무것도 아녜요! 그럼 이제 내가 털어놓을 때까지 손을 묶어 매달아두실 건가요?"

"나는 그런 짓 안 해. 그러겠다고 위협할 뿐이지."

"내 말은 그저," 한스는 달래듯 말한다. "마스터와 결혼하고 싶어 안달인 다른 여자들 문제도 있다는 거죠. 잉글랜드의 아내들은요, 다들 하나같이 비밀장부를 갖고 있어요. 지금 남편을 독살한 뒤 얻을 다음 남편이 적힌. 마스터는 그 모든 명단에 일순위로 이름이 올라 있고요."

한가할 때면—일주일에 두세 시간—그는 기록보관소의 법정 기록을 훑어본다. 유대인은 잉글랜드 땅에 발 들이지 못하게 되어 있으나 운명이라는 조류에 또 어떤 인간 표류물이 휩쓸려올지는 알 수 없는

---

* ja. '네'라는 뜻의 독일어.

일이다. 그리고 이 집이 빈 건 딱 한 번, 삼백 년 동안 단 한 달뿐이다. 그는 관리장들의 기록을 읽고, 이곳에 거주했던 죽은 자들이 상납금을 내고 받은 히브리어 영수증도 흥미롭게 살펴본다. 그들 중에는 저 밖의 런던 사람들을 피하려 이 담장 안에서 오십 년을 산 이도 있다. 구불구불한 통로를 걸을 때면 그는 발아래서 그들의 발자국을 느낀다.

그는 남아 있는 두 사람을 만나러 간다. 조용하고 경계를 늦추지 않는 두 여자는 나이를 가늠할 수 없고, 각각 캐서린 휘틀리와 메리 쿡이라는 이름을 쓴다고 한다.

"무슨 일을 합니까?" 뭘 하며 시간을 보내느냐는 의미다.

"기도를 올리지요."

여자들은 그를 살피며 그의 의도를, 그게 선의인지 악의인지 확인할 증거를 찾는다. 그들의 얼굴은 말한다. 우리 둘은 우리 자신의 인생 이야기가 전부인 사람들이에요. 그런데 왜 그걸 당신에게 내줘야 하죠?

그는 여자들에게 새고기를 선물로 보내지만 비유대교도가 손질한 고기를 그들이 먹을지는 의문이다. 크리스마스를 앞두고 캔터베리의 크라이스트처치 소수도원에서 켄트산 사과 열두 개를 보내온다. 각각을 잿빛 리넨으로 포장했고 와인과 잘 어울리는 특산품이다. 그는 이 사과와 함께 자신이 직접 고른 와인을 들고 두 유대인을 찾아간다. "1353년에," 그는 말한다. "이 집엔 한 사람밖에 없었습니다. 그녀가 여기서 아무도 없이 홀로 살았다고 생각하면 안타까워요. 마지막 거주지가 엑서터로 되어 있던데, 그전에는 어디서 살았을까요? 여자의 이름은 클라리시아입니다."

"우리는 아는 게 없어요." 캐서린이 말한다. 아니, 메리인가. "아는 게 있다면 그게 더 이상하겠죠." 그녀가 손끝으로 사과를 쓸어본다. 이게 얼마나 귀한 물건인지 아마 모를 테지. 그 수도원이 구할 수 있는 최상의 선물이란 것도. 사과가 마음에 들지 않으면, 그가 말한다. 혹은 마음에 들더라도, 설탕에 졸인 배도 있습니다. 누가 오백 개를 보내왔거든요.

"눈도장을 확실히 찍을 작정이었나봐요." 캐서린 혹은 메리가 말하고 다른 한 명이 덧붙인다. "500킬로그램쯤이었다면 더 확실했을 텐데."

여자들은 웃지만 그 웃음은 차갑다. 그는 이들과 절대로 가까워지지 못하리라. 클라리시아라는 이름은 마음에 들어 간수 마틴의 딸 이름으로 제안했으면 좋았겠구나 싶다. 누구나 꿈꿀 만한 여자의 이름이다. 내면이 투명하게 비쳐 보이는 여자의 이름이다.

왕의 새해 선물이 완성되자 한스가 말한다. "내가 그린 왕의 첫 초상화예요."

"조만간 다른 것도 그리게 되길 바라보세."

한스는 그가 번역이 거의 마무리된 잉글랜드어 성서를 가지고 있다는 걸 안다. 그가 집게손가락을 세워 입술에 댄다. 그 얘기는 아직 너무 이르네. 내년쯤이면 몰라도. "어차피 마스터가 바치는 건데," 한스가 말한다. "헨리왕이 지금이라고 거절할까요? 속표지에 왕을 그려드릴게요. 영광스러운 모습으로, 교회의 수장답게." 한스는 서성대며 숫자 몇 개를 투덜투덜 내뱉는다. 종이와 인쇄비를 따져보고 자기 이익을 가늠한다. 마르틴 루터의 속표지는 루카스 크라나흐가 그린다. "크라나흐는 마르틴과 그 아내의 그림을 인쇄해서 한 바구니는 팔았어요.

게다가 그 인간은 사람을 다 돼지 같은 몰골로 그린다고요."

맞는 말이다. 크라나흐는 그 찬연한 누드화조차 상냥한 돼지상 얼굴과 잡역부의 발, 우악스러운 귀로 인물을 표현한다. "하지만 헨리왕을 그릴 거면 나는 아첨을 좀 해야겠지요, 아마도. 오 년 전 모습으로 그리는 거예요. 십 년 전이나."

"오 년으로 하지. 그 이상은 본인을 놀린다고 생각할 거야."

한스가 손으로 목을 감싸쥐더니 무릎을 꺾으며 교수형을 당하는 사람처럼 혓바닥을 쑥 내민다. 아무래도 이자는 사형의 방법들을 일일이 머릿속에 그려보는 모양이다.

"자연스레 우러나오는 위엄을 담아야 할 걸세." 그가 말한다.

한스가 씩 웃는다. "그런 거야 듬뿍듬뿍 얹어드릴 수 있죠."

한 해의 끝이 불러온 추위와 촉촉한 녹색 빛이 템스강과 런던을 씻어내린다. 그의 책상으로 서신이 거대한 눈송이처럼 하늘하늘 떨어진다. 독일의 신학박사들, 프랑스의 대사들, 켄트에서 망명생활중인 메리 불린이 보내온 것들이다.

그는 봉인을 뜯는다. "이것 좀 들어봐라." 리처드에게 말한다. "메리가 돈이 필요하다는구나. 그렇게 서두를 일이 아니었다는 걸 자기도 안대. 사랑이 이성을 이겼다는군."

"사랑, 그게 맞긴 하대요?"

그는 서신을 읽는다. 그녀는 윌리엄 스태퍼드와 함께하기로 한 결정을 단 한순간도 후회하지 않는다. 다른 남편을 얻을 수도 있었다고, 그녀는 쓴다. 작위와 부를 가진 사람으로. 하지만 "내가 자유의 몸이고 선택이 가능하대도, 확실히 해두겠는데요, 장관님, 그 사람에게도 이런 진심을 전하려 무던히도 애썼는데, 위대하신 왕비마마로 불리느니 그냥 그 사람과 함께 빵을 구걸하며 살겠어요".

메리는 왕비 여동생에게 서신을 쓸 엄두를 내지 못한다. 아버지 혹은 외숙부 혹은 남동생에게도 마찬가지다. 그들 모두가 몹시도 잔인하게 군다. 그래서 그녀는 그에게 서신을 쓴다…… 그는 궁금하다. 그녀가 이 서신을 쓰는 동안 스태퍼드가 어깨 너머로 들여다보고 있었을까? 그녀는 키득거리며 말했을까. 토머스 크롬웰, 내가 그 사람을 기대하게 만든 적도 있었죠.

리처드가 말한다. "제가 메리와 결혼할 뻔했다는 게 까마득한 옛일 같네요."

"지금과는 아예 다른 시절이었으니까." 그리고 리처드는 행복하다. 결국 어찌되었는지 보라. 우리는 불린 가문이 없이도 번성할 수 있다. 그러나 불린가는 결혼 문제로 그리스도교 세계를 발칵 뒤집어놓고 얻은 결과가 저 요람 속의 적갈색 못난이다. 그게 정말이면 어쩌나. 헨리가 벌써 질렸다면, 이 과업에도 결국 망조가 들었다면? "윌트셔 백작을 불러와라."

"여기 기록보관소로요?"

"휘파람만 불어도 올 거다."

그는 토머스 불린 경에게 창피를 주고—언제나처럼 나긋하게—메리에게 연금조로 돈을 지급하도록 만들 것이다. 메리는 불린을 위해 몸 바쳐 일했고, 이제는 불린이 메리의 생활을 지원해야 한다. 리처드가 어둠 속에 앉아 기록할 것이다. 그게 불린에게 옛 시절을 되새겨주겠지. 그래 봐야 고작 육칠 년 전이지만. 지난주에 샤퓌가 말했다. 이제 이 나라에서 당신이 제2의 울지, 아니 그 이상이 되었군요.

크리스마스 전야에 앨리스 모어가 그를 찾아온다. 낡은 칼날처럼 가늘고 예리한 빛이 비추고, 그 빛을 받은 앨리스는 늙어 보인다.

그는 그녀를 공주처럼 맞이한다. 벽널을 바꾸고 새로 칠을 한 방으로 안내한다. 벽난로에서 활활 타는 불길이 새로 지은 굴뚝으로 솟구친다. 공기에서 소나무 가지 냄새가 난다. "이 방에서 연회를 여는 모양이죠?" 앨리스는 성의껏 치장하고 왔다. 머리칼은 뒤로 바짝 당겨 핀으로 고정하고 조그만 진주가 알알이 박힌 보닛을 썼다. "이런! 내가 처음 갔을 때 거긴 퀴퀴하고 낡은 곳이었는데. 남편이 자주 했던 말이에요." 그는 앨리스가 과거 시제를 쓴 것에 주목한다. "남편은 이렇게 말하곤 했죠. 아침에 깊숙한 지하감옥에 크롬웰을 가둬봐. 밤에 돌아가서 보면 그자는 푹신한 방석에 앉아 종달새 혓바닥 요리를 먹고 있을 거야. 간수들은 죄다 그자한테 돈을 빚졌을 테고."

"나를 지하감옥에 가두는 얘기를 많이 하던가요?"

"말이 그렇다는 거죠." 앨리스가 불편해한다. "당신이 폐하를 만나게 해줄지도 모르겠다고 생각했어요. 폐하가 여자한테는 늘 정중하고 또 친절하다는 거 나도 알거든요."

그는 고개를 가로젓는다. 앨리스를 국왕 앞에 데려다놓으면 그녀는 왕이 첼시 집에 방문해 정원을 산책하던 시절 얘기를 할 것이다. 왕의 속을 헤집을 것이다. 마음을 괴롭힐 것이다. 모어에 대해 생각하게 만들 것이다. 지금은 굳이 하지 않는 그 생각을. "폐하는 프랑스 대사들

과 만나느라 무척 바쁩니다. 이번 명절에 궁에서 계획하고 있는 일이
많아요. 내 판단을 믿으세요."

"당신은 그간 우리한테 잘해주셨죠." 앨리스가 머뭇머뭇 말한다.
"왜일까, 나는 자문하곤 해요. 당신에겐 늘 어떤 꿍꿍이가 있으니까."

"그건 타고난 거라," 그가 말한다. "어쩔 수가 없네요. 앨리스, 그럼
당신의 남편은 왜 그리 고집이 셉니까?"

"내겐 남편이나 성삼위일체나 똑같이 불가사의예요."

"그럼 우리는 어떻게 해야 할까요?"

"내 생각에 남편은 폐하에게 이유를 댈 거예요. 비공개로요. 폐하가
어떤 벌도 더는 내리지 않겠다고 사전에 약속만 해주면."

"그러니까 지금, 반역을 허가하란 겁니까? 왕은 그렇게 못합니다."

"성 아그네스시여! 토머스 크롬웰, 왕이 못한다는 소리를 입에 올리
다니! 마당에서 으스대고 다니던 수탉을 본 적이 있어요, 마스터. 그
러다 결국 여자애한테 붙들려 목이 비틀렸지요."

"국법이 그렇습니다. 나라의 관습이 그래요."

"헨리왕이 법 위에 있는 줄 알았는데요."

"여기는 콘스탄티노플이 아닙니다, 데임 앨리스. 물론 튀르크에 악
감정이 있어서 하는 소리는 아니고요. 오히려 이교도를 응원하는 분위
기죠, 요즘은. 그들이 카를황제의 손을 묶어두는 한은 말입니다."

"집에 남은 돈이 별로 없어요." 앨리스가 말한다. "남편 생활비로 매
주 15실링을 마련해야 해요. 거기서 춥게 지낼까 걱정스러워요." 그녀
는 코를 훌쩍인다. "아무튼 그런 얘기를 나한테 직접 해도 될 텐데. 남
편은 내 앞으로 서신을 보내는 일이 없어요. 늘 그애, 그애, 사랑하는

딸 메그 타령이죠. 그애는 내 아이가 아니에요. 차라리 남편의 전 부인이 살아 있으면 좋겠다 싶어요. 그애가 날 때부터 이랬는지 물어보게. 폐쇄적인 아이예요, 아시겠지만. 자기 생각을 말하는 법이 없어요, 자기 아버지가 어떤 말을 했는지도. 남편이 피 묻은 셔츠를 주면서 세탁을 부탁했다는 얘기도 이제야 하더라고요. 리넨 옷 안에 말총 조끼를 입었던 탓이에요. 우리가 결혼했을 때 그걸 입고 있기에 내가 좀 벗으라고 애원했고, 벗었다고 생각했죠. 하지만 내가 어찌 알았겠어요? 남편은 혼자 자고 방문에는 빗장을 질러놓는데. 남편한테 가려움증이 있었다 한들 나는 몰랐을 테고, 남편은 어떻게든 혼자 긁었을 거라고요. 글쎄, 뭐가 됐든 간에 부녀 둘이서만 얘기하고, 나는 거기 낄 자리가 없었어요."

"앨리스—"

"내가 남편한테 애정이 전혀 없다고 생각하지는 마요. 남편이 나랑 결혼하고 고자처럼 산 건 아니에요. 관계를 했죠, 자주는 아니지만." 그녀는 얼굴을 붉힌다. 수줍다기보다 화가 난 듯하다. "일단 그리되면 남자가 춥지는 않은지, 배고프진 않은지 생각할 수밖에 없어요. 그 사람과 살을 맞대고 있는 것 같으니까. 자기 아이한테 마음 쓰듯, 똑같이 마음이 쓰이는 거예요."

"모어를 빼내세요, 앨리스. 힘써볼 곳이 있으면."

"힘써볼 곳이야 당신이 더 많겠죠." 앨리스는 서글프게 웃는다. "아드님 그레고리는 크리스마스에 집에 오나요? 나는 이따금 남편한테 그래요. 그레고리 크롬웰이 내 아들이면 좋겠다고. 아이 모양으로 설탕 반죽을 만들어 바삭하게 구워먹을 수 있게."

그레고리가 크리스마스를 지내러 집에 온다. 롤런드 리의 서신을 가져왔는데, 그레고리는 귀한 아이고 언제든 자기 밑으로 돌아와도 좋다고 쓰여 있다. "그럼 저는 다시 돌아가야 하나요." 그레고리가 묻는다. "아님 공부는 이제 끝난 건가요?"

"내년에는 네 프랑스어 실력을 키워줄 계획이다."

"레이프가 그러는데 제가 교육받는 걸 보면 왕자가 따로 없대요."

"당장은 내가 단련시킬 사람이 너밖에 없으니까."

"사랑하는 아버지……" 그레고리가 자그마한 자기 개를 안아올린다. 녀석을 품에 안고 목덜미의 털에 코를 비빈다. 그는 기다린다. "레이프랑 리처드가 그러는데, 제가 충분히 배웠다고 생각되면 아버지는 저를 상속받은 재산이 어마어마하게 많고 이가 시커멓고 늙은 미망인이랑 결혼시킬 작정이래요. 그 여자는 음란한 행위를 일삼아 저를 폐인으로 만들고 자기 멋대로 주무를 거래요. 자식들한테 재산을 주지 않겠다고 해서 그들이 저를 미워하며 어떻게 해버리려 호시탐탐 기회를 노리고, 어느 날 아침 저는 침대에 죽어 있을 거래요."

아들의 품에서 스패니얼이 고개를 홱 돌려 순하고 둥글고 의아한 눈으로 그레고리를 쳐다본다. "그냥 너를 놀리는 거야, 그레고리. 그런 여자가 있으면 내가 결혼하겠다."

그레고리가 고개를 끄덕인다. "그 여자도 아버지는 멋대로 주무르지 못할 테니까요. 그리고 감히 말씀드리면 그 여자에게는 괜찮은 사슴 사냥터가 있을 거예요, 사냥하기에 좋은. 자식들은 아버지를 두려워하겠죠, 설령 다 자란 어른이래도." 아이는 부족하나마 위안을 얻은 듯하다. "이 지도는 뭐예요? 인도제국이에요?"

"스코틀랜드 국경 지역이다." 그가 나긋하게 말한다. "해리 퍼시의 땅이야. 자, 여기를 좀 봐라. 그자가 이쪽 땅을 묶어서 채권자들한테 넘겼어. 우리로선 계속 두고 볼 수 없고. 국경의 수비를 운에 맡길 순 없으니까."

"해리 퍼시가 아프대요."

"아프든가, 미쳤든가." 그의 말투는 무심하다. "그자에게는 계승자가 없어. 아내와 잘해볼 리 없으니 앞으로도 계승자는 없을 공산이 크지. 해리 퍼시는 형제들과도 사이가 틀어졌고, 왕에게 상당한 돈을 빚졌어. 그러니 자기 계승자로 왕을 지명해도 무리가 없을 거야, 그렇지? 그자를 불러들여서 어떤 상황인지 알려줄 생각이다."

그레고리는 괴로운 듯 보인다. "백작 지위를 박탈당하나요?"

"품위는 지키게 해줄 거야. 생계를 유지할 수단도 마련해주고."

"이게 혹시 울지 추기경 때문인가요?"

해리 퍼시는 남쪽으로 향하던 울지 추기경을 캐우드에서 막아섰다. 열쇠꾸러미를 들고 들이닥쳤다, 길에서 묻혀온 진흙을 사방에 튀기면서. 추기경 전하, 전하를 반역죄로 체포합니다. 내 얼굴을 보게, 추기경은 말했다. 나는 살아 있는 사람은 조금도 두렵지 않아.

그가 어깨를 으쓱한다. "얘야, 가서 놀아라. 벨라를 데리고 가서 같이 프랑스어를 연습해봐. 칼레의 레이디 라일이 보내온 녀석이거든. 나는 얼른 나갔다 오마. 왕국의 대금을 결산해야 해."

다음 파견 때 아일랜드로 보낼 품목은 황동 대포와 쇠 탄환, 총구에 화약을 넣을 장전기와 장전용 국자, 화약용 사문석 가루와 유황 200킬로그램, 주목나무 활 오백 장과 활시위 두 통, 가래와 삽과 지렛대와 곡괭이와 말가죽 각각 이백 개, 벌목도끼 백 자루, 편자 천 개, 못 팔천 개다. 금세공인 코넬리스는 왕의 저번 아기, 세상의 빛도 보지 못했던 아이의 요람을 만든 돈도 아직 받지 못했다. 코넬리스는 요람에 아담과 이브를 그려준 한스에게 지불한 20실링과 함께 흰색 새틴, 금색 술과 테두리 장식, 에덴동산의 사과를 만드는 데 들어간 은값을 받아야 한다.

그는 아일랜드 작전에 투입할 화승총병 백 명을 고용하는 문제로 피렌체 사람들과 의논중이다. 그들은 잉글랜드 사람과 달리 무기를 절대로 내려놓지 않는다. 전장이 숲이든, 암석지대든 상관하지 않는다.

왕은 말한다. 새해 복 많이 받으시게, 크롬웰. 더 많은 행운이 함께하길 비네. 그는 생각한다, 우리 일에 행운은 아무런 힘이 없다고. 새해 선물 중에 헨리왕이 가장 마음에 들어한 것은 시바의 여왕 그림과 일각수 뿔, 그리고 금으로 큼지막하게 'H'라 새긴 오렌지 짜는 기계다.

새해 초에 국왕은 그에게 지금껏 듣도 보도 못한 직함을 내린다. 성직관리관, 즉 교회 업무에서 왕의 부관 역할을 하는 자리다. 수도원들을 정리할 거라는 소문이 떠돈 지도 벌써 삼 년이 넘었다. 이제 그는 수도원을 방문하고 조사하고 개혁할, 필요에 따라서는 폐쇄할 권한을 갖게 되었다. 그는 거의 모든 수도원의 내부 사정을 파악하고 있다. 울지 추기경 밑에서 수련한 덕분이기도 하고, 매일같이 날아드는 서신 덕분이기도 하다. 수도사들은 그에게 학대와 추문과 상급자의 불충을 불평하고, 공동체 내에서 한자리 얻기를 바라면서 적당한 곳에 한마디만 해주면 그 신세는 평생 잊지 않겠다고 약속한다.

그는 샤퓌에게 말한다. "샤르트르성당에 가보셨습니까? 거기 미로를 걸으면 말이죠, 처음에 발을 들일 때는 이게 다 뭔가 싶어요. 하지만 믿고 충실히 따라가다보면 곧장 중앙에 도착합니다. 본인이 있어야 할 곳에 곧장."

공식적으로 그와 샤퓌 대사는 서로 왕래하는 사이가 아니다. 비공식적으로는 샤퓌가 그에게 훌륭한 올리브오일을 한 통 보내고, 그는 샤퐁*으로 답례한다. 그럼 샤퓌가 파르메산 치즈를 든 하인을 뒤에 달고 직접 찾아온다.

샤퓌는 처량하고 추워 보인다. "당신의 불쌍한 왕비는 이 명절을 킴볼턴에서 초라하게 보내고 있어요. 남편 주위의 이단 자문관들이 어찌나 두려운지 자기 방에 피워둔 불로만 요리를 해먹는다지요. 게다가 킴볼턴은 집이라기보다 마구간에 가깝고."

"말도 안 되는 소리." 그가 쾌활하게 말한다. 끓인 와인의 온기로 뜨듯해지는 잔을 대사에게 건넨다. "벅든에서 거처를 옮겨드린 건 습하다고 불평해서였어요. 킴볼턴의 저택은 훌륭합니다."

"아, 성벽이 두껍고 해자가 넓으니 당신의 입장에선 훌륭하겠지요." 꿀과 시나몬 향기가 퍼지고, 벽난로에서 장작이 타닥거리고, 방을 장식한 어린 가지가 나름 송진 냄새를 풍긴다. "그리고 메리 공주가 아프답니다."

"오, 레이디 메리야 늘 아프지요."

---

* 어린 수탉을 거세한 뒤 살을 찌워 잡은 식육용 고기.

"공주에게 신경쓸 명분이 더 생겼다는 얘기지!" 그러나 샤퓌는 말투를 누그러트린다. "어머니와 만나게 해주면 두 사람 모두에게 큰 도움이 될 거예요."

"그들의 탈출 계획에 큰 도움이 되겠지요."

"당신은 참 비정한 사람이야." 샤퓌는 와인을 홀짝인다. "그게 말이오, 카를황제는 당신의 친구를 참아줄 용의가 있어요." 잠깐의 정적, 많은 의미가 담겨 있다. 그 정적에 대고 대사가 한숨을 쉰다. "라 아나가 제정신이 아니라는 소문이 있던데. 헨리왕이 다른 여자를 넘보고 있다고."

그는 숨을 들이쉬고 이야기를 시작한다. 왕은 다른 여자를 상대할 시간이 없다. 돈을 세느라 정신이 없다. 점점 인색해지는데다 의회에 자신의 수입을 알리고 싶어하지 않는다. 대학을 위해 뭐든 내놓거나 건축업자에게 대금을 지불하도록 설득하기가 힘들다. 빈자에게조차 돈을 쓰지 않으려 한다. 왕은 오로지 군수품만 생각한다. 병기, 선박, 봉화, 요새 생각뿐이다.

샤퓌의 입술이 비틀린다. 대사는 크롬웰이 허풍을 떠는 때를 훤히 알아본다. 알아보지 않는다면 허풍이 다 무슨 재미인가? "그러니까 내 주군에게 이렇게 전해야겠군요, 그렇잖습니까, 잉글랜드 왕은 전쟁에 하도 정신이 팔려 사랑할 시간이 없다고?"

"그쪽 주군이 도발하지 않는 한 전쟁은 없을 겁니다. 튀르크가 귀찮게 하는 상황이니 카를황제 또한 그럴 시간이 없었겠지요. 오, 나도 압니다, 황제의 금고에는 바닥이 없다는 걸. 마음이 동하기만 하면 우리 모두를 파멸시킬 수 있다는 것도." 그는 미소를 짓는다. "하지만 그래서

황제에게 득이 될 게 뭐가 있겠습니까?"

사람들의 운명은 이런 식으로 만들어진다, 좁은 방안의 두 남자에 의해. 대관식도, 추기경단의 교황 선출 회의도, 화려한 볼거리도, 행렬도 잊어라. 세상은 이런 식으로 바뀐다. 테이블 위를 오가는 수판, 깃펜의 놀림 한 번으로 달라지는 구문의 위력, 한숨을 쉬며 지나는 여자와 공기 중에 길게 남은 오렌지 꽃잎 혹은 장미수의 향기. 침대 커튼을 당겨 닫는 그녀의 손, 살과 살을 맞대며 내는 은밀한 신음이 세상을 바꾼다. 국왕은—전체의 지배자로서—이제 지적 탐욕을 앞세워 세세한 부분까지 고심하는 법을 배워야 한다. 알뜰했던 아버지의 아들답게 왕은 잉글랜드의 모든 가문과 그들이 가진 것을 꿰고 있다. 영지 경계의 마지막 수로와 잡목림에 이르기까지 그들이 소유한 모든 땅을 머릿속에 기입해둔 터다. 이제 교회의 자산도 지배하게 될 것이므로 왕은 그들의 부 또한 파악해야 한다. 누가 무엇을 소유했는지 밝히는 법—법이 대체로 그렇다—에는 기생충 같은 복잡함이 들러붙는다—선체에 따개비가 붙고 지붕에 이끼가 끼어 미끄덩거리는 것과 비슷하다. 하지만 법률가는 충분히 많고, 지시에 따라 그것을 긁어내는 데 뭐 그리 대단한 능력이 요구되겠는가? 잉글랜드 사람들이 미신을 믿고, 미래를 두려워하고, 잉글랜드가 어떤 나라인지 모를 순 있다. 그러나 덧셈과 뺄셈 정도는 누구나 한다. 웨스트민스터에 깃펜을 끄적일 줄 아는 자가 천 명은 되지만 헨리왕에게는 새로운 사람, 새로운 구조, 새로운 사고가 필요하리라. 그사이 그, 크롬웰은 자신의 관리들을 거리로 내보낸다. 발로르 에클레시아스티쿠스*를 위해. 반년 내로 마무리할 것이라고, 그는 말한다. 전에 시도된 적 없는 작업이기는 하다, 그렇다. 하지만 그는 다른 사람이 꿈도 못 꿀 정도로 많은 부분을 이미 마무리해 두었다.

봄이 시작되던 어느 날 그는 오한을 느끼며 웨스트민스터에서 돌아온다. 꼭 훤히 드러난 뼈에 바람을 맞는 것처럼 얼굴에 통증이 일고, 그와 함께 아버지가 돌바닥에 머리를 짓뭉개던 날의 지긋지긋한 기억이, 곁눈으로 보던 월터의 장화가 떠오른다. 그는 오스틴프라이어스의 집으로 돌아가고 싶다. 난로를 새로 설치해서 온 집안이 따뜻하기 때문이다. 챈서리 레인의 집은 전체가 고루 따뜻하지 않다. 게다가 자기 공간에 있고 싶다는 생각 또한 간절하다.

리처드가 말한다. "평생 하루에 열여덟 시간씩 일하실 순 없어요, 외숙부님."

"추기경께서는 그리하셨다."

그날 밤 꿈속에서 그는 켄트에 내려간다. 베이햄 수도원의 회계장부를 살펴본다. 울지의 명령으로 폐쇄를 앞둔 곳이다. 악의에 찬 수도사들의 얼굴이 머리 위에서 자꾸만 나타나 감시하는 통에 그는 욕을 뱉으며 레이프에게 말한다. 원장을 챙겨 노새에 실어라. 부르고뉴산 화이트와인을 곁들인 저녁식사를 하면서 검토하자꾸나. 한여름이다. 말에 올라탄 그들은 터벅터벅 걷는 노새를 뒤에 달고 수도원의 방치된 포도밭을 통과하는 경로를 선택한다. 숲이 울창해 어스레하고 사발처럼 우묵한 골짜기 아래쪽에 잎사귀가 큼지막한 초목이 우거진 길로 들어선다. 그는 레이프에게 말한다. 지금 우리 꼴이 꼭 샐러드 속을 기어

---

* '교회 평가'라는 뜻의 라틴어. 헨리 8세의 명령에 따라 진행된 잉글랜드, 웨일스, 잉글랜드 지배하의 아일랜드 일부 지역 교회의 재정 조사.

다니는 애벌레 두 마리 같구나. 햇빛이 홍수처럼 쏟아지는 곳으로 다시 나오자 눈앞에 스코트니성의 탑이 나타난다. 금색 바탕에 점점이 잿빛이 박힌 사암 성벽이 해자 위로 일렁거린다.

그는 잠에서 깬다. 켄트의 꿈을 꿨다, 아님 정말 거기 갔었나? 그의 살갗에서는 아직도 햇빛이 잔물결치고 있는데. 그는 크리스토프를 부른다.

답이 없다. 그는 가만히 누워 있다. 아무도 오지 않는다. 이른 시간이다. 아래층에서는 아무 소리도 들리지 않는다. 덧문이 닫혀 있고, 별빛이 안으로 들어오려 기를 쓴다. 나무판 사이의 가느다란 틈새로 강철 같은 빛살을 집어넣으려 열심이다. 그가 크리스토프를 정말로 부른 게 아니라 부르는 꿈을 꾼 것뿐이라는 생각이 스친다.

그레고리의 여러 개인교사가 청구서 다발을 들이민다. 그의 침대 발치에 제의를 완벽히 차려입은 울지 추기경이 서 있다. 추기경이 크리스토프가 되어 덧문을 열고 빛을 등진다. "열병에 걸리셨어요, 나리?"

그가 당연히 알아야 하는 건가, 열병인지 아닌지? 나는 모든 걸 하고 모든 걸 알아야 하는 사람인가? "오, 그냥 이탈리아 열병이야." 그렇게 말하면 별일 아닌 게 된다는 듯 그가 내뱉는다.

"그럼 이탈리아 의사를 데려와야 할까요?" 크리스토프가 긴가민가한 목소리로 묻는다.

레이프가 와 있다. 온 집안사람이 와 있다. 서퍽 공작이 와 있다. 그는 공작이 진짜라고 생각한다, 죽은 모건 윌리엄스가 들어오기 전까지는, 안트베르펜의 잉글랜드인 집에 들어앉아 밖으로 나올 엄두를 못 냈다던 윌리엄 틴들이 들어오기 전까지는. 계단에서는 앞부리에 철을

덧댄 아버지의 장화가 꼭 필요한 만큼만 움직이며 무시무시하게 딱딱거리는 소리가 들린다.

리처드 크롬웰이 고함을 지른다. 이 안에서는 조용히 좀 할 수 없어요? 고함을 치니 영락없이 웨일스 사람이군, 그는 생각한다. 평소 같으면 전혀 눈치채지 못했을 텐데. 그는 눈을 감는다. 눈꺼풀 뒤에서 귀부인들이 움직인다. 조그만 도마뱀처럼 투명해서는 꼬리를 휘휘 젓는다. 잉글랜드의 뱀 왕비들이 검은 송곳니를 드러내고 오만한 자태로 피에 젖은 리넨과 바스락거리는 치마를 질질 끈다. 그들은 제 자식을 죽여 잡아먹는다. 유명한 얘기다. 아이가 태어나기도 전에 골수를 빨아먹는다.

고해를 원하는지 누군가가 묻는다.

"꼭 해야 하나?"

"네, 나리. 안 그럼 다들 나리가 분파주의자라고 생각할 거예요."

그러나 내 죄는 곧 내 힘인 것을, 그는 생각한다. 내가 지은 죄, 그건 다른 이들은 저지를 기회조차 얻지 못한 죄다. 나는 내 죄를 품에 꼭 안는다. 그건 내 것이다. 그뿐 아니라 나는 심판의 날 비망록을 챙겨갈 작정이다. 내 조물주에게 말할 것이다. 여기 오십 개의 항목이 있습니다. 어쩌면 더 많을 수도 있고요.

"고해를 꼭 해야 하면 롤런드에게 하겠다."

롤런드 리 주교는 웨일스에 있어요, 그들이 말한다. 오려면 시일이 좀 걸려요.

왕이 떼거지로 보낸 다른 의사들과 함께 버츠 박사가 들어온다. "이탈리아에서 걸렸던 열병이에요." 그가 설명한다.

"그렇다고 해둡시다." 버츠 박사가 그를 내려다보며 인상을 쓴다.

"내가 죽는 거면 그레고리를 불러주세요. 녀석에게 얘기할 것들이 있어요. 하지만 죽는 게 아니면 아이의 공부를 방해하지 마세요."

"크롬웰," 버츠 박사가 말한다. "내가 당신한테 대포를 쏜들 당신을 죽이진 못할 겁니다. 바다도 당신을 거부할 거예요. 조난을 당해도 뭍으로 떠밀려올 거라고."

사람들이 그의 마음에 대해 이야기하고, 그는 엿듣는다. 저들이 그래선 안 된다는 생각이 든다. 내 마음이라는 책은 사적인 것이지, 오가는 사무원 누구나 끄적거릴 수 있게 계산대에 놓아둔 주문장부가 아니다. 저들이 물약을 한 모금 준다. 얼마 지나지 않아 그는 자기 원장으로 돌아간다. 행을 자꾸만 놓치고 숫자가 뒤섞이고 한 열의 합산을 끝내자마자 전체 열이 뒤죽박죽되고 더는 아무것도 말이 되지 않는다. 그러나 그는 계속 시도하고 시도하며 더하고 더한다. 독인지 약인지 모를 것의 아귀힘이 마침내 느슨해지고 그는 잠에서 깬다. 원장에 적힌 내용이 여전히 눈앞에 어른거린다. 버츠 박사는 그가 처방대로 휴식을 취하는 거라 생각하지만, 그의 은밀한 머릿속에서는 직선의 몸뚱이에 잉크 팔다리가 달린 조그만 형상이 원장에서 기어나와 돌아다닌다. 녀석들은 부엌 화덕에 쓸 장작을 운반하는 중인데, 해체하려고 묶어둔 사슴고기가 사슴으로 돌아가 나무껍질에 천진하게 몸을 비빈다. 프리카세*용 명금들은 깃털을 다시 붙이고는 총총거리며 뒷걸음해 땔감용으로 쪼개지기 전의 나무로 올라간다. 고기의 양념장에 들어갈 꿀

---

* 잘게 다진 고기와 채소를 넣고 만든 스튜.

은 꿀벌에게로 돌아가고, 꿀벌은 벌집으로 돌아간다. 집 아래에서 소음이 들려오지만, 다른 나라의 다른 집에서 나는 소음이다. 손에서 손으로 동전이 옮겨지며 짤랑거리고, 나무 궤짝이 돌바닥을 긁는다. 그 자신의 목소리도 들린다. 토스카나 말로, 퍼트니 말로, 병영의 프랑스 말과 이교도의 라틴 말로 웬 일화를 이야기한다. 혹 여기가 유토피아인가? 섬나라 유토피아의 한복판에는 아마우로툼이라 불리는 꿈의 도시가 있다.

그는 세상이라는 암호를 애써 해독하는 데 지쳤다. 적에게 애써 미소 짓는 데 지쳤다. 회계실에서 토머스 에이버리가 올라온다. 그의 옆에 앉아 손을 쥔다. 휴 래티머가 와서 시편을 읊는다. 크랜머가 와서 어딘가 불안한 눈으로 그를 본다. 열에 들뜬 그가 이렇게 물을까봐 걱정되는 모양이다. 자네 아내 그레테는 요즘 어찌 지내나?

크리스토프가 말한다. "나리의 주군이었던 울지 추기경이 곁에서 위로해주면 얼마나 좋을까요. 참 위로가 되는 분이었는데."

"네가 추기경 전하를 어찌 아느냐?"

"그분의 물건을 훔쳤어요, 나리. 모르셨어요? 제가 추기경님의 금식기를 훔쳤어요."

그는 가까스로 일어나 앉는다. "크리스토프? 네가 그 콩피에뉴의 소년이라고?"

"제가 맞을 거예요. 목욕물을 들고 계단을 올라갔다가 빈 양동이에 황금잔을 하나씩 담아 내려갔거든요. 추기경님의 물건을 훔쳐서 죄송했어요, 참 장티*하셨는데. '뭐야, 양동이를 또 들고 온 거냐, 파브리스?' 이러셨지요. 짐작하시겠지만 파브리스는 콩피에뉴에서 제가 쓰던 이름이고요. '이 딱한 녀석한테 식사 좀 챙겨주게.' 추기경님이 그러셨어요. 그때 살구를 맛봤죠, 태어나서 처음으로."

"그런데도 붙잡히지 않았다고?"

"제 스승님은 잡혔지요. 엄청 대도였거든요. 인두질을 당했어요. 고함과 비명이 들렸죠. 하지만 보세요, 나리. 저는 그보다는 훌륭한 미래를 누릴 운명이었던 거예요."

기억난다, 그가 말한다. 칼레가 기억나. 연금술사들하며, 그 기억 장치도. "줄리오 카밀로가 프랑수아왕을 위해 장치를 만들고 있지. 그자를 세상에서 가장 현명한 왕으로 만들려고. 하지만 그 멍청이는 장치의 사용법을 끝내 익히지 못할걸."

헛것을 보는 거예요, 버츠 박사가 말한다. 열에 들떠 그럽니다. 그러나 크리스토프가 말한다. 아녜요. 제가 확실히 알아요. 파리에 어떤 남자가 있는데 정신을 하나 만들어냈어요. 구조물 같은 건데 살아 있지요. 그 전체에 조그만 선반이 줄줄이 달려 있어요. 그 선반에는 양피지가, 글의 단편들이 있고요. 이게 열쇠 비슷한 거예요. 이걸로 상자를 열면 거기 열쇠가 들어 있고, 그 열쇠 안에 또 열쇠가 들어 있는데, 이 열쇠들은 금속으로 만든 게 아니고, 이 겹겹의 상자들도 나무로 만든 게 아니죠.

그럼 뭔데, 개구리 소년? 누군가가 묻는다.

정신으로 만들어진 거예요. 책이 죄다 불타더라도 우리에게 남을 것들이죠. 그 덕분에 우리는 과거뿐 아니라 미래도 기억하고, 지구상에

---

* gentil. '친절한'이라는 뜻의 프랑스어.

한 번은 있게 될 예법과 관습도 전부 보게 될 거예요.

버츠 박사가 말한다. 몸이 불덩이예요. 그는 리틀 빌니를 생각한다. 빌니는 죽기 전날 밤 촛불에 손가락을 대고 고통을 시험했다. 살이 불에 타며 오그라들었다. 밤중에 빌니는 아이처럼 훌쩍거리며 쓰라린 손가락을 빨았다. 이튿날 아침 노리치의 시 관리들이 그를 질질 끌고 그들의 선조가 롤라드파를 불태웠던 구덩이로 데려갔다. 빌니의 얼굴이 다 타버린 뒤에도 그들은 퍼포리*의 휘장과 깃발을 계속 던져넣었다. 그 천이 피식거리며 가장자리부터 타들어갔고, 거기 그려진 멍한 눈빛의 처녀들은 불길에 청어처럼 절여지며 연기 속에서 돌돌 말렸다.

그가 정중하게 여러 언어로 물을 부탁한다. 너무 많이는 말고, 버츠 박사가 말한다. 조금씩, 조금씩 주게. 그는 호르무즈라는 섬의 이야기를 들은 적이 있다. 세상에서 가장 건조한 왕국으로, 나무도 곡물도 없고 있는 건 소금뿐이다. 섬 한가운데에 서면 사방 50킬로미터가 넘게 잿빛 평원이 이어진다. 그 너머에는 진주로 뒤덮인 해안이 있다.

밤에 그의 딸 그레이스가 찾아온다. 반짝이는 머리칼을 몸에 감고 스스로 빛을 낸다. 아이는 그를 지켜본다. 흔들림 없이, 눈도 깜빡이지 않고. 그러다 아침이 오고, 저들이 덧문을 열면 별빛이 희미해지는 파리한 하늘에 해와 달이 함께 떠 있다.

한 주가 지난다. 병세는 호전되고 있고, 그는 일거리를 들여오고 싶지만 의사들이 금지한다. 앞으로 어떻게 하려고, 그가 묻는다. 리처드가 대답한다. 외숙부님, 숙부님은 지금껏 우리 모두를 훈련시켰고, 우

---

* 틴들이 저서에서 처음 사용한 말로, 로마 가톨릭을 경멸적으로 부르는 말.

리는 숙부님의 제자예요. 숙부님이 만든 생각하는 기계는 살아 있는 것처럼 앞으로 나아가요. 숙부님이 매분매초 돌보지 않아도 됩니다.

그렇지만, 크리스토프가 말한다. 르 루아 앙리가 앓는 소리를 한다던데요, 마치 자기가 아픈 것처럼. 오, 크레뮈엘은 어디 있나? 하면서.

전갈이 도착한다. 왕이 이렇게 말했다고 한다. 내가 직접 가서 보겠네. 이탈리아 열병이니 나는 안 걸릴 거야.

그는 좀처럼 믿기지가 않는다. 헨리는 발한병에 걸린 앤을 두고 도망친 사람이다. 그녀를 향한 사랑이 절정에 달한 때였음에도.

그가 말한다. 서스턴을 불러오거라. 그는 여태껏 간소한 식단을 유지하며 칠면조 같은 환자용 음식만 먹은 터다. 자, 계획을 세워보지—뭐가 좋을까?—새끼돼지의 속을 채워 구워보세, 전에 교황 성찬에서 본 적이 있네. 다진 닭고기, 라르도,* 잘게 썬 염소 간이 필요할 걸세. 회향 씨앗, 마저럼, 박하, 생강, 버터, 설탕, 호두, 달걀, 사프란도 조금. 치즈를 넣는 사람도 있기는 한데 여기 런던에서는 적당한 걸 찾지 못할 거고, 내 생각에도 그럴 필요까지는 없을 듯해. 이중에 무엇이든 구하기 힘든 게 있거든 본비시의 요리사에게 사람을 보내게. 그자가 알아서 구해줄 거야.

그가 말한다. "옆집의 수도원장 조지한테 사람을 보내거라. 왕이 행차할 때 거리에 수사들이 나와 있지 않게 신경쓰라고 전해. 안 그랬다간 왕이 당장이라도 개혁하겠다고 덤빌 거야." 수도원을 정리하는 모든 절차는 천천히, 천천히 진행되어야 한다는 게 그의 생각이다. 그 당

---

* 이탈리아 가공육.

위성을 사람들이 직접 볼 수 있도록. 수도자들을 어설피 거리로 내몰 필요가 없단 얘기다. 그의 집 근처에 사는 수사들은 수도회 입장에서는 망신거리일지 몰라도 그에게는 좋은 이웃이다. 그들은 수도원 식당을 이미 없앴고, 밤이면 그들의 방 창문에서 신나는 연회 소리가 흘러나온다. 그의 부지 바로 밖에 있는 술집 '들통 두 개 달린 우물'에 가면 언제든 무리 지어 술을 마시는 그들과 합류할 수 있다. 이 수도원의 교회는 시장통에 더 가깝고, 또한 매매춘 시장이기도 하다. 이 동네에는 이탈리아 상인 집안에서 런던으로 파견을 보낸 젊은 총각들이 바글바글하다. 그는 종종 이들을 접대하고, (그에게 시장 정보를 잔뜩 빨린 뒤) 자리에서 일어난 젊은이들이 곧장 수사들의 구역으로 향하리라는 걸 안다. 진취적인 런던 여자들이 비를 피하면서 남자들과 정감 넘치는 협상을 벌이길 기다리는 곳으로.

4월 17일. 국왕이 방문한다. 새벽녘에 소나기가 내린다. 열시쯤 되자 공기는 버터밀크처럼 부드러워진다. 그는 침대를 나와 의자에 앉아 있다가 일어난다. 친애하는 크롬웰. 헨리가 그의 두 뺨에 꾹꾹 입을 맞추고는 두 팔을 잡아(혹시라도 그가 이 왕국에 힘센 남자가 자기뿐이라 생각할지 모르니) 단호히 의자에 다시 앉힌다. "자리에 앉아서 그냥 좀 있게." 왕이 말한다. "한 번만이라도 그냥 좀 있어, 내무장관."

집안의 여자들, 그러니까 머시와 그의 처제 조핸은 축일의 월싱엄* 성모상처럼 치장했다. 한껏 무릎을 굽혀 왕에게 인사하자 왕이 그들 위

---

* 성모마리아 성지와 관련 기적으로 유명한 곳.

로 손사래를 친다. 격식을 차리지 않은 은색 양단 재킷 차림에 커다란 금목걸이를 두른 왕의 주먹에서 인도산 에메랄드가 반짝인다. 왕은 이 집안사람들의 가족관계를 완전히 파악하지 못했으나 그야 왕의 잘못만도 아니다. "내무장관의 누이인가?" 왕이 조핸에게 말한다. "아니, 용서하시게. 생각해보니 내무장관은 내 사랑하는 여동생이 죽은 시기에 누이 벳을 잃었지."

왕의 입에서 이토록 간명하고도 인간적인 말이 나오다니. 겪은 지얼마 안 된 이별 이야기에 두 여인의 눈에 눈물이 차오르고, 왕이 한 사람씩 집게손가락으로 조심스레 눈물을 닦아주자 둘이 미소를 짓는다. 어린 신부 앨리스와 조를 번쩍 들어올려 아이들이 나비처럼 펄럭이게 빙그르 돌리고는 입술에 입을 맞추고, 자기가 어렸을 때부터 둘을 알았으면 참 좋았겠다고 말한다. 서글픈 진실은 말이야, 혹시 눈치채지 않았나, 내무장관, 나이가 들수록 여자들이 더 사랑스럽게 느껴진다는 거야.

그럼 여든에도 나름 좋은 점이 있겠군요, 그가 대답한다. 볼품없는 모든 게 진주로 보일 테니. 머시가 이웃 사람에게 말하듯 왕에게 말한다. 무슨 말씀이세요. 아직 한창때인데. 왕은 두 팔을 활짝 벌리고 앞에 있는 이들에게 자기를 내보인다. "7월에 마흔다섯이 된다네."

그는 다들 못 믿겠다는 듯 조용해진 것에 주목한다. 성공적이다. 왕은 흐뭇해한다.

헨리는 집을 둘러보며 그림을 일일이 감상하고 초상화의 인물이 누구인지 묻는다. 벽에 걸린 시바의 여왕, 안셀마를 들여다본다. 벨라를 안아들고 라일 경의 형편없는 프랑스어로 경의를 표해 모두를 웃게 만든다. "레이디 라일이 왕비에게 이보다도 더 조그만 걸 보냈지. 녀석은 고개를 한쪽으로 갸우뚱하고 귀를 쫑긋 세우는 버릇이 있는데, 그게 꼭 이리 말하는 것 같거든. 나한테 말은 왜 거는 거예요? 그래서 왕비는 녀석을 푸르쿠아*라고 부른다네." 앤 얘기를 하는 왕의 목소리에서 아내를 몹시 사랑하는 감정이 마치 투명한 꿀처럼 뚝뚝 떨어진다. 여자들은 그토록 모범적인 왕의 모습이 흡족해 미소를 짓는다. "그대도 녀석을 알지, 크롬웰. 왕비가 안고 있는 걸 봤잖나. 왕비는 녀석을 어디든 데리고 다니거든. 이따금," 왕은 신중히 고개를 끄덕인다. "왕비가 나보다 녀석을 더 사랑하는 것 같기도 해. 맞아, 나는 녀석 다음이야."

그는 앉아서 미소를 짓고 있다. 식욕은 없다. 한스가 디자인한 은식기에 준비된 음식을 맛보는 왕을 바라보기만 한다.

왕은 리처드를 친근하게 대하며 사촌이라 부른다. 리처드에게 곁에 있으라 신호하고 다른 이들은 조금 물린 뒤 자신의 내무장관과 이야기를 나눈다. 프랑수아가 이러저러하면 내가 직접 바다를 건너가 무슨 거래라도 해봐야 할까? 그대도 자리를 털고 일어나면 그리로 건너오겠나? 만약 아일랜드가, 만약 스코틀랜드가, 만약 그 모두가 손쓸 수 없는 지경이 되면, 그리고 우리도 독일처럼 반란이 일어나 농민들이 스스로를 왕이라 칭하면, 만약 이 거짓 예언가들이, 만약 카를이 나를 짓밟고 캐서린이 전쟁에 나서면 어떻게 하나. 그 여자는 기백이 넘치고 사람들은 그 여자를 사랑하는데, 아무리 생각해도 나는 이유를 모르겠지만.

---

* pourquoi. '왜'라는 뜻의 프랑스어.

그런 일이 정말로 벌어지면, 그가 말한다. 저는 이 의자를 박차고 나가 전장에 설 겁니다, 제 검을 들고.

식사를 즐긴 왕은 그의 곁에 앉아 나지막한 목소리로 자기 얘기를 풀어놓는다. 상쾌하게 소나기가 쏟아지는 4월이면 아버지가 돌아가시던 날이 떠오른다고. 왕은 유년 시절을 이야기한다. 나는 엘섬의 궁에 살았고, 당시 내게는 구스라는 이름의 어릿광대가 있었지. 내가 일곱 살 때 콘월 반란군이 밀고 올라왔어. 거인을 앞세우고, 기억하나? 아버지는 안전을 위해 나를 런던탑으로 보냈지. 나는 말했네. 내보내주세요, 저도 싸우고 싶어요! 나는 서쪽에서 온 거인은 무섭지 않았어. 무서웠던 건 내 할머니, 마거릿 보퍼트였지. 그분의 얼굴은 꼭 죽음의 얼굴 같았거든. 내 손목을 붙드는 손은 꼭 해골의 손 같았고.

우리는 어렸을 때, 왕이 말한다. 늘 이런 얘기를 들었네. 할머니는 네 아버지를 열세 살 어린 나이에 낳았다. 할머니는 자기 과거를 우리에게 검처럼 휘둘렀어. 뭐야, 해리, 사순절에 웃는 거냐? 그때 나는 너보다 고작 몇 살 많은 나이에 튜더의 왕을 낳았는데? 뭐야, 해리, 춤을 추는 거냐, 뭐야, 해리, 공놀이를 하는 거냐? 할머니의 삶은 온통 의무였지. 워킹에 있는 자기 집에 극빈자 열두 명을 데리고 있었는데, 한번은 나더러 대야 옆에 무릎을 꿇고 그자들의 누런 발을 씻겨주라더군. 그날 할머니는 운이 좋았지, 내가 그자들한테 토하지 않았으니. 그분은 매일 아침 다섯시에 기도를 시작했어. 기도대에 꿇어앉으면서 무릎 통증 때문에 비명을 질러댔지. 그리고 결혼식이나 출산처럼 축하할 일이 생기면, 오락을 즐기거나 흥에 겨울 때면, 그분이 늘 뭘 했는지 아나? 매번? 한 번도 빠짐없이? 눈물을 흘렸네.

그리고 할머니에게는 아서 왕자가 전부였어. 형님은 그분의 반짝이
는 빛이고 아첨꾼 성자였지. "형 대신 내가 왕이 되자 할머니는 화를
못 이기고 몸져누웠다가 돌아가셨네. 임종을 앞두고 내게 뭐랬는지 아
나?" 왕은 코웃음을 친다. "매사에 피셔 주교에게 순종하라고! 정작
피셔 주교한테는 내게 순종하란 말을 안 했다니 딱한 노릇이지!"

왕이 젠틀맨들을 거느리고 떠나자 조핸이 들어와 그의 곁에 앉는다.
둘은 조용히 대화를 나눈다. 물론 그들의 대화는 전부 누가 엿들어도
문제없는 내용이다. "음, 다 잘됐네요."

"부엌 식구들한테 선물을 해야겠어."

"집안사람 모두가 잘했죠. 나는 왕을 봐서 좋았고요."

"기대한 그대로던가요?"

"그렇게까지 상냥할 줄은 몰랐어요. 캐서린이 왕을 빼앗기지 않으
려고 그토록 뻗댄 이유를 알겠다니까요. 내 말은, 왕비 자리야 자기 권
리라고 생각해서 그랬겠지만, 남편으로서도 왕을 놓치기 싫었던 거예
요. 이래저래 사랑받을 구석이 많은 남자 같아요."

앨리스가 불쑥 나타난다. "마흔다섯 살이라니! 그보단 더 많아 보이
던데."

"석류석 한 움큼이면 같이 잘 거라면서." 조가 코웃음을 친다. "언니
가 그랬잖아."

"뭐, 너는 수출 허가랬잖아!"

"그만!!" 그가 말한다. "이 녀석들이! 남편들이 들으면 어쩌려고."

"남편들도 우리가 어떤지 아는걸요." 조가 말한다. "우리는 무서울
게 없어요, 그렇잖아요? 오스틴프라이어스에 오면서 수줍고 연약한 처

녀를 기대하진 않죠. 외숙부가 우리를 무장시키지 않는 게 오히려 의문인데."

"관습 때문에 못하는 거지. 그것만 아니면 너희를 아일랜드로 보낼 거다."

조핸은 두 사람이 화다닥 방을 빠져나가는 모습을 본다. 소리가 들리지 않을 만큼 멀어지자 어깨 너머를 확인하고 중얼거린다. 이제 내가 하려는 말을 당신은 안 믿을 거예요.

"어디 한번 해봐요."

"왕은 당신을 겁내요."

그는 고개를 가로젓는다. 누가 잉글랜드의 사자를 겁먹게 하려고?

"네, 맹세코 그래요. 그때 왕의 얼굴을 봤어야 하는데. 당신이 검을 들겠다고 했을 때 표정이 어땠는지."

노픽 공작이 그를 찾아온다. 마당에서부터 달그락거린다. 그의 하인들이 깃으로 장식한 말의 고삐를 건네받는다. "간이겠지, 그렇지? 내 간이 완전히 못쓰게 된 듯싶어. 한 오 년 사이 근육도 다 빠져버렸고. 이것 좀 보라니까!" 공작이 집게발 같은 손을 쑥 내민다. "나라 안의 의사란 의사는 죄다 만나봤는데 내 병이 뭔지 모른다고. 그러면서 청구서는 매번 잘도 보내오지."

노픽은, 그가 옆에서 봐서 잘 알지만, 의사의 청구서처럼 보잘것없는 대금조차 절대로 지불하지 않는다.

"위경련이랑 배앓이 때문에," 공작이 말한다. "이승에서 내 삶은 지옥이 따로 없어. 요강에 밤새 앉아 있을 때도 있다니까."

"저하는 인생을 좀더 여유롭게 즐기셔야 해요." 레이프가 말한다. 음식 좀 허겁지겁 먹지 말라는 얘기다. 잔뜩 흥분해서 파발마처럼 헤집고 다니지 말라는 얘기다.

"나도 그럴 생각이네, 정말이야. 우리 조카따님은 내가 같이 어울려 줘도, 조언을 해줘도 싫다는 티를 꽉꽉 내니까. 나는 케닝홀의 집으로 가니 헨리왕한테 내가 필요하거든 거기서 찾으라고 하시게, 그럴 일이 있을지나 모르겠지만. 어서 낫기를 바라네, 내무장관. 성 월터가 효과가 좋다고 들었어, 업무가 과해서 힘들 때는. 성 우발도는 두통에 좋고, 나도 이걸로 효과를 봤거든." 공작이 재킷 안쪽을 더듬는다. "메달을 하나 가져왔네. 교황이 축복한 걸로. 참, 로마 주교라고 해야지." 메달을 테이블에 툭 놓는다. "자네에겐 하나도 없겠다 싶어서."

공작이 문을 나선다. 레이프가 메달을 집어든다. "아마 저주받은 물건일 거예요."

계단에서 공작이 목소리를 높여 처량하게 말하는 소리가 들린다. "나는 저자가 다 죽어가는 줄 알았어! 다 죽어간다고 들었는데……"

그가 레이프에게 말한다. "드디어 사라지는구나."

레이프가 씩 웃는다. "서픽도요."

헨리왕은 서픽이 자기 여동생과 결혼할 때 부과한 3만 파운드의 벌금을 끝내 면제해주지 않았다. 그러고는 가끔씩 그 얘기를 끄집어내는데, 지금이 그런 때다. 서픽은 빚을 갚느라 옥스퍼드셔와 버크셔의 땅을 처분해야 했고, 지금은 시골에서 호사로움과는 거리가 먼 생활을 하고 있다.

그는 눈을 감는다. 생각만으로 더없이 행복하다. 두 공작이 그로부터 도망치다니.

그의 이웃 샤퓌 대사가 들어온다. "내 주군께 급히 공문을 띄웠소. 헨리왕이 당신을 방문했다고 전했지요. 무척 놀라워하시더군. 왕이 개인 주거지에, 귀족조차 아닌 자의 집에 행차하다니. 하지만 내가 그랬지요. 헨리왕이 크롬웰 덕분에 얻은 것을 한번 보셔야 한다고."

"카를황제에게도 그런 종복이 있어야 할 텐데요." 그가 말한다. "하지만 외스타슈, 당신은 노련한 위선자예요, 그거 아십니까. 내 무덤 위에서 춤을 출 사람이지요."

"친애하는 토머스, 그 부분에서 내 적수는 언제나 당신뿐이라오."

토머스 에이버리가 루카 파촐리의 체스 퍼즐 책을 몰래 가져다준다. 얼마 안 가 그는 퍼즐을 죄다 풀고, 책 뒷부분의 빈 지면에 자기가 만든 퍼즐을 그려놓는다. 서신들이 들어오고, 그는 최근 재난 상황을 검토한다. 뮌스터의 재단공, 열여섯 명의 아내를 거느린 예루살렘의 왕이 아내 중 하나와 다툰 뒤 시장통에서 그녀의 목을 베었다고 한다.

그는 다시 세상으로 나간다. 어디 한번 때려눕혀보라, 다시 일어날 테니. 죽음이 들러 그를 검사했다. 이리저리 살피고, 얼굴에 입김을 훅 불어보았다. 그러고는 되돌아갔다. 그는 약간 야위었다, 그의 옷이 말해준다. 잠시 동안 그는 가벼움을 느낀다. 세상에 더는 발 딛지 않은 채 매일매일을 가능성들과 함께 두둥실 떠 있는 것만 같다. 불린가 사람들은 건강을 되찾은 그를 진심으로 축하하고, 또 그래야만 한다. 그가 아니었으면 그들이 어찌 지금과 같이 되었겠는가? 그와 만난 크랜머는 자꾸만 몸을 기울여 그의 어깨를 토닥이고 손을 꼭 쥔다.

그가 회복하는 사이 왕은 머리칼을 짧게 깎았다. 점차 심각해지는 탈모를 가려볼 심산이었지만 마음처럼 되지 않는다, 어림도 없다. 충성스러운 자문관들도 똑같이 머리를 깎았고, 이제 짧은 머리칼은 그들 사이에서 동지애의 상징이 된다. "맹세코 마스터," 마스터 라이어슬리가 말한다. "지금껏 제가 마스터를 무서워한 적이 없었대도, 이젠 정말 무서울 것 같습니다."

"하지만 콜미," 그가 말한다. "자네는 전부터 나를 무서워했는걸."

리처드의 외양에는 변화가 없다. 마상 시합장에서 살다시피 하는 그는 투구를 쓰느라 머리칼을 늘 짧게 깎기 때문이다. 까까머리인 마스터 라이어슬리는, 과연 가능한 얘기인지 모르겠으나 전보다 더 총명해 보이고, 레이프는 더 단호하고 기민한 느낌을 준다. 리처드 리시는 소년티를 완전히 벗었다. 서퍽의 커다란 얼굴에는 이상한 천진함이 깃들었다. 몽세뇌르는 기만적이게도 금욕적으로 보인다. 노퍽의 경우 아무도 변화를 눈치채지 못한다. "공작이 전에는 머리 모양이 어땠죠?" 레이프가 묻는다. 마치 공병이 심어놓은 듯한 철회색 줄무늬가 공작의 두피를 방어하듯 뒤덮고 있다.

이 유행이 전국에 퍼진다. 기록보관소에 우당탕탕 들어서는 롤런드 리는 그를 향해 날아오는 대포알처럼 보인다. 그레고리의 눈은 크고 차분하고 여전히 황금빛이다. 네 어머니가 봤으면 아깃적 곱슬머리가 사라졌다며 울었겠다, 그는 아들의 머리를 다정히 문지르며 말한다. 그레고리가 대답한다. "그러셨을까요? 저는 어머니에 대한 기억이 거의 없어요."

4월이 끝나갈 무렵, 반역적인 수도사 네 명이 재판에 회부된다. 서약을 거듭 제안했으나 거부한 자들이다. 성처녀가 처형되고 일 년이 지났다. 그간 왕은 그녀의 추종자들에게 자비를 보였다. 그러나 이제 그럴 마음이 별로 없다. 반역 행위의 시발점이 된 곳은 런던의 카르투시오회 수도원, 금욕하며 짚더미에서 잠을 자는 자들의 집단이다. 토머스 모어가 세상이 자신의 재능을 필요로 한다는 사실을 깨닫기 전에 하느님의 부르심을 받드는 삶을 시험한 곳이기도 하다. 그, 크롬웰은 사이온의 고집불통 수도원을 방문하면서 이곳도 방문했다. 다정하게도 말해보고 노골적으로도 말해봤다. 위협도 해보고 회유도 해봤다. 깨우친 성직자를 보내 국왕의 입장을 변호하고, 공동체에 불만을 품은 구성원을 직접 면담해 형제들에게 맞서게도 해봤다. 모두 헛수고다. 그들의 대답은 한결같다. 가시오, 가요. 성스럽게 죽도록 나를 그냥 두시오.

그들이 담담히 기도하는 삶을 끝까지 유지할 수 있으리라 생각한다면 오산이다. 법에 따라 이들에게는 반역자에게 적용되는 형벌 전체가 가해지기 때문이다. 허공에 목매달아 잠시 빙글빙글 돌린 뒤 군중이 지켜보는 가운데 아직 의식이 있는 상태에서 창자를 들어내 화로에 태운다. 고통과 분노와 치욕의 끝을 맛보는 이 죽음은 세상의 어떤 죽음보다 끔찍하고, 그 압도적인 공포 앞에서는 가장 독하다는 반역자조차 사형집행인의 칼이 제 일을 하기도 전에 무력하게 무너진다. 이들 각자는 죽기에 앞서 동료의 죽음을 지켜보고, 목을 매달고 있던 밧줄이 잘려 아래로 떨어지면 피가 흥건한 나무판자 위를 짐승처럼 기며 빙글빙글 돈다.

헨리왕을 대신해 월트셔 백작과 조지 불린이 형장을 찾는다. 함께 자리한 노퍽은 런던으로 불려와 프랑스에 대사로 갈 준비를 하라는 명을 받고 투덜거리는 중이다. 왕은 수도사들이 처형당하는 광경을 직접 보러 갈까도 생각한다. 궁정 소속은 말의 앞발을 쳐들어가며 도시 관리와 누더기 차림의 백성, 이런 볼거리만 있으면 수백씩 몰려드는 이들 사이를 헤치고 나아가는 동안 가면을 쓸 것이기 때문이다. 그러나 왕의 체구는 눈속임이 어렵고, 왕은 또한 캐서린을 지지하는 시위가 벌어질까 두렵다. 사람이 모이는 곳이면 어디든 캐서린의 지지자들이 유해한 수준으로 섞여 있으니까. 나 대신 젊은 리치먼드를 세우면 될 것이다. 공작의 아버지 왕은 결정한다. 언젠가는 리치먼드도 이복여동생의 작위를 지키기 위한 전쟁을 치러야 할지 모른다. 그러니 도륙의 광경과 소리를 익혀야 하는 것도 리치먼드다.

어린 공작이 밤에 그를 찾아온다. 형의 집행이 다음날로 예정되어 있다. "내무장관님 제발, 나 대신 가줘요."

"그럼 제 자리에는 저하가 대신 가시겠습니까, 폐하와 함께하는 아침 회의에? 이렇게 생각하십시오." 그는 단호하면서도 상냥하게 말한다. "내일 저하께서 아프다고 애원하거나, 말에서 떨어지거나, 장인 앞에서 구역질이라도 하면, 그분은 평생 그걸 걸고넘어질 겁니다. 아내의 침실에 들어가도 좋다는 허락을 바라거든 스스로 남자임을 증명하십시오. 노퍽 공작에게서 눈을 떼지 말고, 공작이 하는 대로 하세요."

하지만 정작 노퍽 자신은 형이 집행된 뒤 그를 찾아와 말한다. 크롬웰, 내 목숨을 걸고 맹세하는데 수도사 하나가 말을 했어, 자기 심장을 끄집어내고 있는데. 예수여, 소리를 질렀다고. 예수여, 우리를 구원하소서, 불쌍한 잉글랜드인을.

"아뇨, 저하. 그건 불가능합니다."

"확실히 알고 하는 얘긴가?"

"경험으로 압니다."

공작은 겁을 집어먹는다. 그리 여기도록 두자, 그의 과거 행적에 심장을 끄집어내는 일도 포함되어 있다고. "자네 말이 맞겠지." 노픽이 성호를 긋는다. "분명 군중 틈에서 나온 목소리였을 거야."

수도사들이 최후를 맞이하기 전날 밤, 그는 마거릿 로퍼의 면회를 허락했다. 수개월 만에 처음이다. 당연히, 그는 생각한다. 메그가 자기 아버지와 함께 봐야지, 반역자들이 죽음으로 이끌려가는 모습을. 그러면 당연히 마음을 바꿀 것이다. 아버지에게 말할 것이다. 보세요, 왕은 지금 누구든 죽일 생각이에요. 제가 그랬듯 아버지도 서약하셔야 해요. 심리유보*라고 생각하세요. 등뒤에서 손가락을 꼬면 되잖아요. 크롬웰에게 청하기만 하면 돼요. 국왕의 다른 관리에게 청해도 괜찮아요. 하라는 말을 하고, 집으로 가요.

그러나 그의 전술은 실패로 돌아간다. 반역자들이 수도복 차림으로 끌려나와 타이번 집행장으로 출발하는 동안 그녀와 그녀의 아버지는 덤덤한 눈으로 창가에 서 있었다. 나는 매번 잊는군, 그는 생각한다. 모어는 스스로를 동정하지도 타인을 가여워하지도 않는다는 걸. 내가 딸들에게 그런 모습을 보이고 싶지 않으니 모어 역시 그러리라 생각했다. 그러나 모어는 오히려 메그를 이용해 자신의 결심을 다진다. 그녀

---

* 진의가 아닌 것을 스스로 알면서 의사 표시를 하는 행위를 뜻하는 법률용어.

가 무너지지 않으면 모어 역시 무너질 수 없다. 그리고 그녀는 무너지지 않을 것이다.

이튿날 그는 직접 모어를 만나러 간다. 발아래 돌바닥에 빗방울이 후드득 떨어지며 튄다. 벽과 빗줄기를 분간하기 힘들고, 바람이 조그만 모퉁이를 돌며 겨울바람처럼 신음한다. 그는 비에 젖은 겉옷을 힘겹게 벗으며 서서 간수 마틴과 이런저런 얘기를 나눈다. 아내와 새로 태어난 아기의 소식을 듣는다. 모어는 어쩌고 있나, 그가 마침내 묻자 마틴이 답한다. 그분의 어깨가 한쪽은 올라가고 한쪽은 내려간 거 아셨어요?

글을 너무 많이 써서 그런 거지, 그가 말한다. 한쪽 팔꿈치를 책상에 대고 반대쪽 어깨를 내려뜨리니까. 뭐, 어쨌든요. 마틴이 말한다. 기다란 의자 끝에 조그만 꼽추 조각상이 앉아 있는 것 같아요.

모어는 그간 수염을 길렀다. 뮌스터의 선지자들이 저리 생겼겠지 싶은 몰골이다. 이 같은 비교를 모어 자신은 몹시도 싫어하겠지만. "내무장관, 나라 밖에서 전해지는 소식을 폐하는 어찌 받아들이고 있소? 카를황제의 군대가 이동중이라던데."

"네, 하지만 튀니스로 가는 길일 겁니다." 그는 내리는 비를 흘끗 쳐다본다. "당신이 카를황제여도 튀니스를 택하지 않겠습니까, 런던보다는? 자, 나는 당신과 다투러 온 게 아닙니다. 편히 지내나 확인하러 왔을 뿐이에요."

모어가 말한다. "듣자하니 우리집 바보까지 서약하게 했다더군, 헨리 패틴슨 말이오." 그러면서 웃음을 터트린다.

"반면 당신을 모범으로 삼아 서약을 거부한 자들은 어제 죽었지요."

"이건 분명히 해둡시다. 나는 모범이 아니오. 그저 나 자신일 뿐이고 또 혼자요. 나는 그 법에 반대하는 말은 일절 입 밖에 내지 않소. 그걸 만든 자들을 비난하는 말도 하지 않소. 서약에 반대하는 어떤 말도, 그 서약을 하는 이들을 비난하는 어떤 말도 하지 않소."

"아, 그럼요." 그는 모어가 소지품을 보관하는 궤짝에 앉는다. "하지만 아무 말도 하지 않는다는 사실이 배심원단을 움직이지는 못할 겁니다. 아시잖습니까. 배심원 앞에 설 수 있을지나 모르겠지만."

"나를 협박하러 온 거로군."

"카를황제가 전쟁에서 개가를 올리면 폐하는 조급해지지요. 당신에게 위원회를 보낼 작정인데, 국왕의 지위에 대한 당신의 명확한 대답을 들으려 할 겁니다."

"오, 당신의 친구들이 내게 오죽 잘해주시겠소. 오들리 경이 오나요? 리처드 리시랑? 잘 들으시오. 여기에 들어온 이후로 내내 나는 죽음을 준비해왔소, 당신의 손ㅡ그래, 당신의 손ㅡ에든 자연의 손에든 죽게 되겠지. 내게 필요한 건 기도를 위한 평화와 고요뿐이오."

"순교자가 되고 싶은 거군요."

"아니, 내가 원하는 건 집으로 돌아가는 거요. 나는 약하다오, 토머스. 나는 약해, 우리 모두가 그렇듯. 나는 폐하가 나를 자신의 종으로, 사랑하는 백성으로 받아주길 바라오, 나로서는 그렇지 않았던 적이 없으니."

"그 경계가 어디인지 나는 정말 모르겠습니다. 희생과 자멸 사이의 경계 말입니다."

"그 경계는 그리스도가 만드셨소."

"그런 비교에 정말 아무 문제도 없다고 보십니까?"

침묵이 이어진다. 요란하게 따지고 드는 듯한 모어 특유의 침묵이다. 그 침묵이 아우성친다. 모어는 잉글랜드를 사랑한다고, 온 잉글랜드가 지옥에 떨어질까 두렵다고 한다. 자기 하느님에게, 학살을 사랑하는 하느님에게 모종의 협상을 제안하는 중이라고 한다. "다 죽느니 한 사람이 죽는 게 편리하지." 그래, 어디 한번 해보시오. 그는 생각한다. 그 협상 얼마든지 해봐요. 교수형집행인의 손에 스스로를 맡기시오, 꼭 그래야겠다면. 사람들은 눈곱만치도 신경 안 쓸 테니까. 오늘이 5월 5일이오. 이틀 뒤 위원회가 방문할 거요. 우리는 당신에게 자리에 앉으라 하고, 당신은 거절하겠지. 사막교부*라도 되는 듯한 모습으로 우리 앞에 서 있을 테고, 우리는 여름의 냉기에 옷깃을 여미겠지. 나는 내가 할 말을 할 거요. 당신은 당신이 할 말을 할 것이고. 그리고 아무래도 나는 당신이 이겼음을 인정할까보오. 이곳을 걸어나가 당신을 내버려둘까보오. 국왕의 훌륭한 백성께서 정 그러시겠다면 내버려두겠소. 당신의 수염이 무릎까지 자라고 두 눈 사이에 거미줄이 쳐질 때까지.

글쎄, 그의 계획은 그렇다. 사건은 불시에 터지는 법이고. 그는 리처드에게 말한다. 빌어먹을 로마 주교가 염병할 지배권을 휘두른 역사에서 이토록 때를 잘못 골라 멍청한 짓을 벌인 적이 또 있었을까? 파르네세가 잉글랜드에 새 추기경을 임명하겠다고 선언했다. 예정자는 피셔 주교다. 헨리왕은 격분한다. 피셔의 머리통을 바다 건너로 보내 추기

---

* 3세기경 교회의 세속화에 반대해 이집트 스케티스 사막에서 은둔하며 금욕한 수도자들.

경 모자를 영접하게 해주겠노라 다짐한다.

6월 3일. 그는 런던탑으로 간다. 불린 쪽 관계자로 월트셔 백작, 그리고 당장 낚시라도 할 듯한 차림새의 서픽 공작이 함께한다. 리시는 기록 담당으로, 오들리는 농담 담당으로 동행한다. 다시 비가 내리고, 서픽 공작이 말한다. 정말 최악의 여름이 될 것 같지 않나, 어? 네, 그가 말한다. 폐하가 미신에 휘둘리지 않아 다행이지요. 다들 웃는다. 서픽은 약간 아리송한 눈치다.

1533년 세상이 끝장나리라 말하던 이들이 있었다. 지난해도 그 얘기를 추종하는 자들이 있었고. 그러니 올해라고 없을까? 종말의 시간이 왔다고 주장하면서 자기 이웃을 적그리스도로 지목할 준비가 된 자들은 언제나 있기 마련이다. 뮌스터가 파국으로 치닫는다는 소식이 전해진다. 포위한 자들은 무조건 항복을 요구한다. 포위당한 자들은 집단 자살로 위협한다.

그가 앞장서서 걷는다. "그리스도여, 여기 끝내주는구먼." 서픽 공작이 말한다. 뚝뚝 떨어지는 빗방울이 공작의 모자를 망가트린다. "이런 데는 사람을 우울하게 하지 않나?"

"오, 우리야 늘 여기 있는걸요." 리시가 어깨를 으쓱한다. "이래저래 계속 일이 생겨서요. 조폐국에도 주얼하우스에도 내무장관님이 필요하니까."

마틴이 그들을 맞이한다. 그들이 들어서자 모어가 고개를 쳐든다.

"오늘은 예, 아니요로 갑시다." 그가 말한다.

"날도 궂은데 기분은 어떠시오." 누군가가 모어에게 수염을 정리할 빗을 넣어준 모양이다. "음, 안트베르펜에서 소식이 왔습니까? 틴들이 붙잡혔다는 소식이 왔어요?"

"지금 그 얘기는 적절치 않소." 오들리 대법관이 말한다. "서약에 대한 답을 내놓으시오. 법에 대한 답을 내놔요. 적법하게 제정된 법이 맞소?"

"틴들이 밖을 헤매고 다니다 카를황제의 병사들한테 잡혔다던데." 그가 차갑게 묻는다. "미리 알고 있었습니까?"

틴들은 단순히 붙잡힌 게 아니라 배신당한 것이다. 피신처 밖으로 나오도록 부추긴 누군가가 있고, 모어는 그자를 안다. 그는 자신이, 또 하나의 자아가 보인다. 이처럼 비가 오는 어느 아침 연기를 한다. 방을 가로질러가 눈앞의 죄수를 일으켜세우고 두들겨패며 하수인의 이름을 대라고 한다. "자, 저하." 그가 서퍽에게 말한다. "표정이 험악하십니다. 기도로 평정을 찾으시지요."

내가? 서퍽 공작이 말한다. 오들리가 웃음을 터트린다. 모어가 말한다. "틴들의 마귀는 이제 틴들을 버릴 거요. 카를황제가 그자를 불태우겠지. 헨리왕은 틴들을 구하려 손가락 하나 까딱하지 않을 거고. 그자가 자신의 새 결혼을 지지하지 않을 테니까."

"적어도 그 부분에서는 틴들이 옳았다고 생각하나봅니다?" 리시가 말한다.

"묻는 말에 대답해야 할 거요." 오들리가 나름 온화하게 말한다.

모어는 흥분 상태다. 말이 자꾸만 꼬인다. 오들리를 무시한 채 그, 크롬웰에게 말한다. "나를 강압해 위험을 자초하게 만들면 안 되는 거요. 내가 당신의 수장령에 반대 의견을 가지고 있다면, 물론 나는 그렇다고 인정하지 않지만, 혹시라도 그렇다면 당신의 서약은 내게 양날의 검이 될 테니까. 서약을 거부하면 내 육신이 위험에 빠지고, 서약에 찬성하면 내 영혼이 위험해진다오. 그러니 나는 아무 말도 하지 않겠소."

"본인 입으로 이단이라 부르던 자들을 심문하던 당시 당신은 회피를 용인하지 않았습니다. 그들을 강압해 말하게 했고, 말하지 않는 자들은 고문했어요. 그들도 강제로 대답했는데 당신은 왜 안 됩니까?"

"둘은 다른 문제요. 나는 법 전체, 그리스도교 세계의 모든 권력을 기반으로 이단자에게 대답을 강요한 거요. 지금 나를 위협하는 이건 특정한 하나의 법일 뿐이오. 최근 제정된 일개 특별법으로 여기서나 인정되지 다른 어느 곳에서도—"

그는 이 말을 기록하는 리시를 본다. 차라리 눈을 돌린다. "결론은 똑같습니다. 그자들은 화형에 처해졌지요. 당신에게는 도끼날이 떨어질 겁니다."

"그나마도 왕이 자비를 베풀어야 가능한 얘기지." 서퍽 공작이 말한다.

모어는 겁을 먹는다. 테이블에 올리고 있는 손가락이 오그라든다. 그는 무심한 듯 이에 주목한다. 그러니까 이게 전략이다. 단박에 죽이지 않으리라는 공포를 심는 것. 이런 생각을 하면서도 그는 자신이 그리하지 않으리란 걸 안다. 참으로 악독한 생각이다. "수적으로는 당신이 이기겠군요. 하지만 최근에 지도를 본 적 있습니까? 그리스도교 세계도 옛날 같지 않아요."

리시가 말한다. "장관님, 우리 앞의 이 죄수보다는 피셔가 차라리 사내다워요. 피셔는 반대 표시를 하고 결과를 책임지잖습니까. 토머스모어 경, 내 생각엔 당신도 그럴 용기만 있었다면 명백한 반역자가 되었을 사람이에요."

모어가 나지막이 말한다. "그렇지 않소. 내가 하느님께 나를 떠미는 게 아냐. 하느님이 나를 끌어당기는 거지."

"당신의 고집은 잘 알겠습니다." 오들리가 말한다. "당신이 다른 이들에게 썼던 방법을 우리는 쓰지 않을 겁니다." 그러면서 자리에서 일어난다. "기소와 재판으로 가는 것이야말로 폐하의 기쁨이겠지."

"주님의 이름으로 이보시오! 내가 여기서 무슨 해악을 끼칠 수 있겠소? 나는 아무에게도 해를 끼치지 않소. 해가 될 말은 한마디도 하지 않는다고. 해가 될 생각도 하지 않고. 한 사람의 목숨을 살려두는 데 이걸로 부족하다면—"

그가 믿기지 않는다는 듯 말을 자른다. "아무에게도 해를 끼치지 않는다고요? 베이넘은 어떻습니까, 베이넘을 기억하십니까? 당신은 그 사람의 재산을 몰수했고 가여운 아내를 감옥에 보냈어요. 베이넘이 고문당하는 모습을 지켜봤고, 그를 스토크슬리 주교의 지하 저장고에 가뒀다가 당신의 집으로 데려가서 기둥에 사슬로 묶고 이틀 동안 세워뒀지요. 그런 다음 다시 스토크슬리에게 끌려가 두들겨맞고 학대당하는 모습을 일주일 동안 보고도 당신의 괴롭힘은 지칠 줄 몰랐어요. 베이넘을 다시 런던탑으로 보내 고문했고, 결국 온몸이 손쓸 수 없이 망가져버려서 스미스필드 화형장으로 의자에 실어 데려가야 했지요. 그러고도 그런 말이 나옵니까, 토머스 모어, 본인이 아무 해도 끼치지 않는다는?"

리시가 모어의 테이블에 있는 종이를 모으기 시작한다. 모어는 위층의 피셔에게 서신을 보내는 모양이다. 나쁠 거 없다. 피셔의 반역에 가담한 정황으로 보일 수 있다면. 모어는 서신더미에 손을 얹고 손가락을 쫙 편다. 다음 순간 어깨를 으쓱하더니 포기한다. "꼭 그래야겠다면 가져가시오. 어차피 내 서신은 다 읽어보고 있을 테니."

그가 말한다. "빠른 시일 내에 마음을 고쳐먹었다는 소식이 들리지 않는다면 당신의 펜과 종이도 압수할 수밖에 없습니다. 책도. 사람을 보내겠습니다."

모어는 움츠러든 듯 보인다. 입술을 깨문다. "가져가야 한다면 지금 가져가시오."

"이런 망측한," 서픽이 말한다. "우리가 무슨 짐꾼인 줄 아나, 마스터 모어?"

앤이 말한다. "다 나 때문이에요." 그가 고개를 숙인다. "모어의 둘도 없는 양심을 괴롭히는 게 뭔지 마침내 듣고 나면 그 뿌리에는 왕비인 내게 무릎 꿇지 않겠다는 고집이 있다는 걸 당신도 알게 될 거예요."

앤은 수척하고 창백하고 화가 나 있다. 손끝을 서로 맞댄 채 기다란 손가락이 뒤로 휘도록 꾹꾹 누른다. 눈빛은 강렬하다.

이야기를 계속하기 전에 그는 헨리왕에게 작년의 참사부터 상기시켜야 한다. 그저 요구한다고 매사가 본인 뜻대로 되는 건 아님을 다시 한번 알려줘야 한다. 작년 여름, 북부의 귀족인 데이커 경이 반역죄로 기소되었다. 스코틀랜드와 공모한 혐의였다. 이 기소의 배후에는 가문의 오랜 적이자 경쟁자인 클리퍼드 집안이 있었고, 그 배후의 배후에 불린가가 있었다. 데이커 경이 전 왕비를 공공연히 지지하고 다닌 탓이었다. 무대는 웨스트민스터홀에 마련되었고, 노퍽이 잉글랜드 왕실

집사장*으로서 재판을 주재했다. 데이커 경은 자신이 가진 권리에 따라 동료 귀족 스무 명의 심판을 받게 되었다. 그러다가…… 일이 꼬였다. 어쩌면 그 사태 자체가 계산 착오였는지 모른다. 불린 집안이 너무 성급하고도 강하게 밀어붙인 것인지 모른다. 그가 기소를 직접 담당하지 않은 게 실수였는지도 모른다. 그 자신은 뒤에 물러나 있는 게 최선이라고 생각했다. 작위를 가진 이들 다수가 그의 출세에 반감을 품고 어떻게든 그를 난감하게 만들어보려 덤벼들 테니까. 아님 노력이 문제였을까, 법정을 제대로 통제하지 못해서…… 이유야 어찌되었든 데이커 경의 혐의는 인정되지 않았고, 왕은 경악과 분노를 금치 못했다. 데이커 경은 곧바로 왕의 호위대에 이끌려 런던탑으로 돌아갔고, 협상을 위해 그가 투입되었다. 그 협상이 데이커 경의 파멸로 끝나리란 건 뻔한 일이었다. 재판에서 경이 장장 일곱 시간에 걸쳐 자신을 변호했다지만 그, 크롬웰은 일주일도 떠들 수 있는 사람이다. 데이커 경은 반역죄보다는 가벼운 중죄범 은닉죄를 인정하기로 했다. 경은 국왕의 사면에 1만 파운드를 지불했다. 석방되고는 거지 신세로 북부로 돌아갔다.

하지만 왕비는 좌절감에 넌더리가 났다. 본보기를 만들고 싶어했으니까. 게다가 프랑스의 상황이 왕비의 뜻대로 돌아가지 않는다. 그녀의 이름이 나오자 프랑수아왕이 기분 나쁘게 키득거렸다는 얘기도 들린다. 왕비는 의심한다, 그리고 그 의심이 맞다. 그녀의 사람 크롬웰은 프랑스와의 동맹보다 독일 군주들과의 우호 관계에 더 관심이 있다. 하지만 그 다툼은 따로 적당한 때를 봐서 할 일이다. 그녀는 말한

---

* 대법관보다 우위의 직책으로 귀족 재판 등 특수한 재판을 주재했다.

다. 피셔가 죽기 전까지, 모어가 죽기 전까지 자신에게 평안은 없으리라고. 그래서 지금 왕비는 당당함은 오간 데 없이 불안에 휩싸여 방을 빙빙 돌고, 급작스레 방향을 틀어 헨리왕에게 가서는 소매를 어루만지고 손을 어루만진다. 그럴 때마다 왕은 손을 저어 뿌리친다, 왕비가 파리라도 되는 것처럼. 그, 크롬웰은 지켜본다. 이들 부부는 매일이 다르다. 때로는 서로 좋아 죽고 때로는 냉담하게 거리를 둔다. 서로 비비적대며 귓속말을 속삭이는 모습이 대체로 더 지켜보기 힘들다.

"피셔는 별로 걱정이 안 됩니다." 그가 말한다. "범죄 사실이 분명하니까요. 모어의 경우는…… 도덕적으로야 우리 쪽 주장에 의심의 여지가 없지요. 모어가 로마에 충성하고 교회 수장으로서 폐하의 지위를 경멸한다는 건 다들 아는 얘기입니다. 하지만 법적으로는 우리 쪽 근거가 빈약하고, 모어는 자신이 이용할 수 있는 모든 법적, 절차적 수단을 동원할 겁니다. 쉽지 않은 싸움이 되겠지요."

헨리왕이 발끈한다. "그럼 내가 쉬운 싸움이나 하라고 그대를 곁에 두는 것이겠나? 예수여, 내 이 소탈함을 안타까이 여기소서, 나는 이 왕국의 역사를 통틀어 그대 같은 종자는 절대로, 그 누구도 앉아보지 못했을 자리에 그대를 올렸어." 왕이 목소리를 낮춘다. "그대라는 사람이 아름다워서 그런 줄 아나? 그대의 매력 때문인 줄 알아? 내가 그대를 곁에 두는 건, 마스터 크롬웰, 그대가 자루에 든 뱀처럼 교활하기 때문이야. 하지만 은혜를 독으로 갚는 독사는 되지 말게. 내 결정이 뭔지는 잘 알겠지. 그대로 시행하게."

방을 나서면서 그는 등뒤로 내려앉는 침묵을 의식한다. 앤이 창가로 간다. 헨리는 자기 발을 내려다보고 있다.

그래서 리시가 아직 자기만 아는 비밀에 바들거리며 들어올 때 그는 리시를 파리 쫓듯 쫓아버리고 싶은 심정이다. 그러나 이내 정신을 붙들고 손바닥을 비빈다, 런던에서 가장 즐거운 사람처럼. "자, 퍼스 경, 책은 다 챙겼나? 모어는 어떤가?"

"덧창을 다 내리더라고요. 왜 그러느냐고 물었더니 하는 말이, 물건이 다 빠졌으니 가게문을 닫는 거라더군요."

그는 좀처럼 견디기 힘들다, 어둠 속에 앉아 있는 모어라니.

"저기요, 마스터." 리시가 접은 종이를 들고 있다. "모어랑 대화를 좀 했어요. 그걸 적은 겁니다."

"말로 해보게." 그가 자리에 앉는다. "내가 모어야. 자네는 리시고." 리시는 그를 빤히 쳐다본다. "덧문을 닫을까? 어두운 데서 재연하는 게 더 낫겠어?"

"도저히 안 되겠더라고요." 리시가 머뭇머뭇 말한다. "한번 더 시도해보지 않고는 못 나오겠어서—"

"그렇고말고. 자네에게는 자네 나름의 방식이 있는 거니까. 하지만 모어가 내게 털어놓지 않을 말을 자네에게 털어놓을 이유가 있나?"

"저를 자기 상대로 취급하지 않으니까요. 하찮게 여기니까."

"우리 법무차관님을 말이지." 그가 놀리듯 말한다.

"그래서 우리는 몇 가지 상황을 가정해봤어요."

"뭐야, 저녁식사 뒤의 링컨스 인 법학원 분위기라도 내봤다는 건가?"

"솔직히 모어가 딱했어요, 마스터. 모어는 대화가 절실해 보였고 마스터도 그자가 늘 주절거리는 거 아시잖아요. 제가 그랬어요. 의회가 법안을, 그러니까 나, 리처드 리시가 왕이 되는 법을 통과시킬 작정이라고 가정해보자. 그럼 나를 왕으로 인정하지 않을 것인가? 그리 물었더니 모어가 웃더라고요."

"글쎄, 누가 봐도 현실성이 없는 얘기라."

"그러니까 가정이라고 밀어붙였죠. 모어가 그러더군요. 아무렴, 위대하신 리처드, 자네를 왕으로 인정해야지, 의회가 그럴 수 있다고 하니까. 게다가 그간 의회의 작태를 생각하면 하루아침에 토머스 크롬웰 국왕이 통치하는 세상이 되었다 한들 별로 놀랍지도 않을 걸세. 재단공이 예루살렘의 왕이 될 수 있는 세상이니 대장장이의 아들도 잉글랜드의 왕이 될 수 있겠지."

리시가 말을 멈춘다. 그의 기분이 상한 건 아닐까 생각하는 것이다. 그는 리시를 보며 씩 웃는다. "내가 크롬웰왕이면 자네는 리시 공작이야. 어쨌든 요점은, 퍼스 경…… 아니, 요점이랄 게 없는 얘긴가?"

"모어가 그러더군요. 자, 자네가 먼저 상황을 가정했으니 나는 더 고차원의 상황을 제시해보겠네. 의회가 법안을, 그러니까 하느님이 하느님이어선 안 된다는 법을 통과시킬 작정이라면 어떻겠나? 제가 그랬습니다. 그 법은 아무 효력이 없겠지요, 그럴 권한이 의회에는 없으니까. 그러자 모어가 말했어요, 아무렴, 그렇지, 젊은이, 적어도 자네는 그 불합리함을 알아보는군. 거기까지 말하고는 저를 쳐다봤습니다, 이렇게 말하듯이. 이제 현실 세계의 문제를 논해보지. 제가 그랬어요. 그럼 저는 중차원의 상황을 제시해보지요. 아시다시피 의회는 우리 폐하를 교회의 수장으로 지명했습니다. 왜 당신은 그 같은 결정을 받아들이지 않겠다는 겁니까? 아까의 가정에서는 의회가 저를 군주로 지명하면 받아들이겠다고 했으면서? 모어가 말했습니다—어린애라도 가르치는 양—두 경우는 같지 않다고요. 하나는 속세의 권한이고, 의회는 그를 행사할 수 있다. 다른 하나는 영적인 권한이고, 의회가 행사할 수 없다. 그 권한은 이 왕국의 범위를 벗어나 있다고요."

그는 리시를 물끄러미 본다. "교황파로 모어를 교수형에 처하게."

"네, 마스터."

"모어가 무슨 생각을 하는지는 뻔해. 여태 입 밖에 내지 않았을 뿐."

"모어가 그러더라고요. 잉글랜드를 비롯한 모든 왕국을 관장하는 상위법이 있고, 만약 의회가 하느님의 법을 위반……"

"하느님이 아니라 교황의 법이겠지, 모어가 뜻한 건—그러니까 모어는 그 둘을 같은 걸로 보는 거야, 그건 그 자도 부인할 수 없겠지, 안 그런가? 그 자가 늘 자기 양심을 시험하는 이유가 무엇이겠나? 그 양심이란 게 로마 교회의 뜻과 합치하는지 밤낮으로 확인하는 게 아니라면? 그 자는 거기서 위안을 받고 길을 찾아. 내가 보기엔, 만일 그 자가 의회의 지위를 덮어놓고 부정한다면, 왕이 갖게 된 지위 또한 부정하는 거야. 그게 바로 반역이고. 그렇대도," 그는 어깨를 으쓱한다. "그게 얼마나 대단한 도움이 되겠나? 악의적으로 부정했다는 사실을 우리가 입증할 수 있나? 모어는 그러겠지. 그냥 해본 소리라고, 시간이나 죽이려고 한 얘기라고. 자네가 상황을 제시했고, 그 와중에 나온 말은 뭐가 됐든 당사자에게 불리한 증거로 쓰일 수 없다고."

"그걸 배심원단이 받아줄 리 없잖아요. 모어가 했던 말을 있는 그대로 받아들일 거예요. 어쨌든 마스터, 그게 학생들끼리 토론하다 나온 말은 아니잖습니까."

508

"그렇지. 런던탑에서 학생 토론을 하진 않지."

리시는 기록을 건넨다. "기억을 최대한 살려 충실히 적었어요."

"증인은 따로 없고?"

"다들 궤짝에 책을 담느라 들락날락하던 때라서요. 책이 정말 많더라고요. 제가 부주의했다고 비난하시면 안 됩니다, 마스터. 모어가 저한테 그런 소리를 할지 어찌 알았겠습니까?"

"자네를 비난하지 않네." 그는 한숨을 쉰다. "사실, 퍼스, 자네는 내눈에 넣어도 안 아플 사람이야. 이 얘기, 법정에서도 책임지고 할 수 있겠지?"

확신은 없이, 리시가 고개를 끄덕인다. "그러겠다고 얘기해주게, 리처드. 아니면 못하겠다고 얘기하고. 정확히 해둬야지. 용기가 나지 않을 것 같으면 지금 솔직히 말하게. 재판에서 또다시 지면 우리는 살길과 영영 이별하게 될 걸세. 그간 우리가 했던 모든 것도 다 헛일이 될거야."

"아시다시피 모어는 참을 수 없는 거예요, 저를 개도할 기회를 저버리지 못하는 거죠." 리시가 말한다. "제 어릴 적 행동을 없던 일인 셈쳐줄 수가 없는 겁니다. 저를 이용해 자기 뜻을 설교한 거예요. 음, 그자의 다음번 설교는 형장에서 하게 해주자고요."

피셔가 죽기 전날 저녁, 그는 모어를 방문한다. 삼엄한 호위와 함께 도착하지만, 호위대는 바깥쪽 방에 두고 혼자 안으로 들어간다. "덧창을 내려놓는 데 익숙해졌다오." 모어가 쾌활하다 싶게 말한다. "어둑한 곳에 앉아 있어도 괜찮겠소?"

"해를 겁내지 않아도 됩니다. 날이 흐려요."

"울지는 날씨를 바꿀 수 있다고 으스대곤 했지." 모어가 피식 웃는다. "친절하게도 방문을 다 해주시고, 토머스. 이제 우리 사이에 남은 얘기도 더는 없는데. 아닌가?"

"아침 일찍 호송대가 피셔 주교를 데리러 올 겁니다. 당신의 잠을 깨울까 걱정이군요."

"주교와 함께 밤새우지 않는다면 나야말로 형편없는 그리스도교도가 아니겠소." 모어의 얼굴에서 미소가 서서히 옅어진다. "처형 방식과 관련해 폐하가 자비를 베풀었다 들었소."

"피셔 주교는 무척 연로한데다 쇠약하니까요."

모어가 말한다. 유쾌하지만 어딘가 톡 쏘는 말투로. "나도 나름 최선을 다하고 있소, 정말이오. 사람이 쪼글쪼글해지는 속도에도 차이가 있는 법이라."

"잘 들어요." 그는 테이블 건너에 있는 모어의 손을 잡아 비튼다. 원래 의도보다 더 힘이 들어간다. 대장장이의 손아귀답군, 그는 생각한다. 모어가 움찔하는 게 보인다. 모어의 손가락이 느껴진다, 종잇장처럼 건조한 살갗과 그 아래 뼈가. "잘 들으라고요. 법정에 불려나오면 곧장 몸을 날려 왕에게 자비를 구하십시오."

모어가 의아하다는 듯 말한다. "그게 내게 무슨 도움이 된다고?"

"왕은 모진 사람이 아닙니다. 아시잖아요."

"그런가? 예전에야 아니었지. 성품이 상냥한 분이었어. 하지만 곁에 두는 자들이 바뀌었으니."

"왕은 자비를 청하는 목소리에 약해요. 목숨을 살려줄 거라는 얘기가 아닙니다, 당신이 끝내 서약하지 않았으니. 하지만 피셔에게 베푼 자비를 당신에게도 허락할지 모르지요."

"육신에 무슨 일이 벌어지는지는 그리 중요하지 않소. 어찌 보면 나는 복 받은 삶을 살았어. 하느님은 은혜로우셨고 나를 시험에 들게 하지도 않으셨소. 이제 그 시험을 하시겠다는데 내가 실망시킬 수는 없지. 나는 늘 내 마음을 경계하며 살았는데, 그 속에서 발견한 것이 매번 흡족했던 건 아니라오. 그 마음이 마지막으로 놓일 곳이 사형집행인의 손이라면, 그러라고 하시오. 얼마 지나지 않아 하느님의 손에 있게 될 테니."

"내가 감상적이라고 생각할 겁니까, 당신이 도륙당하는 모습을 보고 싶지 않다고 하면?" 아무 대답이 없다. "고통이 두렵지 않습니까?"

"오 두렵지, 정말 몹시 두렵소. 나는 당신처럼 담대하고 강인한 사람이 아니거든. 그래서 어쩔 수 없이 머릿속으로 자꾸만 예행 연습을 해보게 된다오. 하지만 그 고통은 찰나일 뿐, 그뒤로는 더는 기억하지 않게 하느님께서 조치해주실 거요."

"내가 당신 같지 않아 참 다행입니다."

"당연한 말씀을. 그렇지 않았으면 여기에 당신이 앉아 있겠지."

"내 말은, 나는 달라질 세상에 집중한다는 겁니다. 그런데 당신은 이 세상에 개선의 여지가 전혀 없다고 보는군요."

"그럼 있다고 보시오?"

경박하다 싶은 느낌까지 드는 질문이다. 한 움큼은 될 법한 우박이 창문을 때린다. 두 사람 다 흠칫 놀란다. 그는 가만있지 못하고 자리에서 일어난다. 차라리 바깥 상황이 어떤지 아는 게 낫다, 잔해가 서글프게 흩날리는 여름을 보는 게 낫다. 덧창 뒤에서 몸을 웅크리고 무슨 사달이 났을까 마음 졸이느니. "나는 한때 모든 것에 희망을 품었지요." 그가 말한다. "세상이 나를 변질시키나봅니다. 아님 그저 날씨 탓이든가. 나를 자꾸만 무너트리면서 당신처럼 생각하게 만들어요. 사람은 자기 안으로 파고들어야 한다고. 깊숙이 더욱 깊숙이 파고들어가 조그맣게 홀로 빛나는 지점에 닿을 때까지. 거긴 자신의 고독한 영혼이 유리잔에 덮인 불꽃처럼 간직된 곳이죠. 나를 둘러싼 사방에서 고통과 치욕, 무지와 지각없는 악덕, 가난과 절망의 장면이 보입니다. 아, 그리고 비도―이 비는 잉글랜드에 내리며 곡식을 썩히고, 우리 눈에 비치는 등불과 더불어 배움의 등불까지 꺼트리고 맙니다. 옥스퍼드가 물바다가 되고 케임브리지가 홍수에 떠내려가면 사유는 누가 하겠습니까? 판관들이 목숨을 부지하느라 헤엄치기 바쁘면 법은 누가 집행하겠습니까? 지난주에 요크에서 폭동이 일어났습니다. 어찌 안 그렇겠습니까, 밀이 너무 부족해 가격이 작년의 두 배가 되었는데? 나는 판관들을 부추겨 본보기를 보여주려 합니다. 그러지 않으면 북부 전체가 낫과 창을 들고 일어날 텐데, 그럼 서로를 도륙하기밖에 더 하겠습니까? 나는 진심으로 믿습니다, 날씨만 더 좋았어도 내가 더 나은 사람이 되었으리라고. 태양이 빛나고 시민은 부유하고 자유로운 나라에서 살았더라면 나는 더 나은 사람이 되었을 거라고. 그랬다면 마스터 모어, 당신도 나를 위해 지금처럼 혹독하다 싶게 기도하지 않아도 되었을 겁니다."

"당신이 어찌 말하든," 모어가 말한다. 말, 말, 말뿐이지. "정말이오, 물론이야, 나는 당신을 위해 기도하오. 본인이 현혹되었음을 깨닫게 해달라고 진심으로 기도한다오. 우리가 천국에서 만나는 날, 그리되기를 희망하오만, 서로가 얼마나 다른지는 더는 기억되지 않을 것이오. 그러나 당장은 그럴 수 없을 것 같군. 당신의 일은 나를 죽이는 것이오. 나의 일은 목숨을 부지하는 것이고. 그것이 곧 내 역할이자 의무요. 내가 가진 건 지금 발 딛고 선 땅이 전부고, 그 땅이 곧 토머스 모어라오. 그걸 원하거든 내게서 빼앗는 수밖에 없을 거요. 내가 그냥 내주리라 믿는 건 말이 안 되지."

"변론을 준비하려면 깃펜과 종이가 필요할 겁니다. 넣어드리지요."

"정말 포기를 모르는 사람이군, 그렇지요? 됐소, 내무장관. 내 변론은 여기에 있소." 모어가 자기 이마를 톡톡 두드린다. "당신이 손쓰지 못할 여기에 안전히 있을 거요."

이 방은 얼마나 낯설고 횅한가, 모어의 책이 없이는. 그림자만 가득하다. "마틴, 양초를 가져오게." 그가 부른다.

"내일 올 거요? 피셔 주교를 보러?"

그는 고개를 끄덕인다. 피셔가 죽는 순간은 직접 보지 않을 테지만. 원칙상 관중은 무릎을 굽혀 예를 표하고 모자를 벗어 한 생의 소멸을 기려야 한다.

마틴이 촛대에 꽂은 초를 가지고 들어온다. "더 필요하신 거라도?" 마틴이 촛대를 놓는 동안 두 사람은 가만히 있는다. 마틴이 다시 나가고도 가만히 있는다. 죄수는 구부정하니 앉아 촛불을 들여다본다. 모어가 입을 다물어버리려는 것인지 말할 준비를 하는 것인지 그가 어떻게 알 수 있을까? 말에 선행하는 침묵이 있는가 하면 말을 대신하는 침묵이 있다. 그걸 굳이 완성된 서술로 깨트릴 필요는 없다. 머뭇거림으로 깨트릴 수도 있다. 만약…… 그럼에도…… 혹시 가능하다면…… 같은 말로. 그가 말한다. "나라면 당신을 내버려뒀을 겁니다, 아마. 명대로 살도록. 당신이 저지른 살육을 회개하도록. 내가 왕이었다면 말입니다."

빛이 시들해진다. 죄수가 스스로를 방에서 물려 자기가 있어야 할 곳에 형체만 덩그러니 남겨둔 듯하다. 한줄기 바람이 촛불을 잡아당긴다. 그들 사이에 놓인 텅 빈 테이블, 모어의 투지 넘치는 글을 다 치운 테이블은 어찌 보면 제단 같기도 하다. 그리고 제단은 오직 무엇을 위한 것이던가, 희생 아닌가? 모어가 마침내 침묵을 깨트린다. "만약, 내 재판이 끝나고 마지막에, 왕이 자비를 베풀지 않고 형벌이 최대한 엄격히 적용되면…… 토머스, 그러면 어찌되는 것이오? 사람의 배를 가르면 엄청난 출혈과 함께 바로 죽으리라 생각하겠지만, 딱히 그렇지도 않은 것 같소…… 사형집행인한테 뭔가 특별한 도구라도 있는 것이오, 척수를 자르면서도 목숨은 붙여놓을 수 있는?"

"내가 그런 일에 휜하리라 생각하다니 유감이군요."

하지만 그는 노픽에게 말하지 않았던가, 말한 것이나 다름없지 않던가, 사람의 심장을 끄집어내본 적이 있다고?

그가 말한다. "그게 바로 사형집행인의 미스터리죠. 비밀에 부쳐집니다, 우리가 경외심을 잃지 않게."

"깨끗이 죽게 해주시오. 아무 부탁도 없소만, 그 부탁은 하겠소." 의자에 앉아 휘청거리는 모어는 심장이 한 번 뛰고 다시 뛰는 사이 육신의 불안에 붙들리고 만다. 울부짖으면서 머리부터 발끝까지 바들거린다. 모어의 손이 휑한 테이블을 힘없이 내리친다. 그리고 그가 떠나며 "마틴, 들어가게. 와인 좀 챙겨드려"라고 말하는 중에도 모어는 여전

514

히 울부짖고 바들거리면서 테이블을 내리친다.

다음에 그가 모어를 보는 곳은 웨스트민스터홀일 것이다.

재판 당일, 강이 범람한다. 템스강이 차올라 지옥의 강처럼 부글거리며 강둑의 쓰레기를 쓸어간다.

잉글랜드와 로마의 싸움이군, 그가 말한다. 산 자와 죽은 자의 싸움이기도 하고.

재판은 노퍽이 주재할 것이다. 그는 공작에게 상황이 어찌 돌아갈지 설명한다. 기소장 앞부분에 제기된 혐의들은 기각될 것이다. 여기에는 수장령과 서약을 두고 모어가 이런저런 때 했던 이런저런 발언과, 피셔와의 반역 공모가 포함된다—두 사람이 주고받은 서신은 현재는 폐기된 듯하지만. "뒤이은 네번째 죄목에서 법무차관의 증언을 들을 겁니다. 자, 저하, 여기서 모어가 평정을 잃을 거예요. 리시는 늘 모어의 신경을 거스르거든요. 어릴 적 과오들 때문에—" 공작이 한쪽 눈썹을 치켜올린다. "술. 싸움. 여자. 노름 말입니다."

노퍽이 꺼칠꺼칠한 턱을 문지른다. "가만 보면 말이야, 리시처럼 곱상하게 생긴 녀석들이 꼭 쌈질을 해. 자기 뜻을 관철시키려고, 그렇잖나. 그런데 우리처럼 우락부락하게 생긴데다 나이도 먹을 만큼 먹은 거친 남자들은 갑옷을 입고 태어난 것이나 다름없어서 뜻을 관철시키고 말고 할 필요가 없다고."

"그러게요." 그가 말한다. "우리야말로 평화를 사랑하는 자들이지요. 저하, 이제 집중해주십시오. 데이커 때 같은 실수가 더는 없어야합니다. 이번에는 살아남기 힘들 거예요. 초반의 혐의는 기각될 겁니다. 그럼 배심원들도 정신이 번쩍 들 테지요. 그리고 저하를 위해 배심원단도 준수하게 꾸려졌습니다."

모어는 그의 동료들과 마주할 것이다. 런던 사람들, 런던 동업조합의 상인들이다. 경험이 많은 자들이고, 런던의 온갖 편견을 가졌다. 다른 런던 사람들과 마찬가지로 교회의 탐욕과 오만을 볼 만큼 봤으며, 너는 네 모국어로 쓰인 성서를 읽을 자격이 안 된다는 소리를 기꺼이 받아들일 생각이 없다. 이들은 모어를 알고, 지난 이십 년 동안 알고 지내왔다. 모어가 어떻게 루시 페티트를 과부로 만들었는지 안다. 틴들을 집에 머물게 해줬다는 이유로 험프리 몬머스의 사업을 어떻게 끝장냈는지 안다. 이들은 모어가 자기네 식솔 사이에, 아들처럼 생각하는 도제들 틈에, 매일 밤 주인의 잠자리 기도를 들을 정도로 스스럼없고 가족 같은 하인들 중에 어떻게 첩자를 심어뒀는지 안다.

배심원 한 명을 두고 오들리가 주저한다. "존 파넬? 이건 오해의 소지가 있겠는데. 자네도 알다시피 이자는 계속 모어를 노렸어, 대법관청 재판에서 모어에게 패소 판결을 받은—"

"그 건은 알고 있네. 모어가 망친 소송이야, 서류를 안 읽었거든. 에라스뮈스에게 구애의 서신을 쓰느라 혹은 첼시의 자기 집에서 어느 딱한 그리스도교도에게 차꼬를 채우느라 너무 바빠서. 자네는 내가 어쨌으면 좋겠나, 오들리, 웨일스까지 가서 배심원을 구해오기 바라나? 아님 컴벌랜드, 혹은 모어를 더 좋게 봐주는 이들이 있는 곳까지 가서? 나는 어떻게든 런던 사람들 선에서 일을 마무리해야 하고, 새로 태어난 아기들에게 배심원 선서를 시키지 않는 한 사람들의 기억을 닦아 없앨 수는 없어."

오들리가 고개를 절레절레 젓는다. "나는 잘 모르겠네, 크롬웰."

"오, 크롬웰은 약삭빠른 자야." 공작이 말한다. "울지가 무너지던 당시 내가 그랬지. 저자를 조심해, 약삭빠른 자야. 저자를 앞지르려면 아침 일찍부터 일어나 있어야 할걸."

재판 전날 밤, 그가 오스틴프라이어스의 집에서 서류를 훑어보고 있는데 문 뒤에서 고개가 하나 나타난다. 조그맣고 길쭉한 런던 사람의 두상에 머리칼을 빡빡 밀다시피 했고 얼굴은 햇병아리 같다. "딕 퍼서. 들어오거라."

딕 퍼서는 방을 둘러본다. 밤마다 으르렁거리며 집을 지키는 경비견을 관리하는 딕은 이 방에 처음 들어와본다. "이리 와서 앉아. 어려워 말고." 그는 길쭉한 잔에 와인을 따라준다. 울지 추기경의 소유였던 베네치아산 와인잔이다. "한번 마셔봐. 윌트셔 백작이 보낸 것인데, 나는 그리 좋은 줄 모르겠군."

딕이 잔을 건네받다가 떨어트릴 뻔한다. 와인은 지푸라기 혹은 여름빛처럼 색이 옅다. 녀석이 한 모금을 삼킨다. "나리, 재판에 데려가는 수행단에 저를 끼워주실 수 있을까요?"

"마음이 아직 안 풀린 거로군, 그렇지?" 딕 퍼서는 성체가 한낱 빵일 뿐이라고 했다가 첼시의 식솔 앞에서 모어에게 매질을 당한 그 소년이었다. 당시 어린애였고, 지금이라고 다 큰 것은 아니다. 오스틴프라이어스에 처음 와서는 자면서도 울었다는 얘기가 있다. "제복을 한 벌 챙겨라." 그가 말한다. "아침에 손과 얼굴 씻는 걸 잊지 말고. 나를 망신시키는 일은 없었으면 한다."

'망신'이라는 단어가 아이의 마음을 건든다. "아픈 건 별문제가 아니었어요." 딕이 말한다. "우리 모두가 그렇잖아요, 송구한 말씀이지만 나리, 아버지한테도 어느 정도씩은 다들 맞으며 자라니까요."

"그렇지." 그가 말한다. "내 아버지도 나를 금속판재라도 되는 양 두들겼거든."

"문제는 그 사람이 저를 발가벗겼다는 거예요. 여자들이 구경했고요. 데임 엘리스도. 그 집의 젊은 여자들도. 그중 누구 하나라도 저를 위해 목소리를 내줄 줄 알았는데, 속옷마저 벗은 나를 보고 그저 역겨워할 뿐이었어요. 웃더라고요. 그 사람이 저를 채찍질하는 동안 다들 웃고 있었어요."

이야기에는 늘 젊은 여자, 순수한 여자, 회초리 혹은 도끼를 든 남자의 손을 막아서는 여자가 등장한다. 그런데 우리는 어쩌다 차원이 다른 이야기 속으로 잘못 들어선 듯하다. 그 이야기에서는 아이의 부실한 엉덩이가 추위에 옴폭해지고 몸에 딱 들러붙은 조그만 고환이, 수줍은 고추가 단추만하게 오그라드는 사이 집안 여자들은 키득거리고 남자 하인들은 야유하며 아이의 살갗에서는 가느다란 맷자국이 터지면서 피가 흐른다.

"이제 다 지난 일이야. 울지 마라." 그가 일어나 책상을 돌아나온다. 딕 퍼서는 그의 어깨에 빡빡 깎은 머리를 떨구고 수치심에, 안도감에, 그리고 곧 자신을 고문했던 자가 먼저 저세상으로 떠난다는 승리감에 펑펑 운다. 모어는 존 퍼서를 죽음으로 내몰았다. 독일 책을 소지했다는 이유로 괴롭혔다. 그는 소년을 껴안는다. 뛰는 맥박을, 강인한 힘줄을, 밧줄 같은 근육을 느끼며 위로의 소리를 낸다. 그의 아이들이 어렸을 때 해줬던 것처럼, 혹은 꼬리를 밟힌 스패니얼에게 하는 것처럼. 위로는 종종, 그는 생각한다. 겨우 눈곱만큼의 비용으로도 가능하다.

"죽을 때까지 나리를 따를 거예요." 소년이 선언한다. 아이의 팔이, 움켜쥔 주먹이 주인을 꽉 붙든다. 손마디의 뼈가 그의 척추를 파고든다. 녀석이 코를 훌쩍인다. "제복이 저한테 잘 어울릴 것 같아요. 몇시에 출발하나요?"

이른아침. 그는 참모들과 함께 그 누구보다도 먼저 웨스트민스터홀에 도착해 막바지 점검에 만전을 기한다. 그가 주축이 되어 법정이 열리고, 모어가 들어서자 장내의 모두가 눈에 띄게 충격을 받는다. 런던탑이야 원체 사람을 못쓰게 만들기로 유명하지만, 그럼에도 모어의 외양은 경악스럽다. 앙상한 몸과 듬성듬성한 흰 수염 탓에 일흔 살은 족히 먹은 영감처럼 보여서다. 오들리가 속삭인다. "우리한테 그간 몹쓸짓이라도 당한 듯한 몰골이군."

"내가 한번 물면 놓지 않는 인간이라고 말하는 몰골이기도 하고."

"뭐, 나는 양심에 걸릴 게 없으니까." 오들리 대법관이 경쾌하게 말한다. "모어는 가능한 모든 배려를 다 받았어."

존 파넬이 그에게 고개를 끄덕인다. 법무관이자 증인 자격으로 출석한 리처드 리시가 그에게 미소를 보낸다. 오들리가 죄수에게 의자를 갖다주라고 명하지만, 모어는 얼른 낚아채 의자 가장자리에 걸터앉는다. 긴장과 투지에 불탄다.

그는 장내를 둘러보며 모어 대신 상황을 기록하는 자가 있는지 확인한다.

말, 말, 말뿐이지.

그는 생각한다. 나는 당신을 기억했어, 토머스 모어. 하지만 당신은 나를 기억하지 못했지. 내 낌새조차 알아차리지 못했어.

III
울프홀로
1535년 7월

모어가 죽은 날 저녁은 날씨가 화창하다. 그는 레이프, 리처드와 정원을 걷는다. 아직 해가 나와 있다. 누더기 같은 구름 사이로 은빛 연무처럼 보인다. 시들시들한 약초 화단에서는 아무 향도 나지 않고, 변덕스러운 바람이 그들의 옷을 당겨 목덜미를 때리고는 다시 앞으로 밀어 얼굴을 친다.

레이프가 말한다. 꼭 바다에 있는 것 같아요. 두 녀석은 그의 양옆에 딱 붙어 걷는다. 고래와 해적, 인어가 언제 위협할지 모른다는 양.

재판이 있고 닷새가 지났다. 그사이 많은 일이 있었지만 그들은 그날의 사건을 반복하면서 각자의 머릿속에 남은 장면을 끊임없이 주고받는다. 기소장에 마지막 기록을 하는 법무차관. 사무원이 라틴어를 틀리자 코웃음 치는 모어. 판관석에 앉은 불린 부자의 냉정하고도 매끈한 얼굴. 모어는 목소리 한번 높이지 않았다. 오들리가 마련해준 의자에 앉아 고개를 왼쪽으로 살짝 기울이고 소맷자락을 잡아뜯으며 경청했다.

그랬기에 모어가 자기에게 달려들 듯이 흥분하자 리처드 리시는 눈에 띄게 놀랐다. 한 걸음 뒤로 물러나 테이블에 몸을 기대고 버텼다. "옛날의 자네를 뻔히 아는데, 리시, 내가 뭐하러 자네에게 속내를 털어놓겠나?" 자리에서 일어난 모어의 목소리에서 경멸이 뚝뚝 묻어났다. "나는 자네가 어릴 적부터 자네를 알았네. 도박꾼에 노름꾼, 자기 집안에서도 인정받을 만한 명성 없이……"

"성 율리아노시여!" 판관 피츠제임스가 외쳤다. 욕 대신 뱉는 말이었다. 그러고는 소리 죽여 그, 크롬웰에게 말했다. "저래서 득 될 게 있겠습니까?"

배심원단은 마음에 들어하지 않았다. 배심원이 뭘 마음에 들어할지는 아무도 모른다. 그들은 모어의 갑작스러운 흥분을 자신이 전에 했던 말과 정면으로 맞닥뜨린 데 따른 충격과 죄책감으로 해석했다. 물론 배심원 모두가 리시의 명성을 익히 알고 있었다. 그러나 일반적으로 젊은이의 행실이라 하면 음주와 도박과 쌈질이 더 자연스럽지 않은가, 금식과 묵주기도와 자학보다는? 모어의 장광설을 끊고 들어온 건 노펵의 딱딱한 목소리였다. "개인의 품성에 대한 논의는 제쳐두시오. 문제가 된 사안에 대해서는 뭐라고 하겠습니까? 그런 말을 실제로 했습니까?"

마스터 모어의 농간이 과도해진 게 이때부터였을까? 모어는 냉정을 되찾고 어깨에서 흘러내리는 가운을 잡아 끌어올렸다. 가운을 단단히 움켜쥐고, 잠시 뜸을 들이며 마음을 다잡고, 주먹 쥔 손을 다른 손으로 감쌌다. "리시가 혐의를 제기한 말을 나는 하지 않았습니다. 설령 했다 해도 악의를 가지고 한 것이 아닙니다. 따라서 나는 법을 거스른 바가 없습니다."

그는 존 파넬의 얼굴에서 역력한 조롱의 기색을 보았다. 자신이 바보 취급을 당하고 있다고 생각하는 런던 시민보다 매정한 존재도 없다. 오들리 혹은 법률가 누구든 나서서 배심원단의 오해를 풀어줄 수도 있었다. 그게 우리 법률가들이 논증하는 방식이라고. 그러나 배심원은 법률가의 논증이 아니라 진실을 원한다. 그 말을 정말로 했는가, 하지 않았는가. 조지 불린이 몸을 숙인다. 그럼 죄인은 그 대화를 본인 입장에서 어떻게 기억하는지 얘기해주겠습니까?

모어가 몸을 돌린다. 미소를 짓고 있다. 이렇게 말하듯. 제대로 짚었어, 마스터 조지. "그걸 따로 적어두지는 않았습니다. 글을 쓸 도구가 전혀 없었거든요, 실은. 저들이 이미 압수해갔습니다. 기억하는지 모르겠는데, 로치퍼드 자작님, 그날 리시가 나를 찾아온 이유가 바로 그것이었거든요. 기록 수단을 빼앗아가는 것 말입니다."

모어는 다시 뜸을 들이며 배심원단을 바라보았다, 박수갈채라도 기대하는 양. 그들 역시 모어를 바라보았다, 돌처럼 굳은 얼굴로.

그게 전환점이었을까? 그들이 모어를 믿었을 수도 있다. 어쨌든 한때는 대법관이었던 자고, 법무차관은 다들 알다시피 천하의 난봉꾼이었으니까. 배심원이 무슨 생각을 할지는 절대로 알 수 없는 법이다. 앞서 그들을 소집한 그가 언제나처럼 설득력을 발휘하기는 했지만. 그날 아침 그는 배심원들에게 이렇게 얘기했다. 모어가 어떤 변론을 펼칠지는 모르겠습니다만, 정오까지 재판이 끝나리란 기대는 하지 않습니다. 다들 아침식사는 든든히 하셨습니까? 판결을 위해 퇴정하고 나면 당연히 시간이 필요하겠지요, 물론입니다. 하지만 내 계산으로 이십 분 넘게 논의가 길어지면 내가 들어가 상황을 보겠습니다. 법적으로 의심이 드는 어떤 부분이든 해소해드리지요.

판결까지 필요한 시간은 고작 십오 분이었다.

지금, 7월 6일, 성 고들리브(브뤼주의 죄 없는 젊은 아내로, 사악한 남편이 연못에 빠트려 죽였다) 축일 저녁 정원에서 그는 하늘을 올려다보며 대기의 변화를, 가을을 닮은 축축한 바람을 느낀다. 시시한 태양의 막간극은 끝이 났다. 에식스에서 흘러와 도시 위로 겹겹이 쌓인 구름이 떠다니다 탑과 흙벽에 막혀 덩어리를 이루더니 바람에 밀려 광활하고 흠뻑 젖은 들판을 가로지르고, 물에 잠긴 목초지와 불어난 강을 건너고, 물이 뚝뚝 떨어지는 서쪽 숲을 지나고 바다를 건너 아일랜드로 간다. 리처드는 라벤더 화단에 떨어트린 모자를 집어들고는 물기를 떨며 나지막이 욕을 내뱉는다. 빗방울이 그들의 얼굴을 때린다. "들어가야겠다. 써야 할 서신이 있어."

"오늘도 밤새 일하실 건 아니죠."

"네, 레이프 할아버지. 빵과 우유를 챙겨 먹고 안녕히 주무시라고 인사한 다음에 자러 가야지요. 방에 개를 데려가도 될까요?"

"절대로 안 되죠! 제 머리 위에서 밤새 쿵쿵거리시려고요?"

전날 밤 그가 좀처럼 잠을 이루지 못한 건 사실이다. 자정을 넘긴 시간에 문득 떠오른 생각 탓이었다. 모어는 이 밤이 세상에서의 마지막 밤임을 알지 못한 채 틀림없이 잠들어 있으리라는. 사형수가 밤새 죽음을 준비하게 하는 일은 웬만해선 없다. 그러니, 그는 생각했다. 내가 모어를 위해 밤을 밝힌다면, 홀로 하게 되겠구나.

그들은 서둘러 안으로 들어간다. 등뒤에서 바람이 문을 쾅 닫는다. 레이프가 그의 팔을 잡는다. 그가 말한다. 모어의 그 침묵 말이다, 절대 진짜 침묵이 아니었어, 그렇지? 그자의 침묵은 반역으로 소란했다. 자신에게 유리한 만큼 투덜거리고 이의를 제기하고 트집을 잡고 의뭉스럽고 모호하게 떠들어대는 침묵이었다. 분명히 말하기를 두려워하는, 혹은 분명히 한 말이 곡해되리라고 주장하는 침묵이었다. 모어의 사전은 우리의 사전과 달랐다. 말로 가득한 침묵이 가능한 것이다. 류트는 울림통 안에 방금 전 연주한 음을 담고 있다. 비올은 그 줄에 화음을 품고 있다. 시든 꽃잎이 향기를 머금을 수 있고, 기도에서 저주가 흘러나올 수 있다. 주인이 외출해 텅 빈 집도 유령들로 여전히 소란할 수 있다.

누군가가―크리스토프는 아닐 것이다―반짝이는 은제 화병에 수레국화를 꽂아 그의 책상에 올려두었다. 잔주름이 진 꽃잎이 화병에 비쳐 어른거리는 어슴푸레한 푸른색을 보자 오늘 아침의 빛이 떠오른다. 7월치고 늦게 동이 튼 새벽, 하늘은 찌뿌둥했다. 다섯시, 런던탑 치안관장이 모어를 데리러 갔을 시각이었다.

아래층에서 전령이 꼬리에 꼬리를 물고 마당으로 들어서는 소리가 들린다. 망자의 뒤치다꺼리로 해야 할 일이 많다. 그러니까 결국, 그는 생각한다. 어릴 적 내가 모턴 추기경의 젊은 젠틀맨들을 위해 했던 것도 이런 뒤치다꺼리였군. 이번을 마지막으로 다시는 하지 않아도 될 테고. 그는 새벽녘 가죽 술병에 순한 맥주를 가득 따르고, 다시 녹여서 쓸 수 있게 잡화상에 가져다줄 양초 동강이들을 하나로 뭉치던 자신을 그린다.

현관홀에서 목소리들이 들린다. 신경쓰지 말자. 그는 서신으로 돌아간다. 라울리 수도원장이 자기 친구를 위해 자리를 부탁한다. 요크 시장은 둑과 통발 문제를 의논한다. 험버강은 맑고 깨끗하며 우즈강 또한 그렇다고 적혀 있다. 칼레의 라일 경이 보낸 서신은 무슨 얘기인지 갈피를 잡기 힘든 자기 변론이다. 그자가 그리 말하기에 내가 그리 말했고 그래서 그자가 그리 말했다는.

그의 앞에 토머스 모어가 서 있다. 살아서보다 죽어서 더 견고하다. 아마도 모어는 이제 늘 여기 이렇게 있을 것이다. 무척이나 기민하고 단호한 모습으로, 법정에서 마지막 순간 그랬듯. 오들리는 유죄 평결이 몹시도 흡족했던 나머지 죄수에게 마지막으로 할 말도 묻지 않고 선고를 시작했다. 피츠제임스가 손을 뻗어 오들리의 팔을 칠 수밖에 없었고, 모어 자신 또한 자리에서 일어나는 것으로 선고를 중단시켰다. 할말이 많았고, 목소리는 활기찼으며, 말투는 신랄했다. 모어의 눈, 모어의 몸짓은 법적으로 이미 죽은 것이나 다름없는 사형수의 것이라고는 보이지 않았다.

그러나 발언의 내용은 새로울 게 없었다. 아무튼 그에게는 그랬다. 나는 내 양심을 따르니, 모어가 말했다. 여러분은 여러분의 양심을 따라야지요. 내 양심에 따르면—그리고 이제 분명히 말하겠습니다—여러분의 법은 옳지 못하며(그러자 노퍽이 고함친다) 여러분의 권위에는 근거가 없습니다(노퍽이 다시 고함친다. "이제야 못된 본심을 드러내는군."). 존 파넬이 웃음을 터트리고, 배심원단은 눈빛을 주고받으며 서로 고개를 끄덕였다. 웨스트민스터홀 전체가 웅성거리는 동안 모어는 다시 발언을 이어갔다. 장내의 소음에 맞서 자신의 반역적인 셈법을 설파했다. 내 양심은 다수의 뜻과 일치하며, 따라서 나는 내 양심이 틀리지 않았음을 압니다. "헨리의 왕국에 맞서 내게는 그리스도교 세계라는 왕국 전체가 있습니다. 여러분의 주교 각각에 맞서 내게는 백 명의 성자가 있습니다. 여러분의 의회에 맞서 내게는 천년의 역사를 가진 공의회 전체가 있습니다."

노퍽이 말했다. 저자를 끌어내. 재판은 끝났소.

오늘은 화요일, 아침 여덟시다. 빗방울이 창문을 두들긴다. 그는 리치먼드 공작이 보낸 서신을 개봉한다. 소년은 자신이 머무는 요크셔에 사슴 사냥터가 없어 친구들에게 오락거리를 제공할 수 없다고 불평한다. 오, 우리 딱한 꼬마 공작, 그는 생각한다. 공작의 고통을 내가 어찌 덜어줄 수 있을까? 그레고리가 결혼하게 될 거라는 이가 시커먼 미망인에게는 사슴 사냥터가 있다. 그러니 이 어린 군주는 노퍽의 딸과 이혼하고 미망인과 결혼해야 하려나? 그는 리치먼드의 서신을 옆으로 밀어놓는다, 마음 같아서는 바닥에 쌓아두고 싶지만. 서신을 계속 확인한다. 카를황제는 함대를 이끌고 사르데냐를 떠나 시칠리아로 향하는 중이다. 성 메리 울처치 교회의 사제 하나가 크롬웰은 분파주의자며 자기는 그자가 두렵지 않다고 떠든단다. 어리석기는. 해리 로드 몰리가 그레이하운드 한 마리를 보내겠다고 한다. 뮌스터 지역에서 피난민이 쏟아져나오고, 그중 일부는 잉글랜드로 향한다는 소식도 있다.

오들리가 말했다. "죄인, 본 법정은 국왕에게 죄인의 처형과 관련해 자비를 베풀어달라 청할 것입니다." 그러고는 그가 있는 쪽으로 몸을 기울인다. 내무장관, 죄인에게 뭔가 약속한 바가 있습니까? 맹세코 없습니다. 하지만 국왕이 분명 친절을 베풀겠지요? 노퍽이 말한다. 크롬웰, 그럴 수 있게 왕을 설득해보겠나? 자네 말이라면 들을 거야. 그래도 안 된다면 내가 직접 가서 간청해보지. 이렇게 놀라울 수가. 노퍽이 자비를 구한다고? 그는 퇴정하는 모어를 보려고 눈길을 들었다. 하지만 모어는 이미 나가고 없었다. 미늘창을 든 키 큰 근위병들이 모어를 뒤따르는 줄에 마지막으로 합류하는 중이었다. 런던탑으로 가는 배가 뱃사공의 계단에서 기다리고 있다. 집에 가는 듯한 기분일 터다. 가느다란 창문, 종이를 치운 테이블, 촛대, 내려놓은 덧창이 있는 방이 이젠 익숙할 테니.

창문이 덜컹거린다. 그는 흠칫 놀라며 생각한다. 덧문에 빗장을 질러야겠다. 그러려고 몸을 일으키는데 레이프가 책을 들고 들어온다. "기도서예요, 모어가 마지막까지 가지고 있었던."

그는 기도서를 찬찬히 살펴본다. 다행히 핏자국은 없다. 그는 책등을 잡고 책장을 주르르 넘긴다. "벌써 해봤어요." 레이프가 말한다.

모어는 기도서 안쪽에 자기 이름을 적어놓았다. 본문에는 밑줄을 쳐두었다. 내 젊은 시절의 죄와 허물을 기억하지 마옵시고. "그러면서 리처드 리시의 죄와 허물은 기억했다니 딱하군."

"기도서를 데임 앨리스한테 보낼까요?"

"아니다. 앨리스는 자신이 저 죄와 허물의 하나라고 생각할지도 몰라." 그 여인은 겪을 만큼 겪었다. 마지막 서신에서 모어는 아내에게 작별인사조차 하지 않았다. 그는 기도서를 덮는다. "메그한테 보내거

라. 어차피 모어도 딸한테 보낼 생각이었을 거야."

그를 둘러싼 집 전체가 진동한다. 처마 아래로도 바람이 불고 굴뚝 속에서도 바람이 분다. 문 밑마다 돌풍이 새된 소리를 지른다. 추워서 불을 피워야겠어요, 레이프가 말한다. 준비시킬까요? 그가 고개를 젓는다. "리처드에게 전해라. 내일 아침 런던교로 가서 다리 관리인을 만나라고 해. 미스트리스 로퍼가 관리인을 찾아와 아버지의 머리를 매장할 수 있게 내달라고 애원할 거야. 관리인에게 그 청을 받아주고 메그가 방해받지 않게 지켜보라고 해. 입단속도 함께 시키고."

젊은 시절 이탈리아에서 그는 딱 한 번 매장 작업에 참여한 적이 있었다. 스스로 나서서 할 일은 아니다, 시키니까 하는 것뿐이지. 그들은 얼굴 하관에 천을 두르고 땅을 판 뒤 축성조차 받지 못한 대지에 전우를 묻었다. 부패의 냄새를 장화에 묻힌 채 그곳을 떴다.

어느 쪽이 더 최악일까, 그는 생각한다. 딸들을 앞세우는 것과 딸들이 당신의 유해를 수습하게 만드는 것 중에?

"뭐가 있었는데⋯⋯" 그는 서류를 내려다보며 눈살을 찌푸린다. "내가 뭘 잊은 거지, 레이프?"

"저녁식사?"

"나중에."

"라일 경?"

"라일 경 문제는 처리했다." 험버강 문제도 처리했다. 메리 울처치 교회의 그 독설가 사제 문제도 처리했다. 음, 처리까지는 아니고 처리유보로 분류해두었다. 그가 웃음을 터트린다. "지금 내게 뭐가 필요할 것 같으냐? 그 기억 장치가 있어야겠어."

줄리오 카밀로가 파리를 떴다는 얘기가 들린다. 서둘러 이탈리아로 돌아갔고, 장치는 반쯤 만들다 말았다고. 사람들 말로는 그자가 도망치기 몇 주 전부터 말하지도 먹지도 않았다고 한다. 카밀로에게 호의적인 이들은 그자가 자기 손으로 만든 창조물의 능력에 압도되어 미쳐버렸다고, 신성의 심연에 빠지고 말았다고 말한다. 악의적인 이들은 그 장치의 구멍과 틈에서 악마가 기어나오는 통에 소스라친 카밀로가 여정에 필요한 빵 쪼가리와 치즈 한 덩이도 변변히 챙기지 못한 채 책과 주술용 예복까지 죄다 남겨두고 야밤을 틈타 셔츠 차림으로 도망갔다고 주장한다.

그자가 자신의 저작을 프랑스에 두고 갔을 가능성이 아예 없지는 않다. 돈만 쥐여주면 손에 넣을 수 있을지도 모른다. 이탈리아까지 그자를 추적하는 것도 가능하다. 하지만 그게 다 무슨 의미가 있나? 카밀로가 실제로 뭘 발명했는지 우리는 영영 알지 못할 공산이 크다, 그는 생각한다. 스스로 책을 쓰는 인쇄기? 자기 존재를 사유하는 정신? 지금 그게 내 손에 없으면 또 어떠랴, 어차피 프랑스 왕에게도 없는데.

그는 깃펜으로 손을 뻗는다. 하품을 하며 펜을 내려놨다 다시 집어든다. 나는 책상 앞에서 죽어 발견될 터다, 그는 생각한다. 페트라르카가 그랬듯. 이 시인은 보내지 않은 서신을 참 많이도 썼다. 자기가 태어나기 천이백 년 전에 죽은 키케로에게 썼다. 어쩌면 존재조차 하지 않았을 호메로스에게도 썼다. 하지만 나, 나는 라일 경과 할 얘기가 충분하지. 통발과, 지중해에서 요동하는 카를황제의 갤리언선*에 대해서

---

* 16~17세기 유럽의 전형적인 외항용 돛단배.

도. 깃펜을 잉크에 적시고 다시 적시는 사이에도, 페트라르카는 이렇게 쓴다. "깃펜을 잉크에 적시고 다시 적시는 사이에도 시간은 흐른다. 즉, 나는 서두르고 스스로를 몰아붙여 죽음으로 질주한다. 우리는 늘 죽어가고 있다—내가 쓰는 동안에도, 그대가 읽는 동안에도, 다른 이들이 듣거나 귀를 막는 동안에도. 모두가 죽어가고 있다."

그는 또다른 서신 뭉치를 집어든다. 뱃콕이라는 남자가 950리터들이 청색 염료 백 통의 수입 허가를 원한다. 해리 퍼시는 또 병이 났다. 요크셔 관리당국은 폭동 가담자를 모두 체포해 공공장소에서의 폭력과 과실치사로 기소할 이들과 살인 및 강간으로 기소할 이들을 나눴다고 한다. 강간이라고? 도대체 언제부터 식량 폭동에 강간이 포함된 거지? 그러고 보니 내가 깜빡했군, 여긴 요크셔라는 걸.

"레이프, 왕의 이동 일정을 가져오거라. 그것만 확인하고 오늘 업무는 마쳐야겠다. 자러 가기 전에 음악을 좀 들으면 어떨까 싶구나."

올여름 궁정은 서쪽으로, 저멀리 브리스틀까지 이동한다. 왕은 궂은 날씨에도 불구하고 떠날 채비를 마쳤다. 그들은 윈저에서 출발해 레딩, 미센든, 애빙던을 거쳐 옥스퍼드셔를 가로지를 예정이며, 런던을 멀찌감치 벗어나면 기분전환이 되리라 기대하고 있다. 그는 레이프에게 말한다. 시골 공기가 제 역할을 해주면 왕비는 부푼 배와 함께 귀환하겠지. 레이프가 말한다. 폐하가 매번 희망을 거는 게 참 신기해요. 배포가 작은 사람 같으면 지치고 말 테죠.

"우리가 런던에서 18일에 출발하면 국왕 일행과 서들리에서 합류하는 계획을 세울 수 있을 듯한데. 가능하겠느냐?"

"하루 일찍 출발하는 게 나아요. 길 상태를 생각해서."

"지름길은 없을 거야, 그렇지?" 그는 다리로만 개울을 건널 것이며, 자기 성향과 달리 대로로만 다닐 것이다. 더 나은 지도가 있으면 도움이 될 텐데. 올지 추기경 시절에도 그는 홀로 묻곤 했다. 지도를 개선하는 작업을 우리가 한번 해볼 수 있지 않을까? 지도, 아니 지도 비슷한 게 있기는 하다. 들판에 성이 여기저기 산재해 있고, 그 흙벽은 보기 좋게 색칠되고, 성에 딸린 사냥터와 공원엔 무성한 나무가 줄줄이 서 있고, 수사슴과 털이 뻣뻣한 야생돼지가 함께 그려진 지도. 그레고리가 노섬브리아를 인도제국으로 착각한 것도 무리가 아니다. 이 지도들은 실용적 측면에서 만족스러운 곳이 한 군데도 없다. 가령 어디가 북쪽인지도 알려주지 않는다. 다리의 위치를 알면, 다리 사이의 간격을 확인할 수 있으면 유용할 것이다. 지금 자신이 바다에서 얼마나 멀리 떨어져 있는지 알면 유용할 것이다. 그러나 문제는 지도가 언제나 한 해 전에 그려진다는 데 있다. 잉글랜드는 늘 형태를 바꾼다. 절벽은 침식되고, 모래톱은 떠내려가며, 이미 죽은 땅에서 샘이 솟는다. 우리가 지나가는 풍경도, 우리 뒤를 따르는 역사조차 우리가 잠든 사이 스스로를 재편한다. 망자의 얼굴은 다른 이들의 얼굴 속으로 사라진다, 산등성이가 안개 속으로 사라지듯.

그가 어렸을 때, 그러니까 여섯 살 무렵 아버지의 도제가 고철로 못을 만들었다. 그냥 흔해빠지고 낡은 민머리못이야, 도제가 말했다. 관 뚜껑에 못질할 때 쓰는 거 말이야. 못의 자루가 불 속에서 빛을 냈다, 쨍한 주황색이었다. "이미 죽었는데 못질을 왜 해요?"

도제는 거의 기계적이고 군더더기 없는 몸놀림으로 못대가리를 두 번씩 내리쳤다. "이렇게 해야 끔찍한 저세상 것들이 튀어나와 우리를 쫓아다니지 못하지."

지금 그가 아는 바는 다르다. 산 자가 몸을 돌려 죽은 자를 쫓는다. 그들의 수의에서 기다란 뼈와 두개골을 털어내고, 돌덩이 같은 말을 그들의 달가닥거리는 입에 쑤셔넣는다. 우리는 죽은 자의 글을 편집하고 그들의 삶을 다시 쓴다. 토머스 모어는 화형대에 묶인 리틀 빌니가 몸에 불이 붙자 신념을 철회했다는 헛소문을 퍼트렸다. 모어는 빌니의 생명을 빼앗는 것으로는 부족했다. 죽음 또한 빼앗아야 했다.

오늘 모어를 형장으로 호송한 이는 런던 주장관의 임기를 채우는 중인 험프리 몬머스였다. 이 운명의 역전을 통쾌해하기에 몬머스는 너무 심성이 착한 사람이다. 그러나 어쩌면 우리가 몬머스 대신 통쾌해할 수 있지 않을까?

모어가 단두대 앞에 서 있다, 그 장면이 지금 그의 눈에 선하다. 모어는 거칠거칠한 잿빛 망토를 둘렀는데, 그가 기억하기로 모어의 하인인 존 우드의 것이다. 모어가 얼굴과 수염에 떨어진 빗방울을 닦으면서 사형집행인에게 말을 건넨다. 보아하니 무슨 우스갯소리라도 하는 모양이다. 모어가 끝단이 빗물에 젖은 망토를 벗는다. 단두대 앞에 무릎을 꿇고, 입술을 달싹이며 최후의 기도를 올린다.

다른 참관인들이 모두 그러듯이 그도 망토를 휘둘러 몸을 감싸고 무릎을 꿇는다. 도끼가 살을 치는 역겨운 소리에 그의 눈이 힐끗 위를 향한다. 도끼의 일격에 훌쩍 뛰어 뒤로 물러난 듯한 시신은 낡은 옷더미처럼 접혀 있다—그 안에서, 그는 안다, 맥이 여전히 벌떡인다. 그는 성호를 긋는다. 그의 속에서 과거가 무겁게 움직이며 판을 바꾼다.

"그래서, 왕은," 그가 말한다. "글로스터에서 곧장 손버리로 간다는

군. 그런 뒤 아이언액턴의 니컬러스 포인즈의 집으로 가고. 그런데 포인즈는 무슨 일을 떠맡게 될지 알고 있느냐? 거기서 브롬햄으로……"

작년에 어느 학자이자 외국인이 브리튼의 연대기를 쓰면서 아서왕을 제외했다. 실존 인물이 아니라는 이유에서였다. 괜찮은 의견이다, 제대로 뒷받침할 수만 있다면. 그러나 그레고리는 말한다. 아뇨, 그 사람이 틀렸어요. 그자가 옳다면, 아발론*은 어떻게 되는 건데요? 돌에 박힌 검은 또 어찌되고요?

그는 눈길을 든다. "레이프, 너는 행복하냐?"

"헬렌이랑요?" 레이프가 얼굴을 붉힌다. "네, 마스터. 저보다 행복한 남자는 세상에 없을 거예요."

"네 아버지가 마음을 바꿀 줄 알았다, 일단 헬렌을 보고 나면."

"다 마스터 덕분이지요."

브롬햄에서—이때는 9월 초가 될 것이다—윈체스터로 향한다. 그런 다음 비숍스월섬과 앨턴으로, 다시 앨턴에서 파넘으로 간다. 그는 전국을 일주하는 여정을 짠다. 목표는 왕이 10월 초 윈저로 귀환하는 것이다. 그는 책장에 여정을 표시한 지도를 그린다. 잉글랜드에 잉크비가 내린다. 그 아래 급히 휘갈겨쓴 일정표가 더해진다. "내가 따로 낼 수 있는 시간이 나흘이나 닷새쯤 되겠군. 아, 이런. 내게 휴일 따위 없다고 누가 그러더냐?"

'브롬햄' 앞의 빈 공간에 그는 점을 찍고 책장을 기다랗게 가로지르는 화살표를 하나 그린다. "자 여기서, 윈체스터로 가기 전에 여유 시

---

* 아서왕 이야기에 나오는 낙원.

간이 좀 있다. 지금 생각으로는, 레이프, 시모어가를 방문할까 한다."

그는 이렇게 적는다.

9월 초. 닷새 일정. 울프홀.

중세 유럽의 일부 지역에서는 공식적인 새해의 시작을 3월 25일, 성모영보대축일로 삼았다. 이날은 천사가 성모마리아에게 아기 예수를 잉태했음을 알린 날로 여겨졌다. 일찍이 1522년부터 베네치아는 1월 1일을 새해의 시작으로 삼았으며, 다른 유럽 국가도 시간차를 두고 뒤따랐지만, 잉글랜드는 1752년에야 이를 받아들였다. 대다수의 역사물이 그렇듯 이 책에서도 1월 1일을 한 해의 시작으로 삼는데, 새해는 열이틀 동안 계속되는 크리스마스 기간 중 하루로 선물 교환의 날이기도 했다.

의전관 조지 캐번디시는 울지가 사망한 뒤 낙향했고, 메리가 왕위에 오른 1554년『고故 토머스 울지 추기경의 삶과 죽음Thomas Wolsey, late Cardinal, his Life and Death』을 집필하기 시작했다. 이 책은 여러 판본으

로 출간되었으며, 원본의 철자법을 살린 판본을 온라인으로 구할 수
있다. 울지의 이력과 그와 관련해 토머스 크롬웰이 수행한 역할에 얽
힌 이야기를 늘 정확한 건 아니지만 무척 감동적이고 직접적이며 흥미
롭게 전한다. 이 책이 셰익스피어에게 미친 영향 또한 분명하다. 캐번
디시는 사 년에 걸쳐 이 책을 완성했고, 엘리자베스가 왕위에 오르던
해 세상을 떠났다.

웨일스어와 독일어, 플라망어와 관련해 각각 도움을 준 델리스 닐과 레슬리 월슨, 그리고 노픽의 여성에게 감사한다. 노래를 빌려준 과다 아발레에게도 감사한다. 영국국립도서관에 직접 방문할 수 없었을 때 도와준 주디스 플랜더스에게 감사의 마음을 전한다. 크라이스트처치의 울지홀에서 열린 멋진 만찬에 초대해준 크리스토퍼 헤이 박사에게 감사한다. 캔터베리 순례 경험을 나눠주며 애슬록턴의 크랜머 암스에서 술 한잔을 함께한 잰 로저스에게 감사한다. 나를 여기저기 태우고 다니면서 내 과몰입을 참아준 제럴드 매큐언에게도 감사인사를 보낸다. 내 에이전트 빌 해밀턴을 비롯한 출판인들의 지원과 격려에 감사한다. 특히 메리 로버트슨 박사에게 감사한다. 학자로서 그녀의 역할은 크롬웰의 생애와 관련된 사실을 감수하는 것이었으나 그녀는 그 이상으로 나를 격려하며 이 작품의 창작 과정 전반에서 자신의 전문성을 제공했고, 내 어설픈 추정을 참아내며 내가 만들어내는 초상을 고맙게도 인정해주었다. 이 책을 로버트슨 박사에게 바친다, 내 감사와 사랑을 담아.

모든 역사의 이면에는 또다른 역사가 있다

　궁중 시녀와 결혼하려 국교를 바꾸고 스스로 교회의 수장이 된 독불장군 헨리 8세. 여섯 번 결혼하고 두 아내의 목을 쳤으며 숱한 여자들과 염문을 뿌린 바람둥이 왕과 앤 불린의 이야기는 세기의 스캔들이라 불리며 문학작품은 물론 영화와 드라마, 오페라로 각색되어 '헨리 8세의 여섯 아내들' '천일의 스캔들' '튜더스' 등의 제목으로 대중에게 각인되었다. 결혼을 요구하며 동침을 거부하는 정부 아닌 정부에게 마음을 빼앗긴 왕이 장장 이십 년을 이어온 혼인관계를 파탄내고자 갖은 꾀를 쓰며 온 세상의 비웃음을 사더니만 종래에는 로마 교황청을 비롯한 유럽 다수 국가와 척을 지고 파문과 전쟁의 위협에 내몰리고 말았다는 이 막장드라마 같은 사연 뒤에는 사실 16세기 초 잉글랜드와 주변국, 가톨릭교회 사이의 상당히 복잡한 사정과 셈법이 숨어 있다.

1485년 보즈워스 전투에서 헨리 7세가 리처드 3세를 격파하면서 서른 해에 걸친 내전이 마침내 마무리되고 튜더 시대가 열렸다. 그러나 백년전쟁과 장미전쟁을 거치는 동안 잉글랜드의 부와 힘, 영향력은 이웃의 강대국인 프랑스나 신성로마제국에 비해 현저히 약화한 상태였다. 마키아벨리식 통치의 전형을 보여주며 당근과 채찍으로 귀족과 대신을 강하게 제압했던 헨리 7세의 사후, 호시탐탐 기회를 노리는 왕위 계승권자들의 존재와 내전, 외세 침략의 공포가 여전한 잉글랜드에서 헨리 8세는 왕비와의 사이에서 태어난 적장자가 없다는 사실에 애가 탄다. 다섯 살 연상인 캐서린이 또다시 임신할 가능성은 요원해 보이는데다 형수와 결혼했다는 사실에 죄책감을 느껴왔던 왕은 두 사람의 결합이 정당하지 않아 하느님이 아들을 내려주지 않는 것이라며 혼인 무효를 주장하기에 이른다. 나라 밖에서는 교황 클레멘스 7세가 신성로마제국의 카를 5세를 배신했다가 성도 로마가 초토화되고 교황 본인은 납치까지 당하는 환란을 겪는데, 이 카를 5세가 하필 헨리 8세의 왕비이자 유럽 최강국 에스파냐의 공주인 캐서린의 조카였다. 이런 상황에서 헨리의 혼인 무효 주장을 교황이 받아들일 리 없었고, 캐서린과의 지난한 이혼 과정에서 헨리의 최측근이었던 토머스 울지가 실각하면서 권력에 공백이 생긴다.

바로 이 난국에서 토머스 크롬웰이 부상한다. 보잘것없는 신분으로 태어나 어린 시절의 기록조차 변변찮은 자가 자신을 기용해 긴요히 써준 주군의 몰락을 이겨내고 왕의 신임을 한몸에 받으며 국정을 좌우한다는 짜릿한 신분 상승 스토리의 주인공임에도 불구하고 토머스 크롬웰은 『울프홀』이 발표되기 전까지 다수의 작품에서 울지 추기경의 곁을 지키는 조연, 토머스 모어를 죽음으로 내모는 희대의 악당 정도로만 그려졌다. 후대의 역사가들은 그를 중세 봉건사회를 근대적 민족국가로 발돋움시킨 행정의 귀재로 평가하나, 그의 전문 분야인 법과 재정을 주소재로 삼아 중세 궁정의 복잡한 정치사를 타협 없이 그려낼 배짱과 실력을 가진 작가는 아마도 힐러리 맨틀이 유일했고, 그녀는 유능한 해결사이자 꾀바른 술책가, 더없이 매력적이고 계몽적이며 근대적인 인물로 재탄생한 토머스 크롬웰을 앞세워 16세기 잉글랜드 궁정과 사회의 눈부시고 대담한 초상을 완성했다.

궁지에 몰린 어린 크롬웰의 모습으로 시작하는 도입부부터 1535년 숙적 토머스 모어가 사형당하는 결말부까지 우리는 이 비밀스럽고 주도면밀하며 난해한 주인공의 감정과 계산을 아주 가까이에서 경험하며 따라가고, 작품 속 다른 인물들은 종종 오해하는 그의 내면을—적어도 우리는—이해하게 된다. 그 이해에 따르면 왕의 결혼 문제를 해결할 적임자로 실력을 입증하고 권력을 다지는 것 또한 크롬웰에게는 하나의 수단일 뿐이다. 울지의 수도원 정리 사업을 도왔던 그는 개인적으로도 성유물과 면죄부로 대표되는 가톨릭교회의 타락과 세속화에 반대하며 마르틴 루터와 윌리엄 틴들의 개혁 운동을 은밀히 지지한다. 귀족 권력을 견제하고 인습을 타파함으로써 자신처럼 비천한 태생의 백성들이 더 나은 삶을 영위할 수 있는 잉글랜드를 만들고자 한다. 이처럼 맨틀은 현존하는 기록 혹은 역사가의 해석 너머에 존재했을 인물의 동기와 정서 탐구에 주력하고, 정치발전을 견인하는 사회와 경제, 인간관계의 상호작용들을 명쾌히 분석하는 과정에서 인간의 영혼에 대한 설득력 있는 통찰을 제공한다. 현장감과 긴장감이 고스란히 전해지는 현재 시제로 부활시킨 장면들은 이미 마무리되고 결론이 난 과거가 아니라 개인의 의지와 선택, 세상의 반응과 변동, 종잡을 수 없는 운이 불안정하게 뒤엉켜 굴러가는 역동적 사건의 한복판으로 우리를 데려간다.

『울프홀』은 또한 토머스 모어에 대한 색다른 묘사로 상당한 충격을 안기기도 한다. 이 작품에서 모어는 막역한 친구 에라스뮈스가 말했던 '눈보다도 순결한 영혼을 가진' 휴머니스트 순교자, 혹은 사형에 직면해서까지 흔들림 없이 원칙을 고수한 성자와는 거리가 멀다. 그는 아내를 멸시하고 이단자를 고문한다. 전능자의 뜻을 꿰고 있는 양 거들먹거린다. 그의 자아도취와 광신주의는 병적이고, 냉철한 이상주의는 세상을 바꾸려는 크롬웰의 의지를 조소한다. 모어와 크롬웰의 대립은 구체제를 유지하려는 기득권 세력과 새 세상을 꿈꾸는 개혁 세력의 충돌이기도 하다. 14세기 이탈리아에서 시작된 르네상스는 그리스 로마의 고전을 강조하고 종교에 무심하며 세속적인 경향을 띠었으나 알프스 이북으로 넘어가면서 본래 그리스도의 가르침에 집중하고 초기 교회의 정신으로 돌아가자는 운동으로 변모한다. 그리스도교 인문주의자들은 성경과 교부의 원전 연구에 매진했고, 이는 성경을 자의적으로 해석하고 지식을 독점해 권력과 부를 축적하는 교회를 개혁하려는 움직임으로 이어졌다.

그 중심에 성경 번역을 둘러싼 갈등이 있었다. 당시 가톨릭교회는 라틴어 성경의 자국어 번역을 금하고 있었는데, 라틴어는 교육 수준이 높은 사제와 귀족의 전유물이었고, 이들이 하늘의 말씀을 빙자해 헛된 권위를 행사하고 평신도를 오도하는 무기가 되었다. 자국어로 된 성경을 읽는 건 죽임을 당해 마땅한 범죄행위였고, 교회는 반대자를 살해하는 것으로 스스로의 이익을 보호했다. 이에 반발해 존 위클리프와 윌리엄 틴들, 마르틴 루터가 번역한 영어와 독일어 성경이 인쇄술의 발달에 힘입어 손에서 손으로 암암리에 전해졌다. 그러나 토머스 모어에게 이 '이단자'들은 교회와 사회의 평화와 화합을 저해하는 위험 요인일 뿐이었다. 1517년 95개조 반박문을 발표한 마르틴 루터와 서신으로 논쟁하면서 더욱 보수화된 종교관을 바탕으로 모어는 이단심문관 역할을 자임하며 신교도들을 가혹하게 억압하고 고문하고 학대해서라도 본인의 신념에 맞는 세상을 유지하려 했다. 신교도 박해에 모어가 어느 정도까지 능동적으로 몸담았는지의 문제에는 학자에 따라 이견이 있으나, 적어도 맨틀은 이 '유토피아식 해결사'들이 자기 양심과 믿음을 지키려는 개인과 그들이 간절히 바랐던 새 세상의 도래에 끼친 해악에 더 무게중심을 두기로 결정한 듯 보인다.

또 한 가지 재미있는 것은 이후 역사에서 중요한 의미를 갖게 될 인물들이 『울프홀』에서는 별 비중 없는 주변적 존재로 그려진다는 점이다. 가령 류트 연주자 마크 스미턴은 앤 불린과의 간통을 자백해 그녀와 주변인을 파멸로 몰고 가는 데 결정적 역할을 하게 될 것이나 이 작품에서는 오만불손하고 나태하며 '괜히 싫은' 잉여 인간으로 잠깐씩 등장해 쓸모 있게 굴라는 핀잔이나 들을 뿐이다. 제인 시모어도 마찬가지다. 헨리 8세의 세번째 아내가 될 운명인 이 시녀의 경우 작품 초반에는 이름조차 제대로 언급되지 않는다. 이처럼 사소한 것이 중요한 것이 되고, 당장은 무의미하고 하찮아 보이는 사건과 관계가 전혀 예측할 수 없는 방식으로 몸집을 불려 개인과 집단의 명운을 결정할 눈덩이가 되어가는 과정이 곧 인간의 역사인지도 모른다. 이토록 짓궂은 역사의 일면을 우리는 울지 추기경의 실패담에서도 확인한다. 잉글랜드의 사실상 통치자였던 그는 어느 크리스마스에 노란색 드레스를 입고 나타나 모두의 눈길을 받으며 춤췄던 앤 불린이라는 변방의 여자가 세상의 중심이 되는 미래를 내다보지 못했다가, 혹은 얕잡아봤다가 결국 파멸에 발목 잡히고 만다. 운의 얄궂은 변덕과 개인의 잘못된 선택에 좌우되는 존재의 흥망성쇠야말로 맨틀이 오랜 시간 천착해온 주제라 할 것이다.

'울프홀'이라는 제목 역시 비슷한 해석이 가능하다. 작품 속에서 울프홀은 시모어 가문의 본거지로 등장인물들의 대화에서만 잠깐씩 언급될 뿐이다. 이곳은 시아버지와 며느리가 불륜을 저지르는 추문의 땅이자 남자가 여자를, 나이든 세대가 젊은 세대를 착취하는 공간이다. 또한 크롬웰이 앞으로 갖가지 계책을 동원해 능란하게 헤쳐나가야 할 음탕하고 불공정한 세계의 은유이기도 하다. 작품 말미에서 크롬웰이 왕과 함께할 전국일주 계획 중간에 개인 일정으로 제인 시모어의 울프홀 방문을 넣는다는 설정은 이제부터 앤 불린의 몰락이 시작되며 세계의 중심과 변방이 또다시 뒤바뀌게 되리란 암시이자, 권력의 정점은 곧 내리막길의 시작이라는 비극적 진리의 선언이기도 하다.

토머스 크롬웰은 여러모로 논쟁적이고 미스터리한 인물이다. 유년기와 개인사에 대해 알려진 바도 그리 많지 않다. 맨틀은 이 점을 아주 영리하게 역이용한다. 대장장이의 아들로 태어나 학대당하다 고국을 등진 뒤 군인과 장사꾼, 요리사와 은행원을 전전하며 프랑스와 이탈리아, 네덜란드에서 험난한 삶을 살았다는 전사를 부여함으로써 그를 여러 언어에 능통하고 위기에 강하며 융통성과 교묘함을 겸비한 인물, 가장 중요하게는 '다름'과 '변화'에 열려 있는 개혁적 캐릭터로 그려낼 수 있었다. 플래시백으로 종종 등장하는 크롬웰의 기억과 현재와 사색이 촘촘히 엮여 서사가 되고, 인물과 플롯과 대화가 작품의 흐름을 주도한다. 맨틀은 16세기 런던의 생활상 묘사에 매몰되지 않고 옛 말투의 사용을 지양하면서 전반적으로 현대적인 분위기가 느껴지게 작품을 구성했는데, 이 전략 덕분에 『울프홀』은 시대에 구애받지 않는, 오늘날을 배경으로 본대도 전혀 무리가 없는 세련된 정치스릴러로도 읽힌다. 힘과 권력을 가진 자들이 사익을 도모하고 이데올로기와 종교와 국가주의를 동원해 그것을 정당화하는 게 비단 16세기 잉글랜드 궁정에만 국한되는 이야기는 아닐 테니 말이다.

세상 사람 절반이 토머스라는 이름으로 불리던 오백 년 전 이국땅의 복잡다단한 왕궁 정치사. 수많은 인물과 이름과 역사적 배경과 생경한 표현이 어쩌면 버겁게 느껴지기도 하지만 그 고난을 넘어서서 작품에

몰입하는 순간 우리 앞에는 혁명적 변화에 직면한 혼돈의 사회가, 매일의 역경을 대범하고 효율적으로, 때로는 냉정하고 잔혹하게 극복해 나가는 영웅의 대서사시가 펼쳐진다. 재난 상황에서조차 찬란하고 싸늘하게 빛나는 유머, 풍부하고 독특한 상상력, 냉온을 오가는 묘사, 그 끝을 뻔히 알면서도 어쩐지 다른 끝을 기도하게 만드는 서사의 힘이 우리를 압도한다. 『울프홀』은 전에 없던 시도들을 결국에 성공시킨 내실 있는 역사소설이자 으스스한 울림을 간직한 정치스릴러로 호평받으며 2009년 부커상을 수상하고 350만 부에 달하는 판매고를 올리면서 작품성과 대중성을 모두 잡은 걸작임을 다시 한번 입증했다.

강아름

1952년	7월 6일, 영국 더비셔주에서 노동계급 집안의 삼남매 중 첫째로 출생. 본명은 힐러리 메리 톰프슨. 가톨릭신자인 아버지 헨리 톰프슨과 어머니 마거릿 톰프슨 밑에서 자라 남동생들과 함께 세인트 찰스 가톨릭 초등학교에 다님. 일곱 살 때 어머니의 애인 잭 맨틀이 가족들과 한집에 살게 됨.
1962년	아버지를 제외한 가족들이 체셔주로 이사함. 잭 맨틀이 계부가 되면서 성을 법적으로 톰프슨에서 맨틀로 바꿈.
1970년	런던정경대학교에서 법학을 전공.
1973년	셰필드대학교로 편입해 법학학사 졸업. 지질학자 제럴드 매큐언과 결혼.
1977년	남편과 함께 아프리카 보츠와나로 이주. 이때부터 소설을 집필하기 시작함.
1981년	제럴드 매큐언과 이혼.
1982년	제럴드 매큐언과 재혼.
1983년	남편과 함께 사우디아라비아 지다로 이주.
1985년	첫 소설 『매일이 어머니날 *Every Day Is Mother's Day*』 출간.
1986년	『매일이 어머니날』 속편 『공실 *Vacant Possession*』 출간.
1987년	영국으로 돌아와 잡지 〈스펙테이터〉의 영화평론가로 활동. 사우디아라비아에서의 경험을 쓴 회고록을 같은 잡지에 발표하기도 함.
1988년	소설 『가자 거리에서 보낸 팔 개월 *Eight Months on Ghazzah Street*』 출간.

1989년	소설『플러드*Fludd*』출간.
1990년	『플러드』로 위니프리드 홀트비 기념상, 첼트넘 문학상, 서던 아츠 문학상 수상. 맨부커상 심사위원으로 선정됨.
1992년	프랑스혁명을 이끈 로베스피에르를 비롯한 혁명가들의 이야기를 다룬 소설『보다 안전한 곳*A Place of Greater Safety*』출간. 선데이 익스프레스 문학상 수상.
1994년	소설『기후 변화*A Change of Climate*』출간.
1995년	소설『사랑 실험*An Experiment in Love*』출간.
1996년	『사랑 실험』으로 호손든상 수상.
1998년	소설『거인 오브라이언*The Giant, O'Brien*』출간.
2003년	회고록『유령을 포기하다*Giving Up the Ghost*』출간. 정신건강 자선단체 MIND에서 올해의 책으로 선정. 작가 자신의 삶이 반영된 첫 소설집『말하기를 배우기*Learning to Talk*』출간.
2005년	소설『비욘드 블랙*Beyond Black*』출간. 맨부커상 후보에 오름.
2006년	영국 사령관 훈장(CBE) 수훈.『비욘드 블랙』이 오렌지상, 영연방 작가상 최종후보에 오름.
2009년	토머스 크롬웰 삼부작의 첫번째 소설『울프홀*Wolf Hall*』출간. 맨부커상, 전미도서비평회상 수상.
2010년	『울프홀』로 월터스콧상, 워터스톤스북어워드 수상. 오렌지상 최종후보에 오름.
2011년	엑서터대학교와 킹스턴대학교에서 명예 문학박사학위를 받음.
2012년	『울프홀』속편『시체들을 끌어내라*Bring Up the Bodies*』출간. 맨부커상, 코스타북어워드, 브리티시북어워드 수상.『시체들을 끌어내라』로 삼 년 만에 두번째 맨부커상을 받으며

역대 세번째 더블 수상자이자 삼부작 중 두 편이 맨부커상을
받은 최초의 작가로 이름을 올림.

2013년 『시체들을 끌어내라』로 사우스뱅크쇼어워드 수상. 『울프홀』
과 『시체들을 끌어내라』가 영국의 로열 셰익스피어 컴퍼니
에서 연극으로 각색됨. 케임브리지대학교에서 명예 문학박
사학위를 받음. 데이비드 코언 상 수상.

2014년 소설집 『마거릿 대처 암살사건 The Assassination of Marga-
ret Thatcher』 출간. 영국 사령관 여기사 훈장(DBE) 수훈.

2015년 런던정경대학교에서 명예 법학학사, 옥스퍼드대학교에서 명
예 문학박사학위를 받음. 『울프홀』과 『시체들을 끌어내라』를
원작으로 BBC 미니시리즈 드라마가 제작됨.

2016년 영국 아카데미 메달 수훈.

2019년 『울프홀』이 〈가디언〉 선정 '21세기 최고의 책' 1위에 오름.

2020년 『울프홀』 『시체들을 끌어내라』에 이은 삼부작의 마지막 권
『거울과 빛 The Mirror & the Light』 출간. 부커상 후보에 오
름. 에세이 『맨틀의 조각들: 로열 보디스와 런던 리뷰 오
브 북스에 실린 글 Mantel Pieces: Royal Bodies and Other
Writing from the London Review of Books』 출간. 영국의
왕립문학협회가 수여하는 최고상인 '문학의 동반자' 수상.

2022년 9월 22일, 일흔 살의 나이로 엑서터주 데번의 병원에서 지병
으로 사망.

2023년 신문과 잡지 등에 기고한 글을 엮은 『나의 과거 자아에 대한
회고록: 글 쓰는 삶 A Memoir of My Former Self: A Life in
Writing』이 출간됨.

2024년 〈뉴욕 타임스〉 선정 '21세기 최고의 책 100'에 『울프홀』이
3위, 『시체들을 끌어내라』가 95위에 오름.

세계문학전집 252
울프 홀 2

초판 인쇄 2024년 10월 22일
초판 발행 2024년 11월 8일

지은이 힐러리 맨틀 | 옮긴이 강아름
책임편집 윤정민 | 편집 류현영 황문정
디자인 백주영 이원경 | 저작권 박지영 형소진 최은진 오서영
마케팅 정민호 서지화 한민아 이민경 왕지경 정경주 김수인 김혜원 김하연 김예진
브랜딩 함유지 함근아 박민재 김희숙 이송이 박다솔 조다현 정승민 배진성
제작 강신은 김동욱 이순호 | 제작처 영신사

펴낸곳 (주)문학동네 | 펴낸이 김소영
출판등록 1993년 10월 22일 제2003-000045호
주소 10881 경기도 파주시 회동길 210
전자우편 editor@munhak.com | 대표전화 031) 955-8888 | 팩스 031) 955-8855
문의전화 031) 955-1927(마케팅) 031) 955-2634(편집)
문학동네카페 http://cafe.naver.com/mhdn
인스타그램 @munhakdongne | 트위터 @munhakdongne
북클럽문학동네 http://bookclubmunhak.com

ISBN 979-11-416-0712-8 04840
      978-89-546-0901-2 (세트)

잘못된 책은 구입하신 서점에서 교환해드립니다.
기타 교환 문의 031) 955-2661, 3580

www.munhak.com

● 문학동네 세계문학전집은 계속 출간됩니다